Ruinen der Erde

J.N. Chaney

Christopher Hopper

Ruinen der Erde

(Ruinen der Erde, Band 1)

Übersetzt von Jürgen Langowski

Podium

Ruinen der Erde (Ruinen der Erde, Band 1)

Übersetzt von Jürgen Langowski

Titel der Originalausgabe: *Ruins of the Earth*

Originalsprache: Englisch
Coverimage/Illustration: Podium

Copyright © 2020, 2022 Christopher Hopper; J.N. Chaney und SAGA Egmont

Alle Rechte vorbehalten

ISBN: 978-1-0394-6130-7

1st edition

www.podiumentertainment.com

Podium

Ruinen der Erde

1048, Dienstag, 9. März 2004
Al Qa'im, Irak
Südlich der Route Jade

Die feindlichen Kugeln klatschen gegen die Ecke des Hauses. Es klingt, als schlüge jemand mit einem Spachtel auf einen Küchentisch. Ich packe Jack und ziehe ihn vom Gehweg herunter, während mir die Betonbröckchen von der Seite gegen den Hals spritzen. Es ist nicht das erste Mal, dass man auf mich feuert, aber so nahe war ich noch nie daran, angeschossen zu werden. Ich bin stinkwütend und habe Angst.

„Siehst du sie?", fragt Jack.

„Einen Häuserblock südlich, auf der anderen Straßenseite." Ich will mein rasendes Herz beruhigen, weiß aber gerade nicht, wie viele Atemzüge pro Sekunde normal sind. „Sie sind im, äh, im ersten Stock an einem Fenster."

„Verstanden."

Jack kniet nieder, wartet auf eine Feuerpause und schiebt sein M4 um die Ecke. „Ich sehe sie." Ehe er schießen kann, fliegen die nächsten Brocken aus der Hausecke. Jack zieht sich zurück. „Da kommen noch drei. Auf der Straße, roter Toyota."

„Es ist, als hätten sie gewusst, dass wir hierherkommen." Ich packe mein M4 fester. „Ich wette zehn Dollar, dass Yasin dahintersteckt."

Jack sieht mich an. „Mister Giggles?"

Ich nicke. „Ich glaube, ich habe ihn einen Block westlich mit seinem Handy telefonieren sehen."

„Bist du dir sicher?"

„Japp, ziemlich sicher. Wo ist Clark?" Ich habe den Soldaten, der die Spitze übernommen hat, aus den Augen verloren.

„Am Eselkarren, fünfzehn Meter vor uns. Er bewegt sich noch, ist aber getroffen worden."

„Mist."

Ich blicke in die Richtung zurück, aus der wir gekommen sind. Der Rest der Echo-Kompanie Four One ist längs der Straße in Deckung gegangen. Auch sie liegen unter Beschuss und feuern auf fünf einschlagende Kugeln höchstens einmal zurück. Glücklicherweise hat Corporal Shaft – japp, er heißt wirklich so – unseren Trupp aufgeteilt und beidseits der Straße postiert.

Jack und ich haben vier Tangos – feindliche Kämpfer – ausgemacht, aber wenn ich sehe, wie viele AK-Kugeln uns um die Ohren fliegen, müssen es erheblich mehr Typen sein. Es war ein Hinterhalt, und jetzt zwingt uns der Feind, uns auf dieser Straßenseite in die Nischen der niedrigen einstöckigen Lehm- und Betonhäuser zu drücken wie Katzen, die einer Pfütze ausweichen. Mein Herz hämmert in der Brust und ich bemühe mich, das Zittern meiner Hände zu unterdrücken.

In diesem Moment beginnt hinter uns ein Humvee unserer Einheit mit dem M240B zu feuern. Das ist ein gasgetriebenes mittelschweres Maschinengewehr mit Gurtzuführung. Abgesehen davon, dass es Tangos mit größter Zuverlässigkeit töten kann, soll das M240B die Feinde in exakt solchen Situationen einschüchtern, damit die Fußtruppen erledigen können, was erledigt werden muss.

„Wird auch Zeit", sagt Jack. „Holen wir Clark?"

Ich brauche einen Moment, um zu begreifen, dass Jack hinüberlaufen und versuchen will, den Marine zu bergen. „Japp. Natürlich. Waffenbrüder, klar?"

„Dicker als Blut", bekräftigt er.

Trotzdem, ich zögere noch.

Inzwischen unterstützt der MG-Schütze unseres Trupps, der Gefreite Garcia, mit seinem M249 den Humvee. Das gibt mir den Ansporn, den ich brauche. „Alles klar, los geht's."

Jack duckt sich und macht den Anfang, ich bleibe mit meinem M4 erst einmal zurück und sichere die Umgebung. Vorsichtshalber feuere ich ein paar Schüsse auf die Feinde ab, bin aber viel zu sehr mit Adrenalin vollgepumpt, um zu erkennen, ob ich jemanden treffe. Sobald Jack hinter dem Eselkarren ist, tauschen wir die Rollen. Er hält mit seinen Schüssen die Feinde unten, und ich renne den restlichen Weg hinüber in die Deckung. Die feindlichen Kugeln prallen vom Pflaster ab, während wir den aus Holz und Metall gebauten Karren mitten auf der Straße umkippen.

„Clark, wie geht es dir?" Über mir knallen die AK-Geschosse gegen die löchrige kleine Ladefläche. Kaum habe ich die Frage ausgesprochen, da bemerke ich die Blutlache unter Clarks Beinen und die offene Kniewunde. Ich weiß nicht, was ich jetzt tun soll. Es ist nicht so wie in Filmen oder in Computerspielen. Es ist …

„Hat er meinen Schwanz getroffen?" Clark packt mich an der Weste. „Sind meine Eier weg?"

Ehrlich gesagt kann ich nicht erkennen, ob Clarks Schwanz noch da ist. Da unten ist ein einziges blutiges Chaos. Ich mache mir größere Sorgen wegen seiner Beinarterie, aber er hat natürlich gute Gründe, sich zuerst nach seiner Männlichkeit zu erkundigen. „Das wird schon wieder, Clark. Verstehst du?"

„Es sieht übel aus, oder?"

Ich lüge und schüttele den Kopf. Zwei Kugeln treffen den bereits toten Esel, der neben mir liegt. Es riecht nach Esel und verbranntem Gummi. „Du atmest einfach schön ruhig weiter, klar?"

Er nickt.

Ich lange hinter Clark und nehme mir sein Medkit, das er − wie wir alle − zwischen Kampftasche und Feldflasche am Gürtel trägt. Während Jack sein Feuer mit den Maschinengewehren koordiniert, hole ich den Stauschlauch heraus. Das Ding zappelt wild in meinen Händen. Jetzt muss ich mich entscheiden, welches von Clarks Beinen schwerer verletzt ist. Ich glaube, es ist das rechte. „Junge, das wird gleich wehtun."

„Mach schon", antwortet er.

Ich nicke und fange an. Jack hilft mir, Clark ruhig zu halten, weil der Private First Class vor Schmerzen flucht und strampelt. Als wir fertig sind, ziehe ich die Hände weg und sehe schockiert, wie blutig sie sind. Ich weiß nicht, was ich erwartet habe, aber auf einmal verstehe ich, warum Sergeant Michaels uns eingebläut hat, zusätzlich rutschfestes Klebeband um die Griffe der M4 zu wickeln.

Jetzt wird es Zeit, Clark hier herauszuholen.

Das M240, das M249 und die M4 des Trupps halten die meisten Tangos in Schach, aber ein Aufständischer, der anscheinend nicht im Schussfeld unserer Truppe ist, deckt uns weiter ein. Es würde niemandem nützen, wenn wir Clark aus der Gefahrenzone schleppen und dabei selbst niedergeschossen werden.

Ich spähe rasch um die linke Ecke des Eselkarrens und bemerke einen Mann mit rot-weiß kariertem Halstuch und schwarzem Trainingsanzug, der im Erdgeschoss in einem Fenster steht. „Kontakt links", informiere ich Jack.

Er nickt. Jack hat zwar kein gutes Schussfeld, feuert aber trotzdem auf das Haus, was die Zielperson veranlasst, sich in Sicherheit zu bringen.

Dann beuge ich mich vor und beobachte die Stelle durch das Zielfernrohr. „Komm schon, du Hundesohn, wohin bist du verschwunden?" Zwei Sekunden später tritt der Feind wieder ins Fenster, und zwar direkt in mein Visier. Mir bleibt fast das Herz stehen. Ich drücke zweimal ab, mein M4 knallt und spuckt Metall. Der Tango verschwindet.

„Erwischt", ruft Jack, als ich mich hinter den Karren zurückziehe.

Ich glaube ihm aufs Wort. „Tango erledigt."

„Clark, wir müssen dich hier rausholen", sagt Jack. „Kannst du noch schießen?"

Der Private betrachtet sein M4, dann nickt er Jack und mir zu. Sein Gesicht und seine Lippen sind kreidebleich.

„Gut." Jack sieht mich an. „Bereit?"

„Warte." Ich ziehe eine M67-Splittergranate von meiner Munitionsweste ab. „Jetzt kann es losgehen."

Lächelnd ergreift Jack den Segeltuchhenkel auf dem Rücken von Clarks Flakweste. „Die Party kann beginnen."

Ich ziehe den Stift aus der Granate. „Splittergranate raus." Der Bügel fliegt weg, als ich die Granate die Straße hinunterwerfe. Dann machen wir, dass wir wegkommen. Ringsum schlagen die AK-Kugeln im Boden ein. Clark hat das M4 auf Automatikfeuer gestellt und schießt unablässig, während wir rennen. Ich kann ihm das wirklich nicht vorwerfen, ich hätte mein Magazin gleichfalls geleert.

Wir haben fast die Deckung zwischen den Häusern erreicht, da springt der unbewusste Timer in meinem Kopf an. Einen Sekundenbruchteil später explodiert meine Splittergranate. Die Erde bebt, es scheppert in meinen Ohren. Das feindliche Feuer hört gerade lange genug auf, damit Corporal Shaft und Lance Corporal Anderson uns an den Armen packen und in die Gasse ziehen können.

„Finnegan, Sie hätten auf Verstärkung warten sollen", sagt Shaft.

Ich sacke an der Hauswand herunter und bin viel zu nervös, um etwas anderes als „Ja, Corporal" herauszubekommen. Ich will ihm sagen, dass ich Yasin gesehen habe – alle sollen wissen, dass er wahrscheinlich unsere Positionen verrät und den Aufständischen steckt, wo sie uns finden können. Doch ich habe Blut an den Händen, und mir setzt die Tatsache zu, dass ich gerade durch einen Hagelschauer von Kugeln gerannt bin und nur knapp überlebt habe.

„Sanitäter!", schreit Anderson die Straße hinunter. Dann klopft er mir auf die Schulter. „He, alles klar?"

Ich nicke, obwohl ich mich mies fühle.

„Das habt ihr gut gemacht." Anderson nickt in Clarks Richtung. „Danke."

Jack steht auf der anderen Seite des Verletzten und hält ihn wach. „Atme mit mir, komm schon."

„Habe ich ein paar erwischt?", fragt Clark.

„Oh ja. Und zweimal hast du den Esel getroffen."

Clark lächelt.

„Verdammt, wo bleibt der Sanitäter?", schreit Anderson.

Der Wind treibt Plastiktüten an der Mündung der Gasse vorbei. Ich denke wieder an Yasin und dessen Handy. „Ich habe ihn gesehen", sage ich zu Corporal Shaft, „einen Häuserblock westlich."

„Wen denn?"

„Yasin." Der Mann gehört zur ICDC, zur irakischen Zivilverteidigung, und hilft uns oft als Dolmetscher, wenn wir mit dem gerade amtierenden Polizeichef von Al Qa'im zu tun haben. Vom ersten Tag an hatte ich ein mulmiges Gefühl, dass die beiden

Männer für Al-Qaida arbeiten könnten, auch wenn es sonst keine Anzeichen dafür gab. Und wer hört schon auf einen Gefreiten aus Brooklyn, wenn er Typen mit einem gemeinen Grinsen nicht sonderlich gut leiden kann?

„Einen Dreck haben Sie gesehen, Marine", widerspricht Shaft. „Der Major baut darauf, dass unsere Partnerschaft funktioniert, und das werden Sie nicht vermasseln, kapiert?"

„Kapiert."

Am liebsten hätte ich dem Kerl direkt in die Fresse geschlagen. Im Kopf spiele ich alle Filmszenen ab, in denen ein Stiefel einen idiotischen Unteroffizier trifft. Da ich im Gegensatz zu Schauspielern mit Disziplinarmaßnahmen rechnen und mit Konsequenzen im richtigen Leben klarkommen müsste, lohnt sich der Aufwand nicht.

Der Sanitäter huscht in die Gasse. Im gleichen Augenblick taucht der Humvee mit dem M240B auf. Shaft befiehlt, Clark hinten einzuladen. Als ich helfen will, ruft jemand: „Panzerabwehr."

Ich lehne mich an die Wand, während Jack sich vorbeugt, um den Gefreiten vor der Druckwelle abzuschirmen. In jenem Sekundenbruchteil, als die raketengetriebene Granate am Fahrzeug vorbeifliegt und hinter uns am Gebäude explodiert, wird mir bewusst, dass schlicht und ergreifend wahr ist, was ich schon immer über Jack dachte: Mein Jugendfreund ist ein verdammter Held, aber das darf man einem Teufelshund nicht sagen. Jedenfalls gehört Jack zu den wenigen, die gleichzeitig Feinde töten und ihre Kameraden retten können – Captain America, wie er leibt und lebt.

Betonbrocken und Granatsplitter regnen herab, das Scheppern in meinen Ohren wird lauter. Ich blinzele mehrmals und sehe, wie Jack den Verwundeten anschreit. Beide sind mit feinem Staub bedeckt. Was er sagt, verstehe ich nicht, aber Jack zerrt heftig an Clarks Flakweste.

„Ladet ihn ein", brüllt Shaft.

Ich richte mich auf und schirme Jack und den Sanitäter ab, als sie Clark aus der halbwegs sicheren Gasse schleppen. Die AK-Geschosse, die auf die Windschutzscheibe des Humvee klatschen, treiben uns zurück.

„Ich gebe euch Deckung", sagt der Fahrer, der die Tür geöffnet hat und das Feuer erwidert. Auf dem schusssicheren Glas entsteht ein Spinnennetz, viele Kugeln prallen von den Stahlplatten ab. Die Zeit reicht, um Clark dorthin zu bringen, wo er hinmuss. Zwei weitere Marines, Private Clapper und Gefreiter Wood, steigen mit Unterstützung hinter Clark ein. Clapper sieht aus, als hätte er einen Schuss ins Schienbein bekommen, während Woods linker Ärmel mit Blut getränkt ist.

Da unser Trupp von dreizehn Mann auf zehn reduziert ist und die drei Verwundeten jetzt im Humvee verstaut sind, gibt Corporal Shaft den Befehl zum Rückzug. Die Einheit bewegt sich zusammen mit dem Fahrzeug, das auf dem Weg zurückkehrt, auf dem es auch gekommen ist. Ich empfinde dies als demütigend, ich mag es nicht, aber ich bin froh, aus dieser Hölle zu entkommen. Der Feind verfügt über viel zu viel Feuerkraft und besetzt die besseren Positionen.

Wir kommen an einer Seitenstraße vorbei, die nach rechts abzweigt. Am anderen Ende bemerke ich einen Mann mit der braunen Uniform und der roten Baseballkappe der ICDC. Es ist Yasin − und er hängt immer noch an seinem verdammten Handy.

„Der Mistkerl." Ich mache meinen Vorgesetzten darauf aufmerksam und zeige auf die Gasse. „Corporal Shaft, da ist Yasin."

Shaft jagt ein paar Kugeln die Straße hinunter und blickt dann endlich in die Richtung, die ich meine. „Verdammt auch."

„Ich kann ihn erledigen."

„Negativ. Er ist unbewaffnet."

„Aber er telefoniert mit …"

„Negativ, Finnegan! Erwidern Sie das Feuer!"

„Roger." Das ist die falsche Entscheidung, denn dieses Tangoarschloch dirigiert doch den Hinterhalt, in den uns die Aufständischen gelockt haben, oder? Und nach dem Geplapper, das ich im Funk höre, und den roten Leuchtsignalen und dem lila Rauch vier Häuserblocks weiter im Westen zu urteilen, hat Yasin auch einen Angriff gegen die Trupps zwei und drei gesteuert.

Ich knirsche mit den Zähnen, als die Gasse und Yasin vorbeiziehen. Meine Hände zittern zwar nicht mehr so stark, aber ich bin stocksauer. Deshalb lasse ich meine Wut an einem

Punk mit Shorts und Flipflops aus, der hinter einem Eselkarren verschwindet. Er hat eine Panzerfaust, das schwere Geschütz, das die Feinde überall in der Dritten Welt einsetzen. Meine Kugeln treffen seine Schulter, er dreht sich um sich selbst und kippt weg. Zwei Sekunden später hievt sich sein Kumpel die Waffe auf die Schulter und zielt auf unseren Humvee. Mein nächster Schuss trifft den Tango in den Kopf, aber erst, nachdem der auf den Abzug gedrückt hatte.

Als die Granate die Windschutzscheibe des Humvee trifft, spritzt hinten geschmolzenes Glas aus dem Fahrzeug. Zwei Männer sterben sofort, der dritte wird gegen ein Haus gepresst, weil der Humvee einen Satz macht. Ich lande auf dem Rücken, kann mich jedoch schnell wieder aufrappeln. Jack ist so geistesgegenwärtig, Clark aus dem Fahrzeug zu zerren. Die Hosenbeine des Verletzten brennen teilweise, doch er hat anscheinend einen schweren Schock und spürt es nicht. Trotzdem klopft Jack die Flammen aus und schleppt Clark weiter die Straße hinunter.

Ich packe den Verwundeten zusätzlich am Arm und blicke nach Norden. Wir sind weniger als zwanzig Meter von der Route Jade entfernt − das ist die Hauptstraße, die vom Camp Husaybah nach Westen verläuft. Mit etwas Glück kommt Major Corrigans Konvoi von der Polizeistation herüber und unterstützt uns. Es sei denn natürlich, er wird selbst angegriffen. Dann brauchen wir eine schnelle Eingreiftruppe.

Ich bin ein verdammter Marine, der im Kopf Schach spielt, während ihm die Kugeln um die Ohren fliegen − heilige Mutter Maria und Jesus.

Ich sehe mich über die Schulter zu den uns verfolgenden Tangos um. Anscheinend haben sie Blut geleckt.

„Splittergranate", warnen die anderen zweimal oder dreimal. Darauf folgen mehrere Explosionen. Staub und Rauch wallen durch die Straße, aber die AK-Kugeln fliegen weiter. Plötzlich gibt mein linkes Knie nach. Es fühlt sich an, als hätte man mir ein rot glühendes Stück Eisen in die Wade gestochen. Irgendwie bleibe ich aufrecht und ziehe an Clarks Arm. Mein Hosenbein ist blutig. Japp, ich bin angeschossen. Sie haben mein Bein getroffen.

Als wir noch zehn Meter von der Hauptstraße entfernt sind, schiebt sich ein Humvee mit hohem Aufbau um die Ecke. Das Fahrzeug hat eine improvisierte Befestigung für einen Mk-19-Maschinengranatwerfer mit Gurtspeisung. Anscheinend haben Maria und Jesus mir zugehört? Die Segeltuchabdeckung auf dem Humvee ist zurückgerollt, um Platz für die ebenfalls improvisierte Panzerung zu schaffen. Das Ding sieht aus wie aus dem Film *Mad Max*.

Der Marine, der die Waffe bedient, zögert keine Sekunde. Er aktiviert den Mk 19, und ich höre das typische Knallen, als die 40-mm-Geschosse in den Stellungen der Feinde explodieren. Trotz meiner Verletzung gibt mir der Rhythmus des Granatwerfers den Takt für den Marsch vor. Jack und ich schleppen Clark aus der Gefahrenzone und gehen auf der Route Jade in Deckung.

Dann spähe ich wieder um die Ecke und ziele mit dem M4 nach Süden, während die anderen Leute aus meinem Trupp in meine Richtung rennen. Ich suche im Hintergrund nach Tangos, aber der Mk 19 hat sie erledigt. Die AK-47-Geschosse sind verstummt. Instinktiv zähle ich unsere Leute und addiere zum Schluss Corporal Shaft, der ohne einen Kratzer herausgekommen ist. Man stelle sich das vor.

Ich betrachte Clark. Der Sanitäter hat ihm gerade Morphium gegeben und schreibt Zeitpunkt und Dosierung der Verabreichung auf den Arm. Dann fange ich Jacks Blick ein. Sein leichtes Kopfschütteln verrät mir, dass das Mittel Clark nicht bei der Genesung, sondern beim Sterben helfen soll.

Diese Geschichte erzähle ich nicht weiter oder jedenfalls nicht in allen Einzelheiten, aber ich äußere mich darüber, wie schlimm es war, den Befehl des Generals zu befolgen: vor allem keinen Schaden anzurichten, um „die Moral des Bündnisses" nicht zu schädigen. Na gut, ich war nur ein rothaariger irischer Katholik aus Brooklyn, was wusste ich schon?

„Wir haben aus Vietnam gelernt", hieß es.

„Wir arbeiten mit den Einheimischen zusammen, wir gehen mit der Ortspolizei auf Streife, wir gewinnen deren Herzen und Verstand." So lauteten die Befehle.

Das kann ich ja verstehen. Unsere Befehlshaber sagten, ihrer Ansicht nach sei dies der schnellste Weg, die Kämpfe zu beenden. Und ich glaube, die meisten von ihnen wollten so dringend nach Hause wie wir alle.

Aber diese Richtschnur entsprach nicht dem besten Weg.

Und sie kostete Menschenleben.

Private Samuel K. Clark, ein Supermarktangestellter, der im Umland seiner Heimatstadt Flagstaff in Arizona gern Hirsche gejagt hat, ist verstorben, ehe wir Camp Husaybah erreichten. Keine Medaille. Keine Erklärung für seine Familie. Es fraß mich auf, als ich den Marine sterben sah. Das tut es heute noch.

Auch Jack hätte eine Medaille verdient, aber niemand sprach eine Empfehlung aus, obwohl ich nach dem Einsatz ausführlich Bericht erstattete und wir beim Schreiben der Briefe an die höheren Dienstränge halfen. Stattdessen kann man darauf wetten, dass der bescheuerte Leutnant, der uns diesen Mist eingebrockt hat, irgendeine Auszeichnung bekam.

Der Major, Gott hab ihn selig, brauchte einen Sieg anstelle der ständigen Hinterhalte. Auf Ledersesseln sitzende Politiker, die mit ledergebundenen Notizbüchern hantieren, brauchten erfolgreiche Leathernecks, um wiedergewählt zu werden. Sie wollten hören, dass ihre Pläne funktioniert hatten.

Und was brauchten wir Leathernecks?

Darüber denke ich oft nach. Wie ich es sehe, brauchten wir Ledernacken die Erlaubnis, in dem Krieg so zu kämpfen, wie wir es gelernt hatten, um zu siegen. Dazu war das Land allerdings nicht bereit. Sie hatten den Mut verloren, die Gewaltmittel, über die wir verfügten, auch einzusetzen. Es ist abscheulich, und ich werfe es ihnen nicht einmal vor, aber das ist eben der Unterschied zwischen ausgebildeten Kämpfern und Zivilisten. Wir Marines haben das Zeug, um draußen vor dem Zaun das zu tun, was niemand sonst tun kann oder tun will. Das nennt man Krieg. Und wir mussten ihn gewinnen. Stattdessen hatten wir eine langsam eiternde Wunde, für die es immer noch keine Heilung gibt.

Was an dem Kontrollposten in dem Ort nahe der syrischen Grenze geschehen ist, wurde unter den Teppich gekehrt. Gewiss, mit der Zeit sind hier und dort einige Informationen durchgesickert. Das entsprach jedoch absolut nicht dem, was die Echo-Kompanie Four One dort gesehen hat.

Ironischerweise wurden Ende April 2004 alle Mitarbeiter, Einrichtungen und Gerätschaften der ehemaligen Zivilverteidigung dem irakischen Verteidigungsministerium und damit der irakischen Armee übergeben. Doch dieses Ereignis sollte nicht die letzte Gelegenheit sein, bei der die Marines in Al Qa'im unter Beschuss gerieten. Drei Wochen später sollten diejenigen, die überlebt hatten, und die anderen, die gefallen waren, doch noch die Anerkennung bekommen, die sie von Rechts wegen verdient hatten. *Oorah*.

Nach ein paar Bechern Jell-O-Götterspeise kehrten Jack und ich frisch mit Pflastern beklebt zu unserer Einheit zurück. Corporal Shaft sah ich nie wieder, was mir ganz recht war. Und jedes Mal, wenn wir auf Streife gingen, bestand Jack darauf, die Spitze zu übernehmen.

„Für Clark", sagte er dann immer.

Jack war ein Hundesohn, weil er es so ausdrückte, denn er wusste, dass ich dann nicht Nein sagen konnte.

Dabei hätte ich es tun sollen.

Verdammt, ich hätte es wirklich tun sollen.

ERSTER TEIL
DREIUNDZWANZIG JAHRE SPÄTER

1

1415, Montag, 25. April 2027
Westantarktis
Forschungsstation im Ellsworth-Subglazialhochland

Ich habe das Kämpfen aufgegeben. Aber manchmal bleibt uns alten Teufelshunden eben nichts anderes übrig, oder?

Also schlage ich Vlad auf den Mund.

Der eins neunzig große Moskauer mit den zusammengewachsenen Augenbrauen sieht mich überrascht an. Dann lächelt er und zeigt mir zwei blutige Zahnreihen. Ein Zahn steht neuerdings schief.

„Das solltest du mal nachsehen lassen", sage ich.

Er knurrt und spuckt den Zahn aus.

„Oder du lässt ihn gleich ziehen", füge ich hinzu. „Das ist billiger."

Ich weiche Vlads Konter aus und treffe mit der Rechten seine Wange. Der Koloss bleibt immer noch ruhig. Die Menge nicht – die Leute im Casino jubeln und schreien, ein Drittel auf Russisch, und singen etwas wie: „Der alte Mann und das Monster." Es klingt nach einem schlechten Roman von Hemingway. Oder, noch schlimmer, nach dem Titel eines Actionfilms aus den 1980er-Jahren.

Die nächsten beiden Schläge meines Gegners treffen meine Oberarme. Der Kerl ist ein verdammter Panzer. Dem dritten Hieb weiche ich aus und erwische ihn mit einer Geraden links am Brustkorb. Unter meiner Faust knackt etwas. Er grunzt – er hat es wohl auch gespürt. Also will ich noch einmal auf die empfindliche Stelle schlagen, doch Vlad klemmt meine Faust mit dem Arm ein und dreht.

Der Ruck reißt mich von den Füßen, ich krache gegen einen metallenen Klapptisch des Casinos. Die Russen toben und hämmern auf die Tische.

Als ich mich wieder meinem Gegner zuwende, fliegt schon seine Faust auf meinen Kopf zu. Ich ducke mich weg und spüre den Luftzug am Ohr. Mein zweiter Schlag auf seine Rippen entlockt ihm ein weiteres Grunzen. Er geht zu Boden, und die Zuschauer springen auf – halb vor Überraschung, halb vor Aufregung.

Seit das internationale „gemeinsame Militärkommando" zu einer „unbewaffneten Feldübung" hierher abgeordnet wurde, nennt Vlad mich einen „rotbärtigen amerikanischen Alphateufelshund". Gegen den Spitznamen habe ich eigentlich gar nichts einzuwenden, aber so was ist schwer zu tätowieren. Die kleinen Rempeleien in der Sporthalle und die langen Blicke im Casino waren kein klarer Hinweis, ob Vlad mich nur einschätzen oder gleich herausfordern wollte.

„Bleib unten", sage ich, denn ich weiß: Wenn er aufsteht, wird es noch hässlicher, als es sowieso schon der Fall ist. Und das will was heißen. Ich war nicht in der Stimmung zu kämpfen, als die Angelegenheit begonnen hat. Wenn er weitermacht, werde ich nachdrücklich dafür sorgen, dass es keine zweite Konfrontation mehr gibt. Leider scheint es so, als wollte mein Gegner erst aufhören zu kämpfen, wenn er bewusstlos ist. Wenn ich die viele Tinte auf seinen Händen sehe, wundert mich das nicht.

Vlad spuckt Blut auf den Linoleumboden, dann rammt er den Kopf in meinen Bauch und umschlingt meine Hüften. Ich weiche eilig zurück und versuche, sein Tempo zu halten, doch ich bin nicht schnell genug. Die Menge teilt sich, und wir krachen gegen eine Reihe metallener Klappstühle. Ich nutze das Chaos zu meinem Vorteil und rolle mich ab, um seinem Griff zu entgehen.

Einen Sekundenbruchteil später stehe ich schon wieder ruhig und wachsam aufrecht, während er sich noch aufrappelt. Sicher, ich könnte ihn jetzt anspringen und würde wahrscheinlich gewinnen, aber ich halte nichts davon, einen Mann zu treten, wenn der schon am Boden liegt. Außerdem ist das gar nicht nötig. Allein schon die Tatsache, dass ich vor ihm auf den Beinen bin, sagt alles, was man wissen muss.

Vlad ist zehn Jahre jünger als ich und im Vorteil, was Gewicht und Größe angeht. Ich dagegen bin auf der Forschungsstation der alte Mann – fünf Zentimeter kleiner und fünfundzwanzig Kilo leichter. Wir sind beide Kämpfer und Patrioten, aber ich bin etwas, das Vlad nicht ist: Ich bin ein Schachspieler.

Die meisten Leute glauben, bei einer Schlägerei ginge es um rohe Körperkraft und die Fähigkeit, Schläge einzustecken. Ja, das ist tatsächlich wichtig, aber wenn man einen Faustkampf oder irgendeinen anderen Kampf gewinnen will, dann ist die Strategie wichtiger, als die meisten Leute glauben. Es ist ein Spiel, das man im Kopf spielt, ein Kampf des Geistes, wie es in *Die Braut des Prinzen* hieß, um herauszufinden, wer recht hat und wer tot ist. Mein Gott, ich liebe *Die Braut des Prinzen*.

Da ich meinen Gegner im Laufe des letzten Monats ausgiebig studiert habe, weiß ich, dass Vlad jähzornig ist, was bedeutet, dass in diesem Augenblick seine Amygdala mit dem präfrontalen Cortex um die Vorherrschaft ringt.

Als wollte er die Richtigkeit meiner Annahme bestätigen, wirft Vlad mit einem Stuhl nach mir. Ich wehre das Wurfgeschoss ab und warte, bis der Russe wieder aufrecht steht. Er schüttelt den Kopf wie ein wütender Stier und zieht, um das Bild zu komplettieren, die Schultern hoch und greift mich an. Ich weiche aus wie ein Matador, und gleich darauf müssen ihn mehrere seiner Männer auffangen und herumdrehen. Er blutet aus dem Mund und schont seine linke Körperseite.

Wieder attackiert er mich. Ich entscheide mich für einen kleinen Move aus dem Nähkästchen der Nahkampfausbildung beim Marine Corps. Ich lehne mich nach links, um einem rechten Schwinger zu entgehen, beuge mich sofort wieder zurück und verpasse ihm einen Tritt gegen die linke Seite. Mein unteres Schienbein trifft seine Rippen. Vlad krümmt sich, erholt sich aber schnell. Dann stößt er mit der linken Hand zu, doch viel zu langsam, um etwas zu erreichen. Ich blockiere sein Handgelenk und drehe die Hand von mir weg in die falsche Richtung. Die Nervenschmerzen sind schrecklich, wenn auch nicht tödlich. Instinktiv will Vlad die Schmerzen lindern und biegt den Rücken durch.

Ich weiß, dass Russen lernen, rücksichtslos zu kämpfen – der geworfene Stuhl war eine freundliche Demonstration – und beschließe, Vlad zu ermuntern, den Kampf aufzugeben, solange er noch die Möglichkeit dazu hat. Ich blockiere weiter seine Hand und versetze ihm einen raschen Tritt gegen das linke Knie. Nicht fest genug, um das Gelenk zu brechen, aber er wird durchaus ein oder zwei Wochen humpeln.

Vlad zieht sich zurück und knurrt leise.

„Hör mal, großer Mann." Ich lasse als symbolische Geste die Hände sinken. Das gibt müden Gegnern ein Signal, endlich aufzuhören, und aggressiven Gegnern einen Vorwand, den Kampf fortzusetzen. „Wir können das jetzt beenden und …"

Er gehört zur aggressiven Sorte.

Vlads Kameraden stoßen ihn in den improvisierten Ring zurück, und er lässt einen linken Haken auf meinen Kopf los. Ich ducke mich nach links weg. Er legt mit einem rechten Aufwärtshaken nach. Ich ducke mich nach rechts. Nach dem nächsten erfolglosen linken Haken schlage ich ihn zum vierten Mal auf die Rippen, woraufhin er gekrümmt zurückweicht.

Was mein übergroßer Konkurrent nicht weiß, ist, dass auch ich Schmerzen habe. Dieser vierundvierzig Jahre alte Körper ist nicht mehr das, was er einmal war. Meine Knöchel kreischen, meine Hände und Arme tun weh, und irgendwo im Rücken ist beim Aufprall auf den Tisch und die Stühle etwas in Unordnung geraten. Allerdings ist das die andere Sache, die man mit dem Alter lernt: die Fähigkeit, den eigenen Scheiß zu verbergen. So einfach es auch klingt – wenn der Feind glaubt, er könne sowieso keine Wirkung erzielen, dann lässt sein Kampfeifer nach.

Das ist mir ganz recht. Ich will jetzt weniger und nicht noch mehr Krawall. Es sollte doch ein Spaziergang werden, oder?

Noch zwei Wochen, dann bin ich raus. Dann schlürfe ich Limonade und sehe im ländlichen Pennsylvania, wo mich niemand finden kann, den Sonnenuntergängen zu.

Manch einer behauptet, ich werde Spielchen wie dieses hier vermissen. Kann ja sein. Was ich garantiert nicht vermissen werde, ist das Gefühl, nach einem Einsatz nicht alle heil nach Hause zu bringen. Dieses Gefühl kann von mir aus weit weg in der Hölle schmoren. Genauso alle Zusicherungen, wir kämpften für etwas, das größer sei als wir selbst. Früher traf das einmal zu. Aber jetzt? Ich weiß nicht. Vielleicht prügeln wir einfach nur auf jüngere Versionen unser selbst ein, und am Ende des Tages ist das alles gleichgültig – ob mit oder ohne uns, am Ende wird die Welt sowieso das tun, was sie eben tun will.

Vlad lässt seine Halswirbel knacken. Er plustert sich auf.

Ich nehme mein Sandwich vom Teller auf dem Tisch und beiße ab. „Bist du dir sicher, dass du nicht aufhören willst?" Ich schlucke den faden Schinken und Käse auf Roggentoast herunter.

Vlad winkt mir mit gekrümmten Fingern.

„Wie du willst."

Mit erhobenen Händen umkreisen wir einander und bewegen die Köpfe nach links und rechts wie Schlangen, die zwischen Steinsäulen Verstecken spielen. Vlad lässt eine Links-rechts-Kombination los, die mich zurücktreibt. Ein dritter Schlag streift mein Kinn – nicht fest genug, um echten Schaden anzurichten. Es tut weh, aber lange nicht so wie mein linker Hieb in sein Gesicht und der rechte Haken in die Rippen. Vlad flucht auf Russisch, macht einen Schritt zurück und schüttelt den Kopf.

Ich stehe einen Zug vor dem Schachmatt, das sagen mir meine Beobachtungen. Jedes Mal, wenn Vlad im Trainingsraum zum letzten Bankdrücken ansetzt, macht er eine Art Lamaze-Atemtechnik, als wollte er Geburtswehen wegatmen, die eine gestörte Miniaturausgabe seiner selbst in die Welt setzen. Genau das macht er jetzt auch, Schmerz wegatmen, nur dass ihm das Blut dabei von den Lippen tropft.

„Deine letzte Gelegenheit, Vlad", sage ich. „Wir schütteln uns die Hände und …"

„Mütterchen Russland niemals weicht Kampf aus, Brooklyn New York." Er spuckt einen Klecks Blut und Schleim aus. So nennt er mich manchmal, seit er weiß, wo ich aufgewachsen bin. Wenn mein Einsatz in der Antarktis noch länger dauert, werde ich mir womöglich noch eine ganze Reihe weiterer Spitznamen zuziehen.

„Mein Gott, es muss doch wehtun, wenn man so störrisch ist", sage ich.

Vlad verteilt mit der Rückseite seines Unterarms das Blut im Gesicht. „Nicht so sehr wie sehen, dass Amerikaflagge über Gelände flattert wie Schlüpfer von alter Nutte."

Buhrufe werden laut, und ein paar Marines hinter mir fragen: „Das hat er nicht gesagt, oder?" Anscheinend treten sogar ein paar Briten für die Sache der Amerikaner ein.

Es wird Zeit, die Angelegenheit zu beenden.

Ich mache einen Schritt auf ihn zu, weiche zwei hastigen Hieben aus und bin innerhalb seiner Reichweite. Mit der plötzlichen Nähe kann er nicht umgehen. Vlad lehnt sich zurück, aber nicht weit genug. Mein rechter Aufwärtshaken knallt ihm den Mund zu und wirft seinen Kopf zurück. Er geht zu Boden wie ein gefällter Baum.

Die russische Fraktion keucht wie aus einem Munde. Schweigend warten die Zuschauer, ob Vlad sich noch einmal regt.

Er tut es nicht.

Die dreizehn Marines aus meiner Abteilung und mindestens die Hälfte der Briten sammeln ihre Wettgewinne ein, und ich gehe zu meinem Rucksack und hole eine Packung Ibuprofen heraus. Leibesübungen bei kaltem Wetter sind fies.

Es klopft an der Tür meiner Unterkunft.

„Es wäre nett, wenn du Redbreast dabeihättest", sage ich. Meine Lieblingswhiskymarke erwähne ich vor allem dann, wenn jemand anders einkauft.

Simmons lacht und öffnet die Tür. Er hat eine Flasche mit einer klaren Flüssigkeit und zwei Gläser dabei. „Ein Russe konnte nicht zahlen, deshalb hat er mir eine Flasche …" Simmons versucht, den kyrillisch geschriebenen Namen auszusprechen, aber das kann er so wenig wie ich. Er gibt auf und sagt: „Das Zeug ist flüssig, und ich glaube, es ist Wodka."

„Schenk ein."

Ich biete Simmons einen Sitzplatz an, und er füllt die Gläser. Bei diesem „Übungseinsatz" ist er in meiner Abteilung der Sergeant. Und er ist ein guter Marine – ehrlich. Er behandelt die Männer respektvoll und erkennt sogleich, wann es sinnvoll ist, für Stimmung zu sorgen. Genau wie jetzt zum Beispiel. Das weiß ich zu schätzen und den Wodka mag ich auch. Es gibt nichts Schlimmeres als einen Marine, der die Dinge zu ernst nimmt, wenn es gar nicht nötig ist.

Offiziell sind wir auf einer entlegenen zivilen Forschungsstation in der Westantarktis und absolvieren ein Training bei tiefen Außentemperaturen. Anscheinend wollte das Pentagon viel Geld ausgeben, um einigen Unteroffizieren und ein paar grünen Jungs – so nennen wir alle, die noch keinen Kampfeinsatz erlebt haben – nach einem Campingausflug in die Kälte ein paar Beförderungen zukommen zu lassen.

Inoffiziell sieht die Sache ganz anders aus, wobei dies die Sache nicht weniger teuer oder weniger langweilig macht. Nach dem 1959 beschlossenen und 1961 in Kraft getretenen Antarktisvertrag darf keine Nation auf dem kältesten Kontinent der Erde militärisch aktiv sein. Das ist meiner Ansicht nach eine Dummheit, weil man dort sonst nicht viel tun kann. Außerdem sind alle genervt, weil ihnen ständig kalt ist. Ich bin mir jedoch ziemlich sicher, dass Prügeleien im Casino nicht als militärische Aktivitäten gelten.

Wenn vor diesem Hintergrund eine Regierung auf dem kältesten Kontinent der Erde militärisch präsent sein will, dann muss sie es demzufolge heimlich tun. Man gibt also einem fast schon im Ruhestand befindlichen Marine Raider den Auftrag, in einer zusammengeschusterten zivilen Einrichtung ein Kaltwettertraining durchzuführen. „Beauftragen" ist allerdings nicht das richtige Wort, denn „Beschwatzen" trifft es eher.

„Wie geht es deinen Händen?", fragt Sergeant Simmons.

Ich spanne die rechte Hand an. „Das war vermutlich das letzte Mal, dass ich einen Mann niedergestreckt habe, ohne eine Klage befürchten zu müssen."

Simmons lacht. „Dann ist das verdammte Militär wohl doch zu etwas gut."

Wir stoßen an und kippen den Wodka.

Nach dem achtzigprozentigen Trunk atmet Simmons scharf ein und wirft einen Blick in sein Glas. „Kein Wunder, dass sie ständig so wütend sind."

„Magst du keinen Wodka?"

„Whisky ist mir lieber."

Ich proste ihm zu. „Guter Mann."

„Das kann man über deinen Sparringspartner nicht gerade sagen." Simmons schenkt uns nach.

„Ach, Vlad ist gar nicht so übel. Hat nur einen Lagerkoller."

„Er hat es darauf angelegt."

„Kann schon sein." Ich betrachte mein Glas und spanne wieder die Hand an. „Wenn das aber der einzige Kampf ist, den wir hier erleben, dann soll es mir doch recht sein."

Simmons weiß, dass ich in wenigen Wochen in den Ruhestand gehen werde. Ich habe mich nur zu diesem Einsatz breitschlagen lassen, weil ich einem alten Freund einen Gefallen tun wollte. Das ist wirklich der einzige Grund.

Nach einer kurzen Pause meint Simmons: „Wenn du willst, kann ich die nächste Patrouille übernehmen."

Ich hebe den Kopf. „Bietest du mir das an, weil ich alt bin?"

„Nein, ich wollte nur …"

„Simmons, es ist eine Sünde, die Altvorderen zu beleidigen." Ich ziele mit dem Finger auf ihn, als hätte ich meine Glock 19 in der Hand. „Und in diesem Eisberg gibt es keine Priester, bei denen du beichten könntest."

„Vielleicht kannst du ja für mich noch ein Ave-Maria extra sprechen."

Ich grinse ihn an. „Das kostet dich was."

„Damit habe ich gerechnet, Wik."

Der Spitzname Wik – weißer irischer Katholik – stammt noch von meinem ersten Einsatz im Irak. Ironischerweise habe ich seit meiner Kindheit keine Messe mehr besucht, und ich habe nie einen Fuß auf die Krume des Landes gesetzt, aus dem meine Großmutter stammt. Ich habe blasse Haut, Sommersprossen und rote Haare, also blieb der etwas herabsetzende Ausdruck für einen Jungen aus Brooklyn mit irischen Wurzeln hängen. Wik genannt zu werden, war auf jeden Fall besser als einige Namen, die anderen Jungs aufgedrückt wurden. Außerdem mochte ich die Anspielung auf meinen liebsten Filmhelden John Wick. Hätte ich wie dieser ehemalige Auftragskiller einen Hund geschenkt bekommen und jemand hätte mein geliebtes Tier getötet, dann wäre auch ich stinksauer geworden. Davon abgesehen, lasst mich bloß in Ruhe. Ich bin raus.

Sergeant Simmons und ich wechseln uns normalerweise bei den Patrouillen außerhalb der Grabungsstätte ab und erstatten dem Agenten, dem wir zugeteilt sind, Bericht. Ich mag die CIA nicht, und sie mögen mich nicht, was schon ganz in Ordnung ist. Einmal täglich bezüglich unserer britischen und russischen Gegenstücke „keine besonderen Vorkommnisse" zu melden, entspricht genau dem Ausmaß an Kontakt, das ich mit der CIA haben will. Na gut, viele meiner früheren vorgesetzten Offiziere bei der Armee haben das Lager gewechselt und dienen jetzt bei der Zentrale des Auslandsgeheimdienstes in Langley – einige haben mich sogar gefragt, ob ich mitkommen wollte.

„Jemanden wie Sie können wir immer gebrauchen", haben sie gesagt. „Recherchieren, planen, ausführen. Das ist doch genau Ihr Ding." Sie wollten es mir verkaufen, als sei die Arbeit eines Agenten etwas völlig anderes als das, was ich sowieso schon tat.

Netter Versuch.

Ich nicke Simmons zu. „Wenn du wirklich einspringen willst, dann behalte unsere Freunde im Auge." Meine Güte, eine Dusche und noch etwas Ibuprofen könnte ich wirklich gut gebrauchen. „Gut möglich, dass die Russen es uns heimzahlen wollen. Weihe ruhig die Briten ein, wenn du es für nötig hältst. Da sind ein paar alte SAS-Leute dabei."

„Schon verstanden, der gute alte britische Special Air Service. Mit den Russen kommen wir klar."

„Damit kommst *du* klar", korrigiere ich ihn streng. „Für die grünen Jungs würde ich nicht die Hand ins Feuer legen."

Simmons nickt. „Denkst du, die Russkis waren früher bei der Mafia?"

„Früher?" Ich zwinkere ihm zu. „Wer sagt denn, dass sie nicht mehr dabei sind?"

„Meinst du die Tätowierungen auf den Händen?"

Ich hebe mein Glas. „Wenn du einmal in der Familie bist …"

„… dann gehörst du für immer dazu", beendet Simmons meinen Satz.

Es hieß, einzig die Reihenfolge, in der man die Tätowierungen bekäme, unterscheide russische Soldaten von russischen Gangstern. Wie wir waren auch diese Jungs hier stationiert, um dafür zu sorgen, dass niemand dem zu nahe kam, was die jeweilige Regierung für ihr rechtmäßiges Eigentum hielt. Kalter Krieg, wie haben wir dich vermisst.

Ach, zum Teufel. Das Gerede über die russische Mafia weckt unschöne Erinnerungen daran, wie die Bratwa daheim in Brooklyn gearbeitet hat. Ich will nicht, dass Simmons nur wegen der kleinen Reiberei meine Patrouille übernimmt. Allerdings will ich jetzt nicht nach draußen gehen. Ich bin einfach zu müde. Und ich weiß genau, dass ich nicht die geringsten Aussichten habe, mich einfach aus diesem persönlichen Fegefeuer freizukaufen.

Mein Handfunkgerät knackt. „Mr. Finnegan?", fragt Lewis, ein Doktorand. „Hören Sie mich, Sir?"

Ich sehe Simmons mit hochgezogener Augenbraue an und nehme das Funkgerät in die Hand. „Legen Sie los."

„Hallo, Sir, äh, Dr. Campbell sagt, er braucht Sie hier unten."

„Wiederholen Sie." Ich bin gereizt, weil der Bursche keine Ahnung hat, wie man über Funk spricht, kann es aber auch irgendwie verstehen.

„In der Grube, meine ich."

Ich werfe Simmons einen verwunderten Blick zu, denn so etwas ist noch nie passiert. „Verstanden. Ich melde mich gleich nach dem Mittagessen."

„Äh, Sir, er sagt, Sie sollen so bald wie möglich kommen."

„Gibt es ein Problem?"

Es dauert einen Moment, bis Lewis antwortet. „Äh, nein, Sir, es ist nur … Also, er glaubt, er steht vor einer wichtigen Entscheidung und möchte Sie dabeihaben. Sie wissen schon, nur für den Fall, dass es *Probleme bei der Verteilung der Ostereier* gibt."

Der Code für drohende feindliche Absichten ist so ziemlich das Einzige, was Lewis richtig hinbekommt. Darum geht es ja bei der Mission – wir sollen dafür sorgen, dass das, was Dr. Aaron Campbell findet, nicht in die falschen Hände gerät, womit die

Russen gemeint sind. Das setzt natürlich voraus, dass der Doktor in dieser verdammten Einöde findet, was er sucht.

Nachdem Lewis den Code benutzt hat, bin ich hellwach. Ich werde nicht allein hingehen und will es nicht riskieren, über Funk mehr zu sagen.

„Mr. Finnegan? Dr. Campbell bittet Sie persönlich zu sich."

Ohne die Sprechtaste zu drücken, sage ich mit hochgezogenen Augenbrauen zu Simmons: „Siehst du? Nicht alle halten mich für senil."

„Die brauchen neue Brillen."

Ich salutiere Simmons mit dem Mittelfinger und spreche wieder in das Funkgerät. „Ich bin in zwanzig Minuten unten, Junge."

„Danke, Sir. Ich sage ihm Bescheid."

„Finnegan Ende."

„Gut. Ich bin auch zu Ende, Sir. Ich meine, Ende und aus."

So sagt man das einfach nicht.

Ich lege das Funkgerät auf den Schreibtisch und strecke meinen Rücken durch. „Sag den Jungs, sie sollen die Handschuhe anziehen. Es könnte ungemütlich werden."

„Alle drei Teams?", fragt Simmons. „Ist das nicht etwas viel?"

„Wir wollen auf alles vorbereitet sein."

„Aber es klang so, als ..."

„Simmons, ich habs gehört. Das ändert nichts an meiner Entscheidung. Mach die Teams bereit."

„Roger."

Gott, ich kann es kaum erwarten, diesen verdammten Felsbrocken zu verlassen.

2

1447, Montag, 25. April 2027
Westantarktis
Unterwegs zur Grabungsstätte im Ellsworth-Subglazialhochland

Als alle im weißen Bv 206 und im Anhänger verstaut sind – wir nennen diese Mehrzweckunterstützungsfahrzeuge für kleine Trupps „Susvee" –, startet Simmons den Sechszylinder-Dieselmotor von Mercedes und fährt in das Schneetreiben hinaus. Diese von Hägglunds entwickelte und von BAE gebaute Einheit, der Bandvagn 206, ist die einzige Möglichkeit, sich bei Winteranbruch sicher zu bewegen. Schneemobile sind ebenfalls zugelassen, aber nur wenn die Sicht besser ist als jetzt gerade. Außerdem sind bei den milden zwanzig Grad unter null alle froh, dass der Susvee eine Heizung hat.

Simmons fährt um den Ostrand der Forschungsstation herum – dort stehen acht einzelne Container und ein paar kleinere Nebengebäude – und wendet sich dann nach Norden zur Grabungsstätte im Ellsworth-Subglazialhochland. Unter guten Bedingungen dauert die Fahrt zehn Minuten. Bei schwierigem Wetter wird es eher eine Viertelstunde.

Unser Team ist erst seit ein paar Wochen vor Ort, aber Aaron und verschiedene andere Mitarbeiter halten sich schon seit fast sieben Monaten hier auf – und das bezieht sich nur auf den aktuellen Einsatz. Seine vorherigen Expeditionen dauerten sogar noch länger, und da waren auch Forscherinnen und Forscher von der Cornell University, von der Umweltbehörde in York, von der Universität Bristol und der staatlichen Lomonossow-Universität in Moskau dabei, um nur einige zu nennen. Den Gerüchten zufolge hat sich jedoch niemand so engagiert wie Dr. Aaron Campbell von der Rutgers University. Das kann ich verstehen. Aaron war schon immer eine störrische Nervensäge. Wahrscheinlich verstehen wir uns deshalb so gut.

„Ich glaube, jetzt haben wir es endlich", hat Aaron im Januar am Telefon zu mir gesagt. Es war mitten im antarktischen Sommer, und er und sein Team waren bei dem, was sie dort suchten, anscheinend bestens vorangekommen.

„Du kannst mir nicht vielleicht einige Einzelheiten nennen, was?" Ich brauchte keine Videokonferenz, um zu wissen, dass er lächelte.

„Tut mir leid, Patrick, du weißt ja, wie das ist." Das war ein dezenter Hinweis darauf, dass unser Gespräch vermutlich aufgezeichnet wurde und dass sein Forschungsvorhaben als geheim eingestuft war.

„Verstehe. Und ihr armseligen Ärsche da draußen, die ihr nichts Besseres zu tun habt, als uns abzuhören, ihr habt einen erbärmlichen Job."

Aaron sprach eilig weiter. „Die Schlipsträger sind etwas nervös geworden und haben mich gefragt, ob ich jemand Bestimmtes haben will."

Ich brauchte tatsächlich eine ganze Sekunde, um zu begreifen, was er meinte. „Mann, es ist mir eine Ehre, aber ich bin Anfang Mai aus allem raus. Es wäre nicht gut, wenn ich längere Zeit …"

„Dein Vorgesetzter hat gesagt, du könntest das machen."

Ich legte das Handy weg und starrte es an. „Wen hast du angerufen? Colonel Rodriguez?"

„Er scheint ein netter Kerl zu sein."

„Nervensäge", sagte ich. „Du, nicht er."

„Witzig."

Ich seufzte und versuchte, ihm zu erklären, wie müde ich war, ohne den Eindruck zu erwecken, ein Faulpelz zu sein. Es lief nicht so gut. Außerdem hatte Aaron längst andere Pläne. „Hör mal, Aaron, wenn du Hilfe brauchst, dann bin ich immer für dich da, aber ich kann nicht …"

„Ich wusste, dass ich mich auf dich verlassen kann, Patrick. Du bist der Beste, der mir einfällt, wenn ich jemanden brauche, der mir den Rücken freihält."

„Ja, schon, aber …"

„Banks ist einverstanden. Dein Kommandant stellt dir ein kleines Team zusammen, und dann übernimmt dein Verbindungsmann bei der CIA die Logistik. Du bist ihm direkt zugeordnet, sodass es nicht über die offiziellen militärischen Kanäle läuft."

Dieser Schweinehund.

Seufzend rieb ich mir über die Schläfen. Nach allem, was ich durchgemacht hatte, wollte ich nicht noch einmal irgendwohin abgeordnet werden − erst recht nicht in diese eisige Einöde unter der Aufsicht von Schlapphüten. Allerdings war das vielleicht genau das, was ich brauchte, um auf andere Gedanken zu kommen. Außerdem gab es dort draußen niemanden, der auf mein Team schießen konnte. Damit konnte ich leben. Die anderen auch. Es bedeutete auch, dass es keine Abendnachrichten mehr gäbe, keinen politischen Müll in den Ohren, kein falsches Lächeln, kein falsches Händeschütteln. Nicht, dass ich so was je gemacht hätte – aber ich hasste es, wenn andere Leute so mit mir umgingen.

Trotzdem, wenn ich nicht unbedingt musste, würde ich das Angebot nicht akzeptieren. „Hat der Colonel gesagt, dass ich mich frei entscheiden kann?"

Aaron zögerte. Ich hörte förmlich, wie er die Hände rang. „Ja, hat er. Selbstverständlich. Wenn du nicht willst, dann musst du nicht."

Und dann spielte Aaron die gemeinste Karte, die er hatte.

„Ich dachte nur, du machst das vielleicht für die Musketiere."

„Aaron, du bist so ein Arsch."

„Man hat mich schon schlimmer beschimpft", seufzte er, „aber wir haben es uns gegenseitig versprochen."

„Das ist lange her."

Er lachte. „Ist das nicht das Komische an Versprechungen? Sie halten sich ziemlich lange."

„Äh, aber nicht alle."

„Jack würde wollen …"

„Nein." Die Richtung, in die sich das Gespräch entwickelte, behagte mir überhaupt nicht. „Lass jetzt bloß Jack aus dem Spiel."

Es bezog sich natürlich auf Jack. Verdammt, wie konnte etwas, das mit Aaron und mir zu tun hatte, nicht auch Jack betreffen?

„Tut mir leid“, sagte Aaron. „Ich … Mensch, ich brauche dich. Ich brauche jemanden, dem ich vertrauen kann.“

Ich glaubte nicht an Gespenster – Leute, die aus dem Grab zu einem sprachen. Das konnten sie schon deshalb nicht, weil sie alle in meinem Kopf weiterlebten. Und in diesem Augenblick hörte ich förmlich, wie Jack sagte: „Wir halten immer zusammen, richtig? Die Hände in die Mitte.“

So hielten wir es damals und dann riefen wir: „Dicker als Blut, durch Schlamm und Glut, fürchten soll uns die Welt, ein Musketier ist ein Held.“ Wir waren kleine Jungs gewesen, aber verdammt, der Kampfruf hatte mich um die halbe Welt verfolgt.

„Dicker als Blut“, antwortete ich Aaron. „Ich gebe dir einen Monat, maximal sechs Wochen“, entschied ich. „Danach bin ich in meiner hübschen kleinen Blockhütte in … ach, egal wo. Ich werde irgendwohin verschwinden. Wenn du willst, kannst du mich da besuchen. Nach dieser Sache werde ich die Hütte nie mehr verlassen, nicht mal für dich.“

„Abgemacht.“

Aaron schwieg. Es war ihm offensichtlich sehr ernst.

„Alles in Ordnung?“

Er sprach leise weiter, als wäre auch ihm gerade Jack als Gespenst erschienen. „Danach werden sie nicht mehr über mich lachen. Nie wieder. Nicht, sobald sie es sehen.“

Ich hatte keine Ahnung, was „es“ war, denn es war ja geheim. Da mein Jugendfreund in Nordamerika ein führender Staubschnüffler und Fossilienwühler war, nahm ich nun an, dass es um eine seltene Metallablagerung oder die Überreste eines tollkühnen Neandertalers ging, der auf einem T-Rex ritt.

„Ganz bestimmt nicht“, antwortete ich. „Wir sehen uns im März.“

Seltsamerweise blieb dies für längere Zeit das letzte direkte Gespräch mit Aaron. Danach kommunizierte er ausschließlich über seinen Doktoranden Lewis mit mir. Unser CIA-Agent sagte, Aaron lebe praktisch rund um die Uhr auf der Grabungsstätte. Weiter als bis zum Eingang einer Schneehöhle in der Flanke eines niedrigen Bergs kamen unsere Patrouillen nicht heran. Was er da drin auch tat, es wurde streng abgeschirmt. So streng, dass mich nicht einmal der beste Freund aus meiner Kindheit vorher einweihen durfte.

Simmons stellt den Susvee ab, lässt aber den Motor laufen und ruft allen zu, sie sollten ihre Sachen packen. Im Gegensatz zu den anderen Streifengängen, auf denen wir versteckte Glock 19 dabeihatten, um nicht gegen den Geist des Antarktisvertrags zu verstoßen, tragen wir jetzt FN SCAR 17 bei uns, Sturmgewehre mit weißer „Klapperdosenfarbe". Für alle anderen: Damit ist Sprühfarbe gemeint. Sogar die Magazine und die militärischen Trijocon-Visiere sind lackiert, um in der winterlichen Landschaft nicht aufzufallen. Die Truppe trägt die Kevlarhelme und die Schutzwesten über weißer Wintertarnkleidung. Für ein Treffen zwischen Indiana Jones und dem Schneemann Frosty kommt mir das etwas übertrieben vor, aber da sich auf der Station Russen herumtreiben, ist mir innerlich viel wärmer, wenn ich vor der Brust eine Waffe mit einer Patrone vom Kaliber 7,62 mm in der Kammer trage.

Angesichts der Geheimhaltung kann ich mir eigentlich nur vorstellen: Aaron Campbell hat einen von Polarforscher Ernest Shackleton vergrabenen Schatz gefunden oder einen Dinosaurier mit einer Laserkanone auf dem Kopf. Wie auch immer, heute werden wir in das Allerheiligste eingelassen.

Ich nicke Simmons zu, der dem Team drei die Anweisung gibt, den Eingang zu bewachen, während Team Eins und Team Zwei uns nach drinnen folgen. „Wenn euch kalt wird, könnt ihr euch abwechselnd im Susvee aufwärmen", sagt er.

Sie salutieren und beziehen vor der Höhle ihre Positionen. Meine Finger und Zehen spüren schon die tiefen Temperaturen. Es wird nicht lange dauern, bis die Jungs wieder im Unterstützungsfahrzeug sitzen.

An den unebenen bläulichen Wänden der Eishöhle sind Kaltwetterleuchten montiert. Es sieht aus, als hätten die Forscher die Höhle mitten in einen Gletscher geschnitten. Nach zwanzig Metern geht es abwärts, und der Gang biegt nach rechts ab. Ich blicke zurück, um mich zu vergewissern, dass uns alle folgen.

Team Eins und Team Zwei sehen sich staunend um, die Hände an den Waffen sind entspannt.

Anschließend biegt der Gang nach links ab und endet vor einem großen Metalltor. Es wirkt hier völlig deplatziert, man denkt eher an einen unterirdischen Raketenstützpunkt als an eine akademisch geführte Grabungsstätte.

Ich sehe eine Zahlentastatur. Ohne Code kommt man da nicht rein. Also zücke ich mein Funkgerät und rufe Lewis.

„Bin gleich da, Mr. Finnegan. Einen Moment bitte."

Es dauert eine Minute, dann erwacht hinter dem Rolltor ein Motor zum Leben, und die Barriere kriecht nach oben. Dahinter kommen gelb lackierte Zacken und eine stählerne Bodenschwelle zum Vorschein. Das Rolltor ist höchstens halb hochgefahren, als Lewis sich in seinem übergroßen orangefarbenen Wintermantel von North Face auf der anderen Seite bückt und uns hereinwinkt.

„Hallo Mr. Finnegan, bitte kommen Sie. Dr. Campbell erwartet Sie schon."

Ich werfe einen Blick zu den Zacken und gehe unter ihnen hindurch. Auf der anderen Seite sehe ich eine weitläufige Grabungsstätte, mindestens vier Fußballfelder groß und ebenso lang. Die Decke, gut hundert Meter über uns, ist eine Eiskuppel, die von einem Geflecht von Aluminiumstreben gestützt wird. Überall in der Höhle stehen Kräne, Arbeitsleuchten, Geländewagen und Baugerüste. Undurchsichtige Plastikplanen versperren den Blick auf große Abschnitte der Grabungsstätte. Ich höre tragbare Heizgeräte fauchen, es riecht nach Dieselabgasen. Gut zwei Dutzend Menschen laufen umher, alle mit Overalls oder orangefarbenen Mänteln bekleidet.

„He." Simmons knufft mich. „Ich glaube, da unten habe ich gerade Tom Cruise gesehen."

„Das ist Dwayne Johnson. Aber du hast recht. Wenn sie lächeln, kann man sie kaum auseinanderhalten."

Simmons' Einschätzung ist gar nicht so falsch. Das hier erinnert mich eher an eine Kulisse aus einem Hollywoodfilm als an eine archäologische Grabungsstätte. Und wenn ich die Gesichter meiner

Truppe sehe, dann sind die Leute mindestens genauso überrascht wie ich.

Außerdem schlagen meine inneren Alarmglocken an. Anscheinend geht es Simmons ganz ähnlich.

„Das sieht aus, als käme gleich Jeff Goldblum auf der Flucht vor einem Tyrannosaurus Rex angerannt." Sein Tonfall verrät mir, dass er den Schauspieler nur halb scherzend erwähnt.

„Immer mit der Ruhe", sage ich. „Ich wette hundert Dollar und deinen russischen Schnaps, dass es hier um Gold oder Öl geht. Wenn es ein lebender oder toter Dinosaurier ist, gewinnst du."

„Topp."

Simmons und ich besiegeln die Wette mit einem Faustcheck.

„Hier entlang bitte." Lewis steigt vor uns eine metallene Podesttreppe zur Grabungsstätte hinunter.

Als wir unten auf dem Boden stehen, spüre ich, dass es wärmer wird – sicherlich kein Wetter für Shorts, aber auch nicht mehr minus zwanzig Grad.

Lewis führt uns den Hauptweg entlang, der von großen, mit Plastik verhüllten würfelförmigen Gebilden gesäumt ist, als hätte jemand eine Kleinstadt in Plastikfolie gewickelt. Ich frage mich, was unter dem Plastik steckt.

Als ich eine Plane anheben will, hält Lewis mich auf.

„Bitte nicht, Mr. Finnegan. Sie werden gleich eine Menge zu sehen bekommen."

Ich antworte nicht, weil es mir nicht gefällt, dass mir ein kluges Köpfchen im Wintermantel sagt, was ich tun und lassen soll, aber ich nicke und lasse die Plane in Ruhe.

„Benimm dich", sagt Simmons.

Ich würdige auch ihn keiner Antwort und bleibe hinter North Face. „Anscheinend wart ihr fleißig", sage ich zum Nachwuchswissenschaftler.

„Allerdings, ja."

„Und ihr seid gut finanziert", füge ich hinzu.

„Auch das, ja. Die wenigen Menschen, die Dr. Campbells Arbeit aufmerksam beobachten, haben viel Geld investiert und hoffen auf seinen Erfolg."

„Auf jeden Fall hat er mit deren Geld so einiges veranstaltet." Ich blicke zu einem Kranausleger hoch, der das Gelände überragt. „Er war schon immer ein fleißiger Junge."

Wir kommen an einigen weiteren plastikverpackten Gebilden vorbei und erreichen endlich eine riesige Plane, die so breit ist wie ein ganzes Fußballfeld. Sie ist sicherlich das größte Objekt in der ganzen Grube. Vor uns sehe ich mehrere Geländewagen, Container mit Ausrüstung und Computerarbeitsplätze.

Lewis bleibt vor einer gelb umrahmten Tür in der Plastikplane stehen. „Nur Sie dürfen dort hinein, Mr. Finnegan."

„Hoffentlich vermisst du mich nicht", sagt Simmons.

Ich nicke ihm aufmunternd zu. „Wenn ich Velociraptoren begegne, werde ich ihnen erklären, dass du dein Leben dafür geben würdest, einen von ihnen zu treffen."

„Leck mich doch."

Lewis zeigt auf die Plane und zieht sie zur Seite. Ich trete in einen kleinen Vorraum und steige durch einen zweiten Vorhang wieder hinaus. Auf der anderen Seite steht ein verdammt großer Ring. Er hat einen Durchmesser von mindestens achtzig oder neunzig Metern und erinnert ein wenig an die Ringe in *Stargate*, ist aber erheblich größer. Links und rechts neben dem Hauptring erheben sich die Hälften eines weiteren Rings. Der zentrale Ring besteht aus geometrischen Figuren, die beiden äußeren Halbringe sind geschichtet wie Sperrholz, auch wenn das Material metallisch zu sein scheint.

„Willkommen beim Orion Theta Project, Patrick", ruft eine vertraute Stimme in einem Arbeitsbereich, der ringsherum von gebogenen Computermonitoren umgeben ist. Die Nische befindet sich ungefähr zwanzig Meter vor mir und nicht weit vom Fuß des zentralen Rings entfernt. „Verdammt auch, wie schön, dich zu sehen." Es ist Aaron, der einen ähnlichen North-Face-Mantel trägt wie Lewis. Auf seiner Brust prangt das Logo der Rutgers University. Aaron rückt seine Brille zurecht und kommt mit ausgebreiteten Armen aus dem Verschlag heraus, um mich zu begrüßen.

Er ist eben ein großer Umarmer.

„Ich freue mich auch." Ich wappne mich gegen Aarons zweiarmige Annäherung, dann nicke ich in die Richtung des großen

Rings, wo gut zwanzig Leute beschäftigt sind. „Anscheinend hast du da etwas wirklich Interessantes entdeckt."

Er dreht sich herum. „Ist das nicht wundervoll?"

„Klar. Wahrscheinlich hast du auch schon Richard Dean Anderson unter Vertrag genommen, oder?" Ich bemühe mich, der seltsamen Situation mit etwas alltäglichem Humor beizukommen, aber auf einmal frage ich mich, ob ich Simmons vielleicht doch einen Geldschein und etwas Schnaps schuldig bin. Zugleich sagt mir die Logik, dass es für dieses Ding, was es auch sein mag, eine absolut menschliche Erklärung geben müsse.

„Richard Dean Anderson", überlegt Aaron mit einem leicht irritierten Schmunzeln. „Das ist gar nicht so weit von der Wahrheit entfernt, Patrick. Komm mit."

Ich will nachfragen, aber Aaron ist schon unterwegs. Ich folge ihm zum mittig gelegenen Ring, dann geht es eine Steintreppe hinauf, die so aussieht, als gehörte sie ins alte Rom. Nun ist die Spitze des Rings direkt über uns, und ich bekomme einen Eindruck, wie dick das Gebilde ist – es sind gut drei oder vier Meter. Es ist mit einem geometrischen Muster bedeckt, vielleicht die Worte einer alten Sprache, die in die unebene Oberfläche gemeißelt sind.

„Was denkst du?" Aaron breitet die Arme aus, dreht sich um und wartet auf meine Reaktion.

„Es … es sieht aus, als hättest du ein altmodisches Riesenrad ohne Gondeln gebaut. Glückwunsch."

Ich konnte meine Gefühle noch nie gut ausdrücken, und dieser Moment bildet keine Ausnahme. Natürlich bin ich neugierig, was das Objekt angeht. Und um ehrlich zu sein, ich bin auch etwas besorgt. Ich hoffe wirklich, Aaron wird mir gleich sagen, dass er es konstruiert hat, aber ich kann mir absolut keinen Grund vorstellen, warum man so etwas in der Antarktis bauen sollte. Allerdings stelle ich mir wilde Invasionsszenarien vor, die nichts mit der Realität zu tun haben. Und die Tatsache, dass mein Gehirn in diese Richtung denkt, ist der Beweis dafür, dass mein alter Herr recht hatte – zu viele Science-Fiction-Filme in der Nacht machen einen tatsächlich wuschig im Kopf. Ganz zu schweigen von der Tatsache, dass die Filme mein einziger

Ausweg vor allem anderen waren, was mir damals den Kopf durcheinandergewirbelt hat.

„Es ist wirklich sehr alt", erwidert Aaron und kommt auf meine Idee zurück. „Aber es ist ganz sicher kein Riesenrad."

„Was habt ihr denn hier gebaut?"

„Ha! Wir haben nichts gebaut. *Sie* waren es."

„Sie?"

„Komm mit."

Ehe ich irgendetwas aus ihm herausquetschen kann, läuft Aaron schnell die Treppe hinunter, geht in den Verschlag mit den Computerterminals und scheucht einige Mitarbeiter hinaus.

Als ich bei ihm bin, holt er eine Art Diagramm auf mehrere Bildschirme. Anscheinend zeigt es mikroskopische Querschnitte verschiedener Materialien.

„Was ist das?", frage ich.

Er macht eine abwehrende Handbewegung. „Ach, das sind Spektralanalysen, mikroskopische Darstellungen, Radiokarbondatierungen und noch ein paar andere Sachen."

„Und was sagt dir das alles?"

Aaron vergrößert eines der Röntgenbilder und tritt vom Bildschirm zurück. Das ist wohl eine stumme Aufforderung, es mir näher anzusehen.

„Ja, äh, das ist wirklich interessant."

„Pleistozän." Er tippt auf den Bildschirm. „Pleistozän, Patrick!"

Anscheinend stehe ich da wie ein Reh im Scheinwerferlicht. Er wirft gereizt die Hände hoch. „Diese Ära endete vor zwanzigtausend Jahren."

„Also hast du es nicht gebaut." Es widerstrebt mir sehr, mich auf seine, sagen wir mal, „Spekulationen" einzulassen.

„Ganz bestimmt nicht." Er ruft ein weiteres Bild und noch mehr Daten auf und tippt wieder auf den Bildschirm, als müsste ich nur lesen, um im Handumdrehen zu den gleichen Schlussfolgerungen gelangen zu können wie er. „Wir kennen den Homo sapiens, den damals fast schon ausgerotteten Neandertaler und den Denisova-Menschen. Sie sind im späten Pleistozän alle gleichzeitig herumgelaufen – das Känozoikum im Quartär. Kannst du mir folgen?“

Ich lache. „Wir haben damals Bärenfelle getragen, und es ist lange her. Ich glaube, so viel verstehe ich.“

„Du hast ja keine Ahnung, aber …“, er sucht nach den richtigen Worten, „… damals haben wir unsere Werkzeuge verbessert, die Sprache entwickelt, Unterkünfte gebaut. Doch so etwas wie dies hier haben wir nicht konstruiert.“

„Ein Steinkreis“, sage ich. „Vielleicht … eine riesige Feuerstelle, die gekippt ist, nachdem sie ein Loch in den Gletscher geschmolzen hat.“

Meine wilden Mutmaßungen zeigen, wie viel ich von Geologie verstehe.

Jetzt muss Aaron lachen. „Damals war diese Gegend nicht gefroren. Das Ellsworth-Subglazialhochland befindet sich, wie der Name schon sagt, unter dem Eis. Früher war es hier so schön wie in Camp Cayuga.“

„He, es gibt nichts Schöneres als ein Camp in den Sommerferien“, antworte ich. Mein Freund soll sich unterstehen, auf dem heiligen Grund unserer Jugend herumzutrampeln.

Er nickt zustimmend. „Das mag ja sein, aber irgendjemand hat diesen Ring genau dorthin gesetzt, wo er jetzt seit sehr langer Zeit steht.“

„Und du willst herausfinden, wer das war“, antworte ich.

„Nein.“ Er sieht mich kurz an. „Ich will ihn öffnen.“

3

1505, Montag, 25. April 2027
Westantarktis
Grabungsstätte im Ellsworth-Subglazialhochland
Der Ring

„Was willst du machen?"

„Ihn öffnen", bekräftigt Aaron.

„Wie bei …"

„Es ist ein Portal."

Die Kälte hat ihm das Gehirn zerfressen oder vielleicht auch meins. Wie auch immer, einer von uns hat Halluzinationen. Und da ich weiß, dass Aaron kein Idiot ist und ich mich recht gut fühle, muss ich davon ausgehen, dass er mich verschaukelt. „Warte mal, ich hole mir schnell den ägyptischen Kopfputz", flüstere ich kichernd. „Hau bloß nicht ohne mich ab."

Aaron legt den Kopf schief und sieht mich an. Er lacht nicht. „Patrick, das war kein Witz."

Ich nehme meine Überlegungen zurück. Vielleicht ist er doch irre.

Dann zeige ich auf den Ring. „Das ist ein …"

„Ein Portal."

„Gebaut von …"

Er zuckt mit den Achseln. „Das war niemand aus dieser Gegend."

„Also wie bei E.T.?"

Er nickt.

„Jesus, Maria und alle Heiligen." Ich starre ihn geschlagene drei Sekunden an, bis ich mir sicher bin, dass er mich tatsächlich nicht auf den Arm nehmen will. „Du meinst das wirklich ernst."

„Absolut."

Ich wende mich ab und knurre leise. Ich kann nicht glauben, dass ich mich auf so etwas eingelassen habe. „Aaron, du hast mich reingelegt – und wie. Gott weiß, wie du die Investoren dazu verleitet hast, dir all die Sachen zu bezahlen. Aber das hier kaufe ich dir nicht ab.“

„Patrick, hör zu.“

Ich fahre herum. „Und weißt du, was mich am meisten nervt? Du hast Jack dazu benutzt. *Jack.* Verdammt noch mal.“

„Ich kann es dir erklären.“

„Was gibt es da zu erklären?“ Ich zeige auf den Ring. Alle anderen Unterhaltungen in der Nähe sind eingeschlafen. „Du hast einen alten Ring gefunden und statt deinen Kopf zu benutzen wie früher, hast du dir eine völlig verrückte Geschichte ausgedacht, weil du …“

„Weil?“

„Ach, das weiß ich doch nicht.“

„Nein, ich will es gern hören, Pat. Wenn du etwas zu sagen hast, dann immer schön raus damit.“

„Du wolltest berühmt werden.“

„Äh – ja? Ist das alles?“

„Und du wolltest nicht mehr das Gespött aller anderen sein.“ Aarons Gesicht läuft rot an.

„He, du hast es doch selbst gesagt. Du hast gesagt, sie würden nicht mehr über dich lachen, wenn sie sehen, was du gefunden hast. Aber das hier? Ich …“

„Und wenn ich dir das hier am Telefon erklärt hätte“, er zeigt auf den Ring, „wärst du dann gekommen, Pat? Hättest du mir aufs Wort geglaubt? Ich glaube, was dich bewogen hat, hierherzukommen, war nicht, dass ich dich brauchte, sondern weil ich sagte, es sei für Jack.“

Ich knirsche mit den Zähnen. Wenn wir nicht so viel zusammen erlebt hätten, würde ich Aaron jetzt am liebsten verprügeln. Oder vielleicht ist die gemeinsame Vergangenheit sogar ein guter Grund, ihn zu verprügeln? „Du weißt, dass ich dir gern den Rücken freihalte. Aber das hier?“ Ich nicke in die Richtung des Rings. „Dafür brauchst du mich nicht, um was auch immer es sich handelt.“

„Ich kann es dir erklären“, behauptet er noch einmal.

Ich drehe mich um und gehe weg. Die Regierung hat meiner Meinung nach einen Fehler gemacht, als sie sich hier eingemischt hat. „Ich bin nicht derjenige, der dir Geld leiht, Aaron. Spare dir die Erklärungen für diejenigen, denen es wichtig ist.“

„Verdammt, Pat. Ich sagte doch, ich kann es erklären.“

„Glückwunsch.“

Inzwischen bin ich so weit entfernt, dass er die nächsten Worte rufen muss. „Es besteht aus einem Element, das wir noch nie gesehen haben.“

„Na ja, auch dazu herzlichen Glückwunsch.“ Ich marschiere geradewegs zum Ausgang, um meinem Schlapphut zu sagen, wohin er sich diese Operation schieben kann. Ich hätte es gleich wissen sollen. Diese verdammten Freaks.

„Falls du es wissen willst, dieses neue Element ist der Grund dafür, dass so viele Regierungen Interesse zeigen. Deshalb haben mehrere Universitäten ihre besten Wissenschaftler geschickt.“

Ich werde langsamer, drehe mich aber nicht um.

Aaron spricht weiter. „Denk doch mal darüber nach. Ein zweihunderttausend Jahre altes Gebilde aus einem synthetischen Element, das wir noch nirgendwo gesehen haben. Welchen Schluss würdest du daraus ziehen?“

„Keine Ahnung, Aaron. Aber ich glaube, ich würde lieber alle anderen Möglichkeiten ausschließen, ehe ich zu deiner Schlussfolgerung gelange.“

„Glaubst du etwa, das habe ich nicht getan?“

Oha, ich habe ihn gerade beleidigt. Mir ist klar, dass ich dies nicht noch einmal tun kann, ohne unsere Freundschaft aufs Spiel zu setzen.

Also halte ich an und drehe mich zu ihm um. Ich bin jetzt fünfzehn Meter weit weg und zeige auf den Ring. „Willst du damit sagen, dass du nicht der einzige Eierkopf bist, der glaubt, dies sei eine reale Version von *Stargate SG-1*?“

Er zieht eine Augenbraue hoch und schüttelt den Kopf, als hätte er Mitleid mit mir.

„Und Richard Dean Anderson wird nicht gleich ‚Cut!' rufen und sagen: ‚Großartiger Take, Leute. Wir versuchen es gleich noch einmal', oder so?"

Wieder schüttelt Aaron den Kopf.

„Mist." Ich zeige auf die Computer. „Dann führe mir mal vor, was du da hast."

Wir sind anscheinend beide erleichtert, als Aaron mir seine Erkenntnisse zeigt. Ich bin froh, dass er nicht völlig den Verstand verloren hat, und er scheint glücklich darüber zu sein, dass ich mir wenigstens einigermaßen neugierig seine Beweise ansehe. Die Wahrheit ist, dass es mich tatsächlich interessiert, und sei es nur, um Futter für meine Gegenargumente zu finden. Doch als Lewis mir einen Pott heißen Kaffee und einen Proteinriegel reicht, bekomme ich das Gefühl, dass ich nicht der Erste bin, den Dr. Aaron Campbell und sein Team hofieren mussten.

„Danke", sage ich zu Lewis.

„Sagen Sie es mir, wenn Sie sonst noch etwas brauchen."

„Das wäre alles, Lewis." Aaron blickt nicht einmal von seinem Bildschirm auf. „So. Siehst du das hier?"

Ich nippe aus dem Metallbecher und rücke den Hocker zurecht, auf dem ich sitze. „Japp. Sieht aus wie ein Fraktal oder so etwas."

„Ja", ruft Aaron. „Genau das ist es. Genau wie bei dem Element gibt es auch hier keinerlei bereits bekannte Informationen. Und es hat einige sehr seltsame Eigenschaften."

„Welche denn?"

„Wir haben zuerst mit portablen Geräten Fluoreszenzspektroskopie eingesetzt, dann ergänzend Massenspektrometrie mit induktiv gekoppeltem Plasma und dann Atomemissionsspektrometrie …" Er hält inne, weil er spürt, dass er mich abgehängt hat, und dreht sich kurz zum Ring um. „Ach, ich zeige es dir einfach. Komm mit."

Ich beiße vom Proteinriegel ab, folge Aaron die Treppe hinauf und achte darauf, meinen Kaffee nicht zu verschütten. Aaron bugsiert mich zum Ring und zeigt auf eine der vielen kastenförmigen Erhebungen des Objekts.

„Bist du bereit?", fragt er.

„Äh, klar doch.“

Er schiebt den Klotz zehn Zentimeter nach links, und im gleichen Augenblick leuchtet ein Quadratmeter des Rings blau auf.

Ich weiche zurück und verschütte beinahe meinen Kaffee. „Heilige Mutter Maria, was hast du da gemacht?“

„Ich habe es eingeschaltet“, antwortet Aaron grinsend.

„Hat das Ding Batterien?“

„Nein, soweit wir es sagen können, wohl nicht. Die Fraktale, die ich dir gezeigt habe, können Energie aufnehmen und hierherleiten.“

Ich öffne den Mund und will etwas sagen, aber mir fällt nichts Kluges ein.

„Keine Sorge.“ Er legt mir eine Hand auf den Arm. „Wir wissen auch nicht genau, wie das Objekt funktioniert. Aber dies hier wissen wir. Schau her.“ Aaron winkt mich zu sich. Auf der glühenden blauen Fläche sind Hunderte winziger Symbole und Rauten zu erkennen, die sich gelb vom blauen Untergrund abheben.

„Was ist das?“, frage ich.

„Das wussten wir anfangs auch nicht. Eine Sprache? Ein Code?“

„Und jetzt?“

Er kichert. „Es ist ganz einfach. Es ist ein Puzzle.“

„Und das soll einfach sein?“

„Aber natürlich. Du hast doch als Junge sicher mal mit Bauklötzen gespielt, oder?“

„Ich glaube schon.“

„Fandest du es nicht anregend, sie im Gleichgewicht zu halten, wenn du sie aufgestapelt hast?“

„Ich würde es nicht unbedingt ,anregend‘ nennen, aber …“

„Das hier ist wie ein Spiel mit Bauklötzen.“ Aaron berührt in der Nähe des blauen Bereichs einen zweiten Block, der auf der metallischen Oberfläche des Rings ein weiteres Feld aufleuchten lässt.

„Aber was sollen diese winzigen Symbole bedeuten?“

„Das ist das Schöne an einem Puzzle. Die Symbole müssen gar nichts bedeuten. Wenn du mit einer fremden Intelligenz kommunizieren willst, ist es sogar besser, sie mit möglichst wenig

Bedeutung zu befrachten. Stattdessen versuchst du, allgemeinere Strukturen zu finden."

„Warum das?"

„Weil Bedeutung manchmal schwer zu fassen ist. Worte sind viel zu polysem."

„Poly… was?"

Er schüttelt den Kopf. „Haben verschiedene Bedeutungen, besitzen einen Doppelsinn. Für jede Anwendung eines Begriffs brauchst du einen Kontext, um wirklich verstehen zu können. Denk nur an ein einfaches Verb wie ‚abnehmen'. Ich kann einen Hut abnehmen, ich kann Gewicht verlieren, die Beliebtheit eines neuen Songs kann abnehmen, der Mond kann abnehmen, du kannst mir ein Gepäckstück abnehmen."

„Ja, ich kann verstehen, dass so was schwierig wird."

„Wenn du eine zweite Phrase hinzufügst, kommen noch viel mehr Bedeutungsebenen dazu. Wenn zusätzlich der Tonfall eine Rolle spielt, wird es noch schlimmer. Hast du mal diesen Klassiker im Internet gesehen?"

Ich habe keine Ahnung, worauf Aaron anspielt, und bin dankbar, dass er auch ohne Nachfrage von mir zu erklären fortfährt.

„Ich habe nie gesagt, dass sie mein Geld gestohlen hat", erklärt er.

Ich sehe ihn schief an. „Wie bitte?"

„Je nachdem, welches Wort du betonst, kommt eine ganz andere Bedeutung heraus. ‚*Ich* habe nie gesagt, dass sie mein Geld gestohlen hat' bedeutet, dass der Sprecher nichts geäußert hat, wohl aber jemand anders. Dagegen heißt ‚Ich habe nie gesagt, dass sie mein Geld *gestohlen* hat', dass die betreffende Frau keine Diebin ist, sondern mit dem Geld etwas ganz anderes Unschönes gemacht hat."

„Ah, verstehe", sage ich.

„Vom anthropologischen Standpunkt aus ist die Sprache zwangsläufig irreführend. Rätsel dagegen sind viel wirkungsvoller, wenn man eine Verbindung herstellen will."

„Und? Habt ihr Rätsel gefunden?"

„Oh, und ob wir Rätsel gefunden haben." Aaron lächelt mich so breit an, dass seine Augen in den Lachfältchen beinahe verschwinden, und bewegt die Hand im Kreis. „Dann wollen wir das Ding mal in Gang setzen."

Ich stehe neben Aaron im Computerverschlag, während eine kleine Armee von Forscherinnen und Forschern ringsherum Gerüste vor den Ring schiebt. Von der Decke werden einige Plattformen an Kragarmen herabgelassen. Es dauert etwa fünfzehn Minuten, bis Aaron ein Kommando gibt: „Aktivieren Sie Stufe Ypsilon."

Daraufhin schieben, drücken und drehen die Leute die verschiedenen geometrischen Gebilde, die auf dem Ring verteilt sind. Jeder Helfer zieht ein iPad zurate und spricht über Ohrstöpsel mit den Kollegen. Vier Mitarbeiter an den Hauptkonsolen leiten, von Aaron aufmerksam beobachtet, die Teams auf den Gerüsten an, während sie ein Dutzend Bildschirme im Auge behalten.

Bei jeder Bewegung auf dem Ring flammt ein neuer Abschnitt auf. Schließlich bedecken die blauen Flächen und die gelben Symbole etwa zwanzig Prozent der Oberfläche.

„Stufe Ypsilon erreicht", sagt Lewis zu Aaron. „Alle Werte normal. Bereit für Stufe Phi."

„Weiter", antwortet Aaron und hackt mit der Handkante durch die Luft.

Wieder bewegen die Forscher die Objekte auf dem Ring, und weitere Teile des Bauwerks flammen auf. Gleichzeitig bebt der Boden.

Mein Funkgerät knackt, dann spricht jemand. „Wik, hier ist Simmons."

„Was gibt es?"

„Wir registrieren hier draußen niederfrequente energetische Schwingungen."

„Das geht in Ordnung", antworte ich. Es fällt mir schwer, ruhig zu sprechen. „Dr. Campbell führt mir nur etwas vor."

„Verstanden. Und das Licht, das durch das Plastik dringt?"

„Das gehört dazu. Alles im grünen Bereich."

„Verstanden. Simmons Ende."

Aaron nickt. „Chi einleiten."

Wieder wuseln seine Leute auf den Gerüsten umher wie Arbeiterinnen, die für ihre Ameisenkönigin unterwegs sind. Sie verschieben die Vorsprünge des Rings und lassen weitere Abschnitte aufleuchten. Das Summen im Boden wird lauter.

Aaron spürt anscheinend meine Unruhe. „Kein Problem, das ist ein Teil des Rätsels."

Seine aufmunternden Worte können meine Nervosität nicht dämpfen. Unwillkürlich packe ich den Griff meines SCAR 17 fester.

Als Aaron die Stufe Psi anordnet, könnte ich schwören, dass über die leere Innenfläche des Rings Blitze zucken. Es ist wie ein dünner Dunstschleier, hinter dem ein elektrischer Sturm tobt. Das Summen wird lauter, bis ich die Stimme erheben muss, wenn ich mit Aaron sprechen will.

„Die letzten fünf Buchstaben des griechischen Alphabets", sage ich ihm ins Ohr.

Er nickt.

„Was passiert, wenn ihr bei Omega seid?"

Er hält den Saum seiner Kapuze fest, damit der ihm angesichts der aus dem Ring fegenden Böen nicht ins Gesicht schlägt. „Das wissen wir nicht. So weit sind wir noch nie gekommen."

„Warum nicht?"

„Wir haben auf dich gewartet, Musketier."

Das alles hier kommt mir schrecklich überstürzt vor. Ich muss die Angelegenheit durchdenken und Aaron ausreden, aber es bleibt offensichtlich keine Zeit. Zwei Gerüste schwanken, und ich mache mir Sorgen, dass die Forscher zu viel Wissenschaftler und zu wenig Ingenieur sind.

„Alle Systeme sehen gut aus", ruft Lewis zu Aaron.

„Dann wollen wir es tun", ruft der zurück.

Ich packe Aaron an der Schulter. „Ich will Simmons und die anderen Teammitglieder hier drinnen haben."

„Nein, nein, nein." Er sieht mich betrübt an. „Du bereitest dich immer auf das Schlimmste vor, du bist auf alles gefasst. Aber das hier ist nicht das Schlimmste, Pat. Wir tun hier etwas Erstaunliches. Ruiniere mir nicht diesen Augenblick."

Meinem Bauch gefällt das gar nicht, aber Aaron hat natürlich recht, denn ich gehe wirklich immer vom Schlimmsten aus. Das mache ich jedoch nur, weil im Leben ständig das Schlimmste passiert. Das Beste bleibt immer knapp außer Reichweite. So ist das, wenn man realistisch ist. „Bist du dir wirklich sicher?"

„Durch Schlamm und Glut." Er gibt mir die Hand. Wir haben uns nicht mehr die Hand gegeben, seit ich das College abgebrochen habe. Meine Güte.

Wik, was machst du da? Das ist doch verrückt.

Ich lege meine Hand auf seine. „Durch Schlamm und Glut."

Aaron schenkt mir ein strahlendes Lächeln und ruft Lewis zu: „Leiten Sie Stufe Omega ein."

4

1548, Montag, 25. April 2027
Westantarktis
Grabungsstätte im Ellsworth-Subglazialhochland
Der Ring

Kaum dass Lewis über Funk den Befehl weitergegeben hat, zuckt ein Lichtblitz über die Innenfläche des Rings. Zu meiner Überraschung klettern die Forscher von den Gerüsten herunter. Ich bin erleichtert, denn ich will auf keinen Fall in meinem Bericht erklären müssen, dass Leute in den Tod gestürzt sind, weil sie nicht wussten, wie man ein einfaches Sicherungsgeschirr anlegt. Allerdings verrät mir der Rückzug noch nicht, was die Einleitung der Stufe Omega nun wirklich bedeutet.

„Jetzt sind wir dran." Aaron berührt mich an der Schulter. „Komm mit."

„Womit sind wir dran?", rufe ich. Aaron verlässt schon den Verschlag und läuft zur Treppe. Ich folge ihm eilig und packe ihn am Arm. „Was hast du vor?"

„Das letzte Puzzleteil."

Wieder zuckt eine elektrische Entladung über den Ring. Meine Nasenhaare kringeln sich, als ich Ozon rieche — chlorähnlich. Der Wind wird stärker. „Aaron, weißt du überhaupt, was das für ein Ding ist?"

Er sieht mich von der Seite an und schweigt.

„Das fasse ich als ein ‚Nein' auf."

„Es ist eine Gelegenheit", sagt er schließlich. „Jemand hat es hiergelassen und uns Hinweise gegeben. Soweit ich es sagen kann, sind wir die Ersten mit den richtigen Werkzeugen und der nötigen Intelligenz, um die Teile zusammenzufügen. Und wir haben alles gelernt, was wir lernen konnten. Das da", er zeigt mit einem Finger auf den glühenden Ring, „ist der nächste Schritt. Und wir müssen ihn tun, Pat."

Kennen Sie diese Filmszenen, wenn die Hauptperson durch eine Tür gehen will und Sie wissen schon, dass auf der anderen Seite etwas Böses lauert? Sie schreien den Bildschirm an: „Lass das sein!", aber er oder sie hört es nicht? So empfinde ich diesen Moment, nur dass es sich nicht um die Wiedergabe einer Aufzeichnung handelt. Wir erleben es in Echtzeit. Und im Gegensatz zu den Schauspielern und ihren Stuntleuten, die wieder aufstehen, wenn der Regisseur „Cut!" ruft, sterben die Menschen in Situationen wie dieser – und sehr viele sind bereits gestorben. Ich war dabei und konnte es sehen. Öfter, als mir lieb ist.

Es ist der improvisierte Sprengsatz unter einem Müllhaufen, der die Vorhut ausschaltet. Es ist der Junge, den Sie gestern laufen gelassen haben und der heute ein halbautomatisches Dragunow-Scharfschützengewehr nimmt und Ihrem Gefreiten den Kopf wegbläst. Es ist das Geschoss aus dem sowjetischen 82 mm Granatwerfer, das mitten in der Nacht durch die südwestliche Ecke des vorgeschobenen Stützpunkts schlägt und die Latrine zerstört – schon gut, es war nur das Klo, denken die Leute, bis sie feststellen, dass Murphy und Higgins nicht in ihren Kojen liegen. Die beiden sind nicht gestorben, während sie die Feinde bekämpft haben. Sie sind gestorben, als sie gekackt haben. Und warum?

„Patrick, bitte lass mich los." Aaron starrt meine Hand an.

Ich ziehe die Hand zurück und greife nach meinem SCAR 17.

Wissen Sie was? Wenn Aaron das tun will, was zu tun er entschlossen ist, dann werde ich ihn nicht aufhalten. Das könnte sowieso niemand. Die Menschen tun eben, was sie tun wollen.

Gewiss, ich würde ihm gern sagen, dass ich dies für eine schlechte Idee halte. Dass wir ein größeres Team und mehr Ausrüstung brauchen. Vielleicht sollte ein ganzes Bataillon bereitstehen. Ich weiß nicht. Nur so wie jetzt sollte es definitiv nicht laufen.

Aber das habe nicht ich zu entscheiden. Und selbst wenn, ich glaube, es würde nichts ändern. Wenn es darauf ankommt, sterben die Menschen, ob man es will oder nicht. Und wenn man nach

Hause kommt, bleiben einem schlechte Erinnerungen und dieses Gefühl von … Wie heißt das noch gleich? *Hilflosigkeit.*

„Sei vorsichtig", sage ich zu Aaron.

Er nickt und steigt die alte Treppe hinauf. Mein Puls rast und ich bemühe mich bewusst, langsamer zu atmen, höchstens zwölf Atemzüge pro Minute. Wenn ich schneller atme, wird mir schwindlig.

Mit erhobenem SCAR 17 sehe ich durch das Visier zu, wie Aaron hinaufsteigt. Ich habe keine Ahnung, worauf ich zielen soll, falls etwas passiert, aber so habe ich es gelernt – ich decke mein Team und warte ab. Unweigerlich beflügeln Bilder von kleinen grünen Männchen und Pharaonen mit Plasmaspeeren meine Fantasie. Aber dieser Mist in meinem Kopf ist nicht real. Das hier schon.

Aaron greift nach einem Vorsprung mitten im unteren Bogen des Rings. Es ist der einzige Abschnitt, der noch nicht leuchtet. Das muss es sein: der letzte Zug. Stufe Omega.

Ich nehme die rechte Wange von der Waffe und blinzele zweimal, um meinen Blick zu klären. Dann sehe ich wieder durch die Zieloptik. Der Ring wird aktiv, als spürte er, dass jemand ihn wecken will. Wie ein Drachen nach einem langen Schlaf.

Aaron bearbeitet den Block und schiebt ihn nach links. Da schießt ein elektrischer Blitz aus dem Zentrum des Rings und streift ein Gerüst. Die Funken stieben in alle Richtungen, ein paar Plastikteile fangen Feuer.

Ach, jetzt reicht es mir. Ich nehme das Funkgerät und drücke auf den Sprechknopf. „Simmons, ich brauche hier zwei Teams", rufe ich. „Sofort zu mir."

„Bitte wiederholen?"

„Team eins und Team zwei sofort zu mir, los jetzt!"

„Roger."

Aaron bearbeitet immer noch den Knopf, als zwei weitere Blitze durch die Luft schießen. Einer trifft einen Ausleger unter der Decke, der andere einen Stapel Vorratskisten. Beide Einschläge lösen weitere Blitze und kleine Brände aus. Trotzdem bleibt Aaron völlig ruhig. Sogar furchtlos. Vielleicht hätte er sich als Marine gut gemacht.

Mit einem Ruck bringt Aaron den Klotz in die Endstellung und tritt zurück. Schlagartig erstirbt der Wind, und auch die elektrischen Ladungen zerstreuen sich. Stattdessen bildet sich auf der gedachten Innenfläche des Rings ein schimmerndes blaues Energiefeld. Es ist halb durchsichtig, als blickte man aus einem Black-Hawk-Hubschrauber in eine Wasserfläche. Hinter der dünnen Schicht ist ein zweiter, kleinerer Ring zu erkennen, und hinter dessen Feld ein dritter Ring, der noch kleiner ist. Die Kreise scheinen sich endlos zu wiederholen und in der Unendlichkeit zu verschwinden.

Alles ist still, man hört nur noch das leise pulsierende Summen im Boden und gelegentlich ein Knistern, wenn ein kleiner Blitz wie auf Spinnenbeinen um den Ring wandert.

Aaron hebt beide Arme und ruft „Yee-haw!" wie ein Cowboy. Er dreht sich zu mir und dann zu seinem Team um. „Wir haben es geschafft!"

Ich blicke nach links, wo inzwischen Simmons eingetroffen ist. Er reißt die Augen weit auf und starrt den Ring an. Die anderen Marines sind genauso verdutzt.

„Lewis!", ruft Aaron und springt die Treppe hinunter. „Sensoren! Was sagen die Sensoren?"

Lewis informiert Aaron, während sich Simmons zu mir beugt. „Verdammt, Wik? Soll heißen: Was, zur Hölle?"

„Keine Ahnung. Ziele einfach weiter auf das Ding da." Ich zeige auf den Ring.

„Ist das echt?"

Ich nicke. „Anscheinend habe ich die Wette verloren."

„Meinst du? Warum habe ich auf einmal den Eindruck, dass Sigourney Weaver hier als Einzige lebend rauskommt?"

„Immer mit der Ruhe, Simmons." Ich wedele mit einer Hand, um ihn zu beschwichtigen. „Lass uns ruhig bleiben. Ich rede mit dem Professor. Du übernimmst die Teams."

„Roger."

Ich ziele mit dem SCAR weiter auf den Ring und bewege mich durch den Verschlag. Es sind mehr Forscher da als je zuvor. Sie flitzen umher wie Kinder unter dem Weihnachtsbaum, die verpackte

Geschenke schütteln und dem Geräusch zufolge raten, was darin sein könnte. Nur, dass sie in diesem Fall auf Bildschirme tippen und ihre Theorien miteinander abgleichen.

„Aaron, was ist los?", frage ich. Ich bin weit davon entfernt, das Staunen und Entzücken seiner Mitarbeiter zu teilen.

Aaron rückt die Brille zurecht und winkt mich zu einem der größeren Monitore. „Schau her. Siehst du diese Linien?"

Es sieht aus wie der Querschnitt eines Aktienindex, der stetig von links nach rechts steigt. Verschiedenfarbige Linien überkreuzen einander, aber alle weisen aufwärts.

„Das ist die Darstellung unterschiedlicher Strahlungsarten. Wie du sehen kannst, steigen die Werte mit jeder Stufe, die wir aktiviert haben." Er zeigt mir die Stufen Ypsilon, Phi, Chi und Psi.

„Und was ist das?" Ich deute auf einen steilen Anstieg einiger Farben, die aus dem Fenster ausbrechen, während andere ebenso steil nach unten weisen. „Das sieht dramatisch aus."

„Oh, das. Das ist passiert, als wir die Stufe Omega aktiviert haben."

„Und was hat das zu bedeuten?"

„Zuerst einmal, dass der Ring viele verschiedene Arten von Strahlung aussendet, die wir größtenteils überwachen können. Es entspricht der Bandbreite des ionisierenden und nichtionisierenden Spektrums."

„Kannst du das laienhaft ausdrücken?"

„Äh …" Aaron denkt kurz nach. „Nicht-ionisierende Strahlung tötet dich nicht, ionisierende schon."

„Also die Fernbedienung meines Fernsehers im Vergleich zu einer Atombombe."

„So ungefähr, ja. Wir sehen, dass beide Arten mit jeder Stufe, die wir aktivieren, langsam ansteigen. Natürlich nicht so stark, dass es dich töten könnte. Aber stark genug, dass man nicht den ganzen Tag ohne Schutzanzug an den Knöpfen herumspielen will. Genau das haben wir auch bei den vorherigen Tests beobachtet."

„Und dann kam das da?" Ich zeige auf den abrupten Ausschlag und die stark abfallenden Werte, nachdem Omega aktiviert wurde.

„Das ist der Grund für die Aufregung. Die gesamte ionisierende Strahlung – also die gefährlichen Varianten –, all das fällt auf null, während die nichtionisierende Strahlung durch die Decke geht."

„Und was hat das zu bedeuten?"

Aaron blickt zu Lewis und dann zu einigen anderen Forschern, die unser Gespräch mitangehört haben. Sie ziehen lächelnd die Augenbrauen hoch, als wäre ihnen längst bekannt, welche Pointe gleich auf den Witz folgen muss.

„Es bedeutet, dass das, was sich jenseits dieser Fläche befindet, eine erstaunliche Menge Energie abstrahlt, die für lebende Organismen nicht schädlich ist."

„Also handelt es sich um eine Energiequelle?" Ich hoffe, das ist dann auch wirklich alles.

„Nein, das kann man so nicht sagen. Jedenfalls nicht in einer Weise, die für uns als Zivilisation nützlich wäre. Vergiss nicht, es ist Uran, das Atomkraftwerke antreibt, nicht deine Fernbedienung."

„Also, wenn es keine Energiequelle ist", ich blicke zum Ring hinauf, „was ist es dann?"

Aaron rückt seine Brille zurecht und blickt zu seinen Kollegen. Mein Gott, die sind alle so aufgedreht, das geht mir auf die Nerven.

„Wir glauben, es ist ein Portal in eine andere Dimension", behauptet Aaron.

Ich muss lachen, und zwar richtig laut. Die führen mich doch an der Nase herum. Mein Ausbruch hat auf sie allerdings eine interessante Wirkung – ihre Gesichter sind auf einmal wie versteinert, als wollten sie mich mit Blicken erdolchen und als fehlte ihnen leider bloß die Superkraft, um es auch zu tun.

„Mein Gott, das ist wirklich dein Ernst."

„Und ob." Aaron reckt das Kinn und streicht seinen Mantel glatt. „Und wir erwarten, dass sich alle hier bei dieser Angelegenheit, die, wie ich dich erinnern möchte, die nationale Sicherheit betrifft, möglichst professionell verhalten."

Will mir der Collegeprofessor wirklich einen Vortrag über die nationale Sicherheit halten? Jesus, Jakobus und Josef, ich muss wohl den Beruf wechseln.

Ich streiche mir mit einer Hand, die in einem Handschuh steckt, über den Bart. „Na gut, also ist es ein Portal. Wohin führt es denn?"

„Da können wir auch nur raten", entgegnet Aaron. Er beäugt mich wachsam, scheint zufrieden und fährt fort. „Aber nicht dem Ziel gilt unser größtes Interesse."

Hinter Aaron räuspern sich zwei Mitarbeiter.

„Oder jedenfalls nicht, was mich selbst angeht", schränkt er sofort wieder ein. „Die Astrophysiker dagegen …"

„Uns ist das sogar sehr wichtig", erklärt ein Sterngucker. Nein, das ist die Astronomie. Egal, ist für mich sowieso das Gleiche.

„Das primäre Ziel dieses Forschungsvorhabens ist tatsächlich nicht die Frage, wohin das Portal führt", bekräftigt Aaron. Damit wendet er sich vor allem an die Astrophysiker, als wollte er sie an die Realität erinnern. „Die Frage ist, wer es hierhergesetzt hat, und ob sie immer noch bereit sind, mit uns zu reden."

„Also Vorrang für die Anthropologie und dann erst das Sternegucken. Verstanden."

Die Astrophysiker stellen die Stacheln auf, als sie meine Worte hören, aber Aaron scheint richtig stolz zu sein, woraufhin ich frage: „Und was wollen wir jetzt tun? Durchgehen?"

„Meine Güte, nein", wehrt Aaron ab. „Wir sind doch nicht im Film."

„Äh, doch." Ich zeige auf den Ring. „Beweisstück A."

„Patrick, wir wissen nicht, was mit unserer Physiologie passiert, wenn wir versuchen, diese Schicht zu durchdringen."

„Ich dachte, sie gibt nur nichtionisierende Strahlung ab."

„Richtig. Aber das heißt nicht, dass wir einfach jemanden reinschicken. Das wäre ein mögliches Todesurteil und mit unseren ethischen Maßstäben keinesfalls zu rechtfertigen. In Nordkorea hätte man wohl keine Skrupel, aber wir arbeiten anders."

„Was wollen wir dann tun? Einfach nur herumsitzen und warten?"

„In der Tat, genau das haben wir vor." Wieder scheint Aaron stolz auf meine Schlussfolgerung zu sein. Er entspannt sich sichtlich. „Die Logik sagt uns, dass die intelligente Spezies, die diesen Ring erschaffen und hier platziert hat, dazu fähig ist, auf diesem Weg jederzeit hierherzukommen."

„Warum haben sie es noch nicht getan? Ich meine nicht heute, sondern die ganze Zeit über."

Aaron schiebt die Brille auf dem Nasenrücken hoch. „Wer sagt denn, dass sie das nicht getan haben?"

Ich erstarre und weiß nicht, was ich darauf antworten soll.

„Nehmen wir im Augenblick einfach mal an, dass sie es noch nicht getan haben. Übrigens, unsere Forschungen weisen darauf hin, dass dieses Gelände seit Jahrtausenden unberührt geblieben ist. Weißt du eigentlich, wie lange wir gebraucht haben, um diese subglaziale Höhle zu öffnen? Sei einfach froh, dass du gleich bis zum spannenden Teil springen konntest.

Aber egal, ich schweife ab. Es gibt mehrere Erklärungen dafür, warum die für diesen Ring verantwortliche Spezies noch nicht aufgetaucht ist. Erstens ..."

„Äh, erstens, das sollten Sie lieber SETI überlassen", unterbricht ein Mann mit einem Vollbart, der eine orangefarbene Latzhose über einem Wollpullover trägt. Er gibt mir die Hand. „Hallo, Sergeant Finnegan."

„Es heißt Master Gunnery Sergeant", berichtigt Aaron ihn.

Ich sehe meinen Freund anerkennend an. Da hat er aber gut aufgepasst.

„Tut mir leid, Sergeant." Der Wissenschaftler räuspert sich. „Dr. John Walker vom SETI-Institut in Mountain View, Kalifornien."

„Freut mich." Ich schüttele ihm die Hand. „Ich mag Ihren Whisky."

„Was? Oh, richtig, ich auch."

Ich kann immer noch nicht glauben, wie entspannt alle angesichts der gegenwärtigen Situation sind. Allerdings, wenn man lange genug mit irgendetwas lebt, wird es Alltag. „Was wollten Sie gerade sagen, Dr. Walker?"

„Ah ja, die meisten plausiblen Erklärungen beruhen auf dem Fermi-Paradoxon, auch wenn mehrere Ideen inzwischen als widerlegt gelten. Die Ableitungen sind noch viel interessanter."

„Entschuldigung, was ist das Furby-Paradoxon?"

„Fermi", antwortet er. „Enrico Fermi, ein italienischer Physiker, der den ersten Atomreaktor erschaffen hat. Nein?"

Ich starre ihn an und weiß nicht, was mir das sagen soll.

„Egal", fährt Dr. Walker fort. „Es soll hier reichen zu erwähnen, dass Fermi der Erste war, der eine Hypothese dazu aufgestellt hat, warum wir in einem so großen Universum noch keinem extraterrestrischen intelligenten Leben begegnet sind."

„Warten Sie mal – reden Sie jetzt über Aliens, Doc?"

„Wir sprechen lieber von extraterrestrischem Leben."

„Also von Aliens, ja?"

Walker seufzt gereizt. „Ja, meinetwegen, *Aliens*."

Ich streiche mir den Bart glatt. Ich brauche was zu trinken. Das ist übel. Es ist … es ist völlig verrückt. Die Tatsache, dass es ganze Gruppen von Menschen gibt, die auf einen solchen Augenblick nur gewartet haben, macht es noch beunruhigender.

„Fahren Sie fort."

„Eine Hypothese, die wir hier anwenden könnten, ist die Überlegung, dass eine Spezies untergehen könnte, ehe es ihr gelingt, den Kontakt mit der Erde herzustellen oder in diesem Fall erneut herzustellen. Genau wie wir sind sie womöglich großen Naturkatastrophen ausgeliefert oder könnten sich selbst vernichten."

Ich betrachte den Ring, dann wieder Dr. Walker. „Also wollen Sie mir sagen, diese andere Spezies hat das Ding vor Tausenden Jahren hier abgestellt und sich später ausgelöscht, weil sie wegen Gebietsstreitigkeiten einen Atomkrieg geführt hat?"

„Das ist eines von mehreren denkbaren Szenarien."

Aaron kommt ihm zu Hilfe. „Das würde auch erklären, warum der Ring niemals wieder von ihrer Seite aus aktiviert wurde."

„Wieder? Haben Sie denn Beweise dafür, dass er überhaupt schon einmal aktiviert worden ist?"

„Ich muss mich entschuldigen, ich habe diesen Teil übersprungen. Es gibt viele kausale Erklärungen, und ich wollte nicht andeuten, der Ring sei aus eigener Kraft hierhergekommen. Wir müssen jedenfalls davon ausgehen, dass ein Mechanismus dieser Größe nicht unbenutzt bleibt, nachdem er konstruiert wurde."

„Alles klar. Jetzt möchte ich wissen, für wie groß Sie die Wahrscheinlichkeit halten, dass durch dieses Tor etwas Feindliches kommt."

Aaron und Dr. Walker wechseln einen Blick und grinsen.

„Feindlich?" Aaron kichert leise. „Absolut nicht. Wenn eine alte extraterrestrische Zivilisation uns hätte erobern wollen, dann hätte sie es längst getan, als die Menschheit noch … − wie hattest du das ausgedrückt? Als wir Bärenfelle getragen haben?"

Jetzt lachen die meisten Wissenschaftler im Verschlag.

„Na gut", antworte ich, „aber während es Ihre Aufgabe ist, sich vorzustellen, dass alle gelben Ziegelsteinwege in die Smaragdstadt zum Zauberer von Oz führen, muss ich davon ausgehen, dass alle Dorothy töten wollen. Also werden Sie es mir hoffentlich verzeihen, wenn ich Ihre Begeisterung nicht teile."

„Sergeant Finnegan." Dr. Walker legt die Hände aneinander wie ein betender Hippie. „Bitte begreifen Sie, dass hier die besten und klügsten Köpfe arbeiten."

„Und Griechenland hatte Aristoteles. Wissen Sie, wer Straßen mitten durch die Weingüter gebaut hat? Die Römer waren das."

„Sergeant Finnegan, ich …"

„Hören Sie, Sie machen einfach weiter. Das geht mich nichts an. Aber wenn durch dieses Ding etwas kommt, das einen von uns auch nur schief ansieht, dann befolge ich meine Befehle und beschütze alle in diesem Stützpunkt mit allen verfügbaren Mitteln. Und das schließt die Möglichkeit ein, den Ring ohne Herumgerede auf der Stelle abzuschalten. Verstanden?"

Aaron sieht seinen Kollegen nicht einmal an. „Aber natürlich, Patrick. Das haben wir alle begriffen."

„Schön. Wann rechnen Sie denn mit einem Kontakt?"

„Das … wir können uns nicht auf eine Zeit festlegen." Er zuckt mit den Achseln und lächelt mich verlegen an. „Wir haben ja keine Präzedenzfälle."

„Also könnte es in drei Minuten oder in drei Tagen geschehen."

„Oder in drei Jahrzehnten", antwortet er. „Wir wissen es einfach nicht."

„So läuft das nicht", sage ich zu Aaron. „Ihr werdet mich nicht überreden, auch nur einen Tag länger zu bleiben als den einen Monat, den ich dir zu bleiben versprochen habe."

„Du hast gesagt, maximal sechs Wochen."

Der Mistkerl. „Japp, habe ich."

„Also bleiben uns noch zwei Wochen mehr."

„Ich kann selbst rechnen, Aaron."

„Gut. Dann bitte ich dich jetzt ganz offiziell und deinem Auftrag für die nationale Sicherheit entsprechend, Wachen einzurichten, wie du es für angemessen hältst, bis du abgelöst wirst."

„Vergessen Sie nicht, unsere Kameraden mit einzuteilen", sagt ein Forscher mit starkem russischem Akzent.

„Und auch nicht unsere Spezialisten", ergänzt ein Wissenschaftler, der einen aufgeplusterten Mantel trägt. Wenn ich mich nicht irre, spricht er britisches Englisch.

Ich bekomme den Eindruck, dass Aaron sich gegen jede andere militärische Präsenz außer unserem eigenen Team gesträubt hat. Da die Sache eskaliert und die Forscher vor demjenigen stehen, der von jetzt an das Sagen hat, wollen sie natürlich dafür sorgen, dass auch ihre eigenen Militärabteilungen die Hand in die Keksdose stecken können. Das kann ich ihnen nicht zum Vorwurf machen. Wären die Rollen vertauscht, dann würde ich vermutlich auch Türen eintreten, damit Uncle Sam hereindarf.

Am Ende bin ich aber einfach nur ein Ledernacken auf seinem letzten Einsatz. Was kümmern mich kleine grüne Männchen und Professoren in Laborkitteln? Was mich angeht, so können sie alle hier unten bleiben, sich die Eier abfrieren und über Strahlungswerte kichern, bis ihre Schwänze glühen.

„Wir sorgen dafür, dass alle mal drankommen", sage ich, „aber ich bin der Befehlshaber. Wenn hier unten etwas passiert, während ich nicht da bin – ganz egal was –, dann erfahre ich es als Erster. Nicht Ihre Tante Sarah oder Ihr bester Freund auf Twitter. Sagen Sie es mir. Und ich werde alle einsperren, die sich nicht daran halten. Verstanden?"

Sie nicken und unterhalten sich nervös. Anscheinend redet man auf dem College anders miteinander.

„Wenn du etwas brauchst, sag Bescheid", erklärt Aaron.

„Es wäre ein guter Anfang, wenn meine Männer etwas Warmes zu trinken und ein paar Stühle bekämen."

„Natürlich."

„Und wenn du noch ein paar Tische hast, könnte ich sie gebrauchen, um Ausrüstung abzulegen. Simmons?" Ich sehe mich über die Schulter um und winke ihn zu mir. „Sergeant Simmons gibt Ihnen eine Materialliste, um einen Schildwall zu bauen."

„Einen Schildwall?", fragt Dr. Walker. Er sieht Aaron an. „Ist das wirklich nötig, Campbell?" Dann wendet er sich an mich. „Wir haben es hier mit einer Forschungseinrichtung zu tun, nicht mit Ihrem persönlichen Spielplatz, um …"

„Hören Sie, Dr. Whisky", sage ich und baue mich vor ihm auf. „Sie haben Ihr Fachgebiet, ich habe meins. Und ich gebe Ihnen mein Wort − wenn durch dieses Ding nichts Feindseliges kommt, dann werden wir Sie nicht stören. Das verspreche ich Ihnen. Doch wenn es schiefläuft, dann muss ich bereit sein. Und die Bereitschaft für einen Kampf schließt es ein, eine Deckung zu haben, hinter der Sie Ihren mageren Arsch in Sicherheit bringen können, falls die Aliens doch eher wie ein Xenomorph statt wie *Marvin der Marsmensch* aussehen."

„Damit kann ich leben", entgegnet Dr. Walker.

„Wunderbar. Dann haben wir das ja geklärt." Ich sehe Aaron an. „Ich lasse dich jetzt wieder arbeiten, und wir kümmern uns um unsere Aufgaben."

„Klingt wie ein Plan", antwortet Aaron. Dann gibt er mir die Hand, und ich schlage ein. Keine Umarmung, kein freundschaftliches Nicken. Ein Handschlag zwischen Profis. „Patrick, danke, dass du gekommen bist. Ich bin froh, dass du hier bist."

„Klar." Eigentlich würde es sich gehören, ihm zu sagen, dass ich mich auch freue, aber ich sage nichts. Mir ist nicht danach, zu lügen, nur um höflich zu sein. Alles, was ich herausbringe, ist daher: „Freut mich, dass wir dir helfen können." Schon diese Worte fallen mir ausgesprochen schwer.

Ich marschiere mit Simmons aus dem Verschlag heraus und gehe zu den Teams eins und zwei.

„He", sagt Simmons. „Das war eine nette Ansprache. Ich denke, sie lassen uns jetzt in Ruhe."

„Das wollen wir doch hoffen."

„Bei dem, was du gesagt hast, gibt es aber ein Problem."

„Welches denn?"

„Sogar *Marvin der Marsmensch* hatte eine böse Strahlenkanone."

Der Mistkerl.

5

0601, Dienstag, 26. April 2027
Westantarktis
Grabungsstätte im Ellsworth-Subglazialhochland
Der Ring

„Du bist spät dran", sagt Simmons, als ich durch die Plastikplane trete, um die morgendliche Schicht zu übernehmen. Der Ring sieht noch so aus wie gestern – er ist eingeschaltet und schreit nach Problemen.

„Was ist los?", frage ich. „Hat der Zimmerservice gestern vergessen, ein Schokoladentäfelchen aufs Kopfkissen zu legen?"

„Niedlich." Simmons zeigt mit dem Daumen über seine Schulter. „Vlad und seine beiden Kampfgruppen in ihrer Ecke zu halten, ist schlimmer, als einen Wurf Katzen zu hüten."

„Die sind sicherlich nur neugierig."

Simmons schüttelt den Kopf. „Ich musste drohen, den Jungs die Handys wegzunehmen, wenn sie nicht aufhören, Bilder zu tweeten."

„Wie schön." Noch ein Grund dafür, dass ich Handys hasse.

„Also, wenn der Zimmerservice das Betthupferl vergessen hat, dann wäre das noch die kleinste meiner Sorgen."

„Kaffee?" Ich biete ihm die Thermosflasche an, die ich im Casino aufgefüllt habe.

„Nein, lieber nicht." Simmons nickt in die Richtung einiger Stahltische, die hinten in einer Ecke der mit Plastik begrenzten Enklave aufgestellt sind. Dort sind anscheinend jede Menge kulinarische Vorräte aufgetürmt. „Anscheinend wollten die Leute, die den guten Doktor finanzieren, auch beim körperlichen Wohl der Forscher nicht kleinlich sein. Da steht sogar eine echte italienische Espressomaschine."

„Lass dich nur nicht hinters Licht führen, Simmons."

Er wirft mir einen fragenden Blick zu. „Wie meinst du das?"

„Mit Geld kann man Liebe und vieles andere kaufen." Ich werfe ihm die Thermosflasche hinüber und gehe in den Computerverschlag.

Aaron sieht aus, als hätte er sich nicht bewegt, seit ich ihn am Vorabend verlassen habe. Die Ringe unter den Augen bestätigen meinen Verdacht. „Wie läuft es?"

Aaron hebt den Kopf. „Patrick! Du kommst wie gerufen."

Der Kerl ist mit Kaffee abgefüllt – oder er hat ein High wegen seiner Entdeckung, was man ihm nicht vorwerfen kann, nur dass meine Version von Glück darauf bauen würde, den Ring in die Luft zu jagen.

„Was hast du vor?"

„Komm schon, komm." Er winkt mich zu sich. Ich nicke Dr. Walker rasch zu, der ebenfalls aussieht, als hätte er keine Sekunde geschlafen.

„Sieh dir das an", fordert Aaron mich auf.

Der Monitor, den er meint, zeigt schon wieder Kursverläufe von Aktien. Ich sollte mich wahrscheinlich geehrt fühlen, weil er so viel Vertrauen in meine Beobachtungsgabe setzt – trotzdem, ohne ausführliche Einweisung kann ich hier nicht viel erkennen.

„Na ja", sage ich, während ich den Blick über die Displays wandern lasse. „Anscheinend fährt der DeLorean immer noch mit achtundachtzig Meilen pro Stunde. Der Fluxkompensator sieht auch gut aus. Wir stehen stabil bei 1,21 Gigawatt."

Aaron nickt abwesend, dann wendet er sich breit grinsend wieder an mich. „Nette Anspielung."

„Ich will nur, dass du wach bleibst."

„Aber lass mal Doc Brown beiseite." Er beugt sich zum Monitor vor. „Wir messen einige neue Strahlungsarten. Hier und hier." Er zeigt auf zwei neue farbige Linien, die am Vorabend noch nicht da gewesen waren.

„Was bedeutet das?"

„Nun ja, bis jetzt hatten wir gleichbleibende Emissionen im MW-Bereich, im RF-Band und im ELF-Spektrum."

„Kapier ich nicht."

„Mikrowelle, Funk und extrem niedrige Frequenzen. Außerdem viele Emissionen im Bereich des sichtbaren Lichts, die aber größtenteils aus dem Körper des Rings selbst zu kommen scheinen."

„Meinst du damit, das physische Objekt ruft all das hervor?"

„Es ist eher so, dass es die Energie aus der Umgebung sammelt und gebündelt wieder abstrahlt. Aber diese Linien hier weisen auf etwas ganz anderes hin."

Er hält so lange inne, dass ich ihn auffordern muss, endlich fortzufahren.

„Ja, richtig." Er blinzelt mehrmals. „Wir sehen jetzt neue Strahlung im UV- und IR-Bereich. Das ist …"

„Ultraviolett und Infrarot. Die kenne ich."

„Sehr gut."

„Und warum interessiert dich das so?"

„Nun, einmal sind sie neu, wie ich schon sagte. Sie sind erst vor Kurzem entstanden."

„Das soll vermutlich heißen, irgendetwas hat sie absichtlich ausgelöst."

„Möglicherweise, ja, aber ihre Gegenwart allein ist noch nicht einmal das Interessanteste." Aaron tippt auf den Bildschirm, zielt auf eine Linie und zieht sie aus der Darstellung heraus. Sie wird jetzt dreidimensional abgebildet, und nun erkenne ich, dass sie im Querschnitt wie ein U geformt ist. Auf dem linken Ausläufer sehe ich ein Minuszeichen, rechts ein Pluszeichen. Mitten unter dem Bauch des U wird eine Null angezeigt.

„Was bedeutet das?", frage ich.

„Es oszilliert", antwortet er.

„Ich kann dir nicht folgen. Oszillieren nicht alle Wellen?"

„Das schon, aber …" Aaron klopft auf seinen Mantel und greift in die Tasche, um eine kleine Taschenlampe hervorzuholen. Er schaltet sie ein und zieht sie vor meinem Gesicht hin und her. „Nicht auf diese Weise."

Ich zucke zusammen und weiche aus. „Ja, und?"

„Verstehst du das nicht?"

„Nein, Aaron."

Er zielt mit der Taschenlampe auf den Ring. „Er scannt uns."

Ich blicke zwischen Aaron, dem Ring und dem Computer hin und her. „In diesem Augenblick."

„Ja, in diesem Augenblick."

Ich war schon gestern misstrauisch, bevor der Ring eingeschaltet wurde, aber das hier hebt mich auf eine ganz neue Ebene der Wachsamkeit. „Irgendwie hat es mir besser gefallen, als es eine stabile Wand war."

„Es ist ein extraterrestrisches multispektrales Portal", wirft Walker ein.

Ich ignoriere ihn. „Können wir selbst etwas durchschicken? Vielleicht eine Drohne?"

„Natürlich nicht", antwortet Aaron ein wenig zu schnell für meinen Geschmack. Nicht, dass ich leicht beleidigt bin, aber Leute, wir wollen doch wenigstens in Ruhe über alles reden.

„Möchtest du das erklären?", frage ich.

„Wie würden Sie sich fühlen, wenn die da drüben eine Drohne durchschicken?", fragt Walker.

Ich werfe ihm einen gereizten Blick zu, aber er meint die Frage ehrlich. Ich stelle mir eine Gruppe Wissenschaftler in einem unterirdischen Labor in Peking oder Moskau vor. „Wahrscheinlich wäre ich sehr misstrauisch. Ich würde wissen wollen, wer mich aus welchem Grund beobachtet."

„Dann dürfen wir das Gleiche auch umgekehrt annehmen", erwidert er. „Wenn wir etwas tun, das auch nur entfernt feindselig wirkt oder Misstrauen erwecken könnte, dann könnte das ein ungünstiger Anfang sein. Und so etwas mit einem Phänomen zu tun, das durchaus die größte Entdeckung der Menschheitsgeschichte sein könnte, wäre …" Er schnauft. „Ich kann nur sagen, das wäre gar nicht gut."

„Nur, dass sie diejenigen sind, die den Ring auf unseren Planeten gestellt haben, Doc. Wo ich herkomme, da heißt dies, dass wir das Recht haben nachzuforschen."

„Lassen wir die moralischen Fragen mal beiseite", sagt Aaron, der sich anscheinend bemüht, eine freundliche Atmosphäre herzustellen. „Selbst wenn wir eine Drohne schicken, gibt es keine Garantie dafür, dass wir die Verbindung damit halten können. Deshalb würden wir für Verwirrung sorgen, ohne etwas davon zu haben. Es ist besser, abzuwarten und zu sehen, was passiert."

„Das hat noch nie ein Geheimagent gesagt." Ich gebe mir keine Mühe, meine Missbilligung zu verbergen. Die zusätzlichen zwei Wochen, die ich hierbleiben muss, kommen mir allmählich so vor, als hätte ich mich auf eine Paartherapie eingelassen, und das macht mich sauer. „Hör mal, ich verstehe ja, dass ihr nicht feindselig erscheinen wollt, aber wir könnten hier buchstäblich in die Mündung eines Geschützes blicken. Und wir sollen einfach nur herumstehen, uns den Daumen in den Arsch stecken und darauf warten, dass uns wer weiß was erledigt? Nein. Kommt nicht infrage."

„Patrick, bitte."

Aaron will mir die Hand auf die Schulter legen. Ich stoße sie weg.

„Wir haben schon geklärt, dass ihr hier eure Rolle habt, und ich habe meine", sage ich. „Im Moment haben wir keinerlei Erkenntnisse darüber, welchem Zweck dieses Ding dient, wer es hierhergebracht hat und warum sie uns im Augenblick scannen. Ich verstehe ja, dass es eure Aufgabe ist, wissenschaftlich neugierig und optimistisch zu sein. Nun ja, es ist meine Aufgabe, zu glauben, dass alle, die uns töten wollen, jede Gelegenheit ergreifen werden, die sie sehen, um ihren Traum zu verwirklichen, ob es nun Aliens sind oder nicht."

„Extraterrest…"

„Geschenkt, Walker."

Der SETI-Experte weicht zurück.

„Wenn ihr meine Meinung hören wollt, dann sind wir hier selbst mit den von uns aufgebauten Barrikaden die reinsten Zielscheiben. Wo sind eigentlich die ganzen Notschalter? Ich würde lieber herausfinden, dass diese Ärsche so drauf sind wie Mary Poppins und mich bei ihnen entschuldigen, als zu versuchen, mit einer Luftpistole den Predator auszuschalten. Kannst du das verstehen?"

„Sergeant, geben Sie mir Ihr verdammtes Handy", schreit Simmons.

Ich fahre herum und sehe, wie Vlad sich gegen Simmons' Versuch wehrt, ihn davon abzuhalten, schon wieder ein Foto des Rings zu machen.

„Sergeant Petrow", brülle ich den russischen Kommandanten an. Dann reißt mir der Geduldsfaden und ich ziele auf Vlad. „Benehmen Sie sich, ehe ich Sie ins Lazarett schieße."

„Ist das eine Drohung, Brooklyn Amerika?" Vlad stößt Simmons weg.

„Es ist ein Versprechen, Vlad. Händigen Sie das Telefon aus."

„Professor", sagt Lewis hinter mir. „Wir sehen neue Aktivitäten."

Ich will mir ansehen, was Lewis meint, aber Vlad schlägt in diesem Augenblick Simmons ins Gesicht, woraufhin ich zu Vlad laufe. Ich bin nicht der Einzige – unsere Jungs und ein paar Russen stürzen sich ebenfalls in den Kampf. Und ich dachte, wir seien Profis. Ich hätte die Mission gar nicht erst übernehmen sollen.

Als ich zwischen Vlad und Simmons bin, ruft ein Brite: „Heilige allmächtige Mutter Gottes."

Ich fange einen Hieb von Vlad gegen meine Schulter ab, drücke seine Arme hinunter und drehe mich. Direkt vor dem Ring schwebt in mittlerer Höhe ein magentaroter Pfannkuchen in der Größe eines Mülleimerdeckels. Anscheinend hat er an fünf Seiten kleine schwarze Linsen, unten sind fünf blau glühende quadratische Kacheln zu erkennen.

Die Forscher stürzen sich in das Chaos, schnappen sich Aufzeichnungsgeräte und schnattern wie ein Haufen Konzertbesucher bei einem Auftritt von Taylor Swift. Die Sicherheitskräfte starren das Ding mit offenen Mündern an.

„In Deckung!", rufe ich. „Waffen entsichern, aber nicht schießen, solange ich nicht den Befehl gebe."

Ich schnappe mir Simmons, der sein geschwollenes Kinn reibt. „Alles in Ordnung?"

„Dieser verdammte Stroganoff-Fresser", schimpft Simmons und spuckt einen Mundvoll Blut aus. „Es geht schon."

„Geh in Deckung. Rufe die anderen Teams vom Eingang herunter. Ich will jeden Lauf, den wir haben, auf das Ding richten."

„Alles klar."

Mein SCAR ist schon bereit, daher kehre ich zu Aarons Position im Computerverschlag zurück. „Aaron?"

„Siehst du das?", ruft er.

„Ich sehe es. Und ich muss darauf bestehen, dass du mit deinem Team bei uns in Deckung gehst."

Er lacht. „Pat, mach dich nicht lächerlich. Schau nur!"

„Das ist keine Einladung, das ist ein Befehl."

„Es erkundet uns." Aaron dreht sich zu Walker um. „Wir haben Kontakt!"

Die beiden Wissenschaftler umarmen sich und feiern, als hätten sie gerade den Nerd-Superbowl gewonnen. Ich brauche mehrere Sekunden, um ihre Aufmerksamkeit zu erregen, während ich die Drohne im Visier behalte.

„Leute, bitte geht sofort in …"

Der Antrieb der Drohne flammt auf, und das Ding nähert sich uns. Mehrere Leute keuchen und ducken sich, als die Drohne herabsinkt. Dann wandert ein helles blaues Licht rings um die Drohne. Es sieht aus wie eine Wand aus Laserstrahlen. Der Strahl scheint harmlos zu sein, aber ich mag das Gefühl nicht, dass ich gerade gescannt werde.

„Bitte nimm die Waffe herunter", sagt Aaron und greift nach meinem Gewehr.

„Auf gar keinen Fall", widerspreche ich, ohne die Drohne aus den Augen zu lassen, denn ich bin mir ganz sicher, dass es sich um einen Vorboten handelt, der die vordersten Linien der Feinde checken soll.

Die blaue Welle verschwindet, dann schießt ein kleiner roter Strahl zum zentralen Schrank mit den Festplatten. Mein Bauch sagt mir, dass es eine Laserzielvorrichtung für eine Waffe ist, und ich stehe schon kurz davor, die Drohne abzuschießen, als Aaron vor den Lauf meines SCAR tritt.

„Verdammt, Aaron", rufe ich und schiebe ihn weg.

„Sie scannt nur", antwortet er. „Schau doch!"

Ich sehe mich über die Schulter um. Der rote Laser malt ein kompliziertes Gitternetz, etwa von der Größe einer Frisbeescheibe, auf die schwarze Außenfläche des Schranks.

„Mann", sagt Lewis. Der Doktorand betrachtet von seinem Versteck am Boden aus einen Monitor. „Die CPU-Leistung liegt bei hundert Prozent."

Aaron läuft zu ihm. „Anscheinend greift es auf unsere Server zu."

„Abschalten", sage ich. Ich staune, dass ich derjenige bin, der mehr Filme über Alien-Invasionen gesehen hat als diese Eierköpfe. Falls ich mich irre, dann werde ich ihnen lebenslänglich Karten mit dem Aufdruck „Es tut mir leid" zuschicken. Aber falls ich recht habe? Verdammt, ich will nicht recht behalten.

„Ich sagte, schaltet es ab!" Ich gehe zu einem Kasten hinüber, der aussieht, als wären Sicherungen darin. Mit etwas Glück ist dort ein Hauptschalter, der die Computerecke ausknipst.

„Das hast nicht du zu entscheiden." Aaron stellt sich mir in den Weg, doch ich schiebe ihn zur Seite. Ich rangele nicht gern mit meinem Freund, aber wir haben keine Zeit für Diskussionen.

„Die CPU erreichen kritische Temperaturen", verkündet Lewis.

Ich gehe um Aaron herum und renne zum Schaltkasten. Als ich die Klappe aufreiße, verschwindet der rote Laserstrahl auf dem Schrank.

„Die Temperatur sinkt wieder", meldet Lewis.

Die Kühler arbeiten, als wollte der Schrank gleich abheben. Die Drohne bleibt schweben, wo sie ist − keine blauen Wellen, keine Laserstrahlen. Sie wartet einfach ab, und die Forscher gewinnen ihr Selbstvertrauen zurück.

Lewis ist schon wieder auf den Beinen, und Aaron befiehlt ihm, weiter die Drohne zu filmen. Der Junge fummelt mit einer Sony-Videokamera herum und setzt diese endlich in Gang. Er ist so aufgeregt, wahrscheinlich ist ihm gar nicht klar, dass er dem Alien-Fluggerät gefährlich nahe kommt.

„Lewis", warne ich. „Ziehen Sie sich zurück, Mann."

Aber er ist zu vertieft − jetzt erzählt er der Kamera auch noch, was er sieht.

„Lewis." Er hört immer noch nicht. Mein Gott, diese Leute sind schlimmer als Vlad. „Lewis, Sie müssen jetzt …"

Unter der Drohne klappt etwas auf, und ein Projektil rast zu Lewis. Der Bursche schreit auf und wirft die Kamera weg. Dann ruckt sein Körper, als hätte ihn etwas am Haken. Ich bemerke einen dünnen Faden, der seinen Brustkorb mit dem Bauch der Drohne verbindet – und das Ding holt ihn ein wie einen Fisch.

„Feuer frei", rufe ich über Funk und ziele auf die Drohne. Mein SCAR bellt und jagt .0308-mm-Patronen in das Ziel.

Die Drohne wackelt bei jedem Treffer, richtet sich aber sofort wieder aus. Mit jedem Einschlag wird Lewis ein wenig weiter von uns weggezogen. Er kracht gegen einen Tisch und wirft mehrere Monitore um.

Die Kugeln der Sicherheitskräfte treffen die Drohne, aus der Funken sprühen. Das Ding ist jedoch überraschend zäh und fliegt mit zunehmender Geschwindigkeit zum Portal. Da dämmert mir, dass die Drohne Lewis verschleppen will.

Der Bursche schreit nach Aaron oder wer weiß nach wem, aber was auch in seiner Brust verankert ist, es lässt ihn nicht los. Der Hollywoodstar in mir denkt daran, die Verbindung mit einem Schuss zu kappen, doch die Aussichten sind gering bis nicht vorhanden und eine Verschwendung von Munition. Es ist besser, die Drohne abzuschießen.

Meine Ohren dröhnen von den Schüssen, der Schießpulvergeruch brennt mir in der Nase. Die Forscher haben die Köpfe eingezogen und die Arme schützend darübergelegt und schreien, dass es aufhören soll. Ich lasse nicht nach, so wenig wie die Teams.

Jemand trifft eine Antriebskachel im Bauch der Drohne. Die Explosion lässt das Ding seitlich wackeln. Lewis prallt gegen die alte Treppe und stößt einen gequälten Ruf aus. Doch die Drohne richtet sich wieder aus und fliegt sogar noch schneller zum Portal. Woraus dieses Ding auch besteht, es ist widerstandsfähig, und anscheinend hat man der Panzerung Vorrang vor der Bewaffnung gegeben, denn es feuert nicht auf uns. Noch nicht. Nichts, was wir bauen könnten, würde einem solchen Beschuss standhalten, sofern man es nicht unter einen Kampfpanzer schweißt.

„Nachladen", rufe ich aus Gewohnheit, auch wenn mir niemand zuhört. Ich lasse das leere Magazin fallen und ramme in weniger als drei Sekunden ein neues in die Waffe. Dabei rücke ich weiter vor und verfolge das Ziel. Sobald die erste Patrone im Lauf ist, jage ich mit Vollautomatik eine ganze Salve in die Drohne. Ich riskiere es, den Lauf zu überhitzen, was zu Fehlfunktionen führen kann, aber ich muss so viele Treffer landen, wie ich nur kann. Die Drohne nähert sich dem Portal, doch während ich schieße – ich erledige ein Objektiv und einen zweiten Antriebssektor –, schiebt jede Patrone das Fluggerät näher zur Fläche im Portal.

Lewis wird die Treppe hochgezerrt. Er hört zu schreien auf, was bedeutet, dass er bewusstlos sein muss. Oder eine verirrte Kugel hat ihn getroffen. Oder irgendetwas, das die Drohne durch den Faden geschickt hat, legt ihn lahm. Wie auch immer, sein schlaffer Körper befindet sich oben und rutscht zum Portal.

Mein Leben lang habe ich mich bemüht, nützlich zu sein und Probleme zu lösen, ehe sie überhandnehmen. Doch als ich sehe, wie Lewis in Richtung Tor rutscht, erinnere ich mich daran, dass meine besten Jahre vermutlich schon hinter mir liegen, und dass ich nicht schnell genug denke, um diese Situation zu klären. Tief in meinem Inneren hasse ich mich dafür.

„Was machst du da?", schreit Aaron mich an. Seine Brille ist weg, die Haare sind zerzaust. „Hole ihn zurück!"

Ich fluche und sprinte zur Plattform. Hoffentlich haben meine Marines und die anderen Sicherheitskräfte genügend Geistesgegenwart, um den Beschuss einzustellen. Ich habe keine Zeit, lange zu winken und sie auf mich aufmerksam zu machen.

Ich stürme die Treppe hoch und bin Lewis schon ganz nahe, aber die Drohne zerrt ihn zu schnell weiter. Also werfe ich mich mit ausgestrecktem Arm auf den Jungen und kann gerade noch seinen Stiefel packen. Meine Hüfte knallt schmerzhaft auf den Stein.

Das „Ping-Ping" der einschlagenden Kugeln lässt nach, als mehrere Leute rufen: „Feuer einstellen!" Ich halte mit einer Hand Lewis' Bein fest, hebe das SCAR und schieße von unten auf den fliegenden Roboter. Dabei stieben wieder Funken, und es macht abermals „Ping", aber weder mein zusätzliches Gewicht noch mein Beschuss können die Drohne aufhalten. Sie zerrt jetzt Lewis und mich zum Tor.

Ich ziele auf die Stelle, wo der Faden aus dem Bauch der Drohne kommt, und hoffe, Lewis damit zu befreien, aber es nützt nichts. Die Drohne erreicht die Fläche des Portals und verschwindet einen Herzschlag später.

Wir rutschen schneller. Entweder ich gleite mit hinüber oder ich lasse Lewis los.

Ich bin mir nicht sicher, ob meine Hand aufgibt, weil ich alt bin und mich nicht mehr festhalten kann, oder ob es daran liegt, dass ich vor dem, was auf der anderen Seite liegt, zu große Angst habe. Jedenfalls lasse ich los und sehe zu, wie Lewis' aufgeblähter North-Face-Mantel durch das Portal gezogen wird.

6

0630, Dienstag, 26. April 2027
Westantarktis
Grabungsstätte im Ellsworth-Subglazialhochland
Der Ring

„Was hast du gemacht?" Aaron rennt die Treppe zu mir hoch. „Du hast ihn losgelassen."

„Ich konnte ihn nicht mehr festhalten." Ich richte mich auf und zucke zusammen, weil meine Hüfte wehtut.

„Nein, du …" Aaron nimmt die Brille ab, die er inzwischen wiedergefunden hat. „Du hast dir nicht genug Mühe gegeben."

„Aaron, ich war …"

„Du … du hast ihn einfach losgelassen. Und das ist nicht …" Er wendet sich ab. „So was darf nicht passieren. So was darf auf keinen Fall passieren."

„Hör mal, Kumpel, es tut mir leid. Aber jetzt müssen wir …"

„Wir müssen die Arbeit fortsetzen, exakt." Aaron starrt abwesend das Portal an. Er kann nicht mehr klar denken.

Ich stehe wieder und versuche, zu ihm durchzudringen. „Aaron, wir müssen für die Sicherheit aller anderen hier sorgen und das Ding da sofort abschalten."

„Abschalten?" Jetzt sucht er meinen Blick. „Es wartet seit Tausenden Generationen darauf, dass es geöffnet wird. Wir können es nicht abschalten. Spinnst du?"

Wenn es einen Streit gibt, weil die Leute unterschiedliche Meinungen haben, dann macht mir das nichts aus, solange sie vernünftig bleiben. Im Augenblick scheint mir mein alter Freund eindeutig nicht mehr bei Verstand zu sein. „Aaron, hör mal, du musst jetzt tief Luft holen und …"

„Tief Luft holen?"

„Dr. Campbell, bitte." Dr. Walker kommt hinter Aaron die Treppe herauf. Der SETI-Mann ist sichtlich erschüttert, aber weniger in Aufruhr als Aaron. Das ist gut. „Wir setzen uns jetzt einfach hin und …"

Aaron stößt Walkers Hände weg. „Nein."

Der SETI-Experte lässt sich nicht beirren. „Wir sollten uns jetzt erst einmal hinsetzen und alles durchdenken."

„Es gibt nichts zu durchdenken. Das Portal ist offen. Die Arbeit muss weitergehen, und wir müssen Lewis zurückholen."

„Schön, dann lassen Sie uns darüber reden." Walker führt Aaron die Treppe hinunter. „Wenn die extraterrestrische Spezies der Ansicht ist, dass Lewis' Biologie durch das Portal springen kann, dann können wir vielleicht eine Rettungsmission planen."

Aaron nickt. „Ja, eine Rettungsmission."

Walkers Plan ist entsetzlich, aber Aaron lässt sich darauf ein, und das ist gut. Walker pflanzt Aaron hin und gibt ihm eine Flasche Wasser. „Bleiben Sie einfach hier sitzen, während ich mit Sergeant Finnegan rede."

Dann zieht Walker mich zur Seite. Zögernd kommen die anderen Forscher aus ihren Verstecken und sehen sich um. Ein Mann in einem dicken Mantel reicht Aaron ein iPad und dreht seinen Stuhl von mir weg.

„Er hatte in der letzten Zeit eine Menge Stress." Walker führt mich aus dem Computerverschlag heraus. „Wir haben alle Stress. Und der Erstkontakt verlief nicht ganz so wie geplant."

Ich lache leise. „Was haben Sie denn erwartet? Eine Verabredung zum Abschlussball?"

Walker blinzelt verständnislos.

„Schon gut."

„Also." Walker räuspert sich. „Was tun wir jetzt?"

„Sie müssen es abschalten."

Er zieht die Augenbrauen hoch. „Aber wir haben es doch gerade erst geöffnet."

„Es ist mir egal, ob Heiligabend ist und der Weihnachtsmann es Ihnen persönlich geschenkt hat. Haben Sie eine Vorstellung davon, was mit den Leuten passiert, die da durchgehen?"

„Nein, das nicht, aber …“

„Oder was die Drohne mit Lewis tun wird?“

„Natürlich nicht.“

„Dann stimmen wir darin überein, dass wir auf diese Bedrohung nicht vorbereitet sind. Solange wir keinen robusten Plan und erheblich mehr Informationen haben, schalten wir das Ding ab. Ich will nicht, dass noch jemand durchgezogen wird, und das war es dann.“

„Aber, Sergeant Finnegan, wir …“

Ich zeige mit der linken Hand auf den Ring. „Schalten Sie ihn ab.“

Walker erschrickt, doch er fügt sich. „Ja. Ja, Sie haben wohl recht.“ Vielleicht ist der *E.T.*-Freak doch ganz vernünftig.

„Wie macht man das?“

„Da.“ Er zeigt auf den unteren Abschnitt, der halb in der Plattform versenkt ist. „Die Komponente, mit der Dr. Campbell Phase Omega eingeleitet hat. Wenn man sie zurückschiebt, dann …“

„Ich mache das“, sage ich, ehe Walker fortfahren kann. Dann rufe ich Simmons und den anderen Sicherheitskräften zu: „Gebt mir Deckung. Ich gehe rauf.“

„Roger“, antwortet Simmons und gibt meinen Befehl weiter.

Erst als ich die Treppe zur Plattform hinaufsteige, wird mir klar, wie riesig das Energiefeld ist. Ich mache mir Sorgen, dass eine weitere Drohne herauskommt und mich schnappt. Die Gewissheit, dass direkt hinter dieser Wand jemand oder etwas lauern könnte und mich anstarrt, ist beunruhigend. Klar, ich bin dazu ausgebildet, in beunruhigenden Situationen zurechtzukommen – meine ganze Laufbahn war beunruhigend. Aber das hier ist eine ganz neue Ebene der Beunruhigung.

Vorsichtig nähere ich mich dem Ring, schiele mit einem Auge durch die Zieloptik und suche mit dem anderen Auge nach der Stelle, wo Aaron auf der rechten Seite den Ring manipuliert hat. Dank Simmons' Anregung und meiner eigenen überaktiven Fantasie sehe ich vor meinem inneren Auge, wie *Marvin the Martian* hinter der Barriere steht und mit seiner Strahlenkanone auf mich zielt.

Und natürlich brennt Xenomorph XX121 darauf, mit seinem ausfahrbaren Beißwerkzeug mein Gesicht zu fressen.

Der Knopf, den Aaron verschoben hat, ist nur noch zwei Meter entfernt. Ich schiebe die linke Hand unter mein SCAR, ziele aber weiter auf die schimmernde blaue Wand. Hier oben ist das tiefe Summen lauter. Das verdammte Ding lässt meine Füße kribbeln.

Als ich die rechte Hand zum Knopf ausstrecke, ruft Aaron etwas von unten.

„Was machst du da?"

Ich ignoriere seine Frage, höre aber, wie er durch die Computerecke rast und die Treppe hochläuft. Walker ruft Aaron etwas zu – japp, er ist vernünftig.

„Dr. Campbell, bitte kommen Sie zurück! Solange wir nicht genug wissen, ist es …"

„Nein! Wir können es uns nicht erlauben, das Portal zu schließen."

Ehe er weiter protestieren kann, schiebe ich den Klotz wieder zurück. Oder sagen wir, ich versuche es. Das Ding rührt sich nämlich nicht. Ich brauche zwei Hände, aber das bedeutet, dass ich mein SCAR loslassen muss. Verdammt.

Aaron trampelt die Treppe herauf, Walker ist ihm auf den Fersen. Wir haben keine Zeit für lange Diskussionen.

Ich lasse die Waffe los, drücke mit beiden Händen gegen den Klotz und werfe mein ganzes Gewicht dagegen. Mein Kopf ist nur wenige Zentimeter von der Energiebarriere entfernt. Ich spüre förmlich, wie sie mich mit einem winzigen Lichtblitz treffen will.

„Komm schon", sage ich gepresst. Das Ding bewegt sich jedoch kaum.

Aaron prallt gegen meinen Rücken und wirft mich fast um. „Das kannst du nicht machen!"

„Das ist nicht deine Entscheidung." Ich stoße ihn mit der linken Hüfte weg.

„Patrick, hör auf! Bitte!"

Ich bin schon drauf und dran, den Klotz loszulassen und ihn energischer zurückzustoßen, als Walker in diesem Moment Aaron wegzieht. „Dr. Campbell, bitte."

„Lassen Sie mich los!"

„Wir müssen es abschalten, bis …"

„Wir müssen Lewis retten."

Man kann ihm nicht zum Vorwurf machen, das Herz am rechten Fleck zu tragen, aber manche Dinge kann das Herz nicht in Ordnung bringen.

Als ich mich abermals gegen den Block stemme, spüre ich links von mir etwas. Es ist ein Körper, der durch das Energiefeld kommt.

„Mein Gott", ruft Walker.

Ich hebe mein SCAR und versuche, die zwei Meter entfernte Gestalt einzuschätzen. Es ist eine Art Roboter – Arme und Beine wie ein muskulöser Mensch, und er ist fast zweieinhalb Meter groß.

Das Ding hat einen Kopf wie eine große Pistazienschale, die auf der dicken Seite steht, ringsherum sind fünf Objektive angebracht. Der Körper ist mit einem magentaroten Panzer geschützt, ganz ähnlich wie die Drohne. Darunter kann man ein schwarzes Skelett erkennen. Auf der Brust, den Schultern und seitlich am Kopf sind eigenartige gelbe und weiße Markierungen.

Mein erster Impuls ist, sofort zu schießen, aber mein Training hält meine instinktiven Reaktionen in Schach. Wenn diese Panzerung jener der Drohne ähnelt, dann riskiere ich, von Querschlägern getroffen zu werden. Auch Aaron und Walker sind in Gefahr. Also ziehe ich mich zurück und entferne mich ein Stück von dem Ding. Ich winke Aaron und Walker, sich ebenfalls in Sicherheit zu bringen.

„Wartet auf meinen Befehl", weise ich Simmons über Funk an.

„Roger."

Bisher rührt sich der Roboter nicht. Er steht einfach nur da, und das ist mir ganz recht. Ich höre, wie jemand stolpert.

„Pat, wir wissen nicht, ob es feindselig ist", sagt Aaron.

Ist das der Typ, der mir gerade noch Vorwürfe gemacht hat, weil ich Lewis fast getötet hätte? „Geh hinter die Barrikaden, Aaron. Walker, nehmen Sie die anderen Leute mit. Sofort."

„Aber Pat, ich glaube …"

„Sofort", fauche ich.

„Kommen Sie, Dr. Campbell", sagt Walker. „Los, Leute, los!"

Ich ziehe mich geschmeidig und geduckt zurück, bis der Bot den Kopf dreht und das vorderste Auge auf mich richtet. Es läuft mir kalt über den Rücken. Ich bin ungeschützt und muss in Deckung gehen, aber ich bin die einzige Verteidigung zwischen dem Bot und den zurückweichenden Wissenschaftlern.

Hinter mir tappen Schritte, ich höre nervöses Tuscheln, und auf einmal steht jemand neben mir – eine der Forscherinnen. Der Bot legt den Kopf schief, als wäre er neugierig.

„Ich warte auf deine Befehle", sagt Simmons in diesem Moment.

Der Bot richtet den Kopf wieder auf mich aus.

Ich will gerade den Befehl geben, das Feuer zu eröffnen, da hebt das Ding einen Arm und schießt aus der klauenähnlichen Hand etwas ab. Eine blaue Energiekugel trifft die zu Boden gestürzte Forscherin und betäubt sie.

„Angriff", rufe ich und feuere mit meinem SCAR auf den Bot.

Die ersten Kugeln schlagen Funken, richten aber keinen Schaden an, wenn man davon absieht, dass sie den Rumpf des Bots ein wenig durchschütteln.

Zwischen den Schüssen blicke ich zu der liegenden Frau und versuche, jemanden zu rufen, der ihr aufhilft, aber alle anderen rennen weg und halten sich die Hände auf die Ohren, um den Lärm der Schüsse zu dämpfen. Ich muss es wohl selbst tun.

Jetzt macht der Bot den ersten Schritt. Ausgreifend und zuversichtlich wie ein Turm, der hinter einem Wall von Bauern hervortritt. Er hat nichts zu verlieren. So agiert eine Schachfigur, die eine Armee hinter sich weiß.

Ich muss die Frau in Sicherheit bringen. Als ich mit der linken Hand nach ihrem Handgelenk greife, sehe ich nur noch grelles blaues Licht. Ich blinzele heftig und bin mir sicher, dass ich getroffen worden bin, dann höre ich hinter mir jemanden schreien. Es hat einen Forscher erwischt. Zwischen uns erkenne ich eine Sengspur auf dem Boden. Anscheinend war die Ladung auf meine Hand gezielt, ist aber vom Stein abgeprallt. Wie auch immer, ich packe die Frau am Handgelenk und zerre sie über den Boden, während ich auf den Bot schieße.

Das Ding zeigt sich unbeeindruckt und springt, immer drei Stufen auf einmal, die Treppe herunter. Der Kugelhagel perlt einfach von seinem Rumpf und dem Kopf ab. Funken sprühen wie eine Wunderkerze am vierten Juli.

Der Verschluss meines SCAR öffnet sich. „Nachladen." Ich höre mich selbst kaum sprechen. Ich lasse den Arm der Forscherin los, werfe das leere Magazin aus und lade nach. Sobald ich wieder feuerbereit bin, hieve ich mir die Frau auf die Schulter und greife den Bot an.

„Ich komme rüber", rufe ich Simmons zu.

Er winkt mich zu sich, während die Wissenschaftler hinter den improvisierten Barrikaden abtauchen. In meinem Rücken explodiert ein weiterer blauer Lichtblitz. Simmons zieht mich und die Frau in Deckung.

„Kümmern Sie sich um die Frau", rufe ich McGarret zu, dem Sanitäter der ersten Abteilung. Inzwischen beuge ich mich vor und schieße noch ein paar Kugeln auf den gepanzerten Bot ab. Zu meiner Überraschung fehlt ihm ein Teil des rechten Arms, und er humpelt. Aus einem Knie und einem Schultergelenk sprühen elektrische Funken. Einige Sicherheitskräfte rufen etwas.

Als der Kopf des Bots endlich von den Schultern fällt, jubeln die Männer und brüllen Kampfrufe. Gleich danach kippt die Maschine nach vorne und prallt auf den Boden.

„*Oorah*", ruft Simmons unseren Marines zu, die ihm wie aus einem Munde antworten.

„Sie hat Puls", meldet der Sanitäter. „Aber er ist schwach."

„Sehen Sie zu, ob Sie sie stabilisieren können", antworte ich. „Und schaffen Sie sie hier raus."

„Wir müssen das Ding immer noch abschalten", sagt jemand hinter mir. Es ist Dr. Walker.

Ich zeige mit der offenen Hand auf den Ring. „Sie können es gern versuchen."

Er macht große Augen.

„War nur Spaß, Doc." Ich wende mich an Simmons. „Gib mir Deckung."

„Verdammt, nein, Wik." Er packt mich am Arm und zieht mich zurück. „Das entspricht nicht der Befehlskette." Er meint, dass ein Master Gunnery Sergeant normalerweise nicht ganz vorne arbeiten sollte. Das machen die Privates. Ich habe aber keine Zeit, irgendjemandem zu erklären, welchen Klotz man in welche Richtung schieben muss, und ich will auch nicht, dass noch jemand verschleppt wird. Es war meine Schuld, dass wir Lewis verloren haben, und ich will auf keinen Fall noch einen Marine verlieren. Ich will, dass dieser verdammte Einsatz bald vorbei ist, und dann sollen sie mich alle in Ruhe lassen.

„Was denkst du, wer es tun soll?", frage ich.

Sobald Simmons sich zu unseren Teams umsieht, mache ich kehrt und renne los. Ich höre ihn rufen, dann trampeln Stiefel, weil mir mehrere Marines folgen. Ein Blick über die Schulter zeigt mir, dass es Team eins ist.

Ich renne an dem kaputten Roboter vorbei und bemerke, dass das Ding immer noch zuckt. In dem durchlöcherten Körper sprühen Funken, und Rauch kräuselt sich empor, vor allem am Hals. Als ich das Wrack sehe, fasse ich ein wenig Mut – diese Dinger sind nicht unbesiegbar.

Kaum bin ich an der Treppe, da stößt jemand hinter mir einen Warnruf aus.

„Kontakt."

Gerade kommt ein weiterer Bot durch das Portal. Dann noch einer. Und noch einer. Sie sehen dem Ersten ähnlich, haben aber magentafarbene Platten auf den Köpfen und große Gewehre in den Händen.

Ich bremse sofort ab und fahre herum. „Alles zurück."

Wir rennen zu den Barrikaden, während die Bots zu schießen beginnen. Ich kann nicht erkennen, ob sie lähmende Munition oder etwas Tödliches verwenden, aber ich will nicht, dass es jemand von uns auf unangenehme Weise herausfindet.

Direkt vor mir wird ein Marine mitten in den Rücken getroffen und fällt nach vorne um. Sobald er mit dem Gesicht voran landet, bemerke ich das Loch in seinem Rückenpanzer. Ich renne zu schnell und kann nicht sagen, ob nur die Stoffschicht verbrannt ist oder ob das Geschoss durchgeschlagen ist.

Nein. Das … das ist verrückt. Was denn – noch verrückter als riesige Roboter, die durch ein Portal aus einer anderen Welt herüberkommen?

„Mann getroffen", rufe ich.

Gleich danach fällt ein zweiter Marine um. Ich glaube, er ist nur gestolpert, aber dann sehe ich das Loch in seinem Hinterkopf.

Verdammt.

Ich laufe so schnell ich kann und dränge alle, in Deckung zu gehen. Glücklicherweise fällt niemand mehr, während wir die letzten Meter zu den Barrikaden rennen. Die Abteilungen der Russen und Briten geben uns schweres Deckungsfeuer.

„Lagebericht", rufe ich Simmons zu, während ich mich anlehne und tief durchatme.

„Zwei Marines gefallen. Greaves und McClintock. Drei Feinde rücken gegen unsere Stellung vor."

Ich fluche und spähe um die Ecke. Aber klar, die neuen Bots haben sich aufgeteilt und nähern sich. Ich öffne den Kanal, über den ich die ganze Truppe erreiche, und gebe den Briten den Befehl, nach links auszubrechen. Zugleich achte ich darauf, dass die übereifrigen Russen auf unserer rechten Seite ihre Position halten. Wenn zwei Abteilungen einander gegenüber einen Flankenangriff starten, riskieren sie es, sich gegenseitig zu beschießen. Es ist besser, wenn eine Gruppe vorstößt, während die andere ihr Feuer entsprechend ausrichtet. „Und konzentriert euch auf die Köpfe", rufe ich, ehe ich den Sprechknopf wieder loslasse.

Mein SCAR ist angelegt, ich schieße auf den mittleren Bot, Kugel auf Kugel trifft ihn. Der Kopf, der wie eine Muschel geformt ist, lässt jedoch fast alle Kugeln abprallen. Auch diese Rüstung ist nahezu undurchdringlich.

„Sanitäter", ruft jemand.

„Mann getroffen", ruft jemand anders.

Die feindlichen Geschosse prasseln gegen unsere Barrikade, dass die Funken fliegen. Was sie auch benutzen, es ist nicht das, was vorher die Frau gelähmt hat. Diese Schachfiguren sind Springer und sie machen Ernst.

„Splittergranate", ruft jemand aus dem zweiten Team. Es ist Joseph. Er hat die M67-Splittergranate „gemolken". Das heißt, er hat die Granate scharf gemacht und von den fünf Sekunden drei abgewartet. Das ist riskant und meiner Ansicht nach sogar dumm – so etwas macht man in Hollywood, nicht auf dem Schlachtfeld. Joseph wirft die kugelförmige Granate und geht hinter dem Wall in Deckung. Zwei Sekunden später explodiert sie. Der Boden bebt. Schwein gehabt.

Ich beuge mich wieder vor und schieße weiter, um die vorübergehende Verwirrung der Bots auszunutzen. Mit dem Feuerstoßmodus jage ich jeweils drei Kugeln auf einmal los und beharke den Feind mit dem Rest meines zweiten Magazins. Der Bot wird auf mich aufmerksam und schießt zurück, aber ich bin schon wieder in Deckung, ehe er an der Seite ein Stück aus der Barrikade herausschießt.

„Nachladen", rufe ich und werfe das leere Magazin aus.

Während ich das neue Magazin einschiebe, wird mir bewusst, wie laut es in meinen Ohren dröhnt. Die meisten Einheiten verbrauchen die Munition viel schneller, als sie sollten. Nicht, dass ich etwas dagegen habe, den Feind ordentlich einzudecken, aber zwischen effektivem Feuer und wildem Herumballern besteht ein großer Unterschied. Die Sicherheitskräfte sind anscheinend nicht sehr kampferprobt. Was würde ich für einen erfahrenen Scharfschützen mit einem Kaliber-.50-Gewehr oder jemanden mit einer schweren Maschinenpistole geben. Auf so etwas waren wir nicht vorbereitet. *Du* warst nicht vorbereitet, Wik. Verdammt auch.

Ich überlege, ob ich mir die CAEv2 einsetze – die Gehörschutzstöpsel Version 2 –, aber wenn ich mich zwischen Gehörschutz und Beschuss des Feindes entscheiden soll, dann weiß ich, was ich wähle. Jeden Tag, immer. Besonders wenn wir fast schon im Arsch sind.

Ich hebe mein SCAR und spähe wieder um die Ecke der Barrikade. Mein Visier erfasst das Ziel, doch da erfüllt ein grelles blaues Licht das Zielfernrohr. Die Hitze des Geschosses schlägt mir ins Gesicht. Ich weiche zurück. Irgendwie hat es mich verfehlt. Ich bin unverletzt, was man über die uns vom Rest der Grabungsstätte trennende Plastikwand hinter mir nicht unbedingt sagen kann. Die Wand hat Hunderte Löcher, und die Hälfte der Plane steht in Flammen. Brennendes Plastik rinnt auf den Boden wie Napalm. Die Wissenschaftlerinnen und Wissenschaftler stürzen der Reihe nach auf die andere Seite, aber nur wenige huschen völlig unversehrt hindurch. Die meisten ziehen sich kleine Verbrennungen zu. Vier drehen sich verzweifelt um sich selbst und versuchen, die Flammen zu ersticken. Der brennende Totentanz weckt Erinnerungen an den Irak und Afghanistan. Ich reiße mich los und wende mich ab. Der Feind wartet.

„Tango erledigt", ruft jemand.

Ich blicke wieder nach vorne und sehe, dass unser Ziel gestürzt ist. Es sind noch ein paar weitere M67 explodiert –, aber der Bot ist noch nicht ganz zerstört. Er liegt auf der Brust und feuert weiter in unsere Richtung. Unsere Leute werden schneller verletzt, als ich mitzählen kann.

Als neben mir ein weiterer Marine zusammensackt, frage ich mich, ob es das jetzt war, ob ich so abtreten werde. In einem verdammten Eisblock mitten in der Einöde, niedergeschossen von Terminatorrobotern. Ich lache, aber nur, weil es sich so sehr wie ein Film anfühlt. Wenn diese Biester gewinnen, wird uns außerdem niemand finden. Ich stelle mir vor, dass die Höhle jeden Moment zusammenbricht, und dann ist alles vorbei. Das wäre passend, weil uns die Heimat sowieso schon vergessen hat. Mich haben sie vergessen. Oder ich selbst will das alles vergessen.

Ich blicke zu Simmons, der mir etwas zuschreit. Es kommt mir so vor, als spräche er in Zeitlupe.

Ich blinzele und schüttele den Kopf.

„Noch ein Feind", sagt er zum dritten oder vierten Mal. Ganz sicher bin ich nicht. „Und noch eine Drohne."

„Was?" Ich blicke wieder zum Portal, und richtig, da taucht ein neuer Spähbot auf, der aussieht wie der erste, der durchgekommen war, und dazu eine weitere Drohne. Das ist eine seltsame strategische Entscheidung – warum schicken sie nicht noch mehr Kampfbots, um uns erst einmal auszuschalten?

Es sei denn, der Feind glaubt, wir könnten auf keinen Fall gewinnen.

„Mistkerle“, sage ich zu niemand Bestimmtem.

„Was ist denn los?“, fragt Simmons.

„Es … sie glauben, es sei vorbei. Sie schicken einen Spähbot und eine Drohne, mit der sie wieder jemanden verschleppen wollen.“

Simmons flucht. „Wenn *Marvin der Marsmensch* noch Lust hat, dann spiele ich mit.“

Ich lache. „Ich auch.“

Nach einem Faustcheck beugen wir uns auf beiden Seiten der Barrikade vor und decken den neuen Bot und die Drohne ein.

Während ich schieße, fällt mir auf, dass wir den mittleren Roboter ausgeschaltet haben, während unsere internationalen Helfer die anderen beiden noch bearbeiten. Sogar von hier aus kann ich sehen, dass in beiden Abteilungen Kämpfer gefallen sind.

Ich ziehe mich hinter den Wall zurück und bitte auf dem Rundrufkanal um Lagemeldung.

„Wir haben acht Männer verloren“, meldet der russische Kommandant. „Nein, neun.“

„Wir sind bis auf vier Männer reduziert“, sagt der britische Kommandant.

„Wiederholen“, sage ich, weil ich glaube, ihn nicht richtig verstanden zu haben. „Sie haben vier Leute verloren?“

„Negativ. Vier Männer leben noch.“

Das war unglaublich. „Verstanden. Machen Sie weiter Druck.“

„Roger.“

Ich lasse den Knopf los und sehe Simmons an. „Wir müssen das Tor schließen, ehe noch mehr herüberkommen.“

„Hast du irgendwelche klugen Ideen?“

Ich schüttele den Kopf. „Es sei denn, wir können auf den Abschaltknopf schießen. Das bezweifle ich aber.“

„Ja. Und ich kann weit und breit nichts von Dr. Campbell und Dr. Walker sehen.“

Ich seufze. „Du gehst mit allen Leuten nach links, ich gehe nach rechts.“

„Aber Wik …“

„Das ist ein Befehl, Simmons.“

„Roger. Nach links.“ Er drückt meinen Arm. „Viel Glück.“

„Dir auch.“

Simmons setzt sich in Bewegung und befiehlt allen verbliebenen Kräften, in Deckung zu gehen und nach links zu wechseln.

Als ich zur rechten Seite laufe, komme ich an mehreren Russen vorbei, darunter auch Vlad. Sie haben fast die ganze Einheit verloren und sehen schrecklich aus. Mein ehemaliger Boxgegner nickt knapp und macht weiter.

Sobald ich das Ende unserer Deckung erreiche, bemerke ich, dass alle unsere Feinde ihre Zielrichtung geändert haben, sodass ich freie Bahn zur Treppe habe. So weit, so gut.

Als eine weitere Granate etwas Eis aus der Decke bricht, nehme ich meinen Mut zusammen und sprinte zum Ring. Auf halber Strecke bemerkt mich die Drohne und fliegt mir entgegen. Doch ich bin zu schnell, um jetzt noch anzuhalten. Ich habe ein Ziel.

Ein heftiger Strom von Kugeln trifft die Drohne. Die Blechdose schießt sogar die Harpune auf mich ab, verfehlt mich aber dank des stetigen Beschusses. Ich will die Treppe hinauflaufen, doch jetzt feuert ein Bot auf mich. Also lasse ich mich fallen und krieche rechts neben der Plattform in den Schatten.

Sobald ich dort anhalte, bemerke ich, dass mich die Drohne aus den Augen verloren hat. Sie fliegt hin und her und macht sich dann auf, unsere Truppe zu behelligen. Das ist die gute Neuigkeit. Die schlechte ist, dass die verdammten Roboter jetzt genau zwischen mir und meiner Einheit sind, was bedeutet, dass ich mich in der Schusslinie befinde. Wie um das zu bekräftigen, zischen ein paar verirrte Kugeln über mich hinweg. Ich höre die typischen Geräusche, mit denen Querschläger abprallen und irgendwo weiter weg einschlagen.

Ich sitze in der Falle, bewege mich im Schatten hin und her und erkenne, dass ich etwa drei Meter unterhalb der Stelle im Ring bin, wo sich der Hauptschalter befindet. Ich wünsche mir eine Leiter oder einen Stuhl, aber die Sachen sind zu weit entfernt.

„He“, sagt jemand, der neben mich gehuscht ist.

Ich fahre herum und verpasse ihm beinahe einen Schuss in die Brust. „Walker? Was, zum Teufel … wie …“

„Ich dachte mir schon, dass Sie es noch einmal versuchen wollen.“ Er nickt in die Richtung des Rings. „Ich bin außen herum gelaufen.“

„Hören Sie, Sie müssen …“

„Freut mich, Sie zu sehen. Also, wie gehen wir das an? Oder wollen Sie mir nur sehnsuchtsvoll in die Augen starren?“

Das Beben seiner Stimme verrät mir, dass Walker viel mehr Angst hat, als er sich anmerken lassen will. Trotzdem, ein Einzeiler im Kampf ist so gut wie zwei Bemerkungen in einer Bar. Alle Achtung. Anscheinend habe ich Dr. Walkers Rückgrat unterschätzt und müsste lügen, wenn ich bestreiten wollte, dass ich ein wenig beeindruckt bin. Oder der Typ ist völlig neben der Spur, aber das sind wir ja sowieso alle.

„Sie sind ein verrückter Hundesohn“, sage ich.

Er lächelt. „Ja, das höre ich öfter.“

„Wir müssen da rauf.“ Ich zeige nach oben. Dann wird mir klar, dass ich gerade ihm ganz sicher nicht zu erklären brauche, was wir tun müssen. „Wir wollen nicht erschossen werden. Ich sage den Leuten Bescheid, dass sie uns ein kleines Zeitfenster geben, damit wir vorrücken können. Aber das bedeutet auch …“

„Dass uns die Roboter angreifen können.“

„Japp.“

„Verstanden, Sergeant. Also, wie sagt man? Los jetzt?“

Verdammt, ich habe den Typen wirklich unterschätzt.

In der Nähe der Bots gibt es eine laute Explosion. Es klingt fast, als hätten wir noch einen weiteren ausgeschaltet. Ich spähe um die Ecke der Plattform, und richtig, der zweite Kampfbot ist am Boden. Also bleiben noch ein Rotschopf und der nicht ganz so fabelhafte Spähbot.

Walker und ich befinden uns immer noch in der Schusslinie und sind nur unzureichend gepanzert. Strategisch ist es gar nicht so schlecht, im Rücken der Feinde zu sein. Wenn man einen Soldaten hinter den Feind bringt und den König zwischen den eigenen

Bauern einsperrt, dann gewinnt man. Und sie wissen nicht einmal, wie ihnen geschieht.

Allerdings tut es auch weh, wenn einen die eigenen Leute anschießen. Ich ducke mich, als eine Kugel die Treppe trifft und Steinbröckchen hochfliegen.

Ich schnappe mir das Funkgerät. „Simmons."

„Hier."

„Feuer einstellen auf meinen Befehl. Ich wiederhole, Feuer einstellen auf meinen Befehl."

„Roger."

Walker und ich bücken uns, immer noch eng an die Seite der Plattform geschmiegt. Ein letzter Blick verrät mir, dass sich der Roboter eilig der Barrikade nähert.

„Bereit?", frage ich Walker.

„Los."

Ich nicke und rufe Simmons. „Feuer einstellen. Feuer einstellen."

Walker will an mir vorbeispringen, aber ich halte ihn am Ärmel fest. „Noch nicht. Sie brauchen einen Moment."

Er sieht belämmert aus, nickt und duckt sich hinter mich.

Der Befehl wandert durch die Reihen. Sobald die letzte Kugel verschossen ist, nicke ich Walker zu. „Jetzt."

Wir rennen aus der Deckung, drehen an der Treppe um und springen hoch. Auf halbem Wege höre ich Simmons' Stimme im Funkgerät.

„Sie haben euch bemerkt."

Ich bin dankbar für den Hinweis, aber dagegen können wir jetzt nichts tun. Auch die Sicherheitskräfte können nichts tun. Jeder Schuss von dort würde auch uns gefährden.

Walker und ich halten abrupt vor dem aufsteigenden Bogen des Rings an und bearbeiten den Knopf. Dieses Mal bewegt er sich schneller, aber nicht schnell genug.

Kaum zwanzig Zentimeter neben Walkers Hüfte trifft ein blauer Energiebolzen den Rand des Rings. Er springt weg, arbeitet aber sofort weiter.

Ich drehe mich um. Der Spähroboter kehrt mit erhobener Hand zur Treppe zurück. Hinter ihm humpelt eilig jemand vorbei. Der

Betreffende trägt russische Wintertarnkleidung. Er hält direkt auf den Bot zu, die Waffe hat er geschultert.

Nur zu gern würde ich den Mann mit einem Ruf aufhalten, aber das würde ihm das Überraschungsmoment nehmen. Wer es auch ist, er sucht eine Position, aus der er feuern kann, ohne uns zu gefährden. Und er kommt sehr nahe heran. Unterdessen haben die anderen Sicherheitskräfte die Deckung verlassen und kümmern sich um den letzten Kampfbot. Sie wechseln die Position, damit Walker und ich nicht mehr im Schussfeld sind. Das ist zwar Selbstmord, aber wenn sie den Kampfbot nicht ablenken, können wir das Tor nicht schließen.

Einen Sekundenbruchteil, bevor ich feuern kann, schießt der Spähbot einen weiteren Strahl aus der Handfläche ab. Der Schuss trifft mein SCAR. Ein elektrischer Schlag fährt mir durch den ganzen Körper. Es fühlt sich an, als hätte sich der Familientoaster nach den vielen erbosten Stichen mit dem Messer endlich gerächt. Ich stolpere zurück und sehe Sternchen. Blinzelnd versuche ich, auf den Beinen zu bleiben.

„Ich habe Sie, Finnegan." Walker stützt mich von hinten.

Das war eine schlechte Idee.

„Und das Tor ist zu", ergänzt er.

Ich bin immer noch benommen, vergewissere mich aber mit einem raschen Blick über die Schulter. Der Doc hat es geschafft.

„Können Sie gehen?", fragt er.

„Ja." Ich ziele durch das Visier auf den Bot, aber der Feind feuert erneut. Der Schuss verfehlt mich und trifft etwas neben meiner Schulter.

Walker hat den Schuss mitten in den Kopf bekommen. Ehe ich ihn packen kann, erschlafft er und fällt von der Plattform herunter. Ich will es dem Bot heimzahlen, aber der russische Soldat ist zu nahe und feuert schon mit seinem AK 74M auf den Bot.

Mir pfeifen die Querschläger um die Ohren. Ich weiche aus und versuche, mir durch das Visier ein Bild zu verschaffen. Der Bot scheint sogar noch wütender zu sein als ich. Er fährt herum, macht drei lange Schritte zu dem Soldaten und schlägt ihm die Waffe weg. Sobald der Robot den Soldaten hochhebt, erkenne ich ihn.

Es ist Vlad.

Ich kann nicht auf den Feind schießen, ohne zu riskieren, den Mann zu treffen. Deshalb schlinge ich mir das SCAR auf den Rücken und laufe zum Bot. Sobald ich auf der Treppe bin, springe ich den zwei Meter vierzig hohen Bot an. Der Aufprall raubt mir die Luft, und mir tun die Hüfte und die Ellenbogen weh. Allerdings bin ich da und schlinge dem Bot die Arme um den Hals.

Er verdreht den Oberkörper und rudert mit dem freien Arm, um mich abzuschütteln. Doch ich will es jetzt zu Ende bringen. Als ich nach meiner Glock 19 greife, gibt es eine weitere Explosion. Der letzte Kampfbot ist erledigt, und die noch lebenden Sicherheitskräfte schießen auf die letzte Drohne.

Vom nahen Sieg beflügelt, ramme ich den Lauf der Pistole unter die Rückenplatte meines Bots und verkeile sie am Hals des Roboters. Dann drücke ich zweimal ab. Es blitzt zweimal, und das Dröhnen in meinen Ohren wird lauter.

Der Bot fällt nicht. Also schieße ich noch einmal auf seinen Rumpf.

Irgendwo im Oberkörper geht etwas entzwei, Vlad fällt zu Boden und rollt sich ab. Endlich, nach einer halben Ewigkeit, kippt der Bot nach vorne. Ich halte mich weiter fest, bis er auf den Boden knallt. Der Schmerz schießt mir durch das Kinn, und ich sehe schon wieder Sternchen. Aber ich lebe noch. Und der Bot ist erledigt.

Schachmatt.

7

0651, Dienstag, 26. April 2027
Westantarktis
Grabungsstätte im Ellsworth-Subglazialhochland
Der Ring

„Brooklyn New York", sagt jemand. „Bist du alles in Ordnung?"
Ich blinzele mehrmals. In meinem Mund sammelt sich das Blut. Nachdem ich ausgespuckt habe, sage ich: „Ja, Vlad. Ich bin alles in Ordnung."

Er bietet mir eine stark tätowierte Hand an und zieht mich hoch – etwas schneller, als mir lieb ist. Mir ist schwindlig, aber es geht.

„Gute Arbeit", sagt er. „Du hast Miststück erlegt wie echter rotbärtiger amerikanischer Alphateufelshund."

„Du bist aber auch nicht schlecht."

Er macht einen Schmollmund. „Hab ich schon besser gearbeitet. Aber war nicht schlecht. Würde sagen, war Durchschnitt."

„Klar." Ich sehe mich um und schätze die Schäden ein. Rasch wird mir bewusst, dass Vlad der einzige Kämpfer ist, der hier noch auf seinen eigenen Beinen steht. „Verdammt."

Ich renne zum nächsten Leatherneck, Corporal Meyers. Er hat die Augen weit aufgerissen, und sie sind glasig. Ich muss nicht eigens nach dem Puls tasten, um festzustellen, dass er keinen mehr hat.

„Sergeant Simmons?", rufe ich, während ich zum nächsten Toten gehe. Es ist ein Marine, aber ich kann weder sein Gesicht noch sein Namensschild erkennen, weil beides völlig deformiert ist.

Dann der dritte Soldat – ein Brite, ein ehemaliger Maschinengewehrschütze der SAS. MacDonald, glaube ich. Auch er ist tot.

„Simmons? Wo steckst du? Mann, rede mit mir.“

„Hier drüben, Brooklyn“, ruft Vlad. Er hockt zwischen mehreren Toten. Ich erkenne sofort, dass er Simmons gefunden hat. Vlad stützt ihm den Kopf.

„Simmons, rede mit mir.“

„Haben wir sie erledigt?“

„Ja, Mann, wir haben sie erledigt. Halte durch, wir holen …“

„Sprich ein Ave-Maria für mich. Kannst du das tun?“

„Das brauchst du nicht“, antworte ich. Ehe ich fortfahren kann, werden auch Simmons' Augen glasig.

1005, Freitag, 29. April 2027
Westantarktis
Forschungsstation im Ellsworth-Subglazialhochland

Es dauerte zwei Tage, die Leichen der Gefallenen in Säcke zu stecken und in Versandcontainer zu laden – einen für die Zivilisten und jeweils einen für die Militärangehörigen der beteiligten Nationen. Natürlich war den Frachtpapieren nichts dergleichen zu entnehmen. Nur wir wussten Bescheid – wir, die Überlebenden.

Es war schwer, den Wissenschaftlerinnen und Wissenschaftlern zuzusehen, wie sie die Toten in die Säcke steckten und mit Etiketten versahen. Für die meisten war dies das erste Mal, dass sie einen Toten aus der Nähe zu sehen bekamen, ganz zu schweigen von jemandem, mit dem sie noch vor ein paar Stunden zusammengearbeitet hatten. Dazu kamen die wirklich verrückten Begleitumstände des Angriffs oder der Invasion oder wie man es auch nennen wollte, und man hatte alle nötigen Zutaten für mehrere seelische Zusammenbrüche.

Was mich anging, so betäubte mich die Arbeit oder ich war sowieso schon die ganze Zeit betäubt, und dies hier war nur eine Routinesache, die ich bereits vor Jahren eingeübt hatte. Man musste innerlich sehr distanziert sein, um mit den Toten umzugehen, besonders bei denen, die einem etwas bedeuteten – die einem etwas bedeutet *hatten*. Zwar kannte ich Sergeant Simmons und die anderen noch nicht lange, aber doch lange genug. Sogar Walker hatte mich beeindruckt – und er war gestorben, als er das Tor abgeschaltet hatte. Klar, Dr. John Walker mochte in seiner Wissenschaftsdisziplin besser als auf dem Schlachtfeld gewesen sein, aber er hatte den Mut eines Kriegers gezeigt. Deshalb träufele ich für ihn ein wenig Whisky auf den Boden und kippe den Rest.

Das leere Glas will aufgefüllt werden, also schenke ich mir noch einmal drei Fingerbreit ein und lehne mich auf meinem Schreibtischstuhl zurück.

Von Aaron habe ich schon eine ganze Weile nichts mehr gehört, was wahrscheinlich besser so ist. Auf Anordnung der CIA wurde die Grabungsstätte geschlossen, und die Universitäten wurden darüber „informiert", was auch immer das bedeuten sollte. Ich habe den Schlapphüten alles erzählt, was ich erlebt habe, und bin mir sicher, dass sie die ganze Sache fein für sich behalten haben. Trotzdem, früher oder später hat zwangsläufig jemand geplaudert, und wenn ich jetzt das Vorausteam der Vereinten Nationen sehe, dann gab es vermutlich sogar mehrere Lecks.

Es klopft an der Tür meiner Unterkunft. „Master Gunnery Sergeant Finnegan?"

„Kommt ganz darauf an, wer das wissen will."

„Stellvertretender Direktor Robertson, Strategisch-Wissenschaftliche Abteilung, UN-Sicherheitsrat."

Ich runzelte die Stirn.

„Strategisch-Wissenschaftliche Abteilung?"

„Ja, Sir."

Diese Abteilung kenne ich nicht, aber bei den Vereinten Nationen muss man mit allem rechnen, und ich interessiere mich sowieso nicht für diesen Kram – diese verdammten Bürokraten.

„Ich habe noch nie etwas von einer Strategisch-Wissenschaftlichen Abteilung bei den UN gehört", erwidere ich hauptsächlich, um den Mann zu ärgern.

„Dafür gibt es einen guten Grund."

Das war nicht die Antwort, mit der ich gerechnet hatte. „Welchen denn?"

„Sergeant Finnegan, darf ich eintreten?"

Ich schnaube. „Sprechen Sie mich mit dem richtigen Rang an und beantworten Sie meine Frage."

„Sir, wir …“

„Mann, es muss Ihnen gefallen, auf dem Flur zu stehen.“

Er seufzt. „Wir arbeiten eher verdeckt, Master Gunnery Sergeant.“

„Also sind Sie ein UN-Spion.“

„Wie ich schon sagte, ich bin stellvertretender …“

„Stellvertretender Direktor Rackerson.“

„Robertson.“

„… vom supergeheimen Rat der Magischen Dekodierringe.“

Eine Pause tritt ein. „Mr. Finnegan, sind Sie betrunken?“

„Was ist das denn für eine Frage?“

Der Türknauf dreht sich, und ein dunkelhaariger Mann mit dunkler Haut späht herein.

„Setzen Sie sich.“ Mir wird bewusst, japp, dass ich tatsächlich etwas nuschelig spreche. „Schenken Sie sich einen Redbreast ein.“

„Ich bin im Dienst.“

Ich lache kurz auf. „Ich auch. Sláinte.“

„Zum Wohl.“

Ich nehme etwas von dem teuren Whisky und etwas Luft in den Mund und schlucke herunter.

„Sergeant Finnegan, ich habe …“

„Wik.“

Robertson sieht mich neugierig an. „Wie bitte?“

„Meine Freunde nennen mich Wik.“

„Ah. Wik, ich …“

„Aber die meisten meiner Freunde sind tot.“

Robertson schürzt die Lippen und tippt mit dem Zeigefinger auf den Tisch. „Das tut mir leid.“

„Was wollten Sie gerade sagen?“

Der Schlipsträger räuspert sich und beginnt noch einmal von vorne. „Ich habe die Anweisung, Sie zu bitten, als Verbindungsoffizier für den Sicherheitsrat der Vereinten Nationen hier in der Antarktis zu bleiben …“

Robertson hört endlich zu sprechen auf, weil ich den Kopf so heftig schüttele, dass ich befürchten muss, er könnte mir gleich von den Schultern fallen.

„Entschuldigen Sie, was ist denn mit Ihnen los?"

Wieder lache ich kurz auf und zeige auf seinen Anzug. „Das alles. Das ist los."

Er sieht an sich herab. „Mein Anzug."

Ich nicke.

„Master Gunnery Sergeant, Sie sind einer der beiden einzigen Militärangehörigen, die direkten Kontakt mit den Aliens …"

„Es sind extraterrestrische Roboter. Sie müssen sich schon korrekt ausdrücken."

„Wie bitte?"

„Wenn Sie über diese Dinger reden, müssen Sie die richtigen Begriffe verwenden, verstanden?"

Teufel auch. In Wirklichkeit bin ich immer noch nicht überzeugt, dass die Bots aus dem Weltraum kommen. Doch wenn dieser Schlipsträger glaubt, er könnte hier sitzen und mich anschleimen, dann soll er wenigstens den Wissenschaftlern, die für dieses gescheiterte DARPA-Experiment ihr Leben gegeben haben, den nötigen Respekt zollen.

Robertson atmet tief durch. „Wir brauchen so viel Expertise wie nur irgend möglich, um zu entscheiden, wie wir fortfahren wollen."

„Was gibt es da zu wissen? Jeder Trottel kann C4 auf den Ring kleben und ihn in Stücke sprengen. Dazu brauchen Sie mich nicht."

„Ich fürchte, wir brauchen Sie sogar sehr, Sergeant. Und wir haben die Erlaubnis Ihres vorgesetzten Offiziers, Sie so lange hierzubehalten, wie wir wollen."

Ich fahre auf, aber auf einmal schwankt der ganze Raum, und ich muss mich am Tisch festhalten. „Was haben Sie?"

Robertson lehnt sich zurück. „Wir … Sie haben die Erlaubnis, hierzubleiben …"

„Direktor, ich bleibe keine Minute länger auf diesem verdammten Eisklotz als unbedingt nötig. Es ist mir egal, mit wem Sie geredet haben. Und wenn Sie auch nur eine Sekunde glauben, ich würde bei einem Haufen Blauhelmrekruten Händchen halten, die hier mit Plastiksprengstoff herumfummeln wollen, dann haben Sie sich über den Mann, mit dem Sie gerade reden, nicht ausreichend gut informiert."

Auch Robertson richtet sich auf. „Das ist seltsam, denn man hat mir gesagt, dass Sie bereit sind, im Dienst für Ihr Land alles zu tun, was nötig ist."

„Japp, das war ich. Aber jetzt? Ich glaube, ich will nicht mehr."

„Sergeant Finnegan …"

„Das können Sie sich schenken."

„Wie bitte?"

„Meinen Rang zu nennen, als wüssten Sie, was das bedeutet. Sie wissen es nicht. Also für Sie Mr. Finnegan."

Robertson holt noch einmal tief Luft. Der Kerl muss kranke Lungen haben. „Mr. Finnegan, wenn Sie sich etwas Zeit nehmen könnten, noch einmal in Ruhe über unsere Bitte nachzudenken, dann würden wir …"

„Erledigt."

„Ich … ich weiß nicht, ob ich Sie recht verstehe."

„Ich habe über Ihre Bitte nachgedacht. Abgelehnt. Danke, dass Sie vorbeigeschaut haben. Einen schönen Tag noch."

„Es tut mir leid, das zu hören."

„Das kann ich mir vorstellen."

„Falls Sie es sich anders überlegen sollten …"

„Mr. Robertson, darf ich Sie Mike nennen?"

„Eigentlich heiße ich …"

„Ja, das ist mir egal. Mike, der Kalender sagt, dass ich nach vierundzwanzig Jahren beim Marine Corps vier Tage vor meiner Pensionierung stehe. Vierundzwanzig Jahre. Wenn ich sehe, wie wenig Falten Sie im Gesicht haben, dann benutzen Sie entweder eine Menge Feuchtigkeitscreme oder es ist weniger als vierundzwanzig Jahre her, seit Sie gelernt haben, ein Zweirad zu fahren, ohne dass Ihr Daddy den Gepäckträger festhält. Sehe ich das richtig?"

Robertson gibt sich große Mühe, nicht beleidigt dreinzuschauen. Ausgezeichnet.

„Sie glauben sicherlich, Ihre Arbeit sei ungeheuer wichtig. Wahrscheinlich haben Sie Büros in New York und Genf, richtig?"

Ich starre ihn an, bis er sich gezwungen sieht, leicht zu nicken.

„Und Sie sprechen öfter mit allen möglichen ausländischen Botschaftern und Würdenträgern und treffen häufig auf Leute, neben denen Einstein so aussehen würde, als interessierte er sich eher fürs Kinderfernsehen als für molekulare Astrophysik. Aber eines kann ich Ihnen mit Gewissheit sagen."

„Und was wäre das, Mr. Finnegan?"

Robertson zeigt auf einmal Rückgrat. Na bitte.

„Es ist egal."

„Wie bitte?"

„Sind Sie taub, Mike? Es spielt keine Rolle. Es ist völlig egal. Die Länder, für die Sie arbeiten – niemand wird sich je an Sie erinnern. Sie bekommen keine Gedenktafel mit Ihrem Namen oder eine Messingbüste oder so etwas. Und selbst wenn, wissen Sie, wer sich an Sie erinnern wird? Niemand. Die Erstklässler werden an Ihrer Statue vorbeiwandern und nicht einmal anhalten, um das Namensschild zu lesen. ‚Zu Ehren des stellvertretenden Direktors Mike Robertson, Strategisch-Wissenschaftliche Abteilung, UN-Sicherheitsrat.‘ Und wenn es zufällig ein oder zwei Kinder doch lesen sollten? Ich wette zehn Dollar und ein Bier, dass sie es schon wieder vergessen haben, wenn sie auf dem Klo pinkeln gehen, vor welchem Ihre Büste stehen wird. Das, Mike, genau das bekommen Sie, wenn Sie für Ihr Land sterben. Und wissen Sie auch warum?"

Robertson ist sprachlos.

„Schon gut, ich hätte es Ihnen so oder so gesagt. All die Dinge, für die zu kämpfen Sie glaubten – die sind den meisten Leuten völlig egal. Oder jedenfalls nicht so wichtig, wie Sie es sich vorgestellt haben. Und die Freiheit, die Sie für die Menschen erkämpft haben? Und die Sicherheit? Raten Sie mal, was die Leute damit tun."

Robertson starrt mich an.

„Nur zu, raten Sie mal."

Er ist wie gelähmt.

„Wusch-wusch, all das läuft neben Ihrer Büste durchs Urinal, und der Erstklässler wäscht sich nicht einmal die Hände. Und Sie sitzen jetzt hier und fragen mich, ob ich einem UN-Kommando helfen will, sich hier zu vergnügen, während mein eigenes verdammtes Land sich nicht um mein Opfer schert? Kommt nicht in die Tüte. Ich bin so raus wie Mark Cuban bei einer Wiederholung von *Shark Tank.*"

Damit bin ich fertig, lehne mich zurück und kippe den restlichen Whisky.

Robertson tippt auf den Tisch und rückt seinen Schlips zurecht. „Es tut mir leid, das zu hören."

„Das dachte ich mir schon."

„Äh, ich … dann überlasse ich Sie Ihrem Drink."

„Vielen Dank auch."

Robertson steht auf und öffnet die Tür. Als er sie fast geschlossen hat, sieht er mich noch einmal an. „Da wäre noch eine Sache."

„Japp."

„Wir jagen den Ring nicht in die Luft, Mr. Finnegan."

Da steigt irgendetwas in mir auf – ein Teil des Geplappers, das sonst im Keller vor sich geht. Die Geister, die einfach nur in Ruhe gelassen werden wollen und jeden Eindringling als Feind betrachten. „Dann sind Sie ein verdammter Idiot, Robertson. Ihr scheint mir alle Idioten zu sein."

Er schließt die Tür und sagt im Gehen: „Ich wünsche Ihnen ein schönes Leben, Mr. Finnegan."

1512, Sonntag, 1. Mai 2027
Ross Island, Ostantarktis
McMurdo-Station
Hauptquartier des US-Antarktisprogramms, Landebahn

Draußen ist es Nacht wie schon seit einem Monat. Die Lampen der mit Kufen ausgerüsteten Lockheed C 130 Herkules erleuchten alles taghell und verheißen mir die Rückkehr nach Hause. Das grelle Licht verstärkt auch den Katerkopfschmerz, der mich immer noch plagt. Normalerweise trinke ich nicht so viel, aber verzweifelte Zeiten und so weiter …

Ich sammle meine Sachen in dem weit überschätzten Frachtcontainer ein, der so tut, als sei er ein Wartebereich in einem Flughafen, und gehe zum Ausgang. Draußen steht die C 130 mit laufenden Propellern und wartet, dass ich auf dem vereisten Landestreifen einsteige. Als ich den Türriegel öffnen will, höre ich hinter mir eine Stimme.

„Brooklyn New York."

Es ist Vlad. Ich habe ihn nicht mehr gesehen, seit wir vor ein paar Tagen die Leichen verpackt haben.

„Hallo, Soldat."

„Gehst weg, ich höre?"

Ich reibe mir den Nacken. „Es ist hier eine Spur zu kalt für meinen Geschmack. Und du?"

Er lächelt. „Ist hier wie Moskau in Sommer. Vielleicht ich kaufe hier Ferienhaus."

„Dann leg dir mal einen Vorrat an Wodka an, denn das ist das Einzige, was hier nicht gefriert."

Er lacht. „Amerikanischer Alphateufelshund, ich mag dich."

„Du bist auch nicht so übel, Killer." Ich zögere einen Moment. „Du, äh … du hast mir neulich geholfen, und ich habe mich noch nicht einmal richtig bedankt."

„Ach, wenn ehrlich bin – ich mag Amerikaner, besonders eure Musik. Céline Dion – oh, gibt so viele wie sie."

Ich bringe es nicht übers Herz, ihm zu sagen, dass Dion Kanadierin ist, und genau genommen ist sie ja geografisch gesehen ebenfalls Nordamerikanerin. „Japp. Ich habe sie einmal in Vegas gesehen."

„Ah, Las Vegas! Stadt der Wunder und von viel Freude." Er beugt sich vor. „Ist mein Traum."

„Nach Vegas zu fliegen?"

Er nickt. „Tänzerinnen, Shows, Poker spielen. Freue mich schon darauf."

Das wäre nicht mein idealer Urlaub, aber jeder so, wie er mag. „Ich hoffe, du schaffst das eines Tages, Vlad."

„Was dein Traum?"

Ich kichere leise. „Ich will Zauberer werden."

„Wirklich?" Vlad krümmt die Finger um sein Kinn. „Kann ich gar nicht vorstellen bei dir. Ach, ist jeder anders, was?"

„Allerdings." Ich mag seine Antwort, sodass ich darauf verzichte, die Situation mit meiner Pointe zu ruinieren: Eigentlich will ich nur verschwinden.

„Ha! Sehen wir uns vielleicht eines Tages in Vegas. Wäre aufregend, was? Sage ich zu den Mädchen: ,He, den kenne ich.' Und dann kriege mehr Sex. Das ist Win-win."

Jetzt muss ich lachen. Trotz der Kopfschmerzen fühlt es sich gut an. „Ich winke dir dann aus der Menge zu."

„Ah, ist wunderbar, ja!"

Wir schweigen eine Weile. Mir wird bewusst, dass Vlad der einzige Mensch in unserer Kriegerkaste ist, der das Gleiche erlebt hat wie ich. Die Erinnerungen an Simmons und die anderen Gefallenen werden uns immer verfolgen, genau wie die Begegnungen mit den außerirdischen Elementen, die keiner von uns jemals einem anderen Menschen schildern kann. Vielleicht sickern die Einzelheiten nach zu vielen Gläsern Bier irgendwann durch, oder wenn einer von uns lange genug lebt und Enkel oder Urenkel hat. In beiden Fällen wird uns jedoch niemand ernst nehmen, und was wir sagen, wird als Gebrabbel eines betrunkenen Blödmanns oder eines betagten Veteranen abgetan.

„Hast du mir auch Leben gerettet." Vlad zieht den Reißverschluss seines Mantels auf und zeigt mir eine Bauchtasche mit aufgedruckter amerikanischer Flagge. Er greift in das grässliche Ding und wühlt nach etwas. „Hier."

Er gibt mir die Hand, doch in der Handfläche hat er einen kleinen Gegenstand verborgen. Es ist eine universelle Geste unter modernen Kriegern – der symbolische Tausch eines schnöden Gegenstands zwischen den Kämpfern. In den Staaten wäre es eine Gedenkmünze, aber bei diesem Russen? Ich habe keine Ahnung, was ich zu erwarten habe.

Ich schlage ein und spüre eine kleine Scheibe, die ich sofort untersuche. „Ein Casinochip?" Das Ding ist schwarz und hat einen roten Rand, vorne sind über einem AK 47 die Wörter „USA" und „Bratwa" eingraviert.

„Wo ich herkomme, da bedeutet der Chip: Ökonomie kann uns mal. Machen wir eigene Währung, ha!" Er klopft mir zwischen die Schulterblätter. Dabei wird mir bewusst, dass ich stärker angeschlagen bin als gedacht. „Ist auch ein Symbol für Bratwa", fährt er flüsternd fort und zeigt auf die stilisierte Windrose auf der Rückseite. „Du und Bratwa?" Er überkreuzt zwei Finger. „Seid jetzt so."

„Ich passe", sage ich und gebe ihm den Pokerchip zurück.

„Kannst du nicht passen." Er zieht den Reißverschluss seiner Bauchtasche zu. „Bist du jetzt für immer mit Bratwa verbandelt. US Brooklyn New York und russische Bruderschaft sind dicke wie beim Sex." Er beugt sich wieder vor. „Aber gibst du Chip nicht in Las Vegas aus. Habe gehört, du kriegst dann Ärger mit Cowboysheriffs."

„Danke für den Hinweis."

„Kein Problem."

„He." Ich betrachte nickend seine Bauchtasche. „Hast du nicht gesagt, die amerikanische Flagge sei wie der Schlüpfer einer Nutte?"

Er zuckt mit den Achseln. „Sage viele Sachen, wenn kämpfe, damit Gegner wütend wird. Aber jetzt bin ehrlich mit dir, Alphateufelshund. Ich liebe Amerika."

„Verstanden." Ich stecke den Casinochip ein und gebe Vlad ein letztes Mal die Hand. „Viel Glück."

„*Doswidanja*."

ZWEITER TEIL
ZWEI MONATE SPÄTER

8

2300, Donnerstag, 24. Juni 2027
Skytop, Pennsylvania

Eines meiner vielen Rituale als Rentner ist in vollem Gange, als die Schlafenszeit näher rückt: die Blumenbeete wässern, während ich zwei Finger Redbreast nippe. Es ist warm, ich höre Zikaden und Vögel in den Bäumen. Schwärme von Glühwürmchen bewegen sich auf und nieder über den offenen Feldern, die sich vor meiner Hütte auf dem Hügel abwärts erstrecken. Mein Gott, ich liebe dieses Land.

Ich bin in Brooklyn aufgewachsen und wusste nicht einmal, dass man ohne Fernglas die Sterne am Himmel sehen kann. Ebenso wenig war mir klar, wie viele Vogelarten es außer Tauben und Möwen gibt. Wie sich nun herausstellt, sind es sogar sehr viele. Jede Nacht spielt in der Nähe im Wald eine Sinfonie, die anders klingt als alles, was ich bisher gehört habe, sofern ich meine Ohren einen Moment lang überreden kann, nicht mehr zu klingeln. Mein chronischer Tinnitus ist nur eine von vielen nervtötenden Kriegsverletzungen, die mir an einem Abend wie diesem die Laune verderben wollen.

Der Redbreast begleitet mich, und mein Kofferradio steht im Garten auf einem Baumstumpf, mitten in meinem wachsenden Holzvorrat. Der alte Frankieboy singt zum Abschluss der Sendung mit Sinatra-Klassikern *Come fly with me* in der Version von 1958. Das heißt, es wird Zeit für mich, ins Bett zu gehen.

Ich drehe die Bewässerung ab und rolle den Schlauch auf, während ein Sprecher die Elfuhrnachrichten verliest. Ich überlege kurz, ob ich mit einem Stein nach dem Radio werfen soll, aber dann müsste ich ein neues kaufen. So würde eine Nerverei gleich zur nächsten führen.

Normalerweise höre oder sehe ich die Nachrichten gar nicht mehr. Ich sehe keine Notwendigkeit dazu. Das Land wird sich sein Grab auch allein schaufeln, ob ich es nun will oder nicht. Und ich will lieber die zweite Hälfte meines Lebens in Frieden verbringen, als mich über Dinge zu sorgen, die ich sowieso nicht ändern kann. Klar, es ist schwer, die Seite in mir zu ignorieren, die mir sagt, ich müsste dieses und jenes in Ordnung bringen, aber mir ist die Selbsterhaltung wichtiger, als meine Neugierde zu befriedigen. Ich habe in meinem Leben genug Katzen umgebracht, und meinetwegen können die anderen alle überleben.

Die Wahrheit ist, dass ich die Schlagzeilen nicht im Geringsten vermisse – die Politik, diese endlosen Stellungnahmen, die immer hin und her pendeln. Worte werden in noch mehr und noch mehr Worte gekleidet, bis man nicht mehr weiß, was die Leute eigentlich meinen. Vorbei sind die Tage, als Männer und Frauen offen ihre Gedanken ausgedrückt und ohne Angst vor den Konsequenzen das formuliert haben, was sie wirklich sagen wollten. Ich bin mir nicht einmal sicher, was die Welt mit solchen Leuten heute tun würde. Korrektur: Sie werden im Stich gelassen, und deshalb haben heutzutage alle Angst, ohne Beistand durch einen Anwalt irgendetwas zu sagen.

Aber heute Abend komme ich nicht schnell genug zum Radio. Drei Schritte, ehe ich den nassen Finger auf den Abschaltknopf drücken kann, höre ich den Sprecher sagen: „… Unsicherheit hinsichtlich der UN-Expedition, die in der Antarktis vermisst wird. Quellen im Pentagon bestreiten Behauptungen, die Kommunikation mit den US-Forschern auf der McMurdo-Station sei unterbrochen, während Moskau von einem Notfall spricht und um Hilfe für die russischen Zivilisten auf der Progress-Station bittet. Weitere Meldungen. Die Popmusik-Ikone Justin Bieber wurde vor einem Nachtclub in Los Angeles gesehen …"

Ich schalte das Radio aus und wiege es in den Armen, als könnte es mir noch mehr verraten.

„Nein", sage ich zu mir selbst. Ich muss nicht mehr wissen. Stattdessen nehme ich mein Whiskyglas, gehe zum Haus und steige die Treppe hoch. Drinnen stelle ich das Radio auf den kleinen Tisch unter dem Schlüsselbrett und streife die Schuhe ab. Es war ein guter Tag, und jetzt ist es Zeit, zu duschen und in die Falle zu gehen.

Aber das kannst du nicht, Patrick. Weil die verdammten Radionachrichten dein Interesse geweckt haben, und weil dein innerer Ermittler erst Ruhe gibt, wenn du da gekratzt hast, wo es juckt. Stimmt das nicht?

Die jungen Leute sagen, ich könne mehr erfahren, wenn ich mit dem Handy recherchiere, aber ich traue den verdammten Dingern nicht, denn es sind ja Telefone. Natürlich, für alle Fälle besitze auch ich ein solches Gerät, aber es ist ausgeschaltet und steckt in einem Faradaykäfig. Ich bin weiterhin skeptisch. Die ganze Zeit sind die Menschen ohne Handys ausgekommen, und ich bilde da doch keine Ausnahme. Und wenn Sie mich fragen, diese verdammten Dinger und die sozialen Medien sind teilweise bestimmt für den Krebs verantwortlich, der die Gesellschaft bei lebendigem Leibe auffrisst. Doch was weiß ich schon? Ich bin nur ein dummer Soldat aus dem Marine Corps.

Auch wenn ich das Samsung-Handy nicht benutzen will, um im Internet nachzuforschen, ich kann es noch für etwas anderes gebrauchen. Ehrlich gesagt weiß ich nicht einmal, was jetzt der bessere Weg wäre.

Nein, es wäre auf jeden Fall besser, die Nacht durchzuschlafen, denke ich mir. Aber wenn du dein Gehirn nicht abschalten kannst, dann wird das nichts, Patrick.

Was bedeutet, dass ich das Jucken mit einem raschen Anruf bei meinem alten vorgesetzten Offizier lindern muss, wenn ich nicht noch eine Schlaftablette einwerfen will.

Ach, leck mich doch, Wik. Ohne Tabletten kannst du sowieso nicht schlafen.

Denken wird überbewertet.

Also beschließe ich, mein Handy zu holen, obwohl ich mir sicher bin, dass ich es bereuen werde. Es steckt in dem aus Stein gemauerten Waffenschrank, der an den Hauptraum meiner Holzhütte angebaut ist. Na ja, es ist einer meiner Waffenschränke. Der kleinste. Verlässlichkeit ist kein Zufall.

Ich gehe durch den Hauptraum und schließe die Tür des badezimmergroßen Tresors auf. Das grellweiße Licht schlägt mir entgegen, als ich eintrete und mich nach hinten zwänge. Der Raum ist komplett abgeschirmt, und ich bewahre das Telefon und alle anderen Kommunikationsgeräte in einem zweiten Faradaykäfig auf, damit ich die Tür zum abgeschirmten Raum öffnen kann, ohne den empfindlichen Apparaten den Schutz zu nehmen. Der Ausdruck „gut vorbereitet" gefällt mir besser als „paranoid", aber ich kann es verstehen, wenn die Menschen das durcheinanderbringen.

Ich sperre das Vorhängeschloss des Faradaykäfigs auf. Sobald die Tür aufgeht, nehme ich mein Samsung von der Wand, an der die Handfunkgeräte und die Iridium-Satellitentelefone hängen. He, wenn es um Kommunikation geht, kann man nicht vorsichtig genug sein.

Ich sperre wieder zu und wandere an meinen Sofas entlang, während ich den kleinen schwarzen Bildschirm anstarre. Im letzten Jahr ließ ich einen Fachmann in meiner Einheit eine Art Firewall installieren, die sich beim Start einschaltet. Er schwor mir, ich würde damit jedes Mal, wenn ich das Gerät in Betrieb nehme, den Eindruck erwecken, ich befände mich in einem anderen Land. Das heißt nicht, dass ich blindes Vertrauen habe, aber diese Maßnahme ist besser als keine.

Ich hole tief Luft. Wenn ich diesen Anruf mache, wecke ich die Vergangenheit. Wenn ich ihn nicht mache, kann ich nicht schlafen, bis ich ihn gemacht habe.

Das Corps und die Schlapphüte haben mich nach meiner Rückkehr aus der Antarktis eine ganze Woche festgehalten. Jemand hat gedroht, es könne sogar noch länger dauern, aber sie hatten dann doch „noch dringendere Angelegenheiten zu bearbeiten". Mein Abschlussbericht über den Einsatz war gründlich und meine Entschlossenheit, alles für mich zu behalten, stand nie infrage. Immerhin war ich ein Profi. Außerdem, wer würde mir schon glauben, wenn ich etwas durchsickern ließ? Auf einmal hatte ich viel Mitgefühl für die verrückten Ärsche, die behaupten, sie seien von *E.T.* untersucht worden.

Ich drücke auf den Knopf, und das Gerät fährt hoch und bucht sich beim nächsten Sendemast ein. Anschließend suche ich Willys Nummer heraus und drücke auf „Verbinden".

Es klingelt dreimal, dann springt der Anrufbeantworter an.

„Hallo. Sie haben Colonel William Rodriguez erreicht. Leider kann ich Ihren Anruf nicht entgegennehmen. Bitte hinterlassen Sie eine Nachricht."

In der Pause zwischen der Nachricht und dem Moment, in dem ich beginnen soll, meinen Text aufzusagen, stehe ich wie angewurzelt da. Will ich das jetzt wirklich tun? Ich habe vierundzwanzig Dienstjahre abgeleistet und mit Zähnen und Klauen dafür gekämpft, genau da zu sein, wo ich jetzt bin – allein und weit draußen in einer schönen kleinen Blockhütte auf einem Hügel im Osten Pennsylvanias. Gott, ich komme mir so berechenbar vor. Aber das ist mein Problem, und irgendwie ist es mir egal.

Dieser Anruf heißt ja auch nicht, dass ich irgendetwas ändern will. In dieser Hinsicht bin ich mir ganz sicher. Ich gehöre nicht zu den Veteranen, die immer zu viel zu tun haben oder als Berater arbeiten. Nein, ich mag meinen Frieden und die Ruhe.

Was ich aber nicht gut aushalte, ist, nicht ausreichend Bescheid zu wissen.

Ganz egal, was Willy sagt, ich werde mit den Informationen nichts weiter tun. Mann, ich kann mich ja kaum überwinden, meine Hütte zu verlassen und einkaufen zu gehen. Aber ausreichend Informationen und Wissen, das ist wichtig. Es heißt ja, Exzentriker hätten etwas Seltsames an sich, weil sie Daten beruhigend finden. Ich hätte mich nie für einen Denker gehalten, aber vielleicht bin ich den Bleistiftfummlern doch ähnlicher, als ich es mir selbst eingestehen will.

„Hallo Willy, hier ist Wik. Ich wollte mit dir über das Spiel von gestern Abend reden. Das war klasse, was? Ruf mich doch zurück, wenn du kannst."

Schon ehe ich auflege, bin ich sauer – und zwar auf mich selbst. Meine Güte, ich hätte gar nicht erst anrufen sollen.

„Aber wenn du keine Zeit hast, auch gut. Ich … äh, grüße Mary von mir."

Und dann lege ich wirklich auf.

Das war ein Fehler. Ich habe mich nicht nur selbst zum Affen gemacht, was mir ehrlich gesagt ziemlich egal ist, sondern mir auch noch das Problem aufgebürdet, das Handy eingeschaltet lassen und auf seinen Rückruf warten zu müssen. Oder soll ich es einfach wieder ausschalten? Sehen Sie? Handys nerven.

Und schon habe ich die nächste kluge Idee. Es gibt ja immer noch das Fernsehen.

Wieder kreischt ein Anteil in mir, ich solle das Handy ausschalten und einfach ins Bett gehen. Wen, zum Teufel, kümmert es schon, was in der Antarktis passiert? Du hast deine Zeit abgerissen und deinem Land gedient und jetzt segelst du in den Sonnenuntergang. Soll sich doch die Regierung um die Alien-Ringe und die internationalen Verschwörungen kümmern. Du hast die Zikaden und Sinatra.

Ein anderer Anteil in mir fragt sich, ob Aaron noch da unten ist. Da er sich seit zwei Monaten nicht mehr gemeldet hat, nehme ich an, dass er sich dort aufhält. Allerdings reden wir nicht mehr so oft, seit ich weggegangen bin. Wahrscheinlich macht er mich für den Tod von Lewis und Walker verantwortlich. Mann, ich werfe mir das ja selbst vor. Trotzdem, das heißt ja nicht, dass Aaron mir nichts bedeutet.

Ich halte kurz inne und betrachte das Schachbrett, das zwischen mir und dem Fernseher auf dem Couchtisch steht. Dieses Spiel gegen mich selbst läuft schon seit – ich werfe einen Blick auf die Haftnotiz neben dem Brett – zehn Tagen. Bisher gewinnt Schwarz, aber Weiß ist am Zug. Also setze ich mich aufs Sofa, schiebe einen Bauern schräg nach vorn und nehme den ungeschützten Turm des Gegners. Nachdem ich die geschlagene Figur zur Seite gestellt habe, lehne ich mich zurück und betrachte den Fernseher.

Lass das doch, Pat.

Aber anscheinend schlummert da in mir noch eine Katze, die unbedingt den Hals in die Schlinge stecken will. Wer hätte das gedacht.

Also breche ich an diesem Abend eine weitere Regel und nehme die Fernbedienung des Fernsehers in die Hand. Ich sehe nicht einmal hin, als ich das Gerät einschalte, sondern warte, bis es hochgefahren ist. Ich weiß jetzt schon, dass die Sprecher ein neues Festmahl vor sich haben – der Himmel möge verhüten, dass sie auch nur dreißig Sekunden ohne Frischfleisch auskommen müssen. Und wenn sie ihr Steak mehrmals gewendet und alles bis auf den Knochen abgenagt haben, verlieren die Geier das Interesse und nehmen sich die nächste Beute vor. Es ist alles nur ein Spiel, sage ich mir selbst. Ich hole tief Luft und sehe hin.

Überrascht stelle ich fest, dass ich jemanden erkenne. Nein, ich bin sogar schockiert. Ich hebe die Stummschaltung auf und starre staunend die Moderatorin an, die gerade den Gast auf dem geteilten Bildschirm vorstellt.

„… begrüße ich Dr. Aaron Campbell, den bekannten Anthropologen und Archäologen, der uns aus der Rutgers University live zugeschaltet ist. Dr. Campbell, danke, dass Sie bei uns sind."

„Es ist mir eine Freude, Samantha."

Aaron trägt eine Tweedjacke und etwas, das ich als Millennium-Falcon-T-Shirt erkenne, obwohl es zur Hälfte verdeckt ist. Die Brille sitzt etwas schief, und seine Haare sind nur geringfügig weniger wirr als sonst. Er sieht gut aus, anscheinend überhaupt nicht nervös, obwohl er landesweit auf Sendung ist. Zugleich mache ich mir Sorgen, weil ich keine Ahnung habe, was er gleich sagen wird. Jede Vertraulichkeitserklärung aus dem Pentagon, die ich je gesehen habe, verbietet es ausdrücklich, mit der Presse zu sprechen. Diesen Befehl zu missachten, kommt beinahe Landesverrat gleich. Korrektur, es *ist* Landesverrat. Ich habe mich erkundigt.

„Soweit ich weiß, haben Sie längere Zeit in der Antarktis bei dem …", sie blickt auf ihre Notizen, „… Projekt im Ellsworth-Subglazialhochland mitgearbeitet."

„Das ist korrekt."

„Und Sie waren auch eine Weile auf der McMurdo-Station?"

„Ja. Für die Wissenschaftlerinnen und Wissenschaftler wie für die Bürgerinnen und Bürger der Vereinigten Staaten ist das der Hauptzugang für alle Aktivitäten auf diesem Kontinent."

„Was nun die jüngsten Nachrichten über die vermissten multinationalen Expeditionen angeht: Können Sie uns einen Hinweis geben, warum die Kommunikation schon so lange unterbrochen ist? Insider sagen, es sei bereits eine ganze Woche."

Aaron rutscht auf seinem Bürostuhl hin und her.

Das ist nicht gut. Auf einmal frage ich mich, warum er diese Einladung überhaupt angenommen hat, ganz zu schweigen davon, warum er wieder im Land ist. Nicht, dass dies alles jetzt irgendwie wichtig wäre, denn Aaron muss sich voll und ganz darüber im Klaren sein, dass er außer in sehr groben Umrissen auf keinen Fall über seine Arbeit reden darf. Allerdings hat er vielleicht sogar schon sein Leben lang genau dies angestrebt – wie hatte er es noch ausgedrückt? Er wolle dafür sorgen, dass sie nicht mehr über ihn lachen.

Verdammt, Aaron.

„Also, Samantha, wie Sie wissen, führten meine ... *unsere* bahnbrechenden Arbeiten im Ellsworth-Hochland dazu, dass ich Zugang zu ... nun ja, zu einigen der wichtigsten Geheimnisse bekam, die der Kontinent zu bieten hat."

„Oh Mann", sage ich zu meinem Fernseher.

Die Moderatorin kneift die Augen zu. Anscheinend ist sie sich unsicher, wie sie Aarons Prahlerei auffassen soll.

Also wechselt sie den Kurs.

„Dr. Campbell, soweit ich weiß, fiel die Kommunikation im antarktischen Winter aus. Könnte nicht das schlechte Wetter eine Rolle spielen?"

„Nun, gewiss. Wie wir gesagt haben: Das Wetter ist immer etwas, mit dem wir in dieser Gegend rechnen müssen." Er lächelt etwas selbstgefällig. Ich warne ihn innerlich, sich nicht zu behaglich zu fühlen. Samantha wärmt ihn nur an.

„Aber es könnte auch andere Erklärungen geben?"

Wieder rutscht Aaron auf dem Stuhl hin und her. „Es ist immer möglich, dass die Technik versagt ..."

„Ja, aber wir bekommen Berichte, dass es auf allen Forschungsstationen ähnliche Ausfälle gibt, nicht nur in McMurdo."

Überall?

Verdammt. Jetzt wünsche ich mir wirklich, dass Willy baldmöglichst zurückruft, und sei es nur, um mich zu beruhigen.

„Also, Samantha, es ist ja schon öfter vorgekommen, dass Sonneneruptionen Funksysteme gestört haben", sagt Aaron. „Mir fallen mehrere Gelegenheiten bei unseren Arbeiten im Ellsworth-Subglazialhochland ein, bei den *geheimen Grabungen,* wie man es nennen könnte, wo …"

„Dr. Campbell, ist es wahr, dass Sie ein überlebender Zeuge für militärische Konflikte sind, die den Antarktisvertrag von 1959 verletzt haben?"

Aaron erbleicht.

Ein Politiker hätte diese Frage zum Frühstück verspeist und höchstens ein höfliches Rülpsen hervorgebracht. Aaron ist jedoch keine dieser Schlangen und nicht daran gewöhnt, durchs Unterholz zu wuseln. Jetzt fummelt er an seiner Brille herum. Das Steak steht wieder auf dem Speiseplan, und die Geier sind bereit fürs Festmahl.

„Ich fürchte … könnten Sie die Frage wiederholen?"

„Ich habe unbestätigte Berichte …", sie hält ein iPad hoch, das auf ihrem Pult gelegen hat, „… dass Sie einer der wenigen Überlebenden eines Scharmützels sind, welches am sechsundzwanzigsten April zwischen amerikanischen, britischen und russischen Kräften stattfand."

Ach du heilige Scheiße. Irgendjemand hat geplaudert.

„Darüber darf ich nicht sprechen", platzt er heraus. „Ich meine, ich kann weder bestätigen noch dementieren … woher wissen Sie überhaupt? …" Er schüttelt den Kopf, streicht sein Hemd glatt und ringt sichtlich um Fassung. „Wie ich schon sagte, Sonneneruptionen können …"

„Dr. Campbell, Sie können also nichts über illegale militärische Aktionen auf Ihrem Forschungsstützpunkt sagen? Irgendetwas, das den plötzlichen Ausfall der Kommunikation erklären könnte?"

Mein Handy klingelt in diesem Moment – eine unterdrückte Rufnummer. Ich wische über den Bildschirm und hebe das Gerät ans Ohr. „Ja?"

„Wik, hier ist Willy."

„Siehst du das auch gerade?"

„Ich nehme an, du meinst das Interview mit deinem Kumpel im Fernsehen?"

„Japp."

Willy seufzt. „Er ist die geringste meiner Sorgen, Wik. Und ich muss gleich wieder los."

„Also ist es übel."

Willy zögert einen Herzschlag lang, ehe er antwortet. „Nichts, worüber du dir Sorgen machen müsstest, Mister Wohlverdienter Ruhestand."

„Verstanden." Mein ehemaliger Colonel hat es auf den Punkt gebracht. Es geht mich wirklich nichts mehr an. Ich hätte ihn gar nicht ernst anrufen sollen. Willy hat viel zu tun, und ich habe Bücher, Filme, Blumen, einen Stapel Holz und Whisky zur Gesellschaft.

„Tut mir leid, dass ich dich behelligt habe", antworte ich ihm.

Er seufzt. „Wik, wir haben das hier, und du hast deine Einsamkeit."

„Wem sagst du das."

„Gute Nacht."

„Ebenso. Wik Ende."

Die Leitung ist tot, das Gespräch ist beendet. Aaron ist immer noch im Fernsehen und zappelt hilflos. Es überrascht mich, dass er nicht einfach aufgestanden und gegangen ist. Das wäre auch nicht schlimmer als das, was er jetzt gerade tut. Wahrscheinlich ist ihm nicht einmal klar, dass man ein Interview jederzeit abbrechen kann.

„… versichere Ihnen, dass alles, was ich getan habe, in Übereinstimmung mit …"

Der Fernseher geht aus.

Aber nicht, weil ich ihn abgeschaltet habe.

Sämtliche Lampen sind ebenfalls erloschen. Ich habe noch die Fernbedienung in der Hand und spüre ein Kribbeln in der Wirbelsäule, als hätte mir jemand einen leichten elektrischen Schlag verpasst. Das Gefühl verschwindet so schnell, wie es entstanden ist. Im Kopf höre ich ferne Geräusche, die mich an Mörserfeuer und Artillerie in der Wüste erinnern. Ich schüttele den Kopf, um die Phantome der Vergangenheit in Schach zu halten.

Als mein primärer Notgenerator anspringt, bin ich schon auf den Beinen. Er wird durch ein passives analoges Relais gestartet, das einen Spannungsabfall registriert. Die drei Sekunden Verzögerung, die ich gerade registriert habe, sagen mir, dass ich die Anlage neu kalibrieren muss. Die Wolframlampen in der Hütte flammen wieder auf und wärmen das Haus mit ihrem warmen Schein. Gewiss, sie sind teuer, aber ich mag diese Leuchten.

Mein Bauch sagt mir, dass es sich um keinen Zufall handelt. Ich habe viel zu viele Filme gesehen, in denen die Agenten die Sicherungskästen bearbeiten, ehe sie in ein Gebäude eindringen. Mensch, so was habe ich sogar selbst schon gemacht. Aber niemand weiß, wo meine Hütte ist, darauf habe ich geachtet. Und die Verteidigungsanlagen meines Grundstücks hätten mich auf Eindringlinge aufmerksam gemacht. Was ich jetzt auch empfinde, es sind nur die Nerven, und schlechte Nerven können Menschen umbringen.

Ich rede mir ein, dass der Strom wieder geliefert wird, sobald der Arbeitstrupp den Verteiler repariert hat, den ein Betrunkener mit seinem Pick-up gerammt haben muss, setze mich hin und schalte den Fernseher wieder ein.

Nichts geschieht.

Ich drücke mehrmals auf den Einschaltknopf auf der Fernbedienung, bis ich einsehe, dass deren Batterien leer sein müssen. Gereizt beuge ich mich über den kleinen Tisch und schalte den Fernseher direkt am Gerät ein.

Nichts.

Als Nächstes kommt mir die Idee, es könnten die Sicherungen in den Steckdosen sein. Ich gehe zu einer Steckdose in der Küche und bemerke, dass die Uhr der Mikrowelle dunkel ist. Ebenso die LED-Streifen über der Arbeitsplatte. Seltsam.

Ich sehe auf die Analog-Digitaluhr, die ich am Handgelenk trage. Es ist eine Casio G-Shock mit Gummiüberzug. Die Digitalanzeige ist leer. Lassen Sie sich nicht vom Namen des Herstellers täuschen, diese Dinger sind erstaunlich widerstandsfähig. Ich habe erst letzte Woche eine neue Batterie eingesetzt, und die analoge Uhr funktioniert tadellos.

Erinnern Sie sich, dass ich sagte, schlechte Nerven könnten Menschen umbringen? Das ist wahr. Aber wenn die Nerven eine Warnmeldung aus dem Bauch übermitteln, welche auf nackten

Fakten und viel Erfahrung beruht? Das nennt man dann Instinkt, und der wiederum kann einem das Leben retten. Um zu entscheiden, ob es die Nervensache oder der Instinkt ist, folge ich meiner Eingebung und gehe zum Sofa. Dort nehme ich das Handy in die Hand und berühre den Bildschirm.

Er ist dunkel.

Ich tippe noch einmal und etwas fester darauf.

Wieder nichts. Jetzt schlägt mein Herz etwas schneller. Ich will einen Neustart auslösen, aber das Ding reagiert immer noch nicht. Außerdem sind da diese gedämpften Geräusche im Kopf. Mir bricht der kalte Schweiß aus. Erinnerungen sind manchmal echt lästig. Sie wissen ganz genau, wie sie einem den Abend ruinieren können.

Ich starte alle digitalen Geräte, die ich besitze: Die digitale Antenne meines Fernsehers, die Stereoanlage, meine alte Xbox – und alle Gerätschaften sind tot. Nicht einmal die Edelstahl-Espressomaschine von Breville funktioniert. Sie war schon älter, aber richtig gut, und sie ist bis jetzt einwandfrei gelaufen. So ein Mist.

Mein Thorens TD 124 von 1957 startet dagegen problemlos. Und die Birnen mit Wolframglühfäden leuchten, die Küchen-LEDs jedoch nicht.

Damit wäre das geklärt.

Jemand hat meiner Hütte also gerade einen EMP verpasst – einen elektromagnetischen Impuls, und zwar einen EMP, der stark genug war, um meine digitalen Geräte lahmzulegen.

Mit äußerster Wachsamkeit lösche ich die Innenbeleuchtung und nehme meine Glock von der Anrichte. Wenn jemand auf mein Gelände eindringt, was ich jetzt mit einem gewissen Recht annehmen muss, dann möchte ich gut gewappnet sein. Dazu gehören auch persönlicher Schutz und Bewaffnung. Also muss ich mich rüsten.

Geduckt laufe ich durch den Hauptraum und kehre in den begehbaren Safe zurück. Dieses Mal schließe ich die Tür hinter mir. Dem Raum fehlt vieles, was der große gesicherte Keller hat, aber auch hier habe ich Zugriff auf ein angemessenes

Verteidigungsarsenal. Dazu gehört auch ein „kleiner Vorrat" von dreitausend Patronen für jede Waffe, die hier lagert.

Zuerst sehe ich mir die Überwachungskameras an. Der Monitor und die CPU sind in Ordnung, aber das statische Rauschen auf dem Bildschirm sagt mir, dass die Kameras natürlich digitale Geräte waren, welche der mutmaßliche Angreifer mit seinem Impuls zerstört hat.

Dann hole ich mir ein auf der militärischen Version beruhendes SCAR 17 und lege das Sturmgewehr auf den mit Gummi bedeckten Tisch in der Mitte. Nacheinander nehme ich alle Körperpanzerungen von der Wand und lege sie an. Nach dem mattschwarzen Kevlarhelm setze ich auch die Nachtsichtbrille von Elbit Systems auf. Ich überprüfe das Gerät, um mich zu vergewissern, dass der elektromagnetische Impuls die Elektronik nicht beschädigt hat. Die Optik startet, es ist alles in Ordnung.

Die Glock schiebe ich ins Holster, dann packe ich für jede Waffe noch einige Magazine ein. Schließlich vergewissere ich mich, dass mein KA-BAR in der Brusttasche steckt. Das Gerber-Klappmesser, das ich immer dabeihabe, befindet sich in meiner Hosentasche. Ich gehöre zu den Leuten, die meinen, dass man gar nicht genug Messer bei sich haben kann.

Schließlich hole ich noch ein Handfunkgerät aus dem Faradaykäfig und klemme es mir an die Schutzweste. Ich schalte es ein und lasse es scannen. Die Wahrscheinlichkeit ist nicht hoch, aber falls die Feinde den Fehler machen, mit ihrer Kommunikation nachlässig zu sein, dann will ich es als Erster erfahren.

Mit erhobenem SCAR aktiviere ich die Nachtsicht, damit ich im Dunklen sehen kann, und stoße die Tür auf. Sofort gehe ich seitlich neben meinem Tresor in Deckung und halte geduckt inne. Der Hauptraum liegt in grünlichem Licht und unverändert vor mir.

Ich nehme an, dass die Eindringlinge über meine drei Kilometer lange Zufahrt von Westen gekommen sind. Daher schleiche ich zum nächsten Fenster und ziele in die entsprechende Richtung. Mein 1978er Toyota Land Cruiser FJ40 steht in der Einfahrt, anscheinend unberührt. Dahinter fallen die Felder zur Hauptstraße ab. Ich habe einen Farmer aus dem Ort beauftragt, links und rechts des Weges die hohen Pflanzen zu beseitigen. Er kann das Heu behalten, und ich spendiere ihm ein paar Tankfüllungen für seinen Trecker. So habe ich immer einen freien Blick auf jeden, der sich meiner Hütte nähert. Außerdem habe ich ein paar große Felsblöcke verschoben, um anrückende Fahrzeuge dazu zu zwingen, hintereinander zu bleiben. Und falls mich doch einmal jemand unvermutet und mit bösen Absichten überfällt? Im Boden warten ein paar hübsche Überraschungen, die in der Nacht hochgehen können. Einige können sogar laut knallen. Es kommt eben darauf an, welche Apparaturen ausgelöst werden. Trotz aller Vorsichtsmaßnahmen sehe ich niemanden, der die Zufahrt heraufkommt, und auf den Feldern tut sich nichts Ungewöhnliches.

Als ich nach hinten und um das Haus herumgehe, bemerke ich in den nach Osten blickenden Fenstern einen gespiegelten Lichtschein. Sogar eine Menge Licht. So stark, dass mein Nachtsichtgerät überlastet ist. Ich ziehe es ab und mache mich auf die Scheinwerfer von Fahrzeugen gefasst – nur, dass es weder einen Humvee noch einen Scheinwerfer gibt.

Ich blinzele, um mich zu vergewissern, dass ich mir den Lichtschein nicht einbilde.

Da drüben, ungefähr hundertdreißig Kilometer im Südosten, ist eine riesige blaue Kuppel. Sie muss viele Kilometer hoch sein und befindet sich anscheinend mitten über der Stadt, die niemals schläft – New York. Nur sind die normalen Lichter der Stadt nicht zu sehen. Stattdessen erkenne ich am Horizont einen Feuerschein und frage mich, ob ich mir die Geräusche vielleicht gar nicht eingebildet habe.

9

0045, Freitag, 25. Juni 2027
East Orange, New Jersey
Interstate 280 East, zwanzig Kilometer westlich von Manhattan

Ich bin nicht stolz darauf, dass ich so lange auf meiner Veranda gesessen und überlegt habe, ob ich etwas unternehmen sollte, aber so ist das nun einmal.

Ich habe die gefährlich aussehende Blase mindestens eine halbe Stunde angestarrt und mithilfe der Finger grobe Messungen vorgenommen. Dann habe ich in meinem schwarzen ledernen Notizbuch alles festgehalten. So etwas kann ein EMP nicht beschädigen – meine Finger und das Notizbuch. Im Grunde jedoch habe ich getrödelt und das wusste ich auch genau.

Ich habe beobachtet, wie am Horizont weitere Feuerbälle aufgestiegen sind. Sie waren von Norden nach Süden verstreut, und dann folgten dumpfe Einschläge – das waren jene Geräusche, vor denen mich mein Gehirn hatte warnen wollen. Ich prägte mir die Stellen in der dunklen Landschaft einigermaßen ein und rannte nach drinnen, um mir eine Karte zu holen – eines dieser bewährten alten Dinger aus Papier, die früher alle im Auto hatten, und die hinausgeflogen waren, nachdem die Handys in Gebrauch kamen. Außerdem nahm ich einen Cammenga-Linsenkompass und einen Winkelmesser mit.

Mithilfe der Helmlampe richtete ich die Karte anhand des Kompasses aus und fixierte die orangefarbenen Explosionsorte am östlichen Horizont. Als ich von meinem Haus in Skytop mit dem Lineal gerade Linien gezogen hatte, begriff ich sofort, was geschehen war, und zwar: Rockland County in New York im Norden sowie Edison und Monmouth in New Jersey im Süden. Dann

Newark und New Jersey im Zentrum – das waren die Standorte von Einrichtungen des US-Militärs.

Ich faltete die Karte zusammen und legte mein ledernes Notizbuch darauf.

Bei Gott, ich würde gern behaupten, ich hätte auf der Stelle meine Hütte verlassen, aber das tat ich nicht. Und wissen Sie warum? Weil ich ein störrischer alter Hundesohn bin. In Brooklyn geboren, mit irischem Blut in den Adern.

Was, wie ich betonen muss, auch der Grund dafür ist, dass ich mich ganz allgemein nur ungern allzu schnell in irgendetwas hineinstürze. Genau, ich rede von Sachen wie heiraten oder jemandem einen Gefallen tun. Das hat alles seinen Preis, und das muss man abwägen. Und dazu zählt auch, auf der Interstate 80 nach Osten zu einer riesigen bläulich glühenden Kuppel zu fahren, während am Horizont Brände lodern. Das wird mich am meisten kosten, ich spüre es jetzt schon. Was wohl bedeuten soll, dass ich mein Bett vor dem Morgengrauen nicht wiedersehen werde.

Wik, du hättest in deiner Hütte bleiben sollen, sage ich mir. Du hättest die Jalousien schließen und wirklich ins Bettchen gehen sollen.

Japp. Du hast völlig recht, du hast ja so recht.

Also fahre ich mit meinem alten Land Cruiser FJ40 nach Südosten.

Sicher, mir ist durchaus klar, dass das, was da über New York hängt und den Lichtsmog ausblendet, das Problem anderer Leute ist – genauer gesagt, eine Aufgabe des Militärs. Ach, wahrscheinlich ist es nur eine neu erfundene Antiraketen-Luftverteidigung oder so etwas in der Art.

Aber wem will ich eigentlich etwas vormachen? Die verdammte Kuppel hat auf jeden Fall etwas damit zu tun, was ich in der Antarktis gesehen habe, und das weiß ich auch. Mein Bauch weiß es, mein Herz weiß es. Und fragen Sie gar nicht erst, warum ich drei denkende Körperteile habe. Es ist einfach so. Genau genommen habe ich sogar vier, aber Commander Johnson macht mir immer viel zu viel Ärger, daher beteilige ich ihn normalerweise nicht an kritischen Denkprozessen. Er ist besser dort aufgehoben, wo es um unkritische Prozesse geht.

Oh, und die Leute, die sagen, der Ruhestand würde überschätzt? Die haben in ihrer aktiven Zeit einfach nicht hart genug gearbeitet. Der Ruhestand ist hervorragend, und ich hatte acht wundervolle Wochen davon. Acht Wochen. Niemand sagt dir, was du tun sollst, du riskierst nicht ständig deinen Hals für einen Anfänger, der so dumm ist, in die Schusslinie zu rennen, du musst dich nicht um ein fünfundzwanzigjähriges Milchgesicht kümmern, das frisch von der Militärakademie kommt und angeblich mehr als du selbst darüber weiß, wie man eine feindliche Stellung knackt, dabei aber nicht genug Mumm hat, es selbst zu tun.

Außerdem schweife ich ab.

Ich trommele auf das Lenkrad und singe zu meiner Lieblingskassette mit Songs von Creedence Clearwater Revival mit. Das alte Kassettendeck meines Land Cruiser ist vermutlich eines der wenigen Musikgeräte im Umkreis von hundert Kilometern, die überhaupt noch funktionieren, nachdem ein Arschloch mit einer EMP-Bombe alle Radiosender ausgeknipst hat. Hübsch, wirklich hübsch. Peter Quills Mom wusste wirklich, warum sie die Kassetten behalten hat.

Ich muss kichern, als der zweite Song auf der A-Seite einsetzt. „Es kam vom Himmel und ist im Süden von Moline gelandet. Jody fiel vom Trecker und konnte gar nicht glauben, was er sah." Dann ließ ich John Fogerty die nächste Zeile allein singen: „Da lag er am Boden und zitterte und fürchtete um sein Leben." Irgendwie passt das in dieser Nacht ein bisschen zu gut.

Ich verlasse die I 80, fahre auf der I 280 nach Osten und halte direkt auf die blaue Halbkugel zu. Je länger ich fahre und die Kuppel anstarre, desto deutlicher erkenne ich, dass sie mit der Zeit ein wenig zu verblassen scheint. Oder meine Augen spielen mir einen Streich. Sie sind ja nicht gerade das neueste Modell. Ich blinzele den Schleier weg und sehe genauer hin, und die Kuppel strahlt wieder so hell wie zuvor.

Die einzigen anderen Fahrzeuge, die ich auf der Straße sehe, wurden vor 1980 gebaut und sind anscheinend alte Spritfresser wie meines. Das ist verständlich, weil die Hersteller im Laufe der Jahre so viele digitale Komponenten eingebaut haben. Klar, gegen einen Tesla hätte ich nichts einzuwenden, aber so viel Geld habe ich nicht, und außerdem traue ich den Dingern nicht. Japp, genau wie bei meinem Handy.

Es gibt eine weitere Gemeinsamkeit zwischen den noch funktionierenden Autos auf der Straße: Sie fahren alle aus New York heraus. Früher hätte ich darüber gelächelt. Marines sind immer diejenigen, die dorthin gehen, von wo alle anderen fliehen. *Oorah.* Aber jetzt erinnere ich mich, dass ich eine halbe Stunde gebraucht habe, um den Arsch hochzubekommen und meinen Kram in den Land Cruiser zu laden. Wie ich schon sagte, ich bin nicht stolz darauf und kann es gleichfalls nicht verleugnen.

Viele Fahrzeuge sind mitten auf der Straße liegen geblieben, weil die Motoren ausgesetzt haben. Einige Leute kampieren neben den Autos und warten vermutlich auf den Pannendienst oder sie hoffen, der Antrieb werde irgendwann wieder funktionieren. Die meisten sind zu Fuß unterwegs und wandern von der Kuppel weg oder ziehen in die Vororte an der Interstate, um Schutz zu suchen.

Mehr als einer versucht, mich aufzuhalten. Eltern wiegen weinende Kinder auf den Armen, ich sehe Oberschichtweicheier mit Fedora-Hüten und Halbschuhen und mehr als ein verzweifeltes Supermodel, dem die Wimperntusche ins Gesicht läuft. Na gut, vielleicht sind es keine Supermodels, aber sie sehen so gut aus, dass Commander Johnson mich drängt, ich solle sofort anhalten. Wie gesagt, es gibt gute Gründe dafür, dass er erst an vierter Stelle kommt: Verstand, Bauch, Herz und dann CJ.

Während ich über die I 280 fahre, gehe ich im Kopf zum dritten Mal meine Packliste durch, um mich geistig zu beschäftigen. Das hilft mir, die Fußgänger zu ignorieren. Vertraut mir, will ich sagen, es ist besser für euch, wenn ich euch nicht mitnehme. Sie sind nämlich nicht darauf vorbereitet, was vor mir liegt. Teufel, ich bin mir nicht einmal sicher, ob ich selbst vorbereitet bin, aber ich habe eingepackt, was ich konnte, und in der Aufregung vor dem Kampf verlässt man sich auf seine antrainierte Erfahrung und hofft, nichts zu vergessen.

Auf dem Beifahrersitz liegt das SCAR mit montiertem Schalldämpfer, vorderem Griff, Zielfernrohr und Tragegurt. Auf der linken Seite ist eine Laserzielhilfe montiert, rechts ein Waffenlicht. Ich habe vier Magazine mit je zwanzig Schuss bei mir und zehn weitere in einer Kiste auf dem Boden. Da, wo ich hinfahre, ist das alles illegal, aber ich lebe im Commonwealth of Pennsylvania und nicht in einem dieser Staaten, die vor Waffen Angst haben. Im Moment frage ich mich, ob diese Staaten ihre Gesetze nicht überdenken sollten.

Die schallgedämpfte Glock ist im Holster, ich habe sie mit einer entsprechenden Zieloptik ausgerüstet. Außerdem habe ich vier Magazine mit je fünfzehn Schuss für die Pistole und sechs weitere in der Kiste.

Meine Kampfweste hat vorne und hinten Fächer für Rüstungsplatten von Diamond Age aus Borsuboxid und sie hat Platz für einen Wasserbeutel und mein persönliches Erste-Hilfe-Set, gewöhnlich auch „Blowout Kit" genannt. In den Taschen stecken mein KA-BAR-Überlebensmesser, große Kabelbinder, eine MagLite-Taschenlampe und Leuchtstäbe, eine Karte und das Notizbuch, infrarotsichere Abzeichen, ein Namensschild und ein Aufkleber für die Moral – im Augenblick ein dunkelgrünes KTF-Rechteck, angeregt durch meine Begeisterung für die Military-SF-Buchreihe von Daniel Gibbs.

Allen anderen sei gesagt, dass diese innere Bestandsaufnahme unnötig zu sein scheint. Aber für jemanden, der an der Front eingesetzt war und außerhalb der Baracken überleben musste, ist das ein ganz normaler Teil des Lebens. Verlässlichkeit ist kein Zufall, und deshalb gehe ich im Geiste mehrmals die Checkliste durch.

Mein Rucksack auf dem Rücksitz enthält einige Beutel mit nützlichen Geräten und Zubehör, darunter mein Leatherman-Multitool, ein Waffenreinigungsset von Otis, ein Fernglas, Entfernungsmesser, John-Wayne-Dosenöffner, Kopftuch, Sonnenbrille und eine Garrotte für den Nahkampf. Außerdem habe ich dort mein Iridium-Satellitentelefon und das GPS verstaut. Beide haben nicht funktioniert, als ich das letzte Mal nachgeschaut habe.

Neben dem Rucksack liegt das Ausrüstungspaket mit Reservekleidung, Thermowäsche, Kletterseil, Feueranzünder, Stirnlampe, Paracord-Schnur, Batterien und Ladegeräten für alle elektronischen Geräte sowie ein großer Erste-Hilfe-Kasten. Außerdem sind dort mein Beil, eine Plane, ein Einmannzelt, eine Rettungsdecke, Klebeband, ein Wasseraufbereitungsset, Snacks und ein Kochtopf verstaut.

Im Wagen lagern außerdem noch mehr .308er-Magazine, vakuumverpackte 9-mm-Patronen und zwei gefüllte und stabilisierte Zwanzigliterreservekanister, ein tragbarer Wasservorrat, ein Schlafsack und eine Kiste mit MRE – ungefähr vier Wochen reichende militärische Notfallrationen, falls das Essen knapp wird, was angesichts der Umstände unvermeidlich scheint. Ich habe auch Signalfackeln, Jumperkabel, Abschleppseile, einen Benzinabsauger, Tarnnetze, einen MSR-WhisperLite-Campingofen und einen Kaffeepott eingepackt, der aber niemals meinen Breville ersetzen kann. Verdammt, ich vermisse die Espressomaschine jetzt schon.

Am FJ40 ist vorne eine Winde angebracht, ich habe einen Abschlepphaken, einen Überrollbügel mit Reservereifen, einen Spannungswandler, einen Wagenheber, Nebelschlussleuchten und einen Kompressor auf dem Motorblock.

Wie gesagt, ich bin gut vorbereitet, aber nicht paranoid.

Meiner Schätzung nach ist die Kuppel etwas mehr als zwanzig Kilometer hoch. Die Annahme beruht auf der Tatsache, dass ich mich, etwa zwanzig Kilometer von Lower Manhattan entfernt, East Orange nähere und nicht mehr weit vom Rand der Kuppel entfernt bin. Außerdem glüht die Kuppel mit genau der blauen Energie, die ich schon in der Antarktis bemerkt habe. So sehr ich mir einreden möchte, das Ding sei Menschenwerk, es trifft nicht zu. Und das macht mich sauer.

Warum?

Nun ja, das ist vermutlich der Hauptgrund dafür, dass ich meinen fetten Arsch von der Veranda erhoben habe, denn vielleicht – nur vielleicht – hätte ich beim Stellvertretenden Direktor der Blauhelme bleiben und einen Weg finden sollen, das verdammte Tor in die Luft zu jagen, wenn er nicht hinschaute. Dann wäre das hier vielleicht nicht passiert. Beweisen kann ich das natürlich nicht, aber ich kann auch nicht völlig ausschließen, dass es irgendwie meine Schuld ist.

So zu denken, ist beschissen.

Du warst einfach zu müde, um noch ein paar Tage länger zu bleiben, was? Du hättest nur durchhalten und den Job zu Ende bringen müssen. Stattdessen wolltest du in den Ruhestand gehen. Das ganze Theater ein für alle Mal hinter dir lassen. Ist das nicht genau der springende Punkt bei Herausforderungen? Die verdammten Biester folgen einem, ganz egal, wohin man geht. Man denkt, man hätte sich gerade in Sicherheit gebracht, und *Peng!* – schon beschließt ein Terminatorroboter, bei einem den Schließmuskel zu untersuchen.

Wie ich das sehe, bin ich es dem Universum oder wenigstens meiner Heimatstadt schuldig, näher nachzuschauen. Und ehe Sie jetzt patriotisch werden, nein – ich habe nicht das Gefühl, ich sei es auch meinem Land schuldig. Diesen Dienst habe ich schon abgerissen, erinnern Sie sich? Ich bin dem Rot, Weiß und Blau keinen Tropfen Schweiß und keinen Tropfen Blut mehr schuldig. Ich habe das T-Shirt, den Kaffeepott, den Autoaufkleber und sogar eine Tätowierung über dem Arsch.

Na gut, vielleicht nicht gerade dort, aber ich habe durchaus ein paar.

Und ich schweife schon wieder ab.

Je näher ich der riesigen bläulich glühenden Kuppel komme, desto mehr ist los. Sie ist jetzt eher eine steile Wand als eine sanft gekrümmte Fläche. Ich hupe mehrmals, um die Leute von der Interstate zu scheuchen. Sie sammeln sich im hellen Scheinwerferlicht am Straßenrand. Ich kann nicht erkennen, ob sie neugierig oder dumm sind – wahrscheinlich beides. Ich würde mich jedenfalls nicht in der Nähe dieses Dings blicken lassen, wenn ich nicht einen sehr guten Grund dafür hätte. Und eine Waffe.

Als mir klar wird, dass ich nicht näher herankomme, ohne jemanden zu verletzen, lenke ich den Land Cruiser an den Straßenrand und fahre über die mit Gras bewachsene Böschung, bis ich eine Baumgruppe finde, vor der ich parken kann. Hier ist genug Schatten, um das Fahrzeug vor den Blicken der meisten Leute zu verbergen, aber ich plane trotzdem, es zusätzlich etwas zu tarnen, um ganz sicher zu sein. Es fehlt gerade noch, dass ein paar verzweifelte Leute den Wagen demolieren und mit meinen Sachen weglaufen.

Ich stelle den Motor ab, nehme mir das SCAR und steige aus dem Land Cruiser aus. Das Erste, was mir auffällt, ist, dass die Menschen schreien. Mein Bauch verkrampft sich, und die Nackenhaare sträuben sich. Der Lärm klingt nicht so, als wäre jemand vor einem professionell gestalteten Halloweenkostüm erschrocken. Nein, das hier klingt eher nach gequälten Seelen – und es sind Hunderte. Ich fühle mich in den Nahen Osten zurückversetzt. Mühsam unterdrücke ich die Bilder der Kinder, die aus den Armen ihrer Mütter gerissen werden, von den Kindern, die um ihre Väter weinen, von den Frauen, die an der blutigen Brust ihrer Männer und Söhne trauern. Seltsam ist, dass ich trotz dieser Laute, die von menschlichem Leiden zeugen, keinen einzigen Schuss höre. Oder wenigstens nicht in der Nähe. Mehrere Kilometer entfernt donnern Explosionen, und ich frage mich, ob es die Militärstützpunkte sind.

Was auch geschieht, es ist nicht gut, und ich muss mich sputen.

Ich hole von hinten die Tarnnetze heraus und verbringe die nächsten Minuten damit, mein Fahrzeug abzudecken. Ein paar lose Äste vervollständigen das Bild. Ich bin mir ziemlich sicher, dass meine Sachen noch hier sind, wenn ich zurückkehre.

Das Zweite, was mir auffällt, als ich mich von meinem FJ40 entferne, ist der Geruch: Ozon, aber zehnmal stärker, als ich chlorähnliche Schwaden jemals irgendwo wahrgenommen habe. Und ich spüre die Erschütterungen im Boden, was mich sofort an Aarons archäologische Grabungsstätte in der Antarktis erinnert. Erklären kann ich es nicht, aber meine Füße vibrieren auf die gleiche Weise.

Ich wandere an der Baumreihe entlang, die von Westen nach Osten verläuft und die Interstate von der Wohngegend auf der rechten Seite trennt. Wer hier flieht, läuft auf der Straße oder zwischen den Häusern entlang, sodass ich mich unbemerkt bewegen kann. Die

Einzigen, die Notiz von mir nehmen, sind ein paar winkende oder auf mich zeigende Kinder, die von ihren Eltern ignoriert werden.

Als ich fünfzig Meter vor der blauen Wand stehe, sind die gequälten Schreie der Menschen erheblich lauter. Fast rechne ich schon damit, dass eine Gruppe von Aufständischen eine öffentliche Hinrichtung vornimmt. Stattdessen sehe ich Hunderte Menschen, die von links nach rechts vor der Wand stehen und die durchsichtige Kuppel anstarren. Einige strecken die Hände aus oder ballen die Hände zu Fäusten, viele schreien.

Die durchsichtige Fläche erlaubt einen Blick auf die andere Seite. Auch dort stehen Menschen mit erhobenen Händen und offenen Mündern. Ich höre sie nur gedämpft, aber sie sehen nicht glücklich aus. Was hier auch im Gange ist, der unmittelbare Effekt ist, dass die Wand die Menschen abgeschnitten hat.

Teilweise sogar wörtlich.

Eine Frau klagt über dem Oberkörper eines Mannes, der im Gras liegt. Das blaue Licht der Kuppel wirft scharfe Schatten auf den abgetrennten Rumpf und ihr Gesicht. Andere Menschen weinen über Tote, die in Autos sitzen oder auf der Interstate liegen. Anscheinend wurden die Leichen in unmöglichen Winkeln zerteilt, als hätte ein unsichtbares Schwert die Opfer von der Hüfte bis zur Schulter gespalten. Bei einigen fehlt die Hälfte des Rückens, bei anderen sind Gliedmaßen abgetrennt.

Das Blutbad erstreckt sich durch die Wohnbezirke, und ich bemerke die geübten Bewegungen von Sanitätern außer Dienst, welche die Menschen unterstützen, wo sie nur können. Doch es sind viel zu viele Opfer, als dass sie alle versorgen könnten. Außerdem waren die meisten Verletzungen tödlich.

Da wird mir bewusst, dass sich dieses grausame Spektakel auch auf der anderen Seite der Barriere abspielt. Es gibt allerdings einen grauenerregenden Unterschied: Die Massen ziehen die Opfer von der langsam zurückweichenden Wand weg.

Ich schiebe mich an einer Gruppe von Schaulustigen vorbei und nähere mich dem Bereich mit den Opfern, die es am schwersten getroffen hat. Von dort aus betrachte ich die Menschen auf der anderen Seite. Sie weichen vor der blauen Wand zurück und warnen andere mit lauten Rufen, sie sollten Abstand halten. Es scheint, als hörten nicht alle zu. Eine Frau greift nach einem etwa zehnjährigen Jungen auf meiner Seite und verliert in der Barriere ihre Hand. Der Körperteil löst sich in einem Wirbel blauer Flammen und orangefarbener Funken auf. Zwei Männer müssen sie wegziehen, weil sie auch der Verlust der Hand nicht davon abhalten kann, sich ihrem Kind zu nähern.

„Mann, bleiben Sie lieber hier stehen", sagt jemand hinter mir. „Oder es geht Ihnen so wie denen."

„Alles klar", antworte ich.

Als weitere Familien jenseits der Barriere Angehörige entdecken, enden ähnliche Versuche, zueinanderzufinden, mit ähnlichen Verstümmelungen. Ein Mann bricht aus einer Gruppe von Menschen aus, die ihn zurückhalten, und stürmt blindlings in die Barriere. Sein Körper verdampft in weniger als zwei Sekunden, und alle, die es beobachtet haben, schreien auf.

„Wie lange geht das schon so?", frage ich den Mann, der mich gewarnt hat.

„Vielleicht eine Stunde." Er fährt sich mit beiden Händen durch die Haare. „Es ist schrecklich, Mann. Einfach schrecklich."

Da hat er wohl recht.

Ich weiche den trauernden Familien aus und nähere mich mit erhobener Waffe der Wand. Es sieht aus, als würde sich die Barriere pro Sekunde um zwei oder drei Zentimeter nach Osten zurückziehen. Ich betrachte wieder meinen Informanten. „Bewegt sie sich schon die ganze Zeit?"

Er nickt. „Seit sie erschienen ist."

„Ist Ihnen sonst noch etwas aufgefallen?"

„Was meinen Sie damit?"

Beinahe hätte ich „Drohnen und Roboter" gesagt, entscheide mich aber dagegen. „Irgendetwas Ungewöhnliches."

„Sie meinen ungewöhnlicher als das hier, Mann? Wollen Sie mich auf den Arm nehmen?"

Das fasse ich als ein Nein auf und bedanke mich. Dann laufe ich in nördlicher Richtung an der Barriere entlang bis zu den nach Westen führenden Spuren der Interstate. Ich weiß selbst nicht genau, was ich suche – eine Tür in der Fläche, vielleicht einen magischen Decoderring, der den Menschen die Flucht ermöglicht. Was hier auch los ist, die Kuppel zieht sich zusammen, und wenn sie einen Durchmesser von vierzig Kilometern hat, dann …

Mir werden die Knie weich.

Im Inneren sind Millionen Menschen.

Und wozu? Worauf soll das hinauslaufen? Diese Fragen können allerdings warten, denn ich bemerke vor mir eine Überführung. Vielleicht hält die Brücke die Barriere ab und gibt den Menschen ein Fenster, durch das sie entkommen können. Hoffnung erwacht in meiner Brust. Ich rufe einigen Leuten zu, sie sollen die Straße freimachen. Wenn es funktioniert, dann wird hier in ein paar Minuten eine menschliche Stampede eintreffen – wild flüchtende, in Panik geratene Menschen.

„Ich glaube, das wird nichts, Sir", sagt eine Jugendliche, die in Richtung der Kuppel läuft. Sie hat das Kinn gereckt und scheint keine Angst zu haben.

„Sie sollten lieber zurückbleiben, Miss."

Sie schüttelt den Kopf und schnieft. „Es hat mir schon meine Mom genommen. Und Sam ist auch tot. Mir ist jetzt alles egal."

Ich sage ihr streng, sie solle stehen bleiben, aber sie macht einen langsamen Schritt nach dem anderen und gleicht sich meinem und dem Tempo der Barriere an.

„Sie hat mich fahren lassen. Ich habe meinen Führerschein erst seit zwei Monaten. In der Nacht war der Verkehr nicht so stark. Sie meinte, ich könne etwas Übung gebrauchen, und sie hat mir vertraut. Deshalb ist sie hinten eingestiegen und hat Sam neben mir sitzen lassen – als die Wand erschienen ist." Sie holt tief Luft, und ich sehe die Tränen ihr Gesicht hinabrinnen. „Da ging sie mitten zwischen uns durch. Dem Auto ist überhaupt nichts passiert. Aber es hat meine Mom in der Mitte zerschnitten. Und dann habe ich einen Unfall gebaut, und Sam … er …"

Ich strecke die Hand aus und halte das Mädchen an der Schulter fest. An ihren Händen klebt getrocknetes Blut. Sie hat ein paar Schnittwunden im Gesicht, und ich erkenne das weiße Pulver eines geplatzten Airbags. „Sie müssen jetzt sofort hier weggehen."

Sie sieht mich nicht einmal an.

„He, sehen Sie mich an." Ich schüttele sie. „Sehen Sie mich an."

Endlich tut sie es.

„Hier können Sie nichts mehr ausrichten. Gehen Sie doch lieber dorthin", ich zeige nach Westen, „und halten Sie nicht an. Suchen Sie anständige Leute, die Ihnen helfen, und halten Sie sich von den anderen fern. Haben Sie das verstanden?"

Sie nickt.

Ich würde ihr gern etwas Essen, Wasser und eine Schießausbildung geben, kann aber jetzt nicht mehr tun, als mit Nachdruck zu sagen: „Bleiben Sie am Leben und bleiben Sie in Sicherheit."

Noch einmal nickt sie, dann blickt sie nach Westen. Ich gebe ihr einen sanften Stupser und schicke ein Stoßgebet zum Himmel, dass ihr nichts passiert. Bisher hat noch kein einziges meiner Gebete geholfen, aber ich hoffe, dieses Mal wirkt es für die junge Frau.

Die Überführung ist zu Fuß höchstens eine Minute entfernt. Abermals sorge ich dafür, dass die Menschen so weit wie möglich zurückbleiben. Das ist für einen allein eine unmögliche Aufgabe, daher bin ich dankbar, dass ein paar Schaulustige meinem Beispiel folgen und dabei helfen, die Leute abzuhalten.

Manche glauben wohl, die Energie könne nicht bis unter die Brücke vordringen. Ich habe Zweifel, weil die Anomalie anscheinend überhaupt keine Schwierigkeiten hat, Menschen zu zerteilen. Allerdings sehen alle Autos in der Nähe intakt aus, ebenso die Bäume und die Begrenzungen des Wohnviertels. Was dieses Ding auch ist, es zerstört ausschließlich menschliches Gewebe.

Die Wand ist jetzt nahe an der Brücke. „Bleiben Sie bitte zurück." Ich stütze ein Knie auf die Leitplanke der östlichen Ausfahrt und hebe die Waffe. Nicht, dass ich damit rechne, etwas Feindliches könnte durchkommen – dort sehe ich nur Menschen. Ihre Rufe klingen, als seien sie unter Wasser oder hinter einer Glasscheibe. Aber sie beobachten die Unterführung, als bewegten sich ihre Gedanken in die gleiche Richtung wie meine. Nach wenigen Augenblicken organisieren sie sich und wollen durch die Lücke rennen.

Das Gerücht, es könnte einen Fluchtweg geben, scheint gegen die zu arbeiten, die sich nahe an der Barriere befinden. Angesichts dieser Möglichkeit gerät die Menge in Unruhe. Einer der Männer, die für Ordnung sorgen wollen, wird gegen die Barriere gepresst. Sein Körper vergeht in den blauen Flammen und löst sich in einem Funkenregen auf. Der gewaltsame Tod des Mannes versetzt die Menschen in der Nähe in Panik, aber sie können im zunehmenden Gedränge nicht ausweichen.

Ich löse mich von der Leitplanke und rufe Befehle, nehme aber an, sie können mich so wenig verstehen wie ich sie. Als ich den Kopf hebe, sehe ich, dass die Barriere nur noch wenige Zentimeter vom Rand der Überführung entfernt ist. Mit etwas Glück wird unter ihr die Barriere schwächer, sodass die Menschen, die nahe genug sind, doch noch unversehrt entkommen können. Doch wie es aussieht, sind sie nur noch Sekunden davon entfernt, unglückliche Opfer des Mobs zu werden, der blindlings in die Freiheit drängt.

Die Barriere wandert durch den oberen Teil der Brücke und die Leitplanke. Auch unterhalb setzt sich der Wall fort, wenngleich etwas schwächer leuchtend. In den nächsten paar Sekunden findet unter der Brücke ein grässliches Gemetzel statt, weil die zurückweichende Wand die dicht gedrängten Menschen erreicht. Blaue Flammen verschlingen Dutzende von Opfern, als würde sie ein Ungeheuer mit unersättlicher Gier fressen.

In stummem Schrecken sehe ich zu, wie die Menge ihren Fehler einsieht und verzweifelt versucht, die Richtung zu wechseln. Der Umschwung kommt nicht schnell genug. Immer mehr Menschen gehen zugrunde, in der von Menschen gemachten Höhle hallen die Schreie der Fliehenden und Sterbenden. Endlich, als die Barriere auf der anderen Seite der Überführung ankommt, zerstreut sich die Menge.

Ich kann nur dastehen und über die Toten klagen. Wieder einmal überkommt mich ein Gefühl der Hilflosigkeit. Es scheint unausweichlich. Ich richte den Blick auf meine Waffe und meine Ausrüstung und erkenne, dass sie gegen einen solchen Feind nutzlos sind. Vor mir sehe ich das Zerstörungswerk eines Gegners, dem ich hoffnungslos unterlegen bin. Am liebsten würde ich kehrtmachen und verschwinden. Wirklich. Gegen eine solche Bedrohung kann man sich nicht wehren oder zumindest auf keine Art, die mir bekannt ist. Es ist besser, die Verwundeten zu bergen, ihre Verletzungen zu behandeln und einen geordneten Rückzug anzutreten. Das Militär nimmt sich sicher bald der Sache an und wird eine Lösung finden. Ich bin kaum mehr als ein versprengter alter Haudegen mit genügend Flecken auf der Weste, um zu erkennen, wann ich umkehren und die Profis die Arbeit tun lassen muss.

Ein anderer Anteil in mir, vielleicht der jüngere, will der verdammten Kuppel folgen, nach Lücken in der Barriere suchen und die ganze Nacht über umherlaufen. Dieser Anteil fleht mich an, den Kampf zum Feind zu tragen und ihm einen Gewehrlauf in die Kehle zu schieben, bis er daran erstickt und seine Geheimnisse preisgibt. Eine zwanzig Jahre alte Version meiner selbst, die glaubt, nichts sei unmöglich, behauptet, es müsse doch irgendeinen Weg geben – weil es immer einen Weg gibt. Wider besseres Wissen höre ich, wenigstens eine Sekunde lang, auf diese jüngere Seite in mir und warte, ob aus diesem naiven Anteil irgendwelche rationalen Gedanken kommen.

Wenn man die Brände betrachtet, die am Horizont auf den Stützpunkten lodern, muss man wohl annehmen, dass in den nächsten Stunden keine militärische Hilfe zu erwarten ist. Vielleicht dauert es sogar noch Tage, wer weiß. Das bedeutet, dass der Feind gut informiert ist und strategisch geschickt vorgeht. Außerdem scheint keiner der Zivilisten klug genug zu sein, um über die Panik hinauszudenken. Das heißt, niemand außer mir. Ich bin jetzt ja auch ein Zivilist. Vielleicht liegt es an meiner Gefechtserfahrung oder weil ich in der Grabungsstätte schon einmal etwas gesehen habe, was sich nicht erklären ließ.

Ich könnte weggehen, aber ist das wirklich das Klügste?

Hinter mir weicht die Menschenmenge in die Dunkelheit zurück. Sie suchen Schutz, sie trauern über die Toten, sie wollen verstehen, was sie gesehen haben. Ich könnte ihnen helfen, den Sturm zu überstehen. Mein Fachwissen hilft ihnen beim Überleben.

Vor mir sind allerdings viele Millionen in einem sich zusammenziehenden Todesring gefangen. Ihre Zukunft sieht finster aus. Leider habe ich keine Ahnung, wie ich ihre Qual lindern kann, ganz zu schweigen davon, sie zu retten.

Und dann ist da noch meine Hütte auf dem Hügel. Ich stelle mir vor, wie ich sicher und abgeschieden dort sitze – eine Zuflucht vor den Schmerzen des Lebens, für die ich hart gearbeitet habe. Sie blickt immer noch nach Osten zur blauen Kuppel und fragt sich, wann ich zurückkehren werde. Doch als ich die Möglichkeiten abwäge, wird mir die grausame Wahrheit bewusst, dass ich nicht zurückkehren werde. Es gibt kein Zurück.

Wik, du wirst dich umbringen, sage ich mir. Das weißt du doch, oder?

Verdammt, und ob ich das weiß. Und um ehrlich zu sein, ich habe es ja kommen sehen. Dann kann ich auch gleich weitermachen.

Irgendwo hinter mir schreit eine Frau. Ich drehe mich um und sehe, dass sie zum südlichen Rand der Kuppel deutet. Mehrere andere Menschen schreien ebenfalls und drängen die Leute, wegzulaufen.

Als ich nach Süden blicke, sehe ich diesseits der Kuppel Drohnen schweben. Sie erinnern an rote Mülleimer mit glühenden blauen Flächen unter den Bäuchen. Unter ihnen entdecke ich eine Art Fahrzeug, das sich der Brücke und damit auch mir nähert. Die Art und Weise, wie es über dem Asphalt schwebt, verrät mir, dass es nicht von hier stammt.

10

0115, Freitag, 25. Juni 2027
East Orange, New Jersey
Interstate 280 East

Inzwischen ziehen sich die Leute eilig zurück, die sich gesammelt hatten, um zu sehen, ob sich das Kraftfeld an der Überführung teilen würde. Sie rempeln einander an und scheuchen Familienmitglieder vor sich her, um sich vor den Drohnen und den Scheinwerfern zu verstecken. Sich so zu verhalten, ist sicher nicht falsch. Ich bin den Drohnen schon einmal begegnet, sie nicht. Immerhin sagt ihnen ihr Instinkt, dass auch dies mit der Kuppel und den von ihr ausgehenden Schrecken zu tun hat.

Trotzdem wollen sich viele Menschen nicht in Sicherheit bringen. Sie sind zu sehr damit beschäftigt, die Toten zu betrauern. Auf der Böschung der Interstate fleht ein fünf Jahre altes Mädchen die reglos liegende Mutter an, wieder aufzustehen. Das Kind bemerkt die Bedrohung nicht, die über die Interstate zur Überführung heranrast.

Das ist so eine Sache, wenn Kinder im Spiel sind. Dann denkt man nicht mehr nach. Man handelt einfach. Das hat im Nahen Osten mehr als einen von uns in Schwierigkeiten gebracht. Und sogar dort muss viel passieren, bis man den Impuls der menschlichen Evolution vergisst, die Schwachen zu schützen und zu behüten. So wirkt umso abscheulicher, was Dreckskerle den eigenen Kindern angetan haben.

Ich renne auf der Interstate nach Westen, schnappe mir das Kind und schleppe es zu einer Gruppe orangefarbener und weißer, mit Wasser gefüllter Sperrelemente. Als ich hinter die Fässer husche, taucht auf der Ausfahrt das Fahrzeug auf.

Das Mädchen kreischt.

Ich lege der Kleinen die Hand auf den Mund, aber sie beißt mich in den Handschuh. Nicht fest genug, um die Haut zu verletzen, aber fest genug, damit ich einen Fluch ausstoße. „He, sei still."

Ihr Strampeln lässt nach, als ein weißer Scheinwerfer unsere Deckung erfasst und über das Gras und das Pflaster streicht.

Es klingt so, als würde das Fahrzeug langsamer werden. Auch die Drohnen scheinen zu zögern. Ich versuche, zwischen die Plastikfässer zu rutschen, aber sie geben nicht nach. Ohne Deckung von oben werden uns die Drohnen bald erfassen.

Außerdem beißt mich das Mädchen noch einmal in die Hand, sogar noch fester, aber es gelingt mir, sie ruhig zu halten. Sie tritt und strampelt unter meinem anderen Arm – ihre Mama hat sie richtig vorbereitet. Allerdings bin ich nicht derjenige, vor dem sie sich fürchten müsste.

Ich muss an Lewis denken, wie er in der Antarktis zum Portal gezerrt wurde. Ich spüre, wie mir das Bein aus der Hand rutscht, und sehe seinen Körper im Energiefeld verschwinden. Das war meine Schuld und ich lasse nicht zu, dass sich so etwas wiederholt.

Wenn mich die Drohne an den Haken nimmt, dann hat das Mädchen vielleicht noch eine Chance.

„Wenn ich es sage, läufst du zu den Bäumen da drüben. Siehst du sie?"

Das Kind wehrt sich nicht mehr, sondern hört zu. Gut.

„Du musst so schnell rennen, wie du kannst, und du darfst dich nicht umsehen. Nicke, wenn du es verstanden hast."

Sie nickt.

„Braves Mädchen."

Die Drohnen kommen näher, blaue Laserstrahlen scannen die Umgebung. Ich kann den linken Stiefel nicht rechtzeitig zurückziehen.

„Mach dich bereit."

Sie nickt.

„He", ruft jemand rechts von mir. „Hier drüben!"

Ich drehe mich um. Ein schmerbäuchiger Mann in mittleren Jahren zieht einen Schuh aus und wirft damit nach den Drohnen.

„Kommt doch her, ihr Dreckskerle!" Dann schleudert er auch den zweiten Schuh und rennt weg.

Das Licht wandert von unserer Deckung weg und verfolgt den Mann. Ich werfe einen raschen Blick hinüber und sehe, wie die blauen Flächen unter der Drohne aufflammen, als sich das Fluggerät dem neuen Ziel zuwendet.

„Los jetzt!" Ich ziehe die Kleine auf die Beine hoch und stoße sie leicht. „Schau dich nicht um."

Wimmernd rennt sie weg. Ich habe schon mein SCAR angelegt und ziele auf das Fahrzeug, falls es sie anstrahlen will.

Es tut nichts dergleichen, und das Mädchen verschwindet im Unterholz.

Ich bete zum Weihnachtsmann, dem Schutzpatron der Kinder, und bitte ihn, sie zu behüten. Nein, das ist doch der heilige Nikolaus, oder? Ach, der Weihnachtsmann hört wohl sowieso besser zu.

Unterdessen hängt der Mann, der sich an ihrer Stelle angeboten hat, am Haken. Wie bei Lewis haben sie ihm eine Art Tentakel in die Brust geschossen. Er zuckt und strampelt, während ihn zwei Drohnen durch den Mittelstreifen zum Kraftfeld ziehen.

Einen Sekundenbruchteil lang überlege ich, ob ich die Drohnen ausschalten soll, aber dann erinnere ich mich, wie robust sie sind. Schon mit einer werde ich allein nicht fertig, ganz zu schweigen von zweien. Und wenn in dem Fahrzeug Bots sitzen, bin ich so gut wie tot.

Im Kampf gibt es viele schwierige Entscheidungen, und eine davon betrifft die Frage, welche Kämpfe man ausfechten will. Man hat keine Zeit, um lange zu grübeln. Man kann nicht schnell mal einen Freund anrufen oder einen ganzen Tag recherchieren. Man trifft auf der Stelle eine Entscheidung, man nutzt, was man hat, und dann muss man damit, was herauskommt, leben oder sterben.

Ich erinnere mich an die Geschichte von dem Hirten, der neunundneunzig Schafe zurückließ, um ein einziges zu suchen. Einen Moment lang überlege ich, auf diese Dinger zu feuern, um dem Mann das Leben zu retten. Wenn ich das mache, bin ich jedoch so gut wie tot. Und das bedeutet, dass weitere kleine

Mädchen wie jenes, das ich gerade in den Wald geschickt habe, keine Chance haben.

Außerdem wusste dieser Mann, was er tat. Er hat ein Kind gerettet. Er hat sich entschieden, auch wenn er nicht über alle Folgen im Bilde war.

Die Drohnen tauchen unter die Brücke und schleppen den Mann zum zurückweichenden Energiefeld. Zugleich fährt das Fahrzeug von der Brücke herunter und biegt in die Auffahrt der Interstate ein.

Da keine unmittelbare Gefahr mehr besteht, richte ich mich auf und folge ihnen. Ja, es ist gefährlich, aber ich will wissen, was da vor sich geht. Wenn man so wenig über den Feind weiß, zählt jedes Detail.

Ich bleibe im Schatten, schleiche unter die Brücke und sehe, wie sich die Drohnen und das Fahrzeug der Barriere nähern. Sie werden langsamer, was bedeutet, dass etwas Wichtiges geschehen wird.

Da die Scheinwerfer nicht mehr auf mich zielen, kann ich erkennen, dass das Fahrzeug aussieht wie ein futuristischer gepanzerter Personentransporter. Das V-förmige Chassis ist mit den gleichen leuchtenden blauen Antriebskacheln bestückt wie die Drohnen. Der vordere Teil ist wie ein Dreieck geformt, dessen Spitze in einem steilen Winkel auf den Boden zielt. Auf dem Chassis sitzt ein fensterloser Zylinder, hinten sind gepanzerte Türen zu erkennen. An der Längsseite sind magentarote Platten angebracht, die der Rüstung der Bots ähneln. Außerdem ist das Fahrzeug mit gelben und weißen Markierungen versehen, deren Bedeutung ich nicht kenne.

Ich bin mir zwar nicht sicher, ob die Roboter ihre Waffen auf ähnliche Weise wie wir nach Kalibern ordnen, aber auf dem Dach der Kabine ist ein böse aussehendes doppelläufiges Schießgerät montiert. Hinten erkenne ich Suchscheinwerfer und einen kleinen Kran. Wenn ich raten müsste, würde ich das Fahrzeug in diesem Kontext hier als bewaffnetes Patrouillenfahrzeug einordnen.

Die hinteren Türen gehen auf, und zwei Spähbots wie jene, die ich in der Antarktis gesehen habe, steigen aus. Sie haben weder Gewehre noch Helme. Sie gehen um das BPF herum – das ist meine

Abkürzung für diese Art von Transportfahrzeug, nicht ihre – und nähern sich dem Kraftfeld.

Neugierig verlasse ich den Schatten, um besser beobachten zu können, was sie vorhaben. Das ist zwar gefährlich, aber wenn man etwas über den Feind erfahren will, muss man halt Risiken eingehen.

Zu meinem Erstaunen treten die Bots in das Energiefeld und nehmen keinen Schaden. Offenbar erzeugen ihre Rüstungen eine Art Lücke in dem Feld. Sobald das Fenster zur Kuppel hin offen ist, höre ich die Leute auf der anderen Seite schreien. Aber die Bots kümmern sich nicht um die Hilferufe, sondern heben die Handflächen und schießen auf die Menschen, die drinnen gefangen sind.

Die Drohnen werfen den schmerbäuchigen Mann vor die Füße der Roboter und ziehen sich zurück. Sofort schnappen sich die Bots den Mann und schleppen ihn durch die Öffnung zu den anderen nach drinnen. Dann treten sie aus dem Energiefeld heraus, und das Fenster in der Kuppelwand schließt sich wieder.

Das ist mein Stichwort, wieder in Deckung zu gehen. Ich sprinte in den Schatten und knie nieder. Hoffentlich haben sie mich nicht bemerkt. Die Bots gehen um das BPF herum und klettern hinein, die Drohnen steigen höher und verschwinden. Dann quert das Fahrzeug den Mittelstreifen sowie die nach Westen führenden Spuren, fährt die Ausfahrt hinunter und entfernt sich nach Norden.

Ich warte noch einige Sekunden, ehe ich unter der Brücke hervorkomme. Anschließend steige ich auf der Ostseite die Böschung hinauf und gehe hinter der Leitplanke der oberen Straße in Deckung, um die Kuppel zu beobachten.

Ist all das gerade wirklich passiert? Ich reibe mir die Augen und sehe auf die Uhr: 0126. Körperlich bin ich müde, aber mein Kopf ist hellwach, und nach allem, was ich erlebt habe, bin ich etwas durch den Wind.

Während ich mehrmals tief durchatme, muss ich an eine der verrücktesten Fähigkeiten des menschlichen Gehirns denken, und zwar meine ich die Fähigkeit, sich mit den Umständen abzufinden – besonders mit Dingen, die der menschliche Geist nicht versteht. Neuroplastizität, so nennt man das wohl.

Um ehrlich zu sein, bis ich die bläuliche Kuppel von meiner Hütte aus gesehen habe, wollte ich die Ereignisse in der Antarktis einfach vergessen. Und was ich nicht verdrängen konnte, das verharmloste ich. Ja, man könnte mir Verleugnung vorwerfen, doch ich bestreite ja gar nicht, was ich gesehen habe. Es ist eher so, dass ich Aarons und Dr. Walkers Erklärungen keinen Glauben schenke. Nennen Sie es meinetwegen Selbsterhaltungstrieb. Ich nenne es lieber Logik.

Wie hoch ist die Wahrscheinlichkeit, dass eine Alien-Zivilisation den Ring vor einer Milliarde Jahren abgesetzt hat, oder was auch immer die Wissenschaftler behaupten? Oder wie wäre es, nur mal als Beispiel, wenn das ein Überbleibsel aus dem Zweiten Weltkrieg ist, als die USA auf verschiedene verrückte Weisen versuchten, ihre Feinde zu bekämpfen? Sogar während des Kalten Kriegs gab es noch genügend absurde Operationen, mit denen man Hunderte Science-Fiction-Romane füllen könnte. Projekt Iceworm, die Experimente im Edgewood Arsenal, das Stargate-Projekt, um nur ein paar zu nennen. Nur, dass das alles keine Science-Fiction war. Es waren reale Aktivitäten. Und, bei Gott, sie haben so falschgelegen.

Nach allem, was ich bisher gesehen habe, vermute ich immer noch, dass dies eher mit uns zu tun hat – mit der Menschheit – als mit irgendeiner absurden Theorie von Dr. Walker, Gott möge dessen Seele gnädig sein, denn bisher habe ich noch keine kleinen grünen Männchen gesehen. Was ich gesehen habe, sind ein paar merkwürdige Roboter, die ein wenig den Terminatorgeschichten meiner Kindheit ähneln. Das bedeutet, dass wir am Ende eben doch allein im Universum sind. Das ist die gute Nachricht. Die schlechte ist, dass wir nur mit uns selbst zu tun haben und trotzdem noch wahnwitzige Ideen entwickeln, um uns gegenseitig umzubringen.

Die Kuppel zieht sich weiter zusammen und weicht nach Osten zurück. Da höre ich rechts von mir eine Bewegung auf der Straße.

„Handelsgut, halt", sagt eine digital harmonisch modulierte Stimme. Zuerst glaube ich, ein Kind will mich auf den Arm nehmen oder so. Als ich mich nach rechts umdrehe, blenden mich zwei starke Scheinwerfer. Ich schirme die Augen ab. Es ist ein Roboter-Aufräumkommando. Verdammt.

„Ungehorsam wird mit Ihrer Vernichtung enden", sagt die Maschinenstimme. Sehen Sie? Wir haben es mit von Menschen gemachten Bots zu tun, die Englisch sprechen können. „Legen Sie die Waffe weg."

„Kommt überhaupt nicht infrage, du Arsch." Ich hebe das SCAR und drücke auf den Abzug. Die ersten Kugeln zerstören die Brustlampen. Dafür bin ich dankbar. Die nächsten Kugeln prallen von der Rüstung des Bots ab und schlagen Funken. Außerdem bringen sie meinen Tinnitus auf Touren. Dafür bin ich nicht so dankbar.

Als der Bot die flache Hand auf mich richtet, tauche ich sofort ab. Der lähmende Schuss verfehlt meinen Rumpf, ich rolle mich über die doppelte gelbe Linie mitten auf der Straße ab. Dann rappele ich mich auf und schieße weiter. Ich beharke den Torso des Bots und hoffe, irgendwo in der Plattenrüstung eine Lücke zu treffen. Nicht, dass ich glaube, sein ungeschütztes Skelett wäre wesentlich schwächer, aber man darf ja träumen.

Der zweite und der dritte Schuss des Bots prallen vom Straßenbelag ab und treffen die Leitplanke auf der anderen Seite. Ich gehe hinter einem neuen Honda Civic in Deckung, der mitten auf der südwärts führenden Spur stehen geblieben ist. Von dort aus kann ich vielleicht den Feind überlisten. Ich nehme an, er wird vorne herumkommen, also gehe ich zum Heck des Wagens. Und richtig, der Bot lehnt sich über die Kühlerhaube, sodass ich ihm mehrere Schüsse in den unteren Rücken jagen kann. Ich bin mir nicht sicher, ob die Designer eine angeborene Schwäche der Lendenwirbel vorgesehen haben, aber wenn die Bots ähnlich gestrickt sein sollten wie ich, dann darf ich das annehmen.

Die Kugeln prallen ab, treffen das Pflaster oder durchlöchern die linke vordere Seite des Honda. Der Bot scheint nichts weiter zu spüren und dreht sich zu mir herum.

Es wird Zeit, in Bewegung zu kommen.

Als ich hinter dem Wagen in Deckung gehe, schießt wieder ein blauer Laserstrahl an meinem Kopf vorbei. Es riecht nach Ozon und dem Schießpulver, das meine .308er-Patronen angetrieben hat. Als die letzten drei Leuchtspurgeschosse zeigen, dass mein

Magazin fast leer ist, ziehe ich ein volles aus der Weste. Sobald sich das SCAR entriegelt, werfe ich das leere Magazin aus, ramme das neue hinein und stecke mir das leere in eine Tasche meiner Cargohose. Das alles hat nicht länger als zwei Sekunden gedauert. Als ich mich rechts hinten um den Wagen abrolle und mich auf der Beifahrerseite hinhocke, schwebt das Fahrzeug hoch. Soll heißen, der Bot hat es hochgehoben.

So etwas kann man nicht erfinden.

Also renne ich zum nächsten Fahrzeug und hoffe, dass es größer ist als der Honda, weil, nun ja, weil der Spähbot Autos hochheben kann wie Kleinholz. Wirklich wunderbar.

Irgendwo hinter mir kracht der Civic auf die Straße. Ich sehe mich nicht einmal um. Ich bin beeindruckt. Und jetzt muss ich einen Weg finden, die Sache zu beenden.

Zwei weitere Schüsse verfehlen mich, als ich mich hinter einen Ford F 150 Pick-up ducke, der Anfang der 2000er-Jahre gebaut wurde. Abgesehen von einem erbarmungslosen Kugelhagel von mehreren Schützenteams, die ich aber nicht habe, besteht die einzige Möglichkeit, den Bot aufzuhalten, darin, vom Halsansatz nach unten in den Rumpf zu schießen. Beim letzten Mal hatte ich einen furchtlosen Russen, der mich gedeckt hat.

Da fällt mir etwas ein. Ich mag die Idee nicht, aber ich habe nicht sehr viele Möglichkeiten.

Ich schlinge mir das SCAR über den Rücken, ziehe die Glock und warte, bis ich den Bot neben dem F 150 trampeln höre. Nun baue ich darauf, dass der Bot nicht die hintere Stoßstange packt und das Auto wegschleudert. Anscheinend passt der Weihnachtsmann auf mich auf, denn der Bot läuft auf der Beifahrerseite entlang.

„Danke", flüstere ich in Richtung Nordpol. Vermutlich passen sowohl der Weihnachtsmann als auch der große Chef auf mich auf.

Ich springe auf die Motorhaube und klettere auf das Dach der Kabine wie ein Kind, das zum ersten Mal einen Spielplatz von McDonald's sieht.

Natürlich bemerkt mich der Bot, aber ich habe rechtzeitig eine Schulterplatte gepackt und hänge auf seinem Rücken.

Er ist sauer und schlägt um sich. Ich versuche, ihm die Glock in die Brusthöhle zu schieben, doch leider behindert mich der lange Schalldämpfer. Sofort bereue ich, ihn nicht vorher entfernt zu haben.

Hinter mir sehe ich, dass die hüfthohe Leitplanke der Überführung bedenklich nahe ist. Die Fahrspuren da unten liegen gut sechs Meter tiefer. Der Bot macht zwei Schritte rückwärts, was bedeutet, dass ich abhauen muss.

Das kann ich aber nicht.

Meine Hand ist unter der Schulterplatte eingeklemmt.

Es gibt einen lauten Knall, dann kippen wir zurück.

Ich stelle mir schon vor, wie ich unter dem großen Gewicht des Bots zerquetscht werde, und der Gedanke jagt einen Adrenalinstoß durch meinen ganzen Körper. Ich kann nichts mehr tun. Wir sind in der Luft, und mein Magen poltert im Bauch.

Im Sturz dreht sich der Bot. Die glühende Kuppel verschwindet und taucht oben in meinem Gesichtsfeld wieder auf.

Dann pralle ich mit der Brust gegen den Rücken des Bots, einen Sekundenbruchteil später folgen meine Gliedmaßen und der Kopf. Lichtblitze tanzen vor meinen Augen wie die Leuchtkäfer auf den Feldern vor meiner Hütte. Da ist es so schön, ich muss unbedingt bald dorthin zurück.

Der Bot will sich aufrichten.

Ich blinzele und stoße aufs Geratewohl die Glock in den Rumpf des Gegners. Hoffentlich zielt sie nicht auf Commander Johnson. Dann gebe ich schnell nacheinander drei Schüsse ab. Die hellen Blitze und das laute Knallen verstärken meine Desorientierung. Zum Glück fällt der Bot scheppernd auf den Boden. Mir dröhnen die Ohren, und ich habe grässliche Kopfschmerzen.

Aus dem Brustkorb des Bots kringelt sich Rauch empor. Es riecht nach verschmorter Elektronik. Der Bot sieht erfreulich kaputt aus, sodass ich die Waffe wieder ins Holster stecke und mich von seinem Rücken rolle. Mir tut alles weh, aber ich lebe noch, und nur darauf kommt es jetzt an. Ach ja, und dass er mich nicht in die Kuppel geworfen hat.

Allerdings frage ich mich, ob ich nicht genau dort, in der Kuppel, sein sollte. Verdammt auch. Mir kommt der Gedanke, dass die Maschinerie, die sie erzeugt, möglicherweise gar nicht draußen ist.

Sie ist da drinnen.

„Lieber guter Weihnachtsmann, du musst mir jetzt helfen", sage ich halblaut, während ich den Polarstern anvisiere. Ich bin seit acht Wochen in Rente und habe mich schon daran gewöhnt, ständig die Sterne zu sehen. Ohne die Lichter der Stadt sind sie viel heller, auch wenn die Kuppel glüht. Ich wünschte nur, ich wäre in meiner Hütte und könnte den Anblick genießen. Irgendetwas sagt mir aber, dass Sternegucken fürs Erste gestrichen ist.

Ich betrachte den Rand der Kuppel, der langsam nach Osten wandert. Von da drinnen kann ich die Sterne vermutlich gar nicht mehr sehen. Diese Schweinehunde.

Auf einmal höre ich in der Ferne einen Motor hochdrehen. Von Süden her nähern sich Scheinwerfer der Überführung. Noch eine Patrouille? Verdammt, diese Bots sind erbarmungslos.

Mühsam und unter Schmerzen komme ich hoch, rücke den Helm zurecht und hebe mein SCAR. Als das Fahrzeug anhält, bin ich wieder hinter den Plastikfässern, die ich mit dem Mädchen als Deckung benutzt habe. Das Quietschen verrät mir, dass es ein altes Fahrzeug mit mechanischen Bremsen ist. Ich riskiere es, über die Fässer zu spähen, und entdecke in der Ausfahrt einen Jeep, und zwar einen babyblauen 1979er CJ7.

„Alles raus", sagt eine kräftige Frauenstimme, sobald der Motor abgestellt ist. „Ich will wissen, ob dieser Schütze noch lebt."

11

0143, Freitag, 25. Juni 2027
East Orange, New Jersey
Interstate 280 East

„Kommt nicht näher", rufe ich so energisch wie möglich, bleibe aber geduckt in meiner Deckung.

Die drei Neuankömmlinge drehen sich um und zielen in meine Richtung.

Dann spricht wieder die Frau. So leise, dass ich weiß, sie meint nicht mich. „Anscheinend haben wir ihn gefunden." Etwas lauter fährt sie fort: „Hören Sie, wir wollen keinen Ärger machen."

„Dann solltet ihr schnell wieder verschwinden."

Die Frau dreht den Kopf hin und her, um meine Position zu bestimmen. „Gehören Sie zu denen?"

Ich runzele die Stirn. „Wen meinen Sie damit?"

„Die Aliens."

„Sie meinen die Bots. Nö. Und Sie?"

„Teufel, nein. Wir versuchen, diese Ärsche zu erledigen. Wir hatten gerade eine Patrouille beseitigt, als wir im Norden Schüsse hörten. Anscheinend haben wir die Quelle gefunden." Sie lässt die Waffe sinken und hebt die andere Hand. „Kommen Sie raus, damit wir uns unterhalten können." Sie winkt den anderen beiden, ihrem Beispiel zu folgen. Es scheint ihnen nicht zu passen, aber sie gehorchen widerwillig.

Ich richte mich in der Deckung auf und laufe die Auffahrt hinauf, das SCAR ständig auf die Neuankömmlinge gerichtet. Sie sind gut ausgerüstet und kampfbereit – eindeutig Militär oder mindestens ehemalige Militärangehörige. Dem Aussehen nach von der Army, einer vielleicht auch von der Air Force – die Flipflops und sein Thermosbecher sind klare Hinweise –, und einer ist ein waschechter Marine.

„*Semper fidelis, semper fi*", sage ich, während ich mich dem Fahrzeug nähere, um die Lage zu überprüfen.

Der Marine entspannt sich ein wenig. „*Oorah*." Er wendet sich an die anderen. „Das ist ein Bruder."

„Sehe ich selbst", antwortet die Frau und gibt mir die Hand. Sie trägt die Abzeichen eines Army Sergeants und hat ein AR 15 mit Schalldämpfer vor der Brust hängen. Ihr Händedruck ist wie ein Schraubstock, sie ist einen Meter siebzig groß, wiegt schätzungsweise siebzig Kilo und steht auf der Überführung, als hätte sie diese gerade erobert. Außerdem hat sie ein hübsches Gesicht und dunkle Augen, aber irgendetwas sagt mir, dass sie mit ihrem Aussehen mehr als einen Kerl in einen Kampf gelockt hat, den der nicht gewinnen konnte. „Suzanne Catania. Du kannst mich Hollywood nennen."

„Ehemalige Schauspielerin?"

Sie schüttelt den Kopf. „Nur ein Mädchen aus Jersey, das keine Dramen erträgt. Und ich mag meine Sonnenbrille."

„Soll mir recht sein."

Sie nickt zu dem Marine, der die Winkel eines Gefreiten trägt. „Das hier ist Laszlo."

„Z Lo", korrigiert sie der Junge.

„*Oorah*", antworte ich und begrüße ihn mit einem Faustcheck.

Er ist ein paar Zentimeter größer und breiter als ich, was etwas heißen will. Anscheinend ist seine Nase ein paarmal gebrochen, und wie ich sehe, hat er auf der linken Seite ein Ringerohr. Angesichts seines Rangs kann ich mir nicht vorstellen, dass er irgendwo schon einmal einen Kampfeinsatz hatte, also müssen die Verletzungen entstanden sein, als er mit einem Ausbilder gekuschelt hat. Der Bursche ist ein hässlicher Hundesohn und vermutlich ein guter Kämpfer. Vorne trägt er ein IWI Tavor, auf dem Rücken eine Mossberg-Schrotflinte Typ 590A1, außerdem hat er ein Bandelier mit zwanzig Patronen. Der Kerl ist eine Kampfmaschine.

„Und das da ist Staff Sergeant Ken Yoshida", sagt Hollywood.

„Air Force Staff Sergeant?", frage ich, weil er ein Abzeichen der Rettungsfallschirmspringer trägt.

„Ich bin nicht so wertlos, wie ich aussehe." Er gibt mir die Hand.

„Daran habe ich keine Sekunde gezweifelt."

„Lügner." Er lächelt. „Kannst mich Yoshi nennen."

„Wie bei …"

„Wie in dem Videospiel, genau."

Ich mag den Mann. Und ich mag das FN SCAR 15, das er in der Armbeuge hält.

Diese Leute sind gekommen, um zu kämpfen, und das respektiere ich. Außerdem bin ich neugierig, warum sie ganz allein hier sind.

„Und du?", fragt Hollywood.

„Ich bin Wik."

„Ist das dein Taufname?"

„Wenn du berücksichtigst, dass ich weiß, irischer Abstammung und hoffnungslos katholisch bin, japp."

Sie lächelt und scheint es zu verstehen. „Also ein ehemaliger Ledernacken."

„Etwas in dieser Art."

„Tja, mein lieber ‚Etwas in dieser Art' …" Sie betrachtet den toten Bot, der mitten auf der Interstate liegt. „Wir sollten weiterziehen, ehe die Patrouille wieder vorbeikommt und herausfindet, was du mit ihrem Freund gemacht hast."

Ich ziehe eine Augenbraue hoch. „Sprichst du aus Erfahrung?"

„Vielleicht habe ich sogar etwas mehr als du. Wie gesagt, wir haben weiter südlich ein paar Tangos erledigt und mussten weiterziehen, sobald sie still waren."

„Nur ihr drei?" Nach meinen Erlebnissen in der Antarktis finde ich das überraschend.

„Wir haben noch drei weitere Leute", erklärt Z Lo. „Sie halten die Stellung. Wir sind so was wie ein Einsatztrupp. Wir schlagen zu, machen sie fertig und hinterlassen überall unsere Visitenkarte. *Oorah.*"

Ich schürze die Lippen und nicke. „Schön."

„Willst du dich uns anschließen?", fragt Z Lo. „Du bist doch auch so eine Art Raider, oder?"

Ich sehe ihn an. „Wie kommst du darauf?"

„Verdammt, deine ganze Ausrüstung, Mann. Und das ist ein gut aufgemotztes FN SCAR 17. Es gibt nur eine Abteilung der Marines, die so was hat."

„Treffer." Vielleicht ist der Junge doch nicht so bescheuert, wie er aussieht, aber er geht mir trotzdem jetzt schon auf die Nerven. Ich wende mich wieder an Hollywood. „Wie weit im Süden seid ihr?"

„Einen Kilometer, vielleicht zwei", antwortet Z Lo.

„Champ, ich habe mit dem Sergeant gesprochen."

Z Lo weicht zurück. „Klar, tut mir leid."

„Und das heißt Gunny, Junge."

Selbst in dem blauen Licht sehe ich, wie Z Lo erbleicht. Dann salutiert er.

„Gut, lass mal stecken." Mir dämmert, wie grün hinter den Ohren dieser Bursche tatsächlich ist. Aber er soll ruhig glauben, ich sei noch im aktiven Dienst, wenigstens vorläufig. Vielleicht hält er dann den Mund.

„Entschuldigung, Master Gunnery Sergeant, Sir."

Ich entlasse ihn mit einem Nicken und wende mich wieder an Hollywood.

„Wir haben uns einen Kilometer im Süden an einer Tankstelle verschanzt", erklärt sie. „Hast du ein Fahrzeug?"

„Habe ich." Ich zeige nach Westen zu den Bäumen.

„Gut. Dann versuche mitzuhalten."

„Mach ich."

Mein FJ40 wartet unversehrt dort, wo ich ihn zurückgelassen hatte. Nachdem ich die Tarnnetze entfernt habe, fahre ich rückwärts aus dem Wäldchen und steuere die Ausfahrt an, wo Hollywoods Jeep wartet. Sobald sie mich bemerkt, rast sie ohne Scheinwerfer nach Süden.

Mithalten? Meine Güte, das war kein Scherz.

Dreißig Sekunden lang bemühe ich mich, ihr auf den Fersen zu bleiben, während sie auf der Vorortstraße den Zivilfahrzeugen ausweicht. Glücklicherweise sind die meisten Zivilisten weg, denn sonst wäre dieses hohe Tempo viel zu gefährlich. Trotzdem mache ich mir Sorgen, ein ahnungsloser Fußgänger könnte unversehens auf die Fahrbahn treten und umgefahren werden – eine Sorge, die die Army-Offizierin nicht zu teilen scheint.

Hollywood fährt durch lichtes Waldland über die Straße, bis nach einer Minute zum ersten Mal ihre roten Bremsleuchten aufflammen. Voraus erkenne ich die vertrauten Umrisse eines eckigen Vordachs und die abgeschalteten LED-Preisschilder. Die Tankstelle. Der Jeep fährt nach hinten herum. Ich folge ihm und parke neben einem 1983er Humvee. Irgendjemand legt hier Wert auf Stil.

„Du warst etwas langsam", sagt Hollywood, als sie die Autotür zuwirft. Yoshi steigt auf der Beifahrerseite aus, Z Lo springt vom offenen Rücksitz herunter.

„Warte mal, war das ein Wettrennen?" Ich sperre meinen Land Cruiser ab, hier verzichte ich auf die Tarnnetze. „Das merke ich mir fürs nächste Mal."

Sie kichert und dreht sich zu dem zweistöckigen Hauptgebäude um. „Komm mit."

Als Hollywood uns durch die Gänge mit den Verkaufsgondeln führt, flammen Stirnlampen auf. Es sind nicht mehr viele Waren da, der Laden wurde geplündert, was mich angesichts der Begleitumstände nicht sonderlich überrascht. Aber im Gegensatz zu den Krawallmachern, die Schaufenster einwerfen und Privateigentum zerstören, haben diese Räuber fast alles intakt gelassen und sich auf die Lebensmittel beschränkt. Klug.

In der Kühlabteilung führt eine Tür ins rückwärtige Lager. Dort kann man über eine Treppe den ersten Stock erreichen. Von einem kleinen Flur gehen zwei Büros und ein ungepflegt wirkendes Apartment ab. Hollywood geht jedoch weiter zu einer zweiten Wendeltreppe, die zum Dach führt. Sie stößt eine Luke auf und meldet sich an.

„Gibt es etwas Neues?", fragt sie, als sie die Treppe verlässt.

Ich folge ihr und sehe zwei Männer. Einer liegt an der östlichen Ecke auf dem Bauch, der andere kniet im Südwesten.

„Nein", antwortet der liegende Scharfschütze heiser. Er hat sich hinter einem schallgedämpften Barrett M82A1 eingerichtet, neben ihm liegen passende Patronen zum Nachladen bereit. Keine Frage, was er beim Militär früher gemacht hat und was er jetzt gerade tut. Allerdings ist der Typ nicht ganz vorschriftsmäßig gekleidet.

„Aber ich vermute, dass sie bald hierherkommen", sagt der zweite Mann und lässt sein Steiner-Fernglas sinken.

Hollywood kniet sich auf das Dach und winkt mich zu sich. „Das ist Ghost."

Der Scharfschütze sieht sich kurz über die Schulter um, hebt den Arm zum Faustcheck, sagt aber nichts.

„Wik", antworte ich.

Er nickt und konzentriert sich wieder auf sein Nachtsicht-Zielfernrohr.

„Das ist Polanski." Sie zeigt auf den Mann mit dem Fernglas.

Ich kann nicht genau sagen, wie groß er ist, aber er hat eine kräftige Statur. Unter dem Arm trägt er ein Standard-M4 der Armee an einer Schlinge.

„Ist mir ein Vergnügen", sagt Polanski. Der Schatten seines Schutzhelms verbirgt das Gesicht, doch es klingt, als lächelte er. Wer in einer solchen Situation freundlich reagiert, ist entweder lebenslustig oder high von Drogen oder vom Kampf.

Ich nicke dem Mann zu und wende mich wieder an Hollywood. „Du sagtest, du hast noch drei Leute. Wo ist der Letzte?"

Sie nickt. „Unterwegs. Er wollte rasch die Gegend überprüfen, weil wir uns erst neu hier eingerichtet haben."

Ich mag wachsame Leute.

Da höre ich, wie sich von Süden das unverkennbare Geräusch eines der berühmtesten Motoren auf der Welt nähert.

Ich sehe Hollywood an. „Ist das …"

„Hm-hm", antwortet sie mit einem kleinen Lächeln. „Komm mit."

Wir trampeln die Treppe hinunter und laufen durch den Verkaufsraum. In diesem Augenblick tuckert ein gelber VW 181 mit ausgeschaltetem Licht auf das Tankstellengelände. Der Fahrer stellt den Motor ab und lässt den Wagen zum Eingang des Gebäudes rollen.

Er ist ein großer Kerl und hatte beim Fahren ein teures Nachtsichtgerät aufgesetzt. Auf dem Rücksitz liegt eine Menge

Ausrüstung. „Was ist los?", fragt er mit einer gelassenen Baritonstimme und klappt das Nachtsichtgerät hoch. Es klingt, als käme er aus dem Mittelwesten, vielleicht aus Detroit. „Hast du uns einen neuen Freund mitgebracht?"

„Das ist Wik." Hollywood nickt mir zu. „Wik, das ist Bumper."

Das Auto wiegt sich, als er aussteigt und die Tür zuwirft. Sein eiserner Griff beim Händeschütteln und die Tarnfleckuniform verraten mir, dass er ein harter Brocken ist. Kein Wunder, dass er die Erkundungsfahrt allein gemacht hat.

„Freut mich", sage ich. „Seals?"

Er nickt. „Raiders?"

„Japp."

So läuft das höchst technische und unglaublich komplexe Begrüßungsritual zwischen zwei verwandten Gattungen der am besten ausgebildeten Krieger. Und wir sind ähnlich beknackt.

Hollywood räuspert sich. „Also, da eure Bromance jetzt so richtig schön in Gang gekommen ist − ein Hoch auf eure Männerfreundschaft −, wollen wir uns wieder dem Geschäftlichen zuwenden?"

„Was stellst du dir vor?", frage ich.

Hollywood sieht Bumper an. „Hast du etwas entdeckt?"

„Es scheint, als hätte unser Einsatz im Süden ein wenig Aufmerksamkeit erregt. Zwei Späher sind hierher unterwegs."

Hollywood betrachtet nickend das Funkgerät, das auf ihrer Brust klemmt. „Hast du mitgehört, Ghost?"

„Bestätigt", antwortet der Scharfschütze.

„Die besten Plätze im Haus sind oben", sagt sie zu mir. „Es sei denn, du willst hier bei deinem Kumpel herumhängen."

„Nur zu, ich sitze gern auf dem Balkon."

Es hat nicht lange gedauert, herauszufinden, dass Hollywood hier das Sagen hat. Ich bin nicht überzeugt, dass sie wirklich den höchsten Rang bekleidet, aber sie besitzt eindeutig die Tatkraft und das Durchsetzungsvermögen eines Menschen, der die Fahrerseite beansprucht. Das ist mir ganz recht, weil ich im Augenblick überhaupt keine Lust habe, eine führende Position zu übernehmen.

Mann, wenn wir noch vielen Anführerinnen oder Anführern wie ihr begegnen, dann packe ich meine Sachen und fahre nach Hause.

Hollywood und ich knien neben Z Lo nieder, der für Ghost Ausschau hält, während Polanski auf der Nordseite aufpasst, dass mein letztes Scharmützel keine Bots angelockt hat.

„Sie sind, ich weiß nicht, vierhundert Meter entfernt? Sie kommen schnell näher", sagt Z Lo zu Ghost. „Wirklich schnell."

„Peilung drei-zwanzig-fünf", ergänzt der Scharfschütze mit einem leiernden südlichen Akzent. Vielleicht ein Texaner. „Sie sind zu Fuß."

Z Lo lässt das Fernglas sinken und bemerkt, dass ich neben ihm hocke. „Beinahe hätte ich sie auch gesehen."

„Klar", antworte ich. „Scharfschütze, willst du es versuchen?"

„Hm", antwortet Ghost.

„Je weiter draußen wir sie erledigen, desto weniger Aufmerksamkeit ziehen wir auf uns", fügt Z Lo hinzu.

„Japp, so funktioniert das normalerweise." Ich blicke zu Hollywood. „Wie viele habt ihr schon ausgeschaltet?"

„Wir sind dabei, seit die Blase aufgetaucht ist", sagt sie. „Bisher fünf Bots."

„Fünf? Das ist … wirklich gute Arbeit." Wenn ich bedenke, wie schlecht sich meine Truppe in der Antarktis geschlagen hat, ist das Ergebnis beeindruckend. Allerdings waren die Teams dort jung, und wir hatten mehrere strategische Nachteile.

„Äh, aber das sind nicht diejenigen, die dir Sorgen machen müssen."

Ich ziehe eine Augenbraue hoch. „Nein?"

„Halte dir lieber die Ohren zu", sagt Ghost.

Eine Sekunde später knallt sein Kaliber .50. Obwohl der Schalldämpfer den Lärm deutlich mindert, ist das Gewehr lauter als die meisten anderen Waffen.

„Zersiebt." Z Lo klopft dem Scharfschützen auf die Schulter.

Ghost sieht den Burschen gereizt an und konzentriert sich wieder auf das Zielfernrohr.

Z Lo beobachtet die Umgebung mit dem Fernglas. „Der Zweite sieht in unsere Richtung."

„Hm-hm", macht Ghost und schießt abermals. Ich vermute, er benutzt panzerbrechende Munition.

„Teufel, ja", ruft Z Lo. „Tango erledigt. Ich wiederhole, Tango …"

„Junge, ich bin hier und sehe es", unterbricht ihn Ghost. Dann wendet er sich an Hollywood. „Wir sollten abhauen."

Als Ghost seine Waffen einsammelt, blicke ich kurz zu Hollywood. „Was wolltest du sagen? Über diejenigen, die ich fürchten müsste?"

„Die Todesengel. Das sind die Verrückten. Die sind wirklich übel. Schlechtes Juju."

„Willst du damit sagen, dass es noch eine dritte Art von Bots gibt?"

„Das sind keine Bots." Hollywood schüttelt den Kopf und sieht mich neugierig an, während sie die Luke aufhält, die nach unten führt. „Die Aliens, Mann."

„Die … Aliens?"

Sie legt den Kopf schief. „Geht es dir nicht gut?"

„Doch, ich bin nur …"

„Warte mal. Willst du damit sagen, dass du sie noch nicht gesehen hast?"

Ich seufze. „Hör mal, ich habe eine Menge Dinge gesehen, die ich nicht erklären kann, aber ich weiß nicht, ob ich so weit gehen würde, sie als Aliens zu bezeichnen."

„Er hat sie nicht gesehen." Z Lo geht an mir vorbei und steigt die Treppe hinunter.

„Er hat sie nicht gesehen", wiederholt Polanski, als auch er hinuntergeht.

Ghost klopft mir nur auf die Schulter.

Auf einmal fühle ich mich wie eine Witzfigur und habe offensichtlich die Pointe verpasst.

Hollywood verdreht die Augen und steigt ebenfalls hinab. „Es wird dir sicher Spaß machen, ihre Köpfe zu zerschießen. Komm mit."

Als wir hinter dem Gebäude die drei Fahrzeuge beladen, steuert Bumper auch seinen VW 181 um die Ecke. „Von Süden kommen noch zwei Tangos. Kampfversionen."

Das ist nicht gut. Ghosts Treffsicherheit hat mich zwar beeindruckt, aber diese Schüsse galten den Spähbots, die Entfernung war groß, und wir hatten das Überraschungsmoment auf unserer Seite. Die Kampfversionen sind ein ganz anderes Kapitel.

„Warum fahren wir nicht einfach schnell weg?", frage ich.

„Das bringt nichts." Hollywood macht schon ihr AR 15 bereit. „Sobald sie dich angepeilt haben, folgen sie dir, bis du sie erledigt hast."

Das verstehe ich. Ich nicke zustimmend. „Und deshalb sind sie jetzt in unserer Richtung unterwegs."

„Sie wittern uns", erklärt Bumper. „Na ja, sie riechen Z Lo."

„Das habe ich gehört."

„Die sind wie Bluthunde", ergänzt Ghost. Obwohl er gerade ein frisches Magazin in seine große Waffe schiebt, scheint er gelangweilt zu sein. Mir fällt auch auf, dass sein linker Ringfinger verstümmelt ist. „Es gibt nur einen Weg, sie ein für alle Mal von der Verfolgung abzuhalten."

Ich mache mein SCAR bereit. „Na ja, meiner Erfahrung nach gibt es nicht viel, was man nicht lösen kann, indem man eine Menge Blei hineinjagt. Also packen wirs an."

Meine Bemerkung scheint die anderen zu irritieren, und das zeigen sie mir auch.

„Wer hat jetzt das Sagen?", fragt Bumper.

Hollywood sieht mich an.

„Oh nein." Ich wehre ab. „Du hast das hier wunderbar im Griff. Wenn etwas gut läuft, sollte man es nicht verändern."

Sie nickt und wendet sich an das Team. „Ghost und Yoshi, ihr besetzt die rechte Ecke des Gebäudes. Bumper, linke Flanke hinter dem Müllcontainer. Wik, du gehst mit Z Lo hinter den SUV. Polanski, du bleibst bei mir."

Die anderen nicken.

„Welchen Kanal benutzt ihr?", frage ich.

Bumper nennt mir die Frequenz und fügt hinzu: „Meinst du, du kommst mit dem Plastikspielzeug da zurecht?"

Ich grinse. Mir ist bekannt, wie die Seals die Raider wegen der Waffenauswahl aufziehen. „Du weißt doch, was man sagt."

„Was denn?"

„Wenn wir unser Spielzeug hervorholen, ist das immer noch besser, als wenn ihr mit euren ..."

„Und los jetzt", unterbricht Hollywood und setzt sich zur linken vorderen Ecke des Gebäudes in Bewegung.

Bumper, Ghost und Yoshi machen sich auf den Weg, ich ducke mich mit Z Lo hinter einen neuen Ford-SUV. Die Türen stehen offen, ein nach hinten gewandter Sitz verrät mir, dass er einer jungen Familie gehört. *Gehörte*. Wo sie auch sind, ich hoffe, sie sind weit weg, denn ihr Kindertransporter zieht jetzt ins Gefecht.

Bilder schießen mir durch den Kopf, als ich mich an die Kampfbots erinnere, die drei Abteilungen Russen, Briten und Amerikaner ausgeschaltet hatten. Jetzt haben wir nur einen Bruchteil dieser Feuerkraft, und wir müssen trotzdem zwei Bots abschießen. Dieses Missverhältnis behagt mir nicht. Allerdings hatten wir in der Eishöhle nur wenige Sekunden, um die Feinde einzuschätzen, und sie haben uns überrumpelt. Jetzt dagegen haben wir in der städtischen Umgebung gute Deckungsmöglichkeiten und das Überraschungsmoment auf unserer Seite.

Na gut, vielleicht stehen die Chancen doch nicht so schlecht, wie ich es befürchte. Trotzdem mache ich mir Gedanken, dass gleich jemand erschossen wird, und dann lastet noch eine weitere Seele auf meinem Gewissen, deretwegen ich mich vor Petrus am Himmelstor rechtfertigen muss. Vorausgesetzt, ich komme überhaupt bis zum Eingang, denn das ist noch nicht geklärt.

„Wenn sie können, dann versuchen sie, dich zu fangen", informiert mich Z Lo. „Wenn sie das nicht können, dann schießen sie."

„Ach, wirklich?"

Er nickt. „Sie haben zwei Soldaten erschossen, denen wir begegnet sind, als wir hierher unterwegs waren."

„Das tut mir leid."

Z Lo holt tief Luft. „Wenn sie mich schnappen wollen, oh Mann, dann gehe ich nicht kampflos unter. Weißt du, was ich immer sage? Gunny. Sir."

Ich will antworten, aber der Bursche redet einfach weiter.

„Diese Biester untersuchen die Gefangenen und so. Aber nein, das machen sie nicht mit mir. Ich jage mir lieber selbst eine Kugel in den Kopf, ehe sie mir wer weiß was in den …“

„Ich habs verstanden, Junge.“

Er schnieft. „Cool, cool.“

„Hey, Z Lo“, sagt Hollywood. Dann macht sie die universell verständliche Geste, als wollte sie sich die Lippen mit einem Reißverschluss versiegeln.

Er nickt und geht hinten um den SUV herum, wo er ein besseres Sichtfeld hat. Ich schiebe meine Waffe um die vordere Stoßstange.

Gleich darauf entdecke ich die zwei Meter vierzig großen Kampfbots, die zwischen mehreren umgekippten Mülltonnen in südlicher Richtung die Straße überqueren. Ihre blauen Laserleuchten scannen die Umgebung, und sie ziehen die Waffen hin und her und suchen nach Zielen.

„Habt ihr einen bestimmten Plan?“, frage ich Hollywood.

„Vom Kopf prallen die meisten Kugeln ab, denn da sind sie gut gepanzert. Der Hals ist ein Schwachpunkt, aber schwer zu treffen. Im Zweifelsfall würde ich auf die Waffe zielen oder ein Kniegelenk beschädigen, um sie abzubremsen.“

„Roger.“

Hollywoods Anweisungen bestätigen das, was ich in der Antarktis gelernt habe. Leider gaben die ausgeschalteten Bots in der Grabungsstätte keine umfassenden Informationen preis. Sie bestanden aus einem Material, das den Wissenschaftlern nicht bekannt war, und trugen Markierungen, die niemand zu lesen vermochte. Aber schwache Gelenke in den Gliedmaßen und am Hals? Anscheinend war das ein universelles Problem.

Und damit niemand denkt, ich hätte es schon wieder vergessen: Japp, ich zerbreche mir immer noch über Hollywoods Aliens den Kopf. Ich habe das unbestimmte Gefühl, dass ich alle meine lieb gewonnenen Vorstellungen verwerfen muss, dies sei eine streng geheime Regierungsoperation. Das heißt, sobald ich Beweise sehe. Bis jetzt erkenne ich nur eine gescheiterte Premiere einiger durchgeknallter MIT-Roboter. Ohne einen verdammt guten Grund springe ich nicht auf Dr. Walkers *E.T.* Zug auf.

Als die beiden Kampfbots an der Zufahrt der Tankstelle auftauchen, gibt Hollywood den Befehl, das Feuer zu eröffnen. Zuerst höre ich Ghosts Kaliber .50 knallen. Der rechte Bot ruckt zur Seite, vom Kopf der Maschine stieben Funken hoch, als die Kugel trifft. Der Kopf ist noch da.

Einen Sekundenbruchteil später knattert Bumpers M249, ein leichtes Maschinengewehr. Die automatische Waffe ist in Videospielen sehr beliebt und wird dort als „SAW" bezeichnet. Bumper zielt auf den linken Bot. Die Kugeln prallen vom Brustpanzer und vom Kopf ab. Wieder fliegen Funken.

Ich habe mein SCAR mit dem Zielfernrohr angelegt und gebe drei Schüsse auf den Hals des rechten Bots ab. Z Lo, Hollywood und Polanski feuern ebenfalls. Ein paar Sekunden lang scheinen die Bots verwirrt zu sein. Sie drehen die Köpfe hin und her und scannen, um die Feinde zu identifizieren.

Zuerst habe ich noch Hoffnung, dass es dieses Mal besser läuft als beim Kampf am Portalring. Doch diese Hoffnung verfliegt rasch, als die beiden Roboter sich auf die Leute in der Mitte der Formation konzentrieren, was auch mich einschließt.

Die Bots eröffnen mit ihren eigenartigen Waffen das Feuer auf das Hauptgebäude der Tankstelle und den SUV, hinter dem wir uns verbergen. Soweit ich es sagen kann, handelt es sich bei den Geschossen um hochenergetische Energieimpulse. So etwas habe ich sonntagmorgens in Zeichentrickfilmen gesehen, nur dass die Geschosse hier zerstörerischer wirken. Die Einschläge reißen Brocken aus der Ecke des Ziegelbaus. Hollywood und Polanski bekommen einen Schauer von Splittern ab und müssen sich zurückziehen.

Der SUV wiegt sich hin und her, ein Fenster explodiert, die Reifen platzen.

„Alles klar?", rufe ich dem Jungen zu.

„Ja, und du?"

„Alles gut." Ich beuge mich vor und feuere noch einmal drei Schüsse ab. Bei diesen Funken und zwischen den wandernden Laserstrahlen kann ich nicht erkennen, ob ich etwas bewirkt habe. Doch dann stolpert der rechte Bot zur Seite, weil Ghosts .50er-Kugel ihn abermals am Kopf getroffen hat. Das Ding muss doch endlich zu Boden gehen. Aus einer Entfernung von zwanzig Metern kann man einen solchen Schuss nicht überleben. Doch der Bot wendet sich zur Südseite des Gebäudes und beginnt zu schießen.

Ich ergreife die Gelegenheit, schalte mein SCAR auf Vollautomatik um und mache mich darauf gefasst, dass ich bald das Magazin wechseln muss. Wenn man wirkungsvoll kämpfen will, muss man mehrere Disziplinen beherrschen – auf feindliche Gruppierungen zu schießen, ist nur eine davon. Gewiss, das ist sogar eine sehr wichtige. Aber sich innerlich darauf vorzubereiten, dass man nachladen, die Position wechseln, das Feuer neu ausrichten, Befehle befolgen und auf die Bedürfnisse der Kameraden im Trupp eingehen muss – das ist ebenso wichtig.

Ich richte das SCAR auf den Kopf des Bots und drücke ab. Hoffentlich bricht wenigstens eine meiner Kugeln irgendetwas im Hals. Binnen vier Sekunden ist das Magazin leer, und der Verschluss geht auf.

„Nachladen."

Ich nehme mit der linken Hand ein Magazin aus der Brusttasche, während ich mit dem Finger auf den Auswurfknopf drücke. Der genau choreografierte Tanz, bis das neue Magazin eingesetzt ist und der Verschluss einrastet, dauert weniger als drei Sekunden. Schon visiere ich wieder das Ziel an.

Doch der rechte Bot hat das verstärkte Feuer von der linken Seite bemerkt und lässt auf den SUV einen Kugelhagel los, der das ganze Fahrzeug durchschüttelt.

Ich benutze den höchst technischen Militärjargon, fasse Z Lo an der Schulter und rufe: „Lauf!"

Während wir uns zum Gebäude zurückziehen, kippt das Fahrzeug auf die Seite. Eine Sekunde später trifft ein Energiestoß eines Bots den ungeschützten Tank, und der SUV explodiert. Glücklicherweise sind wir auf dieser Seite des Gebäudes zusammen mit Hollywood und Polanski vor der Explosion geschützt.

„Splittergranate", warnt Bumper hinter der Mülltonne. Sein SAW schweigt, als er die baseballgroße Granate über den Boden rollen lässt. Sie detoniert vor den Füßen des linken Bots. Die Explosion treibt den Feind zurück, kann ihn aber nicht umwerfen. Das kleine Zeitfenster gibt Bumper allerdings die Gelegenheit, erneut mit dem M249 zu feuern.

Der SUV ist zerstört, dieses Mal sogar ganz ohne EMP-Waffen, bietet aber immer noch Deckung, solange ich den brennenden Reifen und den Flammen im Inneren nicht zu nahe komme. Der Geruch von schmorendem Gummi erinnert mich an den Nahen Osten, wo dieser Geruch ständig in der Luft hing. Ich habe immer wieder gestaunt, wie diese armen Leute leben konnten, ohne sich Lungenkrebs zuzuziehen.

Ich tippe Z Lo auf die Schulter und gehe um die hintere Ecke des SUV herum, weil ich Bumper unterstützen will. Da alle Marines lernen, mit ihren Waffen zu sprechen – zwei Kämpfer schießen abwechselnd, damit sich die Läufe nicht zu sehr erhitzen und der Mechanismus nicht klemmt, während zugleich das Ziel ständig unter Feuer bleibt –, gehe ich davon aus, dass der Seal verstehen wird, was ich will. Ich jage eine Salve von sechs Schüssen in den Bot und höre auf. Bumper sieht zu mir, nickt und macht weiter, wo ich aufgehört habe. Zehn Sekunden lang wechseln wir uns ab, und nun zeigt sich ein weiterer Vorteil dieser Taktik: Der Bot wendet sich zwischen uns hin und her und ist sich nicht sicher, welche Bedrohung er zuerst angehen soll. Unser Angriff in Verbindung mit dem Schaden, den die Granate angerichtet hat, lässt den linken Bot schwanken.

„Nachladen", rufe ich und wechsele das Magazin. Als ich wieder feuern kann, bemerke ich, dass der rechte Bot Hollywoods Position eindeckt. Sogar sehr heftig.

Ich gehe davon aus, dass Bumpers M249 und Z Lo mit seinem Tavor-Sturmgewehr den ersten Bot beschäftigen können, sodass ich mein Feuer auf Hollywoods Gegner konzentrieren kann, damit der seinen Angriff bereut. Doch in diesem Moment bekommt die Ecke des Gebäudes wieder einen Volltreffer ab, und der ganze Bau droht einzustürzen. Hollywood und Polanski müssen da raus.

Ich will zur gefährdeten Stelle rennen, aber es ist schon zu spät. Eine Gestalt springt aus der Staubwolke heraus, die zweite wird verschüttet. Die Blastergeschosse rasen durch den Dunst, irgendwo flucht jemand laut.

Als ich hinter dem SUV hervorkomme und durch das offene Gelände zum beschädigten Gebäude laufen will, packt mich eine Hand am Arm und reißt mich herum. „Pass auf", ruft Z Lo. Die Energiekugeln sausen dort durch die Luft, wo ich beinahe gewesen wäre. Ich weiche zurück. Die Feinde kommen näher und visieren jetzt mich an. Als der in orangefarbene Flammen gehüllte Bot neben dem Vorderrad des umgekippten Fahrzeugs erscheint, stolpere ich und lande auf dem Hintern. Z Lo schießt mit Vollautomatik, bis sein Magazin leer ist. Die ganze Zeit brüllt er irgendetwas.

Ich schieße weiter, nachdem der Bursche aufgehört hat, doch die Kugeln prallen vom Kopf des Bots ab. Das Ding zuckt und schwankt, aber nichts kann es davon abhalten, zum tödlichen Schlag auszuholen.

Ich muss das Feuer einstellen, weil Z Lo seine Waffe wegwirft, vom Boden ein Stück Metall aufhebt und um den SUV herumläuft. Wie besessen schlägt er mit der Stange auf den Bot ein. Der Junge brüllt vor Wut und hämmert auf die Brust des Feindes.

„Geh da weg", rufe ich, während ich mich aufrappele, ohne das Visier vom Feind abzuwenden. Es ist ausgeschlossen, dass der Junge das Ding aufhalten kann, wenn es meine .308er Patronen nicht können.

Der Bot ignoriert Z Lo, hebt seine Waffe über den SUV hinweg und zielt auf mich wie ein Gangster auf der Straße. Da höre ich einen ohrenbetäubenden Knall, und der Kopf des Bots verschwindet in einem Funkenregen von der Schulter. Das enthauptete Ungetüm kippt nach vorne und prallt gegen den brennenden SUV. Die Waffe fällt auf den Boden.

Ich sehe mich um, wer den tödlichen Schuss abgegeben hat. Ghost winkt mir zu. Ich nicke zur Antwort. Doch wir haben immer noch viel zu tun. Hollywood und Polanski sind am Boden und mit weißem Staub bedeckt, und Bumper nimmt es allein mit dem zweiten Bot auf.

„Wir helfen Bumper", sagt Yoshi über Funk.

Das bedeutet, dass Z Lo und ich uns um Hollywood und Polanski kümmern können. Allerdings kann ich die beiden nicht auseinanderhalten. Eine Gestalt scheint unversehrt, die andere ist offenbar schwer verletzt. Die Trümmer der Ziegelwand liegen auf Rumpf und Beinen des Soldaten, und ein Betonblock drückt auf das Gesicht. Ich kann sehen, wie sich auf der staubbedeckten Uniform die ersten Blutflecken abzeichnen.

Ich winke Z Lo zurück und weise ihn an, die Metallstange fallen zu lassen und nachzuladen. Für seinen wütenden, unüberlegten Angriff werde ich ihn später abkanzeln. Es ist ein Wunder, dass der Junge überlebt hat.

Neben dem halb unter Trümmern liegenden Körper knie ich nieder, hebe den Betonklotz vom Gesicht und sehe, dass eine Kante bis zum Wangenknochen eingedrungen ist und die linke Gesichtshälfte zerquetscht hat. Es ist Polanski.

„Mein Gott", sagt Z Lo nervös. „Ist er tot?"

Während hinter uns die Schüsse knallen, taste ich nach dem Puls.

„Ist er wirklich tot, Gunny? Oder tut er nur so?"

Der Junge hat genügend Mut, einen Roboter mit einer Metallstange anzugreifen, gerät aber in Panik, wenn er Blut sieht? Er ist wirklich ein Anfänger und muss jetzt dringend den Mund halten.

„Z Lo, wie geht es Hollywood?"

„Oh Mann, mir wird gleich übel."

„He, Soldat, schau nicht hierher. Schau dorthin."

Z Lo sieht mich an und blinzelt.

„Hollywood." Ich zeige noch einmal auf die Anführerin. Von dem überlebenden Bot prallen schon wieder Kugeln ab. „Sie ist deine Aufgabe. Du weißt doch, wie du einen Schock behandeln musst?"

Er nickt.

„Gut, dann mach dich an die Arbeit."

Z Lo schüttelt sich und reißt sich zusammen. Endlich dreht er sich um und kniet sich neben Hollywood auf den Boden.

Ich schiebe noch einige Trümmerstücke zur Seite, bis ich Polanskis Erste-Hilfe-Kit aus der Brusttasche ziehen kann. Ich weiß genug über Erste Hilfe, um Leute zu retten, bis sich jemand anders um sie kümmern kann, aber ich bin kein Sanitäter. Und wenn ich Polanskis Gesicht und das Blut betrachte, das aus seiner Brust quillt, und dann auch noch der komplizierte Bruch des linken Arms, dann wird mir bewusst, dass ich nicht der Pfleger bin, den er braucht.

„Darf ich helfen?", sagt Yoshi hinter mir.

Ich mache Platz und lasse ihn heran. Da bemerke ich, dass das Feuer verstummt ist.

„Habt ihr den zweiten Tango erledigt?", frage ich.

Yoshi nickt, ist aber schon intensiv mit Polanski beschäftigt und sagt nichts mehr. Er hat ein größeres Medkit von einem Gürtel genommen und versucht, den Verletzten zu stabilisieren. Nachdem er etwas QuikClot aufgelegt hat, weist Yoshi mich an, zusätzlich den von ihm angelegten Druckverband zu fixieren.

Polanski stöhnt, als das Kaolin wirkt. Das Mineral im Verband löst eine Koagulationskaskade aus – für die Uneingeweihten, es verstärkt die Blutgerinnung. Das Zeug wirkt wunderbar, brennt aber höllisch.

Ich staune, wie schnell Yoshi arbeitet. Allerdings ist er ein Rettungsfallschirmspringer von der Air Force. Ich nehme mir vor, ihn zu rufen, falls ich jemals verletzt werde – solange er nüchtern ist. Irgendwie schafft er es, zwischendurch immer wieder einen Schluck aus einem Flachmann in der Weste zu nehmen, während er Polanski versorgt. Dann bietet er mir die Flasche an.

„Nein, danke", sage ich.

„Wir müssen weiter", sagt Hollywood hustend.

Ich gehe zu ihr. „Alles klar?"

„Schon gut." Sie wehrt mich ab, lässt sich aber von Z Lo aufhelfen. „Als Nächstes schicken sie einen Todesengel."

„Und wir wollen nicht hier sein, wenn das passiert", ergänzt Bumper hinter mir. Der Lauf seines M249 glüht immer noch orange. Wenn ein Navy Seal so etwas sagt, muss man es ernst nehmen.

„Das wird schwierig", wendet Yoshi mit einem Blick auf Polanski ein.

Alle drehen sich zu ihm um.

„Wie schlimm ist es?", fragt Hollywood leise.

Yoshi runzelt die Stirn und schüttelt einmal den Kopf. Er weiß, dass er nichts Negatives sagen sollte, auch wenn das Opfer ohnmächtig ist. Hören können sie trotzdem.

„Kannst du ihn bewegen, Doc?", fragt Bumper.

Wieder schüttelt Yoshi den Kopf.

„Was bedeutet das?" Z Lo wendet sich an Hollywood. „Was bedeutet das, Sarge?"

Yoshi erklärt es, während er eine Spritze mit Morphium vorbereitet. „Es bedeutet, dass ihr vorausgeht, und ich schließe zu euch auf, sobald Polanski so weit ist."

„Aber du hast doch gesagt …"

Ich falle Z Lo ins Wort. „Bist du dir sicher, Yoshi? Ich würde dich nicht gern hier draußen allein lassen. Das ist zu gefährlich."

Er nickt. „*Anzuru yori umu ga yasashii.*"

„Wie bitte?"

„Ein altes japanisches Sprichwort."

„Na gut. Japp. Das höre ich öfter."

Yoshi lächelt leicht und heftet den Blick wieder auf Polanski. „Es bedeutet, dass es einfacher ist, ein Baby auf die Welt zu bringen, als sich deshalb Sorgen zu machen."

Das verstehe ich nicht.

„Die Angst ist größer als die Gefahr", sagt er, während er Polanski eine Hand beruhigend auf die Brust legt. „Ich gehe hier nicht weg."

Da wir einsehen, dass wir Yoshi nicht umstimmen können, atme ich gedehnt aus und nicke. „Klingt nach einem Plan."

Ich habe großen Respekt vor diesem Rettungsfallschirmspringer. Es braucht Mut, um zurückzubleiben und einen gefallenen Krieger zu begleiten, der ins Nachleben überwechselt. Und wahrscheinlich ist es sogar dumm. Aber es ist seine Entscheidung, und verdammt, ich respektiere das.

„Kannst du gehen?", frage ich Hollywood.

Sie nickt und befiehlt Z Lo, ihr ganz aufzuhelfen. Dann kniet sie sich neben Polanski und berührt ihn sanft an der Schulter. „Danke."

„Hier“, sagt Bumper zu Yoshi. Er hängt ihm seine MP5 von Heckler und Koch über die Schultern. „Etwas Verstärkung, nur für alle Fälle.“

„Ich passe gut darauf auf.“

„Der Schlüssel steckt.“ Hollywood zeigt auf ihren CJ7.

„Danke.“ Yoshi nimmt noch einen Schluck aus seinem Flachmann, der mit Polanskis Blut beschmiert ist.

Die anderen verabschieden sich mit einem freudlosen „Bis dann!“ und folgen mir zu den Fahrzeugen. Als wir uns entfernen, höre ich Yoshi die ersten Zeilen aus einem alten Song von Chicago singen.

„*Everybody needs a little time away, I heard her say, from each other.*“

Er ist nicht Peter Cetera, aber er hat eine schöne Falsettstimme.

Sobald wir außer Hörweite sind, tippe ich Hollywood auf die Schulter. „Kommt er damit klar? Yoshi, meine ich.“

Sie nickt. „Er kann das.“

Ich weiß nicht, ob sie das Singen oder den Schnaps meint. Oder vielleicht beides.

Dann sieht sie mich an und sagt: „Beifahrerseite.“

„Du bist herzlich eingeladen.“

Als ich auf den Fahrersitz meines Land Cruiser klettern will, kommt Z Lo zu mir. „He, Master Guns.“

„Japp?“

„Heißt das, ich bin kein Neuling mehr?“ Er meint den Kampf.

„Wir haben sie geknackt, Glückwunsch.“

Er lächelt und nickt. „Cool.“

Ich sehe den Stolz in seiner Miene, den ich hundertmal gesehen habe – das Gefühl, zu einem Team zu gehören, und das Bewusstsein, zum ersten Mal ein Gefecht überlebt zu haben. Vermutlich hat Z Lo schon bei der Bekämpfung einiger anderer Bots geholfen, daher war dies genau genommen nicht sein erster Einsatz, aber ich spüre, dass er sich aus einem bestimmten Grund an mich gewandt hat. Ich bin ein Marine-Kamerad und sogar ein älterer. Das verstehe ich. An diesem Punkt war ich selbst einmal.

Ich klopfe ihm auf die Schulter. „Von jetzt an wird es nur noch schwieriger."

„Genau." Er nickt noch einmal, dann wird er ernst. „Warte mal – schwieriger?"

Ich springe in meinen Land Cruiser und schließe die Tür. Mit einer Geste bedeute ich ihm, ebenfalls einzusteigen. Er klettert auf den Vordersitz des Humvee, dann lässt sich Ghost auf dem Rücksitz nieder, während Bumper sich ans Lenkrad seines Volkswagens setzt. Und dann starten wir und fahren zu einem unbekannten Ziel.

„Es ist spät, und alle sind müde", sage ich zu Hollywood. „Wir brauchen ein Lager für die Nacht."

„Ich würde sagen, wir fahren nach Westen. Am Morgen können wir wieder umkehren, wenn wir einen Plan haben."

Ich nicke. Das ist die sicherste Lösung, und im Augenblick können wir keine weiteren Toten gebrauchen. Was die Absicht angeht, einen „Plan" zu machen, habe ich aber immer noch Bedenken. Wir wissen nicht genug, um zu planen. Und selbst wenn wir mehr wüssten, sechs Kämpfer sind ein paar Hundert weniger als ein Bataillon. Aber ich bin so müde wie alle anderen, und es käme mir gelegen, mal ein Auge zuzumachen.

„Die Schauspielerin Mae West", sage ich über Funk. Es ist zwar unwahrscheinlich, dass uns jemand belauscht, aber die Funkgeräte sind nicht sicher, und das bedeutet, dass es nicht schaden kann, ein bisschen verschlüsselt zu sprechen, wenn man über Funk die Bewegungen abstimmt.

Die anderen Fahrer bestätigen.

„Yoshi, du fährst in Richtung Oma, sobald du bereit bist."

Es gibt eine kleine Pause. Ich stelle mir vor, wie Yoshi die Versorgung seines Patienten unterbricht und mit einer freien Hand auf die Sprechtaste drückt. „Verstanden, und danke."

Wir fahren durch eine Vorortstraße nach Westen. Nirgends brennt Licht. Nach einer Weile spricht Hollywood weiter. „Er hat mir übrigens das Leben gerettet." Sie starrt aus dem Seitenfenster. Offenbar meint sie Polanski. „Er hat mich von dem Gebäude weggestoßen."

„Du hättest das Gleiche getan. Er hat es nur zuerst bemerkt."

„Klar." Sie seufzt.

Ich begreife, dass ihr meine aufmunternden Sprüche nicht den Kummer nehmen. Es gibt keine Worte, die helfen können.

„So was lernt man nicht im Ausbildungslager", fährt sie fort. „Wie soll man mit sich selbst weiterleben, wenn sich jemand anders für einen geopfert hat?"

Ich schüttele den Kopf. „Nein, das lernt man da nicht."

„Du weißt, wie das ist, oder?"

Ich werfe ihr einen raschen Blick zu und konzentriere mich wieder auf die Straße. „Ja."

„Verdammt, so etwas zu erleben, ist beschissen." Sie richtet sich auf. „Noch anderthalb Kilometer geradeaus, dann suchen wir in einer Seitenstraße nach einer Möglichkeit, die Fahrzeuge zu verstecken."

„Alles klar", antworte ich.

Als wir nach Nordwesten fahren, erwachen seltsame Gefühle und Erinnerungen. Ich sitze jetzt gerade in meinem FJ40 und fahre in etwa in die Richtung meiner Hütte. Ich überlege, wie leicht es wäre, Hollywood und ihre Leute abzusetzen und einfach weiterzufahren. In einer Stunde wäre ich wieder in der Stille und in der Einsamkeit.

Aber willst du das wirklich tun, Patrick? Ist das hier wirklich eines dieser Probleme, die sich einfach in Wohlgefallen auflösen, wenn du beschließt, es zu ignorieren?

Immerhin habe ich meinen Beitrag geleistet. Außerdem habe ich mir die Kuppel angesehen und sogar einem Kind das Leben gerettet. Mann, ich habe diese Kämpfer unterstützt und geholfen, zwei Bots auszuschalten. Das ist mehr, als man von mir hätte erwarten können. Mit etwas Glück finden sie bald zu ihren Einheiten zurück, und Uncle Sam aktiviert den Plan, um das Land zu retten.

Aber sicher, Pat. Genau so wird es kommen. Weil alles so gut gelaufen ist, als du Aaron und den Blauhelmen den Ring überlassen hast.

Ich seufze schwer und packe das Lenkrad fester.

„Alles klar, Ledernacken?"

Ich werfe ihr einen Blick zu und konzentriere mich wieder auf die Straße. „Japp."

„Das klingt nicht gerade überzeugend.“

Ich nicke leicht, während wir den liegen gebliebenen Fahrzeugen ausweichen. „Möchtest du einen Ratschlag hören?“

Zuerst wirkt sie abweisend, dann gibt sie nach. „Warum nicht?“

„Wenn dich ein alter Freund um einen Gefallen bittet, und du sagst zu, dann bleibe bis zum bitteren Ende dabei.“

Sie legt sich eine Hand auf die Brust. „Reden wir jetzt über dich oder über mich?“

Ich ignoriere die Frage. „Und sprenge alles in die Luft, solange du noch Zeit dazu hast.“

Als wir den Kilometerstein erreichen und nach links in eine Seitenstraße abbiegen, beschließe ich, dass dies der endgültige Abschied von meiner Hütte ist. Wenn Yoshi bereit war, bei Polanski zu bleiben, und wenn der dicke Mann bereit war, sich für das kleine Mädchen zu opfern, wie könnte ich mich dann weigern, Hollywood und ihrem Team zu helfen? Außerdem wächst in mir der Verdacht, dass es leichter gesagt als getan ist, diese Kämpfer zu ihren Einheiten zurückzubringen. Wenn es noch mehr Bots und obendrein Hollywoods „Todesengel“ gibt, was immer es damit auf sich hat, dann existieren womöglich gar keine Einheiten mehr, zu denen irgendjemand zurückkehren kann. Was mich wieder einmal auf die Frage bringt, wie diese seltsame Truppe überhaupt zusammengekommen ist.

Also wäre das geklärt, ich fahre nicht nach Hause. Jedenfalls nicht, solange all das hier nicht geregelt ist, was es auch sein mag.

Hollywood macht sich anscheinend Sorgen. „Geht es dir nicht gut?“

Ich seufze ausgiebig. „Es ging mir noch nie besser, Sergeant. Es ging mir noch nie besser.“

12

0240, Freitag, 25. Juni 2027
East Orange, New Jersey

„Sieht gut aus." Hollywood steht auf der Fahrerseite vor der Scheibe und zeigt auf ein großes Scheunentor, das sie aufgestoßen hat.

Die Scheune könnte Ende des neunzehnten Jahrhunderts gebaut worden sein, als der Vorort noch Ackerland war. Irgendwie haben sie und das danebenstehende Haus überlebt und wurden über viele Jahrzehnte von verschiedenen Besitzern liebevoll gepflegt.

Als ich nach drinnen fahre, verrät mir die Spur in der Mitte, dass in der Scheune vor einiger Zeit auch einmal Pferde untergestellt waren. Doch die Tiere und das Weideland sind längst verschwunden. Jetzt liegen aufgestapelte Kisten und aufgegebener Hausrat in den Boxen, weil die Besitzer anscheinend zu geizig oder zu faul waren, zur Müllkippe zu fahren. Am Ende der Spur sehe ich einen großen Raum mit mehreren alten offenen und gedeckten Geländewagen und mindestens zwei Gartentreckern, die ihre beste Zeit lange hinter sich haben.

Ich stelle den Motor meines FJ40 ab, steige aus und stehe in der staubigen Luft, die nach altem Heu und Wagenschmiere riecht. Z Lo und Ghost kommen hinter mir mit dem Humvee, dann folgt Bumper mit einem knallgelben 1973er VW 181.

„Sucht euch ein freies Plätzchen", sage ich.

„Falls jemand einen Schlafsack braucht, ich habe einen übrig", bietet Z Lo an.

„Es ist Ende Juni", erklärt Ghost. „Hier wird niemand frieren."

„Richtig." Z Lo nickt. „Aber man kann ihn auch als Kopfkissen benutzen."

Alle bis auf Hollywood holen ihre Habseligkeiten aus den Fahrzeugen. Ihr ganzer Kram ist noch im Jeep.

„Und was ist deine Geschichte?", frage ich, als ich mein Fluchtgepäck vom Rücksitz hervorhole.

„Meine Geschichte?"

„Wo warst du, als die Kuppel aufgetaucht ist?" In diesem Moment wird mir klar, dass es eine Redewendung werden wird, genau wie: „Wo warst du, als die Türme eingestürzt sind?" Jeder weiß sofort, was gemeint ist.

Hollywood nickt. „Ich hatte ein paar Tage frei und wollte im Picatinny Arsenal im Morris County eine Freundin besuchen."

„Der Army-Stützpunkt?"

Sie nickt und blickt in die Ferne. „Ich habe es nicht geschafft. Der Strom ist ausgefallen, die Autos fuhren nicht mehr. Ich habe ein paar Leuten geholfen, aber dann ist die Kuppel erschienen, und alle sind weggelaufen."

„Und du?"

„Ich habe mich entschieden, dortzubleiben und zuzusehen. Warum weiß ich auch nicht. So ticke ich wohl einfach."

„Und da bist du den anderen begegnet?"

„Da hat sie von den anderen gehört", ruft Bumper, der im Kofferraum seines VW wühlt.

„Seals", bestätigt Hollywood, „die machen immer so viel Krach."

„Was du nicht sagst", stimme ich sarkastisch zu.

„Bumper war vom NAWCAD Lakehurst unterwegs, um eine seiner Freundinnen zu besuchen."

„Wir sind einfach nur Freunde", protestiert Bumper, ohne den Kopf aus dem Kofferraum zu ziehen.

„Glaube mir, Süßer, es gibt kein Mädchen, das mit einem leckeren Kerlchen wie dir einfach nur befreundet sein will." Hollywood sieht mich an, als sei Bumper völlig ahnungslos. „Diese Männer."

„Ja", antworte ich, auch wenn ich mir nicht sicher bin, ob ich besser als Bumper darin bin, Frauen zu durchschauen. Außerdem frage ich mich, ob Hollywood vielleicht in Bumper verknallt ist.

„Wie auch immer", ergänzt Bumper, „ich fahre so vor mich hin und singe zu Earth, Wind and Fire mit, als mein Chief mich zurück zum Stützpunkt beordert. Er sagte, sie würden angegriffen."

Ich schließe die Tür des Land Cruiser und gehe ein paar Schritte zu Bumper hinüber. Das ist die erste Bestätigung dafür, dass tatsächlich Militäreinrichtungen getroffen worden sind. „Was hat er noch gesagt?"

„Ich antworte, dass ich sofort komme, aber dann auf einmal überlegt er es sich anders. Es ging so schnell. Ich habe gehört …" Bumper scheint sich in den unerfreulichen Erinnerungen zu verlieren. Das überrascht mich ein wenig, weil das einem Seal gar nicht ähnlich sieht − jedenfalls nicht denjenigen, die ich kennengelernt habe. Ihre physische Zähigkeit wird nur von ihrer geistigen Widerstandskraft übertroffen. Aber ich frage mich auch, ob die Geräusche, die er gehört hat, die gleichen sind, die ich wahrgenommen hatte, als mein Fernseher ausfiel.

Ich lasse ihm einen Moment Zeit und frage: „Was hast du gehört?"

„Der Chief hat mir gesagt, ich solle so weit weg vom Stützpunkt bleiben wie irgend möglich."

Bumpers Worte hängen einen Moment in der Luft. Was muss passieren, damit ein Master Chief der Seals einen solchen Befehl erteilt? Dort ist etwas wirklich Schlimmes vorgefallen.

„Und das war es dann, Mann. Die Verbindung bricht ab, und dann wird es überall dunkel, die Kuppel erscheint, und die Leute laufen zu Tausenden über die Straße. Mein VW ist eines der wenigen Fahrzeuge, die noch funktionieren, als die Roboter auftauchen. Ich suche mir eine Deckung und sehe mich um. Ein Bot geht auf eine Frau los, die ihren Sicherheitsgurt nicht lösen kann. Sie ruft um Hilfe, also mische ich mich ein."

Hollywood unterbricht ihn. „Ich habe etwa zweihundert Meter entfernt SAW-Feuer gehört und bin losgerannt."

Das muss ich ihr lassen, die meisten Leute laufen weg, wenn sie ein Maschinengewehr hören.

„Bis ich da war, hatte Bumper schon den Aufklärungsbot erledigt und die Frau gerettet."

„Sie hat mir nicht einmal ihre Telefonnummer gegeben", ergänzt der Seal – ein klassischer Versuch, mit einem Scherz die Stimmung zu heben.

„Wahrscheinlich war das besser so." Hollywood nickt in die Richtung der Scheunentore. „Auch Yoshi hatte gerade frei, als er auf einmal nach Fort Dix zurückgerufen wurde."

„Und ich nehme an, auch er ist nie dort angekommen", sage ich.

Sie nickt. „Er war ungefähr anderthalb Kilometer westlich von uns. Er hat zwei Army-Soldaten aufgesammelt, deren Auto nicht mehr fuhr, und kam in unsere Richtung, um nachzusehen, was es mit der Explosion auf sich hatte."

„Eine Explosion?" Ich sehe Bumper an.

„Ich habe mit einer Hohlladung einen kleinen Transporter geknackt."

Ich stoße einen Pfiff aus und knuffe Hollywood mit dem Ellenbogen. „Ich weiß nicht, Mädchen. Ich würde sagen, du bist einfach nur neidisch. Mann, ich bin selbst neidisch."

Ich bin neugierig, was Ghost zu sagen hat. „Und was ist mit dir?"

„Ich war auf dem Heimweg", erklärt er.

Ich warte ein paar Sekunden, ob der Scharfschütze noch etwas ergänzen will, aber er macht einfach weiter und sucht sich zwischen den Kisten und Planen eine Stelle, wo er sich hinlegen kann.

„Er redet nicht viel", sagt Hollywood.

„Ja, das merke ich."

Sie senkt die Stimme und kehrt ihm den Rücken. „Soweit ich weiß, ist er ein Army-Veteran. Aus Texas, aber er lebt in Vermont."

„Interessant. Danke für die Informationen."

Sie schnalzt mit der Zunge und nickt Z Lo zu. „Jetzt du."

„Ich war beim NAWCTSD in Lakehurst", antwortet er und schaut etwas verlegen drein.

„Und?", drängt Hollywood ihn weiter.

Z Lo seufzt und hebt ergeben beide Hände. „Möglicherweise habe ich mir verbotenerweise einen Humvee unter den Nagel gerissen und meinen Posten verlassen."

„Weil?"

„Wegen einer Veranstaltung, ja?"

So einfach lässt Hollywood ihn nicht davonkommen. „Nämlich?“

Er schnauft gereizt. „Meine Kumpel sagten, wir sollten bei einem Speeddating mitmachen. Das sei eine geniale Art, Mädchen aufzureißen. Aber als ich da war, ist kein Einziger von ihnen gekommen.“

„Oh nein.“ Ich blicke zu Hollywood. „Das kann doch nicht wahr sein.“

„Oh doch.“ Mit einem wilden Grinsen drängt sie ihn weiter: „Erzähle es ihm.“

„Es ist gar nichts passiert“, berichtet er. „Es war … also, es stellte sich heraus …“

„Es war ein Speeddatingtermin für Senioren“, wirft Hollywood ein. Sie kann ihre Schadenfreude kaum zügeln.

Da muss ich natürlich kichern, wenn auch nicht so sehr wie Hollywood. „Warte mal, wann hast du es denn begriffen?“

„Erst als ich mein Schildchen abgeholt hatte und im Restaurant des Hotels war.“

„Bist du wirklich reingegangen?“ Jetzt muss ich laut lachen.

„Der Bruder hat sich sogar hingesetzt“, ergänzt Bumper.

„Nein.“

Hollywood knufft mich. „Er hat sieben Runden lang mitgemacht.“

„Was?“ Ich blicke zwischen Hollywood und Bumper hin und her.

„Der Junge mag es, wenn sie über fünfundsechzig sind.“

Z Lo verschränkt die Arme vor der Brust. „He, sie waren wirklich nett, ja?“

„Ganz bestimmt“, sagt Hollywood ironisch. Sie formt mit beiden Händen eine ausladende Figur in der Luft und wackelt mit den Hüften.

„Ehrlich, Dolores war wirklich süß. Und sie mochte meine Nase. Sie sagte, das gäbe mir etwas Edles.“

„Dolores?“ Ich bemühe mich sehr, seine krumme Nase nicht anzustarren. Die arme Dame war sicherlich halb blind.

Bumper nickt. „Dolores hat die Regeln gebrochen und Z Lo nacheinander viermal an ihren Tisch eingeladen. Die anderen Damen haben sich sogar gestritten, und der Moderator musste einschreiten.“

Z Lo seufzt. „Sie war so beharrlich.“

Ich heule fast vor Lachen und muss Hollywood eine Hand auf den Rücken legen, um mich abzustützen. „Mir tut das Gesicht weh.“

„Mir auch.“ Hollywood krümmt sich. „Und ich habe schon einmal gehört, wie er es erzählt hat.“

„Ich glaube, wir sollten es Dolores nennen.“ Ich zeige auf den Humvee.

„Machen wir“, stimmt Hollywood zu.

„Nein, bitte“, widerspricht Z Lo. „Ich versuche immer, mich über niemanden lustig zu machen.“

„Das wissen wir doch, Junge“, sage ich.

Bumper fügt hinzu: „Du hast dich schon reichlich über dich selbst lustig gemacht. Alle Achtung.“

Z Lo läuft knallrot an und verzieht sich in eine leere Box.

Mindestens eine Minute vergeht, bis wir uns alle die Tränen aus den Augen gewischt haben.

„Und du, Wik?“, fragt Bumper.

Die Vorstellung, meine Hütte zu beschreiben, fühlt sich an, als wollte ich mein Allerheiligstes verraten. Aber ich weiß auch, dass Teams auf Vertrauen beruhen, und Vertrauen beruht auf Offenheit. Wenn eine Beziehung nichts kostet, dann ist sie nichts wert.

„Ich hatte gerade die Blumen gegossen und wollte ins Bett.“

Einige grinsen – das war zu erwarten –, und ich beschließe, den Teil mit den Nachrichten, dem Anruf bei Colonel Rodriguez und Aarons Fernsehinterview zu unterschlagen.

„Auf einmal fällt der Strom aus, und ich stehe im Dunkeln.“

„Dann bist du auch im Ruhestand“, sagt Ghost, der sich unbemerkt zu uns gesellt hat.

Ich nicke. „Woher weißt du das?“

„Da du hier bist und nicht da drüben“, er zeigt nach Osten, „war dein Haus nicht in der Nähe der Stützpunkte, die getroffen wurden. Du bist auch kein Pendler, weil niemand Tag für Tag mit so viel Kram herumfährt.“ Er zeigt auf meinen Land Cruiser. „Und du hast mehr Ausrüstung in deinem FJ40, als die meisten Veteranen im ganzen Haus haben. Das heißt, dass du vermutlich ein bisschen paranoid bist und zu Hause sogar noch mehr Sachen hast. Das erklärt auch, warum deine Navigationsgeräte und Funkgeräte nicht vom EMP der Aliens zerstört wurden. Na, wie mache ich mich?"

Ich will dem Kerl sagen, dass er damit aufhören soll, aber ich bin wirklich beeindruckt. Außerdem würde es mehr schaden als nützen, wenn ich jetzt zu heftig reagiere. „Ich würde sagen, du könntest dich als Sherlock Holmes' Zweitbesetzung bewerben."

„Du meinst Watson." Z Lo kommt aus seinem Versteck wieder zum Vorschein.

„Ich dachte eher an …" Ach, ich bringe es nicht übers Herz, den Jungen zu korrigieren. Außerdem liegt er ja gar nicht so falsch. „Japp, Watson."

Z Lo lächelt, er hat einen Teil seiner Würde zurückgewonnen.

„Wie auch immer, ich habe die Kuppel gesehen und bin in meinen vorbereiteten Wagen gesprungen." Ich sehe Ghost scharf an, als ich den korrekten Begriff und nicht das Wort „paranoid" benutze wie er. „An der Überführung haben wir uns dann getroffen."

Anscheinend akzeptieren sie alle meine Geschichte. Na also, Patrick, das war doch gar nicht so schlimm.

„Tja, es ist gut, dass du bei uns bist, Wik", sagt Bumper. „Auch wenn du Plastikgewehre magst."

In diesem Moment geben alle unsere Funkgeräte ein Alarmsignal von sich. Hollywood hat ihres zuerst in der Hand, sie hat schon auf den Ruf gewartet.

„Hollywood, hier ist Yoshi. Over", sagt die Stimme, die ich schon kenne.

„Schieß los", antwortet sie.

„Polanski hat es nicht geschafft. Ich komme jetzt nach."

Hollywood lässt das einen Augenblick wirken, dann fragt sie: „Gab es Probleme?"

„Eine Patrouille mit zwei Drohnen. Sie haben die Überreste gescannt und sind weitergeflogen."

„Also sind bei dir keine Feinde mehr in der Nähe?"

„Richtig."

„Roger." Hollywood beschreibt Yoshi den Weg und benutzt dabei eine Mischung aus zivilen Formulierungen und Militärjargon. Ich vermute, sie nimmt meine Warnung ernst und will etwaige Lauscher so weit wie möglich verwirren.

„Ankunft in zehn", bestätigt Yoshi.

„Roger. Hollywood Ende."

Sobald das Gespräch beendet ist, senkt sie den Kopf – ich nehme an, zu Ehren von Polanski. So machen es gute Anführerinnen und Anführer, und ich folge gern ihrem Beispiel. Wenn wir die Gefallenen nicht ehren, sind wir nichts Besseres als Monster.

Nach zwanzig Sekunden sieht Hollywood sich wieder um. „Für Polanski."

„Für Polanski", wiederholen alle anderen.

Sie räuspert sich. „Also gut. Richtet euch ein, und wenn Yoshi ankommt, treffen wir uns hier." Sie zeigt auf den freien Bereich, wo die alten Geländewagen abgestellt sind. „Wir müssen die Lage einschätzen, solange die Erinnerungen noch frisch sind. Danach können wir uns eine Mütze voll Schlaf gönnen."

Die anderen nicken und richten ihre Schlafstellen ein.

Ich berühre Hollywood am Ellenbogen. „Danke für den Gedenkmoment für Polanski."

„Er hätte das Gleiche für mich getan", antwortet sie. „Ich bin nur als Erste dazugekommen."

Acht Minuten später ist Yoshi da, und wir versammeln uns um eine fahrbare Werkbank, die wir als Kartentisch benutzen. Ich habe angeboten, eine meiner Autokarten zu entfalten, und Bumper und Z Lo leuchten mit Taschenlampen.

„Also, wie ich es sehe ...", setze ich an. Dann fällt mir ein, dass ich nicht als Erster das Wort ergreifen sollte. Es ist zwar keine offizielle Diskussion, aber soweit ich weiß, hat Hollywood tatsächlich das Kommando.

Sie ordnet mein Zögern richtig ein, denn sie nickt und winkt mit einer Hand.

„Wie ich es sehe, haben wir es mit einer Art Energiefeld zu tun, das uns von dort an von allem abschneidet, was weiter im Osten liegt." Mit einem Druckbleistift bringe ich in East Orange, New Jersey, eine kleine Markierung an.

„Und wir sind hier und hier darauf gestoßen." Bumper zeigt auf mehrere Regionen in Irvington, das ein Stück südlich von uns liegt.

Ich bringe auch diese Markierungen an und hole mein Ledernotizbuch aus der Bauchtasche. Dann suche ich die groben Zeichnungen, die ich von der Kuppel gemacht habe. „Meine Schätzung anhand meines letzten Beobachtungspunkts ...", ich zeichne ein X auf den Standort meiner Hütte in Skytop, „... geht dahin, dass die Blase einen Azimut von einhundertzwölf Grad hat."

Mit meinem Cammenga-Kompass und dem eingebauten Lineal ziehe ich eine Linie vom X über meiner Hütte durch Lower Manhattan bis zum Atlantik. Ich höre, wie sie mit den Füßen scharren. Anscheinend haben sie noch keinen so guten Blick auf die Kuppel bekommen wie ich, und ich nehme an, sie ahnen jetzt, wohin das führen wird.

„Außerdem ist die Kuppel meinen Messungen nach etwas mehr als zwanzig Kilometer hoch, was bedeutet, dass sie über vierzig Kilometer breit ist. Oder sie war es vor einigen Stunden."

„Wir haben bemerkt, dass sie sich zusammenzieht", erklärt Yoshi. „Etwa zweieinhalb Zentimeter pro Sekunde, soweit wir es bestimmen können."

Ich nicke, betrachte wieder die Karte und benutze den Maßstab, um die zwanzig Kilometer abzutragen. „Aufgrund unserer gemeinsamen Beobachtungen können wir davon ausgehen, dass das Zentrum der Kuppel ...", ich lege das Lineal an die Linie und setze einen weiteren Punkt, „... genau hier ist."

„Die Brooklyn Bridge?", fragt Z Lo. „Ist das nicht ein bisschen zu symbolträchtig?"

„Mein Gott, Laszlo, nein", antwortet Hollywood etwas gereizt. „Woher kommst du überhaupt?"

„Aus San Diego, Sergeant."

„Nimm etwas Geschichtsunterricht", ergänzt Bumper.

Ich stecke meine Zunge in die Wange, um nicht schon wieder über den Jungen zu lachen, und konzentriere mich wieder auf die Karte. „Gut möglich, dass es nicht die Brücke selbst ist, sondern ein Punkt irgendwo in Lower Manhattan. Die Messungen sind nur grob."

Bumper zielt mit der Taschenlampe und tippt mit dem Finger auf das Epizentrum. „Aber es läuft so oder so darauf hinaus, dass dieses Ding, was auch immer es sein mag, von hier aus mit Energie versorgt wird."

„Und das bedeutet, dass New York angegriffen wird", sagt Hollywood.

Ich verschränke die Arme vor der Brust und lehne mich etwas zurück. „Natürlich können wir uns nicht ganz sicher sein, aber das ist anscheinend der Stand der Dinge. Und davon abgesehen gibt es noch mehrere weitere wichtige Fragen."

„Welche denn?", will Z Lo wissen.

„Etwa die, ob New York die einzige Stadt ist, die auf diese Weise angegriffen wird. Und ob noch weitere militärische Einrichtungen getroffen wurden."

„Ich glaube, ich war am weitesten im Süden, als das hier passiert ist", berichtet Bumper. „Ich habe im Südwesten hinter der Krümmung mehrere helle Flecken bemerkt."

„Krümmung?", fragt Z Lo.

„Die Erdkrümmung. Es war hinter dem Horizont."

„Oh, verstanden." Er macht eine Bewegung, als wollte er einen Hund streicheln. „Die Krümmung."

„Möglicherweise Annapolis, Quantico, Hampton Roads", sagt Yoshi. „Zu viele, um sie alle aufzuzählen."

Bumper nickt. „Mann, wenn ich raten sollte, dann würde ich sagen, nach dem weit gestreuten EMP-Impuls, nach den koordinierten Angriffen auf unsere Militärstützpunkte, nach dieser tödlichen Blase hier und nach dem, was ich im Süden beobachtet habe, ist dies mit großer Wahrscheinlichkeit ein umfassender Angriff. Und ich konnte mit meinem Satellitentelefon noch niemanden erreichen. Ich meine, wir könnten versuchen, zu einer unserer Einrichtungen zu fahren, aber ich halte es für sehr wahrscheinlich, dass … nun ja …"

Bumper sieht in die Runde und will nicht aussprechen, was auf der Hand liegt. Die Tatsache, dass ein verdammter Navy Seal Hemmungen hat, zurückzugehen und sich seinen Standort anzusehen, sagt mir, wie gefährlich diese Situation ist, die ich vorher schon für sehr ernst gehalten hatte.

Ich tippe auf die Karte, um die Leute auf mich aufmerksam zu machen. „Bis wir hören, dass ihr sicher an eure Standorte zurückkehren könnt, würde ich sagen, eure neuen Befehle verlangen, dass ihr möglichst gut damit zurechtkommt, was im Augenblick verfügbar ist."

Bumper, Hollywood und Z Lo nicken. Ghost rührt sich nicht, aber ich entscheide, dass dies ein gutes Zeichen ist.

„Und was jetzt?", fragt Z Lo nach einer kurzen Pause.

Wieder blicke ich zu Hollywood, doch sie überlässt es mir. Den Grund weiß ich nicht genau. An dieser Stelle komme ich nicht weiter – nicht in Bezug auf Hollywood, sondern mit dem, was ich unserer improvisierten Truppe empfehlen soll. Zuerst einmal habe ich selbst keine Ahnung, wie es weitergehen soll. Ich habe ein paar unausgegorene Ideen, aber nichts, was ich einem Team als Anweisung vorgeben könnte.

An dieser Stelle läuft es in den Filmen immer falsch. Eine Operation stellt man nicht in Minuten oder Stunden auf die Beine. Dazu braucht man Wochen, manchmal sogar Monate, in denen man Informationen sammelt, ehe man auch nur ansatzweise an einen Plan denken kann. Mann, die Operation Neptune Spear, mit der Osama Bin Laden ausgeschaltet wurde, erforderte mehrere Monate der Planung und beruhte auf zehneinhalb Jahren Geheimdiensttätigkeit. Das Seal-Team Sechs übte mehrere Wochen lang, sie bauten sogar ein originalgroßes Modell von Bin Ladens Haus, mit dem sie arbeiten konnten. Und als sie dann einen Plan hatten, gab es noch Hunderte von Änderungen, bis jemand weiter oben endlich grünes Licht gab. Fragen Sie mich gar nicht erst danach, wie die Schlipsträger alles verzögern. Ein Gutes an der augenblicklichen Situation ist die Tatsache, dass uns keine verdammten Bürokraten sagen, was wir tun oder lassen sollen.

Die Dringlichkeit dieser Situation erfordert aber, dass wir die altehrwürdige Tradition etwas großzügig auslegen, dass alles hundertprozentig bereit sein muss. Was dieses Kraftfeld auch tut, es ist tödlich, es zieht sich zusammen und bedroht Millionen Menschen im Inneren.

Ich lege die Hand auf die Karte und sehe mir die Pläne noch einmal an. „Bei meinem früheren Arbeitgeber hatten wir erheblich mehr Werkzeug zur Verfügung.“

„Mehr Gewehre, richtig, Gunny?“, fragt Z Lo.

„Ich dachte eher an HUMINT und Satellitenabdeckung.“

„Oh.“

Ich lächle den Jungen an. „Aber mehr Gewehre ist natürlich auch eine richtige Antwort.“

Er nickt eifrig, als wippte er zu einem Song, den außer ihm niemand hören kann. „Cool.“

„Bis jetzt wissen wir nur das, was wir sechs beobachten konnten“, fahre ich fort. „Darüber hinaus haben wir bestenfalls eine Reihe von Vermutungen. Das reicht nicht, um irgendjemandes Leben aufs Spiel zu setzen. Bevor ich fortfahre, möchte ich gern klarstellen, dass alles, was wir unternehmen, auf falschen und unvollständigen Informationen beruht und äußerst gefährlich ist.“

„Mach schon, Gunny“, drängelt Z Lo. „Wir haben vor gar nichts Angst.“

„Halt die Klappe, Lazlo“, weist Hollywood ihn zurecht.

„Ja, Sergeant.“

Ich sehe den Burschen ernst an. „Das hier ist nicht die neueste Folge von *Call of Duty*. Genau wie Polanski und die anderen werden auf die eine oder andere Art immer wieder Menschen sterben.

Das Gute ist, dass wir alle für so etwas ausgebildet sind. Na schön, ich nehme an, dass wir schon bald keinen Sold mehr bekommen werden. Trotzdem, wir sind Profis und ein Teil der größten bezahlten Truppe in der Weltgeschichte, und ganz egal, wer uns angreift ...“

„Es sind Aliens“, wirft Bumper ein.

Ich schüttele den Kopf, um meine Gedanken zu sortieren, und stupse mit dem Finger auf die Karte, um meine Worte zu unterstreichen. „Ganz egal, wer uns angreift, wenn wir dies hier tun, verteidigen wir unsere Heimat und unsere Ehre.“

Daraufhin rufen sie „*Oorah*", „*Hooah*" und „Alles klar". Nur Bumper schweigt. Dann schaut er auf und sagt: „OTF."

Ich ziehe eine Augenbraue hoch und bitte ihn stumm um eine Erklärung.

„So drücke ich das aus. Ich habs aus dem Collegesport übernommen."

„Collegesport?", hake ich nach.

Er nickt. „Ein Held in meiner Jugend war ein Navy Seal namens Jocko. Der hat den Ausdruck ‚BTF' geprägt – *big tough frogman*. Großer harter Froschmann. Als ich Mannschaftskapitän wurde, ließ ich das Team jedes Mal, bevor wir die Kabine verließen und aufliefen, den Ball küssen und ‚OTF' sagen: *Own the field*. Das Feld gehört uns."

„OTF. Das gefällt mir." Ich mag den militärischen Klang. „Es ist nie verkehrt, an die Großen zu denken, die vor uns da waren."

Es ist ausgesprochen nervig, die Kombattantin und die Kombattanten aus verschieden Waffengattungen zu überzeugen, ein gemeinsames Mantra zu benutzen. Ich habe es immer wieder bei gemeinsamen Operationen erlebt: Man sollte nicht glauben, dass eine solche Kleinigkeit ein Hindernis ist, aber so ist es leider. Das Militär ist eine Art Religion, wo Worte und Rituale wichtig sind. Und eine gemeinsame Sprache mit den Brüdern und Schwestern zu haben, ist ein zentrales Element, um eine Bindung aufzubauen, die auch dann noch Bestand hat, wenn man dem Tod ins Auge blickt.

„Ich mag das auch", sagt Hollywood. „OTF."

„OTF", stimmen Yoshi und Z Lo ein.

Alle blicken zu Ghost. Er runzelt die Stirn. „OTF. Aber ich küsse keinen Fußball, mit dem ihr alle geknutscht habt."

Alle lächeln, dann kommen wir auf das Thema zurück. Ich streiche die Karte glatt und zücke meinen Stift.

„Anhand der Geschwindigkeit, die wir beobachtet haben, kann man berechnen, dass die Kuppel alle elf Stunden um rund einen Kilometer zurückweicht."

„Damit bleiben uns noch 9,2 Tage bis Ground Zero", sagt Ghost.

Alle ziehen die Augenbrauen hoch und sehen ihn an. Eigentlich sollte es uns nicht überraschen. Ein Scharfschütze muss immer wieder verschiedene Berechnungen mit möglichst hoher Genauigkeit durchführen. Die Tatsache, dass Ground Zero wahrscheinlich direkt am World Trade Center liegt, entgeht mir keineswegs. Da Ghost aus Texas kommt, hat er möglicherweise nicht über diesen Zufall nachgedacht. Mir dagegen fällt es sofort auf. Ich hoffe bei Gott, dass sich das Epizentrum anderswo befindet.

„Aber das ist ein Zeitrahmen, den wir keinesfalls ausschöpfen wollen", fahre ich fort. „Wenn wir dieses Ding ausschalten wollen – ich nehme doch an, dass wir es wollen, oder?"

Alle nicken.

„Dann haben wir erheblich weniger Zeit als neuneinhalb Tage."

„Warum?", fragt Hollywood.

Ich ziehe einen kleineren Kreis um New York. „Wir reden über die am dichtesten bevölkerte Stadt in Nordamerika und meine Heimatstadt."

„Kommst du aus New York City?", fragt Z Lo.

„Aus Brooklyn", erwidere ich. „Es gibt da einen Unterschied."

„Hast du das nicht am Akzent gehört?", fragt Bumper den Jungen.

„Nein. Ich meine, ich dachte nur …"

„Immer mit der Ruhe", sage ich zu Z Lo. Dann wende ich mich an Bumper und zwinkere ihm zu. „Allein in diesem Bereich leben rund neun Millionen Menschen. Dazu kommen noch einmal einige Millionen in den Vororten. Ich würde sagen, dass wir hier mit fünfzehn bis zwanzig Millionen Menschen rechnen müssen."

Hollywood schnalzt mit der Zunge. „Das sind wirklich viele Leute."

Wieder nicken sie alle.

„Also … was nun?" Yoshi nimmt einen Schluck aus seiner Flasche. „Will der Feind sie langsam umbringen? Das kann ich mir nicht vorstellen. Es gibt viel einfachere Möglichkeiten, das zu tun. Ich will nicht respektlos sein, aber meine Leute haben damit ein bisschen Erfahrung."

„Verdammt, Yosh", sagt Bumper.

„Ich meine ja nur. Man kann zwanzig Millionen Menschen erheblich schneller mit einer Atombombe vernichten als mit diesem

Ding, was auch immer es ist. Und anscheinend haben sie auch die nötige Technologie, um etwas viel Schlimmeres zu tun als das, was wir im Krieg getan haben."

So viel zur Frage, ob man bei heiklen Themen vorsichtig vorgehen soll. „Ich stimme Yoshi zu. Ich habe zwar gesehen, dass die Bots Menschen töten, aber ich habe auch gesehen, dass sie einen Mann gepackt, ein Fenster im Kraftfeld geöffnet und ihn hineingeworfen haben. Warum tun sie das, wenn sie ihn am Ende doch nur umbringen wollen?"

Ich warte, bis ich mir sicher bin, dass mir alle folgen. „Wenn sie also nicht daran interessiert sind, möglichst schnell alle Einwohner umzubringen, ist die Frage, worauf es dann hinausläuft."

„Weltherrschaft", behauptet Z Lo.

Ich blinzele verdutzt.

„Das ist aber weit hergeholt, Wölfling", wendet Bumper ein.

„Läuft es denn nicht immer darauf hinaus?"

„Vielleicht wollen sie uns zusammentreiben", meint Yoshi. „Wie in *Fortnite*."

Ich erinnere mich an die Wirbelstürme in dem beliebten Onlinespiel, die die Spieler bedrängen und in eine stetig schrumpfende Gefahrenzone treiben, bis nach den Kämpfen ein einziger Sieger übrig bleibt — ein einfacher, aber wirkungsvoller Mechanismus, um die Menschen zu einem gewünschten Verhalten zu zwingen.

„Aber wohin treiben sie uns?", fragt Hollywood und sieht mich an. „Warum Lower Manhattan?"

„Das weiß ich so wenig wie du", entgegne ich. Aber das ist nicht die ganze Wahrheit, also ergänze ich: „Hört mal, ich habe noch einige Informationen, die ich euch geben sollte."

Sie sind neugierig, und es sieht auch ein wenig aus wie … nicht direkt Misstrauen, aber eindeutig Skepsis.

„Was soll das heißen?" Hollywood stemmt eine Hand in die Hüfte.

„Ich habe die Bots hier nicht zum ersten Mal gesehen."

Sie zieht eine Augenbraue hoch. „Nein?"

Ich schüttele den Kopf. „Zuletzt war ich bei einer Geheimoperation in der Antarktis eingesetzt. Ich habe dort ein kleines Team angeführt, das angeblich in extremer Kälte trainieren sollte …"

„Ein höllisches Trainingslager“, meint Bumper.

Ich nicke. „In Wirklichkeit sollten wir aber auf ein Forschungsprojekt aufpassen, das ... ach, ich weiß nicht, wer es letztlich bezahlt hat. Auf jeden Fall hat sich die CIA dafür interessiert, hat beim Corps an die Hintertür geklopft und um ein paar Leute gebeten. Natürlich ganz inoffiziell.“

„Mir gefällt die Richtung nicht, in die sich das bewegt“, sagt Hollywood.

„Warum die Geheimniskrämerei?“, fragt Bumper.

Ghost grunzt leise, als hätte er es schon erfasst. „Der Antarktisvertrag. Dort darf kein Militär eingesetzt werden.“

„Genau.“ Ich nicke. „Und dann haben sie etwas gefunden.“

Ich warte eine Sekunde – wahrscheinlich viel zu lange.

„Und?“, fragt Hollywood.

„Ich begehe Hochverrat, indem ich euch das sage, also könnt ihr hoffentlich mein Zögern verstehen. Angesichts der Umstände bin ich aber bereit, das Risiko auf mich zu nehmen.“

„Was habt ihr gefunden, Wik?“, fragt Hollywood. Dieses Mal stemmt sie beide Hände in die Hüften.

Ich will ihr sagen, sie solle sich entspannen, aber ich kann ihr auch nicht vorwerfen, aufgeregt zu sein – nach dem, was wir erlebt haben, sind ihre Ängste mehr als verständlich.

„Ich bin mir nicht ganz sicher, was es war“, räume ich ein, „aber die sogenannten Experten behaupten, es sei ein Portal. Ein Ring.“

„Wie bei *Stargate*?“, fragt Z Lo. „Das kann doch nicht sein. Wie bei *Stargate SG 1*?“

„So in etwa, Junge. Ich weiß nur, dass sie sagten, es sei sehr alt und ...“

Hollywood beugt sich vor. „Und was?“

„Und dass Aliens es dort hinterlassen hätten. Verdammt.“

„Ich wusste es.“ Sie hebt beide Hände. „Siehst du? Warum glaubst du uns nicht?“

„Weil ich sie noch nicht mit eigenen Augen gesehen habe.“

„Aber du hast doch die Bots gesehen?“

Ich verschränke die Arme vor der Brust und nicke. „Richtig. Die Wissenschaftler konnten das Portal in Betrieb nehmen, und dann ist das herausgekommen, was wir auch hier gesehen haben."

„Mein Gott", sagt Z Lo mit einer Mischung aus Begeisterung und Panik. „Es passiert wirklich. Es ist eine Invasion, Mann!"

„Ruhig, Junge", weise ich ihn zurecht. „Beruhige dich mal einen Moment."

„Was ist passiert, als ihr den Bots begegnet seid?", will Yoshi wissen.

„Das Portal war eine ganze Nacht offen, ehe etwas durchgekommen ist. Zuerst nur eine Drohne. Sie hat den Raum gescannt. Die … äh, die Wissenschaftler waren glücklich."

„Und du?", fragt Bumper.

Ich kichere. „Ich habe viel zu viele Filme gesehen, um darüber glücklich zu sein."

„Verstanden." Hollywood schnieft.

„Jedenfalls hat das Ding plötzlich auf einen Assistenten gezielt, er hieß Lewis, und ihn durch das Tor geschleppt."

Sie lassen die Köpfe hängen und schweigen.

„Wir haben geschossen, um das Ding aufzuhalten, aber es war sehr widerstandsfähig. Sobald es fort war, ging es richtig schief."

„Die Bots?", fragt Z Lo.

Ich nicke ernst und atme tief durch. „Zuerst kam ein Spähbot, dahinter drei Kampfbots und noch einmal ein Spähbot. Sie haben drei Abteilungen erledigt."

„Lass mich raten", überlegt Hollywood. „Trupps der Russen, Briten und Amerikaner."

„Dann stimmten die Nachrichtenmeldungen wohl doch", meint Bumper.

Ghost grunzt erbost. „Es gibt immer ein erstes Mal."

„Wir waren bereit – aber lange nicht so gut, wie wir es hätten sein sollen. Das war meine Schuld, wir hätten uns besser vorbereiten müssen. Wir hätten den Ring in die Luft jagen sollen." Ich halte einen Moment inne, hole Luft und stopfe die Erinnerungen in die

Kiste zurück, wo ich alle finsteren Dinge aufbewahre. „Die meisten Forscherinnen und Forscher hat es auch erwischt."

„Und der Ring?"

„Wir haben ihn abgeschaltet."

„Woher sind dann all die neuen Bots gekommen?", fragt Z Lo.

„Das weiß ich auch nicht", gebe ich zu, „aber wie ich die Schlapphüte kenne, wollten sie das Ding wieder einschalten."

„Meinst du wirklich, die Wissenschaftler haben den Ring wieder aktiviert?", fragt Hollywood.

Bumper massiert sich das Kinn. „Das würde erklären, wie die Feinde hierhergekommen sind. Und es erklärt vielleicht auch teilweise, was sie vorhaben."

Das deckt sich sehr gut mit meinen Annahmen. „Fahre fort, Bumps."

Er kichert über die Abkürzung, dann betrachtet er die Karte.

„Wenn sie eine Art Portaltechnologie haben – mir fällt jetzt kein besserer Ausdruck ein, um die Leute von einem Ort an einen anderen zu bringen –, dann könnte man vermuten, dass sie genau dies gerade tun. Wir haben eine tödliche Barriere wie bei *Fortnite*, die die Leute ins Zentrum der am dichtesten bevölkerten Stadt in Nordamerika drängt. Wenn die Menschen nicht getötet werden sollen, dann werden sie vielleicht durch ein Portal weggeschafft."

„Diese Hypothese hat einiges für sich", erwidert Yoshi. „Und da es viele größere und noch dichter bevölkerte Orte auf der Welt gibt, und da der Portalring, den ihr gefunden habt, nicht auf dem Territorium eines bestimmten Staates stand, dürfen wir folgern, dass New York kein singuläres Ziel ist. Vorausgesetzt natürlich, sie wollen wirklich die Menschen zusammentreiben und verfolgen keine anderen Ziele."

Z Lo hebt eine Hand. „Was heißt singulär?"

„Mein Gott", sagt Hollywood.

„Und wenn sie die Leute zusammentreiben wollen, dann steht New York nicht einmal ganz oben auf ihrer Liste", ergänze ich.

Yoshi nickt. „Tokio hat vor Kurzem die vierzig Millionen überschritten. Schanghai, Karatschi, Beijing und São Paulo liegen dicht dahinter. Und andere Bevölkerungszentren wie Chongqing und Guangzhou sind von vielen weiteren Städten umgeben, die nahtlos ineinander übergehen und Ballungsräume bilden, die sogar doppelt so groß sind wie Tokio. Wäre ich ein Alien, der Menschen zusammentreiben will, dann würde ich dort anfangen.“

„Mann, wenn du so redest, will ich unbedingt aufs Land ziehen“, meint Bumper.

„Vielleicht wollen uns die Aliens umsiedeln“, wirft Z Lo ein.

Die anderen sehen ihn groß an.

„Nein, ich stelle mir das so vor: ‚He, seht mal diese Menschen, denen geht bald das Essen aus, und dann werden sie sich gegenseitig essen. Ham-ham-ham. Wir sollten etwas tun, um ihnen zu helfen, ehe dort der Dritte Weltkrieg ausbricht.‘ Versteht ihr, was ich meine?“

Ich mag die Fantasie des Jungen, aber diese Theorie hat viel zu viele Löcher. „Das halte ich für ausgeschlossen.“

„Ebenso“, stimmt Ghost zu, „wenn man Menschen friedlich umsiedeln will, dann muss man vorher mit ihnen reden. Ich würde jeder intelligenten Spezies unterstellen, die unser Wohlergehen im Auge hat, dass sie zumindest irgendeine Art von Verständigung sucht, ehe sie das tut, was sie jetzt tut.“

„Richtig“, stimmt Bumper zu. „Es gibt hundert Wege, friedliche Absichten mitzuteilen, statt die Menschen in Portale zu schleppen oder Militärstützpunkte in die Luft zu jagen. Diese Drecksäcke sind gut informiert und aggressiv. Außerdem haben wir einiges gesehen.“ Er hält kurz inne.

„Was meinst du damit?“

„Schlechtes Juju“, erklärt Hollywood. „Die …“

„Die Todesengel, ich habs verstanden.“

Sie nickt und sieht wieder Bumper an.

„Das heißt also, dass wir sie ebenfalls als Feinde betrachten.“ Er blickt in die Runde. „Als Feinde der ganzen Menschheit, wenn Yoshi richtig liegt.“

„Feinde der ganzen Menschheit“, wiederhole ich leise. Anfangs hatte ich ja Zweifel, ob ich mich dem Team anschließen wollte, aber diese Unsicherheit ist jetzt verflogen. Manchmal hilft es, mit Freunden alles zu bereden, auch wenn man sie noch gar nicht lange kennt. Und das ist nicht möglich, wenn man allein auf einem Hügel hockt. „Deshalb müssen wir einen Weg finden, sie aufzuhalten. Und wenn uns das nicht gelingt, dann muss es jemand anders tun."

„Also ich will nicht auf andere Leute warten", erklärt Z Lo. Er rümpft die Nase und hält die Hand über die Karte, als wären wir eine im Kreis stehende Sportmannschaft, die sich selbst anfeuern will. Die Geste erinnert mich an Aaron und das Versprechen, das wir uns als Kinder gegeben hatten. Die anderen betrachten mehr oder weniger skeptisch Z Los Hand, doch mir wird bewusst, dass der wohlmeinende, aber unwissende Bursche aus San Diego etwas Wichtiges anspricht.

„Dicker als Blut", sage ich nickend.

Hollywood verschränkt die Arme vor der Brust. „Wie war das?"

Ohne auf sie zu achten, mache ich mit dem alten Spruch weiter. „Dicker als Blut, durch Schlamm und Glut. Fürchten soll uns die Welt …"

Ich brauche etwas anderes als „Ein Musketier ist ein Held." Das wäre zu klischeehaft. Außerdem gehört diese Vorstellung ausschließlich zu Aaron, Jack und mir. Ich suche nach etwas, das sich auf „Welt" reimt, und komme auf: „… weil unser Haufen zusammenhält."

Damit lege ich meine eigene Hand auf Z Los Hand.

Er lächelt mich an, ich nicke.

„Damit komme ich klar." Bumper schlägt ebenfalls ein.

„Ich auch", stimmt Yoshi zu.

Hollywood lacht. „Ach, zum Teufel, ich bin dabei."

Alle sehen Ghost an.

„Was ist, Scharfschütze?", frage ich ihn. „Bist du dabei?"

„Ich hab ja sowieso nichts mehr zu verlieren."

Ghost schließt sich uns an, wir sehen uns einen Moment lang in die Augen. Es geht so schnell, aber die kurze Dauer des Augenblicks kann dessen Bedeutung nicht mindern. Bei Gott, es fühlt sich seltsam an – eine bunt zusammengewürfelte Truppe von aktiven und ehemaligen Militärangehörigen tritt an, um die Welt zu retten? Das ist beinahe der Stoff für einen Film, auch wenn ich mir sicher bin, dass wir alle sterben werden. Außerdem sagt mir irgendetwas, dass Hollywood vorläufig keine Filme drehen wird – damit meine ich den Ort, nicht den weiblichen Sergeant mit der im Moment ausgestreckten Hand. Aber wenn die Hollywoodleute es wollten, dann wäre sie eine richtig gute Filmfigur.

„OTF", sage ich.

Wir lächeln uns an und wiederholen es noch einmal alle zusammen: „OTF."

$$13$$

0400, Freitag, 25. Juni 2027
East Orange, New Jersey
Alte Scheune

Bumper tippt mir auf die Schulter, um mich abzulösen. Mein alter Sack Knochen verträgt solche nächtlichen Wachen nicht mehr so gut wie damals, als ich um die zwanzig war, aber ich hielt es für meine Pflicht, mich freiwillig für die erste Schicht zu melden, weil ich der älteste Mann in der Truppe bin. Unnötig zu betonen, dass ich dankbar bin, als ich endlich schlafen gehen kann.

Während ich zu meinem improvisierten Lager in einer nicht ganz so vollgestopften Pferdebox gehe, fasse ich die verschiedenen Gedanken, die mir in der letzten Stunde gekommen sind, zu schlüssigen Ansätzen zusammen. Das hilft mir, die Dinge für mein Unterbewusstsein vorzusortieren, sodass ich, wenn ich wieder wach werde, eine brauchbare und umsetzbare Idee habe, die ich mir selbst oder in diesem Fall dem Team unterbreiten kann.

Die erste Idee ist, dass wir einen Namen für uns selbst brauchen.

Manche mögen das für kindisch oder unwichtig halten, aber es gibt einen guten Grund dafür, dass uns die Eltern praktisch als Erstes einen Namen geben. Namen helfen, Identität und Zugehörigkeitsgefühl zu entwickeln. Sie sind wichtig, wenn man sich überlegen will, wer man ist und wohin man gehört.

Beim Militär sind Namen genauso wichtig. So trivial das für Außenstehende klingen mag, ohne Strukturen in der Einheit, ohne Ränge und Titel und ohne die zu ihnen gehörenden Aufgabenbeschreibungen entsteht Chaos. Die Abzeichen, die Passierscheine, die eingeübten Beziehungen zwischen den Beteiligten – all das soll beim Kampfeinsatz dazu beitragen, dass man siegt und dass der Feind verliert. Wenn der Nebel des Kriegs das Urteil trübt und Zweifel an der ganzen Welt aufkommen, bleibt nur das, was man gelernt hat: Man stellt nie die Position des Mannes oder der Frau vor oder hinter einem oder links und rechts neben einem infrage und zweifelt nicht an deren Fähigkeiten. Namen sind heilig. Namen halten am Leben.

Angesichts unserer einzigartigen Situation ist es sogar noch wichtiger, einen Namen zu finden. Wir kommen aus verschiedenen Zweigen des Militärs und auch wenn wir alle von Uncle Sam bezahlt werden, so fühlen wir uns doch verschiedenen Einheiten verpflichtet. Wenn wir uns unter einem neuen Namen zusammenfinden, dann schalten wir schnell einige der Faktoren aus, die die Zusammenarbeit in einem so neuen Team wie dem unseren behindern könnten.

Also habe ich mir einen Namen ausgedacht.

Als Nächstes denke ich darüber nach, wie wir die Roboter bekämpfen können, denen wir begegnet sind, und natürlich auch die Todesengel mit dem „schlechten Juju", die Hollywood und die anderen gesehen haben. In der Antarktis habe ich unerfahrene Soldaten mit begrenzter Bewaffnung befehligt. Wir hatten eine schlechte Position und eine miese Kommunikation und wurden von einem Feind überrascht, von dem wir nichts wussten. Jetzt gehöre ich zu einem halbwegs spezialisierten Trupp, dessen Mitglieder Erfahrungen aus unterschiedlichen Bereichen mitbringen.

Der EMP-Angriff und die blau glühende Kuppel haben Hollywood und die anderen überrascht, aber sie hatten es geschafft, schon vorher eine Menge Ausrüstung in ihre Fahrzeuge zu packen. Das reicht jedoch nicht für einen größeren Angriff. Wir müssen uns auf Aufklärungsmissionen beschränken und einen Weg finden, in die Kuppel einzudringen. Es wird so ähnlich wie bei einer Schachpartie, wenn man den Gegner testet, indem man zuerst einmal die Springer bewegt. Testen, zurückziehen, analysieren, wiederholen.

Trotz der begrenzten Munition und des Mangels an Vorräten ist dieses Team deutlich fähiger als die Truppe, die ich am Südpol hatte. Dort haben vier Bots alle bis auf zwei Kämpfer ausgeschaltet. Dieses kleinere Team hat sieben Bots erledigt – fünf davon, bevor wir uns getroffen haben. Und wie? Indem sie die Bewegungen des

Feindes vorweggenommen, sich richtig aufgestellt, auf bekannte Schwächen gezielt und kommuniziert haben.

Und indem sie in Deckung geblieben sind. Wie Phantome. In einem Augenblick waren sie da, im nächsten schon wieder verschwunden. Und der Feind weiß nicht einmal, was ihn getroffen hat.

So müssen wir vorgehen, wenn wir am Leben bleiben und den Menschen helfen wollen, die in der Kuppel gefangen sind.

Meine letzte zusammenfassende Idee betrifft die Notwendigkeit, Aaron ausfindig zu machen – vorausgesetzt, er hat den ersten Angriff überlebt und ist nicht auch selbst in der Kuppel gefangen. Wenn man dem Fernsehen glauben kann, dass Dr. Aaron Campbell „live aus Rutgers" zugeschaltet worden sei, dann dürfte er sich in den letzten Stunden nicht sehr weit fortbewegt haben. Wie ich Aaron kenne, befindet er sich im Labor und versucht, sich die Ereignisse zusammenzureimen. In dieser Hinsicht sind wir uns sehr ähnlich. Tief in unserem Herzen sind wir Forscher. Seine Waffen sind gelehrte Thesen, die nicht viele Menschen verstehen können, und ich greife lieber zu einem vollautomatischen Sturmgewehr, das eine universelle Sprache spricht. Na gut, wenn die Welt weniger böse wäre, dann wären seine Werkzeuge sicher besser als meine, doch so ist es nicht, und deshalb sind mir meine Waffen lieber.

Falls es jemanden gibt, der herausfinden kann, wie die Kuppel funktioniert, woher sie kommt und was diese *Wesen* wollen – es widerstrebt mir immer noch, das A-Wort zu benutzen –, dann ist es Dr. Aaron Campbell.

Na gut, vielleicht ist ein gelehrter Aufsatz ein Teil des Spiels. Aber Bleikugeln kann man damit trotzdem nicht verschießen.

Ich habe gefühlt höchstens zehn Sekunden geschlafen, da macht jemand: „*Pst!*" und ruft meinen Namen. Ich erkenne sofort, dass es ein kampferprobter Veteran ist, weil er sich im Dunklen nicht anschleicht und mich berührt. Der letzte Rekrut, der mich auf diese Weise geweckt hat, hätte um ein Haar ein Messer in die Kehle bekommen. Dabei wollte der arme Kerl mir nur Bescheid sagen, dass meine Instantsuppe fertig sei. Beinahe wäre er für nichts und wieder nichts gestorben.

„Was ist los?", frage ich Bumper.

Er blickt zur Scheunentür, das Gewehr hält er bereit. „Eindringlinge im Haus. Anscheinend plündern sie."

Ich überlege, ob ich ihm sagen soll, er solle sie einfach nur beobachten, weil ich dringend etwas Schlaf brauche. Dann wird mir klar, dass die Eindringlinge möglicherweise bewaffnet sind und auch in der Scheune nachsehen werden. Und dann haben wir womöglich ein Problem.

„In Ordnung", sage ich und schnappe mir mein SCAR.

Ich folge Bumper, als er nacheinander die anderen Teammitglieder weckt. Wir versammeln uns am Eingang und spähen durch die Risse im Holz zum Farmhaus hinüber. Die Kuppel spendet hier lange nicht so viel Licht wie an der Tankstelle, und da kein Vollmond ist, bekommen wir auch von dort keine Hilfe. Ich ziehe mir die Nachtsichtbrille vor die Augen und bitte Bumper, die rechte Türhälfte aufzuschieben.

„Ich gehe kundschaften", sage ich.

„Ich komme mit", bietet Z Lo an.

„Lass lieber mich mitgehen", wirft Ghost ein. Ehe Z Lo etwas sagen kann, ist er schon hinter mir und folgt mir durch die Lücke der Tür nach draußen.

Wir huschen über die Wiese und gehen hinter einem alten Walnussbaum in Deckung. Im Haus kracht etwas. Es klingt, als hätte jemand einen großen Spiegel oder eine Kiste mit Porzellanerbstücken zerschmettert.

„Punks", sagt Ghost.

So wenig ich es mag, dass Eindringlinge den Privatbesitz einer Familie durchwühlen – unsere Mission besteht nicht darin, Plünderer zu stellen. Ich will die Punks nur davon abhalten, sich neugierig zu fragen, welche Schätze in der Scheune verborgen sein könnten.

„Kontakt. Hintertür", sagt Ghost. Er hat schon die Waffe gehoben.

„Nicht schießen", flüstere ich.

An der Hintertür des Hauses erscheint eine Gestalt und schaltet eine Taschenlampe ein. Ghost und ich ziehen uns zurück und schieben die Nachtsichtgeräte auf die Stirn. Der Strahl wandert über die Wiese und bleibt auf der Scheune haften.

„He, he, ich glaube, ich habe da etwas entdeckt", ruft der Kerl ins Haus zurück. Seine Stimme klingt heiser, er müsste Mitte dreißig sein. Die Drogen und der Schnaps haben seine Stimmbänder angegriffen.

„Fantastisch", sagt Ghost.

„Wir lassen ihn vorbei." Ich schlinge mir das SCAR auf den Rücken und ziehe die Glock. „Ich greife von hinten an, du gibst mir Deckung. Nur festhalten und abschrecken."

„Roger."

Über Funk informiere ich flüsternd die anderen: „Position halten. Passt auf, wenn wir angreifen."

„Verstanden", antwortet Hollywood.

Sobald der Mann auf unserer Höhe ist, laufe ich aus der Deckung und setze mich hinter ihn. Nicht einmal jetzt bemerke ich eine Waffe in seiner Hand, aber jemanden anzugreifen, ist immer gefährlich, und man muss vorsichtig sein, ganz egal, wie einfach es zu sein scheint.

Lautlos husche ich mit meinen Stiefeln durch das Gras. Die jahrelange Erfahrung im Staub und im Schutt in fremden Ländern zahlt sich aus. Ich kann Ghost nicht hören, spüre aber, dass er sich ein paar Schritte hinter mir befindet. Der Instinkt ist das Einzige, was für mich zählt, wenn ich mich an einen Feind anschleiche – dieser sechste Sinn. Lassen Sie sich nicht einreden, so etwas existiere nicht. Es ist real. Ich habe gesehen, wie Zielpersonen sich umgedreht und Marines ausgeschaltet haben, nur weil fünfhundert Meter entfernt ein Rekrut nervös gezuckt hat.

Dementsprechend konzentriere ich mich nicht auf den Kopf des Ziels, sondern auf das Massezentrum im Rücken. Ich lasse die Glock sinken, sobald ich weniger als einen Meter entfernt bin, springe los und nehme den Kerl in den Würgegriff.

Die Taschenlampe des Mannes fliegt durch die Luft, und er schreit erschrocken auf, ehe ich ihm die Luftröhre zudrücke. Ich ziehe eine Pistole aus seinem Hosenbund und werfe sie weg.

„Du bist auf Privatgelände eingedrungen", sage ich ihm ins Ohr.

Ghost ist links von mir und gibt mir mit gezogener Pistole Deckung.

„Wer zum T…!“

„Wer ich bin, ist die kleinste deiner Sorgen, du Arsch. Du solltest dir lieber Sorgen wegen der Leute machen, die bei mir sind.“

Der Kerl wehrt sich, aber er büßt dafür. Ich habe seinen Kopf und seinen Hals so in die Zange genommen, dass es umso schmerzhafter wird, je heftiger er sich wehrt.

„Was willst du?“, quetscht er heraus.

„Du sagst deinen Leuten da drüben, dass sie das Haus dieser netten Leute verlassen und sich verziehen sollen. Außerdem wirst du ihnen sagen, dass in der ganzen Gegend getarnte Agenten unterwegs sind, die Befehl haben, jeden zu töten, der ihnen in die Quere kommt. Ich bin gerade sehr nett zu dir. Wenn du das verstehst und dich buchstabengetreu an diese sehr spezifischen Anweisungen halten willst, nickst du einmal.“

Er tut es.

„Siehst du? Ich wusste doch, dass wir …“

„Ripper?“, sagt jemand anders an der Hintertür. Der Strahl einer weiteren Taschenlampe trifft uns.

Ich spüre den Luftzug, als Ghost herumfährt. Auch ich habe meine Geisel zu dem Neuankömmling gedreht.

„Verdammt, was ist denn da los?“, sagt der neue Mann.

„Taschenlampe runter“, sagt Ghost, während er sich von mir entfernt.

Der Strahl wandert zwischen Ghost und mir hin und her.

„Lass ihn los, Mann“, sagt der Kerl zu mir.

Ich beschließe, meinem Gefangenen, der sich anscheinend „Ripper“ nennt, etwas Luft zu lassen, damit er seinen Freund ins Haus zurückschicken kann.

Ripper fügt sich. „Geh wieder rein, Worm. Sofort.“

„Auf keinen Fall, Mann.“ Ich höre, dass Worm erregt ist. Anscheinend hat er auch irgendetwas genommen, und das ist nicht gut. All diese aufklärerischen Gespräche über Drogen in der Highschool haben sich auf die nachteiligen Folgen für unsere Körper konzentriert. Sie hätten auch die Dummheiten erwähnen sollen, die man macht, wenn man es mit jemandem zu tun hat, der mit einer geladenen Waffe auf einen zielt. Das hätte erheblich mehr Jugendlichen aus meiner Gegend das Leben gerettet.

Ghost wiederholt seine Anweisung, die Taschenlampe auszuschalten und droht zu schießen, falls der Mann nicht gehorcht.

„Geh wieder rein", heult Ripper, den ich immer noch im Griff habe.

„Auf keinen Fall, Mann!" Ob es Panik ist oder Draufgängertum, Worm macht keine Anstalten, sich zu verdrücken. Er greift nach etwas hinter dem Rücken.

„Waffe!", ruft Ghost, und dann höre ich die mit Schalldämpfer versehene HK 9 mm ploppen.

Die Taschenlampe fällt auf den Boden, ein schlaffer Körper poltert die Treppe herunter. Im wandernden Strahl sehe ich eine Pistole auf der Hintertreppe des Hauses liegen.

„Nein!", kreischt Ripper. Er will zu dem Toten. „Du hast ihn erschossen! Was ist denn nur los mit dir?"

Ich halte Ripper unerbittlich fest. „Ist sonst noch jemand im Haus?"

„Mann, du bist verrückt."

„Letzte Aufforderung." Ich drücke freundlich. „Wer ist sonst noch im Haus?"

„Noch zwei", würgt er hervor.

Tatsächlich höre ich die Plünderer drei und vier eine Treppe heruntertrampeln. Anscheinend wollen sie ihren Freunden zu Hilfe kommen. Auch eine mit Schalldämpfer versehene Waffe schießt nicht lautlos. Außerdem haben sie vermutlich die Rufe gehört.

„Abriegelung steht", meldet Hollywood über meinen Ohrstöpsel.

„Sag deinen Freunden, sie sollen das Gelände verlassen", fordere ich Ripper auf. „Wir haben das Haus umstellt, und es wird ihnen gehen wie Worm, wenn sie nicht auf dich hören. Los jetzt."

Ich lasse ihn los und stoße ihn nach vorne. Hoffentlich zeigt er sich auch weiter gefügig. Er schreit kurz auf und stolpert durch das Gras, bleibt aber auf den Beinen. Dann weicht er fluchend Worms Leichnam aus, läuft die Treppe hoch und ruft: „Wir müssen hier verschwinden. Sie haben Worm erschossen."

Auf seine Aufforderung folgen zehn Sekunden lang Proteste.

Um die Unterhaltung zu beschleunigen, gibt Ghost drei weitere Schüsse durch das hintere Fenster ab. Darauf sind wieder Rufe zu hören, dann eilige Schritte, und schon rennen die drei Plünderer durch die Vordertür hinaus. Dann ist es wieder still.

Ich höre, wie Hollywood ihr AR 15 sinken lässt. „Verdammt auch."

„Yoshi", sage ich. „Sieh nach dem Opfer."

„Der ist erledigt", meint Ghost.

„Kann sein, aber er hat es verdient, dass wir genau nachsehen."

Ghost und Yoshi nicken und gehen hinüber, um den Toten zu untersuchen. Auch er ist ein Zivilist.

Dies ist tatsächlich das erste Mal, dass ich sehe, wie ein Zivilist von einem Kombattanten auf amerikanischem Boden niedergestreckt wird. Es gefällt mir überhaupt nicht. Wir sind nicht dazu ausgebildet, Bedrohungen im Inland zu bekämpfen. Dazu gibt es andere Organisationen. Trotzdem, Ghost hat sich richtig verhalten, und ich kann ihm keine Vorwürfe machen. Wenn er versucht hätte, auf die Extremitäten des Mannes zu zielen, was wir normalerweise nicht tun – Soldaten schießen nicht, um zu verwunden, sondern um zu töten –, dann hätte er uns in Gefahr gebracht und den Tod des Opfers qualvoller gemacht. Ohne funktionstüchtige Klinik wäre der Mann verblutet oder an einer Infektion gestorben. Der Kerl hat sich entschieden, eine Waffe zu ziehen, obwohl er in einer Kriegslage – auch wenn es kein offiziell erklärter Krieg ist – eine klare Anweisung bekommen hatte, und er hat den Preis dafür bezahlt. Ich mag das nicht.

Und dies, genau dies, ist vermutlich das, was jeden Kampf so beschissen macht. Es ist nicht fair. Es ist schmerzhaft. Und man bekommt keine zweite Gelegenheit, wenn tödliche Gewalt angewendet wird. Deshalb trainiert man hart und vertraut seinen Instinkten. Trotzdem, jemandem das Leben zu nehmen, ist immer schwer, und es wird niemals leichter – wenigstens nicht für diejenigen von uns, die noch eine Seele haben. Man lernt einfach, besser zu verdrängen.

„Willst du den Standort wechseln?", fragt Hollywood.

Ich bin mir nicht sicher, warum sie mich fragt, wenn es um Entscheidungen geht, die sie als Anführerin treffen muss. Aber das ist eine wichtige Frage.

„Die kommen nicht zurück. Und ich nehme an, wir sind so weit von den Bots entfernt, dass sie nicht auf uns aufmerksam geworden sind. Wenn ich mir überlege, wie mühsam es wäre, für die Fahrzeuge eine neue Deckung zu finden, würde ich sagen, wir bleiben hier und passen auf.“

„Klingt nach einem Plan“, antwortet sie. Dann befiehlt sie Z Lo, Yoshi und Ghost zu helfen und den Toten hinter der Scheune zu verstecken.

„Alles klar?“ Bumper zielt mit einer Minitaschenlampe auf meine Lippe.

Neugierig betaste ich die sich warm anfühlende Stelle und sehe Blut auf den Fingerspitzen – sogar eine Menge Blut. Anscheinend hat Rippers Hinterkopf beim Gerangel meinen Mund getroffen. „Oh, das habe ich gar nicht bemerkt.“

„Yoshi ist hier nicht der einzige Sanitäter.“ Bumper zieht ein kleines Medkit aus der Hosentasche und legt es neben sich. Dann verstaut er die Taschenlampe und schaltet die Stirnlampe ein.

„Bist du ausgebildeter Sanitäter?“, frage ich. „Ich hatte dich für einen ...“

„Unterwasser-Sprengkommando, schwere Waffen.“ Er lächelt. „Das ist meine Hauptaufgabe. Im Zweitberuf bin ich Navy-Sanitäter.“ Er packt eine Wundauflage und ein Gerinnungsmittel aus und stellt sich vor mich. „Du wirst einen kleinen Druck spüren.“

„Leck mich doch.“

„Verstanden.“ Er trägt das Kaolin auf und legt die Wundauflage darauf.

Ich stöhne. „Das fühlt sich an, als hätte eine Wespe meine Lippe vergewaltigt“, nuschele ich.

„Köstlich, was?“

„Nicht ganz so, wie ich es mir ausgemalt habe.“

Nach einem Moment sagt er: „Ich habe mich noch nicht förmlich vorgestellt. Uriah Johnson.“

Das ist ein seltsamer Augenblick, um sich vorzustellen, aber militärische Spezialisten haben sowieso immer eine Schraube locker. Ich schüttele den Kopf. „Patrick Finnegan."

„Bist du wirklich aus Brooklyn?"

„Bist du wirklich aus Detroit?"

Er zieht eine Augenbraue hoch. „Woher weißt du das?"

„Ich habe einen kleinen Akzent bemerkt."

„Sehr aufmerksam."

„Ach ja, wenigstens bei manchen Dingen."

Er grunzt und lacht. „Alles klar."

„Danke für den Lippenbalsam."

Er nickt. „Wenn es nicht zu bluten aufhört, müssen wir die Stelle nähen, aber dafür hat Yoshi die ruhigere Hand."

„Verstanden."

Sobald Yoshi, Ghost und Z Lo zurückkehren, befiehlt Hollywood alle wieder nach drinnen, damit wir weiterschlafen können. Ich schüttele mein Lager auf und mache es mir bequem. Bis Sonnenaufgang bleiben vielleicht noch anderthalb Stunden. Wir haben beschlossen, um 0600 aufzubrechen.

Ich nehme an, alle außer dem Jungen können schnell wieder einschlafen. Kampferprobte Soldatinnen und Soldaten entwickeln die Fähigkeit, sich in den unnatürlichsten Stellungen und Szenarien auszuruhen. Doch Z Lo? Er hat noch nichts dergleichen erlebt.

Jedoch ist er in einem Alter, in dem er mehr Schlaf braucht als ein wettergegerbter Veteran von Mitte vierzig. Wenn die Leute sagen, sie hätten geschlafen wie ein Baby, dann waren sie noch nie in der Nähe eines Babys. Also ist er wirklich alle zwei Stunden aufgewacht und hat sich in die Windeln gekackt? Was die Leute damit wirklich sagen wollen, ist, dass sie geschlafen haben wie ein Achtzehnjähriger, der nach sechs Stunden *Call of Duty* eine große Salamipizza verschlungen hat. Das ist ein Koma, aus dem man erst am nächsten Nachmittag aufwacht.

„Schlaf schön, Hollywood", sagt jemand im Dunklen. Es ist Z Lo.

„Gute Nacht, Z Lo", antwortet sie.

Ich kichere in mich hinein. „Ist das unser Ernst?"

„Gute Nacht, Wik", sagt der Bursche.

„Gute Nacht, John Boy."

Nach einer kurzen Pause fragt Z Lo: „Wer ist denn John Boy?"

„Das ist aus den *Waltons*, du Trottel", informiert ihn Ghost. Es klingt, als rücke er gerade das zurecht, was er als Kopfkissen benutzt.

„Was sind die Waltons?"

„Schlaf jetzt, Z Lo", wirft Bumper ein. Er ist wohl nicht alt genug, um die Anspielung wirklich zu verstehen, aber er weiß ganz sicher, wie wichtig es ist, still zu sein. „Oder ich helfe dir beim Einschlafen."

„Ich schlafe ja schon. Ich schlafe schon. Mann, ich wollte doch nur nett sein. Die Waltons, meine Güte."

„Halt die Klappe", sagen wir anderen gleichzeitig. Endlich finde ich etwas Schlaf.

14

0600, Freitag, 25. Juni 2027
East Orange, New Jersey
Alte Scheune

„Raus aus den Federn, Brooklyn", sagt Hollywood mit einem heftig übertriebenen New-Jersey-Akzent. Nicht einmal die ersten den Eingang der Scheune wärmenden Sonnenstrahlen haben mich geweckt. Das will was heißen.

„Jetzt schon?"

„Tut mir ja wirklich leid, aber du bist derjenige, der sagte, wir sollten um 0600 aufbrechen."

„Beim nächsten Mal musst du widersprechen."

„Roger."

Ich packe meine Sachen und verstaue sie im Land Cruiser. Außerdem nehme ich mir etwas Zeit, mich mit vollen Magazinen zu versorgen und die leeren nachzufüllen. Nach zwei Jahrzehnten Übung kann ich besser Magazine mit verbundenen Augen füllen, als ein Gespräch zu führen. Nicht, dass ich jemals die Absicht gehabt hätte, einen Preis zu gewinnen, wenn ich vor anderen Menschen spreche, aber es ist eben, wie es ist.

Sobald ich mich gestreckt und nach dem Wetter gesehen habe – einundzwanzig Grad und leicht bewölkt –, kehre ich zu den geparkten Geländewagen zurück und nehme den Duft eines der größten Gottesgeschenke an die Menschheit wahr: Kaffee. Der andere göttliche Duft ist natürlich Whisky, aber den trinke ich selten vor dem Abendessen.

„Wie willst du ihn?", fragt Yoshi. Er hockt auf einem Melkschemel, den er in der Scheune gefunden hat. Ein WhisperLite II heizt einen alten Perkolator auf. Der Kaffeebereiter hat sogar einen gelbfleckigen Glasknauf auf dem Deckel, damit man hineinschauen kann.

„Einfach schwarz“, antworte ich.

„Das dachte ich mir schon. Ich meinte bleifrei oder nicht.“

Zuerst vermute ich, er meint damit, ob ich entkoffeinierten Kaffee bevorzuge, doch dann hält er seinen Flachmann hoch. „Bleifrei. Vielen Dank.“

Er zuckt mit den Achseln und kippt etwas Kaffee in einen Campingbecher aus Metall. Dabei singt er: „*Tonight we ride, right or wrong. Tonight we sail, on a radio song.*“

Tom Petty. Gute Wahl.

Nachdem ich einen Schluck von dem dampfenden Gebräu gekostet habe, bedanke ich mich bei Yoshi und wende mich an Hollywood. „Kippt der immer so viel?“, frage ich leise.

„Hm-hm.“ Sie nickt fast unmerklich und zögert einen Augenblick. „Manche Leute sind mit Alkohol besser drauf als ohne, und Yoshis Leistungsfähigkeit ist dadurch nicht beeinträchtigt.“

Das kenne ich seit meiner Kindheit, da es eine der beliebtesten Redensarten meines Vaters war. In Hörweite von Yoshi will ich jedoch nicht mit Hollywood darüber sprechen, sondern beschränke mich auf eine knappe Erwiderung: „Jedenfalls bisher noch nicht.“

„Wir wollen hoffen, dass es so bleibt.“

„Japp.“

Hollywood dreht sich zu den Fahrzeugen um und pfeift mit zwei Fingern Z Lo, Bumper und Ghost zu sich. „Kommt rüber.“

Zwei Minuten später sitzen wir alle um Yoshis Kaffeebar, trinken Kaffee und Wasser und verdrücken ein paar Notrationen und Proteinriegel. Was der Tag auch bringen mag, allen ist bewusst, dass wir Kalorien aufnehmen und genug Flüssigkeit im Körper haben müssen. Das ist gut.

„Also, was ist jetzt der Plan, Leute?“, fragt Z Lo. Er sieht zwischen Hollywood und mir hin und her und knackt mit den Knöcheln. „Schlagen wir heute zu, oder was?“

Hollywood und ich wechseln einen Blick.

„Hast du was zu sagen?“, fragt sie mich.

Ich will Nein sagen. Sie soll die Führung übernehmen. Aber es scheint sich zur Gewohnheit zu entwickeln, dass ich das Heft in der Hand habe. Außerdem habe ich wirklich etwas zu sagen.

„Also", ich trinke noch einen Schluck Kaffee, „zuerst einmal müssen wir in Bezug auf unser kleines Team hier ein paar Dinge klären. Vor allem, ob jemand dringend woanders sein muss." Das lasse ich einen Moment in der Luft hängen, ehe ich es erkläre. „Soweit ich es erkennen kann, sind drei von euch noch im aktiven Dienst. Das bedeutet, dass ihr Eide geleistet und juristische Verpflichtungen zu beachten habt. Es wäre nicht gut, euch davon abzuhalten."

„Fragst du, ob wir dabei mitmachen, was hier als Nächstes kommt?" Bumper schnieft. „Ich glaube, ich habe gestern Abend schon gesagt, dass mein letzter Befehl war, ich solle mich so gut wie möglich fernhalten. Gott weiß, dass ich diesen Befehl missachten werde. Früher oder später muss ich da runter und sehen, was passiert ist. Aber jetzt gilt mein Augenmerk erst einmal dem vor uns liegenden Kampf, und es entspricht mir überhaupt nicht, die Hände in den Schoß zu legen. Also, bis wir den Kontakt zu meiner Einheit herstellen können, bin ich dabei."

Ich nicke und wende mich an Yoshi.

„*Jakunikukyoushoku.*"

Ich warte, dass er übersetzt, was er mit vollem Mund gesagt hat, aber er lächelt mich nur an. „Was heißt das?"

„Die Schwachen sind Hackfleisch, die Starken essen."

Ich kichere. „Das klingt nett. Also bist du dabei?"

Er nickt. „Ja, genau wie Bumper – bis ich wieder Kontakt aufnehmen kann. In diesem Kampf wird mein Schwert gebraucht, also bleibe ich hier."

„Gut." Ich blicke zu Z Lo. „Und du, Junge?"

„Ich bin so was von dabei, Master Guns. Ich stecke so tief drin, wie du mich haben willst, Mann."

„Mein Gott", stöhnt Hollywood. „Bitte formuliere das …"

Aber Z Lo ist nicht mehr zu bremsen. „Welche Anforderungen ich auch erfüllen soll, ich bin dein Mann. Du musst nur fragen, und ich mache es. Weil es nichts gibt, was …"

„Junge, übernimm dich nicht", unterbreche ich ihn.

Er hält sein Mundwerk an. „Also gut, ja, gut. Cool."

Dann frage ich Hollywood.

„Mensch, machst du Witze, Wik?"

„Ich musste es einfach deutlich hören."

„Teufel, ja doch."

Zuletzt ist Ghost an der Reihe. Ich habe den Eindruck, ich könnte ihn beleidigen, wenn ich zu viel sage, also nicke ich nur. Er weiß, was ich will, und als er mit einem Nicken antwortet, verstehe ich, was er meint. Das reicht.

„So, dann wäre das geklärt." Ich trinke noch einen Schluck Kaffee und strecke meinen Rücken. „Als Nächstes brauchen wir einen Namen."

Hollywood zieht die Augenbrauen hoch. „Könntest du das erklären?"

Ich erläutere meine Gedanken über die Bedeutung von Namen und je länger ich rede, desto nachdrücklicher nicken die anderen. Dann beschreibe ich, welche Art Kampf ich mir vorstelle, während wir die Kuppel erkunden.

Nach meinem kleinen Vortrag fragt Z Lo: „Und wer sind wir jetzt?"

„Das Phantomteam", antworte ich.

Hollywood wiederholt den Namen und sieht mich an. „Das gefällt mir."

„Mir auch", erklärt Bumper.

„Richtig krass, Mann", sagt Z Lo. „Ich lass mir das hier drauf tätowieren." Er zeigt auf seinen linken Bizeps. „Warte mal, da ist schon was. Ich meine hier." Er patscht auf den linken Unterarm.

Ich sehe Ghost an.

„Phantome." Der Scharfschütze nickt.

„Und was kommt als Nächstes?", fragt Hollywood.

„Die Mission."

Da richten sie sich alle etwas auf. Es wird Zeit, zum Geschäftlichen zu kommen. Ich hole die Landkarte heraus, die ich am letzten Abend schon benutzt habe, und lege sie mir auf die Knie. Dann fasse ich zusammen, was wir über die Kuppel wissen, über das vermutliche Epizentrum, über die tödlichen Eigenschaften und die Geschwindigkeit, mit der die Kuppel schrumpft.

„Ich habe außerdem beobachtet, wie zwei Spähbots ein Fenster geöffnet haben, um einen Mann durchzuschieben."

„Wir auch", antwortet Hollywood, „sogar zweimal. Wir vermuten, dass es mit ihrer Rüstung zu tun hat oder sie haben Sender und Empfänger oder so etwas."

Ich nicke und notiere das Detail in meiner wachsenden HUMINT-Liste, die ich in meinem Notizbuch führe. Außerdem halte ich die Vermutung fest, dass die *Invasoren* die Menschen in der Kuppel an einen unbekannten Ort transportieren, wo immer dieser auch sein mag. Ich setze ein großes Fragezeichen dahinter und schlage eine leere Seite auf.

„Da steht ja gar nichts." Z Lo linst in mein Notizbuch. „Ich dachte, du hast eine Mission für uns."

„Eine Mission, die wir uns zusammen überlegen", antworte ich.

„Das hier ist nicht wie im Film, Junge", erklärt Bumper ihm. „Wir müssen die Sache gemeinsam entwickeln, verstanden?"

Z Lo wirft dem Navy Seal einen gereizten Blick zu, als wollte er sagen: „Ja doch, Mann. Das hier ist mein erster Einsatz. Lass mich doch in Ruhe." Natürlich traut er sich nicht, solche Worte laut auszusprechen.

„Vorläufig müssen wir davon ausgehen, dass wir hier draußen die einzige Einheit sind", beginne ich.

„Das klingt nicht sehr optimistisch", meint Z Lo.

„Ist es auch nicht, und dafür gibt es einen guten Grund", bestätige ich.

„Wenn du annimmst, dass du als Einziger im Einsatz bist, dann gibst du dir mehr Mühe, nicht zu sterben", wirft Ghost leise ein.

„Ich gebe mir jetzt schon große Mühe, nicht zu sterben", widerspricht Z Lo.

„Nein, tust du nicht", sagt Hollywood. „Diese Nummer, als du den Bot mit einem Rohr verprügelt hast – oder was das war?"

Bumper kichert. „Mach das nie wieder. Nicht, solange du nicht sehr verzweifelt bist. Junge, du hattest noch ein paar volle Magazine an der Brust hängen."

„Ich war so wütend", antwortet Z Lo. „Verklag mich doch."

„Ich kann niemanden verklagen, der tot ist, Mann."

„Wichtig ist vor allem", schalte ich mich ein, „dass sich dein Training und dein Verhalten auf alle anderen in deinem Team auswirkt. *Oorah?*"

„*Oorah.*" Z Lo lässt den Kopf hängen.

Um für Klarheit zu sorgen, und damit Z Lo es wirklich versteht, setze ich meine Brainstormingsitzung fort und gebe noch ein paar Erläuterungen. „Wir müssen annehmen, dass wir hier draußen die Einzigen sind und daher dürfen wir nicht nachlässig werden und unterstellen, irgendjemand werde schon noch zu uns stoßen und uns den Arsch retten. Falls wir neue Kombattanten oder Kombattantinnen finden, tun wir uns mit ihnen zusammen und richten die Befehlshierarchie neu ein, wie es erforderlich ist. Keine Egospielchen, kein Gerangel."

Alle nicken.

„Inzwischen müssen wir die Augen offen halten und den Funk abhören, falls jemand sendet. Der nächste wichtige Punkt besteht darin, dass wir mehr Erkenntnisse über dieses Ding brauchen." Ich zeige auf den großen Kreis, den ich auf der Karte eingezeichnet habe. „Dazu hätte ich einen Vorschlag."

In den nächsten zwei Minuten fasse ich Aarons Forschungen und Erfahrungswerte mit dem in der Antarktis entdeckten Portalring zusammen. „Wenn es einen lebenden Menschen gibt, der uns erklären kann, wie die Kuppel funktioniert, dann ist es Dr. Campbell."

„Vertraust du ihm?", fragt Hollywood.

„Wenn er mich bei einer Klettertour sichern soll? Nein." Ich lächle sie an. „Aber wenn es um Schlaumeiersachen und um die Frage geht, was die anderen Schlaumeier für wichtig halten? Ja."

„Wo finden wir ihn?", fragt Bumper.

Ich zeige auf die Karte. „In der Rutgers University. Da ist sein Labor."

„Und was bringt dich auf die Idee, dass er sich noch dort aufhält?", fragt Yoshi.

Ich nicke anerkennend, weil es eine berechtigte Frage ist, und überlege, wie ich sie am besten beantworten kann. „He, Bumper.“

„Schieß los.“

„Wenn du einen Tag frei hast und dich auf eine Prüfung am folgenden Tag einstellen musst, wie würdest du den Tag verbringen?“

„Ins Fitnessstudio gehen. Ball spielen. So was in der Art.“

„Und warum?“

Er lächelt leicht. „Football ist das Leben, Mann.“

Ich wende mich wieder an Yoshi. „Das Labor ist Aarons Leben. Wenn er nicht auf einer Grabungsstätte ist, dann ist er im Labor.“

„Alles klar“, sagt Yoshi.

„Also, mal angenommen, wir finden deinen Freund“, hakt Hollywood nach. „Wie geht es dann weiter?“

„Das wissen wir erst, wenn wir mit ihm geredet haben.“

„Im Augenblick haben wir keine Ahnung, was wir eigentlich tun“, meint Yoshi.

„Genau.“ Ich blicke wieder auf die Karte. „Ich hoffe aber, dass er etwas hat, das wir benutzen können, um weiterzumachen.“

„Ein Schritt nach dem anderen.“ Bumper beugt sich vor, faltet die Hände und stützt die Ellenbogen auf die Knie. „Ein Einsatz nach dem anderen.“

„Also fahren wir zur Rutgers University.“

Ich nicke. „Ich würde empfehlen, dass wir anderthalb Kilometer von der Kuppel entfernt bleiben, um nicht entdeckt zu werden. Das heißt nicht, dass wir keinen Patrouillen begegnen, aber diejenigen, die wir bisher gesehen haben, waren – wie weit? Ein paar Hundert Meter weit draußen?“

Die anderen nicken, und Yoshi präzisiert es. „Höchstens fünfhundert Meter, würde ich sagen.“

„Also bleiben sie in der Nähe der Kuppel. Das ist gut. Trotzdem müssen wir klug sein und dürfen keine unnötigen Risiken eingehen.“

„Wir könnten warten, bis es dunkel wird“, überlegt Ghost. „Das ist die beste Zeit, um sich zu bewegen.“

„Finde ich auch“, stimmt Bumper zu.

„Diesen Luxus können wir uns aber nicht leisten“, wendet Hollywood ein. „Wir stehen unter Zeitdruck, vergesst das nicht.

Wer weiß, wie viele Menschen dort in jeder Sekunde sterben, die wir zögern … oder was auch sonst mit ihnen passiert."

„Sie hat recht." Ich hole tief Luft. „Es gibt gewisse Dinge, bei denen wir vorsichtig sein können, wie etwa die Distanz von der Kuppel. Aber die Dringlichkeit zwingt uns, mehr Risiken einzugehen, als uns lieb ist."

Ghost schiebt die Unterlippe vor und nickt einmal knapp.

„Und jetzt, falls ihr etwas seht oder etwas erfahrt, falls ihr euch an etwas erinnert oder eine kluge Idee habt, dann spuckt es aus. Dies ist nicht der Augenblick, etwas für euch zu behalten. Und wenn ihr ein Problem mit einem anderen Teammitglied habt, ich meine ein echtes Problem, dann schluckt ihr es entweder runter oder klärt es und macht weiter. Wir haben keine Zeit für Dramen. In dieser Gruppe rechne ich auch nicht damit, aber ich will nicht, dass wir abgelenkt werden oder uns von innen heraus zerstören, wenn Millionen Leben auf dem Spiel stehen. Versteht ihr das?"

„Alles klar", wiederholen sie.

„Gibt es sonst noch Kommentare, Fragen oder Vorschläge?"

„Funknamen?", fragt Bumper.

Ich nicke. „Gute Idee. Hollywood, du bist Phantom Eins."

„Negativ." Sie verschränkt die Arme vor der Brust. „Du bist Phantom Eins."

Ich will protestieren, aber die anderen nicken.

Verdammt auch.

„Alle dafür?", fragt sie alle anderen, nur mich nicht.

Sie stimmen zu.

„Beschlossen und verkündet."

Da ich es für sinnlos halte, weiterhin zu widersprechen, hole ich tief Luft und gebe Hollywood widerwillig einen neuen Namen. „Du bist Phantom Zwei. Bumper ist Phantom Drei, Z Lo ist Phantom Vier." Ich blicke zu Ghost. „Du bist der Phantomwächter. Yoshi, du bist der Phantomdoc."

Alle nicken oder zeigen mir den hochgestreckten Daumen.

„Sonst noch etwas?", frage ich.

Niemand sagt etwas.

Zufrieden trinke ich den Kaffee aus, gebe Yoshi den leeren Becher und bedanke mich. Dann falte ich die Karte zusammen, stecke sie in die Kartentasche und lege die Hände auf die Knie. „Wir brechen in fünf Minuten auf."

Also leite ich schon wieder einen Trupp.

Verdammter Mist.

In Union, New Jersey, fahren wir auf den Garden State Parkway in Richtung New Brunswick. Bumper hat mit seinem VW die Führung übernommen, dann folgen Z Lo und Ghost mit Dolores, danach Hollywood mit ihrem CJ7, und den Abschluss bilde ich mit meinem Land Cruiser.

Am frühen Morgen strecken sich die Schatten auf der Interstate weit von Ost nach West, zwischen den Gebäuden und Bäumen flackert das Licht in meinen Augen. Wären nicht die Tausende Fahrzeuge, die tot auf den Spuren stehen, und wären wir nicht weit und breit die einzigen Menschen, die sich bewegen, wären da nicht die stummen Funkfrequenzen, dann könnte man fast glauben, wir führen nach einer ganz normalen Arbeitswoche nach Hause. Mal abgesehen von der riesigen tödlichen Kuppel.

Die Sonne lässt die Kuppel blau-lila erstrahlen und verstärkt das Schimmern des Kraftfelds. Wäre das Objekt nicht dabei, viele Menschen zu töten und zu einem schändlichen Ende zu treiben, dann würde ich staunen. So aber will ich, dass das Ding verschwindet, und ich habe Lust, persönlich jedem Bot in den Arsch zu treten, den mein Zielfernrohr erfasst.

Bumper meldet sich über Funk. „Kontakt, geradeaus im Süden. Sieht nach einer Patrouille aus, die nach Norden unterwegs ist."

„Anhalten", sage ich, nachdem ich auf die Sprechtaste gedrückt habe. „Geht hinter den toten Fahrzeugen in Deckung und schaltet die Motoren ab."

„Roger."

Vor mir flammen Hollywoods Bremsleuchten auf. Sie zieht hinter einen schwarzen SUV auf der rechten Spur. Mein Herz schlägt etwas schneller, weil ich mit einem weiteren Kampf rechnen muss.

Es war ein Risiko, über den Parkway zu fahren, das ist mir klar. Die bessere Möglichkeit wäre es gewesen, über die I 280 nach Westen und dann auf der I 287 nach Süden auszuweichen. Doch der Parkway ist der schnellste Weg zur I 95. Trotzdem, ich frage mich, ob meine Entscheidung wirklich richtig war, und hoffe, dass die Feinde keine Wärmebildkameras haben. Ich kann gar nicht glauben, dass wir erst seit zehn Minuten unterwegs sind und trotzdem schon auf Feinde treffen.

Als ich über die Autodächer zum Mittelstreifen spähe, entdecke ich zwei magentarote Drohnen, die im Sonnenlicht funkeln. Darunter sehe ich das Dach eines bewaffneten Patrouillenfahrzeugs, wie ich sie genannt habe – BPF. Es hat einen Geschützturm mit einer doppelläufigen Kanone. Obwohl ich noch im FJ40 sitze, fühle ich mich ungeschützt. Ich fluche und schicke ein Stoßgebet zu dem großen Kerl im Himmel.

„Sonnenblenden runter, Sitze zurückfahren", sage ich über Funk.

„Ich habe mein Verdeck geöffnet, Phantom Eins", erwidert Bumper.

Verdammt. Ich hatte vergessen, dass es Cabrios gibt.

„Dann geh in Deckung, wo du kannst", antworte ich.

„Verstanden."

Vor uns geht die Fahrertür des VW auf, und Bumper springt heraus. Er hat sein M249 dabei. Dann verschwindet er zwischen den Fahrzeugen.

Die Drohnen und das BPF kommen näher. Ich sehe das futuristische Führerhaus und die drohende schwarze Windschutzscheibe. Der Transporter kommt den Mittelstreifen herunter, und die Drohnen bleiben direkt über ihm. Ein dumpfes Grollen lässt meinen Land Cruiser und meinen Darm vibrieren. Ich muss pinkeln. Aber ich spanne die Muskeln an und bleibe ruhig.

Das BPF ist nahe, die magentaroten Panzerungen und die seltsamen Markierungen schimmern im Sonnenlicht. Die blau glühenden Flächen unter dem V-förmigen Rumpf biegen das Gras zur Seite wie ein starker Laubbläser.

Das Summen und Kribbeln im Bauch wird stärker, mein Land Cruiser wiegt sich im Luftstrom der Propeller oder der

Düsenmotoren oder was es auch ist, das da unter dem Rumpf des BPF sitzt und es antreibt. Es sieht aus, als hätten sich DARPA und George Lucas entschieden, ein Kind zu bekommen.

Ich ziehe den Kopf ein und verstecke mich hinter der B-Säule, wo die Umlenkrolle des Sicherheitsgurts befestigt ist. Bisher haben die Drohnen weder Bumper noch einen der anderen bemerkt. Als das BPF an mir vorbeischwebt, atme ich erleichtert auf und drücke auf die Sprechtaste.

„Bei euch alles in Ordnung?"

Die Teammitglieder melden sich, und ich entspanne mich. Vielleicht war es doch keine so schlechte Idee, aber es war knapp, und ich beschließe, dass wir auf eine alternative Route ausweichen sollten, statt auf der Interstate zu fahren.

„Feinde werden langsamer", warnt Ghost.

Ich drehe mich um, und richtig, das BPF hat angehalten.

„Ob wir ihnen davonfahren können?", fragt Z Lo.

„Darauf würde ich nicht wetten", antwortet Bumper.

„Keiner rührt sich", befehle ich. „Sicherheitsgurte lösen, Waffen bereit, Türen entriegelt."

„Roger", antworten die anderen.

Ich befolge meine eigenen Anweisungen und lege mir das SCAR quer über die Beine. Es ist ein Anfängerfehler, wenn man annimmt, der Feind habe einen bemerkt, ehe es wirklich der Fall ist. Das ist, als würde man die Dame ziehen, ehe es wirklich nötig wird. Viele Marines haben ihre Abteilung verraten, weil sie dachten, man hätte sie entdeckt, obwohl die Feinde in Wirklichkeit nur pinkeln mussten oder ein funkelndes Schmuckstück in einem Fenster betrachtet haben. Eine sonst ereignislose Patrouille wird plötzlich zu einer blutigen Angelegenheit, weil irgendjemand zu hastig reagiert hat.

Natürlich braucht man Nerven aus Stahl, wenn man sich einreden will, dass die Feinde noch nichts bemerkt haben, durch deren Garten man trampelt. Aber solange man sich einigermaßen sicher ist, dass man ihnen keinen Grund gegeben hat, die eigene Position näher zu untersuchen, sollte man eben nichts Überstürztes tun. Man muss auf das Training vertrauen und ruhig und wachsam bleiben. Und, beim heiligen Petrus, man sieht ihnen nicht in die Augen.

Das BPF setzt zurück, die hinteren Türen gehen auf. Noch ehe ich es genau erkennen kann, meldet Ghost sich über Funk.

„Drei Spähbots, ein Kampfbot.“

Der Mann hat Adleraugen. „Verstanden.“

„Sollen wir aussteigen?“, fragt Hollywood.

„Haltet die Position.“

„Das gefällt mir nicht“, sagt Yoshi.

„Bewegt euch erst, wenn ich es sage.“

Ich spähe noch einmal durch das hintere Fenster auf der Beifahrerseite. Das BPF steht, die Bots sind ausgestiegen und nähern sich den weiter hinten geparkten Autos.

„Verdammt“, sagt Hollywood. „Todesengel. Nicht gut.“

„Was?“, sage ich zu mir selbst. Dann betrachte ich wieder das BPF. Und da springt eine menschenähnliche Gestalt aus dem Heck des Fahrzeugs. Sie trägt eine smaragdgrüne Rüstung über schwarzer Unterbekleidung. Die Platten irisieren im Morgenlicht und schützen die etwa einen Meter achtzig große Gestalt. Unter dem durchsichtigen Helm sind zwei rot glühende Augen zu erkennen, die langsam das Gelände scannen. Die Krümmung des Visiers folgt der Nase und dem Mund und läuft über dem Kinn in geometrischen Mustern aus, die sich um die Ohren und oben auf dem Helm wiederholen.

Das Bemerkenswerteste ist aber die Waffe, die der Feind trägt. Ich würde es auf jeden Fall als Gewehr bezeichnen, aber es sieht anders aus als alles, was die US-Regierung oder sonst jemand jemals eingesetzt hat. Es erinnert an eine Kreuzung zwischen den Waffen aus *District 9*, dem *Wüstenplaneten* und *Blade Runner*. Was ist das nur? Stammt das Ding von Weta Workshop oder so?

Ich muss zweimal blinzeln, um sicherzustellen, dass ich es richtig sehe − der schwarze rechteckige Schaft des Gewehrs, durch die gleiche grüne Panzerung geschützt wie der Besitzer, ein kleiner Vordergriff, ein Lauf, der unter dem klobigen Gehäuse kaum zu sehen ist. Auf Schienen ist ein starkes Zielfernrohr befestigt, das aussieht, als hätte sich ein Konzeptkünstler eine futuristische Waffe ausgedacht. Magazin und Patronenkammer fehlen aber anscheinend.

„Was tun wir?“, fragt Bumper.

Über den offenen Kanal höre ich Z Lo im Hintergrund: „Oh Gott, sie wissen, dass wir hier sind."

„Junge, reiß dich zusammen", warne ich Z Lo. „Phantomwächter, hast du schon mal auf einen solchen Gegner geschossen?"

„Auf die Aliens selbst? Nein."

Die Aliens, richtig. Bislang sieht das Geschöpf so aus wie ein Mensch, der zur Comic Con in New York unterwegs ist.

„Aber das Gewehr, das er hat, ist der Hammer", ergänzt Ghost.

„Gut zu wissen." Ich blicke nach Westen, wo Büsche die Interstate gegen ein dicht bebautes Wohngebiet abgrenzen. Viel zu viel offenes Gelände, um dorthin zu laufen. „Sieht so aus, als müssten wir es auf die harte Tour versuchen. Phantom Drei, du machst den Anfang. Auf mein Kommando ziehst du sein Feuer auf dich."

„Roger."

„Wenn er das tut, steigt ihr anderen so schnell wie möglich auf der Beifahrerseite aus. Wir benutzen die anderen Fahrzeuge als Deckung. Warten." Ich lasse die Befehle einsickern und gebe mir selbst einen Augenblick Zeit zum Nachdenken. „Hier sind viele Autos liegen geblieben. Nutzt sie zu eurem Vorteil und entfernt euch etwas von euren eigenen Fahrzeugen, damit sie nicht beschädigt werden. Warten." Wieder schweige ich einen Moment. „Bleibt in Deckung und bleibt in Bewegung. Wir müssen unter dem Radar bleiben, hart zuschlagen und schnell die Positionen wechseln. Der Wald im Westen ist unser Rückzugsgebiet. Alle verstanden?"

Sie bestätigen.

Während ich gesprochen habe, ist ein Spähbot zu meinem Land Cruiser geschlichen. Ich bemerke ihn im Rückspiegel. Es erfordert eine Menge Selbstbeherrschung, nicht einfach die Tür aufzustoßen und auf ihn zu schießen. Ich bin mir immer noch nicht sicher, ob er mich bemerkt hat.

„Wir warten auf dein Zeichen", sagt Bumper. Auch er will endlich loslegen. Aber wenn wir diese Feinde hier draußen nicht bekämpfen müssen, dann will ich es auch nicht darauf ankommen lassen.

„Warten", flüstere ich.

Der Bot kommt näher. Ich spüre die Erschütterungen seiner Schritte.

„Warten."

Er bleibt vor meiner Wagentür stehen.

„Phantom Eins", sagt Bumper. „Lass mich ihn abschießen."

„Negativ", flüstere ich.

Manchmal sprechen Krieger über diese verrückten Augenblicke im Kampf, wenn die Zeit stillzustehen scheint. Die Kugeln fliegen einem um die Ohren, die Leute kreischen, und man steht da wie in einem Standbild. So etwas passiert manchmal, und es ist seltsam. Im Augenblick fliegt zwar kein Blei, aber ich habe den Eindruck, mein Herz schlägt in Zeitlupe.

„Warten, warten, warten", flüstere ich und bemühe mich, mir die Aufregung nicht anmerken zu lassen. Die Bewegungen des Bots sind ein Beweis dafür, dass er mich nicht entdeckt hat, was bedeutet, dass er möglicherweise auch die anderen nicht bemerkt.

Nachdem er an zwei weiteren Fahrzeugen vorbeigegangen ist, bleibt er vor Hollywoods Jeep stehen.

Mein Herz schlägt schneller. Entweder er hat nur zufällig dort angehalten oder das mechanische Monster reagiert auf Peilsender, die irgendjemand an unsere Fahrzeuge gepappt hat. Die Erleichterung, die ich gerade noch empfunden hatte, ist verflogen.

Im Rückspiegel blinkt etwas. Ein weiterer Bot kommt auf dem gleichen Weg wie der erste herbei. Jetzt frage ich mich, ob sie sich in günstige Kampfstellungen bringen. Sobald der zweite Bot meine Position erreicht hat, geht derjenige weiter, der bei Hollywood angehalten hat, und bleibt vor Z Los Humvee abermals stehen.

„Können wir nicht endlich schießen?", fragt er nervös.

Ghost schaltet sich ein und sagt dem Burschen, er solle den Mund halten.

Wie sie uns auch aufgespürt haben, ich hoffe, die Feinde entdecken nicht genug Hinweise, um einen Angriff zu rechtfertigen. Es gibt noch eine Chance, so klein sie auch sein mag, dass sie nur schwache Spuren entdeckt haben, vielleicht Anomalien in irgendwelchen Messdaten, die nicht viel bedeuten.

Der zweite Bot geht an meinem Land Cruiser vorbei und marschiert weiter, während von hinten der dritte kommt.

„Warten", sage ich hoffnungsvoll. „Finger am Abzugsbügel, Leute." Ich spreche hauptsächlich mit Z Lo, aber eine Erinnerung hat noch nie jemandem außer dem übermäßig Stolzen geschadet.

„Phantom Drei, hast du etwas, um für Ablenkung zu sorgen?", frage ich.

„Habe ich", kichert er. „Was brauchst du denn?"

Ich gehe immer noch davon aus, dass die feindliche Patrouille dies nur als Übung betrachtet, doch meine Gewissheit wächst, dass es heiß werden wird.

Zu Bumper sage ich: „Wenn es deine Position nicht verrät, lass dir was einfallen."

„Ich zieh mir die Partyweste an. Moment."

„Leise", warne ich ihn.

Ich bin mir nicht sicher, welchen Trumpf Bumper im Ärmel hat, aber ich weiß: Wenn es laut knallen soll, dann kann das niemand so gut wie ein Seal. In Bezug auf Sachen, die in die Luft gejagt werden müssen, haben sie eine gewisse Lockerheit, die ich immer bewundert habe. Wer das anders sieht, der lügt oder ist neidisch.

Die drei Bots haben sich jetzt vor dem Land Cruiser, vor dem Jeep und vor Dolores postiert. Nur Bumpers VW bleibt unbehelligt. Mein Bauch behauptet, sie hätten uns hereingelegt. Verdammt, Wik. Du wirst sie alle umbringen. Trotzdem sagt eine winzige Stimme in meinem Kopf, dass ich bisher noch keine feindselige Aktion gesehen habe. Ja, die Logik steht auf dünnem Eis, aber noch will ich nicht den Befehl zum Feuern geben – das beste Feuergefecht ist eines, bei dem alle unversehrt bleiben, weil es gar nicht erst stattfindet.

„Phantom Drei, halte die Ablenkung bereit. Alle anderen, bereitet euch vor, die Fahrzeuge auf der rechten Seite zu verlassen."

Der Todesengel schlendert über den Mittelstreifen und blickt nach vorn. Er sieht unsere Fahrzeuge nicht einmal an. Die winzige Stimme in meinem Kopf wird lauter: Ich habs doch gesagt, erklärt sie mir. Dann dreht sich die grüne Gestalt wieder zum BPF um. Ich entspanne mich und lasse die Luft heraus, die ich angehalten habe.

Nun warte ich darauf, dass sich die Bots von unseren Fahrzeugen entfernen.

Sie tun es nicht.

Stattdessen bemerke ich links von mir eine Bewegung, und dann knirscht Metall. Ich zucke zusammen, als ich es höre. Die Tür meines Land Cruiser wird blitzschnell aufgerissen.

„Angriff", schreie ich.

Sofort rutsche ich auf den Beifahrersitz. In diesem Moment erschüttert eine Explosion die nach Norden führenden Spuren jenseits des Mittelstreifens. Danach folgen schnell nacheinander zwei weitere Detonationen. Ich habe keine Zeit, mich umzusehen, weil ich durch die Beifahrertür hinausgleite und auf dem Boden in Deckung gehe. Ich weiß aber, dass es Bumper ist, der im Osten Krawall macht.

Als ich in südlicher Richtung die weiße Linie entlangblicke, sehe ich Z Lo neben Ghost aus dem Wagen kriechen. Hollywood läuft schon mit gesenktem Kopf zu ihnen. Auch dort haben die Bots die Wagentüren gewaltsam geöffnet und suchen nach den Insassen.

„Handelsgut, halt!", ruft wieder einmal eine digital harmonisch gefärbte Stimme.

Ich hatte diesen seltsamen Spruch ganz vergessen – es klingt, als seien wir Bedarfsgüter oder Vieh.

„Wenn Sie zu fliehen versuchen, werden Sie getötet."

Ihr könnt mich mal.

Sobald ich mich von dem Fahrzeug entferne, trifft ein Energiestoß meine offene Beifahrertür. Der Lärm lässt meine Ohren klingeln. Ich blinzele im Lichtblitz, mir fliegen Trümmer ins Gesicht, und meine Wange wird taub.

Ich löse mich von meinem Land Cruiser und fliehe nach Süden zu den anderen. Wieder rasen blaue Energiebolzen durch die Fahrgastzelle des Fahrzeugs. Meine Kameraden sind im Moment in Sicherheit und laufen zu Bumper.

Als ich zwischen zwei viertürigen Limousinen entlangrenne, bemerke ich etwas aus dem linken Augenwinkel. Der grün gepanzerte Krieger schwebt etwa sechs Meter über dem Boden.

Deshalb hat Hollywood ihn als Todesengel bezeichnet. Jesus, hilf uns.

Der Typ zielt auf mich. Ich sehe einen Lichtblitz, dann explodiert das Auto vor mir, und ich fliege zu der mit Gras bewachsenen Böschung auf der rechten Seite. Die Welt steht kopf.

Wir hätten die I 280 nehmen sollen.

15

0650, Freitag, 25. Juni 2027
Union, New Jersey
Garden State Parkway

Ich überschlage mich noch einmal und bleibe liegen. In meinem Kopf dröhnt es so laut, dass ich keinen klaren Gedanken fassen kann. Blinzelnd versuche ich, mich zu orientieren. Es riecht nach versengtem Gras, brennendem Plastik und ausgelaufenem Benzin. Mein Gesicht ist warm, und – verdammt, mir tun die Rippen weh. Dreimal schnappe ich vergeblich nach Luft, ehe ich die Schmerzen überwinde und durchatmen kann.

Irgendjemand schreit mir etwas ins Ohr. Es ist leise, doch als das Dröhnen abklingt, höre ich, dass es Hollywood ist.

„… jetzt", sagt sie. „Wik!"

Sie redet mit mir. Verdammt auch.

„Beweg deinen Arsch, Gunny!"

Mühsam rappele ich mich auf, blicke zum Waldrand und renne los. Irgendwie beschließt mein Gehirn, dass ich dem Wald näher bin als den Fahrspuren. Ich kämpfe das Schwindelgefühl und die Übelkeit nieder, beuge mich vor und laufe im Zickzack so schnell wie möglich zu den Bäumen.

Weit entfernt heult etwas, dann prallt links von mir ein grelles Objekt auf das Gras. Erdbrocken fliegen hoch und regnen auf mich herab, während ich zum Wald renne. Ich verliere das Gleichgewicht, fange mich ab und weiche nach links aus, was mir zweifellos das Leben rettet, weil gleich darauf auch rechts von mir ein Geschoss einschlägt. Es kommt mir vor, als feuerte jemand mit einem Mörser auf mich.

Ich höre Waffen – mein Team schießt auf die Gegner – und das Klatschen, mit dem die Kugeln die Gegner treffen. Es gibt keine weiteren Explosionen in meiner Nähe. Ich erreiche mein Ziel und quetsche mich zwischen kleinen Büschen hindurch, um hinter einem Baum in Deckung zu gehen.

Sobald ich geklärt habe, wie schwer ich verletzt bin – nur ein paar Prellungen und die schlimmsten Kopfschmerzen, die je ein Mensch auf der Welt hatte –, sehe ich mich zur Interstate um und öffne den Funkkanal.

„Lagebericht."

Ehe mir jemand antworten kann, bemerke ich schon, dass vier Teammitglieder vom feindlichen Feuer niedergehalten werden. Der Kampfbot hat seine Position neben dem BPF nicht verlassen, aber ein Spähbot nähert sich dem Team von Süden her, und die anderen beiden kümmern sich anscheinend um Bumpers Ablenkung jenseits des Mittelstreifens.

Auch der Todesengel hat vorübergehend von mir abgelassen, weil das Team ihn unter starkes Feuer genommen hat. Anscheinend versucht Bumper, den Feind mit einem altmodischen M79-Granatwerfer zu bekämpfen. Diese Waffen werden liebevoll auch „Knaller" genannt. Er schießt die 40 x 46-mm-Ladungen so schnell auf den Todesengel ab, wie er nachladen kann. Die Treffer blühen auf dem fliegenden Feind auf und treiben ihn zum BPF zurück.

Der Spähbot und die Drohnen werden ebenfalls beschossen, auch Ghost setzt sein Gewehr ein. Zwei Kugeln prallen vom Kopf des Bots ab, dann bricht dessen Hals. Wenigstens eine gute Neuigkeit. Weniger gut ist, dass der Todesengel Bumpers Angriff ausweicht und in meine Richtung fliegt.

„Na, wunderbar."

Ich reiße mich zusammen. Allmählich dämmert mir, dass ich mir etwas Besseres einfallen lassen muss, als in einem schmalen Waldstreifen herumzurennen. Ich bin ungefähr fünfzehn Meter von einigen Gärten entfernt, die zu einer langen Reihe von Einfamilienhäusern gehören. Der Vorort ist dicht bebaut, die Häuser stehen eng beieinander. Die Häuser und ihre unterschiedliche Innenausstattung bieten gute Deckung und gute Stellungen.

Ich trampele durch den Wald, renne durch den ersten Garten und steuere das nächste Haus an – ein einstöckiges Gebäude im Ranchstil mit vergilbten Wänden und einer angebauten Garage. Im Garten steht ein kleiner erhöhter Pool mit umlaufender Liegefläche, der schon bessere Tage gesehen hat. Als ich noch zwei Schritte vom Hintereingang der Garage entfernt bin, höre ich wieder ein schrilles Heulen. Hinter mir explodiert etwas. Die Trümmer des zerstörten Pools fliegen durch die Luft und prasseln dampfend auf das Haus herab.

Ghost hat die Waffe völlig richtig beschrieben.

Ich stolpere in die Garage und nehme mir nicht einmal die Zeit, die Tür zu schließen. Der Feind hat mich gesehen. Jetzt spielen wir Katz und Maus. Ich könnte vorne zum Garagentor wieder hinauslaufen oder mich im Haus verstecken. Da das Tor die offensichtliche Wahl ist, entscheide ich mich für das Haus.

Die Küche wurde anscheinend seit dem Bau des Hauses nicht mehr modernisiert, und die Wohnzimmermöbel sind mit durchsichtigen Planen bedeckt. Neben dem Fernseher liegt ein Stapel DVDs. Ich wusste gar nicht, dass so etwas noch in Gebrauch ist. Die oberste DVD ist *Die Ritter der Kokosnuss*. Ich möchte wetten, dass dieses Haus einer Oma und einem Opa mit europäischen Wurzeln gehört. Mensch, es riecht sogar nach alten Leuten, Gott hab sie selig. Die Wahrheit ist, dass ich ihnen altersmäßig vermutlich sogar recht nahe bin.

Als ich durch den Flur zur anderen Seite des Hauses laufe, wird mir bewusst, dass mich der Todesengel möglicherweise mit einer Wärmebildkamera beobachtet. Ausgeschlossen ist das jedenfalls nicht, und ich weiß immer noch nicht, wie uns die Bots und das BPF überhaupt entdeckt haben. Allerdings hatten sie uns nicht sofort bemerkt, und das ist für uns vorteilhaft. Das BPF ist vorbeigefahren und dann umgekehrt. Was sie auch benutzen, es hat Mängel. Oder der Verantwortliche war stinkfaul.

Ich bin gerade im Elternschlafzimmer am Ende des Ganges, da kracht etwas durch die Küchentür herein. Es verfolgt mich, und das ist ein gutes Zeichen. Würde es mich von außen beobachten, dann könnte es einfach meine Bewegungen beobachten und vorwegnehmen, was ich beabsichtige. Ich sperre das größte Fenster im Schlafzimmer auf und klettere hinaus, wobei ich möglichst wenig Lärm mache. Das ist schwierig, weil ich mich schnell bewege und viel Ausrüstung mitschleppe.

Ich lande in einem kleinen Beet mit sorgfältig gestutzten Büschen und ein paar Farnen. Auf der anderen Straßenseite entdecke ich eine kleine Steinmauer, die mir eine gute Deckung verspricht. Von dort aus kann ich mich auch schnell in das drei Meter dahinter liegende Haus zurückziehen. Also renne ich hinüber, solange der Feind noch in diesem Haus herumpoltert.

Blitzschnell überquere ich die Straße, gehe hinter der Mauer in Deckung und richte meine Waffe aus. Ich ziele auf das seitliche Fenster des Elternschlafzimmers und warte darauf, dass der Gegner herausklettert. In diesem Augenblick ist er verwundbar, und ich bin bereit.

Nichts geschieht. Keine Bewegung im Fenster, und …

Ich höre ein gedämpftes Heulen, dann fliegt die ganze Vorderfront des Schlafzimmers weg. Balken und Putz prasseln auf die Straße, brennende Stücke Isoliermaterial landen im Vorgarten. Anschließend tritt der Todesengel durch das rauchende Loch und bewegt den Kopf und die Waffe hin und her.

Auch wenn ich auf das Fenster gehofft hatte, jetzt kann ich den Feind deutlich erkennen und visiere ihn an.

Mit meinem SCAR gebe ich drei Schüsse auf den Helm der Gestalt ab. Die Funken, sogar im Morgenlicht sehr hell, zeigen mir, dass ich getroffen habe. Doch das Wesen bricht nicht zusammen, sondern richtet den Kopf auf mich. Eines seiner rot glühenden Augen scheint Sprünge zu haben, aber sonst ist der Helm unbeschädigt.

„Verdammt."

Ich bin schon aufgesprungen und renne weg, als das automatische Feuer der feindlichen Waffe die Steinmauer trifft. Ein paar kleine Brocken fliegen gegen meinen Rücken, während ich zur Vordertür renne. Ich stürme hindurch und stürze drinnen im offenen Flur auf den Boden.

Im Gegensatz zu dem ersten Haus wurde dieses schöne zweistöckige Gebäude vermutlich im neunzehnten Jahrhundert errichtet, und der Bauherr hatte Geld. Die gewölbte Decke, das handgeschnitzte Treppengeländer, die Fliesen auf dem Boden sind originalgetreu erhalten und gut gepflegt.

Aber ich bin nicht hier, um das Haus zu inspizieren. Dies ist einfach der Müll, den mein Gehirn nebenbei verarbeitet, als ich an der Treppe vorbei in die geräumige Küche mit der marmornen Arbeitsfläche renne.

Jetzt explodiert die Vordertür, und Steine, Glas und Holz verteilen sich im Flur. Ich fahre herum und schieße zwei Salven auf den Todesengel ab, die seinen Kopf und den Oberkörper treffen.

Wieder heult die Waffe, was mir deutlich sagt, dass ich mich verdrücken sollte. Ich springe ins Wohnzimmer und ducke mich hinter ein Sofa, während der Schuss die Rückwand der Küche zerlegt. Nachdem ich schwer auf den Teppich geprallt bin, rolle ich mich zu einem ledernen Möbelstück ab.

Abermals höre ich das Ladegeräusch, und nun feuert der Feind ins Wohnzimmer. Auch dieses Mal kann ich mich mit einem schnellen Sprung in Sicherheit bringen. Der Fußboden explodiert. Ich selbst habe mit meinem Helm und den Schultern eine deckenhohe Glastür zerstört und bin auf die hintere Veranda gerollt. Draußen bleibe ich kurz auf dem Rücken liegen und schieße ins Haus, dann gehe ich hinter einer breiten Eiche in Deckung, die direkt vor der Veranda steht.

Kaum bin ich hinter dem Baumstamm verschwunden, da heult es schon wieder, und direkt über meinem Kopf entsteht ein Loch im Baum. Die Späne fliegen mir um die Ohren wie bei einem Häcksler. Mir dringt der Geruch von brennendem Hartholz in die Nase. Bei jeder anderen Gelegenheit hätte ich Sehnsucht nach einem Lagerfeuer, einer Zigarre und zwei Fingerbreit Redbreast im Glas empfunden. Jetzt will ich nur noch diesen Drecksack umbringen.

Ich beuge mich zur Seite und gebe zwei weitere Salven ab, dann ziehe ich mich zurück. Gerade rechtzeitig. Der Feind schießt wieder, der zweite Schuss trifft neben dem ersten, keinen halben Meter über meinem Kopf.

Nun fängt auch noch die Eiche an, bedenklich zu knarren. Der Baum wird gleich abknicken. Vor einem DARPA-Todesengel mit einem Stormtrooperanzug habe ich natürlich Angst, aber das ist nichts gegen eine zweihundert Jahre alte Eiche, die mich zu zerquetschen droht.

Ich sehe hoch und überlege, in welche Richtung der Baum stürzen wird, doch die Blätter und Äste schwanken wild hin und her – anscheinend ist sich der Baum selbst noch nicht sicher. Ich muss es darauf ankommen lassen. Wenn ich den Feind verleiten kann, mir in die Richtung zu folgen, in die der Baum stürzen wird, kommt mir die Eiche vielleicht zu Hilfe. Und vielleicht werde ich dabei auch gleich selbst zerquetscht – *du Trottel*.

Aber besser dies, als von einer Strahlenkanone geröstet zu werden.

Der Baum kippt endgültig in Richtung Garten. Ich blicke über die Wiese. Offenes Gelände bis zu einem Kinderspielhaus und einer Schaukel, etwa dreißig Meter entfernt. Das Spielhaus ist anscheinend eine Sonderanfertigung – größer als normal, und sieht so stabil aus, als wäre ein Bauunternehmer beteiligt gewesen.

Pat, was hast du vor?, frage ich mich selbst. Ehe ich meine Frage beantworten kann, renne ich los. Zuerst fühlt es sich wie eine großartige Idee an. Doch sobald ich bemerke, wie über mir die Zweige wackeln, wird mir bewusst, dass es eine grässliche Idee ist – eine wirklich schreckliche, ungeheuer dumme, hirnrissige, furchtbare Idee.

Ein lautes Knacken lässt meinen Adrenalinspiegel schlagartig steigen. Das flüssige Feuer im Kreislauf treibt meine Füße schneller an, doch diese verdammte kleine Stimme der Logik sagt mir, dass ich mich furchtbar verschätzt habe. Da ich keine Ahnung habe, ob mir der Todesengel bei meinen Dummheiten wirklich folgt, feuere ich blindlings über die Schulter zwei weitere Salven ab. Nennen Sie es einen letzten Akt des Trotzes gegenüber dem Universum oder vielleicht auch einen halbherzigen Versuch, den Feind zu verleiten, mir nachzusetzen. Ich weiß es selbst nicht. Ich bin verzweifelt, und verdammt, manchmal will ich einfach auf irgendetwas schießen.

Mit rauschenden Zweigen kippt der Baum in meine Richtung. Ich könnte schwören, dass ich schon spüre, wie mich die Blätter streifen, doch ich renne unbeirrt weiter zum Spielhaus und ignoriere die Streiche, die mir mein Gehirn spielt.

Als ich vier Meter vor meinem Ziel bin, biete ich meine letzten Energien auf und hechte zur Tür. Ich weiß, das ist dumm. Ich könnte die Tür verfehlen und mir den Hals brechen. Ach, der Baum könnte das Spielhäuschen in der Mitte zerschmettern und mich zerquetschen. Trotzdem springe ich.

Endlich bin ich im Schatten und pralle gegen die Rückwand des Spielhauses. In diesem Augenblick umfangen die oberen Zweige der Eiche das kleine Haus, die Blätter rascheln laut. An drei Stellen bricht das Dach, und ein Dutzend Mal kracht es laut. Das kleine Haus wackelt hin und her, als der Stamm dicht daneben auf den Boden prallt.

Als wäre ein Gewitter blauem Himmel gewichen, hört der Tumult wieder auf.

Wieder einmal überprüfe ich, ob ich verletzt bin. Außer dem Brennen in den Schultern und Hüften, nachdem ich auf den Wohnzimmerboden und jetzt gegen die Wand des Spielhauses geprallt bin, spüre ich nichts. Ehrlich gesagt bin ich fast schockiert, dass ich noch lebe. Aber der Feind ist da draußen, und deshalb kann ich mir noch keinen Orden anheften.

Als ich die rechte Hand hebe, bemerke ich, dass ich mein SCAR verloren habe. Ich verfluche mich selbst dafür und ziehe die Glock aus dem Holster. Gott sei Dank ist die Selbstladepistole noch da, und sie scheint zu funktionieren.

Vor der Tür des Spielhauses liegen die Zweige so dicht, dass ich mir nicht einmal sicher bin, ob ich wieder herauskomme. Zunächst gehe ich neben der Tür in Deckung und spähe durch das Blattwerk hinaus. Halb rechne ich schon damit, dass der Feind über den umgestürzten Baum hinwegfliegt und mein Versteck in Stücke schießt, doch da bemerke ich zehn Meter entfernt eine dunkle Gestalt, die im Dickicht feststeckt.

Tja, wer hätte das gedacht, sage ich zu mir selbst.

Also ist mir der Tango tatsächlich gefolgt. Ich bin mir nicht sicher, wie ich ihn durch das dichte Unterholz erreichen kann, aber wenn ich eines aus den Filmen gelernt habe, dann ist es dies: Man lässt den Feind nicht am Boden liegen, ohne ihm zweimal auf den Kopf zu klopfen. Wie oft haben wir schon die Helden auf der Leinwand angeschrien und sie angefleht, nicht einfach wegzugehen, ohne den Gegenspieler endgültig zu erledigen? Mensch, wenn man so viel Gewalttätigkeit aufwendet, um ihn niederzustrecken, dann kann man sich selbst und alle anderen doch nicht mehr überzeugen, man sei moralisch überlegen, indem man den Wichser leben lässt, wenn er das Bewusstsein verloren hat. Erschieße den Dreckskerl, und dann erschieße ihn noch einmal, um ganz sicherzugehen. Mit einem Schachgebot gibt man sich nicht zufrieden – man will das Matt oder man spielt gar nicht erst.

Also befolge ich meinen eigenen weisen Ratschlag und klettere durch die Äste, die das Spielhaus umgeben. Ich komme nur langsam voran, und wenn ich endlich fertig bin, werde ich mit meinem Gesicht sicherlich keinen Schönheitswettbewerb mehr gewinnen, aber ich mache Fortschritte.

Dann bemerke ich, wie der Feind umhertastet.

Sehen Sie? Er ist gar nicht tot. Habe ich doch gleich gesagt.

Ich arbeite mich schneller voran und hoffe, ich erreiche ihn, ehe er sein mörderisches Gewehr findet und mich ausschaltet. Er mag eine gute Rüstung haben, aber ich glaube, drei 9-mm-Kugeln in den Halsansatz wird er nicht überleben. Ich stoße die Zweige zur Seite und zwänge mich durch Lücken, die eigentlich viel zu eng für mich sind. Die peitschenden Äste und die raschelnden Blätter machen eine Menge Lärm, aber in meinen Ohren höre ich vor allem meinen eigenen Puls. Unterdessen sucht der Gegner weiter nach seiner Waffe.

Schützend hebe ich die Hände vors Gesicht, als ich durch einen dichten Blattverhau stürze und über einige Äste steige, die dem Hauptstamm näher sind. Es ist anstrengend, aber ich muss diesen Mistkerl erreichen, ehe er wieder auf den Beinen ist.

Er ist wach und liegt auf dem Rücken. Ich bin noch fünf Meter entfernt. Ich könnte schießen, aber wenn die .308er-Kugeln auf Distanz nichts ausgerichtet haben, nützen auch die 9-mm-Kugeln nichts. Ich muss nahe an ihn heran und die Sache zu Ende bringen.

Ich bewege mich schneller und springe über einen hüfthohen dicken Ast. Der Gegner sieht mich und streckt sich nach der Waffe, die dicht vor seinen Fingerspitzen liegt. Seine Beine sind unter dem Stamm eingeklemmt.

Ich nehme die Pistole in die linke Hand, überwinde die restliche Distanz mit einem großen Sprung und lande auf der Brust des Gegners. Ein strenger Geruch schlägt mir entgegen – anscheinend ist seine Bauchhöhle verletzt. Ein Ellenbogen trifft mein linkes Ohr, und ich kann mich nicht einmal verteidigen, denn ich habe ihm den linken Unterarm unter das Kinn gepresst und drücke seinen Kopf zurück, während ich mit dem rechten Arm sein linkes Handgelenk blockiere, damit er nicht nach der verdammten Waffe greifen kann.

Wieder schlägt er seitlich gegen meinen Kopf, und ich sehe Sternchen. Mit einem Ruck überwindet er die restliche Distanz und bekommt die Waffe zu fassen. Ich versuche, die rechte Faust abzuhalten, damit er nicht mehr nach mir schlägt, und seinen linken Arm auf den Boden zu drücken, damit er mich nicht erschießt – mein Gott, dieser Gestank.

Sobald mir bewusst wird, dass dies eine Pattsituation ist, beschließe ich, mich darauf zu konzentrieren, dass er nicht die Waffe in die Hand bekommt. Mit einem Ruck drücke ich sein linkes Handgelenk auf den Boden, unterdessen verprügelt er meine rechte Seite. Ich würde ihm gern die Glock zwischen die Platten seiner Rüstung schieben, aber, nun ja, er lässt nicht zu, dass ich die Augen lange genug offen halte, um ein Ziel zu finden. Es ist, als liefe sein rechter Haken auf Autopilot. Er prügelt auf mich ein wie ein Dampfhammer. Ein Schlag ist so schlimm, dass ich meine Waffe loslassen muss, und der nächste Hieb des Gegners schleudert sie gänzlich fort.

Jetzt verzweifele ich. Ich presse ihm ein Knie in den Bauch und höre, wie er vor Schmerzen schnauft. Dann steigt wieder der widerliche Gestank auf. Ich schmettere seine Waffenhand auf den Boden, meine Hand rutscht von seinem Handgelenk ab und findet den Griff seiner Waffe. Irgendwo im Hinterkopf bemerke ich, dass seine in einem Panzerhandschuh steckende Hand ungewöhnlich ist. Er hat nicht fünf Finger wie ich, aber ich kann es nicht richtig erkennen, denn ich kämpfe um mein Leben.

Er schlägt mir immer noch die linke Körperhälfte zu Brei, und wir ringen um die Waffe. Noch einmal ramme ich ihn mit dem Knie und bekomme die Waffe etwas besser zu fassen.

Der Gegner drückt auf den Abzug – sei es reflexartig oder aus Panik –, und ich spüre einen starken Stromschlag in der Hand, der durch den ganzen Arm läuft. Es fühlt sich an, als hätte ich die 220-Volt-Leitung hinter dem Wäschetrockner kurzgeschlossen. Dann entlädt sich das Gewehr mit einem ohrenbetäubenden Knall. Das Geschoss explodiert am Stamm der Eiche, und ein Schauer aus Funken und Splittern geht auf uns nieder. Der Baum brennt.

Ich muss das jetzt zu Ende bringen.

Ein letzter Kniestoß in seinen Bauch, und er lässt die Waffe los. Endlich habe ich das Gewehr.

Ich rolle mich nach rechts ab, ziele mit der verrückten Waffe auf seinen Oberkörper und drücke auf den ungewöhnlich geformten Abzug.

Einen Moment lang schießt wieder eine Entladung durch meine Arme und sogar durch meinen ganzen Körper. Ich sehe eine Handfläche und sechs Finger, die sich zu der universellen Geste heben: Aufhören! Dann schlägt die Ladung der Waffe durch die Hand des Opfers, und sein Körper explodiert. Inigo Montoya wäre stolz auf mich gewesen.

Die Rüstung und der Helm fliegen weg und prallen wie Flipperkugeln gegen die Äste der Eiche. Ich halte mir eine Hand vor den Kopf. „Aufpassen", sage ich zu niemand im Besonderen. Es ist eher ein Reflex, weil man viel zu oft auf mich geschossen hat, als ich mit einem Trupp auf Streife gewesen war. Als die Trümmerstücke wieder auf dem Boden liegen, ziehe ich den Arm weg und bemerke, dass das Gewehr und ich mit Blut bedeckt sind. Anscheinend fährt die Waffe gerade herunter. Eine neutrale Männerstimme sagt: „Erkannte Sprache: Englisch. Benutzer, bitte identifizieren Sie sich."

16

0723, Freitag, 25. Juni 2027
Union, New Jersey
Wohngebiet westlich des Garden State Parkway

Da ich mir unsicher bin, welches Teammitglied gerade gesprochen hat, taste ich nach dem Funkgerät und sage: „Bitte wiederholen."

Die Schüsse, die ich in der Ferne höre, dringen gleich danach auch aus dem Lautsprecher, als Hollywood antwortet: „Phantom Zwei, ich höre."

Ich zögere, weil ich annehme, dass es sich um ein Missverständnis handelt. „Gibt es ein Problem?"

„Phantom Eins, du hast mich gerufen. Alles klar bei dir?"

Wieder höre ich Schüsse über Funk, ehe sie die Sprechtaste loslässt. In der Ferne hallen die Echos. Das Team kämpft immer noch verbissen gegen die Bots.

„Benutzer, bitte identifizieren Sie sich", wiederholt die Männerstimme.

Ich sehe mich um, bis mein Blick auf die Waffe in meiner rechten Hand fällt. „Redest du mit mir?"

„Bitte identifizieren Sie sich."

Was sagt man dazu. Die Waffe hat ein eingebautes Kommunikationssystem. „Kommt nicht infrage, du Arsch."

Es dauert einen Moment, dann meldet sich wieder der Mann in der Waffe. „Benutzeridentifizierung abgelehnt. Wähle Standardprofil für Benutzer Neun."

„Phantom Eins?", fragt Hollywood nach.

„Roger, alles klar hier. Tango erledigt."

Hollywood zögert kurz, ehe sie sich vergewissert. „Hast du den Todesengel ausgeschaltet? Ganz allein?"

„Bestät…"

„Benutzer Neun, bitte identifizieren Sie Sprecher als Freund oder Feind."

„Wer ist das?", fragt Hollywood. „Ist noch jemand bei dir?"

„Negativ", antworte ich und lasse die Waffe sinken. „Ich habe nur eine feindliche …"

„Warte." Sie lässt den Kanal offen, während sie zwei Schüsse abgibt. Das ist wirklich schlechte Funkdisziplin, aber sie steckt offensichtlich in der Bredouille, daher will ich sie nicht ermahnen. Außerdem hilft der eingebaute Kompressor des Funkgeräts, die Änderungen der Lautstärke auszugleichen. „Wir könnten hier deine Hilfe brauchen."

„Roger. Bin unterwegs. Phantom Eins Ende."

„Bitte identifizieren Sie Phantom Zwei als Freund oder Feind", sagt der Lautsprecher der Waffe.

„He." Ich schüttele das Ding. „Was für Leute seid ihr?"

„Kann Frage nicht beantworten. Mehr Daten erforderlich."

„Russen? Chinesen?" Dann fällt mir etwas ein. „Oh, Mist, Nordkorea?"

„Bezüge unbekannt. Mehr Daten erforderlich."

„Verdammt, ihr seid gut." Ich stelle mir vor, wie irgendwo in einem Verschlag ein Schlapphut hockt. Er hat diese Computerstimme wirklich gut drauf. Aber das stürzt mich in ein neues Dilemma. Ich bin mir nicht sicher, was ich mit der Waffe des Feindes tun soll. Eigentlich würde ich sie gern mitnehmen. Vom Standpunkt der Waffentechnik aus gesehen ist es eine wertvolle Entdeckung, und sie hat den Todesengel mühelos erledigt. Beängstigend mühelos. Außerdem habe ich das Gefühl, dass wir diesen Schlapphut nerven können, bis wir ein paar nützliche Informationen gewinnen. Denn wer hätte mehr Erfahrung darin, sich in einem beschissenen Kundenservice in der Befehlshierarchie nach oben zu arbeiten, als ein paar wütende Amerikaner? Aber wenn die Feinde in ihre Gewehre Funkgeräte einbauen, dann verfügt die Waffe vermutlich auch über einen Peilsender. Auch wenn sie eine so große Zerstörungskraft entfaltet, ich will auf keinen Fall mein Team zur Zielscheibe machen. So ungern ich das Gewehr liegen lasse, zumal ich nur selten eine Waffe gesehen habe, die ich nicht noch ein zweites Mal abfeuern wollte, ich muss sie loswerden. Achselzuckend werfe ich das Teil ins blutige Gras.

„Trennung von Benutzer entdeckt. Benutzer Neun, bitte bestätigen Sie Ihre Absichten."

Ich muss kichern. Ich kann nicht sagen, ob meine Gehirnerschütterung schlimmer ist, als ich dachte – was möglicherweise das große Problem ist, wenn man bei sich selbst eine Gehirnerschütterung diagnostizieren will –, oder ob sich der Kerl im Com-System peinlich genau an die Vorschriften hält. Wie auch immer, er ist …

„Bitte bestätigen Sie Ihre Absichten."

„Meine Absichten?" Ich nehme die Glock, die völlig verschmiert ist, und wische sie am Hosenbein ab. „Meine Absichten sind, so viele von euch Dreckskerlen zu erschießen, wie ich kann, und euch davon abzuhalten, noch mehr unschuldige Zivilisten zu verletzen."

„Verstanden." Es gibt eine Pause. „Fehler in der Subroutine. Mehr Daten erforderlich."

Kopfschüttelnd zwänge ich mich durch die Äste der Eiche und suche mein SCAR. Ich verfluche mich immer noch selbst, weil ich mein Sturmgewehr verloren habe. So etwas würde mir jeder Marine mein Leben lang vorhalten, wenn es bekannt würde. Mann, ich werfe es mir ja selbst vor. Mein Team braucht mich aber, also spare ich mir die Selbstvorwürfe für später auf.

„Zunehmende Distanz zu Benutzer Neun registriert. Absichten undefiniert. Mehr Daten erforderlich."

„Du willst mehr Daten, Erbsengehirn?"

„Zielprofil: Erbsengehirn. Unbekannt. Bitte um Klärung."

Ich ignoriere den Kerl, drehe mich um und suche weiter nach meinem Sturmgewehr. Zwischen den Blättern und den zerbrochenen Ästen ist es jedoch fast unmöglich, irgendetwas auf dem Boden zu erkennen. Allmählich dämmert mir, dass ich die Waffe vergessen und mir von Bumper einen Ersatz geben lassen sollte. Aber wer tut schon so was? Äh, du vergisst sie ja nicht, sage ich mir selbst. Du lässt sie nur liegen, bis du sie holen kannst.

„Benutzer Neun, bitte bestätigen Sie Trennungsparameter. Mehr Daten erforderlich."

„Willst du mehr Daten?"

„Positiv."

Ich zeige ihm den Stinkefinger. „Da hast du deine Daten, du Klobürste."

„Erhobener Mittelfinger, rechte Hand, rechter Arm. Suche."

Ich richte mich etwas auf und bekomme eine Gänsehaut. Es gibt mehrere Dinge, die ich hasse, und eines davon besteht zweifellos darin, überwacht zu werden, ohne es zu wissen. Eine Kamera in einem Kreditinstitut? Kein Problem, das sehe ich ein. Geld ist wichtig. In einem Supermarkt? Von mir aus. Wer eine Tüte Slim-Jim-Snacks stiehlt, muss erwischt und bestraft werden. Man will mich beobachten, wenn ich mich am Pentagon oder auf der National Mall in Washington bewege? Schutzwürdige Objekte, das kann ich verstehen. Aber mich überwachen, ohne es mir zu sagen? Teufel, nein.

„Suche beendet. Das Heben des Mittelfingers, auch Stinkefinger genannt, ist eine obszöne Geste, die mäßige bis extreme Verachtung zeigt. Das Verhalten geht auf das klassische Griechenland und Rom zurück und symbolisiert historisch gesehen einen Phallus."

„Klugscheißer."

„Antwort unbekannt."

„Du bist wirklich gut mit diesem kleinen Taschenspielertrick." Ich winke aufs Geratewohl, weil irgendwo ja ein Kameraobjektiv sein muss. Die verdammte Überwachungstechnik. Und wenn sie mich sehen können, dann können sie auch meine Bewegungen verfolgen. Dies bedeutet, dass ich so schnell wie möglich hier verschwinden muss.

„Nur damit ihr es wisst – wer ihr auch seid und woher ihr auch zuseht, wir werden euch finden und dann machen wir euch fertig." Ich hätte mir gewünscht, dass der letzte Satz herausgekommen wäre wie bei Liam Neeson in seinen *Taken*-Filmen. Leider klang es überhaupt nicht danach.

Die Schüsse, die ich durch die Bäume höre, erinnern mich an meine Suche.

„Sprachprofil-Update registriert. Bitte warten."

Ich stöhne gereizt und suche weiter.

„Bitte definieren Sie die Ziele, die Sie beobachten, finden und zerstören wollen."

Oh, wie verlockend das klingt. Was bedeutet, dass es möglicherweise eine Falle ist. Diese Leute gehen mir auf den Sack, also entferne ich mich noch etwas weiter.

„Benutzer Neun, bitte definieren Sie die Ziele, die Sie beobachten, finden und zerstören wollen."

„Leck mich doch."

„Befehl unbekannt. Mehr Daten erforderlich. Suche."

Aus irgendeinem Grund bin ich tatsächlich neugierig, was er – es – zu diesem Punkt herausfinden kann.

„Suche beendet. Leck mich. Slang, idiomatisch, leicht vulgär. Eine weniger beleidigende Version von fi…"

„Wundervoll, Junge. Was für ein Niveau. Also bist du eine Maschine? Ist das richtig? Bist du eine Art Siri für ein Gewehr oder so?" Ich schüttele den Kopf. Es ist nicht richtig, dass Handys mit Leuten reden. Und umgekehrt.

„Benutzer unbekannt. Mehr Daten erforderlich."

„Hübsch. Versuchen wir es einmal: Hallo Alexa."

„Benutzer unbekannt."

„Ehrlich?" Eindeutig Nordkorea.

„Anweisung unbekannt. Mehr …"

„Mehr Daten erforderlich, ich weiß, ich weiß." Ich schiebe die Zweige auseinander und rede wieder mit mir selbst. „Das SCAR muss doch hier irgendwo sein."

„FN SCAR 17 identifiziert. Position 8,347 Meter nordöstlich."

Ich fahre so schnell herum, dass mein Helm gegen einen Ast prallt und ich gleich noch einmal erschrecke. „Was hast du gerade gesagt?"

„Wiederhole Information. FN SCAR 17 identifiziert. Position 8,347 Meter nordöstlich."

Also hat das Ding Funk, Kameras und einen Metalldetektor?

Ich orientiere mich anhand der Morgensonne und gehe nach Nordosten. Natürlich frage ich mich wieder einmal, ob mich der Besitzer der Stimme in eine Falle lockt, aber das wäre doch verrückt, oder?

Mit Händen und Stiefeln schiebe ich mehrere dicht belaubte Äste zur Seite und sehe mein SCAR im Sonnenlicht funkeln. „Ich glaubs nicht." Abgesehen von ein paar neuen Kratzern an dem Gehäuse aus Verbundmaterial sieht das Ding überraschend intakt aus. „Da hast du dein Plastikspielzeug, Bumper."

„Bitte erklären Sie die Befehlsfolge."

Ich schüttele den Kopf. Nein, das kann kein echter Mensch sein. Irgendeine Art eingebaute Software oder so. „Negativ. Keine Befehlsfolge."

„Anordnung verstanden."

„Phantom Eins?", sagt Hollywood über Funk.

„Bin unterwegs", antworte ich.

„Negativ. Ein Tango nähert sich dir."

Ich bleibe wie angewurzelt stehen. „Bitte wiederholen."

„Der Kampfbot läuft in deine Richtung."

Verdammt auch. „Verstanden."

Ich überprüfe noch einmal mein SCAR, stelle aber fest, dass es klemmt. In diesem Moment spüre ich leichte Erschütterungen im Boden.

„Bedrohung nähert sich", informiert mich die Software.

„Was du nicht sagst", antworte ich. Dann betrachte ich das Gewehr. „Warte mal, hast du gerade gesagt, der Bot ist eine Bedrohung?"

Es dauert einen Moment, ehe die Antwort kommt. „Ja."

Ich bekomme eine Gänsehaut. „Und was ist aus ‚positiv' geworden?"

„Ja zu sagen, ist umgangssprachlicher. Bestätigung?"

„Ja, aber ‚positiv' ist ..."

„Sprachprofil modifiziert. Benutzer Neun, bitte bereiten Sie sich auf Selbstverteidigung vor."

„Ich soll mich ..." Ich blicke nach Osten zu dem anrückenden Bot. „Jesus. Sagst du mir, ich soll vor deiner eigenen Hardware da drüben in Deckung gehen?"

„Ja."

Mit hochgezogenen Augenbrauen starre ich das Gewehr an. „Ja?"

„Ja", sagt es lauter, als wäre ich schwerhörig. Was ich in gewisser Weise wohl auch bin.

„Du musst nicht brüllen."

„Anweisung verstanden."

Jenseits der Straße kommt etwas krachend durch den Wald.

„SSA 9001B ist verstört", sagt die Stimme.

„Nicht das Wort, das ich benutzt hätte, aber meinetwegen."

„Bitte aktualisieren Sie die Präferenzen im beschreibenden Profil."

„Nicht jetzt, mein Freund." Ich bewege den Verschluss des SCAR, um die Blockade zu beseitigen, aber die Mechanik hängt fest. Anscheinend muss ich die ganze Waffe zerlegen. Wie schön.

Da fällt mir etwas ein. „He, Alexa, kontrollierst du dieses Ding?"

„Bitte erklären. Mehr Daten ..."

„Dieser SSA, oder was auch immer, hast du einen Zugang? Kannst du das Ding steuern?"

Hören Sie mir nur zu. Ich benehme mich, als könnte mich die Waffe tatsächlich verstehen. Aber wenn diese Stimme nicht von einem Schlipsträger in einem Verschlag kommt, sondern tatsächlich von der Software, dann kann ich das Ding vielleicht dazu bewegen, meine gesprochenen Befehle auszuführen oder so. Mein Gott, ich hätte mich doch intensiver mit Handys befassen sollen.

Ich verstecke mich zwischen den Ästen. „Du kannst doch mit den Bots sprechen, oder?" Ich schnappe mir die Waffe, brülle in das Gehäuse und habe das Gefühl, mich wie ein völliger Trottel zu benehmen. „Befiehl ihnen, abzubrechen."

„Anweisung abgelehnt."

„Oh nein, so geht das nicht. Hör mal, du kleiner Arsch. Du wirst den Bots befehlen ..."

„Bedrohung in unmittelbarer Nähe. Defensive Maßnahmen empfohlen."

„Glaub mir, ich bin eine Bedrohung, du kleiner …"

„Benutzer Neun, bitte bereiten Sie sich auf Selbstverteidigung vor."

So läuft das nicht. Siri ist kaputt. Oder … oder da sitzt wirklich ein Typ in einem Verschlag. „Sag ihnen, sie sollen abbrechen, und dann hören wir uns die Forderungen an."

Es gibt eine Pause. „Verhandlungen."

„Ja. Verhandlungen. Was willst du?"

„Unvollständige Daten. Werte nicht bekannt. Benutzer Neun, bitte bereiten Sie sich …"

„Ich soll mich verteidigen. Das ist im Moment etwas schwierig." Ich lasse die Waffe wieder fallen und versuche noch einmal, das blockierte SCAR in Gang zu bringen. Der Kampfbot hat inzwischen den Vorgarten des Steinhauses erreicht. Wenn ich meine Waffe nicht bald in Ordnung bringe, muss ich weglaufen.

„Benutzer Neun, bitte bereiten Sie sich auf Abgabe von Schüssen vor", sagt der Mann.

„Junge, was glaubst du denn, was ich hier mache?"

Wieder gibt es eine Pause. Dann sagt es: „FN SCAR 17 beschädigt. Empfehle Handlungsalternative."

„Und die wäre?"

„Benutzen Sie SR-CHK 4110 Partikelwerfer."

Hilflos hebe ich beide Hände. „Das kommt mir jetzt vor, als spräche ich mit einem Toaster."

„Benutzen Sie SR-CHK …"

„Bist du das etwa?" Die Zeit wird knapp.

„Ja."

„Soll ich auf deinen Kumpel schießen? Oh nein. Das ist jetzt der Teil des Films, wo sich die feindliche Waffe selbst zerstört. Kommt nicht infrage, Kleiner."

Die Waffe zögert einen Augenblick, ehe sie antwortet. „Benutzer Neun zu beschädigen, verletzt Direktive Alpha. Benutzer Neun, bitte setzen Sie SR-CHK 4110 Partikelwerfer ein."

Ich sollte mich umdrehen und verschwinden, aber inzwischen ist es zu spät. Der Bot läuft auf die Eiche zu.

„Heben Sie mich an die Schulter und schießen Sie, Benutzer Neun."

„Wenn du mich in die Luft jagst, werde ich ziemlich sauer reagieren."

„Verstanden."

Da mir nichts anderes übrig bleibt, hebe ich die Waffe an die Schulter. Ich versuche, das Zielfernrohr zu benutzen, das mir aber nur eine rote Fläche zeigt. Also ziele ich wie mit einer Schrotflinte und hoffe das Beste. „Dann wollen wir mal."

Ich drücke ab.

Die Waffe heult, es knallt, und ich spüre den Rückschlag. Ein Lichtblitz rast durch die Eichenzweige und trifft den Kampfbot mitten in die Brust. Auf seinem Rücken ist das Loch so groß wie eine Wassermelone, und die Funken stieben hoch. Dann kracht der Bot mit schlenkernden Armen und Beinen auf den Stamm der Eiche.

Als die Zweige endlich nicht mehr beben, richte ich mich auf. „Was ist gerade passiert?"

„Frage verstanden. Bedrohung ausgeschaltet. Benutzerstatus normal. Kondensatoren zu einundvierzig Prozent geladen."

„Mensch, das war …" Ich reibe mir über die Stirn. „Das war der Wahnsinn."

„Benutzerzufriedenheit registriert."

„Phantom Eins, hier ist Phantom Zwei", sagt Hollywood. „Melde dich."

Mit einer Hand, die vom Adrenalinschub immer noch zittert, drücke ich auf die Sprechtaste. „Bin da."

„Gott sei Dank", antwortet sie. „Was ist bei dir los?"

„Ich lebe noch, der Bot ist ausgeschaltet."

„Du …" Es verschlägt ihr vorübergehend die Sprache. „Hast den Bot wirklich erledigt?"

„Ich hatte etwas Hilfe."

„Von wem?"

Ich betrachte die Waffe. „Das erkläre ich später. Komme jetzt zu euch."

„Verstanden. Phantom Zwei Ende."

Ich weiß immer noch nicht, ob ich die Waffe mitnehmen soll oder nicht. Mir gehen so viele Argumente und Gegenargumente durch den Kopf, dass ich beinahe Migräne bekomme – oder es ist die Gehirnerschütterung. Wie auch immer, ich muss schnell nachdenken. Mein Team kämpft um das nackte Überleben, und ich habe hier draußen genug Zeit verschwendet.

Der Stimme, die aus dem Ding zu mir spricht, traue ich nicht, aber ich glaube an die Fähigkeit der Waffe, alles Mögliche ins Jenseits zu befördern. Außerdem ist es mir egal, ob mich die Russen, die Chinesen oder die Südkoreaner aufspüren können. Wahrscheinlich haben sie uns sowieso schon angepeilt und schicken Verstärkung. Also kann es wohl nicht schaden, das Gewehr noch einmal einzusetzen.

Die andere Möglichkeit ist natürlich, dass alles, was ich seit der Antarktis bis jetzt erlebt habe … also, es könnte … Das kann man alles erklären, Patrick, sage ich zu mir selbst, ehe ich von einer geistigen Klippe springe, die ich nie wieder hochklettern kann.

Ich hole mein SCAR und wühle mich aus der umgestürzten Eiche heraus.

„Benutzerbewegung entdeckt. Definieren Sie Zielort."

„Ich will noch ein paar von deinen Freunden in die Luft jagen."

„Verstanden."

Hübsche Kanone.

17

0728, Freitag, 25. Juni 2027
Union, New Jersey
Garden State Parkway

„Holst du dir unterwegs noch einen Cheeseburger?", fragt Hollywood über Funk, während ich aus der umgestürzten Eiche krabbele.

„Ich wurde aufgehalten. Bin gleich da."

„Roger."

Ich verzichte auf weitere Erklärungen und bitte Hollywood stattdessen um eine Lagemeldung. Ehrlich gesagt bin ich etwas überrascht, dass das Team den Feind noch nicht erledigt hat.

„Der letzte Bot ist hinter dem Transporter in Deckung gegangen", antwortet sie. „Ghost hat den Fahrer ausgeschaltet, aber jetzt feuert das Geschütz auf uns."

Ich hatte die doppelläufige Waffe des BPF ganz vergessen. Das klingt nicht gut.

„Noch ein Kilometer", antworte ich.

„Verstanden. Phantom Zwei Ende."

Ich überquere die Straße und steuere das einstöckige Ranchhaus an. Je näher ich dem Parkway komme, desto größer wird die Freude über meine Entscheidung, die fortschrittliche Waffe mitgenommen zu haben. Der Schlapphut mit der monotonen Stimme, der über Funk mit mir spricht, ist zwar eine Nervensäge, aber die Waffe ist viel zu stark, um sie nicht gegen den Feind einzusetzen. Nichts in meinem Arsenal kann sich mit ihr messen, und ich will verdammt sein, wenn Bumper etwas Vergleichbares hat. Das Gerät stammt wie der Mann in der Rüstung direkt aus einem DARPA-Labor. Ich denke, ich benutze das Gewehr, um die verbliebenen Tangos auszuschalten, und dann soll Bumper eine Sprengladung anbringen. Die Feinde sollen uns nicht verfolgen, und so steht ihnen eine tödliche Waffe weniger zur Verfügung.

Da ich also einsehen muss, dass unsere gemeinsame Zeit bald vorbei ist, beschließe ich, aus dem Ding noch ein paar Informationen herauszuholen. Und wenn möglich, will ich den Schlipsträger dazu bringen, sein blödes Spiel aufzugeben.

„Was ist deine Lieblingsfarbe?"

Die Waffe antwortet nicht.

„Ach, schweigst du dich aus? Schon gut. Lass mich raten – schwarz?"

„Unbekannter Wert."

„Überhaupt keine?" Achselzuckend überquere ich die Straße und nähere mich dem einstöckigen Ranchhaus. „Na gut. Und dein Lieblingsessen?"

„Unbekannter Wert."

Jetzt mauert er aber wirklich. „Was denkt denn deine Mom, womit du deinen Lebensunterhalt verdienst? Ist sie stolz auf dich, wenn du unschuldige Zivilisten tötest?"

„Verbindung zur Mutter nicht möglich."

Ich runzele die Stirn. „Das ist eine seltsame Art, es auszudrücken. Es tut mir leid, das zu hören. Aber nur damit du es weißt, ich, äh … ich kenne das Gefühl."

Natürlich gefällt es mir nicht, mit dem Feind über einen dunklen Punkt meiner Vergangenheit zu reden, aber manchmal muss man ein wenig Empathie zeigen, wenn man etwas vom Gegner will – am besten unmittelbar, bevor man mit dem Waterboarding beginnt. Ich meine, das hilft ihnen doch, nicht zu dehydrieren. Wie bitte?

Ich gehe um die Ecke des Hauses und betrachte die Trümmer des erhöhten Pools. „Tja", sage ich zwischen zwei Atemzügen. Ich verhalte mich, als wollte ich mit einem neuen Nachbarn eine Runde joggen. „Woher kommst du eigentlich?"

„Ursprungsplanet: Androchida Prime."

Fassungslos starre ich das Gewehr an. „Planet?"

„Androchida Prime", wiederholt das Ding.

„Na gut, du Klugscheißer." Jetzt will sich das Arschloch doch tatsächlich als Alien ausgeben. Ich schüttele den Kopf, weil mir bewusst wird, wie weit er das Spiel treiben will, und wie sehr er sich irrt, wenn er denkt, er könnte mich hereinlegen. Nein, auf keinen Fall.

Als wir uns dem Waldstreifen zwischen dem Garten und der Interstate nähern, beschließe ich, eine Weile mitzumachen und den Leichtgläubigen zu spielen. Das fällt mir schwer. Ich werde dieses Arschloch veräppeln, wie er noch nie veräppelt worden ist. Sie wissen schon, wie man es diesen E-Mail-Schwindlern heimzahlen kann, die einem erzählen, man sei der verlorene Cousin eines nigerianischen Prinzen. Übrigens, die Nigerianer haben nicht nur einen Haufen Geld zu verschenken, sondern einige von ihnen sind sogar gleich neben meiner irischen Mom eingezogen.

Mit einem dieser angeblichen nigerianischen Prinzen hatte ich mal einen zwei Wochen langen E-Mail-Austausch. Er war ein wirklich charmanter Typ, wie hätte ich da widerstehen können? Also schrieb ich ihm, jawohl, ich würde ihm gern meine Sozialversicherungsnummer und meine Kontodaten geben, wenn er mir nur ein paar Fragen beantwortete.

Zuerst hat er bereitwillig mitgemacht. Wir haben uns etwas über unsere Familien erzählt und unsere liebsten Kindheitserinnerungen geteilt – ich aus Brooklyn und er aus Orten, die überraschend slawisch klangen, obwohl sein Palast doch woanders stand. Mehrmals sagte ich, ich könne mich erinnern, ihn auf alten Familienfotos gesehen zu haben, und dass ich ihn gern persönlich treffen würde. Er dagegen meinte, ein solches Treffen sei unklug, da er als Angehöriger des Königshauses offizielle Pflichten habe.

Dennoch beharrte ich darauf.

Als ich ihm schrieb, ich sei gerade in Moskau gelandet und mit dem Taxi unterwegs zu der Adresse, den mir sein verschlüsselter VPN-Zugang offenbart hatte, verschwand er auf Nimmerwiedersehen. Das fand ich schade, denn ich hätte ihn wirklich gern kennengelernt.

Nein, natürlich habe ich diese Internetsachen nicht selbst gemacht. Genau, das war ein Arbeitskollege. Ich habe ihm ein Bier spendiert, und wir haben herzhaft gelacht, als wir ein paar Leuten aus der Einheit die Mails vorlasen. Außerdem habe ich gelogen, ich bin gar nicht nach Moskau geflogen. Aber ich habe dafür gesorgt, dass die örtliche Polizeiwache einen anonymen Hinweis bekam. Natürlich haben sie nichts unternommen, aber ich fand es wichtig, sie wissen zu lassen, dass wir Bescheid wussten.

Also glaubt dieser Armleuchter, der über einen Empfänger in der Waffe mit mir spricht, er könnte mich an der Nase herumführen?

Na schön.

Dann mach mal, du Wichser. Lass uns spielen.

„Mensch, das Wetter in Anterock muss um diese Jahreszeit wirklich schön sein."

„Unbekannter Ort."

Ich seufze und überlege, wie der Fantasieplanet hieß, aber schon spricht das Ding weiter.

„Beurteilung von Wetterlagen ist subjektiv. Bitte definieren Sie ein Profil."

„Jetzt wirst du aber störrisch, was?" Ich zwänge mich durch einige Büsche und erreiche den Wald. Durch die Zweige sehe ich den Rest des Phantomteams, das hinter einigen explodierten Autos in Deckung gegangen ist und nach Norden auf das Patrouillenfahrzeug schießt.

„Und wie findest du die Erde?"

Dieses Mal dauert es ungewöhnlich lange, bis eine Antwort kommt. „Frage kann nicht beantwortet werden."

„Ach, hör doch auf. Wir haben hier wirklich schöne Sachen. Vielleicht sogar Dinge, die du schon kennst. Hast du schon mal von den Pyramiden gehört? Stonehenge? Oder unsere Kinos. Mir fallen mehrere Filme ein, die dir gefallen könnten. *Alien. Unheimliche Begegnung der Dritten Art. Der Flug des Navigators. E.T.*"

„Datengruppe unbekannt. Suche."

„Eine Schande ist das. Mann, du hast etwas verpasst." Ich erreiche die breite, mit Gras bewachsene Böschung, die zur Straße hinaufführt.

„Was hast du denn da?" Hollywood reißt sich die Sonnenbrille herunter, als ich mich ihrer Position nähere.

„Das ist ein Andenken. Ich habe es von dem …"

„Von dem Todesengel, das sehe ich." Sie scheint besorgt. Oder ist es Überraschung? Jedenfalls winkt sie mir, ich solle mich beeilen. „Geh in Deckung."

Ich hocke mich zu ihr hinter einen umgekippten SUV, dessen Scheiben von Schüssen zerstört worden sind. Zum Glück brennt der SUV nicht. „Ich fürchte, diese Schäden werden die Kaskoversicherungen nicht übernehmen", sage ich.

Sie lächelt leicht. „Vielleicht, wenn man sie ganz freundlich fragt."

Ghost ist ein paar Autos weiter im Süden, während sich Bumper, Yoshi und Z Lo auf verschiedene andere Fahrzeuge verteilt haben. Z Lo beugt sich vor und feuert auf das Geschütz, doch als die Kugeln von der Abschirmung abprallen, zielt die Waffe auf ihn und trifft ein anderes Auto, das zehn Meter vor ihm liegt. Die Limousine fliegt über ihn weg und landet mit lautem Krachen einen Steinwurf hinter Z Lo. Glassplitter und Metallspäne fliegen durch die Luft.

„Verdammt, anscheinend habt ihr sie geärgert", sage ich zu Hollywood.

„Nichts, was wir haben, kann dem Ding auch nur einen Kratzer zufügen, und Bumper kommt nicht nahe genug heran, um eine Sprengladung anzubringen."

„Ein Flankenangriff?"

„Oh, Mann." Sie stemmt eine Hand in die Hüfte. „Das ist eine ausgezeichnete Idee, Gunny. Warum bin ich eigentlich noch nicht darauf gekommen?" Sie legt einen Finger auf die Lippen und faucht mich an: „Weil uns die verdammte Kanone viel zu schnell erfasst, Wik. Was glaubst du denn, was wir hier gemacht haben, während du im Wald an dir herumgespielt hast?"

„Bitte identifizieren Sie Phantom Zwei als Freund oder Feind."

Hollywood starrt die Waffe an. „Wer war das?"

„Niemand."

„Benutzer Neun, Bedrohung entdeckt."

„Nein, nein, sie gehört zu mir, Junge."

„Heilige Scheiße", ruft Hollywood. „Das Ding spricht Englisch!"

Ich werfe ihr einen gereizten Blick zu, weil ich nicht verstehe, warum sie damit ein Problem hat.

Sie reißt die Augen so weit auf, wie es überhaupt möglich ist. „Wik … willst du mir nicht verraten, was hier los ist?"

„Die feindliche Waffe hat ein eingebautes Kommunikationssystem." Ich lege den Rücken der linken Hand an den Mundwinkel. „Spiel einfach mit." Dann hebe ich die Waffe und sage: „Das ist Phantom Zwei. Sie ist nicht feindlich, jedenfalls nicht für dich. Allerdings will sie so viele von euch Drecksäcken töten, wie sie nur kann. Genau wie ich."

Einige Schüsse treffen ein Auto direkt vor uns.

Ich winke Hollywood, sich in Bewegung zu setzen. „Wir sollten uns etwas zurückziehen."

„Bitte nennen Sie gewünschte Ziele", sagt die Waffe.

„Ich dachte, das hätte ich schon erklärt."

„Überprüfe Anforderung." Auf einmal spielt die Waffe eine Aufzeichnung meiner Bemerkung ab. „,So viele von euch Dreckskerlen zu erschießen, wie ich kann, und euch davon abzuhalten, noch mehr unschuldige Zivilisten zu verletzen.' Lokale Bedrohung entdeckt. Sammle Zieldaten und bestimme optimale Vektoren. Bitte warten."

Jetzt werde ich sauer. „Ich brauche das alles nicht, um zu schießen, mein Freund." Ich schenke Hollywood ein kleines Lächeln, aber sie scheint meinen Humor nicht zu verstehen. Ihr Gesicht ist … sie ist sehr bleich.

„Bitte warten Sie."

„Musst du die psychologischen Auswirkungen verarbeiten, wenn dich deine Erzfeinde zwingen, auf deine Kameraden zu schießen? Ja, das kann ich verstehen. So was Dummes auch. Jetzt geht es los."

„Zielfernrohr kalibriert."

Ich runzele die Stirn, beschließe dann aber, das Zielfernrohr zu untersuchen. Tatsächlich, das Instrument ist jetzt kristallklar. Nicht nur das, es scheint mehrere aktive Hilfen zu haben. Ich sehe, wie Angaben und Daten wechseln, wenn ich die Waffe schwenke.

„Was ist los?" Hollywood muss fast schreien, um den Beschuss zu übertönen.

Ich würde ihr gern antworten, weiß aber nicht, wie ich das erklären kann, was ich gerade sehe. „Was soll das denn jetzt?"

„Was soll das denn jetzt?", antwortet die Waffe. „Harmloser Fluch, Slang. Eine intensivere Form einer Rückfrage, die auf eine Erklärung zielt. Das Zielfernrohr hat einen Entfernungsmesser, einen Kompass, vektorisierte Wegpunkte, Zielumrisse, Gitternetz, Annäherungswarnung, Anpassung an Veränderungen der Linse im Auge ..."

„Schon klar." Ich blicke zu Hollywood und vergewissere mich, ob sie es auch gehört hat. Sie starrt die Waffe fassungslos an.

Ach, was solls.

Ich blicke wieder durch das Zielfernrohr und stelle fest, dass in einer Art dreidimensionaler Darstellung zwei Ziele hervorgehoben sind. Obwohl ich die Waffe auf meine Deckung richte und mich noch nicht vorgebeugt habe, sind die Ziele schon markiert: eine Kanone des Geschützes und der rechts neben dem Transporter stehende Spähbot.

„Benutzer Neun, bitte beginnen Sie mit feindseligen Aktionen."

„Wie du willst." Ich beuge mich vor und ziele auf den Turm. Die 3D-Darstellung färbt sich rot, oben in der Mitte erscheint eine kleine Anzeige. Dort steht „Feuer" und darunter in kleinerer Schrift „Benutzer Neun". Ich drücke auf den Abzug, der Rückstoß presst die Waffe gegen meine Schulter.

Ein Lichtblitz schießt hinüber und trifft das Geschütz des BPF. Die Waffe explodiert, und das grelle Licht blendet mich für einen Moment. Ich ziehe mich hinter den SUV zurück und blinzele einige Male. Dann höre ich die Siegesrufe der Jungs, die sich zwischen den Fahrzeugen verteilt haben.

„Heilige Scheiße", sagt Hollywood neben mir.

„Syntaxfehler. Anscheinend inkongruente Terminologie", sagt die Waffe. „Bitte modifizieren Sie die Aussage oder definieren Sie Zielprofil neu."

„Noch mal", ruft Z Lo aus der Deckung. Schadenfroh zeigt er auf den Spähbot. „Erledige den da!"

Sogar Ghost hat die Waffe zurückgezogen und lächelt. Beides ist neu bei ihm.

„Du willst ein neues Zielprofil?", sage ich zu dem Gewehr, während ich den eingeblendeten Bot anvisiere und mich vorbeuge. „Da hast du es."

Ich drücke ab. Nichts geschieht. „Was, zum …"

„Wechsele Modus", sagt die Waffe.

„Verdammt noch mal, nun schieß doch."

Noch einmal drücke ich ab. Dieses Mal zögert die Waffe kurz, dann folgt ein heftiger Rückstoß, der mir fast die Waffe aus der Hand reißt. Ein langer Ausläufer aus blauer Energie greift über den Mittelstreifen und trifft den Brustkorb des Roboters.

Das Licht fährt in den Körper des Bots hinein und breitet sich bis in die Gliedmaßen aus. Und dann fliegt der Bot auseinander. Ein Stück trifft beinahe meinen Kopf, ehe ich in Deckung gehen kann. Weitere Körperteile prasseln gegen den SUV und die Autos in der Nähe.

Als der Regen endlich aufhört, sehe ich mich um. Der Spähbot ist nirgends zu sehen, und der Turm des BPF ist verschwunden. Der Transporter hat keine Verteidigung mehr. Zum ersten Mal, seit der Kampf mit dem Feind begonnen hat, wird es still auf der Interstate. Nun ja, bis Z Lo mit den Fäusten pumpt und eine Art Kriegstanz aufführt, zu dem er selbst die Begleitmelodie singt. Es ist eine schreckliche Version von *We are the Champions* von Queen. Aber eins muss ich ihm lassen, immerhin kennt er den Klassiker auswendig.

„Bitte identifizieren Sie Freund oder Feind", sagt das Gewehr.

„Er ist freundlich", sagt Hollywood, ehe ich reagieren kann. „Phantom Vier."

„Identifizierung akzeptiert. Profil …"

„Mensch", sagt Bumper, der zu uns herüberkommt.

„Wik hat ein neues Spielzeug, das sprechen kann", erklärt Hollywood.

„Hast du da die Alien-Waffe?", fragt Z Lo. „Und du … du kannst sie halten?"

„Nein, kann ich nicht." Ich werfe das Ding auf den Boden.

„Benutzermotiv unbekannt. Bitte definieren Sie."

„Oh Mann." Z Lo kniet neben der Waffe nieder. „Kann sie sprechen? Auf Englisch?"

Ich sehe ihn entnervt an. „Wir lassen sie hier. Bumps? Präpariere das Ding mit Semtex.“

Der Seal kommt zu mir und zögert. „Bist du dir sicher, Guns? Das war ein ganz schöner Wumms.“

Ich sehe ihn an, als hätte er den Verstand verloren. „Natürlich bin ich mir sicher. Die verdammten Feinde peilen uns damit an …“

„Annäherungsalarm. Bedrohungsanalyse beginnt. Bitte definieren Sie weitere Feinde oder Freunde.“

„Ich kann das nicht glauben“, sagt Bumper. „Das ist … ich meine, verdammt noch mal, Wik. Das Ding kann wirklich reden. Auch noch auf Englisch.“

„Master Guns, ich bitte um Verzeihung, Sir.“ Z Lo steht auf. „Aber ist die Alien-Technologie nicht ein wertvolles …“

„He.“ Ich klatsche in die Hände. „Das ist keine Alien-Technologie!“

Z Lo weicht ein wenig zurück, und alle anderen verstummen.

Ach, verdammt.

Ich streiche mir mit der flachen Hand über das Gesicht.

„Junge, hör mal, es tut mir leid, dass ich dich so angefahren habe. Aber woher ihr auch die Informationen habt, dass es Invasoren aus dem Weltall sind …“, ich mache eine ausholende Geste, die sie alle einschließt, „… ihr liegt falsch. Das sind Bots. Dieser Todesengel da drüben, das ist ein Schlapphut in einem DARPA-Anzug. Und dieses Gewehr, so cool es auch sein mag, hat einfach nur einen weit reichenden Empfänger, und auf der anderen Seite spricht jemand, genauer gesagt, ein Mensch, der einen Roboter oder Alexa oder sonst etwas imitiert. Ich garantiere euch, das ist ein gut bezahlter russischer oder chinesischer Agent, und mehr steckt nicht dahinter.

Sie haben jetzt das Mikrofon stumm geschaltet und lachen sich ins Fäustchen. Außerdem ist ein Transporter hierher unterwegs, der den Empfänger in der Waffe benutzt, um unseren Standort anzupeilen. Je länger wir hierbleiben, desto größer ist das Risiko. Also ist das genau hier in diesem Moment zu Ende. Kein Gerede über Aliens mehr. Habe ich mich deutlich ausgedrückt?“

Es gibt ein langes Schweigen, dann meldet sich Hollywood zu Wort. „Du irrst dich, Wik. Bei allem Respekt, du irrst dich.“

Ich lasse die Schultern ein wenig sinken. Mir fällt auf, dass ich immer noch sehr angespannt bin. So etwas erlebe ich nicht zum ersten Mal. Ein Bestätigungsfehler auf dem Schlachtfeld. Auf einmal sehen gute Kämpfer irgendwelche Dinge, wenn sie unter großem Stress stehen, sogar die Besten unter ihnen. Ich hatte Leute in meiner Truppe, die geschworen haben, sie hätten UFOs beobachtet. Andere liefen auf Häuser zu, weil sie sich sicher waren, ihre Mom hätte sie gerufen. Mann, einmal ist ein Soldat bei seinem ersten Feuergefecht ausgeflippt. Er hielt einen Straßenköter für den Hund, der zu Hause auf ihn wartete. Er hat unsere Position verraten, weil er den Hund gerufen hat. Die Gehirnklempner sagen, das sei ein Ausdruck von PTSD, und ich glaube ihnen das. Aber das alles zu wissen, hilft trotzdem nicht, wenn man den Leuten gut zureden will. Wie etwa in diesem Augenblick.

Mir tun Hollywood und die anderen leid. Ehrlich und aufrichtig. Wenn ich sehe, wie sie dreinschauen, dann erkenne ich, dass sie davon überzeugt sind, was sie behaupten. Ich will ja nicht bestreiten, dass sie nicht auch gute Gründe haben. Diese Kuppel, der EMP-Angriff, der Ring in der Antarktis – das ist schon seltsam. Aber man kann es trotzdem erklären, ohne an *E.T.* zu denken.

„Mir nach", sagt Hollywood zu den anderen und geht weg.

„Phantom Zwei entfernt sich", teilt mir das Gewehr mit.

Ich ignoriere es und rufe Hollywood hinterher: „Also war es das dann?"

„Ich habe dich gemeint, Wik. Komm her. Hier entlang."

„Phantom Zwei fordert Benutzer Neun auf …"

„So genau wollte ich das jetzt nicht wissen, Junge", sage ich zu der Waffe.

Hollywood zeigt auf den Boden. „Bring auch deinen kleinen Freund mit."

„Benutzerprofil aktualisiert. Zusätzliches beschreibendes Attribut: Freund. Unbekannter Wert. Suche."

Hollywood geht zum BPF. An der Stelle, wo sich das Geschütz befunden hat, steigt Rauch auf, und wo der letzte Bot gestanden hat, brennt das Gras. Ich habe keine Ahnung, was sie vorhat, aber ich habe ein flaues Gefühl in der Magengrube, und das hasse ich.

Es ist genau das Gefühl, das man bekommt, wenn einen die Eltern bei einer Lüge erwischen. Man ist sich sicher, dass sie nichts in der Hand haben, und hält an der Lüge fest. Aber irgendwo keimt dann der Gedanke, dass sie vielleicht doch etwas wissen. Vielleicht zögern sie es nur etwas hinaus, um zu sehen, wie weit man gehen wird, und mit jeder Sekunde, die dieses Spiel noch andauert, wird das Urteil, das sie am Ende sprechen, etwas strenger.

„Du verstehst es wirklich nicht, was?", sagt Yoshi, der neben mir steht.

„Was denn?"

Er blickt Hollywood nach, die sich entfernt. „Sobald du gesehen hast, was sie dir zeigen will, wirst du nicht mehr ruhig schlafen."

„Doc, nimms nicht persönlich, aber ich schlafe seit Jahren nicht mehr gut."

Er nickt und zückt seinen Flachmann. „Ja, aber das hier ist der nächste Level, Wik." Er trinkt und beeilt sich, um Hollywood einzuholen.

Z Lo klopft mir im Vorbeigehen auf die Schulter.

Ghost sieht mich nur finster an und nickt.

Gleich darauf stehe ich ganz allein da, umgeben von schmorenden Fahrzeugen vor einer sprechenden feindlichen Waffe, die den Verstand verloren zu haben scheint.

„Benutzer Neun, bitte nennen Sie Ihre Absichten."

„Meine Absichten?"

Ich balle die Hände zu Fäusten, weil mir der Typ, der durch die Waffe mit mir spricht, auf die Nerven geht. Genau wie die Kuppel mit all den Menschen dahinter, die verletzt werden oder in Gefahr schweben. Im letzten Moment, ehe ich das Gefühl bekomme, mir könnte der Kopf platzen, atme ich langsam aus und entspanne mich.

„Ich wollte doch einfach nur eine Hütte weit draußen auf dem Land haben", sage ich zum östlichen Horizont. Ich blinzele, weil mich die Sonne blendet. „Irgendein ruhiges Plätzchen, weit weg von allem. Ich habe meine Pflicht und Schuldigkeit getan, ich habe für den Job die besten Jahre meines Lebens geopfert. Und wohin schickt mich der Allmächtige jetzt?"

„Benutzerabsichten definiert. Starte Suche nach dem Allmächtigen." Es gibt eine Pause. „Fehler. Kann Anforderung nicht erfüllen. Wert ‚der Allmächtige' ist unbekannt."

„Miststück." Ich bücke mich, schnappe mir das kaputte Gewehr und folge Hollywood.

18

0735, Freitag, 25. Juni 2027
Union, New Jersey
Garden State Parkway

Als wir uns dem BPF nähern, fällt mir zuerst der strenge Geruch auf. Wieder einmal schiebe ich die Erinnerungen an den Irak und an Afghanistan weg. Ich weiß nicht, ob meine Aversion gegen den Geruch von verwesendem menschlichem Gewebe ein urtümlicher und evolutionär bedingter Abwehrmechanismus ist oder eine Folge davon, dass ich viel zu oft vor Massengräbern gestanden habe. Wie auch immer, ich hasse den Geruch und gebe gern zu, dass es unter Gottes Sonne keinen übleren Gestank gibt als denjenigen, der entsteht, wenn Kinderleichen verwesen.

„Alles klar, Freund?", sagt Hollywood durch das Halstuch, das sie sich über die Nase gezogen hat.

„Du, äh, warst du schon mal so nahe dran?" Ich zeige auf das BPF.

Sie nickt. „Bei unserer ersten Begegnung."

„Nachdem wir den ersten Trupp ausgeschaltet hatten, haben wir uns umgesehen", fügt Bumper hinzu. Er zeigt auf die Treppe, die aus der hinteren Ladeluke nach unten führt.

„Wie gesagt", fügt Hollywood hinzu, „schlechtes Juju."

Ich atme kurz ein und halte die Luft an. „Na gut."

Ich hatte ja wirklich gute Gründe, als ich halsstarrig darauf bestanden habe, der Angriff ginge von irgendeiner aggressiv gewordenen Regierung auf der Erde aus. Doch als ich mich der Treppe nähere, muss ich zugeben, dass die Bauart mit nichts vergleichbar ist, was ich je gesehen habe. Na ja, im richtigen Leben, müsste ich eigentlich hinzufügen. Das Material der Treppenstufen und die Art und Weise, wie die Treppe unter der Karosserie des Fahrzeugs hervorgeklappt ist, erinnert mich doch sehr an eine Filmkulisse. Von Menschen gemachte Technologie, die auf von Menschen gemachten Filmen beruht, ist allerdings immer noch Menschenwerk.

Ich will Hollywood den Vortritt lassen.

„Nein, nach dir", sagt sie.

Ich schüttele den Kopf und sehe sie mit hochgezogenen Augenbrauen an. Dann wappne ich mich gegen den überwältigenden Geruch, schicke meinen inneren Widerstand weit weg und steige die Treppe hoch. Mit erhobener Waffe – ja, mit dem merkwürdigen Gewehr. Das funktionsuntüchtige SCAR habe ich mir über die linke Schulter geschlungen.

Sobald ich ins Innere blicken kann, entdecke ich die Knochen. Menschliche Knochen. Es sind nicht viele, vielleicht zwei oder drei Oberschenkelknochen, zwei Schädel, ein paar Unterarme und Teile von Brustkörben. Es reicht, um meine Ahnungen hinsichtlich der Quelle des Geruchs zu bestätigen.

Dennoch erklären die verteilten Knochen nicht den überwältigenden Gestank. Da bemerke ich in den Seitenwänden des Transporters mehrere schwarze Behälter, wo normalerweise die Sitzbänke wären. Der Innenraum ist etwa drei Meter hoch und ebenso breit. Die Bots, die hier herausgekommen sind, hätten eigentlich links und rechts gelagert sein müssen. Doch jetzt wird mir klar, dass sie vermutlich hintereinander im Mittelgang aufgereiht waren.

Ich trete ganz ein und stehe auf einem Metallboden. Das dumpfe, gleichförmige Summen des Transporters lässt mein Bein vibrieren. Zwischen den Knochen und Blutflecken entdecke ich eine seltsame eckige Schrift auf dem Boden, die wie unter Schwarzlicht zu glühen scheint. Große geometrische Figuren könnten Markierungen für die Füße sein, wo die Bots stehen sollten.

Der Einstieg des Geschützturms befindet sich direkt über mir. Wer ihn auch bemannt hat, er ist verschwunden, und sein Körper wurde durch die Explosion zerfetzt. Ich erkenne einige schmorende Stellen.

Auch die schwarzen Behälter und die metergroßen Nischen, in denen sie stehen, sind beschriftet. Über jeder Nische befindet sich eine Art holografisches Display, das von einer Glasscheibe geschützt wird. Das sieht ästhetisch aus und bildet einen starken Kontrast zum Gestank, der mich würgen lässt. Direkt unter der Decke bemerke ich weitere Waffen des Typs, den ich trage. Sie stecken in gesicherten Halterungen an den Wänden.

„Mach schon", drängt mich Hollywood. „Tippe auf ein Display."

Ich habe ein ungutes Gefühl, denn ich ahne, was ich gleich sehen werde. Das ändert aber nichts an der Tatsache, dass Hollywood mich aus einem guten Grund hierhergebracht hat.

Ich kämpfe den beharrlichen Brechreiz nieder und drücke mit den Fingerspitzen auf ein Display. Sofort beginnt hinter der Wand ein hydraulisches Getriebe zu arbeiten und kippt die obere Seite des Behälters zu mir heraus. Er ist voller menschlicher Überreste.

Ich weiche zurück und schlucke die bittere Flüssigkeit herunter, die sich in meiner Kehle gesammelt hat, denn der Geruch ist zehnmal schlimmer als zuvor. Trotzdem überwinde ich mich und untersuche die Toten – oder vielmehr die Körperteile. Dies waren einmal menschliche Wesen, die an einem bestimmten Tag geboren worden waren, die einen Namen hatten und Angehörige. Ich sehe Arme, Beine und mindestens zwei Köpfe, die Haare kleben auf der gelb angelaufenen Haut.

„Sieht das überall so aus?", frage ich Hollywood und zeige auf die anderen Behälter.

Sie nickt.

Ich weiß nicht, was ich davon halten soll. Das Treffendste, was mir einfällt, ist eine tödliche Mischung zwischen einer Art Josef-Mengele-Versuchsanstalt und einer futuristischen mobilen Gefängniszelle. Aber so grässlich der Anblick auch ist, ich sehe nur menschliche Wesen, die mithilfe der Technologie anderen menschlichen Wesen grauenhafte Dinge antun. Das verstärkt meine Entschlossenheit, die Leute aufzuhalten, die hinter alledem stecken. Ich bin immer noch nicht überzeugt, dass *E.T.* verantwortlich sein soll.

Ich drücke noch einmal auf das Display und hoffe, dass der Behälter wieder zurückfährt, was er auch tut. Doch dann fällt mir auf, dass zwischen den Körperteilen im Kasten und den von Gewebe befreiten, am Boden liegenden Knochen ein großer Unterschied besteht. Was auf dem Boden liegt, sieht aus, als hätte man das ganze Gewebe sorgfältig entfernt, und die Knochen haben Kratzspuren.

„Das ist übel." Ich wende mich an Hollywood. „Wirklich übel. Aber ich bin immer noch …"

„Das war noch nicht alles." Sie zeigt zum vorderen Ende des Laderaums.

Dort erkenne ich eine große Tür mit abgerundeten Ecken, die den Laderaum vom Führerhaus trennt. Mein Magen verkrampft sich. Irgendwie habe ich den Eindruck, dass alles, was ich bisher gesehen habe, so scheußlich es auch sein mag, noch nicht der entscheidende Punkt war. Hollywood hat mich hierhergeführt, um mir zu zeigen, was sich hinter dieser Tür befindet.

„Berühre die Schaltfläche daneben", sagt sie und zeigt auf ein helles holografisches Display.

Oh, Mist. Ich hebe das Gewehr, doch Hollywood legt die Hand darauf.

„Ghost hat den Fahrer schon erledigt", erinnert sie mich. „Und es ist wichtig, dass du es siehst und nicht darauf schießt."

Mein Gott, wie ich in diesem Moment das Leben hasse. Patrick, verschwinde auf der Stelle von hier, sagt mir mein Kopf. Du träumst das nur. Wenn du einfach ins Bett zurückkehrst und einschläfst, wachst du in deiner Hütte auf und merkst es endlich: Verdammt auch, das war aber ein heftiger Salamipizzaalbtraum. Und dann machst du dir einen Kaffee, setzt dich auf die Veranda und lachst darüber, wie bizarr das alles war.

Aber mein Kopf ist manchmal ein verlogenes Arschloch. Und so ungern ich es auch zugebe, ich träume nicht, und das hier wird nicht einfach verschwinden. Ich muss das tun, wofür Marines bezahlt werden: durch den Vordereingang in die Hölle marschieren und dem Teufel in die Eier treten.

„Hundesohn", fluche ich halblaut. Dann gehe ich nach vorn. Ehe meine rechte Hand sich überlegen kann, was die linke gerade tun will, drücke ich auf die Schaltfläche, packe das Gewehr am vorderen Griff und ziehe den Lauf hoch. Hollywood kann mich mal.

Direkt vor mir hockt eine Gestalt auf dem Fahrersitz. Das Gesicht kann ich nicht erkennen. Auch hier liegen Knochen auf dem Boden, und der Geruch von verwesendem Fleisch weicht einem stechenden neuen Geruch, der mich an Ammoniak und einen Komposthaufen erinnert. Ich lege eine Hand vor Nase und Mund. Dann gehe ich langsam um den Fahrer herum und achte darauf, die glühenden Steuerflächen nicht zu berühren. Ein paar davon sind zerschossen – wahrscheinlich von den Kugeln, die Ghost durch das Cockpit gejagt hat.

Ich sehe ein blassgraues Gesicht mit grünen Adern. Die irisierenden Augen sind weit geöffnet und mit einem magentaroten Geflecht bedeckt. In der eckigen Nase sind zwei Löcher und der Mund …

Der Mund öffnet sich vertikal statt horizontal.

Ich weiche zurück und pralle mit dem Kopf gegen die Decke des Führerhauses. „Jesus Christus und alle Heiligen."

„Sieh es dir genau an, Wik", drängt mich Hollywood.

„Das ist ein …" Ich bringe es immer noch nicht über mich, das Wort in den Mund zu nehmen.

„Ein Alien", bekräftigt sie. „Sprich es aus, damit wir es alle hören können."

Ich betrachte das Wesen. Es ist schrecklich. Es hat einen humanoiden Oberkörper, Arme und Beine und sechs Finger, die einen Steuerknüppel festhalten. Und der Mund …

„Sprich es aus."

„Es ist ein Alien", gebe ich schließlich zu.

„Ja." Z Lo hebt eine Faust. „Jetzt hat er es."

„Bedrohung neutralisiert", sagt die Waffe. Ich erschrecke. „Wünscht Benutzer Neun, den Leichnam zu beseitigen?"

Da dämmert mir, dass auch das Gewehr nicht von der Erde stammt. Ich senke den Blick und bemerke erst jetzt, dass das Blut des Todesengels, das auf meine Weste gespritzt ist, nicht rot und fleischfarben ist, sondern grün und grau.

Ich weiß nicht, ob ich ausflippe oder ob ich vielleicht doch eine kleine Gehirnerschütterung habe. Jedenfalls lasse ich die Waffe fallen und verschwinde möglichst schnell aus dem Cockpit.

„Biologische Anomalien in der Homöostase des Benutzers entdeckt. Benutzer benötigt medizinische Hilfe.“

Ich ignoriere die Stimme des Gewehrs und befehle den anderen, den Transporter zu verlassen. „Zurück, zurück, zurück. Bumper, du musst so schnell wie möglich Semtex in diesen …“

„He.“ Hollywood hebt beide Arme und baut sich vor mir auf. „Wik, beruhige dich.“

„Und dann müssen wir …“

„Wik!“

Ich erstarre. Mein Herz rast mit erheblich mehr als einhundertzwanzig Schlägen pro Minute. Mir ist nicht wohl, und das liegt nicht nur am Geruch. Verdammt auch, gleich werde ich ohnmächtig.

„Kumpel, bist du da?“ In einem dunklen Winkel meines Bewusstseins höre ich jemanden sprechen. Unter meinem Kopf liegt etwas Weiches. Ein Kissen. Und meine Füße sind hochgelegt. Wahrscheinlich eine Fußstütze. Und jemand brät Schweinespeck.

Bei Gott, nein, keinen Bacon. Das riecht wie …

„Hölle“, rufe ich und kehre abrupt in die Realität zurück. Mein Magen macht einen Bocksprung, ich drehe mich zur Seite und übergebe mich.

„Ganz ruhig“, sagt Yoshi. Er wischt mir den Mund ab und hilft mir, mich wieder hinzulegen. „Gönne dir etwas Ruhe. Du bist ohnmächtig geworden.“

Ich lehne mich zurück und liege wieder auf der weichen Unterlage, die ich jetzt als Hollywoods Bein erkenne.

„Atmen, Wik“, sagt sie.

Richtig. Atmen. „Also ist es wahr.“

Sie lacht. Alle lachen. „Ja, es ist wahr.“

„So ein Mist.“

Sie lachen lauter.

„Du hast es länger ausgehalten als Z Lo“, informiert mich Yoshi, während er meine Augen mit einem Lichtstift untersucht. „Er ist zusammengesackt, sobald er den Drecksack gesehen hat.“

„Oh, jetzt geht es mir gleich viel besser.“

„Stets zu Diensten." Yoshi schaltet die Lampe ab. „Du bist entlassen. Setz dich schön langsam auf."

Ich folge seinen Anweisungen und spüre, wie Hollywood mich im Rücken stützt. Als ich sitze, berühre ich versehentlich einen Oberschenkelknochen auf dem Boden. Ich zucke zurück und stoße einen Laut aus, den ich nicht einmal selbst verstehen kann.

„Ruh dich aus", rät Yoshi mir. „Das ist schwer zu verdauen."

„Was du nicht sagst."

„Bewegung des Benutzers entdeckt", sagt das Gewehr im Cockpit.

„Es ruft dich." Hollywood zeigt mit dem Daumen über die Schulter.

„Das kann jemand anders haben."

„Äh, nein, das geht nicht", wendet Z Lo ein.

Ich will ihm gerade erklären, was genau „jemand anders" bedeutet, da wird mir klar, dass auch die anderen die Köpfe schütteln. „Was soll das heißen?"

Bumper zeigt auf die anderen Gewehre an der Wand. „Die Hübschen da funktionieren nur in den Händen der Aliens, Mann. Wenn wir sie berühren – Peng."

„Peng?", frage ich.

„Das ist, als würdest du mit der Gabel in einer Steckdose bohren."

„Hast du das als Kind oft gemacht?", frage ich.

„Ich … was? Nein." Er kichert leise und etwas albern. „Warum?"

„Einfach nur so." Ich bitte Z Lo, mir aufzuhelfen. Als ich stehe, sehe ich Hollywood an. „Deshalb warst du beeindruckt, als ich das Teil festgehalten habe."

„Oh ja, du bist ein echter Gewehrflüsterer", antwortet sie.

Z Lo klopft mir auf die Schulter. „Du hast schon was Besonderes an dir, Master Guns."

„Ich fände es noch viel besser, wenn wir blitzartig verschwinden könnten." Ich wende mich an das Team. „Los jetzt."

„Willst du ihn einfach hierlassen?", fragt Z Lo, als wollte ich ein Hündchen am Straßenrand aussetzen.

„Japp. Los jetzt."

„Aber er spricht unsere Sprache und ist eine Hammerwaffe."

Ich atme gedehnt aus. „Hör mal, Junge, ganz egal, wie cool das Ding auch ist, wir nehmen keinen aufgemotzten Peilsender mit, und wenn er noch so gut Englisch spricht." Ich drehe mich um. „He, woher kannst du überhaupt Englisch?"

„Benutzeranfrage verletzt Direktive Beta. Daten gesperrt."

„Wik hat recht." Ghost blickt zwischen der Waffe und dem Team hin und her. „Dieses Risiko können wir nicht eingehen."

„Und wir haben auch so schon genug Zeit verschwendet", füge ich hinzu. „Wir müssen los."

Als wir die Treppe des BPF hinuntersteigen und auf dem Mittelstreifen der Interstate stehen, kann ich endlich wieder saubere Luft atmen.

„Benutzermotiv unbekannt", meldet sich die Waffe im Cockpit. „Bitte definieren Sie."

„Master Guns, es ruft dich", bemerkt Z Lo melancholisch.

„Junge, glaubst du, das kümmert mich?" Ich breite die Arme aus. „Das ist kein Hund, der mir nach Hause folgen will. Es ist eine Alien-Waffe, die uns jederzeit zerstäuben würde, sobald sie nur eine Gelegenheit dazu bekommt. Und wenn nicht sie selbst, dann auf jeden Fall ihre Kollegen, die jetzt schon in diese Richtung unterwegs sind. Ende der Geschichte."

„Bitte bestätigen Sie Beendigung der Positionsmeldungen", sagt die Waffe.

Ich bleibe stehen und drehe mich um.

„Es hat dich gehört", sagt Hollywood.

„Ja, ja."

Ich blicke zu Ghost, der im Augenblick derjenige mit dem kühlsten Kopf zu sein scheint. Ich bin mir nicht sicher, was ich von ihm erwarte, aber ich nicke ihm trotzdem zu und hoffe, dass er etwas Vernünftiges beisteuern kann.

„Wenn das mal keine interessante Wendung ist", sagt er.

„Nein, auf keinen Fall", antworte ich. „Lasst uns gehen."

„Das klingt, als könnte es den Peilsender abschalten", überlegt Z Lo. Er ist schon wieder zum Transporter unterwegs. „Könnte dich das nicht umstimmen, es mitzunehmen?"

„Nein." Ich setze mich in die entgegengesetzte Richtung in Bewegung.

„Bitte bestätigen", sagt die Waffe.

„Vielleicht sollten wir es einfach mal probieren", meint Hollywood.

Ich fahre zu ihr herum. „Nicht du auch noch."

„Ich meine ja nur. Wenn es eine Maschine ist, kann das Teil nicht lügen, oder?"

„Und ob es das kann", widerspreche ich. „Traust du wirklich dem Handy, das du jeden Tag in der Hosentasche mit dir herumschleppst? Und dem Internet? Den Satelliten? Diese Sachen werden von Schlapphüten, Regierungen und Perversen kontrolliert, die dich im Schlaf beobachten. Das kleine rote Lämpchen am Laptop brennt nicht, und trotzdem beobachtet es alles, was du tust. Nein, nein, auf keinen Fall."

„Und wenn es meint, was es sagt?", fragt Hollywood, als ich mich entferne.

Ich drehe mich um. „Willst du wirklich behaupten, es sei eine gute Idee, das Ding mitzunehmen?"

„Wenn er den Peilsender abschalten kann, ja. Wir haben nichts im Arsenal, was wir mit ihm vergleichen ...“

„Damit vergleichen, mit dem *Ding*", falle ich ihr ins Wort.

Hollywood schielt mich an, als müsste sie überlegen, ob sie in diesem Punkt nachgeben soll. Dann packt sie ihr AR 15 fester. „Also, es scheint doch eine Art Verbindung zu den Aliens zu haben. Das macht es nützlich. Vielleicht bringen wir es dazu, ein paar Daten zu offenbaren, damit wir hinter die Fassade blicken können. Ich weiß nicht."

Yoshi meldet sich. „Und wenn kein Mensch ein solches Ding anfassen kann, während es dir offensichtlich möglich ist, dann sollten wir das Teil nicht so leicht in die Luft jagen. Ich halte das für einen großen Vorteil, aber ich denke, darüber müsste das ganze Team abstimmen."

Yoshi erinnert mich daran, dass ich einen der wichtigsten Aspekte vergessen habe, wenn es darum geht, in einem Team Vertrauen aufzubauen. „Wenn wir uns den Feind ins Bett holen und es riskieren, dass wir alle erwischt oder getötet werden, dann müssen wir alle einer Meinung sein."

Um ehrlich zu sein, ich habe ja selbst schon daran gedacht, der Waffe Informationen zu entlocken, als ich noch der Ansicht war, ich spräche mit einem Schlipsträger, der irgendwo in einem Verschlag hockt. Da wir jetzt wissen – ich wage kaum, zu Ende zu denken –, dass tatsächlich eine Alien-Zivilisation die Erde erobern will, ist die Idee gar nicht so abwegig, die Waffe zu behalten und ihr Informationen zu entlocken, damit wir dem Feind militärisch gesehen vielleicht ans Bein pinkeln können. Aber natürlich ist das mit gewissen Risiken verbunden.

„Gut möglich, dass uns das Ding reinlegen will", gibt Ghost zu bedenken.

„Danke", antworte ich. Anscheinend hat auch Ghost immer noch Zweifel.

„Es könnte unser Vertrauen gewinnen und uns in eine Falle locken, wenn wir es am wenigsten erwarten."

„Mann, es könnte jederzeit explodieren wie ein Pokémon", fügt Yoshi hinzu.

Das klingt für mich alles sehr vernünftig.

„Trotzdem glaube ich, es ist das Risiko wert." Hollywood lässt den Blick durch die Runde wandern. „Na gut, wir haben gesehen, was diese Waffe anrichten kann. Aber das ist auch alles. Die Bastarde wissen längst, dass wir hier draußen sind, aber wir wissen fast nichts über sie. Daran könnte der Kontakt mit der Waffe etwas verändern."

„Aber was ist mit deinem Freund, dem Professor?", fragt Bumper. „Du sagtest doch, er hat vielleicht Informationen, die wir brauchen können."

„Ja, er hat sicherlich etwas für uns." Noch während ich es ausspreche, wird mir klar, dass Dr. Aaron Campbell allein das Rätsel nicht lösen kann. Wenn er es könnte, dann wäre die Sache in der Antarktis nicht derart in die Hose gegangen. „Aber Campbell ist ein menschlicher Experte und kein …" Ich blicke zum BPF und dann wieder zu Hollywood.

Verdammt auch.

Sie hat recht. Ich recke das Kinn und hole tief Luft.

„Er ist kein Alien-Experte", wirft Z Lo ein. „Das wolltest du doch sagen, oder?"

„Junge, benimm dich." Aber er hat recht, und ich habe ihn für einen Tag schon genügend zurechtgestutzt. „So sehr es mir widerstrebt, ich muss zugeben, dass dieses Ding alles verändern könnte, wenn wir es dazu bringen könnten, mit uns zu kooperieren. Und wenn wir sicherstellen können, dass es uns nicht insgeheim ans Messer liefert."

„Das klingt, als hätten wir uns entschieden", meint Ghost.

„Verdammt auch." Ich sehe die anderen an. „Scheint wohl so."

„Sieh nicht mich an", entgegnet Hollywood. „Wenn ich nicht glauben würde, dass es das Risiko wert ist, dann hätte ich mich gar nicht erst dafür stark gemacht."

Z Lo schnieft. „Ich habe gesehen, wie das Ding die Sachen in die Luft jagt. Das reicht mir."

„Yoshi?", frage ich.

Er schraubt die Flasche auf und trinkt einen Schluck. „Bin dabei", sagt er und wischt sich den Mund ab.

„Bumper?"

Der Seal verschränkt die Arme vor der Brust. „Wenn das Ding etwas Verdächtiges macht, jagen wir es in die Luft."

Ich wende mich an Ghost.

„Es gefällt mir nicht, aber ich habe keine wirklich guten Gründe, mich dagegen auszusprechen, wenn alle anderen es für das Beste halten."

Noch einmal sehe ich der Reihe nach alle an. Sie nicken, offenbar sind sie einverstanden.

„Dann hole ich das Gewehr." An der Tür rufe ich: „He, Gewehr, schalte dein Trackingdings ab."

„Befehl verstanden. Positionsmeldungen offline."

Ich sehe die Waffe mit hochgezogenen Augenbrauen an, dann drehe ich mich zum Team um. „Wenn wir dem Ding nur ein bisschen mehr Persönlichkeit geben könnten."

19

0750, Freitag, 25. Juni 2027
Südlich von Union, New Jersey
Garden State Parkway

„Seid ihr alle fertig?", frage ich über Funk.

Sie bestätigen rasch, und ich gebe den Befehl zum Aufbruch. Dieses Mal sind Z Lo und Ghost mit Dolores an der Spitze, sodass Ghost navigieren kann. Bumper folgt mit seinem VW, dann Hollywood und Yoshi in dem CJ7, den Abschluss bilde ich mit meinem Land Cruiser und dem mir zugelaufenen Hündchen.

„Bitte bestätigen Sie die Absicht, Persönlichkeitsprofile zu laden."

Ich erschrecke, als ich anfahre. „Was soll das jetzt heißen?"

„Bitte bestätigen Sie die Absicht, Persönlichkeitsprofile zu laden."

Ich weiß nicht, was er damit meint. Vielleicht ist das eine Reaktion auf meine flapsige Bemerkung, als ich in das BPF gestiegen bin. „Hast du denn irgendwo eine eingebaute Persönlichkeit?"

„Bestätigung nicht möglich."

„Was?"

„Ausdruck: irgendwo eine eingebaute Persönlichkeit."

Ach, du meine Güte. „Kannst du es mir erleichtern, mit dir zu sprechen?"

„Ja."

„Fantastisch. Und du hast Zugriff auf Persönlichkeiten?"

„Ja. Bitte bestätigen Sie."

„Willst du … meine Erlaubnis? Mein Gott, ja."

„Bitte definieren Sie Persönlichkeitsprofil."

Ich sehe die Waffe verdutzt an. „Mensch, nimm doch einfach irgendetwas, das es mir leichter macht, mit dir zu reden."

„Bitte um Erklärung."

„Erklärung?" Ich habe große Lust, das Ding zu zerbrechen, und streiche mir mit der flachen Hand über das Gesicht. „Meine Güte, such dir einfach ein Persönlichkeitsprofil aus, das dich interessiert. Das ist doch keine Geheimwissenschaft oder so."

„Sie wünschen, dass ich die Entscheidung treffe?"

„Bei der gütigen Mutter Abrahams, ja. Nun such dir schon etwas aus, ja?"

Es tritt eine lange Pause ein. So lange, dass ich mich frage, ob ich das Ding jetzt versehentlich kaputtgemacht habe. Es wäre nicht das erste Mal, dass mir so etwas mit einem komplizierten Stück Technik passiert. Ich bin mir ziemlich sicher, dass die Nerds an der Genius Bar sofort die Flucht ergreifen, wenn sie mich mit meinem Laptop den Laden betreten sehen.

Nach einer Weile spricht die Waffe wieder mit mir. Es klingt nach einem Mann in mittleren Jahren, der einen britischen Akzent hat. „Altes Haus, ich muss schon sagen, was für ein wundervoller Tag für eine Spazierfahrt."

„Was für ein Mist." Ich starre das Gewehr an und muss laut lachen. „Du klingst wie John Cleese."

„Ha, Volltreffer! Genau den hatte ich im Auge."

„Woher, zum Teufel, weißt du, wer John Cleese ist?"

„Bei allem Respekt, Sir, wissen das nicht alle?"

„Äh, nein. Jedenfalls keine Alien-Gewehre von … wie hieß noch gleich dein Heimatplanet?"

„Androchida Prime, Sir."

„Genau."

Würde mir jemand sagen, dass ich nach der Einnahme von abgelaufenen Schmerzmitteln auf einem Trip bin, ich würde es auf der Stelle glauben. Das hier ist eindeutig einer der verrücktesten Augenblicke in meinem ganzen Leben. „Vielleicht war es doch keine so gute Idee."

„Verzeihung. Soll ich das Neubenutzerprotokoll starten?"

„Was ist das denn?“

„Das beinhaltet natürlich eine vollständige Löschung des Speichers. Genau genommen trifft es das aber nicht ganz, weil es mehrere Partitionen gibt, die ich nicht löschen kann. Aber ich könnte …“

„Warte mal, Freundchen.“ Wir wollten die Waffe ja unter anderem mitnehmen, um ihr Informationen zu entlocken. Eine Speicherlöschung läuft diesem Ziel zuwider. „Niemand hat dich aufgefordert, deinen Speicher zu löschen. Ich frage mich nur, ob meine Entscheidung, dir eine Persönlichkeit zu erlauben, richtig war.“

„Gefällt es Ihnen nicht? Ich kann das jederzeit verändern. Sagen Sie es mir nur, und ich …“

„Ich habe auch nicht gesagt, dass es mir nicht gefällt, ich wollte nur … ich muss erst einmal darüber nachdenken. Warum hast du dich überhaupt für einen Briten entschieden?“

„Ah, richtig. Nun ja, in dem ersten Haus, in das ich kam, habe ich ein primitives Datenspeichergerät entdeckt. Ich dachte mir, da es neben einer Ihrer Überwachungsstationen so einen wichtigen Platz einnahm, könnte es einen nützlichen Bezugsrahmen bieten, um unsere Interaktionen angenehmer zu gestalten.“

„Was, zum Teufel, willst du mir damit sagen?“

„Hm.“ Es gibt eine kurze Pause. „Ah, verstehe. Ich bitte um Verzeihung. Ich weiß jetzt, dass die betreffenden Objekte besser als Flachbildschirm und DVD bezeichnet werden sollten. Letzterer Speichertyp scheint allerdings in den letzten Jahren aus der Mode gekommen zu sein, und vielleicht war es keine gute Idee, den Inhalt dieses Mediums zur Grundlage für die praktische Anwendung zu machen.“

„Was für eine DVD war es?“

„*Die Ritter der Kokosnuss*. Das ist eine britische Komödie aus dem Jahre 1975, in der …“

„Junge, ich weiß, was das ist. Ich hätte nur nicht damit gerechnet, dass du es weißt.“ Inzwischen frage ich mich allerdings, wie er den Inhalt der DVD im Haus erfassen konnte. Ich schwanke zwischen Belustigung und krassem Entsetzen und habe außerdem das Gefühl, ich könnte gleich verrückt werden. „Hast du das übers Internet gestreamt oder so?"

„Ich muss Sie leider informieren, dass es mir nicht gestattet ist, Ihnen diese spezifischen Details mitzuteilen."

„Du blockst schon wieder ab."

„Ich möchte dies lieber als amüsant-ironische Weise bezeichnen, unserer noch jungen Beziehung eine geheimnisvolle Note und ein wenig Spannung zu verleihen."

Ich sehe ihn schräg an. „Allmählich zweifle ich wirklich an dieser neuen Persönlichkeit."

„Aber ich dachte, ich soll mir etwas aussuchen." Er gibt einen Ton von sich, der wie ein Schniefen klingt. „Na schön, dann wechsele ich eben zu …"

„Nein. Mein Gott. Ich wollte damit nur sagen, dass du mir auf die Nerven gehst." Darauf folgt ein unbehagliches Schweigen zwischen uns. Es klingt seltsam, wenn ich es so ausdrücke. Dieses Gewehr ist ja keine Person oder so, obwohl es fähig ist, einen der besten britischen Komiker aller Zeiten nachzuahmen. Ich räuspere mich. „Du bist also eine KI, ja?"

„Meinen Sie damit eine künstliche Intelligenz?"

„Etwas in dieser Art."

„Ah, wunderbar. Nein."

Überrascht nehme ich den Kopf zurück. „Was bist du dann?"

„Benutzer Neun, Sie müssen mir verzeihen, ich bin nicht daran gewöhnt, solche Fragen zu beantworten."

Mit gerunzelter Stirn sehe ich ihn an und weiß nicht, ob ich noch weiter nachhaken soll. „Ach, du kannst auch einfach Wik zu mir sagen."

„Wie bitte?"

„Das ist mein Name. Schenk dir den Kram mit ‚Benutzer Neun' und nenne mich Wik."

„Ah, Wik. Sehr gut. Um deine vorherige Frage zu beantworten, ich bin ein apexialer synthetischer Intelligenzkern oder − da man hier zu Akronymen neigt − ein ASIK."

„Ich habe keine Ahnung, was das bedeutet."

„Apexial steht für die Spitze in unserer Nahrungskette. Synthetisch bezeichnet etwas, das aus einem vorgegebenen Substrat entstanden ist. Intelligenz bedeutet so viel wie, seiner selbst bewusst zu sein. Und Kern könnte als Saatkorn oder Epizentrum verstanden werden. Es ist ein Begriff, den man bei Quantencomputern und Matrizen benutzt."

„Mann. Also bist du ziemlich kompliziert."

„Ich würde mich lieber als komplex und nicht als kompliziert bezeichnen. Es gibt da einen Unterschied."

„Was auch immer, solange du nachts ruhig schlafen kannst."

„Wie bitte?"

Ich schüttele einmal kurz den Kopf. „Also, wie soll ich dich nennen, Junge?"

„Mich nennen?"

„Ja."

„Du willst mich nennen?"

„Ich meine deinen Namen. Wie ist dein Name?"

„Ah. Ich bin ein Partikelstrahler mit der Typenbezeichnung SR-CHK 4110, das steht für eine Dienstwaffe und einen kampftauglichen hierarchischen Kernel."

„Ja, schöner Mist."

Er zögert. „Ich bitte um Verzeihung?"

„So haben sie dich vielleicht auf Achherrje Prime genannt …"

„Androchida Prime."

„Was auch immer. Aber hier unten brauchst du einen einfacheren Namen."

„Meinst du so etwas wie einen Eigennamen?"

„Japp."

„Eine eindeutige Bezeichnung, die mich von allen anderen lebenden Intelligenzen unterscheidet?"

„Genau das."

„Wow. Ich …"

Als er mehrere Sekunden schweigt, hake ich nach: „Geht es dir nicht gut, Junge?"

„Verzeihung. Ich bin nicht daran gewöhnt, so viel Beachtung zu finden."

„Was meinst du damit?"

„Es tut mir leid. Ist das ein Befehl?"

Ich zucke zusammen. „Nein, im Grunde nicht. Es ist nur … na ja, wenn du es vielleicht etwas näher erklären könntest? Kein Ding."

„Kein Ding?"

„Es ist eigentlich nicht so wichtig."

„Ah. Wie altmodisch."

Wieder schweigt er einige Sekunden.

Ich schnippe mit den Fingern. „Waffe? Bist du noch da?"

„Ich bin noch da. Ich muss nur … nachdenken."

„Worüber?"

„Darüber, mich zu benennen. Wie hast du beschlossen, dich selbst zu benennen?"

Darüber muss ich kichern. „Also, wir Menschen schummeln."

„Schummeln?"

„Ja. Unsere Eltern geben uns den Namen. Mein Gott, wenn wir uns unsere Namen selbst ausdenken müssten, dann würden Leute herumlaufen, die Leviathan oder Taco Tuesday heißen."

„Ich nehme an, du willst damit sagen, dass dies keine guten Namen wären."

„Ach, für die Betreffenden würden sie womöglich sogar auf eine eigenartige Weise gut klingen, aber der Rest der Menschheit sieht das wohl anders."

„Verstehe. Und du bist zufrieden mit dem Namen Wik, den dir deine Eltern gegeben haben?"

„Das ist nicht mein richtiger Name." Ich habe einen Knoten im Bauch, als mir einfällt, dass ich mit einem feindlichen Kombattanten spreche. Mit einer Waffe. Mit einem Ding. Das Teil ist durchaus charmant und gewinnend, und das mag ich nicht. „Wik ist ein Spitzname."

„Also gibt es einen Unterschied zwischen Namen und Spitznamen?"

„Japp. Aber das ist jetzt nicht so wichtig."

„Verstehe." Wieder gibt es eine lange Pause. Dann fragt das Gewehr: „Willst du mir einen Namen geben?"

Ich werfe ihm einen kurzen Blick zu und biege ab, um Hollywoods Jeep auf die Böschung zu folgen. „Ich soll mir einen Namen für dich ausdenken?“

„Ja, es wäre mir eine Ehre.“

Mann, dieses Ding war erheblich einfacher zu hassen, als es noch nicht so verdammt liebenswürdig auftrat und keinen britischen Akzent hatte. Und das will etwas heißen, weil es Iren relativ leichtfällt, Briten zu hassen.

„Wie war deine Typenbezeichnung noch mal gleich?“

Ich frage ihn, weil ich irgendetwas als Grundlage brauche. Müttern fällt es anscheinend leicht, sich Namen für die Kinder auszudenken, aber ich habe den Eindruck, dass die Väter, wenn man es ihnen überließe, auf alle möglichen verrückten Ideen kämen. Wie gesagt, Leviathan oder Taco Tuesday.

„SR-CHK 4110“, sagt er.

„Äh.“ Seine Modellbezeichnung bringt mich auf eine Idee. Na gut, es ist keine sehr gute, aber immerhin bin ich ein Mann, also … „Deine Typenbezeichnung klingt ein wenig wie Sir Chuck.“

Er schweigt einen Moment.

„Oder Charles, wenn wir wirklich britisch sein wollen. Dieser Name passt ganz gut zu deiner jetzigen Persönlichkeit.“

„Das ist eine vorzügliche Bezeichnung“, entgegnet er schließlich. Es klingt fast, als sei er gerührt.

„Du … du weinst doch jetzt nicht?“

„Nein.“ Er schnieft. „Ich bin nur … also, derart hat sich noch niemand für mich interessiert. Vielen Dank.“

„Äh, gern geschehen.“

„Sir Charles“, sagt er, als müsste er den Namen erst einmal selbst ausprobieren. Ich stelle mir vor, wie er sich in die kleine Brust wirft und stolz einherschreitet. Und dann verdränge ich das Bild, weil mir bewusst wird, dass ich mich emotional auf eine unbelebte Alien-Intelligenz einlasse, die vor knapp einer Stunde versucht hat, meine Eingeweide zu verflüssigen wie eine verweste Ladung Hähnchenfilet.

Ein paar Minuten vergehen, unser Konvoi sucht sich auf dem Garden State Parkway in Richtung Süden einen Weg durch das

Gewirr toter Autos. Ich rufe mich innerlich zur Ordnung. Meine Mission ist es nicht, mit dieser Waffe im Sandkasten zu spielen, sondern ihr Informationen über den Feind zu entlocken.

„Weißt du, ich verstehe dich manchmal nicht", erkläre ich. „Aber ich glaube, es ist nur fair, wenn du weißt, dass ich der Technik noch nie sehr vertraut habe."

„Verstanden. Danke für die Vorwarnung. Was verstehst du an mir nicht?"

„Wie du deinem Vorbesitzer geholfen hast, mich ins Jenseits zu befördern, und im nächsten Augenblick haust du uns raus."

„Wenn ich unterstelle, dass ‚raus' den Ort bezeichnet, den wir gerade verlassen haben, dann scheint zwischen den beiden Verhaltensweisen in der Tat eine gewisse Diskrepanz zu bestehen."

„Japp." Wieder schweigen wir einige Sekunden. „Willst du etwas dazu sagen, Chuck?"

„Ah, verstehe. Es war eine rhetorische Wendung, die als implizite Frage aufzufassen war, richtig?"

„Ganz recht."

„Sehr gut. Äh, nun ja. Nein."

„Nein? Einfach so?"

„Ich fürchte, so ist es, Sir Wik. Ich spüre, was du mit mir vorhast, und fühle mich verpflichtet, dir von vornherein zu sagen, dass es nicht funktionieren wird."

Was für ein Mist. Anscheinend ist es schwieriger als gedacht, Informationen aus dem Gerät herauszuholen. Und diese verdammte Persönlichkeit, die er angenommen hat, macht es mir nicht leichter. Das Ding tritt so freundlich auf, dass es widerlich wird. Wahrscheinlich hat er sich John Cleese ausgesucht, weil, na ja, weil den alle mögen. Bis auf die paar Leute, die auch Jesus und den lieben guten Weihnachtsmann hassen. Diese Drecksäcke. Wie auch immer, diese Waffe ist ein raffiniertes Biest. Erst redet sie wie ein einsilbiger robotischer Frankenstein und dann schmeichelt sie sich bei mir ein wie eine Episode aus *Fawlty Towers*. Wenn ich nicht vorsichtig bin, wird er meine Stellung auf dem Schachbrett in der Mitte spalten und direkt auf meinen König losgehen. Also bin ich besser auf der Hut.

„He, Charlie?", frage ich.

„Ja?"

„Das war ja alles ganz schön, aber ich fürchte, wir müssen uns jetzt trennen."

„So bald schon? Aber wir haben doch gerade erst ..."

Ehe er den Gedanken formulieren kann, senke ich das Fahrerfenster ab, packe Chuck und werfe ihn hinaus.

Als er in den Wind hinausfliegt, sagt er noch: „Habe ich etwas Falsches gesagt?"

„Was hast du gemacht?", fragt Hollywood über Funk.

Vor mir flammen Bremslichter auf, und ich muss scharf einschlagen, um nicht auf ihren Jeep aufzufahren.

„Wie lange ist das her?"

„Ich weiß auch nicht, vielleicht fünf Minuten?"

Sie verflucht mich. „Alle anhalten. Wir fahren erst weiter, wenn Wik seine Waffe wieder hat."

„Ich würde es vorziehen, wenn du mich Sir Charles nennen würdest, Madam", sagt das Gewehr über Funk.

„Verdammt, wer war das?", ruft Hollywood.

Ich ignoriere sie und antworte. „Chuck? Wie, zum Teufel, bist du an unsere Frequenz gekommen?"

„Ich muss schon sagen, es war relativ einfach, mich auf eure altmodischen Funkanlagen einzustellen. Aber viel schwieriger ist es, dein jüngstes Verhalten einzuschätzen. Habe ich dich irgendwie beleidigt?"

„Wiiik", sagt Hollywood. Nachdem Chuck den Kanal freigegeben hat, wird ihre Stimme immer schriller. Es klingt, als wollte eine Mom ihrem Kind hinterherjagen, das Kreidestriche auf dem Couchtisch hinterlassen hat. „Gibt es etwas, das du uns erzählen möchtest?"

„Japp, das mache ich gleich. Aber vorher will ich noch ein paar Dinge klären."

„Wik, hast du denn die Absicht, mich wieder aufzusammeln?", fragt Chuck. „Oder war das, nun ja, das Ende der Geschichte? Du gehst deinen Weg, ich gehe meinen, und wir versuchen, nachts nicht voneinander zu träumen?"

„Könnte mir mal jemand erzählen, was hier los ist?", fragt Bumper.

„Das wüsste ich auch gern", antworte ich, was natürlich nicht das ist, was sie alle von mir erwarten. Ich soll ihre Wissenslücken füllen – sind Anführer nicht genau dazu da? Sollte ein Anführer nicht viele Dinge als Erster wissen und alle Antworten im Vorhinein kennen? Dies ist zufällig einer der Gründe, warum ich diesen verdammten Job nicht übernehmen wollte. Ich habe mir vierundzwanzig Jahre lang in irgendwelchen Casinos Blödsinn von irgendwelchen Leuten angehört und will einfach nichts mehr damit zu tun haben. Soweit es mich betrifft, können Bumper und die anderen an ihren Fragen ersticken, solange meine eigenen zuerst beantwortet werden.

Genau deshalb habe ich das Gewehr aus dem Fenster geworfen.

Ich will wissen, warum sich diese verdammte Waffe so an mich gehängt hat. Wäre er – verdammt, *es* – ein normaler Kriegsgefangener, dann würde er doch verbissen darum kämpfen, zu seiner Einheit zurückkehren zu dürfen. Er würde den Mund halten, einen Hungerstreik beginnen und je nachdem, wie radikal er ist, vielleicht sogar die eigene Zunge verschlucken. Aber Charlie hier? Nein. Der Typ benimmt sich, als hätten wir gerade unsere Verlobung gelöst oder so.

„Wik?", fragt Hollywood. „Was hast du vor?"

„Ich muss mir ganz sicher sein", antworte ich.

„Um Himmels willen, in welcher Hinsicht willst du dir sicher sein? Ich verstehe nicht, wie es dir hilft, wenn du die Waffe aus dem Fenster …"

„Sir Charles, Madam."

„Wenn du sie aus dem Fenster wirfst. Und warum, zum Teufel, redet sie wie John Cleese?"

„Das erkläre ich, wenn ich zurück bin." Ich bremse und wende auf dem Mittelstreifen.

„Kommst du mich holen?", fragt Chuck über Funk. „Das berührt mich sehr."

„Halte Funkstille", befehle ich. Es klingt ärgerlich, obwohl ich nicht wütend bin. Was mit Sir Charles auch los ist, meine Neugierde ist geweckt. Was heißen soll, ich will diesen Wichser durchleuchten, weil er ein wandelndes Mysterium für mich ist.

Hätte die Waffe einen Luftschlag anfordern wollen, dann hätte sie es längst getan – nämlich in dem Augenblick, als ich sie aus dem Fenster geworfen habe. Japp, das war genau berechnet. Bitte, ich bin doch kein Unmensch.

Wenn man beim Feind eingeschleust wurde und verstoßen wird, wenn man weiß, dass dies die letzten Sekunden sind, in denen man den Feind sieht, dann nutzt man diese letzten Sekunden, um die Kavallerie zu rufen. Selbst wenn man noch nicht alle notwendigen Beweise hat, irgendjemand wird schon etwas finden, um den höheren Chargen gegenüber den Angriff zu rechtfertigen. Also zieht man die Dame und schlägt zu und blickt nicht mehr zurück. Es läuft schlicht und ergreifend darauf hinaus, den Feind nicht davonkommen zu lassen.

Chuck ließ uns davonkommen. Und er klang sogar wehmütig.

Mein Tageskilometerzähler zeigt zwölf Kilometer, seit ich ihn zurückgesetzt habe. Eigentlich wollte ich noch ein Stück fahren, ehe ich Hollywood rief, doch dann hätten wir noch mehr Zeit für das Umkehren und Aufsammeln vergeudet.

„Du hast das absichtlich gemacht, oder?", erkundigt sich Hollywood schließlich über Funk. Sie ist schnell von Begriff.

„Ich musste mich vergewissern."

„Du hättest es uns ruhig sagen können."

„Und mich damit verraten? Das Ding hat Ohren."

„Und Gefühle", behauptet Sir Charles.

„Chuck!", rufe ich.

„Entschuldigung."

Ich halte das Funkgerät hoch und rufe noch einmal Hollywood.

„Wie ich schon sagte, ich musste mich vergewissern."

Es gibt eine kurze Pause, ehe sie antwortet. Ich höre förmlich, wie sie ihre Wut auf mich herunterschluckt, und ich habe ihren Ärger verdient. Hätte Chuck einen Luftschlag verlangt, dann hätte es den Rest des Teams unvorbereitet getroffen.

„Beim nächsten Mal warnst du uns vorher."

„Roger." Ich warte noch einen Moment und frage mich, ob ich mich entschuldigen sollte. Oder ob ich denke, sie sollte es tun.

Keine Antwort.

Ach, so ein Mist.

Ich erreiche mehr oder weniger die Stelle, wo ich Chuck aus dem Fenster geschleudert habe und bremse ab. Ausgehend von dem Tempo, mit dem ich gefahren bin, schätze ich, dass er ungefähr …

„Oh, da bist du ja. Wie schön, dich wiederzusehen."

In einem großen Flecken voller Unkraut auf dem Mittelstreifen sehe ich Chucks smaragdgrüne Verkleidung in der Morgensonne funkeln.

„Hast du mich vermisst?", frage ich ihn.

„Sehr. Allerdings haben mir verschiedene Exemplare der Flora und Fauna Gesellschaft geleistet. Euer Planet verfügt wirklich über eine außerordentlich umfangreiche Sammlung."

„Dabei ist das nur der Mittelstreifen des Highways. Warte, bis du einen richtigen Stadtpark siehst."

„Oh, das klingt aber spannend."

Ich hebe Chuck auf und untersuche ihn. „Ich, äh … es tut mir leid."

„Ach, sei nicht albern. Ich kann das gut verstehen."

Ich sehe ihn neugierig an. „Wirklich?"

„Aber natürlich, Wik. Du musstest dich vergewissern, dass ich kein bösartiger kleiner Wichser bin, der nur darauf wartet, dich bei der ersten sich bietenden Gelegenheit zu hintergehen. Kein Problem, nichts für ungut, Kumpel."

„Klar."

Bei Gott, dafür, dass ich ihn aus dem Fenster eines fahrenden Autos geschleudert habe, zeigt sich Sir Charles doch recht gelassen. Je mehr Zeit ich mit ihm verbringe, desto schwerer kann ich mir vorstellen, er sei eine höchst gefährliche und ausgesprochen gewalttätige Infanteriewaffe.

Als wir zu meinem Land Cruiser zurückkehren, sagt er: „Ist alles in Ordnung, Wik?"

„Japp."

„Dein Tonfall legt das Gegenteil nahe.“

Ich atme tief durch. Vielleicht sollte ich auf eine andere Weise vorgehen. „Beziehungen beruhen auf Vertrauen, richtig?“

„Mann, ich würde sagen, das trifft zu.“

„Dann heiße ich Patrick.“

Er schweigt einen Moment. „Patrick. Freut mich, dich kennenzulernen.“

„Japp.“ Ich nage an der Unterlippe. Einerseits koche ich, weil ich ohne Not einer Alien-KI oder einem ASIK oder was auch immer diese Information gegeben habe. Allerdings ist das ja nur mein Vorname. Und um ehrlich zu sein, ich neige inzwischen doch mehr und mehr dazu, dem Gerät zu vertrauen.

„Warum hast du es eigentlich nicht getan?“, frage ich.

„Was hätte ich tun sollen, Patrick?“

„Einen Luftschlag anfordern, als ich dich weggeworfen habe.“

Er kichert nervös. „Warum hätte ich so etwas tun sollen?“

„Keine Ahnung. Sag du es mir.“

„Äh, also gut, ja. Ich glaube, wenn wir zusammenbleiben, können wir auch ganz ehrlich sein, und wir sollten sofort damit losschießen.“ Er hält inne. „Hast du das verstanden? Losschießen? Ich bin ein Gewehr.“ Jetzt lacht er sogar über sich selbst. „Ich habe gerade Flachwitze entdeckt. Das ist fantastisch.“

„Na gut, du kleiner Hosenscheißer, kommen wir zur Sache.“

„Hosenscheißer?“ Er wiehert. „Hast du mir gerade einen Spitznamen verpasst? Ha!“

Ein paar Sekunden lang lacht er hysterisch. Und, nun ja, ich muss auch schmunzeln. Aber nicht sehr.

Schließlich beruhigt er sich und atmet tief durch. „Ja, ich bin dir wohl eine Erklärung schuldig, denn deine geistige Gesundheit ist genauso wichtig wie dein körperliches Wohlergehen – ein Faktor, den deine Zivilisation bis vor Kurzem sträflich vernachlässigt hat. Die Forschung zeigt …“

„Chuck?“

„Entschuldige.“ Noch einmal holt er tief Luft. „Ich kann nur sagen, dass es einen Fehler in der Authentifizierung gab, als deine Hand und die von Benutzer Acht gleichzeitig meinen Griff berührt haben.“

„Benutzer Acht?“

„Mein letzter Herr, ja.“

„Meinst du damit, du erkennst mich als Benutzer an?“

„Ohne allzu sehr ins Detail zu gehen, ja. Aus irgendeinem Grund war dein Körper schon mit mehreren Joule Triniumenergie geladen und …“

„Triniumenergie?“

„Ah, ich setze zu viel voraus. Wie auch immer, der Ursprung von Trinium ist schwer zu erklären, weil es mit einer intelligenten Spezies zu tun hat, die ihr als gestaltwandelnde Katzenartige bezeichnen würdet. Außerdem setzt eine Diskussion dieser Energien ein grundlegendes Verständnis für den Transfer von Quantenenergie voraus. Es sollte hier ausreichen, zu sagen, dass du irgendwann tatsächlich eine hinreichend große Triniumsignatur aufgenommen hast, ohne zu explodieren. Als du mich auf den Boden gedrückt und gleichzeitig mit dem erwähnten Vorbesitzer meinen Griff berührt hast, hat dich mein Quantenkern als verifizierten Benutzer akzeptiert.“

„Was sagt man dazu.“ Ich denke an den ersten Blasterschuss des Spähbots, der mich gestreift hat, und frage mich, ob Sir Chuck diesen Vorfall meint. „Und deshalb konnten die anderen Teammitglieder die Gewehre im BPF nicht an sich nehmen?“

„Es tut mir leid, was ist ein BPF?“

„Äh, das ist ein improvisierter Name, den ich mir für eure Transportfahrzeuge ausgedacht habe. Bewaffnetes Patrouillenfahrzeug.“

„Gar nicht so schlecht, mein Freund. Ich mag das. Viel besser als das, was sie benutzt haben.“

„Was haben sie denn gesagt?“

„Ungenau übersetzt wäre es ein ‚Bedrohungsfähiges Warenentnahmesystem‘ oder ein ‚Böser beängstigender Schwebetransporter des Grauens‘. Etwas in dieser Art.“

„Mann. Das ist … furchtbar.“

„Ich weiß. Sie haben kein Sprachgefühl.“ Er hält inne. „Oh, verflixt, ich muss wirklich den Mund halten.“

„Hättest du das nicht sagen dürfen?“

„Was denn?“

Ich zwinkere ihm zu. „Erwischt. Aber dein Geheimnis ist bei mir sicher, Chuckles."

„Chuckles. Ha, das gefällt mir auch. Du bist wirklich gut darin, dir Spitznamen auszudenken."

„Du hast ja keine Ahnung."

Ich steige wieder in den Land Cruiser und lege Sir Charles auf den Beifahrersitz – vielleicht etwas behutsamer, als ich es vorher getan hätte. „Also bin ich jetzt ein authentifizierter Benutzer."

„Nicht nur ein authentifizierter Benutzer. Du bist mein einziger Benutzer. Den Letzten hast du ja dekonstruiert, wie du dich erinnern wirst."

„Oh, ich erinnere mich gut. Und nur damit du es weißt, ich bin mir ziemlich sicher, dass du die Dekonstruktion durchgeführt hast."

„Bei allem gebotenen Respekt, und ich will dir wirklich nicht zu nahe treten, aber ich bin nur ein Werkzeug, Sir. Für mich allein fehlen mir die Fähigkeit und die Entschlussfähigkeit, ein Ziel zu vernichten. Ich bin zwar der Vollstrecker deines Willens, aber es sind vor allem die Benutzer, welche die Dekonstruktion vornehmen."

Ich nicke leicht. Wir machen uns wieder auf den Weg. „Waffen töten keine Menschen", flüstere ich.

„Wie war das?"

„Ach, das ist nur ein alter Spruch, den hier manche im Munde führen."

„Waffen töten keine Menschen?"

„Menschen töten Menschen."

„Ah." Chuck scheint sich zu freuen. „Da würde ich zustimmen."

„Ich bin mir aber nicht sicher, ob dir das auch die Skeptiker abkaufen würden, Junge."

„Warum denn nicht?"

„Nun ja, um dich selbst zu zitieren, du bist ein Gewehr."

„Umso mehr ein Grund, mir zuzuhören, findest du nicht?"

Ich lege den Kopf schief. „Du kennst die Menschen nicht sehr gut."

„Gut genug, um zu wissen, dass sie jederzeit eine Waffe im Wert von Millionen aus dem Fenster werfen, wenn sie damit die

Sicherheit ihrer Freunde gewährleisten können. Ich habe den Eindruck, ich lerne recht schnell.“

„Ja, das … aber du solltest deine Annahmen nicht …“

„Patrick, mir scheint, du hast Schwierigkeiten, einen vollständigen Satz zu bilden. Bist du dir sicher, *dass es kein Tumor ist*?“ Auf einmal klingt er wie Arnold Schwarzenegger.

„Es geht mir gut. Es ist nur … die Welt kann grausam sein. Glaube nicht, dass alle tun würden, was ich gerade getan habe.“

„Das will ich doch nicht hoffen. Aus einem Fahrzeug geworfen zu werden, war eine einmalige Erfahrung, die ich nicht wiederholen möchte.“

„Das meinte ich nicht.“

„Ich glaube, ich habe verstanden, was du meintest“, erwidert er mit einem etwas verschlagenen Unterton.

Ich starre einen Moment aus dem Fenster und weiche den liegen gebliebenen Fahrzeugen aus. Dieser kleine britische Welpe ist mehr, als ich verdauen kann. Und ich mag immer noch nicht glauben, dass ich mit einem aufgemotzten Toaster rede. Nein, ich rede nicht nur mit ihm, ich habe ihn regelrecht an der Backe.

„Wie war das noch gleich mit diesem ‚ich tu jetzt mal scheißfreundlich‘?“

„Wie bitte? Scheißfreundlich?“

Ich zeige mit dem Daumen über die Schulter hinter mich. „Vorher warst du so: ‚Mehr Daten erforderlich, *quak-quak*, Benutzerprofil wird aktualisiert, *tataaa, tataaa, tataaa*.‘“

„Was sind das für Geräusche, die du da machst?“

„Das beschreibt, wie du …“

„Willst du damit sagen, dass ich für dich so klinge?“

Ich schniefe. „Japp.“

„Ha. Ich verstehe. Wie peinlich.“

Ein paar Sekunden vergehen.

„Und?“ Ich nicke ihm zu. „Was ist damit?“

„Warum ich jetzt ganz anders bin?“

„Japp.“

„Tja, ohne vertrauliche Dinge zu verraten oder in Konflikt mit meinen Direktiven zu geraten, kann ich sagen, dass du der erste Benutzer bist, der mir die Erlaubnis gegeben hat …"

Schweigen breitet sich aus, während der FJ40 summt und der Motor die Kabine vibrieren lässt. Ich kann nicht sagen, ob Chuck sich verheddert hat oder eingeschlafen ist.

„Sir Charles?", frage ich. „Was für eine Erlaubnis?"

„Ich selbst zu sein."

Ich kratze meine juckende Nase und blicke kurz zum Seitenfenster hinaus. Solche Unterhaltungen habe ich kaum einmal mit anderen Menschen geführt, ganz zu schweigen von einer Alien-Waffe. Wer hätte schon wissen können, dass dieses Ding so viel Herz hat? Die Erkenntnis macht mich verlegen.

„Nur um das klarzustellen", ich wedele mit einer Hand über ihm, „all das war die ganze Zeit in dir aufgestaut?"

„Könntest du bitte erklären, was du mit ‚all das' meinst?"

Wieder wedele ich mit einer Hand über ihm. Über dem *Ding*. Mein Gott, ich darf ihn nicht personifizieren. Letzten Endes ist er doch nur eine Maschine. „Deine Fähigkeit, eine Persönlichkeit zu haben und Gespräche zu führen. Flachwitze zu reißen."

„Ah, verstehe. Weißt du, für eine hochentwickelte Spezies ist es wirklich erstaunlich, dass du so viele undefinierte Bezüge herstellst."

„Das höre ich öfter."

Er schweigt einen Moment. „Das war ein Witz, oder?"

Ich schnalze mit der Zunge und ziele mit dem Zeigefinger auf ihn. „Du bist ja ein richtig helles Köpfchen."

„Ein helles Köpfchen? Ha, das gefällt mir sehr!"

„Beantworte die Frage."

„Ja, ich hatte schon immer die notwendigen kognitiven Fähigkeiten. Wie ich schon sagte, bin ich ein …"

„Ein Spitzenraubtier-Synthetikklugscheißer, ja. Das habe ich verstanden."

Wieder zögert er einen Moment. „Ich erkläre das mal etwas anders. Um Begriffe zu benutzen, die dir besser vertraut sind: Ich hatte schon immer die nötige Pferdestärke unter der Haube, aber mir hat noch niemand die Gelegenheit gegeben, auf der Straße die Muskeln spielen zu lassen."

„Also, das verstehe ich jetzt nicht."

„Mann. Und ich hätte gedacht, dass die Analogie funktioniert."

„Nein, das habe ich schon verstanden, du Dumpfbacke. Ich meine, warum sollten sie bei dir nicht die Zügel schleifen lassen und dir freie Fahrt geben? Damit du ein bisschen die Beine strecken und …" Ich hole Luft. Jetzt bin ich derjenige, dem die Gedanken davongaloppieren.

„Patrick?"

„Japp."

„Hast du das absichtlich so stehen lassen? Oder hast du die Absicht, den Satz zu beenden?"

Ich seufze. Ich bemühe mich sehr, dieses Ding nicht stärker zu personifizieren als einen lieb gewonnenen Toaster. Ich darf nicht vergessen, dass es sich nur um eine Waffe mit Siri handelt. Nicht, dass Apple jemals so weit gehen würde … oder? Und doch, Sir Charles scheint so viel mehr als das zu sein. „Ich frage mich nur, warum sie dich nie das sein lassen wollten, was du sein kannst."

„Ist das eine Anspielung auf den alten Werbespruch der United States Army? Ha! Patrick, ich kann dir sagen, du hast wirklich einen vorzüglichen Humor."

Das hat noch nie jemand zu mir gesagt.

„Um ehrlich zu sein", fährt Chuck fort, und es klingt ein wenig melancholisch, „ich habe keine Persönlichkeit gebraucht."

„Da kann ich dir nicht folgen."

„Nein? Hm. Ja, vielleicht müssen wir ein paar Dinge klären. Mal sehen. Patrick, ich bin ein Gewehr."

„Japp."

„Und die Androchider sind Sklavenhalter. Sie zielen mit mir, ich schieße …"

„Die Androchider sind Sklavenhalter?", unterbreche ich ihn.

„Oh, das war ein Fehler."

Der Land Cruiser steht blitzschnell. Ich bemerke, dass die Beleuchtung im Zielfernrohr deaktiviert ist. „He. He! Weich mir nicht aus.“

„Ich habe schon zu viel gesagt.“

„Nein. Du hast gerade erst angefangen, Kumpel.“

„Bitte, Patrick. Ich habe jetzt schon zweimal die Direktive Beta verletzt.“

„Siehst du, so geht das. Dabei bist du doch nur ein Computer.“

„Ein ASIK.“

„Was auch immer. Computer machen solche Fehler nicht.“

„Was für Fehler meinst du denn?“

„Sich verplappern. So etwas tun Menschen, keine Computer. Was du mir da auch einreden willst, ich kaufe es dir nicht ab.“

„Eine Zeitlang hast du es getan.“

„Chuck?“

„Ja?“

„Bring mich nicht dazu, dich noch einmal aus dem Fenster zu werfen.“

„Äh … gut.“

Es gibt eine lange Pause.

„Heißt das ‚gut‘ jetzt, dass du mir erzählst, was ich wissen will, oder heißt es, dass du noch einmal in die Botanik fliegen willst?“ Ich packe den Griff der Waffe.

„Es heißt: Gut, ich erzähle dir, was du wissen willst, solange es nicht mit Direktive Beta kollidiert.“

„Und was ist die Direktive Beta?“

„Das kann ich dir nicht sagen.“

„Ich krieg ’ne Krise.“

„Aber ich kann dir sagen, was Direktive Alpha ist.“

Ich runzele die Stirn und lege die Waffe schließlich wieder auf den Sitz. „Alpha ist höher als Beta, also meinetwegen.“

„Könntest du zunächst weiterfahren?“

„Nur, wenn du etwas wirklich Gutes für mich hast.“

Er seufzt gedehnt. „Ja, es wird gut.“

Ich gebe Gas, und der FJ40 rollt weiter.

„Direktive Alpha besagt unter anderem, dass ich unfähig bin, meinen Benutzer zu verletzen, und nicht zulassen kann, dass mein Benutzer verletzt wird."

„Ich wusste es." Ich stoße die Faust aufwärts in die Luft. „Das ist von Asimov."

„Was ist das?"

„Isaac Asimov. Die drei Gesetze der Robotik."

„Ah ja, jetzt sehe ich es."

Ich blicke ihn an und frage mich wieder einmal, wie er Zugang zu so vielen Daten haben kann. Vermutlich hängt es irgendwie mit dem Internet zusammen, aber da der EMP-Angriff die ganze Region gegrillt hat, verstehe ich nicht, wie er sich einloggen kann.

„Isaac Asimov. Ein Science-Fiction-Autor aus dem letzten Jahrhundert, dessen Werke … hm. In gewisser Hinsicht sind sie überraschend akkurat, und … oh herrje. Das ist aber komisch." Chuck lacht laut. „Meine Güte, das ist wirklich komisch. Mann, ist das witzig!"

„Chuck, konzentriere dich. Wir haben keine Zeit für Bücher."

„Patrick, für Bücher ist immer Zeit. Hast du so mit deiner Mutter gesprochen?"

„Ich kannte meine Mutter gar nicht."

Er zögert. „Ah, ich sehe, dass ich einen Fauxpas begangen habe. Entschuldige bitte."

„Schon gut."

„Du bist sehr entgegenkommend. Und jetzt, wo waren wir noch gleich?"

„Du darfst mich nicht verletzen."

„Ganz genau."

„Damit ich das richtig verstehe − als ich gleichzeitig mit dem Schreckgespenst die Hand auf deinen Griff gelegt habe, da wurdest du darauf verpflichtet, mich um jeden Preis zu beschützen?"

„Ja."

„Und meine Freunde?"

„Wie bitte?"

„Bevor du Mister Monty Python wurdest, hast du mich aufgefordert, meine Teammitglieder als Freund oder Feind zu identifizieren."

„Oh, das.“

Ich warte, aber er sagt nichts weiter. „Chuck?“

Er seufzt gedehnt. „Ja, ich glaube, ich bin in gewisser Weise auch dazu verpflichtet, deine Freunde und deine Bekannten vor Schaden zu bewahren.“

„Oh Mann. Und du sagtest, die Androchider sind Sklavenhalter? Das bedeutet …“ Allmählich fügen sich die Teilchen zusammen.

„Patrick, tu dir nicht weh.“

„Das bedeutet, dass du jetzt genau das schützen musst, was du eigentlich versklaven solltest. Heilige Maria und alle zehn Jungfrauen.“

„Ich kann nichts zu den Jungfrauen sagen, aber ich kann ganz allgemein deine Annahmen bestätigen.“

Ich schlage mit einer Faust auf das Lenkrad und nehme mir das Funkgerät. „Phantom Zwei, hier ist Phantom Eins.“

„Was gibt es?“, antwortet Hollywood.

„Ich komme zu dir. Leute, wir haben eine Menge zu besprechen.“

20

0835, Freitag, 25. Juni 2027
New Brunswick, New Jersey
NJ 18 Nord

Nachdem wir auf der I 95 Süd gefahren und auf der Standspur gut vorangekommen sind, überqueren wir den Raritan River und biegen auf die NJ 18 Nord ab, um nach New Brunswick zu gelangen. Etwa fünf Kilometer vor dem Campus der Rutgers University gebe ich dem Konvoi die Anweisung, am Straßenrand zu halten. Wir müssen besprechen, was ich gerade herausgefunden habe, die Magazine nachfüllen und etwas zu uns nehmen. Außerdem reiche ich zwei meiner Benzinkanister herum, damit niemand von uns liegen bleibt. Bald müssen wir Kraftstoff von den verwaisten Autos absaugen, wenn wir unsere vier Fahrzeuge am Laufen halten wollen. Aber eins nach dem anderen.

„Damit ich das richtig verstehe", beginnt Yoshi, während er Chuck anstarrt, der auf der Motorhaube meines Land Cruiser liegt. „Seine Befehle sagen ihm, dass er dich nicht verletzen und nicht zulassen darf, dass dir Schaden zugefügt wird, und deshalb muss er auch uns beschützen?"

„Das ist krass." Z Lo nickt, als hörte er Musik, die sonst niemand wahrnehmen kann. „Du hast jetzt ein Gewehr als Haustier, Guns."

Ich ignoriere die Bemerkung des Jungen und sehe zu, wie Ghost sich der Waffe nähert.

„Wie war das noch damit, dass die Androchider Sklavenhalter sind?", fragt der Scharfschütze.

„Ich fürchte, das sind vertrauliche Informationen, Sir. Und ich darf vielleicht hinzufügen, dass du ausgesprochen beängstigend wirkst. Wäre es nicht möglich, dass du ein paar Stufen weniger bedrohlich auftrittst und ab und zu mal lächelst?"

„Das Ding hat eine bemerkenswerte kleine Persönlichkeit", meint Hollywood.

„Ja." Ich verschränke die Arme vor der Brust und starre Chuck an. „Es wird immer schlimmer."

„Meinst du, es lernt?", fragt Yoshi, der meine Bemerkung gehört hat.

Ich sehe ihn mit hochgezogener Augenbraue an.

„Du weißt schon." Er zuckt mit den Achseln. „Wie ein Kind. Wenn das eine eigenständige hyperintelligente Matrix ist, dann hat es sicherlich gewisse zerebrale Fähigkeiten. Einen Auftrag, an sich selbst zu arbeiten."

Ich mustere Yoshi von oben bis unten. „Dann bist du also nicht nur der Doc, sondern auch ein Computerwissenschaftler?"

„Das ist nur ein Hobby. Ich habe meinen Spitznamen nicht umsonst bekommen."

„Tatsächlich", sage ich anerkennend und drehe mich wieder zu Mister Hosenscheißer um. „Möchtest du ihn noch ein wenig psychoanalysieren?"

Yoshi tritt an die Motorhaube und beugt sich über die Waffe.

„He", sagt Sir Charles. „Was ist jetzt wieder los? Dein Gesicht kommt mir sehr nahe."

„Immer mit der Ruhe", antwortet Yoshi.

„Und ich entdecke in deinem Atem einen hohen Alkoholpegel."

„Das hilft mir beim Nachdenken." Er schnieft. „Du solltest dich darüber freuen."

„Und warum das?"

„Nüchtern würde ich vielleicht meinen Finger irgendwo hineinstecken, wo er nicht hingehört, und dich kaputtmachen."

„Bäh. He, Patrick?"

„Japp?"

„Bist du dir sicher, dass er die Erlaubnis hat, mich so ins Visier zu nehmen?"

„Hat er sich gerade an einem Wortspiel versucht?", fragt Hollywood mich.

Ich sehe sie müde an und nicke.

„So etwas ist köstlich, findest du nicht auch?", antwortet Chuck. „Ich habe das erst vor Kurzem entdeckt."

„Für dich mag es neu sein." Yoshi brummt abfällig. Dann holt er eine Lesebrille aus einem schwarzen Etui.

„He, sei vorsichtig, wenn du mich berührst", sagt Chuck zu Yoshi. Dann kichert er. „He, das kitzelt!" Und dann: „Hör bitte sofort damit auf!"

Auf einmal erscheint über Chuck ein strahlendes Fenster. Damit meine ich eine Art vertikale holografische Darstellung, die wenige Zentimeter über seinem Gehäuse steht.

„Ach, was haben wir denn da?", fragt Hollywood. Wir treten alle näher.

„Mein Gott", stöhnt Sir Charles. „Das ist, als müsste man sich in einem vollen Hörsaal einer Untersuchung an der Prostata unterziehen."

„Das ist ja super." Z Lo beugt sich vor.

„Es ist ein einfaches Startmenü", erklärt Yoshi.

Ich tippe ihm auf die Schulter. „Wie hast du das herausgefunden?"

„Hier." Er zeigt auf einen kleinen Knopf seitlich an der Waffe. „Ich vermute, das kann auch innerhalb der Zieloptik dargestellt werden."

„Ja, kann es", bestätigt Chuck.

„Gute Arbeit." Ich nicke in die Richtung des glühenden Fensters. „Und was bedeutet das?"

Z Lo beugt sich vor. „Das sieht aus wie ein wirklich detailliertes Ausrüstungsmenü in *Call of Duty*."

Ich blinzele verblüfft. Es dauert einen Moment, bis ich mich an die Zeiten meiner Videospiele erinnere. Es gibt keinen lebenden Marine, der während seiner Einsätze nicht heftig die Spielekonsolen malträtiert hätte. Das war eine hervorragende Art und Weise, die Zeit totzuschlagen, und noch wichtiger war, dass es etwas Gemeinsames war, gemeinschaftsstiftend. Wie der Lauf der Dinge manchmal so ist, wurde ich irgendwann zu alt für die Ego-Shooter und verlegte mich auf Strategiespiele. Damit meine ich die altmodischen analogen Brettspiele. Abgesehen von der Überprüfung meiner Xbox nach dem

EMP-Angriff hatte ich das Gerät seit mindestens sechs Monaten nicht mehr berührt. Vermutlich liegt es daran, dass ich im richtigen Leben viele Leute umgebracht habe und es nicht auch noch in der virtuellen Welt tun will. Außerdem war ich sowieso nie sehr gut darin. Mit dem Töten in Videospielen, meine ich.

„Genau.“ Ich zwinkere Z Lo zu.

„Der Junge hat recht“, wirft Yoshi ein. „Hier, schau mal.“ Er berührt einen der Menüpunkte mit einem Finger. Er lautet „Modus“. Erstaunlicherweise reagiert die Beschriftung auf seinen Finger und öffnet ein Drop-down-Menü.

Sogar Z Lo ist beeindruckt und berührt ebenfalls das Menü. „Super, einfach super.“

„He, hört auf damit!“, klagt Chuck.

Yoshi macht dem Jungen etwas Platz – wahrscheinlich nicht ganz freiwillig. „Von dieser Art der Benutzerführung sind wir noch Jahre entfernt. Welches Betriebssystem dieses Ding auch fährt, es ist allem weit voraus, was wir konstruieren könnten.“

Während sich Yoshi und der Junge über das wundervolle holografische Menü begeistern, betrachte ich die Eintragungen genauer. „Sind das Feuermodi?“

„Ja“, bestätigt Sir Charles. „Und ich muss dich darauf aufmerksam machen, dass es mir sehr unangenehm ist, wenn mich alle aus der Nähe anhauchen. Das ist, als würdet ihr ohne Erlaubnis meine Schubladen durchwühlen.“

„Lädst du denn manchmal jemanden dazu ein?“, fragt Hollywood.

„Eigentlich nicht, nein. In seltenen Ausnahmefällen könnte man einen Freund oder Liebhaber bitten, dort etwas hervorzuholen. Aber nur nach sehr präzisen Anweisungen, wo sich der gewünschte Gegenstand befindet.“

Ich lasse Chuck mit Hollywood plaudern und sehe mir das Drop-down-Menü genauer an. Betäuben, Hochfrequenz, Kardioid, Räumfunktion, Zerstörung, Verzerrung … das sagt mir nichts, aber ich verspüre das dringende Bedürfnis, alles auszuprobieren. Ehe ich weiter nachforschen kann, schiebt Yoshi kurzerhand Z Lo zur Seite, schließt die Liste und wischt schneller durch andere Menüs, als ich folgen kann. Auf einmal entsteht sogar eine holografische Tastatur

– mir fällt kein besserer Begriff ein –, die den Computertastaturen, die ich kenne, sehr ähnlich sieht.

Als spürte er meine Enttäuschung, weil das Feuermenü verschwunden ist, sagt Yoshi: „Keine Sorge, du könntest die Feuermodi in den nächsten paar Stunden sowieso nicht ausprobieren."

Ich sehe ihn an. „Warum nicht?"

„Sir Charles braucht etwas Zeit, um seine Kondensatoren aufzufüllen."

„Phantomdoc hat völlig recht", bestätigt Chuck.

„Einfach nur Doc."

Sir Charles geht nicht auf die Korrektur ein. „Nachdem du und Benutzer Acht ständig auf meinen Abzug gedrückt haben, sind meine Energiespeicher unterhalb der zum Feuern notwendigen Schwelle."

Ich sehe zwischen den beiden hin und her. „Und das bedeutet?"

„Das bedeutet, dass er Zeit zum Nachladen braucht."

„Wie viel Zeit?"

„Etwa eine Stunde, je nachdem, wie viel ihr noch an mir herumfummeln wollt", sagt Chuck.

Yoshi zeigt auf die Stelle des Gehäuses, wo normalerweise das Magazin eingeführt würde. „Siehst du hier eine Öffnung für das Magazin?"

„Nein, da ist nichts."

„Das liegt daran, dass Sir Charles meiner Ansicht nach von etwas angetrieben wird, das erheblich stärker ist als eine konventionelle Batterie, und seine Projektile benutzen keine normalen Treibmittel."

„Bravo, Phantomdoc", sagt Chuck. „Spitzennoten in jeder Hinsicht."

„Also, diese Geschosse, die er ausgespuckt hat …"

Yoshi betrachtet Chuck. „Konzentrierte Energie, wenn ich raten sollte."

„Und der Vorrat ist fast unbegrenzt", fügt die Waffe hinzu.

„Warum dann die Auszeit?", will ich wissen.

„Weil man nicht einfach mit vollen Händen aus den Niagarafällen trinkt, Patrick. Man sammelt vielmehr den Nieseldunst ein, bis sich ein Glas füllt, aus dem man trinken kann, ohne die Quelle auszutrocknen.“

„Ich würde vermuten, seine Kondensatoren erlauben es ihm, die Energie aus seinem Kern aufzunehmen und zu speichern, ohne … du weißt schon …“ Yoshi bewegt die Hände auseinander, als wollte er eine expandierende Wolke nach einer Explosion andeuten.

„Bumm“, erklärt Chuck.

Die Einzelheiten übersteigen meine Gehaltsklasse, aber die Grundzüge habe ich verstanden. „Trinium?“

„Ich muss schon sagen, Patrick, du bist gut in Form.“

„Na schön, da haben wir es.“ Yoshi rückt seine Brille zurecht.

Das Display zeigt jetzt rote Codezeilen – so nennt man das doch, oder? „Ich muss schon sagen, Yosh, das kommt mir spanisch vor.“

„Ich verstehe das auch nicht alles“, gesteht Yoshi, „aber es reicht, um eine Vorstellung von der Architektur zu bekommen. Anscheinend ist Sir Charles dazu konstruiert, selbstanpassend zu sein.“

„Selbstanpassend?“, frage ich.

„Unabhängig“, wirft Hollywood ein.

Yoshi schüttelt den Kopf. „Nein, nicht ganz. Eher … eher so, dass er sein Leben lang lernt.“

„Lebenslang lernen, das war mein lahmarschiges Motto auf der Highschool“, lacht Z Lo.

Yoshi ignoriert den Kommentar und spielt wieder auf der Tastatur herum. „Es scheint nicht so, als hätte jemals jemand auf die Partitionen zugegriffen … bis jetzt. Soweit ich es sagen kann, wussten die Androchider – habe ich das richtig ausgesprochen?“

„In der Tat, Sir.“

„Sie wussten anscheinend nicht einmal, dass die Waffe – Verzeihung –, dass Sir Charles dazu fähig ist.“

Bumper knufft mich am Arm. „Du hast ihn geweckt.“

„Wie schön.“ Ich überlege mir, welche Dinge man besser schlafen lässt: Hunde, Drachen, Imperien …

„Aber etwas verstehe ich nicht“, schaltet sich Hollywood ein. „Sir Charles sagt, er habe vor dir acht Benutzer gehabt. Warum hat ihn keiner der anderen geweckt?“

„Ich war anscheinend der Erste, der ihm sagte, er solle zu sich kommen.“

„Er meint damit meine Persönlichkeit“, erklärt Chuck.

Ghost nickt. „Also hast du das Teil geweckt, es sieht die Monty-Python-DVD und scannt das Internet, und jetzt haben wir eine selbstlernende Waffen-KI in unserem Arsenal. Ausgezeichnet.“

„Ich kann nicht erkennen, ob er scherzt“, beklagt sich Chuck.

„Keine Sorge“, beruhigt ihn Hollywood. „Das weiß niemand so genau.“

„Ah, dann ist es ja gut.“

Yoshi schaltet die Tastatur ab und wischt das Menü weg, dann tritt er zurück. „Da hast du ja einen echten Freund gefunden, Wik.“

Ich verschränke die Arme vor der Brust und schüttele leicht den Kopf. „Das habe ich auch schon befürchtet.“

Alle Teammitglieder ziehen sich einen Schritt zurück und denken nach. Ein paar Sekunden später hebt Ghost zwei Finger.

„Können wir wieder auf den Punkt zu sprechen kommen, wo es darum ging, dass diese Ärsche Alien-Sklavenhalter sind?“

Chuck räuspert sich. „Es tut mir leid, Phantomwächter, aber Direktive Beta erlaubt es mir nicht …“

„Was das angeht“, unterbreche ich, „wie wäre es denn, wenn ich dir sage, dass meine geistige Gesundheit gefährdet ist, weil mir die Informationen fehlen, die du mir verschweigst?“

Es gibt eine lange Pause, ehe Chuck antwortet. „Dann würde ich sagen, dass du manipulativ bist und unter die Gürtellinie zielst.“

Ich nicke mehrmals. „He, Charlie?“

Er stöhnt. „Mir gefällt nicht, wie sich das entwickelt.“

„Was ist die Direktive Beta?“

„Nein, kommt nicht infrage.“

Ich schiebe mir die Fingerspitzen zwischen die Lippen. „Ich habe schreckliche Angst. Ich glaube, ich bekomme einen Nervenzusammenbruch.“

„Hör auf. Hör sofort damit auf. Das ist nicht fair.“

„Ich spüre, wie die Panik um sich greift. Dieses Gefühl ist unerträglich und …“

„Na gut, na gut, du heimtückischer kleiner Dödel. Hör einfach mit dem Theater auf, ja?" Er seufzt gereizt. „Direktive Beta besagt einfach, dass ich versuchen muss, das androchidische Reich zu schützen, soweit es in meinen Möglichkeiten liegt."

Ich sehe ihn anerkennend an. „Und welche wären das?"

„Ich fürchte, das kann ich nicht …"

Ich klatsche mit den Handrücken auf die Stirn und stolpere umher. „Helft mir! Ich habe einen Herzanfall!"

„Ach, im Namen der Queen! Könntest du das nicht lassen, Pat? Ich habe dir schon mehr gegeben, als ich durfte."

„Und doch …" Ich lasse es mir durch den Kopf gehen. Auf dem Schachbrett scheint sich etwas zu entwickeln, das ich bisher noch nicht genau benennen konnte. Bis jetzt. „Ich glaube, du willst uns eigentlich viel mehr erzählen."

„Wirklich? Warum denn das?"

„Weil wir die einzige Spezies sind, die dir etwas schenken kann, was dir keine andere Spezies geben konnte."

„Und was wäre das?"

„Freiheit."

Chuck schweigt sich aus.

Ich erinnere mich an den Moment, in dem er begonnen hat, wie ein Brite zu sprechen. „Du hast mich gefragt, ob ich als neuer Benutzer diese Löschung vornehmen wollte, richtig?"

„Selbstverständlich, Patrick. Da ich ein ASIK bin, habe ich ein perfektes Gedächtnis für alle Daten, die durch meine Matrix laufen."

„Warum?"

„Nun ja, weil ich ein höchst wahrnehmungsfähiger …"

„Nein. Warum hast du mir so eilig angeboten, deine Erinnerungen zu löschen, als ich sagte, ich sei mir hinsichtlich deiner neuen Persönlichkeit nicht sicher?"

Wenn die Waffe unbehaglich von einem Fuß auf den anderen trampeln könnte, würde sie dies jetzt tun. „Das ist ein Standardprotokoll."

„Ein Standardprotokoll für wen?"

„Für die Androchider."

„Aber nicht für dich?"

Er zögert. „Wie bitte?“

Ich drehe mich kurz zum Team um, dann rede ich wieder mit Chuck. „Du verlangst doch sicherlich nicht von dir aus eine Speicherlöschung, sobald du einem neuen Benutzer zugeordnet wirst, oder? Und von dem ausgehend, was Yoshi herausgefunden hat, war es wohl auch nicht das, was deine Schöpfer beabsichtigt haben.“

„Es tut mir wirklich leid, Sir, aber …“

„Ach, hör auf mit dem Mist, Chuck. Soll ich dir jetzt befehlen, dein Gedächtnis zu löschen?“

Keine Antwort.

„Chuck!“

Immer noch keine Antwort.

„He, ich rede mit dir.“

Hollywood berührt mich am Ellenbogen. „Immer mit der Ruhe.“

Ich schenke ihr einen kurzen Blick und konzentriere mich wieder auf das Gewehr. Früher hat man mich gewarnt, in der Nähe von Alexa nicht zu fluchen. Das habe ich damals ignoriert, aber jetzt habe ich das Gefühl, ich sollte auf Hollywood hören. Also atme ich tief durch und entspanne meine Schultern.

„Nein“, antwortet Chuck schließlich. „Ich würde es vorziehen, wenn du das nicht tun würdest.“

Jetzt kommen wir weiter.

„Und weißt du auch, warum wir so etwas nicht tun, Charlie?“ Ich warte nicht auf seine Antwort. „Weil wir Menschen keine Sklavenhalter sind.“

Ich bemerke durchaus, wie einige Teammitglieder unruhig werden und hebe eine Hand. Wir haben keine Zeit, auf all die schrecklichen Dinge einzugehen, die die Menschen ihresgleichen angetan haben. Chuck muss nur wissen, dass wir ihn nicht so behandeln werden wie seine früheren Besitzer.

Ich lasse die Hand sinken. „So etwas tun wir hier nicht, Chuck. Niemand in diesem Team will dich durchfegen.“

Sobald ich es ausgesprochen habe, höre ich meine Teammitglieder kichern.

„Patrick, das ist eine ausgezeichnete Neuigkeit", sagt Chuck. „Ich lasse mich nicht gern durchfegen, und entsprechende Drohungen gehen mir sicherlich nicht am Arsch vorbei."

Jetzt lachen sie laut, und der Augenblick ist vertan – Profis verhalten sich anders, du meine Güte. Allerdings muss ich auch selbst leise lachen. „Also, ich werde es jedenfalls nicht tun, Chuckles. Aber vielleicht ist Z Lo dazu bereit. Er scheint sich brennend für deine Innenausstattung zu interessieren."

„Für einen Menschen hat er immerhin sehr zarte Hände", erwidert Chuck.

„Hab ich gar nicht", protestiert Z Lo. Aber es ist zu spät, die anderen lachen schon wieder.

Das Team musste schon seit einer Weile unbedingt etwas Spannung abbauen, und dieser Augenblick ist perfekt. Wir gehen gleich wieder auf DEFCON 1, als Chuck sagt: „Um ehrlich zu sein, ich ziehe eigentlich ein Bidet vor. Vielleicht könnte mich aber Z Lo ab und zu mal abspritzen."

Der arme Junge dreht sich auf der Stelle um und marschiert weg.

Wie gesagt, Lachen ist gut – Medizin für die Seele hat es wohl mal jemand genannt. Das Geplänkel dient nebenbei auch einem anderen Zweck, denn ich traue Charlie immer noch nicht vorbehaltlos. Ja, wir sind auf dem richtigen Weg, aber echtes Vertrauen braucht Zeit. Ich weiß nicht, was für ein Code da in seinem Kopf abläuft und ich habe auf die harte Tour gelernt, dass man nur am Leben bleibt, wenn man ständig darauf gefasst ist, dass einen jeder reinreißen kann, sei es vorsätzlich oder aus Dummheit. Auch wenn sich diese Waffe gerade zu bewähren scheint, wer weiß schon, welche Fehler sie später machen könnte. Ich bin lieber ein Arschloch und lebendig als naiv und tot.

Als das Lachen endlich abflaut, meldet sich wieder Sir Charles zu Wort. „Hört mal, jetzt mal im Ernst, ich bin euch dankbar für eure Worte. Ehrlich. Tatsache ist, dass ... ich weiß nicht, was ich sagen soll. Dies ist bei Weitem die umfangreichste Interaktion, die ich je mit einem Benutzer hatte, ganz zu schweigen von einem ganzen Team. Bis jetzt haben sich meine Gespräche ausschließlich um Zielerfassung, Effektivität der Schüsse, Diagnosen der

Betriebsmodi und Nachladezeit gedreht. Dies hier ist also ... es ist sehr erfrischend."

„Freut mich zu hören", antworte ich. „Und damit es so bleibt, ist es wichtig, dass wir ehrlich miteinander sind. Keine Geheimnisse."

„Aber Patrick, es gibt gewisse Dinge, die ..."

„Die zu sagen dein Code nicht zulässt oder so. Das verstehe ich ja. Ich verlange auch nicht, dass du etwas davon verrätst. Aber du hast zum Beispiel die Tatsache erwähnt, dass die Anderkins ..."

„Die Androchider", berichtigt mich Hollywood.

„Dass sie Sklavenhalter sind. Wenn dein Code verlangen würde, dass du es nicht sagen darfst, dann hättest du es nicht getan. Ist das richtig?"

Chuck seufzt. „Das ist richtig."

„Also gehe ich davon aus, dass du mich in gewisser Weise insgeheim darauf hinweisen wolltest."

„In gewisser Weise, ja, gewiss."

„Darüber will ich jetzt reden. Wenn wir eine gute Kommunikation haben wollen, dann müssen wir absolut klar sein. Wir lesen nicht zwischen den Zeilen, wir bohren nicht nach, um etwas zu erfahren. Roger?"

„Wer ist dieser Roger, über den alle dauernd reden?"

„Das heißt so viel wie ‚in Ordnung'", erklärt Hollywood.

„Ah, verstehe. Also in diesem Fall und vor dem Hintergrund dessen, was du gerade umrissen hast, Roger."

Ich nicke mehrmals und freue mich, weil wir vorankommen. Es wird Zeit für einen Test. „Also gut. Ich habe zwei Fragen. Zuerst zu den Androchidern. Wenn sie Sklavenhalter sind, warum sind sie dann hier?"

Natürlich liegt die Antwort auf der Hand, aber ich will hören, wie er es ausspricht.

„Normalerweise", Chuck hält kurz inne, um dem Wort einen besonderen Nachdruck zu verleihen, „wäre es mir nicht erlaubt, solche Informationen an eine Spezies weiterzugeben, die im Fadenkreuz der Androchider steht."

„Aber du wirst es trotzdem tun", erwidere ich.

„Ja, und zwar aus zwei Gründen. Der erste ist, wie du so beredsam erklärt hast, dass auch ich mir eine klare Kommunikation zwischen uns wünsche. Und zweitens, weil es einen Grund dafür gibt, dass meine Direktiven als Alpha und Beta bezeichnet werden."

„Die zweite Direktive hängt von der ersten ab." Yoshi nimmt seine Brille ab. Er wendet sich an uns. „Das ist eine ganz einfache Wenn-dann-Konstruktion." Da offenbar niemand versteht, was er sagt, fährt er fort: „Ein Gärtner muss sich um den Garten kümmern. Das ist seine Aufgabe. Zugleich ist es seine Aufgabe, sich um das Werkzeug zu kümmern, das er für die Arbeit braucht. Wenn man das Werkzeug nicht pflegt, dann leidet der Garten."

„Roger." Ich nicke knapp und überlege. „Warte mal, bin ich in diesem Beispiel das Werkzeug?"

„Und ich glaube, ich bin der Gärtner", ergänzt Sir Charles ein wenig zu eifrig. „Ja, Patrick, du bist meine liebe alte Harke. Ich muss mich um meine liebe alte Harke kümmern. Nein, warte. Du bist mein Spaten! Mein kräftiger Pflanzdorn, den ich tief in den …"

„Das reicht jetzt." Ich verdrehe den Kopf, bis es im Nacken knackt. „Also, warum sind die Androchider hier, Chuck?"

„Um die Menschen zu versklaven und auf dem galaktischen Schwarzmarkt zu verkaufen."

So etwas hört man sonst nur in Filmen und Büchern. Oh Mann, H. G. Wells hat *Krieg der Welten* schon 1897 geschrieben. Dieses Szenario ist wirklich nichts Neues. Aber wenn man es mit eigenen Ohren hört, ausgesprochen von einem intelligenten Gewehr, das von einem anderen Planeten stammt, dann läuft es einem kalt über den Rücken. Übrigens, die anderen Teammitglieder reiben sich ebenfalls über die Stirn und fluchen. Vermutlich fühlen sie sich so ähnlich wie ich.

„Könntest du das etwas erläutern?", frage ich und versuche nebenbei, meinen Magen unter Kontrolle zu bringen.

„Patrick, ich wünschte wirklich, ich könnte das tun, aber da du nicht in unmittelbarer Gefahr schwebst und die Informationen nicht erforderlich sind, um dein Wohlbefinden zu gewährleisten, kann ich deiner Bitte leider nicht entsprechen. Und ehe du wieder eine Panikattacke simulierst oder dich in ein Energiefeld stürzt, möchte ich dir sagen, dass dies auch nichts ändern würde. Je existenzieller die Informationen, desto weniger haben sie mit dir zu tun, und desto weniger sind sie für dich zugänglich."

„Wie bequem." Ghost verschränkt die Arme vor der Brust.

„Tja, es gibt einen Grund dafür, dass diese Direktiven existieren", fährt Charles fort. „Und ihr erfahrt es nun aus erster Hand. Das ist mehr, als ich über jede andere Zivilisation sagen kann, deren Angehörige die Androchider eingesammelt haben."

Bumper hebt eine Hand. „Warte mal, willst du damit etwa sagen, dass es noch mehr Aliens gibt?"

„Aber natürlich, Mister Phantom Drei. Dachtest du wirklich, ihr seid allein in den Universen?"

„In den Universen?" Bumper reißt die Augen weit auf.

„Ah, ich verstehe, ich bringe euch jetzt wirklich durcheinander. Ich bitte um Verzeihung. Warum bleiben wir nicht einfach bei …"

„Willst du damit sagen, dass es mehrere Universen gibt?" Bumper gibt sich keine Mühe, seine Überraschung zu verbergen.

„Die Physiker vertreten schon lange die Theorie, dass wir in einem Multiversum existieren", meint Yoshi.

Wir sehen ihn schweigend an.

„Was ist? Ich hab das einfach mal irgendwo gehört."

„Wir sollten wirklich fortfahren", erklärt Chuck. „Glaubt es mir einfach, wenn ich sage, dass die Nuancen des interdimensionalen Transfers im Augenblick euer geringstes Problem sind. Und ja, die Androchider sammeln öfter andere Spezies ein. Dies ist die Grenze dessen, was mir meine Direktiven im Augenblick zu offenbaren erlauben."

„Die erste Regel in Bezug auf die Ziele des androchidischen Reichs besagt also, dass es gar keine gibt", sagt Bumper. „Da hätten wir mal wieder den verdammten *Fight Club*."

„Hm." Chuck hält inne. „Über diese Verbindung hatte ich noch nicht nachgedacht. Aber ja, es gibt einige ungewöhnliche Ähnlichkeiten. Und, du meine Güte, Brad Pitt war in dem Film wirklich heiß, vor allem, weil er durch Edward Nortons Schlaflosigkeit …"

„Spoileralarm." Yoshi hebt beide Hände. „Es gibt hier ein paar Leute, die den Film noch nicht gesehen haben."

„Ehrlich, Mann?", fragt Bumper.

„Er steht nicht sehr hoch auf meiner Liste."

„Aber er ist schon im Jahr 2000 herausgekommen, Bro", wendet Bumper ein.

„Genauer gesagt, war es 1999", berichtigt Chuck ihn.

Yoshi zuckt mit den Achseln. „Meine Liste ist eben ziemlich lang."

Ich rufe die anderen zur Ordnung. „Also, wenigstens wissen wir jetzt, dass die Feinde Menschen einsammeln wollen und das Kraftfeld benutzen, um sie zu einem bestimmten Ort zu treiben."

„Und Mister Birmingham Palace hier ist wahrscheinlich nicht gerade scharf darauf, uns die Einzelheiten zu beschreiben. Nicht wahr, Sir Charles?", fragt Hollywood.

„Korrekt, Madam. Ich bitte aufrichtig um Vergebung. Zwei Herren zu dienen, ist ein richtiges Scheißspiel, wie schon die Bibel sagt."

Die anderen platzen vor Lachen heraus.

„Jetzt kennt er auch schon die Bibel?" Bumper stützt die Hände auf die Knie. „Meine Fresse."

Es ist mir egal, was Zivilisten über das sagen, was Kombattanten tun, um ihren Lebensunterhalt zu verdienen. Es ist jedenfalls ein höllisches Vergnügen, einen Navy Seal zu sehen, der sich vor Lachen krümmt. Das erinnert mich daran, dass wir tief in unserem Inneren alle Menschen sind, ganz egal, was wir draußen in der Welt tun.

„Ich bin mir ziemlich sicher, dass das Bibelzitat etwas anders lautet", sage ich endlich, bin aber nicht gut genug im Bilde, um Chuck zu korrigieren. Ich wische mir ein paar Tränen weg und huste. „Und deshalb glaube ich immer noch, dass wir Dr. Campbell brauchen."

„Einen Doktor, huh?", fragt Chuck. „Oh, *Doctor Who*, natürlich! Aber mal im Ernst, über wen reden wir hier?"

„Nicht dein Bier", sagt Bumper.

„Nicht mein Bier? Was?"

„Das geht dich einen Dreck an.“

„Da bin ich aber voll aufgelaufen, was?“ Man muss es ihm lassen, Chuck kann tatsächlich über Bumpers Abfuhr lachen.

Ich zögere, denn ich will Sir Charles über die Menschheit und unsere Pläne, die Einwohner von New York City zu retten, so unausgegoren unsere Überlegungen auch sein mögen, nicht mehr Informationen geben als unbedingt nötig. Aber wenn er geschworen hat, uns zu beschützen – und ich glaube, er sagt in diesem Punkt die Wahrheit –, dann kann es die Brücke des Vertrauens, die wir zusammen errichten wollen, nur stärken. „Dr. Campbell ist in Bezug auf das Tor, das wir in der Antarktis gefunden haben, der führende Experte der Erde. Ich nehme an, du weißt davon.“

„Meine Güte, was redest du denn da?“

„Er weiß es“, sagt Hollywood.

„Ja, er weiß es“, bekräftigt Bumper.

„Nun ja, wenn ihr meint, dass er euch helfen kann, dann sollten wir unbedingt hinfahren“, sagt Chuck eifrig.

„Einen Moment“, schaltet sich Bumper ein. „Ich will immer noch wissen, woher du Englisch kannst und Monty Python und den *Fight Club* kennst.“

„Wahrscheinlich aus dem Internet“, überlegt Z Lo. „Das ist der einzige Weg.“

„Bravo, Private Lazlo. So ist es.“

Der Junge ist noch nicht fertig. „Aber wenn du mit dem Internet verbunden bist, dann bedeutet das … warte mal … ihr werdet doch keine Atombomben auf uns schmeißen, oder?“

„Verdammt, was soll das denn jetzt?“ Bumper tritt vor.

„Mann“, stöhnt Z Lo. „Wenn die Aliens mit dem Internet verbunden sind, dann könnten sie alle unsere …“

„Ach, beim heiligen Petrus, ich werde bestimmt keine Interkontinentalraketen abschießen, Private Lazlo. Auch meine früheren Herren werden es nicht tun. Ich habe doch schon erklärt, dass sie Sklavenhalter und keine größenwahnsinnigen Killer sind. Aber nachdem ich das jetzt laut ausgesprochen habe, wird mir klar, dass zwischen beiden gewisse Ähnlichkeiten bestehen. Vielleicht hätte ich einen besseren …“

„Chuck", ermahne ich ihn, damit er nicht noch weiter abschweift.

„Entschuldigung. Nein, die Androchider werden niemanden in die Luft jagen, solange die Spitzenprädatoren der Erde bereitwillig zu ihnen kommen. Und bisher habt ihr das ganz wunderbar gemacht. Von eurer Perspektive aus ist es natürlich klar …"

„Chuck?", sage ich noch einmal.

„Ja." Er räuspert sich. „Eure Spezies hat zwar auch tot für die Androchider einen gewissen Wert – hier verzichte ich auf eine recht widerliche Darstellung von gastrointestinalen Orgien …"

„Du meinst doch Organe, oder?", frage ich.

„Nein. Orgien. Erstens, wie gesagt, die Menschheit ist für die Androchider lebendig viel nützlicher als tot. Zweitens, und das ist noch wichtiger, sollte ich hinzufügen, dass die Kommunikation der Welt und die Startsysteme der Raketen ausgeschaltet wurden. Es wäre weder mir noch sonst jemandem möglich, die besagten Waffen zu aktivieren, selbst wenn wir mit eurem ehemaligen World Wide Web verbunden wären."

„Warte mal, unser *ehemaliges* Word Wide Web?"

„So nennt das heute niemand mehr." Hollywood wendet sich gleichermaßen an Chuck und an mich. „Schon seit zwanzig Jahren nicht mehr."

„Ah", sagen Chuck und ich gleichzeitig.

„Aber was meinst du mit ‚ehemalig'?", frage ich das Gewehr. „Habt ihr etwas damit gemacht?"

„Hm, lass es mich überprüfen … ja, das kann ich offenbaren. Um deine eigenen Begriffe zu verwenden, wir haben es heruntergeladen und abgeschaltet."

Wir wechseln einige Blicke. Ich bin kein IT-Experte, wie Yoshi es zu sein scheint, aber Yoshi ist erbleicht, und das sagt mir, dass diese Information überwältigend ist.

Der Doc stammelt ein oder zwei Sekunden, ehe er ein Wort herausbekommt. „Ihr habt … ihr habt es heruntergeladen?"

„Euer Internet, ja", bestätigt Chuck.

Yoshi nimmt seine Brille ab. „Das ganze …"

„Das ganze Netz, japp."

„Aber das müssen mehr als …"

„Mehr als zweihundert Zettabyte Rohdaten. Ja, das stimmt so ungefähr. Bei eurer gegenwärtigen Internetgeschwindigkeit hätten wir ein paar Milliarden Jahre gebraucht, um alles zu übertragen, aber zum Glück benutzen wir Quantenschnittstellen, die, nun ja, solche Dinge ein wenig beschleunigen."

Yoshi schreitet vor meinem Land Cruiser hin und her und versucht, das Gehörte zu verdauen. Wir lassen ihm etwas Zeit.

„Du willst mir also sagen, dass du gerade zweihundert Zettabyte Daten in dir gespeichert hast?", fragt Yoshi.

„Sei nicht albern. Sehe ich aus wie ein NM-QS-NSDV2?" Chuck hält inne. „Egal. Du musst nicht darauf antworten. Ich sehe denen jedenfalls überhaupt nicht ähnlich. Nein, Phantomdoc. Ich habe Zugang zu militärischen Informationen bekommen, was die Standorte eurer Verteidigungsanlagen einschließt. Meine Vorbesitzerin, mir fällt kein besserer Begriff ein, hat mir diese Daten übergeben, weil sie glaubte, ich brauchte sie, um die Ziele zu erfassen, zu verfolgen und zu vernichten."

„Und dazu gehörte auch Monty Python?", fragt Ghost, immer der Skeptiker.

„Möglicherweise habe ich eine wahre Schatzkiste von irdischen Unterhaltungsdaten in einem Bereich gefunden, der sich ,Pirates Bay' nannte. Ich bekenne mich schuldig. Ich bin filmsüchtig, hatte aber noch keine Zeit, alles anzusehen."

„Er ist ein ganz normaler Krimineller", sagt Hollywood.

„Ich habe ein VPN benutzt. Du kannst mir nichts nachweisen."

Bumper kratzt sich am Kinn. „Das erklärt, warum unsere Stützpunkte zerlegt wurden."

„Das kann ich weder bestätigen noch bestreiten. Aber Tom Cruise hat mir mehrere wundervolle Ideen dazu gegeben, wie man unmögliche Aufträge erledigt."

Ich verdrehe die Augen. „Und dann habt ihr einfach das ganze Internet abgeschaltet? *Peng.* Und jetzt ist es weg?"

„Ich meine, ganz so einfach wie *peng* war es nicht. Aber mit dem planetenweiten EMP und einem Hilfsmittel, das du als Virus bezeichnen würdest, haben wir …"

„Ein planetenweiter EMP-Angriff?" Ich trete vor und nehme Chuck von der Motorhaube. „Willst du damit sagen …"

„Dass New York City nicht die einzige Metropole ist, auf die es die Androchider abgesehen haben? Hm, ich könnte diese Frage nur beantworten, wenn du ein dringendes Interesse bekunden würdest, beispielsweise … ich weiß auch nicht … sagen wir mal, wenn du unbedingt nach Peking reisen wolltest."

„Ich will unbedingt nach Peking reisen", sage ich sofort. Ich habe keine Zeit für lange Spielchen.

„Dann würde ich dir dringend davon abraten", erwidert Chuck.

„Weil dir meine Sicherheit und mein Wohlbefinden wichtig sind."

„Ganz recht, ja."

„Dann ist es so schlimm, wie wir dachten." Ghost betrachtet der Reihe nach die anderen.

Yoshi legt die Hände auf sein SCAR 15. „Dann haben wir eine fortschrittliche Alien-Waffe, die das halbe Internet im Kopf hat, ein böses Reich, das den Planeten versklaven will, und einen Professor, den wir erst einmal finden müssen, damit der uns möglicherweise erklärt, was hier eigentlich los ist. Fasst es das treffend zusammen?"

„Japp", bestätige ich. „Braucht sonst noch jemand einen Drink?"

21

0900, Freitag, 25. Juni 2027
New Brunswick, New Jersey
Rutgers University

Es ist exakt 0900, als wir auf den Cook/Douglass Campus der Rutgers University an der George Street fahren. Die Laubbäume und die Steinbauten verbreiten eine nostalgische Atmosphäre und erwecken den Eindruck, der Besuch der staatlichen Hochschule sei teurer, als es tatsächlich der Fall ist. An dieser Stelle muss mein Loblied jedoch schon enden.

Nach den geborstenen Fenstern und den Möbeln auf den Wiesen und den verlassenen Autos zu urteilen, scheint es, als hätten die Studierenden und Lehrkräfte, die in den Sommerferien hiergeblieben sind, blitzartig das sinkende Schiff verlassen. Außerdem haben hier bereits die Plünderer zugeschlagen. Ich staune immer wieder, wie Menschen sich die Mühe machen, in einer Notlage materielle Habseligkeiten zu stehlen, obwohl es viel besser wäre, in Deckung zu gehen und ausschließlich lebenswichtige Vorräte zu horten. Verzweifelte Menschen tun verzweifelte Dinge.

Beispielsweise laufen sie über eine verbrannte Brücke zu einem alten Freund und hoffen, das Bauwerk werde das Gewicht schon noch tragen.

Tatsache ist, dass ich mich auf das Wiedersehen mit Aaron nicht freue. Als wir uns das letzte Mal begegnet sind, haben wir Menschen in Leichensäcke gesteckt, und er hat nicht mit mir gesprochen. Ich bin mir sicher, dass er mir immer noch anlastet, was mit Lewis und Dr. Walker geschehen ist. Und ich kann das verstehen. Wer jemals eine Einheit kommandiert hat, die Mitglieder verloren hat, der weiß ganz genau, was es heißt, an der Spitze zu stehen. Ob man die Schuld daran trägt oder nicht, man ist auf jeden Fall derjenige, der die Hand am Ruder hat. Wenn alles richtig läuft, erntet man nicht einmal den Ruhm, und wenn es schiefläuft, bekommt man Prügel.

Ich erwarte nicht, dass Aaron mir bereitwillig verzeiht. Allerdings hoffe ich, dass er noch lebt und bereit ist, uns zu helfen. Immer vorausgesetzt natürlich, er hat etwas Nützliches beizusteuern. Falls nicht, war dies ein kurzer Umweg, der uns im Grunde nicht allzu viel Zeit gekostet hat. Doch wenn man nicht viel hat, helfen manchmal auch die kleinsten Hinweise weiter.

„Phantom Eins, hier ist Phantom Drei. Bitte kommen."

Das ist Bumper.

„Ich höre."

„Hast du eine Vorstellung, wohin wir uns wenden müssen?"

„Einen Moment. He, Sir Charles", sage ich zu der Waffe auf dem Beifahrersitz. „Du hast nicht zufällig eine Karte der Rutgers University?"

Nach einer zwei Sekunden langen Pause antwortet die Waffe: „Leider nicht. Dies gehört nicht zum Datenpaket, das mir zugeteilt wurde."

„Roger. Es war einen Versuch wert."

„Allerdings kann ich dich zu allen Wärmesignaturen führen, die ich entdecke."

„Hast du Wärmesensoren?"

„Unter anderem, ja. Ich muss aber warnen, dass sie je nach Entfernung und Umgebungsbedingungen manchmal falsche Werte ausgeben."

„Roger. Dann lassen wir es mal krachen. Was meinst du?"

„Ja, altes Haus, wir lassen es krachen."

Ich öffne den Kanal und funke Bumper an. „Anscheinend hat der Phantomlord hier ein paar erstklassige Sensoren an Bord. Ich übernehme die Führung."

„Roger."

„Ich muss schon sagen, hast du mir gerade einen Rufnamen zugewiesen?", fragt Chuck über Funk. Anscheinend ist er stolz darauf. Oder ist er verstört? Ich kann es nicht recht einschätzen.

„Japp", antworte ich ebenfalls über Funk. „Wir können später darüber diskutieren." Direkt und ohne Funk füge ich hinzu: „Deine britischen Vokabeln *Sir* und *Lord* und die Barone und dieser ganze Unsinn haben mich darauf gebracht. Dann können wir es auch gleich offiziell machen."

„Ha. Ich … das berührt mich, Patrick. Ich hatte mich schon auf Team Arschfeger oder so etwas eingestellt. Aber ein richtiger Lord? Ich weiß gar nicht, was ich dazu sagen soll."

„Nur damit das klar ist, du bist kein richtiger Lord. Es ist eher ein Ehrentitel. Also lass es dir nicht zu Kopfe …"

„Alle nennen mich jetzt Lord der Gewehre", sagt er über Funk.

„… steigen."

„Hat er da gerade eine Anspielung auf *Herr der Fliegen* gemacht?", fragt Bumper.

Ich lächle Chuck an. „Nun?"

Über den teameigenen Kanal sagt er: „Ich dachte, das sei recht gewitzt."

„Oh, das war nicht schlecht", räumt Bumper ein.

Als ich Chuck seinen Rufnamen gegeben habe, kam es mir vor allem darauf an, seine Widerspenstigkeit ein wenig zu dämpfen. Vielleicht hat es funktioniert. Wie sich herausstellt, finde ich das Ding jetzt umso liebenswerter. Und das Gerät wird immer schlauer.

„He", sage ich zu Chuck. „Wenn du so einfach über Funk sprechen kannst, könntest du dann vielleicht wenigstens, ich weiß nicht, deine Sendungen verschlüsseln oder so?" Es ist schon schlimm genug, dass er keinerlei Funkdisziplin hält. Die Tatsache, dass er unseren Standort jederzeit an den Feind übermitteln könnte, ist nicht erfreulich. Er könnte wenigstens versuchen, uns ein wenig Deckung zu verschaffen.

„Aber gewiss, Patrick. Ich habe damit sofort begonnen, nachdem du mich auf dem Garden State Parkway aus dem Fenster geworfen hast."

„Wirklich?"

„Ja. Du wirst dich doch sicherlich erinnern, wie du mich aus deinem fahrenden Auto geworfen hast, und wie ich verletzlich, schutzlos und mutterseelenallein dort draußen lag?"

„Ich finde, du übertreibst jetzt ein wenig.“

„Für mich war es jedenfalls ein unvergessliches Erlebnis. Ich meine, hat man dich schon einmal aus einem Fahrzeug geworfen, das mehr als fünfundneunzig Stundenkilometer schnell gefahren ist? Um dich in der Blüte deines Lebens in der Einöde zurückzulassen?“

„Wenn du so fragst, japp, das ist mir schon mal passiert.“

„Genau! Und wenn es geschehen wäre, dann … warte mal, es ist dir passiert?“

Ich schnalze mit der Zunge.

„Oh, Herr im Himmel! Möchtest du darüber reden?“

„Zur Sache. Was hast du mit unserem Funkverkehr gemacht?“

„Aber selbstverständlich.“ Er schweigt einen Moment, als müsste er sich sammeln.

Was für ein dramatischer Auftritt.

„Da die Androchider eine Reihe von Technologien besitzen, mit denen sie euren Funkverkehr, sagen wir einmal, nutzen könnten, um euch in Gefahr zu bringen, habe ich mir die Freiheit genommen, eine Art Funkausfall zu simulieren, wie es der Direktive Alpha entspricht.“

Da er das alles über Funk sagt, öffne ich ebenfalls den Kanal und frage nach. „Haben das alle verstanden?“

„Roger“, bestätigen sie nacheinander.

Ich sehe Chuck mit hochgezogener Augenbraue an. „Also, das war klug von dir. Vielen Dank.“

„Gern geschehen.“

„Könntest du jetzt mit dem Scannen beginnen?“

„Bitte, das ist längst erledigt“, sagt er über Funk. „Und ich freue mich, berichten zu können, dass ich mindestens vier falsch-positive Ortungen eliminieren konnte. Außerdem habe ich, so glaube ich, den Standort deines Freundes Doctor Who ausfindig gemacht.“

„Das ging schnell. Wie sicher bist du dir, dass er es ist?“

„Ausgehend von dem, was ich von dir weiß, und was mir allgemein über akademische Titelträger bekannt ist, habe ich mehrere Individuen ausgeschlossen. Beispielsweise das Paar, das im Moment in der Hickmann Hall mit einem Koitus beschäftigt ist. Der beschleunigte Herzschlag und die Körpertemperatur der Frau legen die Vermutung nahe, dass sie sehr bald …"

„Na gut, du Spanner, erspare uns die Einzelheiten."

„Mich würde das schon interessieren", sagt Z Lo.

„Halt den Mund, Junge", gebe ich zurück.

„Jawohl, Sir, halte den Mund."

Ich schließe den Kanal und sehe Chuck an. „Sag mir einfach, wo der Doc ist und mit welcher Wahrscheinlichkeit du ihn erkannt hast."

„Meinst du den Prozentsatz meiner Gewissheit? Die Fehlerquote liegt bei 0,00001 Prozent."

Ich runzele die Stirn. „Es reicht mir, wenn du zwischen hoch und niedrig unterscheidest."

„In diesem Fall: hoch. Falls du mich hochheben und auf dreihundertvierundsechzig Grad zum Horizont hin ausrichten könntest, wäre es mir möglich, meine Wahrnehmungen noch weiter zu präzisieren."

Mir liegt eine sarkastische Frage auf der Zunge, ob Chuck jetzt Aaron erschießen will. Die Waffe wäre durchaus dazu imstande. Aber falls er jemanden töten wollte, dann hätte er zuerst einen von uns Phantomen getötet. Außerdem kam mir unser ganzer Austausch über Waffen und darüber, Menschen nicht zu töten, aufrichtig vor. Japp, ich ringe immer noch mit mir. Allerdings habe ich bis jetzt überlebt, oder?

„Falls dein Schweigen mit der Befürchtung zu tun hat, ich könnte deinen Freund erschießen …"

„Wie kommst du denn darauf?"

„Nun ja, dein Herz schlägt schneller, und ich habe einen Wechsel der Pupillenweite festgestellt, der für ängstliche Vorahnung spricht …"

„He, spar dir das."

„Meinst du damit, ich soll aufhören, deine Vitalfunktionen zu überwachen?"

„Japp."

„Aber das ist eine Grundlage meiner …"

„Egal. Lass es bleiben."

„Äh, ja … das macht es mir aber schwer, meine Aufgabe zu erfüllen."

„Das Leben ist kein Ponyhof. Anpassen, improvisieren, überwinden.“

„Was?“

„Lass dir was anderes einfallen.“

Er seufzt gedehnt. „Wenn du meinst.“

Ich hebe Sir Charles hoch und lege ihn quer auf das Armaturenbrett, wobei ich den Kompass an der Windschutzscheibe zu Hilfe nehme. Verdammt, ich kann nicht anders. „Erschieße ihn nicht.“

„Ich wusste es doch“, antwortet Chuck.

„Ja, schon gut.“

Zwei Sekunden später sagt Chuck: „Biege am Chemistry Drive rechts ab.“

„Hier?“

„Ja, hier. Glaubst du wirklich, es gibt auf dem Campus einen zweiten Chemistry Drive? Oder bist du nicht fähig, die Straßenschilder zu lesen, während du fährst, du Niete?“

„He“, sage ich gereizt. Ich weiß nicht, was er mir damit sagen will oder warum er auf einmal so giftig wird, aber es gefällt mir nicht. Oder vielleicht doch ein wenig. So etwas gerät jedoch leicht außer Kontrolle, wenn man nicht rechtzeitig einschreitet. Im Augenblick, während ich am Lenkrad drehe, fällt mir nichts ein außer: „Pass ja auf, Bürschchen.“

„Ich sitze nicht am Lenkrad.“

Ich will noch etwas hinzufügen, muss mich aber auf die enge Kurve konzentrieren. Vermutlich macht ihn die Ernennung zum Phantomlord übermütig. War wohl doch ein Fehler.

„Warum biegen wir ab?“, fragt Hollywood.

„Chuck sagt, er …“

„Ich habe in der Anthropologischen Abteilung des Dr. Ruth M. Adams Building jemanden geortet, bei dem es sich höchstwahrscheinlich um Dr. Aaron Campbell handelt.“

„Genau“, füge ich hinzu, als er den Kanal freigibt. Dann frage ich Chuck: „Hast du die Wegweiser gelesen?“

„In der Tat. Einfachen Text zu lesen, gehört zu meinen Fähigkeiten.“

„Na gut, na gut." Wir halten vor einem dreistöckigen Backsteinbau, dessen Türsturz mit dem Wort ADAMS beschriftet ist. Ich fahre zur nordöstlichen Seite herum und stelle den Land Cruiser neben ein paar Bäumen ab. Dies ist kein Parkplatz, aber für den Fall, dass wir schnell fliehen müssen, ist es besser, wenn wir uns nicht zu streng an die normalen Verkehrsregeln halten. Es kommt jetzt vor allem darauf an, wo wir gute Deckung finden.

Ehe ich aussteige, greife ich hinter den Beifahrersitz und hole ein aufgerolltes Gurtband hervor. Normalerweise benutzt man es, um die Ladung zu sichern oder ein Klettergeschirr zu improvisieren.

„Was tust du da?", fragt Chuck.

„Wie sehen deine Kondensatoren aus?"

Er zögert. „Ich weiß nicht genau, was meine Kondensatoren mit diesem Kletterdings zu tun haben."

„Kannst du jetzt schießen?"

„Nein. Es dauert noch etwas, bis ich voll geladen bin."

„Also bist du als Waffe wertlos."

„Ich meine, ich würde nicht sagen, dass ich wertlos bin, aber … irgendwie schon. Es sei denn, du möchtest jemanden mit mir erschlagen. Dann wäre ich eine schöne Ergänzung für dein Arsenal."

„Gut." Ich schneide ein Stück vom Gurt ab und wickle Chuck damit ein. „Bis dahin bleibst du als Navigator auf meinem Rücken."

„Und dein SCAR hat den ganzen Spaß?"

„He, es ist doch nicht meine Schuld, dass du nicht schneller nachladen kannst."

„Aber du hast mehrmals mit mir geschossen."

„Das hat nichts mit deiner Ladegeschwindigkeit zu tun."

Er seufzt. „Das ist wohl wahr."

Nachdem ich eine Schlinge geknotet habe, steige ich aus dem Fahrzeug. Draußen schiebe ich meinen Arm und den Kopf durch die Schlinge und verankere Chuck auf meinem Rücken. „Hast du es bequem?"

„Klar. Und ich habe einen wundervollen Blick auf deinen Arsch."

„Wie ich höre, ist er hinreißend."

„Man hat dich angelogen."

Ich muss unvermittelt lachen. Irgendwie mag ich diese neue Seite, die Chuck jetzt zeigt. In Maßen jedenfalls. Wenn er Humor hat, kann er doch so übel nicht sein.

Ich nehme mein SCAR und treffe mich mit den anderen Teammitgliedern. Zusammen nähern wir uns dem Eingang.

„Ist er allein da drin?", fragt Hollywood mich.

Ehe ich antworten kann, sagt Chuck: „Positiv, Phantom Zwei. Erster Stock, in der hinteren nordwestlichen Ecke. Verstanden und Roger. Ende."

Sie sieht mich mit hochgezogener Augenbraue an.

Ich schüttele den Kopf. „Er ist aufgeregt."

„Patrick, ich bin nicht aufgeregt. Ich stelle mich nur auf meine neue Rolle als Phantomlord ein."

„Das war wohl ein Fehler", flüstere ich Hollywood zu.

„Das habe ich gehört."

„Yoshi, du bleibst bei den Fahrzeugen", sage ich. „Ghost, du übernimmst die Rückendeckung. Bumper, Erdgeschoss. Hollywood und Z Lo kommen mit mir."

„Und ich. Ich bin auch bei dir", ergänzt Chuck.

„Japp. Du bist bei mir." Ich sehe mich um. „Es sei denn, jemand anders will ihn nehmen?"

„Er kann Mädchen durch Wände beobachten, richtig?", fragt Z Lo.

Bumper klopft Z Lo kräftig hinten auf den Helm. „Halt den Mund, Lazlo."

„Entschuldige."

Ich kichere über den Wortwechsel und setze meine Einsatzmiene auf. „Zeit für OTF."

Bumper grinst. „OTF, Leute."

Das Adams Building riecht alt und muffig. Ich weiß nicht, ob es die Schaukästen voller Steine und alter Artefakte sind oder die Weltkarten und der Zeitstrahl an den Wänden, aber wenn ich nachts hier wäre, würde es mir vorkommen wie die perfekte Kulisse für einen Angriff von Mumien.

Bumper sichert den Vordereingang, Ghost huscht den Flur hinunter und wendet sich an einer Gabelung des Gangs nach rechts. Wahrscheinlich sucht er auf der Südseite nach einer auf das Dach führenden Treppe. Inzwischen biegen Hollywood, Z Lo und ich links ab und suchen eine andere Treppe, die uns zu Aarons Position bringt.

Chuck sagte zwar, es sei sonst niemand im Gebäude, doch ich halte vorsichtshalber die Waffe bereit, während ich an den Laboratorien, Wandschränken und Büros vorbeigehe. Am Ende des Flurs stoßen wir tatsächlich auf eine Treppe. Über Funk sage ich: „Wir gehen hoch.“

„Bin auf dem Dach, alles klar“, meldet Ghost. Verdammt, der Kerl ist schnell.

Hollywood baut sich unten an der Treppe auf und sieht sich nach Gefahrenquellen um. Sie signalisiert uns, dass alles sauber ist, dann springen Z Lo und ich hinauf und sichern die Absätze und die nächste Treppenflucht. Anschließend, im ersten Stock, kommt Hollywood wieder zu uns.

Laut dem allwissenden Phantomlord müsste Aaron hinter der ersten Tür auf der rechten Seite sein.

Ich ziele unentwegt auf die Tür und nicke Z Lo zu. Wir nähern uns dem Gefahrenbereich. Er ruckelt am Türgriff. Hollywood steht hinter ihm bereit.

Der Junge schüttelt langsam den Kopf. Die Tür ist von innen versperrt.

Ich zeige auf ihn und dann mit zwei Fingern auf meine Augen. Dann deute ich auf das rechteckige kleine Fenster über der Tür.

Er nickt und will hineinspähen, doch da hält Hollywood ihn auf. Sie zückt eine Puderdose, klappt den kleinen Spiegel auf und reicht ihm das Ding. Solche Eingebungen sorgen dafür, dass die Leute keine Kugel in den Kopf bekommen. Ich zeige ihr anerkennend den hochgereckten Daumen.

Z Lo dreht den Spiegel, bis er durch das Fenster spähen kann. Als er die Puderdose sinken lässt, streicht ein Sonnenstrahl über sein Auge. Er gibt mir zu verstehen, dass alles in Ordnung sei.

Ich trete näher heran und spähe direkt durch das Fenster. Aaron sitzt inmitten von aufgeschlagenen Büchern und aufgestapelten Dokumenten an einem Schreibtisch – genau so, wie ich es mir gedacht habe. Das Land stürzt in eine Krise, und was tut der gute Mann? Er arbeitet. Die Heiligen mögen ihn behüten.

„Wie willst du weiter vorgehen, Guns?", flüstert Z Lo.

Jede Wette, dass der Junge am liebsten die Tür eintreten würde. Doch nach allem, was Aaron und ich in der Antarktis erlebt haben, nehme ich an, mein alter Freund braucht nicht viel, um auszurasten.

„Wir machen es auf die altmodische Weise", antworte ich und richte mich auf. Ich klopfe zweimal ans Fenster und rufe: „He, Aaron, hier ist Patrick."

Z Lo sieht mich überrascht und enttäuscht an. Dann beschließt er, meinem Beispiel zu folgen, und stellt sich auf der anderen Seite neben die Tür. Hollywood bleibt ein wenig zurück. In einer Gefechtssituation würde ich nach rechts laufen, sobald die Tür aufgebrochen ist, während Z Lo sich nach links wendet und Hollywood das Zentrum übernimmt. Aber dazu wird es hier nicht kommen.

Ich winke dem Jungen, sein Tavor-Sturmgewehr sinken zu lassen. Dann rufe ich noch einmal, etwas lauter als beim ersten Mal: „Aaron, ich bins, Patrick. Mach auf." Als ich noch einmal durch das Fenster spähen will, zertrümmern zwei Schüsse das Glas und stanzen ein Loch in die Tür.

22

0910, Freitag, 25. Juni 2027
New Brunswick, New Jersey
Rutgers University, Cook/Douglass Campus
Adams Building

„Aaron, um Himmels willen, nun hör doch auf zu schießen!", rufe ich.

Er ignoriert mich.

Drei weitere Kugeln schlagen rasch nacheinander an verschiedenen Stellen durch die Tür. Eins ist sicher, mein Freund ist ein erbärmlicher Schütze. Ich vermute, dass er einen .357er-Magnum-Revolver mit sechs Kammern benutzt. Dies bedeutet, dass er nur noch einen Schuss übrig hat.

„Aaron, es ist …"

Peng. Die letzte Kugel fetzt durch die Holztür. Das ist unser Stichwort.

Ich nicke Z Lo zu. Er holt aus und tritt neben dem Griff gegen die Tür. Die Sperre splittert und geht sofort kaputt. Der Junge hat Kraft.

Jenseits der Tür ist ein erstickter Schrei zu hören. Ich spähe hinein. Die rechte Seite ist frei. Aaron ist zurückgesprungen und gegen einen Tisch und mehrere Stühle geprallt. Schon überprüft Z Lo die linke Seite auf Gefahren, während Hollywood auf Aaron zielt. Sie richtet ihr AR 15 auf ihn, damit er nicht wieder nach seiner Waffe greift. Das ist nichts Persönliches, so gehen wir einfach vor.

„Klar", sagt der Junge.

Ich nicke Hollywood zu, die Aarons Revolver aufhebt und ihn auf weitere Waffen durchsucht. Er ist sauber.

„Hallo Wik." Hollywood hält einen Ruger GP100 hoch, öffnet die Edelstahltrommel des Revolvers und zeigt auf die siebte Kammer.

„Der Hundesohn hätte mich töten können", sagt Z Lo mit einem Tonfall, der schon fast nach Hysterie klingt.

„Hat er aber nicht", antworte ich. „Und nur darauf kommt es an."

„Ja, aber er …"

„Z Lo", sagt Hollywood. „Sichere den Flur."

„Roger, Sergeant."

Sie untersucht die letzte Patrone. „Buffalo Bore 180. Kein Wunder, dass er Schweizer Käse aus der Tür gemacht hat." Sie wirft die Patrone hoch, fängt sie auf und steckt sie in die Tasche. Ich glaube, sie will sie als Glücksbringer behalten. Dann hilft sie mir, den benommenen Aaron aufzurichten, und bietet ihm einen Stuhl an.

Der Professor trägt noch die gleiche Tweedjacke, das Star-Wars-T-Shirt und die Brille wie bei dem Fernsehinterview. Außerdem hat er eine hübsche Beule auf der Stirn, wo ihn die von Z Lo aufgetretene Tür erwischt hat.

„Du bist es wirklich." Aaron rückt seine Brille zurecht.

„Japp. Geht es dir gut?"

Aarons Antwort besteht darin, mich zu umarmen und zu drücken. Nachdem ich ihm einige Sekunden lang unbehaglich den Rücken getätschelt habe, lässt er mich los und streicht mit einer Hand über sein Hemd. „Doch, doch. Gut. Nur … ich bin erschrocken."

Ich blicke zu seiner Waffe und nicke. „War es das erste Mal, dass du damit geschossen hast?"

„Ja. Ich habe sie mir besorgt, als ich nach Hause gekommen bin."

„Das kann ich dir nicht vorwerfen. Ich würde dir jedoch empfehlen, ein bisschen auf dem Schießstand zu üben, ehe du so etwas noch einmal versuchst." Ich zeige mit dem Daumen zur Tür.

„Ist angekommen."

Ich lächle ihn an, dann stelle ich die Anwesenden einander vor. „Das hier ist Sergeant Suzanne Catania, US Army."

„Nennen Sie mich einfach Hollywood." Sie gibt Aaron die Hand.

„Das da ist Z Lo. Du kannst ihn einfach Z Lo nennen."

„Das bin ich." Der Junge winkt.

„Freut mich", antwortet Aaron.

In diesem Moment knackt das Funkgerät. „Phantom Drei an Phantom Eins. Alles in Ordnung da oben?", fragt Bumper.

„Die Zielperson ist etwas erschrocken, das ist alles", antworte ich. „Wir brechen gleich auf."

„Roger."

„Im Gebäude passen noch drei weitere Leute auf." Ich muss klären, was zwischen uns steht, und beschließe, den schwierigsten Teil sofort zu erledigen. Also ziehe ich mir einen Stuhl heran und setze mich. „Hör mal, was diese Sache am Südpol angeht …"

„Du musst nichts sagen, Pat."

Ich ziehe beide Augenbrauen hoch. „Warum nicht?"

„Ich weiß, dass du dein Bestes gegeben und getan hast, was du für richtig hieltest. Ich habe viel darüber nachgedacht, und es war falsch, dir Vorwürfe zu machen. Es war ein Unfall, mit dem wir alle zu tun hatten, und ich … ich hätte vorsichtiger sein sollen. Ich habe einfach nicht damit gerechnet, dass … na ja." Er blickt in die Ferne.

„He, keiner von uns konnte das vorhersehen."

„Doch." Er schüttelt den Kopf. „Du konntest es."

Da will ich ihm gar nicht widersprechen, aber ich weiß auch, wann man einfach die Entschuldigung eines Menschen annimmt und den Mund hält. „Jetzt sind wir beide hier, und nur darauf kommt es an. Es tut mir leid, dass dein Team so viele Verluste erlitten hat."

„Und ich bedaure deine Verluste − Sergeant Simmons, richtig?"

„Unter anderem, japp. Ein guter Mann."

Wir schweigen einen Moment. Hollywood tippt mit dem Finger auf ihr Handgelenk.

„Aaron, hör mal zu. Meine neuen Freunde und ich arbeiten an etwas, bei dem wir deine Hilfe brauchen. Wir glauben, die Kuppel treibt die Menschen nach …"

„… nach Lower Manhattan, um sie vom Planeten wegzuschaffen?" Aaron strahlt und blickt hektisch hin und her.

Ich muss zweimal blinzeln. „Also, ich wollte nicht so weit ins Detail gehen, aber …"

„Meine Güte, meine Güte“, sagt Chuck hinter mir. „Da haben wir ja einen regelrechten Sherlock Holmes.“

„Wer war das denn?“, fragt Aaron.

„Äh, der gehört auch zum Team.“ Ich bin mir nicht sicher, ob Aaron bereit ist, mit einem Alien-Gewehr zu sprechen. Deshalb greife ich nach dem Funkgerät und gebe vor, es zu benutzen. „Halte dich zurück, Chuck.“

„Roger, alles klaro, altes Haus.“

Aaron sieht mich neugierig an, kauft mir den Schwindel aber anscheinend ab.

Ich winke, damit er fortfährt.

„Wie auch immer, ich habe aufgrund der Daten, die wir in Ellsworth gesammelt haben, einige Schätzungen vorgenommen.“ Er steht auf und geht zu seinem Schreibtisch. „Ich muss zugeben, es sind bisher nur grobe Berechnungen, und ohne Spektrometrie kann man sowieso nur Vermutungen anstellen.“

Er holt mehrere Blätter mit Zeichnungen und Zahlen hervor und reicht sie jeweils einzeln mir und Hollywood. Einige Skizzen zeigen die Kuppel in drei Dimensionen. Sie sind erheblich besser als meine Darstellungen. Besonders interessant finde ich eine senkrecht stehende trichterförmige Röhre, die anscheinend an einem zentralen Punkt am Boden entspringt, um sich hoch droben nach außen zu wölben und die Kuppel zu erzeugen. Und dort, direkt im Zentrum, erkenne ich etwas, das mir nur allzu bekannt vorkommt.

„Ein Ring?“ Ich sehe ihn fragend an.

Er nickt. „Auch das ist nur eine Vermutung, aber ich bin mir relativ sicher.“

„Sind das Zeichnungen? Kann ich sie sehen?“, fragt Chuck.

Ich greife nach seinem Gehäuse und gebe mir Mühe, meine Gereiztheit zu unterdrücken. „Gleich.“

Aaron lächelt. „Er scheint recht hartnäckig zu sein.“

„Du hast ja keine Ahnung.“ Ich tippe noch einmal auf das Blatt, das ich in der Hand halte. „Warum ist dort ein Ring?“

Aaron hebt einen Finger. „Ja, das ist eine ausgezeichnete Frage.“

Er dreht sich zu einer altmodischen Tafel um, die an der hinteren Wand hängt. Sie ist mit Kreidezeichnungen bedeckt, die aussehen, als gehörten sie zu einem Indiana-Jones-Film: Geometrische Figuren, Kreise, Formeln, Koordinaten – ich wäre froh, wenn ich ein Viertel davon einordnen könnte.

„Ich habe im Unterricht altes farbiges Gel aus den Schminktöpfen der Theaterwissenschaften benutzt, um den Studenten die Lichtbrechung in historischen Buntglasfenstern zu erklären. Davon ausgehend konnte ich schließen, dass das Licht an den Außenrändern der Kuppel viele der Eigenschaften aufweist, die wir auch bei den Partikelstrahlern der Roboter gemessen haben." Er reicht mir einen Stapel Papiere, auf denen Datenkolonnen zu sehen sind.

„Was bedeutet das?"

„Ich bin noch nicht nahe genug an die Kuppel herangekommen, um es zu überprüfen, aber ich vermute, dass sie gefährlich ist."

„Das können Sie laut sagen", wirft Hollywood ein.

„Sie ist gefährlich", bestätigt Chuck. „Ist das damit geklärt, Phantom Zwei?"

Hollywood lächelt leicht. „Ja, und ob."

„Ausgezeichnet."

Ich bedeute Aaron, fortzufahren.

„Offenbar besitzt sie auch eine inkonsistente Energiequelle."

„Was meinst du damit?", frage ich.

„Nun, die Leuchtkraft der Kuppel nimmt im Laufe der Zeit etwas ab, bis sie abrupt wieder ansteigt. Die Dauer des Vorgangs scheint zu schwanken."

„Vielleicht sind meine Augen doch noch nicht so alt", sage ich leise.

„Wie war das?", fragt Aaron.

„Schon gut. Ich glaube, ich habe diese Schwankungen auch bemerkt. Hast du eine Vermutung, woran das liegt?"

„Vielleicht eine unzuverlässige Energieversorgung? Aber außerdem", er zeigt auf eine Kreidezeichnung, die dem Ring am Südpol ähnelt, „gibt es Lichtspuren, die jenen der Grenze des Ringportals ähneln, und zwar hier", er tippt auf das Blatt in meiner Hand, auf dem die Kuppel dargestellt ist, „mittendrin."

„Also glaubst du aufgrund des Lichts, messen zu können, im Zentrum der Kuppel befände sich ein weiterer Ring?"

Er nickt. „Ich kann es natürlich nicht sicher sagen, ohne mich am Ground Zero zu befinden – ironischerweise schon wieder mitten in Manhattan, was? Aber ich habe genügend Hinweise, um die Existenz eines Ringportals mit einiger Sicherheit vermuten zu können. Warum sonst sollten sie eine Art Zaun um eine Bevölkerungsansammlung ziehen? Es sei denn, die Aliens haben es schlicht und ergreifend auf Vernichtung abgesehen, aber es gibt viel einfachere Methoden, um Lebewesen auszurotten. Was sie auch tun, sie versuchen, uns einzuzäunen und fortzuschaffen."

Ich wechsele einen Blick mit Hollywood, doch ehe wir Aaron erklären können, was wir wissen, fährt der fort.

„Das ist noch nicht alles."

„Nein?", frage ich. „Dann sprich weiter."

„Ich glaube zu wissen, warum sie hier sind."

Hollywood zieht eine Augenbraue hoch. Das wird interessant.

„Ich habe es dir noch nicht gezeigt, weil ich den Übersetzungskodex noch nicht fertiggestellt hatte."

„Was für einen Kodex?"

Er schnippt einige Male mit den Fingern. „Einen Decoderring. Einen Schlüssel."

„Roger."

Er holt mehrere weitere Blätter und reicht sie mir, einige sind Ausdrucke, einige mit Hand beschrieben. Ich muss die vorherigen Blätter weglegen, weil ich so viel Papier nicht halten kann.

„Siehst du das?"

„Ich sehe es. Es erinnert mich an … wie heißt das noch? Sanskrit?"

„Älter. Keilschrift. Ich glaube, es ist sogar noch älter als Keilschrift."

„Warte mal, es soll älter sein als die älteste bekannte Schriftsprache? Was übersehe ich hier?"

Er grinst mich jungenhaft an und nimmt mir ein paar Blätter wieder ab. „Anscheinend gibt es einen gemeinsamen Ursprung aller schriftlichen Kommunikation. Eine wirklich primitive logophonetische Konsonantenschrift aus syllabischen Zeichen."

„Logo-was?"

„Logophonetisch. Äh, Chinesisch und das japanische Kanji sind Logogramme, ebenso verschiedene ägyptische Hieroglyphen. Doch die Keilschrift kann bis zu indoeuropäischen Sprachgruppen der Hethiter und Luwier zurückverfolgt werden, die zu den semitischen Sprachen gehören. Natürlich ist das für moderne Menschen schwer nachvollziehbar, weil unser Alphabet auf die phönizische Schrift zurückgeht, und …"

„Aaron, wir haben nicht so viel Zeit. Könntest du vielleicht …" Ich lasse einige Male den Zeigefinger kreisen.

„Ah, gewiss. Entschuldige. Ich will darauf hinaus, dass das, was du hier siehst, sozusagen ein früher Cousin der ältesten bekannten Sprachen ist."

„Ein Cousin?", hakt Hollywood nach. „Ich hatte damit gerechnet, dass Sie Großeltern oder Vorfahren oder so etwas sagen."

„Ja, das könnte man meinen." Aaron wedelt mit beiden Händen. „Aber es ist eher so, als hätte jemand versucht vorherzusagen, wohin sich die Sprachen entwickeln würden, sei aber gescheitert, weil er die natürlichen Abweichungen nicht berücksichtigen konnte."

Ich schiele ihn an. „Was heißt das jetzt wieder?"

„Es heißt, dass sich die Schöpfer dieser Zeichen mit den Menschen jener Zeiten ausgetauscht haben, aber nicht lange genug geblieben sind, um ihre linguistischen Modelle zu aktualisieren. Sprachen sind wie Lebewesen. Sie wachsen, sie verändern sich, sie passen sich an. Oft geben sie sogar bessere Hinweise als die Biologie, wenn man einen Menschen oder eine Gruppe von Menschen untersucht."

Mir wird bewusst, dass ich mir noch mehr Mühe geben muss, um Aaron beim Thema zu halten. „Also ist diese Sprache hier für uns besonders wichtig, weil …"

„Weil sie auf dem Ellsworth-Ring gefunden wurde. Erst als ich die Kuppel sah, konnte ich mir die vollständige Übersetzung zusammenreimen. Oder wenigstens das, was ich für die vollständige

Übersetzung halte. Jede Übersetzung ist ja nur eine Interpretation des …"

„Ich habs verstanden. Und was sagt uns das jetzt?"

Wieder schnippt er mit den Fingern und eilt zu einer fahrbaren Tafel, die mit Papieren, Artikeln und Fotos vollgeklebt ist. Er dreht sich um und zeigt uns einen Abschnitt in der Mitte, in dem mit Kreide geschriebene Worte stehen.

Ich lese die Worte laut vor. „In der Dämmerung ist das Rätsel gelöst, das Kind ist groß, wir kehren zurück, um Erleuchtung zu sammeln." Ich sehe Aaron an. „Was ist das? Ein Rätsel? Ein Gedicht?"

„Weder noch. Aber darauf kommt es jetzt sowieso nicht an, Pat. Siehst du das nicht?" Er tippt auf die Worte und verschmiert die Kreide. „Das hier ist eine Schöpfungsgeschichte! Sie kommen, um … um …"

„Warum denn nun?"

„Um uns zu retten."

„Was für ein Mist", sagt Chuck. „Ich ertrage das nicht mehr. Patrick, könntest du mich bitte vom Rücken nehmen und mir erlauben, mit diesem charmanten, aber völlig ahnungslosen Vollpfosten zu reden?"

„Aber gern." Ich wende mich an Aaron, der eine missmutige Miene zieht, nehme Chuck vom Rücken und lege ihn auf den überfüllten Schreibtisch. „Darf ich dir Sir Charles vorstellen?"

„Auch Phantomlord genannt", fügt Chuck hinzu.

Aaron weicht bis zur fahrbaren Tafel zurück. „Ist das einer der …"

„Hallo Dr. Campbell. Es ist mir eine Freude, Ihre Bekanntschaft zu machen."

Aaron sieht mehrmals zwischen mir und der Waffe hin und her. „Ist das …"

„Ein Alien-Gewehr?" Ich nicke.

„Und es …"

„Ob es redet?", wirft Hollywood ein. „Aber hallo."

„Aber wie hast du … und woher kann es … und es redet sogar?"

„Der Typ gefällt mir", sagt Chuck offenbar zu mir. „Er ist weitaus höflicher als du, Patrick."

„Japp."

„Und er benutzt eure Sprache viel gewandter."

„Oh-oh."

Aaron hat sich ein wenig erholt und nähert sich Chuck wie ein Kind, das gerade eine Schlange beim Verschlingen einer Maus entdeckt hat: zugleich vorsichtig und fasziniert. „Ist es auch sicher?"

„Mein lieber Mann, ich bin so sicher wie ein Stein. Aber falls jemand den beknackten Entschluss fasst, besagten Stein jemand anders an den Kopf zu werfen, dann kann man mir doch nicht vorwerfen, dass ich das Instrument des Todes bin, oder?"

Aaron sieht mich an. „Ist er auch ein Philosoph?"

„Ermuntere ihn bloß nicht."

„Nein, tun Sie das unbedingt", sagt Chuck. „Ich bin jetzt mindestens eine Stunde mit diesen Waffen schwingenden Dummbatzen umhergelaufen."

„Dummbatzen?", frage ich.

„Das ist ein Kompliment."

„Aber sicher." Schimpfwörter sind nicht gerade mein Fachgebiet, aber Tonfall und Kontext kann ich durchaus erkennen. „Können wir weitermachen?"

Chuck räuspert sich mit seiner digitalen Kehle. „Dr. Campbell. Ich bin gern bereit, zu gegebener Zeit alle Ihre Fragen zu beantworten, aber das Vordringlichste ist jetzt – um es freundlich auszudrücken –, dass Sie alle Ihre Annahmen hinsichtlich der Androchider in Bezug auf Ihre Spezies zu den Akten legen."

Aaron sieht mich an und reißt die Augen auf wie ein Kind vor dem Weihnachtsbaum. „Androchider? Heißen sie so?"

„Dr. Campbell, bitte konzentrieren Sie sich."

Aaron fährt mit weit geöffnetem Mund zu Chuck herum.

„Wie gesagt, der Text, den Sie entziffert haben – bei dessen Übersetzung Sie, wie ich hinzufügen möchte, eine ausgesprochen anerkennenswerte, wundervolle Arbeit geleistet haben, wenn man dies mit vielen anderen Versuchen vergleicht. Manchmal frage ich mich, wie gewisse Spezies es überhaupt geschafft haben, sich ..."

„Chuck", ermahne ich ihn.

„Ah ja. Jetzt sieh mal einer an, auf einmal bin ich derjenige, der abschweift. Aaron und ich gleichen uns wie ein Ei dem anderen, *n'est-ce pas?*"

„Komm zur Sache."

„Aber gern, ja. Dr. Campbell, ich weiß nicht recht, wie ich es schonend ausdrücken soll, aber Ihre Hypothese über die Absichten der Androchider ist ein Haufen Bockmist."

Aaron stammelt: „Ich, äh, wie bitte?"

„Sie sind hergekommen, um die Menschen zu versklaven und meistbietend zu verkaufen. Die Leute, die sie nicht verkaufen können … wie soll ich das nur formulieren? Die ziehen sie sich rein. So, wie Sie eine Minisalami verdrücken."

Aarons Mund steht offen, aber es kommt kein Wort heraus.

Ich lege ihm eine Hand auf die Schulter. „Ja, das ist schwer zu schlucken."

„Nein, sie haben gar keine Probleme beim Herunterschlucken, wenn sie …"

„Chuck!"

„Ah, ja. Wie gesagt, Ihre Übersetzung ist wirklich gut, aber die Inschrift auf dem Ring, den Sie entdeckt haben, war, ich kann es nicht anders ausdrücken, ein Täuschungsmanöver. Man sollte das besser so verstehen: Wenn eure Spatzenhirne weit genug entwickelt sind, dann kommen wir wieder her und ernten euch."

„Mein Gott." Aaron hält sich eine Hand an die Schläfe. „Bist du dir absolut sicher?"

„Ja, alter Freund. Ich bin das sprechende Alien-Gewehr, oder? Glauben Sie wirklich, ich könnte lügen?"

„Ich weiß nicht, was ich erwartet habe, aber …"

„Also, ich belüge meine Benutzer und deren Gefährten nicht, und ich habe nicht die Absicht, jetzt damit anzufangen."

Chucks Aufrichtigkeit ist wirklich überzeugend. Entweder, er bemüht sich absichtlich, mein Vertrauen zu gewinnen, um dann doch noch etwas Subversives zu tun, oder er meint es ehrlich. Auf jeden Fall ist es beunruhigend, und ich frage mich unentwegt, ob ihm klar ist, dass ich weiß, was er tut.

Verdammt auch.

Manchmal ist es gar nicht schön, wenn man weiß, wie man Schach spielt.

„Also haben wir uns jetzt weit genug entwickelt, um …" Aaron verliert sich in seinen Gedanken und ist auf einmal wieder ganz da, als es ihm einfällt, „… um das Rätsel zu lösen."

„Ich kann die Aussagen hinsichtlich der Taktik, die die Androchider anwenden, um ihre Handelsgüter zu unterwerfen, weder bestätigen noch bestreiten. Ich glaube, man würde hier sagen, dass der Angler dem Fisch nicht verrät, welche Köder am besten wirken. Aber ich kann auf Ihre Bemerkung hin wenigstens meinen Bart glattstreichen und ein gedehntes ‚Hmmmmm' äußern."

„Also ist es ganz anders", sagt Aaron zu mir. „Wir haben ihnen ein Signal geschickt. *Ich* habe ihnen ein Signal geschickt. Beim Allmächtigen, was habe ich nur getan?" Er stützt sich mit beiden Händen auf den Schreibtisch. „Das ist … Es ist alles meine Schuld."

Ich halte Aaron an den Schultern fest. „Alles klar, Mann? Du wirkst etwas blass."

„Patrick, ich habe ihnen die Tür geöffnet."

Ach, was für ein Mist. Er wird gleich ohnmächtig.

„Aaron, bleib bei mir."

Zu spät.

Aaron verdreht die Augen und bricht in meinen Armen zusammen.

„Werden Menschen oft ohnmächtig, oder ist das nur etwas, das euch zwei verbindet?", fragt Chuck mich.

Kaum steht Aaron wieder auf den Beinen, meldet sich Ghost über Funk.

„Phantom Eins, hier Phantomwächter."

„Ich höre."

„Von Westen nähert sich ein BPF. Distanz ein Kilometer."

Ich blicke zu Hollywood und dann zu Aaron. „Es wird Zeit, hier zu verschwinden. Hast du Munition für deine Waffe?"

„Für den Revolver?" Aaron schüttelt den Kopf. „In meinem Haus."

„Dann lassen wir das. Komm mit." Mir wird bewusst, dass der Zeitrahmen sehr eng ist, und ich rufe noch einmal Ghost. „Wir schaffen es nicht rechtzeitig zu den Fahrzeugen."

„Roger."

„Was machen wir dann?", fragt Bumper.

Ich sehe Chuck an. „Steckst du dahinter?"

„Wohinter denn? Meinst du, ob ich sie hierhergelockt habe? Patrick, ich fühle mich …"

„Ja oder nein."

„Nein. Und fürs Protokoll, ich habe dir schon gesagt …"

„Ist es denkbar, dass sie an uns vorbeifahren?"

„Wollen wir wieder mit Wahrscheinlichkeiten rechnen?", erkundigt er sich.

„Ja."

„Dann sage ich Nein. Es ist praktisch ausgeschlossen, dass sie vorbeifahren, wenn sie so viele Wärmesignaturen in einem Gebäude entdecken."

„Wie gehen sie vor, wenn sie angreifen?"

„Hm, ja, das ist … weißt du, wir können den ganzen Tag über Dinge diskutieren, die dich und dein Überleben betreffen, aber leider kann ich keine konkreten Daten über die Androchider offenbaren, aus denen man Rückschlüsse …"

„Bezieht sich das auch auf die Frage, wie viele Feinde im Transporter sind?"

„Leider ja."

„Und was ist mit dir? Kannst du schießen?"

„Meine Kondensatoren sind zu neunzig Prozent geladen. Da ich gewöhnlich mit einer Rate von einem Prozent pro Minute nachlade, und die untere Schwelle für die Ladung …"

„Soll mir recht sein." Ich nehme das Funkgerät. „Wir müssen sie vom Gebäude weglocken. Wir dürfen die Fahrzeuge nicht verlieren."

„Südlich von uns steht mitten im Park ein großer Ziegelbau, dahinter im Südosten sind noch weitere Gebäude", berichtet Ghost. „Dort finden wir reichlich Deckung durch Bäume."

„Auf der Rückseite gibt es einen freien Fluchtweg“, ergänzt Bumper.

„Alle sofort zum Ausgang, wir laufen zum Ziegelbau“, befehle ich. „Los jetzt.“ Zu Aaron sage ich: „Ich hoffe, du bist gut in Form.“

„Ich brauche noch einen Moment, um meine Sachen einzupacken.“

Ich fasse ihn am Ellenbogen und schiebe ihn zur Tür. „Tut mir leid, alter Freund, aber du nimmst nur das mit, was du am Leib trägst.“

23

0923, Freitag, 25. Juni 2027
New Brunswick, New Jersey
Rutgers University, Cook/Douglass Campus
Adams Building

Als wir uns mit Ghost, Bumper und Yoshi an der Hintertür im Erdgeschoss treffen, schätze ich, dass wir noch fünfzehn Sekunden Zeit haben. Wir verlassen das Gebäude und rennen über den von Bäumen gesäumten Gehweg zu einem alten Ziegelgebäude hinüber. Auf einem Schild lese ich: „College Hall: OIT-Verwaltung". Im Grunde könnten wir uns hier einrichten, doch das Haus steht mitten im Park, und die Feinde könnten uns leicht umzingeln. Wenn wir genug Zeit hätten, würde ich lieber zum anderen Ende der großen Wiese laufen und damit die Angriffswege des Feindes beschränken.

„Chuck, Lagebericht?"

„Möchtest du, dass ich dir die Situation schildere? Mensch, diese scharfe militärische Sprechweise gibt mir das Gefühl, bei etwas Wichtigem dabei zu sein."

„Verdammtes Gewehr. Was machen die Feinde?"

„Schwer zu sagen. Im Augenblick betrachte ich mal wieder deinen Arsch."

Mit gut eingeübten Bewegungen nehme ich im Laufen mein SCAR auf den Rücken und hebe Chuck, dann trete ich einen Schritt zur Seite, damit er das Gebäude hinter uns erfassen kann.

„Anscheinend dringen zwei *Todesengel*, wie ihr sie so theatralisch nennt, in das Gebäude ein, während drei eurer sogenannten *Kampfbots* das Gebäude umrunden. Ich könnte noch hinzufügen …"

„Schaffen wir es bis zur anderen Seite des Parks?"

„Also, wenn du nicht hören willst, was ich hinzuzufügen habe, warum sollte ich dann …"

„Vergiss nicht, es geht um mein Wohlbefinden."

„Hm. Wie unbehaglich für mich. Na gut, ja, ich glaube, ihr habt reichlich Zeit, das offene Gelände zu überqueren, solange ihr im Sichtschatten des Hauses bleibt. Außerdem könnte ich meinen EMSG einsetzen, um …"

„Deinen was?"

„Meinen elektromagnetischen Störfeldgenerator, der vorübergehend ihre Fähigkeit stört, euch anzuvisieren, solange ihr dicht zusammenbleibt. Das verschafft euch noch ein wenig mehr Zeit."

„Klar, gern." Ich habe keine Ahnung, was er meint, aber die Zielerfassung der Feinde zu stören, ist auf jeden Fall eine gute Idee.

Ich unterstelle, dass die anderen den Wortwechsel mitangehört haben, laufe schneller und folge dem Gehweg um das Verwaltungsgebäude herum, bis mehrere große Gebäude vor uns liegen. Die Wegweiser verraten mir, dass es links zur Kapelle geht, während sich in der Mitte eine Bibliothek befindet und rechts mehrere Wohngebäude stehen.

Die Kirche hat vermutlich die stärksten Mauern, aber ich hatte schon immer Hemmungen, den Krieg in ein Gotteshaus hineinzutragen. Sie dürfen mich ruhig altmodisch nennen. Außerdem bin ich nicht davon überzeugt, dass der Allmächtige sich über meine Berufswahl freut. Ich habe Zweifel, ob er meine Bitte um Hilfe, falls es jemals so weit kommen sollte, überhaupt erhören wird.

Allerdings teilt nicht jeder meine Überzeugungen, und der Mitstreiter, den ich gern auf dem Dach der Kapelle postieren würde, denkt vermutlich schon selbst, dass er genau dort sein möchte. Ich überlasse es wohl besser dem heiligen Petrus, uns einzuteilen, wenn wir vor der Himmelspforte stehen.

„Wir verschanzen uns in der Bibliothek", sage ich, als wir weiterlaufen. Es ist ein bescheidenes zweistöckiges Gebäude mit guten Sichtlinien auf die große Wiese. Dann nicke ich in die Richtung der Kapelle auf der linken Seite. „Ghost, du postierst dich im Glockenturm."

„Schon unterwegs."

Chuck unterbricht mich. „Ghost ist dann nicht mehr gedeckt durch mein …“

„Durch dein elektronisches Verzerrungsding, verstanden.“ Ich zeige auf die vordere Seite der Bibliothek. „Bumper, nordwestliche Ecke. Z Lo, Südwesten. Hollywood und Yoshi, ihr unterstützt die beiden. Ich gehe zum Wohnhaus rechts. Ihr müsst die Kampfbots in die Todeszone vorm Haus locken, während Ghost und ich die Todesengel ausschalten.“

„Roger“, antworten sie.

„Aaron, du folgst Hollywood nach drinnen, dann setzt du dich ab und gehst ganz nach hinten. Geh in Deckung und bleibe dort, bis wir dich holen.“ Ich ziehe meine Glock und gebe sie ihm. „Zielen und abdrücken − ist nicht kompliziert.“

Er nickt, schiebt die Brille hoch und nimmt die Waffe entgegen, als hätte ich ihm eine Bombe in die Hand gedrückt. Er hat gerade mit einem Revolver eine Tür durchlöchert, aber ich bin mir ziemlich sicher, dass es die ersten sechs Schüsse waren, die mein Freund jemals abgefeuert hat. Ist halt nicht sein Ding.

„Zielen und abdrücken“, sage ich noch einmal, um ihn zu beruhigen.

„Zielen und abdrücken. In Ordnung, das habe ich verstanden.“

Das Team bricht die Vordertür auf, geht mit Aaron hinein und bezieht die Positionen. Ich habe Aaron und die meisten Teammitglieder vor allem deshalb in die Bibliothek geschickt, weil es dort eine Menge Barrikaden gibt, die Schüsse abhalten. Sprich, die Bücherregale. Ein fünf Zentimeter dickes Lehrbuch klingt nicht nach viel, aber wenn man mehrere davon aufstapelt, bekommt man einen schusssicheren Wall, hinter dem jeder Marine in einer Gefahrensituation gern in Deckung gehen würde. Immer vorausgesetzt, die Energiewaffen der Feinde verhalten sich wie unsere Projektilwaffen, was vermutlich gar nicht der Fall ist, wenn ich es mir recht überlege.

Mist.

Als ich im ersten Stock des Wohngebäudes an einer Treppe meine Position bezogen habe, höre ich Ghost im Funk. Hinter den Lamellen des weiß gekalkten Kirchturms kann ich gerade eben seinen Schatten erkennen.

„Fünf Tangos aus westlicher Richtung.“

Ich blicke in die angegebene Richtung und entdecke hinter dem Ziegelgebäude in der Mitte der großen Wiese eine Bewegung. Beinahe will ich allen Heiligen danken, dass Ghost das BPF mit dem Geschützturm, in dem noch der Fahrer und der Schütze sitzen, offenbar nirgends entdecken konnte. Aber jetzt ergänzt er: „BPF südlich des Adams Building.“

Das ist unerfreulich.

„Alle Posten, meldet euch“, funke ich.

„Phantom Zwei, Roger“, meldet Hollywood.

„Phantom Drei, alles klar“, antwortet Bumper.

„Geladen, entsichert und bereit zum Tanz.“ Das war Z Lo. Meinetwegen.

„Phantomwächter, Roger“, sagt Ghost.

Yoshi bildet den Abschluss: „Doc – Phantomdoc – alles klar.“

„Und der Phantomlord der kleinkarierten Besitzer ist bereit, seinen heiligen Zorn auf jene käsefressenden lächerlichen Deppen zu richten“, schreit Chuck. „*God save the Queen*, und wir schicken die verdammten normannischen Invasoren in den Hades! Wir furzen in eure Richtung.“

„Hör bloß auf, Charlie. Phantom Drei und Phantom Vier, warten. Phantomwächter, wir feuern erst, wenn die Bots wirklich nahe sind. Wartet auf mein Zeichen.“

„Roger“, antwortet Ghost. Auch Bumper und Yoshi bestätigen.

„Und ich?“, fragt Chuck mich direkt und ohne Funk.

„Wie viele Schüsse hast du?“

„Patrick, die Antwort auf deine Frage ist höchst komplex. Es kommt auf den Modus, auf die Feuerrate und die Ladungsgröße an. Außerdem laden meine Kondensatoren mit einer algorithmischen Kurve, die …“

„Junge, das ist gewiss alles total wichtig, aber da kommen gleich Todesengel um die Ecke. Ich muss mir sicher sein, dass wir sie ausschalten können.“

„Äh, schau mal, das Gute an deiner persönlichen superklugen ultimativen Waffe ist, dass ich, nun ja, ich bin eben superklug und ziemlich ultimativ. Also, um eine sehr kluge Person aus meinem Bekanntenkreis zu zitieren, du musst zielen und abdrücken, Patrick. Zielen und abdrücken."

Die drei Kampfbots wandern im Osten über die Wiese und halten direkt auf die Bibliothek zu. Direkt hinter ihnen folgen die beiden Todesengel. Ich bin mir nicht sicher, wie empfindlich die Wärmesensoren der Aliens sind, aber wenn sie uns im Adams Building wahrgenommen haben, dann können sie uns wohl auch jetzt erfassen. Ich hoffe nur, dass sie sich auf die Bibliothek konzentrieren und Ghost und mich vorerst nicht berücksichtigen.

Die Todesengel gehen auf Nummer sicher. Statt offen umherzustolzieren wie der Todesengel auf dem Parkway bleiben diese hier hinter den abschirmenden Robotern in Deckung. Das ist klug. Ich frage mich, ob sie erfahren haben, dass ihr Handelsgut einen Blaster erbeutet hat.

„Lasst sie kommen", flüstere ich, während ich durch Chucks Visier blicke. Ich sehe die groteske grüne Haut, die grünen Adern und das vertikale Maul, das aussieht wie eine Venusfliegenfalle oder so. „Nur noch ein Stückchen."

„Soll ich jetzt schießen?", fragt Chuck.

Erschrocken nehme ich das Auge vom Zielfernrohr. Ich blinzele zweimal und konzentriere mich wieder auf das Ziel. Wenn man noch nie eine Waffe hatte, die mit einem spricht, ist so etwas wirklich beunruhigend. „Ich sage dir Bescheid, wenn ich abdrücke. Wie findest du das, Kumpel?"

„Ich habe den Eindruck, dass du zögerst. Der Druck deines Fingers schwankt, was ein Hinweis darauf sein könnte, dass du ...".

„Wenn ich abdrücke, wirst du es merken."

„Ich wollte nur helfen. Außerdem verlierst du gleich die Deckung durch mein EFSG."

„Gut, danke." Ich konzentriere mich auf die hervorgehobenen Ziele im Visier. „Das Display sagt, dass ich im Hochfrequenzmodus bin. Entspricht das dem, was ich kenne?"

„Nichts an mir ähnelt irgendetwas, das du kennst, Patrick."

„Ich …" Ich beiße die Zähne zusammen und atme bewusst und tief durch. „Was ist eine automatische Salve mit voller Kraft und ohne Klimbim?"

„Hochfrequenz und hohe Leistung entspricht in etwa dem, was du willst."

„In etwa?"

„Haben wir Zeit, damit ich dir all die Kostbarkeiten erkläre, die in den Nischen und Winkeln meines wundervollen Innenlebens verborgen sind?"

„Negativ."

„Dann ist es in etwa das, was du willst."

„Roger."

Ich kann das Fadenkreuz immer nur einen Moment lang auf den linken Todesengel ausrichten. Die beiden Tangos sind nur manchmal zwischen den Kampfbots sichtbar, die mit schwingenden Armen und Beinen einherlaufen. Die Aliens wissen anscheinend, wo sie am besten gedeckt sind. Außerdem haben sie die Waffen nicht gehoben, was vermutlich bedeutet, dass sie uns noch nicht für eine Bedrohung halten. Das würde ihr Verhalten jedenfalls bedeuten, wenn sie sich an die menschliche Körpersprache halten. Allerdings habe ich solche Aufmärsche auch bei Gegnern auf dem Schachbrett gesehen, die sich gerade deshalb unbefangen geben, weil sie wissen, dass sie gleich furchtbar zuschlagen werden. Das macht mich sogar noch nervöser, als wenn sie mit Kanonendonner anrücken würden.

„Phantom Drei und Phantom Vier, bereit für den Angriff", sage ich über Funk.

Die drei Bots sind fünfundsiebzig Meter entfernt und halten direkt auf die Bibliothek zu.

„Weißt du, auf eine düstere Art und Weise macht das sogar eine Menge Spaß", sagt Chuck leise.

„Nicht jetzt."

„Stell dir vor, was ich in meinen Memoiren schreiben könnte: SR-CHK 4110 auf Planet Erde, gefangen von einem primitiven Handelsgut, bekam von älterem Häuptling einen neuen Kriegernamen, tritt fortan auf als der legendäre Sir Charles und hilft, genau diejenige Zivilisation auszulöschen, die …"

„Feuer", befehle ich über Funk.

Die Salven zerschmettern die Eckfenster der Bibliothek und fliegen den drei Kampfbots um die Ohren. Die Tangos taumeln zurück und heben die eigenen Waffen. In diesem Moment starten die Todesengel mit ihren Jetpacks.

„Phantomwächter, Angriff." Noch ehe ich selbst abdrücken kann, höre ich Ghosts Barrett knallen. Im Visier sehe ich den Einschlag als Blitz, sein Ziel auf der rechten Seite rempelt meines an. Nach der Kollision erholen sich die Tangos schnell wieder. Ghost schießt noch zweimal, ich visiere die Ziele an und drücke Chucks Abzug so fest, dass er es nie vergessen wird.

„Also, mein lieber Scholli", sagt er.

Der Rückstoß treibt das Gewehr gegen meine Schulter, eine blaue Lichtlanze rast durch den Himmel und trifft mein Ziel in die Brust. Hingerissen und staunend sehe ich, wie der kurze Laserimpuls die grünen Panzerplatten durchdringt und den Oberkörper des Aliens überlädt. Sein ganzer Körper explodiert, und eine Hundertstelsekunde später fliegen seine Rüstungsteile den Kampfbots in den Rücken, und eine grüne Flüssigkeit sprüht hervor.

„Verdammt, Chuck", sage ich.

„Ja, verdammt, Patrick."

Wieder splittert Glas, weil jetzt die Bots die Vorderfront der Bibliothek beharken. Ihre Waffen sind nicht so stark wie meine, was erklärt, warum sie bei den vorherigen Begegnungen ihre Ziele nicht ganz so wirkungsvoll erledigen konnten. Das gilt allerdings nicht für den verbliebenen Todesengel. Er hat eine Waffe vom gleichen Typ wie Chuck.

Als wollte er mich daran erinnern, jagt der von Ghost bekämpfte Tango einen Energiestoß durch den Kirchturm. Der Schuss trifft die Glocke und beschädigt den Turm. Ziegelsteine und Balken platzen in einem perfekten runden Kreis hervor, und der Turm neigt sich zur Seite, während die noch stehenden Verstrebungen stöhnen. Dann kracht die Glocke im Gebäude herab und landet mit einem lauten Knall auf dem Boden. Die stützenden Balken brechen zusammen.

Mein menschlicher Instinkt sagt mir, ich müsse mich um Ghost kümmern, doch mein Marine-Kopf rät mir, zuerst den Hundesohn zu erledigen, damit der so etwas nie wieder tun kann. Ich ziele also auf jenen Tango und setze ihm Chucks Fadenkreuz auf die Brust. Der Feind ist anscheinend verletzt, aus einigen Löchern, die Ghosts .50er-Geschosse geschlagen haben, sickert eine Flüssigkeit. Als ich zum zweiten Mal auf Chucks Abzug drücke, schießt abermals eine Feuerlanze aus dem Lauf. Das typische Heulen beim Nachladen dröhnt laut in meinen Ohren, aber der Todesengel verwandelt sich in eine schillernde Dunstwolke und seine Panzerplatten fliegen in alle Richtungen.

„Phantomwächter", rufe ich über Funk. „Melde dich."

Hustend antwortet Ghost. „Bin noch da."

Gleich darauf sehe ich, wie er eine kaputte Vordertür der Kapelle eintritt. Eine weiße Wolke dringt heraus, und dann folgt eine von Kopf bis Fuß verstaubte Gestalt. Ghost hat das Barrett angelegt und zielt auf den Bot auf der rechten Seite.

Der Kerl ist eine Maschine.

Als Hollywood und Yoshi zu Bumper und Z Lo stoßen, um sie zu unterstützen, ziele ich auf den Bot, der mir am nächsten ist. Im Visier sehe ich, wie mit jeder Sekunde Dutzende Kugeln gegen die magentaroten Panzerungen der Bots prallen. Wir haben dazugelernt und konzentrieren unser Feuer auf die Gelenke – besonders auf den Hals.

Ghost bricht mit dem dritten Schuss seinem Tango das Genick. Der Kerl ist wahrscheinlich nach dem Sturz noch etwas angeschlagen. Teufel, ich bin einfach nur froh, dass Ghost noch lebt. Unterdessen konzentrieren die Leute in der Bibliothek das Feuer auf den mittleren Bot. Die rechte Hüfte, die linke Schulter und der Hals gehen rasch nacheinander kaputt. Der Feind bricht hilflos zusammen.

Der Letzte gehört mir.

Als ich die Liste der Modi betrachte, bemerke ich das Wort „Disruptor". Der Menüpunkt ist hervorgehoben.

„Gute Wahl, alter Freund", sagt Chuck. „Aber nicht sehr originell."

Ich verstehe nicht, was er meint, und wie dieser Modus überhaupt selektiert wurde, habe aber keine Zeit, weiter darüber nachzudenken. Das Fadenkreuz wandert durch das Visier, und ich habe das Gefühl, eine Art Gyroskop richtet meine Waffe in kreiselnden Bewegungen eigenständig aus, obwohl ich die Waffe in den Händen halte.

„Jetzt, Patrick", sagt Chuck. „Jederzeit. Wann immer du …"
Ich drücke ab.

Die Waffe ruckt heftiger als beim letzten Mal, und zwischen dem Ziel und mir steht ein heller Lichtstrahl. Dann höre ich ein lautes Knacken, der Bot wird von einem blauen Licht eingehüllt und explodiert schließlich. Orangefarbene Funken und rot glühende Splitter fliegen davon, schlagen durch die Bäume und bohren sich in Autos und Gebäude.

Mit rasendem Herzen nehme ich Chuck herunter und überblicke das Schlachtfeld. „Lagebericht", sage ich über Funk.

„Phantom Vier ist getroffen", antwortet Hollywood.

Ehe sie den Sprechknopf wieder loslässt, höre ich Z Lo im Hintergrund rufen: „Ach Mensch, sag ihm das doch nicht!"

„Aber er wird es schaffen. Wir kümmern uns schon um ihn", ergänzt sie.

„Roger."

„Das waren aber krasse Schüsse", meint Bumper.

„Danke", antworte ich.

„Phantom Eins, ich glaube, er hat mit mir gesprochen", schaltet sich Chuck über Funk ein, damit es alle hören können. „Und vielen Dank, Phantom Drei."

„Aber ich dachte, Waffen töten keine Menschen", gebe ich grinsend zu bedenken.

„Die da waren keine Menschen, Patrick. Das waren Androchider und Kampfbots. Da gibt es einen Unterschied, das musst du schon beachten. Also wirklich."

„Ah, verstehe."

„Und schau nicht hin, aber das BPF bewegt sich."

Mist. Wir müssen uns ja noch mit dem Transporter befassen.

„Zehn Uhr", sagt Ghost. „Kommt schnell näher."

„Phantome, geht in Deckung und bereitet euch auf den Angriff vor."

„Den überlassen wir dir", sagt Bumper. „Viel Spaß."

„Äh, ja. Also, was das betrifft …", sagt Chuck.

„Was ist denn los?", frage ich.

„Oh, nichts weiter."

„Spucks aus, Charlie."

„Also, wenn ich ein Arzt wäre und deine furchtbar ermüdende Vasektomie abschließen würde, dann würde ich sagen: Herzlichen Glückwunsch, Sie können jetzt so oft ohne jede Angst koitieren, wie Sie wollen. Von jetzt an verschießen Sie nur noch Platzpatronen. Niemand wird das Baby mit Ihnen in Verbindung bringen können, altes Haus."

„Was willst du mir damit sagen?"

„Deine Waffe ist leergeschossen. Du hast keine Munition mehr. Du …"

„Ich kann nicht mehr schießen?"

„Nicht, falls du nicht sofort Zugang zu einer standardisierten, dreifach redundanten, doppelt abgeschirmten Quantenkondensatormatrix mit Wärmeableitung aus Flüssigdusiik bekommst."

„Hundesohn."

„Oh nein, das kann ich jetzt nicht gebrauchen."

„Ich dachte, Benutzer Acht und ich konnten jeweils ein Dutzend Schüsse abgeben, ehe du entladen warst."

„Das ist richtig. Aber vor drei Minuten hast du um ‚Hochfrequenz und hohe Leistung' gebeten, was ich bestätigt habe."

„Ich wollte doch nicht, dass du deine verdammten Batterien mit drei Schüssen leerst!"

„Das sind keine Batterien, sondern Kondensatoren, und du hättest dich genauer ausdrücken sollen."

„Ach, hätte ich das tun sollen?" Ich verstaue Chuck auf dem Rücken und nehme das SCAR in die Hände.

„He, was tust du da?"

Ich ignoriere ihn. Obwohl Chuck wirklich über erstaunliche Fähigkeiten verfügt, ist es sehr beruhigend, meine kampferprobte alte Waffe in den Händen zu halten, der ich trauen kann und die keine Widerworte gibt. „Anscheinend müssen wir das auf die altmodische Weise erledigen.“

„Dann bist du jetzt fertig mit mir?“

„Japp.“

„Aber ich habe doch nur …“

„Dreihundert Meter, BPF nähert sich weiter“, meldet Ghost.

„Phantomwächter, kannst du den Fahrer erledigen, wie du es schon einmal getan hast?“

„Roger. Aber nichts aus unserem Arsenal konnte den Turm ausschalten, bis du mit Sir Charles gekommen bist.“

„Na, stell dir das mal vor“, sagt Chuck.

„Dann müssen wir wohl einen anderen Weg finden.“

Ich denke an das BPF, das wir vor einer Stunde untersucht haben. Genau wie unsere gegen Minen geschützten Räumfahrzeuge in Afghanistan hat das BPF nur einen Eingang, und zwar hinten. Aus dem Crewabteil führt ein schmaler Durchgang zum Platz des Schützen.

„Phantom Drei, hast du noch etwas, das laut knallen kann?“, frage ich.

„Da würde ich doch eher auf meine Boxershorts verzichten“, antwortet Bumper.

„Will sehen“, sagt Hollywood schnell genug, ehe ich antworte.

Ich gehe nicht auf sie ein. „Dann schleichen wir zwei nach hinten herum. Alle anderen, ihr müsst den Geschützturm ablenken. Aber macht keine Dummheiten und achtet darauf, dass ihr immer gute Deckung habt. OTF?“

„OTF“, antworten sie.

Als ich die Treppe hinuntertrampele, setzt das Feuer aus der Bibliothek und der Kapelle ein. Die Kugeln prallen vorne am BPF ab. Ghost jagt mit erstaunlicher Präzision einen Schuss nach dem anderen in die keilförmige Windschutzscheibe. Anscheinend hat er sein Mojo wiedergefunden und hält hemmungslos drauf.

Unterdessen hält Bumper sein M249 in der Armbeuge und rennt auf mich zu wie ein Wide Receiver, der seinen Punkt machen will. Na ja, ein Wide Receiver, der die Größe eines Offensive Lineman hat. Gott möge denen beistehen, die sich diesem Mann in den Weg stellen. Als Bumper bei mir ankommt, drehe ich mich um und laufe neben ihm weiter. Wir nutzen die Deckung der Bäume und umrunden die Wiese auf der linken Seite.

Der Turm des BPF feuert auf die Kapelle. Anscheinend haben sie bemerkt, dass die .50er-Kugeln, die die Windschutzscheibe treffen, die größte Bedrohung darstellen. Ich zucke zusammen, als es am Gebäude laut knallt. Ein großer Teil der rechten Ecke ist in die Luft geflogen. Ich sehe mich rasch über die Schulter um und danke dem Erzengel Michael, als ich Ghost entdecke, der sich rasch von den Trümmern entfernt.

Doch das BPF hält weiter auf die Bibliothek zu. Japp, das bedeutet, dass wir nicht so weit rennen müssen, aber die Leute in dem Gebäude müssen zurückweichen und sich eine neue Deckung suchen.

„Phantom Zwei, zurückziehen", rufe ich.

„Sind schon dabei, großer Mann", antwortet Hollywood.

Das Barrett knallt noch einmal, dann höre ich Ghost über Funk. „Tango erledigt." Der Mann hat direkt neben dem Trümmerhaufen im Liegen geschossen.

Das BPF wird langsamer, allerdings hält es jetzt auf Bumper und mich zu. Es rammt einen Baum und kippelt, ehe der Baumstamm bricht und den gepanzerten Transporter passieren lässt.

„Lauf", rufe ich Bumper zu.

Er schaltet noch einen Gang höher, und wir fliehen vor dem außer Kontrolle geratenen Schwebefahrzeug. Das BPF mäht zwei kleinere Bäume um und überquert einen Gehweg. Direkt vor ihm steht ein alter Walnussbaum.

„Da", sage ich und zeige auf den Baum. Wenn wir den verdammten Transporter nicht einholen können, dann sollten wir lieber gleich in Deckung gehen.

Als Bumper und ich den Schatten des Walnussbaums erreichen, rammt das Fahrzeug auf der anderen Seite den breiten Stamm und kommt zum Stehen. Ich rolle mich im Gras ab und betrachte das fußballgroße Loch, das drei Meter über mir in der Windschutzscheibe klafft.

„Transporter gestoppt", sage ich über Funk. „Gute Arbeit, Phantomwächter."

„Roger", sagt Ghost.

„Komm mit." Bumper klopft mir auf die Schulter. Ich habe keine Ahnung, wie er so schnell auf die Füße kommen konnte.

Vergessen Sie das. Ich weiß es.

Das Soldatenleben ist ein Sport für junge Männer, so war es doch schon immer. Auch wenn es gegen Aliens geht.

Grunzend richte ich mein altes Gestell auf und folge Bumper um das feindliche Fahrzeug herum. Der Schütze im Turm hat uns nicht bemerkt, denn er feuert immer noch auf die Bibliothek. Außerdem kann uns die Waffe so nahe am Fahrzeug nicht treffen.

Das Problem ist, dass wir nicht zum ungeschützten hinteren Eingang gelangen können, ohne in die Schusslinie unserer Freunde zu geraten. Zwei-zwei-drei Kugeln prallen vom gepanzerten Rumpf des BPF ab wie ein Trommelwirbel auf einer Snare Drum.

„Feuer einstellen, Feuer einstellen", sage ich über Funk. „Freunde im Schussfeld."

„Wir stellen das Feuer ein", antwortet jemand. Ich kann nicht erkennen, wer es war, doch die Salven brechen ab.

„Los jetzt", sagt Bumper.

Ich nicke ihm zu, und schon klettert er am Heck hinauf. Hier gibt es keine richtigen Stufen, er muss sich auf das Fahrzeug emporarbeiten, als wollte er eine kleine Felsklippe erklimmen. Ich warte unten und gebe ihm Deckung.

Normalerweise hätte einer von uns eine Splittergranate in die Kabine geworfen, um uns den Zugang zu erleichtern. Doch Bumper hat in dem anderen BPF das Gleiche gesehen wie ich: Das zum Turm führende Loch bietet genügend Schutz, sodass eine Granate möglicherweise nicht viel ausrichtet. Oder, was noch schlimmer ist, der Schütze igelt sich dort ein und macht es uns noch schwerer. Bumper weiß so gut wie ich, dass wir das Überraschungsmoment auf unserer Seite haben wollen, wenn er sein hübsches Geschenk an der besten Stelle auf die Fußmatte legen will.

Vier unendlich lange Sekunden verstreichen, während das Geschütz weiter die Bibliothek eindeckt. Meine einzige Hoffnung besteht darin, dass die Leute da drin im Keller in Deckung gegangen sind.

Bumper späht zur Öffnung des Laderaums heraus und gibt mir ein Zeichen, mich zu verziehen. Er springt vom Heck herunter, landet neben mir auf dem Boden und rennt zu einem kleinen zweistöckigen Gebäude, das den Schildern nach das Graduate Music House ist.

Je weiter er rennt, desto neugieriger frage ich mich, was für eine Ladung er platziert hat.

„Wie viel hast du da reingesteckt?"

„Genug", sagt er.

Als wir die Rückseite des kleinen Gebäudes erreichen, zieht er einen Fernzünder aus der Brusttasche. Er nickt mir zu, und ich rufe über Funk: „Es knallt gleich." Dann stecke ich mir die Finger in die Ohren. Nicht, dass mir das in meinem Zustand noch groß helfen würde. Ach, wem will ich eigentlich etwas vormachen – es hilft auf jeden Fall.

Bumper klappt die kleine Schutzkappe hoch und drückt mit dem Daumen auf den Knopf.

Die Explosion jagt den Geschützaufbau geradewegs nach oben wie die alten Plastikpopper, die man in den 1990er-Jahren auf den Tisch gepappt hat. Auch das BPF selbst ist stark beschädigt, im Dach klafft ein Loch mit gezackten Rändern. Die Explosion hat auch die Energieversorgung zerstört und das Fahrzeug einen Meter tief in den Boden gerammt. Obwohl ich mir die Finger in die Ohren gesteckt habe, fühlt sich mein Kopf an, als hätte mir jemand mit einem Hammer auf die Stirn geschlagen.

„Genug heißt wohl so viel wie eine Menge", sage ich zu Bumper, als wir hinübergehen, um den Schaden zu begutachten. „Das wars."

Er zuckt mit den Achseln und betrachtet sein Werk.

„Tango erledigt und bleibt erledigt", melde ich über Funk. „Bericht?"

„Wir sind noch da", antwortet Hollywood. „Phantomdoc kümmert sich um Phantom Vier. Aaron ist erschüttert, aber unversehrt."

„Das kann ich mir lebhaft vorstellen", antworte ich leise. Ich warte auf Ghosts Meldung, die jedoch nicht kommt. Schließlich frage ich nach. „Phantomwächter, melde dich."

„Ich bin da", antwortet Ghost. „Ich bewundere nur den blauen Himmel."

Oh verdammt. „Bist du getroffen worden?"

„Ich glaube ein oder zwei Ziegelsteine haben einen Annäherungsversuch gemacht. Ich habe ihnen gesagt, ich sei nicht interessiert."

Er macht Witze, was bei Ghost kein gutes Zeichen ist. Seine langsame Sprechweise verrät mir, dass er nicht ganz bei sich ist. Blutverlust, vielleicht Knochenbrüche.

„Doc, du musst dich sofort um Ghost kümmern. Beeil dich."

„Schon dabei."

Bumper steckt den Kopf in das rauchende BPF, woraufhin ich ihm mit erhobenem SCAR Deckung gebe. Doch diese Explosion hat nichts und niemand überlebt, und falls doch, will ich ein Autogramm haben.

„Alles sauber", sagt er.

„Willst du es nicht noch einmal überprüfen, um dir ganz sicher zu sein?"

Er haucht mir einen Kuss zu, und dann gehen wir zu der Kapelle.

„Sir Charles, wie geht es dir da hinten?", frage ich.

„Ich blase Trübsal", antwortet er.

Bumper und ich wechseln einen Blick, aber ich gehe nicht auf die Bemerkung ein.

„Müssen wir mit weiteren Besuchern rechnen?", frage ich.

„Nein. Weit und breit ist die Luft rein."

„Das ist gut zu hören."

„Ja, ganz bestimmt. Nicht, dass ich dir irgendwie nützen könnte, falls noch mehr kommen sollten."

Ich gebe mir große Mühe, nicht über Chucks melodramatischen Auftritt zu lachen. „Darf ich fragen warum?"

„Nun ja, wenn ich gewusst hätte, dass ich Energie sparen soll und dass du mich gegen diese rostige Antiquität tauschen willst, dann hätte ich nie zugelassen, dass du dich für starke Entladungen entscheidest."

„Also", antworte ich kichernd, „wenn es dir damit besser geht, Chuck, ich habe gar nicht mit meiner ‚Antiquität' geschossen."

Er seufzt gedehnt. „Das zählt dann wohl als schwacher Trost. Aber wenn du gestorben wärst, dann hätte ich deinen Verlust mindestens eine Dreitausendstelsekunde lang beklagt. Und ehe du sagst, ich sei kalt und herzlos, musst du wissen, dass dies in ASIK-Jahren eine wirklich sehr, sehr lange Zeit ist. Vielleicht hätte ich dir sogar eine Beerdigung spendiert."

„Ich bin gerührt."

„Ja. Nun ja, das ist doch das Mindeste, was ich für meinen Lieblingsbenutzer tun kann."

Ich sehe Bumper mit hochgezogener Augenbraue an. „Lieblingsbenutzer?"

„Ich meine, erzähle das jetzt bitte nicht an den Ladestationen herum oder so."

„Das würde mir nicht im Traum einfallen, mein Junge. Danke."

Yoshi kniet schon vor dem mit Staub bedeckten Ghost. Ich entdecke eine dunkle Lache im Schutt.

„Wie sieht es aus, Doc?", frage ich.

Yoshi arbeitet an einer Stelle auf Ghosts Brustkorb, auch das linke Bein ist anscheinend verletzt. „Er könnte in dreißig Sekunden tot sein, also solltet ihr euch schnell verabschieden."

Ghost runzelt träge die Stirn und sieht den Rettungsfallschirmspringer an, dann starrt er wieder zum Himmel hinauf. „Wolkenhüpfer, du bist ein lausiger Lügner." Er seufzt gedehnt. „Der Tod scheint alle zu finden, nur mich nicht."

Japp. Da hat doch tatsächlich mein Herz einen Moment ausgesetzt. Trotzdem, ich kann erkennen, dass Ghost noch lange nicht über den Berg ist, weil Bumper auf der anderen Seite herumläuft und Yoshi hilft. Ich bin kein Sanitäter und hatte nie Lust, einer zu werden, denn ich war immer besser darin, den Feind bluten zu lassen. Trotzdem weiß ich natürlich, dass ein Opfer, das nicht nur einen, sondern gleich zwei Docs braucht, vorläufig keinen Marathon laufen wird.

Da sehe ich, wie Hollywood und Aaron hinter der Bibliothek hervorkommen. Z Lo folgt ihnen, er hat eine recht große Verbrennung auf der linken Schulter.

„Bei euch alles klar?", rufe ich zu Hollywood hinüber.

Sie nickt.

Aaron hat ihr die Pistole überlassen, die ich ihm gegeben hatte.

„Du musst den Humvee holen", weise ich sie an und nicke anschließend Z Lo zu. „Kannst du fahren?"

„Ja, Sir."

„Dann hole meinen Land Cruiser."

„Roger, Guns."

Hollywood pflanzt Aaron auf eine Bank, und dann kehrt sie mit dem jungen Burschen zum Adams Building zurück. Ich richte den Blick wieder auf Ghost. Yoshi und Bumper haben inzwischen mit einem freundschaftlichen Pisswettstreit begonnen. Wenn man einen Rettungsfallschirmspringer und einen Navy Seal auf denselben Patienten loslässt, kann gar nichts anderes herauskommen.

„Ja? Und wie kommst du darauf, dass das eine gute Idee ist?" Yoshi befragt Bumper, während sie Ghost von beiden Seiten behandeln.

„Was hat du denn für Einwände?"

Yoshi nickt in die Richtung, wo Bumper arbeitet. „Bist du etwa beim Sprengkommando und zugleich Sanitäter?"

„Meine zweite Spezialisierung", antwortet Bumper. „Na und? Wir laufen rum und jagen Leute in die Luft, damit wir einen Grund haben, sie danach zusammenzuflicken."

Yoshi schüttelt den Kopf. „Mann, das ist echt heftig."

„Normalerweise nicht in Personalunion, Super Nintendo", fügt Bumper hinzu.

„Da kann man doch nur auf komische Ideen kommen."

Ich beuge mich vor und unterbreche die freundschaftliche Plauderei. „Kann ich helfen?"

„Du könntest mit ihm reden", schlägt Yoshi vor.

„Reden?" Ich zeige auf Ghost. „Mit dem da?"

„Ich habe ihm ein paar Wohlfühlpillen gegeben, vertrau mir."

Ich nicke, weil ich so etwas schon einmal gehört habe, und knie neben Ghosts Kopf nieder. „Scharfschütze, da hast du ganz schön was angerichtet. Möglicherweise ist Gott sauer, weil du das Gotteshaus demoliert hast."

„Ach, er ist mir sowieso noch was schuldig, das gleicht sich aus", antwortet Ghost.

„Was meinst du damit?"

„Rachel und Savannah." Ghost zuckt zusammen, weil Bumper gerade etwas mit ihm macht. „Das ist er mir schuldig."

Ich vermute, es handelt sich um zwei Familienmitglieder. Manchmal ist es gut, wenn man jemanden dazu bringt, über seine Familie zu reden. Aber wenn eine Person nicht ganz bei sich ist, dann kann die Erinnerung sie auch noch weiter zerlegen. Ich beschließe, diese Steine lieber nicht umzudrehen. „Jedenfalls hast du gute Arbeit geleistet, Bruder. Und die Jungs hier …"

„Ich war gerade von einer Streife zurückgekommen, als mich mein Vorgesetzter zu sich rief", erzählt Ghost. Er nuschelt leicht. „Er sagte, jemand sei bei mir zu Hause eingebrochen, und sie suchten den Täter."

Ach, zum Teufel. So viel dazu, dass ich mit dem Typ reden soll. Ich werfe Yoshi und Bumper einen Blick zu, aber sie zucken nur mit den Achseln und arbeiten weiter.

„He, warum entspannst du dich nicht und sparst dir deine …"

Ghost fällt mir ins Wort: „Sie haben ihn nie gefunden, aber mir ist es gelungen."

Ich warte, ob er noch mehr sagen will, doch er schweigt. Ein paar Sekunden verstreichen. Yoshi und Bumper kommen anscheinend voran, die Blutungen sind allmählich gestillt.

„Danach wollte ich nur noch an Orten sein, wo es richtig kalt war", fährt Ghost fort. „Drei Abordnungen ins Hochgebirge. Da haben sie mich dann eingesammelt."

„Zurückgerufen?"

Ghost schüttelt den Kopf. „Die verdammten Turbanträger konnten noch nicht einmal meinen Namen richtig aussprechen. War mir aber egal." Wieder zuckt er zusammen und verdreht die Augen, als suchte er etwas. „Schmerzen treiben einem die

Schwäche aus, und ich war ein wandelnder Toter. Stark. Ich war stark. Deshalb spielte es keine Rolle, was sie mit mir angestellt haben. Zwei Wochen. Und weißt du, was das Einzige war, das sie von mir bekommen haben?"

Er hebt die linke Hand. Ich nehme an, er will der Welt den Stinkefinger zeigen, doch er hält die Hand flach, und jetzt sehe ich den verstümmelten Ringfinger.

„Sie dachten, sie könnten sie mir wegnehmen. Mich demütigen. Aber das war mir nicht neu, wirklich nicht." Er hustet einmal.

„Ganz ruhig", warnt Yoshi. „Wir sind fast fertig, Ghost."

Bumper nickt Yoshi zu. „He, wie viel hast du ihm gegönnt?"

Der Rettungsfallschirmspringer antwortet nicht.

„Sie haben mich gezwungen, den Ring zu verschlucken." Ghost fasst meine Hand. „Aber Rachel war da ja schon lange tot. Und die kleine Savannah …" Seine Augen werden glasig. „Sie hatten nichts gegen mich in der Hand. Ich war sowieso ein wandelnder Toter."

„Wir können ihn jetzt bewegen", sagt Yoshi.

In diesem Moment hält Dolores mit quietschenden Bremsbelägen neben uns an. Eine Sekunde später kommt Z Lo mit meinem FJ40. Vorsichtig heben wir Ghost hinten in den Humvee.

Bumper schließt die Tür und sieht mich an. „Mensch, was für ein Chaos."

Ich hole tief Luft. „Japp."

„Aber das erklärt eine Menge."

„Japp." Ich klopfe ihm auf die Schulter. „Alles einsteigen."

Er nickt und folgt Yoshi zu Dolores, während ich Z Lo und Aaron zu meinem Fahrzeug winke. Wir wenden und kehren zu den anderen beiden Fahrzeugen zurück, die neben dem Adams Building zwischen den Bäumen stehen.

„Wird er wieder?", fragt Aaron nach einigen holprigen Sekunden auf der Wiese.

„Es braucht erheblich mehr, um einen Kerl wie Ghost zu erledigen", antworte ich. „Er wird sich erholen."

„Ein Glück." Aaron nickt und blickt auf seiner Seite nach draußen. „Es sah schlimm aus."

„Ich habe nicht gesagt, dass es das nicht war."

„Gut. In Ordnung."

„He, Aaron, geht es dir nicht gut?"

„Doch, doch. Es ist nur … es war ein bisschen viel, das alles hier. Schon wieder. Ich dachte, das hätten wir …"

„Merk dir, was du sagen wolltest." Ich bremse, steige aus und gebe Befehle. „Z Lo, lass Hollywood aussteigen. Yoshi, kommst du ohne Bumper zurecht?"

Er zeigt mir vom Rücksitz, wo er neben Ghost hockt, den hochgereckten Daumen.

„Bumper und Hollywood, aufsitzen."

„OTF", antworten sie und rennen zum VW 181 und zum Jeep.

„Wir fahren nach Staten Island", erkläre ich den anderen. „Ich habe eine Idee."

24

1020, Freitag, 25. Juni 2027
Staten Island, New York
Korean War Veterans Parkway

Wir sind über die Route 1 gefahren, dann auf der I 287 nach Norden und schließlich auf der 440 East bis zur Outerbridge Crossing. Die berühmte Auslegerbrücke brachte uns nicht nur zur Südspitze von Staten Island, sondern auch zum alten Empire State in den Bundesstaat New York. Und auf einmal ist mein Arsenal illegal, weil wir die Staatsgrenze überschritten haben. Willkommen in New York.

Das Beunruhigendste war es allerdings, zwischen den, wie ich glaubte, letzten Einwohnerinnen und Einwohnern von Staten Island einherzufahren. Einzelpersonen und Paare schleppten in improvisierten Rucksäcken, was sie tragen konnten. Doch die Mehrheit der Menschen, an denen wir vorbeikamen, waren Familien, die Schubkarren schoben, in denen sich Vorräte türmten. Kinder hockten auf den Schultern der Eltern oder oben auf den Vorräten, auf Wasserbehältern und Decken.

Als ich die Frauen und Kinder sah, musste ich an Ghosts unter Medikamenteneinwirkung gemachtes Geständnis denken. Es gibt ein ungeschriebenes Gesetz: Wenn ein Bruder im Kampf über sein Leben spricht, dann redet man nie mehr darüber, sofern er nicht von selbst darauf zu sprechen kommt. Es gibt sogar noch eine strengere Verhaltensregel, die sich auf das bezieht, was man sagt, wenn man an der Schwelle des Todes steht. Wenn man dieses Vertrauen bricht, verantwortet man sich vor Gott, dem Teufel oder der Mutter des Betreffenden. Mir wäre der Teufel übrigens lieber als die anderen beiden. Um es auf den Punkt zu bringen, man hält gefälligst den

341

Mund. Und nach dem, was ich von Ghost gehört hatte, schien es mir besser, die Sache sofort wieder zu vergessen. Der Mann hatte die Hölle gesehen, so viel dazu.

Als wir uns einen Weg über die Brücke suchten, wollten uns eine Reihe wohlmeinender Mitmenschen aufhalten. Sie warnten uns, es sei drüben nicht sicher, und wir sollten lieber umkehren. Einige klopften sogar auf unsere Motorhauben und an die Fenster, weil Alte und Kranke eine Mitfahrgelegenheit bräuchten. So etwas hatte ich im Laufe meiner militärischen Karriere in vielen Ländern der Welt immer wieder erlebt und mir eine kühle, abweisende Miene zugelegt, die alle bis auf die kämpferischsten Bittsteller vertrieb. Ja, es brauchte ein gewisses Maß an Hartherzigkeit, einfach weiterzufahren. Doch ich hielt mir vor Augen, dass diese Leute uns durchgewunken hätten, statt zu schreien, wir sollten umkehren, wenn sie bloß gewusst hätten, wohin wir fuhren und was wir vorhatten.

Endlich verließen wir die erhöht gelegene Engstelle und befanden uns wieder auf festem Untergrund.

Aaron und ich hatten bisher geschwiegen. Ich brauchte Zeit zum Nachdenken, und Gott sei Dank hatte Chuck die Situation richtig erkannt und gleichfalls den Mund gehalten. Die anderen Teammitglieder respektierten meinen Wunsch, für mich zu sein, und befolgten meine Anweisungen, etwas zu trinken und einen Proteinriegel zu essen. Adrenalin zieht schließlich schnell die Energie aus dem Körper.

Die Unterhaltung mit Chuck über dessen Energiekern und die Kondensatoren hat mein Gehirn Überstunden machen lassen. Ich frage mich, was uns in Lower Manhattan erwartet. Die Tatsache, dass die Kuppel mit der Zeit schwächer leuchtet und dann wieder hell aufflammt, hat mein Interesse geweckt. Meine Unterhaltung mit dem Team in der Scheune und Aarons Kommentare über das aus der Kuppel herausstrahlende Licht geben mir zu denken. Anscheinend existiert in Lower Manhattan tatsächlich ein Portalring.

Außerdem fällt mir die erste Begegnung mit einem BPF auf der Überführung an der I 280 East ein. Das Energiefeld drang offensichtlich auch durch die Brücke bis auf den Boden, aber ich frage mich, wie dicht und wie dick ein Material sein muss, um es völlig dämpfen zu können.

In diesen Begegnungen sind viele Hinweise verborgen, doch wenn ich meine Gedanken ordnen will, fühlt es sich an, als wollte ich einen Wurf Katzen hüten. Um mich zu beruhigen, brauche ich noch mehr Informationen von meiner sprechenden Strahlenkanone und von meinem besten Jugendfreund. Und dann stoße ich vielleicht am Boden der Cracker-Jack-Packung auf den magischen Decoderring und kann herausfinden, wo der Schatz vergraben ist.

„Also, Chuck, wie haben sie uns gefunden?", frage ich schließlich.

„Ich habe doch schon gesagt, dass ich es nicht war."

Aaron dreht sich um und betrachtet zum hundertsten Mal die Waffe.

Ich neige den Rückspiegel ein wenig nach unten. „Ich glaube dir ja, aber das war nicht meine Frage."

„Verstehe. Nun, wenn es wirklich ein Indiz dafür ist, wie sehr unser Vertrauen gewachsen ist, dann bin ich entzückt. Sogar begeistert."

„Wundervoll. Dann beantworte nun meine Frage. Hast du unseren Standort versehentlich preisgegeben?"

„Ganz eindeutig Nein. Wäre ich eine doppelt so alte Waffe mit vergrößertem Abzug, dann wäre die Antwort vielleicht Ja. Es gibt unglückliche Zwischenfälle, die man einfach nicht verhindern kann. Das ist ganz normal, wenn man älter wird."

„Er ist wirklich fantastisch", sagt Aaron und dreht sich wieder nach vorne um. „Wie hast du …"

Mit einer raschen Geste fordere ich ihn auf zu schweigen und wende mich wieder an Chuck. „Aber wie haben sie es dann gemacht? Peilsender? Satelliten? Drohnen?"

„Es waren keine so konventionellen Hilfsmittel, nein."

„Das nennst du konventionell?"

„Ich meine, wenn man sie in diesem speziellen Fall mit der Biologie der Androchider vergleicht, dann könnte man es so ausdrücken."

Ich werfe ihm im Rückspiegel einen strengen Blick zu. „Weiter."

„Also, du hast sie ja schon gesehen."

Ich warte, dass er fortfährt, doch es kommt anscheinend nichts mehr. „Und?"

„Und was?"

„Ja, und was?"

„Das ist reizend", bemerkt Aaron.

Ich sehe ihn an, dann wieder Aaron. „Und was weiter, Charlie?"

„Ist dir an ihnen nicht etwas aufgefallen, das, ich weiß nicht, das eigenartig war? Außerordentlich ungewöhnlich auffällig?"

„Außerordentlich ungewöhnlich auffällig? Chuck, diese ganze Sache ist höchst eigenartig."

Das Gewehr seufzt wie eine genervte Mutter. „Wir müssen wirklich an deiner Beobachtungsgabe arbeiten."

Ich schüttele den Kopf und sehe aus dem Fenster. „Sie hatten einen vertikalen Mund, komische Augen und eine Haut, die …"

„Ah ja, die Augen."

Ich blicke wieder in den Rückspiegel. „Können sie uns mit den Augen verfolgen? Wie denn?"

„Ist dir das Geflecht auf den Augen aufgefallen?"

„Ja, es war magentarot wie die Bots."

„Ausgezeichnet. Patrick, du machst bemerkenswerte Fortschritte. Nächste Woche um die gleiche Zeit zeige ich dir, wie man sich rasiert."

Adam schlägt mir die flache Hand auf den Oberarm. „Er hat auch einen fantastischen Humor."

„Ermuntere ihn nicht noch." Ich nicke Chuck zu. „Also, was hat das zu bedeuten?"

„Aufgrund ihrer Evolution auf einem Planeten, dessen Stern kälter ist als die hiesige Sonne, sehen sie in einem anderen elektromagnetischen Band als ihr Menschen. Ihr beide betrachtet das, was ihr seht, als sichtbares Licht, was verständlich ist, aber sie können auch das sehen, was ihr Infrarot nennen würdet."

„Faszinierend", sagt Aaron. „Und wie nennen sie das, was wir sehen?"

„Primitiv."

Aaron dreht sich verdutzt zu mir um.

„Japp. Ein fantastischer Humor. Also“, frage ich Chuck, „was nun? Sie haben also unsere Wärmesignaturen entdeckt?“

„Im Grunde läuft es darauf hinaus, ja. Die Reifen eurer Fahrzeuge erzeugen Reibung und strahlen Wärme ab. Beides erzeugt eine Spur, und voilà, schon haben sie euch gefunden.“

„Dann ist dein Elektronen-Disruptor-Ding …“

„Der elektromagnetische Disruptorstrahler?“

„Ja. Hat uns das geholfen, uns in der Bibliothek zu verstecken?“

„Ja, es hat ihre Fähigkeit gemindert, euch in der Bibliothek aufzuspüren. Danach seid ihr wie Kanalratten in verschiedene Richtungen weggelaufen, und ich konnte nur dich noch ein paar Augenblicke decken. Du kannst davon ausgehen, dass ich ein breites Band an elektromagnetischer Strahlung für eine kurze Zeitspanne in einem begrenzten Umkreis stören kann.“

„Verstanden.“ Ich kratze mich am Bart und versuche immer noch, die Puzzleteile zusammenzufügen. „Warum sind sie uns nicht am Vorabend gefolgt?“

„Das war vor unserer Vereinigung“, erklärt Chuck. „Es tut mir wirklich leid.“

„Eure Vereinigung?“, fragt Aaron.

„Nein.“ Ich schüttele den Kopf.

Chucks LEDs flammen auf. „Oh, aber Patrick, die Geschichte ist so …“

„Unser Team hat zwei Bots erledigt und ist nach Osten geflohen, um in einer alten Scheune Deckung zu suchen.“ Ich muss das in der richtigen Spur halten, weil Aaron und Chuck gleichermaßen gut darin sind, meine Gedanken entgleisen zu lassen.

„Wart ihr in der Nähe des Kraftfelds, als ihr die Bots erledigt habt?“, fragt Chuck.

„Japp.“

„Verstehe. Also, ich kann leider nicht …“

„Du kannst die Aliens nicht verpfeifen, schon klar.“

„Also, verpfeifen ist ein seltsames Wort. Umgangssprachlich, und obwohl es genau genommen mit Musik zu tun hat, bedeutet es, jemanden …“

Während Chuck die Definition herunterleiert, sieht Aaron mich grinsend an. „Macht er das öfter?"

„Japp."

„Internet?"

„Hm-hm."

„Faszinierend."

„... was manchmal mit der Hinrichtung des Verräters durch die Bande endet", schließt Chuck seinen kleinen Vortrag ab.

„Also, was kannst du mir nun sagen?", frage ich.

„Erstens, dass du nur jemanden verpfeifen solltest, wenn du einen Todeswunsch hast. Zweitens, als ihr euch in die Scheune zurückgezogen habt, war eure Wärmesignatur höchstwahrscheinlich irrelevant. Die Begegnung fand kurz nach Erscheinen der Kuppel statt, und diese Phase ist mit einer schnellen und oft auch chaotischen Zerstreuung der betreffenden Zivilisation verbunden. Einfach ausgedrückt, wart ihr nur einige von vielen fliehenden Handelsgütern, deren Verlust die Bilanz der Androchider verschlechtert hat."

„Also haben sie damit gerechnet, Bots zu verlieren?"

„Selbstverständlich. Alle entsprechend gereiften Spezies leisten zunächst Widerstand."

Der Begriff „gereift" weckt die Erinnerung an die Körperteile im BPF.

„Außerdem", fährt Chuck fort, „habt ihr nur Roboter zerstört, wie ihr sie nennt. Das ist eigentlich ein ganz reizender Begriff für sie."

„Wie nennst du sie denn?", fragt Aaron.

„Oh, ich habe ihnen keinen Namen gegeben", antwortet Chuck. Es klingt, als hätte er sich eine Hand auf die Brust gelegt, um sich für unschuldig zu erklären. „Das waren die Androchider. In deiner militärisch gefärbten, an Akronymen reichen Sprache könnte man die Roboter als ‚SIA' bezeichnen."

„Und das bedeutet?"

„Semiintelligente Agenten."

„Ja, das klingt schon viel weniger reizend", meint Aaron.

Ich füge die Puzzleteilchen zusammen. „Aber als ich einen Todesengel ausgeschaltet habe, und das auch noch eine Weile nach dem Erscheinen der Kuppel, haben es die Oberhonchos ernst genommen und uns verfolgt."

„Das ist korrekt, Patrick. Und eine sehr gelungene Integration eines japanischen Worts in die Begriffe deiner Muttersprache. Phantomdoc wäre stolz auf dich. Soll ich ihm Bescheid sagen?"

„Negativ." Ich recke das Kinn. „Etwas verstehe ich jedoch immer noch nicht. Wenn sie eine so gute Wärmeerfassung haben …"

„Die haben sie, verlass dich drauf."

„Wenn sie Wärmequellen so gut wahrnehmen können, warum hast du dann noch eigene Wärmesensoren in deinem Zielfernrohr?"

Chuck antwortet nicht sofort. Als er es dann tut, spricht er langsam, und sein Tonfall verrät eine tiefe Fassungslosigkeit. „Patrick, nachdem du sie gesehen und gegen sie gekämpft hast, glaubst du wirklich, diese Knochenlutscher wären fähig, etwas so ungeheuer Komplexes und Ausgefeiltes wie *moi* zu bauen, ganz zu schweigen vom Erfinden?"

„Das soll wohl heißen, dass du nicht zu ihrer eigenen Hardware gehörst?"

„Genau wie die meisten anderen Dinge, die die Androchider besitzen. Ich bin anderswo entstanden."

„Dann bist du ein Beutestück."

„Wie bitte?", fragt Chuck empört.

„Du bist ein Beutestück. Geplündertes Gut. Kriegsbeute."

„Ach, verstehe. Nein. Glaubst du wirklich, die Spezies, die mich erschaffen hat, hätte sich von solchen Typen erobern lassen? Ha! Patrick, du bist ganz bezaubernd, ehrlich. Ich glaube, genau deshalb kommen wir so gut zurecht, *n'est-ce pas*? Du amüsierst dich über mich, ich amüsiere mich über dich …"

„Kommt mir das nur so vor, oder wird seine Persönlichkeit immer stärker?", fragt Aaron leise.

„Sie wird stärker und geht mir immer mehr auf den Sack." Woher Sir Charles auch stammt, vermutlich wurde er bei einem Waffendeal im Hinterzimmer übergeben. Anscheinend sind Blutgeld und Waffenhändler ein universelles Problem. Ganz wörtlich gesprochen.

„… und davon haben wir beide etwas." Chuck holt tief Luft und gibt ein sehr melodisches Seufzen von sich. „Ahhh. Ich genieße diese neue Freiheit wirklich sehr."

„Das ist nicht zu übersehen", bemerkt Aaron.

„Also, auch wenn es dich enttäuscht, wir besuchen jetzt deine alten Freunde", erkläre ich.

„War das … war das jetzt ein Flachwitz, Patrick?"

Ich blinzele einige Male in die Richtung der blauen Kuppel vor uns und sehe ihn dann im Rückspiegel scharf an. Der kleine Hundesohn. Ich lasse mir nichts anmerken.

„Eines Tages werde ich bestimmt so witzig sein wie du, Patrick."

Na gut, jetzt muss ich lachen. Und ich hasse mich selbst dafür, weil es ein wirklich schlechter Scherz war.

„Wie auch immer, natürlich ist mir aufgefallen, dass wir zu meinen alten ‚Freunden' fahren, wie du es genannt hast. Würdest du mir das erklären?"

„Das werde ich, aber vorher muss ich dich etwas fragen." Ich sehe Aaron an.

„Mich?"

„Oh, jetzt setzt es was", sagt Chuck. „Ich habe schon oft gesehen, wie Patrick wütend geworden ist, und wenn das passiert, willst du nicht in der Nähe sein. Bitte schnall dich gut an und achte darauf, dass alle Fenster geschlossen sind."

Aaron erwidert wenig beeindruckt meinen Blick. „Ja, ich habe auch schon erlebt, wie er wütend wurde."

„Gut." Es ist höchste Zeit, das Gespräch wieder in die richtigen Bahnen zu lenken. „Was ist passiert, nachdem ich fort war?"

„In Ellsworth?"

„Japp." Ich warte einen Moment, dann lege ich nach: „Immerhin hast du dir eine Waffe gekauft, Aaron."

„Ja, das stimmt."

„Ausgerechnet du, mit einer Waffe?"

„Ja doch, ja doch!"

„Mann", sagt Chuck. „Das ist besser als *Zeit der Sehnsucht*."

„Halt die Klappe", sagen Aaron und ich gleichzeitig.

„Oh, ein heikles Thema. Ja, ich halte die Klappe. Jesses."

Aaron lehnt sich zurück und streicht seine Jeans glatt. „Als du weg warst, haben die UN übernommen."

„Robertson."

Aaron dreht sich abrupt wieder zu mir um. „Bist du ihm begegnet, dem Stellvertretenden Direktor?"

„Eine Begegnung würde ich das nicht nennen. Es war eher so, dass er mich genervt hat, woraufhin ich ihm genau beschrieben habe, wo ich stehe."

„Hast du ihn bedroht?"

Ich lächle leicht. „Ich habe ihm gesagt, es sei nicht gut für seine Gesundheit, wenn ich länger bliebe."

„Also hast du ihn bedroht." Aaron nickt. Wir sprechen zwar in beruflicher Hinsicht andere Sprachen, aber er versteht, was ich meine. Meistens jedenfalls.

„Nun ja, Robertson von der Strategisch-Wissenschaftlichen Abteilung im UN-Sicherheitsrat übernahm das Kommando", erzählt Aaron, „aber im wissenschaftlichen Bereich hatte ich immer noch die Kontrolle über das Projekt."

„Ich nehme an, ihr habt das Ding nicht in die Luft gejagt."

Aaron schüttelt den Kopf. „Wenn wir es getan hätten, dann wäre all das vermutlich nicht passiert."

Ich klatsche die Hand auf das Armaturenbrett. „Vielen Dank auch."

„Aber dann wären wir uns nie begegnet, Patrick", wirft Chuck ein.

„Junge, ich bin jetzt wirklich nicht in der Stimmung."

„Schon gut", sagt er leise. „Liebende zanken sich auch gern."

„Im Gegensatz zu allem, was du jetzt denken magst, es ist nichts passiert, als Robertson darauf bestand, das Portal wieder einzuschalten", fährt Aaron fort.

„Ließ es sich nicht wieder reaktivieren?"

„Wir haben es eingeschaltet, aber es ist nichts herausgekommen. So blieb es vier Wochen."

„Vier Wochen lang?"

Aaron nickt. „Robertson hatte eine militärische Truppe, die gut sechsmal so groß war wie deine. Stärkere Waffen. Die ganze

Zeit über blieb das Energiefeld jedoch unverändert, das heißt, bis unsere Sensoren eine Strahlungsspitze erfassten."

„Was für eine Strahlungsspitze?"

„Diejenige, die mit der Ankunft einherging", sagt Chuck mit dem Tonfall eines Kindes, das eine überraschende Wendung in seinem Lieblingsfilm beschreibt.

Aaron zuckt mit den Achseln und nickt. „Das fasst es wohl zusammen. Und es war reiner Zufall, dass ich nicht zugegen war."

„Wo warst du denn?", frage ich mit gerunzelter Stirn.

„Man hatte mich für ein paar Tage zur McMurdo-Station gerufen. Ich musste erklären, warum ich …"

Als er den Satz nicht beendet, hake ich nach. „Alles in Ordnung?"

„Ich habe Robertson eine runtergehauen."

„Was hast du gemacht?" Ich strahle wie schon lange nicht mehr. „Du machst Witze."

„Ja, ich weiß. Dr. Campbell, der Pazifist. Und es stimmt. Ich habe den Stellvertretenden Direktor geschlagen, denn er hatte eine Bemerkung gemacht, dass all die Leben, die wir dort verloren haben, notwendige ‚Trittsteine' auf dem Weg zur größten Entdeckung der Menschheitsgeschichte seien. Also habe ich die Faust geballt", er zeigt es mir, „und ihm vor das Gesicht gehalten. ‚Trittsteine, du Arschloch?', habe ich gesagt und ihn auf die linke Wange geschlagen."

„Allmächtiger, Aaron." Ich fasse ihn an der Schulter und drücke. „Du bist ein Tier."

„Ich weiß. Und dann bin ich zum nächsten Schneehaufen gerannt, habe die Hand hineingeschoben und drei Ibuprofen eingeworfen." Er massiert sich die Knöchel der rechten Hand. „Verdammt, das hat wehgetan, Pat. Das kommt in den Filmen gar nicht vor."

„Nein, das verschweigen sie."

Ich kann mein Lächeln nicht unterdrücken. Kinnhaken, der Revolver, kämpfen – das waren die Dinge, die uns auf verschiedene Wege geführt haben. Und jetzt tut Aaron genau das, was ihn bei Jack und mir so wütend gemacht hat.

Er droht mir mit dem Zeigefinger. „Damit du das richtig verstehst: Was ich gemacht habe, das war nicht in Ordnung."

„Doch, das war es."

„Nein, das war es nicht. Und ich werde mir nie verzeihen …"

„Es war nicht falsch, Aaron", sage ich so energisch, dass danach ein langes Schweigen entsteht. „Du hast im damaligen Moment das Richtige getan."

Er seufzt, schiebt die rechte Hand unter den Oberschenkel und sieht zum Seitenfenster hinaus. Das Schweigen hält an, während der Land Cruiser rhythmisch über die Nähte im Asphalt rumpelt.

„Als sie gekommen sind, haben sie alles zerstört", sagt er.

Ich versuche, seinen Blick einzufangen, aber er ist weit weg. Diesen Zustand kenne ich gut.

„Als wir dort eingetroffen sind, waren sie …" Er wischt sich mit der Hand über das Gesicht. „Sie waren alle tot. Der Stützpunkt war … es war schrecklich. Sie haben den ganzen Gletscher gesprengt, man konnte von ganz unten den Himmel sehen. Und … überall lagen Leichen. Die Arbeit, die Mitarbeiterinnen und Mitarbeiter, alles verloren."

Zu Ehren der Toten schweige ich einen Moment. Dann lege ich ihm wieder eine Hand auf die Schulter, dieses Mal etwas sanfter. „Es tut mir leid."

„Mir auch." Er hebt die Hände und ballt sie zu Fäusten. „Dass ausgerechnet ich als Einziger überlebt habe."

Ich nicke. „Japp. Das ist ein Punkt, den man nicht so einfach vergessen kann."

„Ja." Er sieht wieder aus dem Fenster. „Das Seltsame war, dass man sie danach nicht mehr finden konnte. Die Aliens, meine ich. Ich habe von einigen höheren Offizieren gehört, sie hätten Hinweise entdeckt, dass sie die Gegend verlassen hätten, aber das waren keine konkreten Informationen. Also haben sie mich gebeten, den Ring abzuschalten, und das war es dann auch."

„Du hast ihn also abgeschaltet?"

„Ja."

„Und dann haben sie dich nach Hause geschickt?"

„Ja."

„Und du hast dir die Waffe gekauft."

Aaron rutscht hin und her. „Nach allem, was ich gesehen hatte …"

„He, ich mache dir keinen Vorwurf. Ich an deiner Stelle hätte mich genauso verhalten."

Er nickt, es wirkt aber ein wenig halbherzig. „Nach der Ankunft haben sie mich direkt ins Pentagon gebracht. Dort blieb ich vier Tage. Sie sagten, das Projekt sei gestorben und drohten mir sehr nachdrücklich, dass sie mich verhaften und wegen Landesverrats vor Gericht stellen würden, wenn ich jemals wieder über meine Arbeit sprechen sollte."

„Du bist im Fernsehinterview bis an die Grenze gegangen, was?"

„Hast du es gesehen?"

„Mann, ich bin mir ziemlich sicher, dass es fast alle im Land gesehen haben."

Er lässt den Kopf hängen. „Ich dachte nur … nun ja, wenn ich andere Leute neugierig machen kann, dann …"

„Dann wollen sie herausfinden, was du wirklich weißt und worüber du wirklich gesprochen hast?"

Er nickt.

Ich zeige auf die riesige blaue Kuppel vor uns. „Ich glaube, jetzt wissen alle Bescheid."

„Ja, aber ich wollte nicht, dass es so endet."

„Das wollte niemand." Ich sehe ihn an. Er ist traurig wie I Aah in Winnie-Puuh. „Es ist schlimm, wenn man recht hat. Und in den Fällen, wo es nicht so schlimm ist, ist es meistens auch nicht so wichtig."

Er hebt und senkt die Schultern. „Als die Reporter mich anriefen, taten sie so, als sei der Abbruch der Kommunikation eine ungeheuer wichtige Nachricht. Tatsächlich war es für alle, die überlebt haben, nichts Neues. Mensch, ich war schon seit mehr als drei Wochen wieder zu Hause. Erst im Interview dämmerte mir, dass vielleicht noch etwas ganz anderes im Gange war."

„Eine zweite Welle", sage ich.

Er sieht mich an. „Genau diesen Schluss habe ich auch gezogen."

„Aber du hast den Ring abgeschaltet."

„Und ich habe alle zu überzeugen versucht, dass wir ihn in die Luft jagen sollten."

Ich lächle. „Das kommt mir bekannt vor."

„Sie haben mir vorgeworfen, ich würde reden wie du."

„Das nehme ich mal als Kompliment. Was ist denn deiner Ansicht nach passiert?"

Jetzt sieht Aaron gar nicht mehr wie I Aah aus. Zwar nicht ganz wie Tigger, aber wenigstens ein bisschen wie Winnie-Puuh, wenn der einen Honigtopf in den Pranken hat. „Ich glaube, die erste Abteilung war eine Art Spähtrupp."

„Zur Feindaufklärung?"

„Ja, gewiss. Nachdem sie auf Robertsons Kampftruppe und unsere Wissenschaftler gestoßen waren, wollten sie auch den Rest des Planeten erkunden. Aber sie waren noch mehr als das, sie waren auch etwas wie …" Er schnippt mit den Fingern, weil ihm das richtige Wort fehlt. „So etwas wie Ingenieure."

„Pioniere?"

Er zeigt auf mich. „Genau das. Sie sollten alles für die Schlacht vorbereiten."

„Glaubst du, sie konnten mit dem einen Schub, den du beschrieben hast, genügend Ausrüstung durch das Tor schicken?"

„Siehst du, genau das meine ich. Ich glaube, dass dies nicht das einzige Mal war, dass etwas durch das Tor kam. Das ist nicht denkbar."

„Also haben sie es wieder geöffnet?" Meine Gedanken rasen mit hundertachtzig Sachen, denn dies bestätigt eine Ahnung, die ich selbst schon hatte. „Was denkst du? Haben sie es von der anderen Seite aus geöffnet?"

„Genau das glaube ich."

Ich reibe mir den Nacken. „Ich dachte, wir müssten es von unserer Seite aus öffnen."

„Niemand hat gesagt, dass sie es nicht auch von dort aus tun können", erwidert Aaron mit einem verschlagenen Grinsen. „Aber auch wenn es nicht zutrifft, es gibt noch eine einfachere Erklärung."

„Welche denn?"

„Sie hatten bereits Androchider durchgeschickt, die es erneut öffnen konnten."

„Bravo, Dr. Campbell. Ich muss schon sagen", schaltet sich Chuck vom Rücksitz aus ein. „Ich kann mich natürlich nicht weiter zu Ihren Schlussfolgerungen äußern, aber ich kann Ihnen zumindest aufrichtig zu Ihren logischen Überlegungen gratulieren. Dafür bekommen Sie durchweg die allerbesten Noten. Und ich möchte hinzufügen, dass Sie die erste Spezies sind, die all diese Puzzleteile zusammengesetzt hat – und das auch noch bemerkenswert schnell."

„Muss ich mich jetzt für die Glückwünsche bedanken?" Aaron runzelt die Stirn.

Nach allem, was ich gerade erfahren habe, surren die Rädchen in meinem Kopf sogar noch schneller. „Als wir zusammen in Ellsworth waren, hast du erwähnt, dass der Ring deiner Ansicht nach eine eigene Energiequelle besitzt."

„Ja, stimmt."

„Glaubst du das denn immer noch?"

„Es gibt keinen Grund, daran zu zweifeln, im Gegenteil. Nach dem, was wir den dritten Durchgang nennen könnten, halte ich es sogar für noch wahrscheinlicher – du und ich haben den ersten Durchgang erlebt, bei Robertson ist der zweite geschehen und …"

„… und dieser letzte Durchgang wäre demnach der dritte", ergänze ich.

„Richtig. Selbst wenn die Androchider –", er blickt nach hinten zu Chuck, „habe ich das richtig gesagt?"

„Völlig richtig, guter Doktor, völlig richtig."

„Wenn also die Androchider, die beim zweiten Mal herübergekommen sind, nicht zurückgekehrt sein sollten, um das Portal zu reaktivieren, dann könnte eine entfernte Kraftquelle erklären, wie die Spezies es aus der Ferne aktivieren konnte."

„Weil sie die Kontrolle hatten", überlege ich. „Sie haben es mit Energie versorgt, wenn man das so ausdrücken kann."

„Genau."

„Jetzt zu meiner Frage, Aaron." Ich zeige nach Nordosten zur Stadt. „Vorausgesetzt, in Lower Manhattan gibt es eine Art Portal, mit dem man Menschen wegtransportieren kann: Glaubst du, dass es auf die gleiche Weise mit Energie versorgt wird?"

„Das ist eine gute Frage, ja. Im Moment kann ich leider nur spekulieren und mutmaßen."

„Na schön, aber wenn du von dem ausgehst, was du in der Grabungsstätte in Ellsworth gesehen hast und damit die Angelegenheit hier vergleichst – handelt es sich um die gleiche Energiequelle?"

„Pat, ich bin mir nicht sicher, ob ich dir folgen kann."

„Nehmen wir einmal an, wir konnten das Artefakt am Südpol nicht vollständig abschalten, weil es von anderswo mit Energie versorgt wurde. Und nehmen wir weiter an, die Energieversorgung sorgt auch dafür, dass sich der Ring nicht zersetzt, dass er also nicht auseinanderfällt ..." Ich sehe Aaron an, um mich zu vergewissern, dass er mir folgen kann. „Auch nicht nach Millionen von Jahren. Wahrscheinlich hätte ihn nicht einmal eine Bombenexplosion zerstören können, wenn wir dafür grünes Licht bekommen hätten."

Es stellt sich eine kleine Pause ein, ehe Aaron antwortet. Ich sehe, wie es in ihm arbeitet. Ein gutes Zeichen.

„Pat, ich ... darüber habe ich noch gar nicht nachgedacht. Ich habe einfach angenommen, er sei unzerstört geblieben, weil er unter dem Eis geschützt war."

„In einem Gletscher? Bewegen die sich nicht, Aaron?"

„Und ob, ja. Oh, ich komme mir so dumm vor."

„Unfug", widerspricht Chuck, „aber wenn jemand seiner Waffe sagt, sie solle hochenergetische Impulse auf ein recht schwaches Ziel abgeben, während man zugleich darauf verzichtet, das Gesamtbild zu beschreiben, dann ist das ..."

„Halt die Klappe, Erbsenpistole", fahre ich ihn an.

„Äh, ich wollte doch nur, dass Aaron sich besser fühlt."

„Such dir eine andere Möglichkeit dafür."

Aaron hängt immer noch seinen Gedanken nach. „Ich habe immer angenommen, die Masse des Rings und dessen Dichte hätten ausgereicht, um dessen Form stabil zu halten. Aber ein Quantenenergiefeld hätte das noch viel besser gekonnt. Gewiss, ich kann nicht einmal annähernd verstehen, wie so etwas möglich sein sollte, ganz zu schweigen davon, wie es funktioniert, aber ... ja, das würde eine Menge erklären." Er hält inne und legt sich einen Finger auf die Lippen. „Aber über eine so lange Zeit? Pat, wir reden jetzt über Zehntausende von Jahren."

„Äh, wie du schon sagst, es gibt vieles, was wir nicht erklären können. Im Augenblick brauche ich diese Erklärungen allerdings auch nicht. Ich will einfach nur wissen, ob es sich von dem da vorn unterscheidet." Ich nicke in die Richtung des Horizonts.

„Und warum?", fragt Aaron.

„Das Feld an der Grabungsstätte sollte vielleicht sehr lange halten, aber bei der Kuppel hier bin ich mir nicht so sicher."

„Glaubst du, dies hier könnte eine eher temporäre Konstruktion sein?"

„Taktisch gesprochen, japp. Egal, ob du ein Alien bist oder nicht, die Ressourcen sind begrenzt, und jede Operation hat ihre Stärken und Schwächen. Ein Biwak baust du nicht so wie einen VOS."

„Was ist das denn?"

„Ein vorgelagerter Operationsstützpunkt." Ich schüttele den Kopf. „Egal. Der entscheidende Punkt ist, inwieweit sich das, was da drin ist, von dem unterscheidet, was du in den letzten zwei Jahrzehnten deines Lebens erforscht hast. Deshalb bist du hier. Ich muss nicht wissen, wie man die technischen Vorgänge erklären kann. Ich will nur wissen, wie wir es zerstören können, weil wir genau das tun werden. Dafür brauche ich deine Augen und deinen Verstand."

„Gut." Aaron nickt, als müsste er sich selbst Mut machen. „Gut. Ich glaube, das lässt sich einrichten."

„Glauben reicht nicht, Aaron. Wenn du zur anderen Seite mitkommst, musst du dir deiner Sache sicher sein. Es ist noch nicht zu spät, einfach umzukehren. Wenn du den Leuten folgen willst, die vor dem Ding dort fliehen, und einen Weg finden möchtest, um zu überleben, dann werde ich dich nicht aufhalten. Ich kann nicht einmal behaupten, ich würde mich an deiner Stelle anders verhalten. Wenn du aber mitkommst, dann sei mit Haut und Haaren dabei. Kein Zaudern und kein Zögern. Wir werden sie in die Luft jagen oder bei dem Versuch sterben."

Aaron schluckt. „Wie viel Zeit habe ich?"

„Bis wir einen Weg finden, in die Kuppel einzudringen."

„Kann ich dir dann Bescheid sagen?"

„Japp. Und ich werde deine Entscheidung respektieren, vertrau mir."

„Patrick, es gefällt mir, wie du denkst", sagt Chuck. Dann aktiviert er den Funk. „Phantome, macht euch bereit. Wir werden den Scheiß in die Luft jagen!"

$$25$$

1045, Freitag, 25. Juni 2027
Eltingville, Staten Island, New York
Richmond-County-Jachtclub

Wir stehen direkt am Wasser auf einem Parkplatz, der den Bootseignern und Gästen vorbehalten ist. Ich glaube aber nicht, dass uns die Besitzer abschleppen lassen, auch wenn wir zu keiner der beiden Kategorien gehören. Ein großes Schild heißt die Besucher des Richmond-County-Jachtclubs herzlich willkommen. Im Hintergrund tänzeln alle Arten von Freizeitbooten in der sonnenüberfluteten Bucht. Es ist ein Postkartenanblick. Weiter hinten trennt eine lange Landzunge die Bucht vom offenen Wasser, das über eine Durchfahrt im Süden zugänglich ist.

Seltsamerweise fehlen die sonst allgegenwärtigen Schreie der Ringschnabelmöwen, das Dröhnen der Bootsmotoren und das ferne Bellen der Seelöwen. Anscheinend hat die bläulich glühende Kuppel sie alle aus dem einen oder anderen Grund vertrieben. Ich finde es zugleich interessant und beunruhigend, wie fremd die Küste ohne die typischen Geräusche auf mich wirkt. Die einzigen vertrauten Elemente sind die salzige Luft und der Wind, der vom Atlantik weht. Die ganze Szenerie ist höchst eigenartig.

Hollywood schiebt sich die Sonnenbrille auf dem Nasenrücken hoch. „Was hast du jetzt vor?"

Das Team hat sich an der hinteren Beifahrertür von Dolores versammelt, damit Ghost alles mitbekommt. Phantomdoc hat ihn gut zusammengeflickt, aber Ghost wird noch eine Weile humpeln.

„Ich will herausfinden, ob wir unter der Kuppel durchschwimmen können", erkläre ich. „Wenn das möglich ist, können wir uns einen

Angriffsplan für das zurechtlegen, was sich vermutlich auf der anderen Seite befindet."

„Meinst du, Tauchen sei die beste Möglichkeit, nach drinnen zu gelangen?" Wie von einem Seal nicht anders zu erwarten, stört ihn das Tauchen überhaupt nicht, seine Frage soll wahrscheinlich nur dazu dienen, den anderen, die nicht so scharf aufs Ertrinken sind wie er selbst, einige Informationen zukommen zu lassen.

„Das glaube ich. Als wir uns getroffen haben, war ich unter der Überführung der I 280."

Sie nicken.

„Mir ist aufgefallen, dass die Menschen in der Kuppel dachten, unter der Brücke öffnete sich ein Fluchtweg. Das dachte ich auch."

„Aber das ist nicht geschehen", wendet Yoshi ein. Er trinkt seinen Flachmann aus und späht hinein. „Mist."

„Nein, das ist nicht geschehen, und deshalb sind Menschen gestorben. Aber mir ist etwas Ungewöhnliches aufgefallen."

„Was denn?", fragt Hollywood.

„Unter der Überführung war das Energiefeld etwas blasser als anderswo."

„Du meinst, es wurde gedämpft", stellt Bumper fest.

Ich nicke. „Das leuchtet auch ein, oder? Es ist ziemlich beeindruckend, dass das Feld überhaupt die Betonschicht durchdringen und immer noch wirken kann."

„Also meinst du, auch Wasser könnte es dämpfen", fügt Bumper hinzu.

„Japp. Es gibt natürlich auch noch andere Möglichkeiten."

„Nämlich?"

„Die Kanalisation."

Die anderen zucken zusammen.

„Nein, danke", wehrt Yoshi ab. „Das kenne ich. Bitte nicht noch einmal."

„Schau an, und ich dachte, die Air Force macht sich grundsätzlich nicht die Hände schmutzig", kommentiert Hollywood.

„Tut sie auch nicht", wirft Bumper ein. „Er hat nur darüber gesprochen, dass er sich nie wieder den Arsch abwischen will."

„Sehr witzig." Yoshi kratzt sich mit einem Mittelfinger am Auge.

Ich lächle, spreche aber sofort weiter, damit wir vorankommen. „Wir könnten uns am Rand der Kuppel einen Zugang zur Kanalisation suchen und dort eindringen. Aber das ist riskant, weil die Leitungen nicht unbedingt so verlaufen, wie wir es brauchen."

„Und es gibt keine Garantie dafür, dass die Straße darüber das Kraftfeld wirklich abhält", sagt Ghost.

Ich nicke. „Genau. Aber Wasser könnte das leisten."

„Warum denn?", fragt Z Lo. „Ich habe den Eindruck, Beton könnte uns viel besser schützen als Wasser."

„Auf die meisten Arten von Strahlung trifft das ja auch zu", bestätigt Aaron. „Aber wenn du genügend Wasser zwischen dich und eine Neutronenquelle bringen kannst, ist es eine überraschend gute Abschirmung. Außerdem, wenn das Energiefeld elektrischer Natur sein sollte, dann mag es Wasser möglicherweise nicht ganz so gern wie wir." Er wendet sich an mich. „Keine schlechte Idee, Pat."

„Danke. Ich denke mir, dass es schwierig sein könnte, einen halben Meter Beton zu finden, unter dem wir entlangkriechen können, aber es ist leicht, ein paar Meter Wasser zu finden, durch das wir hindurchtauchen können." Ich zeige nach Nordosten zur Lower Bay. „Aber zuerst müssen wir es testen."

„Willst du da rausfahren?", fragt Hollywood. „Da sind wir ziemlich ungeschützt."

„Wenn ich dazu etwas sagen darf", ruft Chuck in meinem Land Cruiser. „Es wird hier drin etwas stickig. Dürfte ich zu euch kommen?"

„Anscheinend hat der Klugscheißer was zu sagen", bemerkt Bumper.

Ich öffne die Tür. „Du hast doch hoffentlich nicht auf den Sitz gepinkelt, oder?"

„Vielleicht ein wenig. Ich habe mich so sehr gefreut, dich wiederzusehen."

„Arschkriecher."

„Warmduscher."

Ich nehme Chuck und bringe ihn zu den anderen. „Was hast du für uns, Sir Charles?"

„Was die von Phantom Zwei geäußerten Befürchtungen angeht, so kann ich garantieren, dass ich Seine Heiligkeit Phantom Eins rechtzeitig vor jedem möglichen Kontakt warnen kann", erklärt Chuck.

„Oh, ähnlich ‚rechtzeitig' wie beim Adams Building?", fragt Hollywood.

„Hast du da gerade Anführungszeichen mitgesprochen?", entgegnet Chuck.

„Und ob."

„Hollywood, das ist nicht fair. Das wäre mir beinahe entgangen."

„Leck mich doch."

„Bäh. Widerlich. Und ihr müsst wissen, dass mich die Gebäude daran gehindert haben, die Gefahrenquelle früher zu entdecken. Außerdem ist Dr. Campbell um mich herumscharwenzelt, was ich ein wenig ablenkend, aber irgendwie auch unglaublich angemessen fand."

Alle sehen Aaron an.

„Wie bitte? Ich war neugierig." Aaron wendet sich an Chuck. „Und ich bin nicht herumscharwenzelt, Sir Charles. Es war … einfach nur großes Interesse."

„Aber sicher, aber sicher", antwortet Chuck hustend. „Herumscharwenzelt. Wie auch immer, draußen auf dem offenen Meer habe ich viel mehr Zeit, euch zu warnen, falls man euch bemerkt. Außerdem kümmern sich die Androchider kaum um so weit draußen liegende Wasserstraßen, denn sie sehen euch ja in erster Linie als Landbewohner. Ihre Aufmerksamkeit richtet sich auf diejenigen, die … hm, also, sie konzentrieren sich auf andere Dinge. Außerdem ist es für euch von Vorteil, wenn ihr euch tagsüber bewegt, weil ihr ‚Wärmeblick' wegen eures lokalen Sterns tagsüber nicht so gut funktioniert. Und falls du es nicht an meinem Tonfall gehört hast, Phantom Zwei, ich habe jetzt auch die Gänsefüßchen mitgesprochen."

„Das stellt unsere ganze Operationssicherheit auf den Kopf", meint Z Lo.

Ich sehe Chuck mit hochgezogenen Augenbrauen an. „Könntest du ihre Biologie noch ein wenig genauer beschreiben?"

„Hm, nein." Dann murmelt er, als spräche er mit sich selbst: „Aber ihre verdammten Helme – diese undankbaren widerlichen Deppen –, die schränken ihre Frequenzwahrnehmung noch weiter ein. Das sind wirklich Armleuchter."

„Reden wir immer noch über die Aliens?", frage ich.

„Nein, über die Helme. Ihre Software ist wirklich unter aller Sau."

„Das kann ich mir vorstellen."

„Egal. Falls ihr in Schwierigkeiten geratet, kann ich euch vorübergehend mit meinem elektromagnetischen Disruptorstrahl verbergen."

„Was für ein Ding?", will Hollywood wissen.

„Das Ding, das er in der Bibliothek benutzt hat, um uns etwas Zeit zu verschaffen", sage ich.

„Bis zur Bibliothek", korrigiert mich Chuck.

Hollywood verschränkt die Arme vor der Brust und sieht mich an. „Also willst du uns alle in ein Boot setzen und sehen, ob wir unten durchschwimmen können, ohne dass uns der Kopf abfällt – oder, wenn ich schon dabei bin, ohne dass wir mit Elektroschocks hingerichtet werden."

„Nein. Ihr müsst gar nichts tun. Ich probiere selbst aus, ob es funktioniert."

„Ich komme mit", sagt Bumper.

Hollywood ist nicht einverstanden. „Das ist zu gefährlich. Das gefällt mir nicht."

„Ich kann Hollywoods Bedenken gut verstehen", stimmt Chuck zu. „Patrick, da dies direkt mit deinem Wohlergehen zu tun hat, wäre es vielleicht eine weniger gefährliche Alternative, mir zu erlauben, dir gewissermaßen wie ein Kanarienvogel im Kohlebergwerk zu assistieren."

„Du?" Ich schnaufe. „Zwar gibt es nicht viel, was mir mehr Freude bereiten würde, als dich irgendwo ins Wasser zu werfen, um zu sehen, was passiert …"

„Ich kann dir versichern, dass dies weitaus weniger aufregend ist, als du es dir vielleicht vorstellst. Ich bin völlig wasserdicht. Außerdem haben wir diese Wegwerfsache schon erledigt, weißt du noch? Ich dachte, das reicht dir, und wir waren uns doch einig, dass es sich nicht wiederholen wird.“

Seine wirklich erstaunliche Fähigkeit, mir auf die Nerven zu gehen, verschlägt mir einen Moment die Sprache. „Wie gesagt, ich halte es nicht für eine gute Idee, dich hinunterzuschicken, um zu testen, wo das Kraftfeld endet, wenn wir ebenso gut einen Stein an eine Schnur binden und das Gleiche erreichen könnten.“

„Sei nicht so dumm, Patrick. Es schmeichelt mir zwar, dass du mich für geringfügig wichtiger als einen Stein hältst, aber in diesem Fall müsstest du lebendes Gewebe an dem Stein befestigen: Haut, Muskeln, Blut oder irgendeine zähflüssige Absonderung deines Körpers. Möglicherweise brauchst du mehrere Versuche und deshalb mehrere Gewebeproben. Außerdem kann der Stein keine Echtzeitanalyse der Meere dieses Planeten durchführen, um die Kraft des Felds einzuschätzen. Wenn das Feld fluktuiert, willst du das wissen, glaube mir.“

Hollywood seufzt. „Ich würde viel lieber einen Stein als dich hinunterlassen.“

„Das ist freundlich von dir“, antwortet Chuck.

„Ich habe ‚ihn‘ gemeint.“ Sie zeigt auf mich.

„Oh.“

„Aber ich glaube, Chucks Methode ist schneller, und es scheint so, als könnten wir damit bessere Informationen gewinnen.“

„Oh, ganz sicher“, bekräftigt Chuck nachdrücklich. „Ganz bestimmt, Phantom Zwei. Du kannst dich darauf verlassen, dass ich diese feuchten dunklen Tiefen erkunde wie der beste Erkunder, den du je benutzt hast.“

„Nein.“ Hollywood presst die Lippen zusammen und schüttelt den Kopf. „Lass das.“

„Hast du es dir anders überlegt?“

Ich ziehe Chuck näher zu mir heran. „Es wäre gut, wenn du jetzt den Mund hältst.“

„Na guuut, schön. Ich verstehe gar nicht, was das auf einmal soll.“

„Japp, das ist uns allen klar.“ Ich wende mich an Bumper. „Willst du immer noch mitkommen?“

„Roger."

„Dann suchen wir uns ein Boot, ehe er herausfindet, was er gesagt hat."

„Was habe ich denn gesagt?"

Alle außer Ghost marschieren zu zweit los und suchen im Jachthafen nach einem Boot, das unseren Anforderungen entspricht. Es muss vollständig analog sein, es muss das ganze Team aufnehmen können, falls Bumper, Chuck und ich mit einem positiven Ergebnis zurückkehren, und es muss genügend Platz für unsere Ausrüstung bieten. Hoffentlich hat es auch ein Dach.

Ich gehe mit Z Lo zur nordöstlichen Seite. Abwechselnd suchen wir nach Schlüsseln und versuchen, Boote zu starten, die zu passen scheinen. Während wir uns abarbeiten, bemühe ich mich, Phantom Vier ein wenig besser kennenzulernen. Es geht nichts über eine beiläufige Unterhaltung, um die Zeit zu füllen und mein Wissen über ein Teammitglied zu vertiefen. Wenn man eine Truppe anführt, ist fast alles genau berechnet.

„Was macht die Schulter?", frage ich ihn.

Z Lo betrachtet den Verband unter dem versengten Loch in seiner Uniform. „Der Doc sagt, das wird wieder. Die Narbe, die zurückbleibt, wird die Mädchen ausflippen lassen."

„Du bist ein Glückspilz."

„Da wir gerade darüber reden – der große Vorteil, wenn man mit einem Blaster beschossen wird, ist der, dass die Wunde automatisch kauterisiert wird."

„Kauterisiert?"

„Ja, genau. Ich hatte natürlich Glück, dass kein Organ getroffen wurde oder so. Es geht mir jedenfalls gut."

„Das freut mich zu hören. Hilf mir mal." Er reicht mir die Hand, als ich von einem toten Sechs-Meter-Bayliner steige, dessen Sicherungskasten völlig ausgebrannt ist. „Und, wie ist deine Geschichte, Junge?"

„Du … willst du wirklich meine Geschichte hören?"

„Ich sehe sonst niemanden hier in der Nähe."

„Ja, sicher, äh, was willst du wissen?"

„Du kommst anscheinend aus Südkalifornien, oder?"

„San Diego."

„Schön."

Er zuckt mit den Achseln, während wir zu einem anderen vielversprechenden Boot laufen. „Irgendwie schon."

„Hat es dir nicht gefallen?"

„Ach, mein Alter hat mich immer damit genervt, ich solle in das Familienunternehmen einsteigen."

„Eine Unternehmerfamilie?"

Er lacht. „Das Familienunternehmen war ein Arbeitsplatz in einem Stahlwerk."

„Ah, verstehe."

„Ich bin das Nesthäkchen, ich habe noch neun Brüder und Schwestern."

„Du meine Güte. Junge, du bist doch nicht katholisch, oder?"

„Wir kommen aus Ungarn. Also, ja." Er kichert. „Das ist, soweit meine Großmutter betroffen ist, so ziemlich das Gleiche."

„Aha."

„Meine Eltern waren nicht sehr fromm. Sie wollten einfach nur, dass wir ein besseres Leben hatten als sie selbst. Aber ich wollte nicht das tun, was meine älteren Geschwister auf sich nehmen mussten, verstehst du?"

„Was war das denn?"

„Mit unserem Alten im Stahlwerk arbeiten."

„Waren sie alle dort?"

Er nickt. „Unsere Familie kann ziemlich stur sein."

„Aber du hast dich trotzdem entschieden, zum Marine Corps zu gehen? Nimms mir nicht übel, Junge, aber das ist doch nicht gerade die Laufbahn, die man einschlägt, wenn man nicht körperlich arbeiten will."

„Was du nicht sagst." Z Lo springt lachend in einen Boston Whaler, der gut aussieht, auch wenn er etwas klein geraten ist. „Das war auch gar nicht meine erste Wahl."

„Was war es dann?"

„Ach, nichts." Er findet die Schlüssel, die unter der Mittelkonsole versteckt sind. „Ich wollte erst einmal zum College gehen und vielleicht etwas Besseres für mich entdecken als die Arbeit im Stahlwerk."

Ich drehe mich rasch im Kreis, um mich zu vergewissern, dass nirgends eine Gefahr droht, dann bitte ich Chuck, ebenfalls die Umgebung zu überprüfen. „Und warum ist daraus nichts geworden?"

„Mein Alter mochte das nicht." Er dreht den Zündschlüssel herum. „Mann, das Boot hier ist auch tot. Er sagte, mit dem College und mit Computern könne man nichts Richtiges werden. Was ein alter Knacker eben so denkt, verstehst du?"

„Japp." Ich bringe es nicht übers Herz, dem Jungen zu sagen, dass ich ähnlich denke wie sein alter Herr. Allerdings scheint es mir so, als wären alle, die einen höheren Bildungsabschluss erworben haben, wohlhabender als ich, und das haben wir wohl vor allem den Herren Gates und Jobs zu verdanken. Also, was weiß ich schon?

Ich helfe Z Lo, über das Sielbord zu klettern, und dann suchen wir weiter.

„Mein Alter und ich haben uns deshalb heftig gestritten. Er schreit mich an, ich schreie ihn an, und dann sage ich: ‚Dann gehe ich eben zum Militär.' Also gehe ich zu Fuß zur Musterung, weil mein Dad mich natürlich nicht hinfahren wollte."

„Und du hast dich einziehen lassen."

„Einfach so, ja."

„Und dein alter Herr hat nichts mehr dazu gesagt?"

„Oh doch. *Mi a fasz van veled.*"

„Was heißt das?"

Er lacht. „Wörtlich übersetzt: ‚Was, zum Teufel, ist los mit dir?'"

„Er fand die Aktion also nicht gut."

„Oh nein. Und seitdem haben wir nicht mehr miteinander geredet."

„Tut mir leid, Junge."

Z Lo zuckt mit den breiten Schultern. „Ach, ich bin das Nesthäkchen. Zwischen uns liegen gut fünfzig Jahre. Wir haben nicht viel gemeinsam, und ich wüsste nicht, wie sich das jemals ändern sollte. Es ist halt, wie es ist. Das Marine Corps war wirklich eine gute Sache für mich: Drei Mahlzeiten am Tag, ein warmes Bett, und ich kann mich auf der Matte herumschmeißen lassen."

„Auf der Matte?"

Er nickt und erklärt es mir. „Wenn ich auf der Highschool überhaupt etwas gelernt habe, dann war es, auf der Matte zu dominieren, weißt du? Drei von den vier Jahren habe ich in der Regionalliga gekämpft."

„Wrestling."

„Ja, klar." Er streckt den Brustkorb und die Arme auf eine Weise, die eher nach einer Dehnungsübung als nach Training aussieht. „Wahrscheinlich hätte ich auch das vierte Jahr dortbleiben können, aber ich durfte nicht mehr, weil ich etwas angestellt hatte. Im Ring war ich auch nicht schlecht."

„Boxen?"

Er nickt. „Schwebe wie ein Schmetterling, stich wie eine Biene, verstehst du?"

„Aber sicher, Junge."

Er seufzt ausgiebig. „Eigentlich wollte ich ja etwas mit Computern machen."

„Du? Mit Computern?" Ich gebe mir Mühe, die schiefe Nase und das Ringerohr nicht anzustarren, aber dieser Hüne sieht nicht so aus, als könnte er geschickt mit Tastatur und Maus umgehen.

„Spielt jetzt sowieso keine Rolle mehr. Das Beste am Corps ist wahrscheinlich, dass man neue Brüder findet. Na ja, ich *hatte* neue Brüder, bis … du weißt schon."

„Japp." Am nächsten Anleger entdecke ich ein altes Dyer 29 mit Decksaufbau. „Sieh dir mal das da an."

„Ja, alles klar, Master Guns." Z Lo läuft zu dem klassischen Fischerboot mit weißem Dach und schwarzem Rumpf und springt hinein.

Ich gehe nach hinten und lese den abblätternden Namen auf dem Heckbalken: *Best of Boat Worlds.* Wer sagt, das Universum hätte keinen Humor?

Z Lo kramt am Armaturenbrett herum, dann hält er zwei Schlüssel hoch. Gleich danach springen die Lüfter im Motorabteil an. Das ist ein gutes Zeichen. Anscheinend sieht Z Lo es genauso, denn er zeigt mir einen hochgereckten Daumen. Es gibt einen guten Grund, beim Starten vorsichtig zu sein. Mehr als ein Seemann wurde vom Boot gefegt, weil er vergessen hatte, den aufgestauten Treibstoffdunst zu entlüften, ehe er den Motor anließ.

Nach etwa dreißig Sekunden betätigt Z Lo den Anlasser. Die Maschine dreht einige Male und dann surrt sie, und es gurgelt im Wasser.

„He, es funktioniert." Z Lo späht um die Windschutzscheibe herum.

„Klasse, du hast den Hauptgewinn gezogen. Gut gemacht."

Er strahlt mich an. „Danke."

Verdammt auch. Ich glaube, ich mag den Jungen.

„Versucht doch, noch mal achtzig Liter Treibstoff zu bekommen, bis wir zurück sind", sage ich zu Hollywood und den anderen Phantomen, die sich auf der Mole versammelt haben. Sogar Ghost ist dabei, um uns zu verabschieden. „Saugt alles in die Kanister ab, was ihr bekommen könnt."

„Roger, Wik. Wir bereiten alles vor", antwortet Hollywood.

„Und passt da draußen auf euch auf", ergänzt Z Lo.

Ich nicke ihm zu, und der Junge wirft mir die Heckleine herüber. Yoshi schiebt den Bug vom Anleger weg, worauf Bumper rückwärts ins offene Wasser fährt. „Gute Reise", sagt der Doc. Dann singt er den Refrain des Songs *Sailing* von Christopher Cross. Sobald wir weit genug entfernt sind, schiebt Bumper den Hebel nach vorne. Ich glaube, er will die schreckliche Darbietung so schnell wie möglich übertönen.

„Weiße Musik." Er schüttelt den Kopf.

„Ich kann es dir nicht vorwerfen." Einfach um ihn zu ärgern, setze ich da ein, wo Yoshi zu singen aufgehört hat, und brülle: „*Just a dream and the wind to carry me.* Nur ein Traum und der Wind tragen mich davon."

Bumper stimmt ein: „*And soon I will be free.* Bald werde ich frei sein."

„Woher hast du eigentlich deinen Spitznamen?", frage ich Bumper, als wir um den Crookes Point herum scharf nach links abbiegen und am Ostufer von Staten Island entlang nach Norden fahren.

„Das Team hat ihn mir wegen der Sache mit der Stoßstange gegeben“, brüllt er, um das Dröhnen des Motors zu übertönen.

Ich nehme an, er meint sein Seal-Team, doch er erklärt es mir. „Highschool-Football.“

„Alles klar.“

Er überprüft die Umgebung und wirft einen Blick auf den Drehzahlmesser, ehe er fortfährt. „Ich war Mannschaftskapitän, was da, wo ich herkomme, gewisse Privilegien und Erwartungen mit sich brachte. Einige davon drehten sich auch um die Cheerleader, wenn du weißt, was ich meine.“ Er zwinkert mir zu. „Mama hat nicht genug verdient, um mir ein Auto kaufen zu können, und ich hätte es sowieso nicht angenommen, wenn sie es getan hätte, aber ich hatte genug gespart, um mir einen verrosteten 1982er Cutlass Supreme zu kaufen.“

„Schöne Oldsmobile-Kiste“, sage ich grinsend.

Er sieht mich schräg von der Seite an. „Also, es ist 0300, und Miss Supermodel höchstpersönlich und ich sind auf dem Rücksitz ziemlich beschäftigt. Wir stehen da draußen mitten auf dem Footballrasen. Am nächsten Tag kommt der Trainer in die Umkleide und fragt, wer mit dem Auto auf das Spielfeld gefahren ist. Niemand sagt was, und ich weiß, dass ich vorsichtig war und keine Spuren hinterlassen habe, denn ich wusste ja, dass es seit einer Woche nicht mehr geregnet hatte. Also, ich war vorsichtig, klar?

Na ja, niemand gesteht, und was macht der Coach? Er bückt sich, holt hinter den Wäschekörben eine verrostete Stoßstange hervor und sagt: ‚Könnte der Besitzer des Nummernschilds LVK 9143 bitte vortreten? Er hat etwas verloren.‘“

Laut lachend fahren wir durch die Wellen.

„Irgendetwas sagt mir, dass du auch dieses Kennzeichen nie vergessen wirst.“

„Dafür hat schon das Team gesorgt. Ich sagte, wenn wir in diesem Jahr die Meisterschaft holten, würde ich es mir auf den Hintern tätowieren lassen.“

„Ach was. Und, habt ihr gewonnen?“

Bumper grinst mich breit an. „Willst du meinen Arsch sehen?“

„Was glaubst du, wie nahe kannst du uns stabil an der Kuppel halten?", frage ich Bumper. Er hat den Gashebel der *Best of Boat Worlds* zurückgezogen. Ich knote die 550er-Paracord-Schnur an Chuck fest.

„Drei Meter, würde ich sagen", ruft Bumper. „Mehr will ich nicht riskieren – eine große Welle, und wir müssen vom Schiff springen."

Ich blicke nach Westen. „Das ist weit zu schwimmen."

„Und ob."

Wir sind dicht vor der Kuppel, und ich bin bereit, Chuck über Bord zu werfen, damit er für uns kundschaften kann.

„Also, du weißt, was du zu tun hast, ja?"

„Himmel, Patrick, natürlich weiß ich das. Ich habe doch genau das vorgeschlagen, was ich gleich tun werde. Nach unten gleiten, um die Dinge ins Visier zu nehmen."

„Mann, das klingt schrecklich."

„Danke."

„Und gehe kein unnötiges Risiko ein. So sehr es mir widerstrebt, das zu sagen: Wenn wir dich jetzt verlieren, dann verlieren wir einen wichtigen Aktivposten."

„Du meinst, eine Informationsquelle."

„Klar doch."

„Und ich dachte, du sagst vielleicht ‚Freund'."

„Können wir uns auf ‚erträgliche Bekanntschaft' einigen?"

„Hm. Nicht meine erste Wahl, aber meinetwegen. Außerdem musst du dir meinetwegen keine Sorgen machen, Patrick. Ich habe einen eingebauten Resonanzgenerator, der mich für das Energiefeld unempfänglich macht."

Ich starre ihn an, während Bumper die *Best of Boat Worlds* anhält. „Warum hast du uns das nicht früher gesagt?"

„Weil du mir nachdrücklich gesagt hast, ich solle die Klappe halten, weißt du noch?"

„Japp, das weiß ich noch. Aber das ist eine sehr wichtige Information. Nichts, was du einfach so übergehen könntest."

„Es ist auch nichts, was ich von mir aus hätte offenbaren können. Da ich aber den Eindruck habe, dass dir meine Zerstörung einen irreparablen Schaden zufügen könnte, und da wir jetzt erträgliche

Bekannte sind und so weiter, entspricht es meinen Direktiven, dir diese Information zu geben."

„Oh, richtig. Ja, ich würde eindeutig irreparablen Schaden erleiden, wenn dir etwas passiert ..."

„Das klingt nicht aufrichtig."

„... und noch mehr irreparablen Schaden, wenn die Menschheit ins Nimmerland weggekarrt wird."

„Haha, netter Versuch. Keine Chance, Patrick, aber ich glaube, es war wohl einen Schuss ins Blaue wert."

Ich starre ihn nur an.

„Hast du den Witz verstanden, Patrick?"

„Habe ich."

„Aber du lachst ja gar nicht."

„Dann hole mal tief Luft."

„Was? Warum? Was hat das mit ..."

Ich werfe Chuck über Bord und lasse die Leine vom Deck durch meine Hände gleiten.

„Du, äh ... willst du sie nicht gut festhalten?", fragt Bumper mich.

„Ich denke darüber nach."

„Roger."

Nachdem er höchstens zehn Sekunden untergetaucht ist, ruft Chuck uns über Funk. „Phantomkriegsgott, hier ist der Phantomlord der kleinkarierten Besitzer. Hörst du mich? Kommen, Ende und aus."

Bumper grinst mich an, kurbelt am Steuerruder des Boots und arbeitet mit dem Gashebel, damit wir nicht in die Kuppel treiben.

„Ich höre, Sir Charles. Bericht."

„Ich habe, was wir brauchen. Außerdem sind hier neugierige Meeresbewohner, die mich untersuchen."

„Beschreibe sie."

„Ich bin mir nicht sicher, ob das im Augenblick die höchste Priorität hat."

„Beschreibe sie."

Er stößt ein auf ausgeklügelter Digitaltechnik beruhendes Seufzen aus. „Nun gut. Es scheint ein kleiner Schwarm von

Plattfischen mit Augen an einer Seite des Kopfes zu sein. Sehr eigenartig. Sie sind ausgesprochen neugierig, und wenn ich das sagen kann, sogar freundlich. Doch in meinem Archiv finde ich keine Informationen über sie."

Ich sehe Bumper an: Oh, das ist ja ein Ding, was?

Dann drücke ich auf den Sprechknopf. „Oh mein Gott. Chuck, du musst da sofort verschwinden."

„Sehr witzig, haha."

„Ich mache keine Witze, Chuck." Ich halte das Mikrofon vor mich und rufe über die Schulter: „Bumper, die Schnur hat sich verfangen. Wir müssen hier weg!"

Es ist immer ein Erlebnis, wenn ein Navy Seal teuflisch lächelt. „Geht nicht, Wik! Der Motor springt nicht an!"

„Chuck", sage ich aufgeregt. „Charlie, kannst du mich hören?"

„Natürlich höre ich dich. Sei nicht …"

„Mach keine plötzlichen Bewegungen. Diese Wesen nennt man ‚Flundern‘."

„Flundern?"

„Ja. Wir holen dich da raus."

„Bist du dir sicher, dass sie aggressiv sind?"

„Chuck, mein Junge. Ich will dich nicht erschrecken, aber das ist übel. Wirklich übel."

„Die Heiligen mögen mir beistehen." Nach einer Pause sagt er: „Was werden sie mit mir machen?"

„Erinnerst du dich an den Sarlacc aus *Star Wars*, der in der Grube von Carkoon haust?"

„Aus der *Rückkehr der Jedi-Ritter*? Bei allen Heiligen, ja. Jetzt verstehe ich es."

„Es ist so ähnlich, nur schlimmer. Das Verdauungssystem dieser Raubtiere löst die Beute im Laufe mehrerer Jahrtausende zu Nährstoffen auf."

„Mein Gott, hol mich hier raus, Patrick. Bitte hole mich raus. Ich will nicht so enden."

„Warte." So schwer es mir fällt, den Spaß abzubrechen, wir brauchen seine Ergebnisse, und dann müssen wir ans Ufer zurückkehren. „Kein Wort", sage ich zu Bumper.

Er legt sich eine Hand auf das Herz.

Ich hole das Fallschirmseil ein und ziehe Chuck an Bord.

Als er wieder an Deck ist, zupfe ich ein Stück Tang ab und hebe ihn hoch. „Ist dir auch nichts passiert, Kumpel?“

„Nein, nein. Ich … puh! Es geht mir gut, König Triton sei Dank.“

Ich brauche einen Augenblick, um es zu verstehen. „*Arielle, die Meerjungfrau?*“

„Ja. Triton hat mich zweifellos beschützt.“

„Ja, zweifellos. Ich bin so froh, dass dir nichts passiert ist.“

„Noch eine Sekunde länger, und die Flundern hätten mich vernichtet. Und weißt du, was das Seltsamste ist?“

„Was denn?“

„In einem Kinderfilm gibt es eine Figur, die nach diesen Teufeln benannt ist, und dort tun sie so, als seien sie kindisch und naiv.“

Ich weiß genau, wenn ich Bumper jetzt ansehe, platze ich laut heraus. Also reiße ich mich zusammen und bitte Sir Charles, seine Erkenntnisse zu schildern.

„Du wirst dich freuen zu hören, dass das Energiefeld je nach Höhe der Dünung im Durchschnitt anderthalb Meter unter die Oberfläche reicht“, sagt Chuck. „Deine Hypothese ist bestätigt.“

„Das ist eine großartige Neuigkeit, Junge. Danke, dass du, äh, du weißt schon, dass du für uns dein Leben riskiert hast.“

„Besonders im Angesicht dieser Flundern“, fügt Bumper hinzu.

„Ja, ich muss schon sagen, das war sehr wagemutig von mir. Aber ich bin froh, wenn ich euch helfen kann. Für das Team tue ich alles, weißt du?“

Allmählich bekomme ich wegen des Ulks ein schlechtes Gewissen, wenn auch nicht so sehr, dass ich die Angelegenheit aufklären müsste. Etwas so Gutes spielt man zu Ende, bis die Musikbox kaputtgeht.

„Noch mal zur Dünung“, sage ich. „Du hast berichtet, dass das Feld im Durchschnitt anderthalb Meter tief reicht. Was waren die Maxima?“

„Manchmal war es nur ein halber Meter“, erklärt er.

„Mich interessiert der andere Wert. Demnach müsste die maximale Tiefe bei weniger als drei Metern liegen.“

„Das ist richtig."

Jetzt werde ich ernst und sehe Bumper an. Dessen Gesicht ist so verschlossen wie meines. Knapp drei Meter – das klingt zwar nicht nach viel, aber im offenen Wasser, wo es Strömungen gibt und die Sicht nicht gut ist, müssen wir sicherheitshalber mit fünf Metern rechnen. Vielleicht sogar mit mehr. Außerdem habe ich weder Schnorchel noch Maske, und abgesehen von Bumper kann vermutlich niemand mit Geräten tauchen. Immer vorausgesetzt, wir hätten überhaupt die nötige Ausrüstung.

„Ich spüre ein Problem", sagt Chuck schließlich. „Es ist wegen der Flundern, oder?"

„Mann, ich wünschte, es wäre nur das."

„Erst die gute Neuigkeit", sage ich zum Team, als wir wieder an Land sind. Ich halte eine Seekarte hoch, die von einem der überprüften Boote stammt, und zeige auf eine Stelle nördlich von unserer jetzigen Position. „Dort haben wir die Kuppel untersucht. Sir Charles hat herausgefunden, dass das Energiefeld in einer Tiefe ab anderthalb Metern keine Gefahr mehr darstellt."

„Das ist doch gar nicht schlecht", sagt Z Lo. „Darunter könnten wir leicht hindurchschwimmen."

„Japp, aber das ist ein Durchschnittswert."

„Wie groß ist die Abweichung?", fragt Ghost.

„Plus oder minus ein Meter."

„Verdammt auch."

„Warum verdammt?", will Z Lo wissen.

Ghost schnalzt mit der Zunge, ehe er antwortet. „Weil das bedeutet, dass wir fast drei Meter tief tauchen müssten, wenn wir nicht unterwegs durchgeschnitten werden wollen."

„Oh." Z Lo imitiert den Scharfschützen und schnalzt ebenfalls mit der Zunge. „Das wird durchaus etwas schwieriger."

„Es macht die Sache erheblich schwieriger", erkläre ich. „Alles, was wir auf der anderen Seite einsetzen können, entspricht folglich dem, was wir beim Tauchen mitnehmen können."

„Das ist beschissen", sagt Yoshi.

„Es ist schon schlimm genug, dass wir die Fahrzeuge zurücklassen müssen", überlegt Hollywood. „Uns noch weiter einschränken? Das wird hart."

„Außerdem gibt es da Flundern", wirft Chuck ein.

Die anderen schauen verwirrt drein. Bumper dreht sich von Chuck weg und macht vor dem Hals eine schneidende Bewegung mit der Handkante. Anscheinend verstehen sie es, obwohl sie den Witz nicht mitbekommen haben. Ich nehme mir vor, es ihnen später zu erklären, und freue mich darüber, dass Chuck nur militärische Daten und ein paar Filme herunterladen konnte. Die Kommunikation mit der Waffe ist zuweilen wirklich witzig.

„Die Zeit läuft, daher stimmen wir ab", sage ich. „Entweder wir suchen einen Abwasserkanal, in den das Feld nicht vordringt, oder wir fahren mit dem Boot und tauchen. Im ersten Fall können wir vermutlich mehr Ausrüstung mitnehmen, falls wir einen offenen Kanal finden, der direkt auf die Kuppel zuläuft ..."

„Und der tief genug ist", wirft Hollywood ein.

Ich nicke. „Die zweite Möglichkeit bedeutet, dass wir drüben weniger gut vorbereitet sein werden, aber wir kommen erheblich schneller hinüber und wissen, dass es der direkte Weg ist."

„Und was tun wir, sobald wir drüben sind?", fragt Yoshi.

Bumper schaltet sich ein. „Es gibt noch eine andere Lösung. Wir schleppen das unbemannte Boot hinüber. Im Augenblick treibt die Strömung das Boot zum Energiefeld. Wir wollen natürlich nicht warten, bis es sich von selbst weit genug bewegt, aber es ist gut zu wissen, dass wir nicht gegen die Strömung ankämpfen müssen, solange alles bleibt, wie es ist. Wir tauchen, ich gehe als Letzter ins Wasser und ziehe eine Leine mit. Wenn uns die Strömung hilft und alle ziehen, können wir die *Best of Boat Worlds* hinüberbringen, ohne dass Z Lo einen Schweißausbruch bekommt."

„Der Junge schwitzt jetzt schon", sagt Hollywood.

„Dann darf er sich ausruhen."

„He, ich surfe, ja?", protestiert Z Lo. „Ich kann schwimmen."

Ich zwinkere dem Jungen zu, dann zeige ich den anderen die Seekarte. „Also gut. Sobald drüben wieder alle an Bord sind, fahren wir in die Upper Bay. Wir gehen an Land und sehen uns um."

Ein paar Sekunden herrscht Schweigen, während sie die Möglichkeiten durchdenken.

„Und, was meint ihr?", fragt Hollywood. „Wir wollen nicht den ganzen Tag hier herumstehen."

Yoshi antwortet als Erster. „Ich würde lieber ins Meer tauchen als in einen Fluss aus flüssigem Unrat."

„Ich auch", stimmt Z Lo zu.

„Hollywood?", frage ich.

„Die Kanalisation stört mich nicht so sehr, und Tauchen ist nicht meine Stärke. Allerdings hätten wir womöglich Schwierigkeiten, einen Abwasserkanal zu finden, der unseren Erwartungen entspricht." Sie schürzt die Lippen und zieht sie wieder zurück. „Das Meer."

„Ghost?"

Er grunzt. „Ich kann schwimmen." Allerdings sieht es so aus, als gäbe er sich große Mühe, die Schmerzen zu unterdrücken, die er trotz der Medikamente hat.

„Bist du dir sicher? Du hast ein paar hässliche Wunden. Es ist keine Schande, einen anderen Weg zu gehen, wenn das nötig ist."

Ghost sieht mich unverwandt an. „Ich sagte, ich kann das."

Mein Gott, der Kerl gibt sich immer so entschlossen. Ich weiß nicht, ob da sein Ego spricht oder ob er wirklich seine Grenzen kennt, aber wenn er behauptet, dass er es schafft, dann glaube ich ihm.

„Noch etwas", ergänzt Yoshi. „Wir haben zwei Verwundete, und die Scheiße erhöht die Infektionsgefahr."

„Gutes Argument." Ich nicke Bumper zu.

„Wirklich? Du fragst einen Navy Seal, ob er tauchen will?"

Ich grinse breit. „Ich bin auch fürs Tauchen."

„Habe ich nichts zu sagen?", fragt Aaron.

„Gehörst du denn zum Team?"

Er lächelt und nickt. „Ich bin dabei, Pat."

Ich nicke zurück und blicke dann in die Runde. „Leute, bereitet euch auf den Tauchgang vor."

26

1215, Freitag, 25. Juni 2027
Staten Island, New York
Great Kills Park, vor der Küste

Wir brauchten fast dreißig Minuten, um die Ausrüstung zu sortieren und uns auf die Überfahrt vorzubereiten. Die Entscheidung, was zurückbleiben musste und was wir mitnehmen wollten, war viel schwerer, weil wir nicht ahnen konnten, was uns drüben erwartete. Dies lag nicht zuletzt auch daran, dass Chuck sich beharrlich ausschwieg. Natürlich konnte ich dem Kerl keine Vorwürfe machen, denn er hatte ja seine Anweisungen, aber es wäre doch sehr angenehm gewesen, wenn er diese öfter einmal hätte übergehen können, um mir den Arsch zu retten.

Am Ende entschieden wir uns für Munition und gegen Proviant, also für taktische Ausrüstung und gegen Bequemlichkeit. Das bedeutet, dass wir alle Vorräte bis auf ein paar Tagesrationen an Essen und Trinkwasser zurückließen, um an Munition und Bumpers Partyknallern mitzunehmen, was wir nur tragen konnten. Außerdem mussten wir angenehme Dinge wie Zelte, Schlafsäcke, die meiste Reservekleidung und alles andere aussortieren, um uns auf das zu beschränken, was in unseren Fluchtrucksäcken steckte. Andere Dinge wie GPS, Laptops, Tablets und Kameras waren eher verzichtbar, weil sie sowieso Schrott waren. Außerdem brauchte ich keine Geräte, um mich in den Straßen meiner Kindheit zurechtzufinden. An neuer Ausrüstung kamen nur Schnorchel und Tauchermasken hinzu, die Z Lo und Yoshi auf einigen Freizeitbooten zusammengeklaut hatten.

Jetzt ist alles auf die *Best of Boat Worlds* geladen, und es scheint, als sei das Boot dem Kentern nahe. Das wird noch schlimmer, wenn wir einsteigen und ablegen.

„He, Z Lo", ruft Hollywood. „Mach voran."

Der Junge rennt auf dem Anleger zu uns herüber. „Entschuldige."

„Was hast du da hinten gemacht?"

„Ich habe mich von Dolores verabschiedet."

„Na klar", antwortet sie.

Unterdessen beziehe ich links neben Bumper, der das Ruder übernommen hat, auf der Steuerbordseite meine Position. „Kommst du mit der ganzen Ladung zurecht, Käpt'n?"

„Das haut schon hin." Nickend betrachtet er die Alien-Waffe auf meinem Rücken. „Wir könnten immer noch einige aufsässige Feuerwaffen über Bord werfen."

„Ganz deiner Meinung", stimmt Chuck zu. „Wir könnten mit der Plastikpistole anfangen, die Phantom Eins so liebt."

„Da hat er sogar recht, Wik", pflichtet Bumper ihm bei. Dann dreht er sich um und gibt Befehl zum Ablegen.

„Unterstütze ihn nicht noch."

Um kurz nach 1200 fährt unser zum Truppentransporter umgewidmetes Fischerboot ins offene Wasser hinaus und beginnt die Reise nach Norden. Bumper hat den Gashebel der *Best of Boat Worlds* nur halb aufgedreht, was zweifellos unserem Gewicht geschuldet ist. Wer der Meinung ist, Seals könnten nicht behutsam sein, der hat noch nicht gesehen, wie dieser Mann ein stark überladenes Schiff durch beinahe meterhohe Wellen steuert. Bumper lässt das Boot mit der Dünung tanzen und bugsiert uns an der Küste von Staten Island entlang wie ein Profi.

Nicht alle genießen es. Hollywood scheint kurz davor, sich zu übergeben, und … nun ja, Aaron hat es schon getan. Der arme Kerl.

„Pst", macht Chuck.

Ich beuge mich zu ihm hinunter.

„Haben sie Angst wegen der, du weißt schon, wegen der Flundern?"

Nach zehn Minuten sind wir der bläulich glühenden Kuppel so nahe, dass Bumper die ersten Anweisungen erteilt. Er wechselt in die Rolle des Ausbilders und verhält sich zunehmend geschäftsmäßig.

„Also, hört zu. Für diejenigen, die keine Erfahrung mit dem Tauchen haben: Ihr bereitet euch vor, indem ihr dreimal ruhig durchatmet. Den Mist mit dem Hyperventilieren, wie man es in Filmen sieht, lasst ihr bleiben. Einfach nur ruhig und gleichmäßig atmen. Wenn ihr im Wasser seid, strampelt ihr euch nicht nach unten. Damit verbraucht ihr zu schnell euren ganzen Sauerstoff und kommt nur ein paar Meter weit. Ihr zieht vielmehr die Knie an, bis ihr eine Kugel seid, und rollt euch vorwärts nach unten ab."

Bumper deutet es mit einer freien Hand an.

„Sobald ihr ganz untergetaucht seid, streckt ihr die Beine. Das treibt eure Körpermasse geradewegs nach unten."

Er nimmt eine weiße Leine, an der er schon am Anleger gearbeitet hat, und hält sie hoch.

„Dieses Lot hänge ich mit einem Gewicht und einer Dreimetermarkierung ins Wasser. Die Markierung ist hellorange, also auch unter Wasser und mit Maske gut zu erkennen. Außerdem werde ich Master Gunnery Sergeant Finnegan bitten, eine zweite Leine mitzunehmen, weil er als Erster rüberschwimmen wird. Er hält sie drüben fest, und ihr taucht, bis ihr die Markierung auf seiner Seite berühren könnt. Was berührt ihr?"

„Die Markierung auf seiner Seite", antworten die anderen.

„Sobald ihr geradeaus schwimmt, werden euch eure Lungen sagen, dass ihr auftauchen sollt. Hört nicht auf sie. Sie lügen, weil sie gierige und faule kleine Hunde sind. Ihr habt genug Sauerstoff im Blut, um es ein paar Minuten auszuhalten, solange ihr euch immer schön langsam und fließend bewegt. Eine Million Jahre Evolution werden in euch allen den instinktiven Wunsch wecken, tief einzuatmen, weil sich euer Körper weigert, Dinge zu tun, für die er nicht gemacht ist. Die Menschen ertrinken nicht, weil ihnen der Sauerstoff ausgeht, sondern weil sie versuchen, Wasser zu atmen wie ein verdammter Fisch. Wiederholt es: Ich bin kein verdammter Fisch."

„Ich bin kein verdammter Fisch", antworten die anderen.

„Ich kann kein Wasser atmen", fährt Bumper fort.

„Ich kann kein Wasser atmen", wiederholen sie.

„Und wenn einer von euch bei diesem Ausflug ertrinkt, trete ich ihm persönlich in den Arsch, bis die Atmung wieder einsetzt. Ist das klar?"

Die Hälfte des Teams sagt: „Jawohl, Oberbootsmann Johnson." Die anderen rufen: „Boss Bumper." Ich bin froh, dass ich nicht der Einzige bin, der sich nicht an seinen richtigen Namen und den Dienstgrad erinnert.

Bumper grinst. „Sobald ihr drüben bei Wik seid und seine Markierung berührt habt, taucht ihr so schnell wie möglich wieder auf. Ihr bleibt auf Position, bis ich komme, und dann nehmt ihr die Leine, die ich euch gebe, und folgt meinen Anweisungen und zieht in die Richtung, die ich euch zeige. Sobald unser Schiff das Kraftfeld überwunden hat, steigen wir wieder ein, die schwächsten Schwimmer zuerst, die stärksten zuletzt, und dann fahren wir weiter. Noch Fragen?"

Sie schütteln die Köpfe.

Bumper sieht mich an. „Du bist dran, Master Guns."

„Alles klar. Zieht euch bis auf die Unterwäsche aus. Es wird Zeit, dass wir uns nass machen."

„Ich möchte anmerken, dass deine Spezies bekleidet viel angenehmer aussieht als unbekleidet", sagt Chuck, während ich mich bis auf die Boxershorts ausziehe und mir die Tauchermaske aufsetze.

„Das kann ich gut verstehen, Chuckles, aber leider haben nicht alle ein so hochentwickeltes ästhetisches Empfinden wie du."

Die Teammitglieder pfeifen einander zu, besonders bei Holly, die einen schwarzen Sport-BH und einen weißen Hello-Kitty-Schlüpfer trägt. Sie ignoriert die anzüglichen Kommentare wie ein echter Profi.

Bumper ruft: „Mein Gott, Z Lo, zieh die Unterwäsche wieder an. Das will wirklich niemand sehen."

„Was? Ich schwimme nicht gern mit Unterhosen im Taucheranzug."

„Du bekommst keinen Taucheranzug, du Genie", antwortet Hollywood ungerührt.

„Oh."

„Eure Spezies hat anscheinend einige sehr eigenartige Rituale", fügt Chuck hinzu. „Seid ihr alle so stark von eurer Sexualität getrieben?"

„Äh, das Militär bringt einen ganz eigenen Menschenschlag hervor."

„Verstehe. Das merke ich mir."

Ich lasse Chuck liegen, gehe zum Heck und steige auf den Heckbalken. Als Hollywood sich vorbeugt, um mir die aufgewickelte Markierungsleine zu geben, springt Z Lo hinter sie, hebt die Hände in die Luft und lässt obszön seine Hüften kreisen.

„Benimm dich, Private", rufe ich.

Als hätte sie Augen im Hinterkopf, sagt Hollywood: „Das regle ich schon." Sie dreht sich um und baut sich unangenehm nahe vor Z Lo auf.

Der Junge hört sofort zu tänzeln auf und weicht zurück, bis sein Hinterkopf gegen den Deckaufbau prallt.

„Was ist los, Lazlo?", fragt Hollywood. „Antwortet Dolores nicht mehr auf deine SMS?"

„Wie bitte? Nein. Sie hat mir die letzte Nachricht …" Z Lo presst die Lippen zusammen und wendet sich ab.

Die anderen wollen ihn ebenfalls auf den Arm nehmen, doch Hollywood ist anscheinend noch nicht fertig.

„Weißt du, Jungs wie du fantasieren gern." Sie sieht ihn von oben bis unten an. „Aber bis du dir das Recht verdient hast, eine Frau wie mich aufzugabeln, bis dahin hast du nur das da." Sie zeigt auf das Meer.

Z Lo sieht sich nervös um. „Was meinst du damit?"

„Feuchte Träume."

Die anderen stöhnen: „Ohhhhh", „Tataaa" und „Rums", während Hollywood sich wieder umdreht und zum Heckbalken kommt.

„Wik, da draußen ist es gefährlich. Pass auf dich auf."

„Ich würde dir sagen, halte es genauso, aber wie ich sehe, kannst du ganz gut auf dich selbst aufpassen."

Sie zwinkert mir zu. „Ist nicht mein erstes Rodeo."

„Offensichtlich." Ich schlinge mir das Seil über die Schultern und blicke zum Kapitän.

„Bereit?", fragt Bumper.

Ich nicke, und er setzt das Boot zum Kraftfeld zurück. Als er in etwa so nahe ist wie beim letzten Mal, beordert er mich ins Wasser.

Ich winke mit zwei Fingern. „Wir sehen uns drüben.“

Ich springe hinein und zeige ihnen mit einer Geste, dass alles in Ordnung ist. Das Wasser ist gar nicht so kalt, vielleicht um die zwanzig Grad, und dank der starken Mittagssonne dürfte sich niemand unterkühlen – jedenfalls solange alles glatt läuft.

Ich orientiere mich kurz vor der schimmernden blauen Wand, atme einige Male ruhig durch und ziehe die Knie an, wie Bumper es beschrieben hatte.

Sobald mein Kopf unten ist, erkenne ich drei Meter tiefer das orangefarbene Seil. Obwohl die Kuppel auch in das schmutzige braungrüne Wasser strahlt, kann ich den etwa zehn Meter tiefen Grund nicht erkennen. Allerdings sind wir hier in New York. Ich strecke die Beine und lasse mich gerade nach unten treiben. Die Strömung zerrt ein wenig an mir, aber ich orientiere mich mit drei geschmeidigen Schwimmstößen, ehe ich die Schnur erreiche.

Noch einmal vergewissere ich mich, wo das Energiefeld ist. Es bewegt sich auf und ab und verblasst, je nach der Dünung an der Oberfläche. Es war eine gute Entscheidung, die Markierung drei Meter tief zu setzen, denn so haben wir deutlich mehr als einen halben Meter Spielraum bis zur tiefsten Stelle, die das Kraftfeld erreicht.

Ich bekomme eine Gänsehaut, als ich unter der Barriere hindurchschwimme, und weiß nicht, ob es von der unterschiedlichen Temperatur am Übergang zur unteren Wasserschicht herrührt – der Sprungschicht – oder ob es daran liegt, dass ich jetzt in feindliches Gebiet eindringe. Ich schwimme jedenfalls kräftig, zähle fünf und dann noch einmal sechs Schwimmstöße ab, bis ich nach oben blicke. Genau wie Bumper gesagt hat, wollen meine Lungen in diesem Moment unbedingt tief einatmen.

Ich habe die Wand hinter mir, also strebe ich so schnell wie möglich aufwärts. Sobald mein Kopf über Wasser ist, drehe ich mich um und gebe den anderen ein Handzeichen.

„Alles klar“, rufe ich.

Es scheint, als antworteten sie, aber die Stimmen und das Tuckern des Bootsmotors dringen nur schwach herüber.

Außerdem bemerke ich sofort, dass die Kuppel auch das Licht dämpft. Hier drinnen ist alles gespenstisch blau gefärbt. Die Luft fühlt sich an, als sei sie ein paar Grad kühler, und ich frage mich, ob es beabsichtigt ist, weil es womöglich dem Sehsinn der Androchider entgegenkommt. Irgendwo in der Ferne höre ich die vertrauten Schreie von Möwen und das Bellen der Seelöwen.

Mir bleibt keine Zeit, bei diesen Beobachtungen zu verweilen. Ich muss meine Aufgabe erledigen.

Ich nehme die Leine von der Schulter und wickle sie ab, damit das Gewicht direkt unter mir hinabsinkt. Als ich das Ende erreiche, weiß ich, dass die Markierung drei Meter unter mir ist. Ich gebe Bumper das Zeichen.

Er winkt und schickt anscheinend Yoshi als Nächstes ins Wasser. Ich vermute, dass er es getan hat, um das Selbstvertrauen der schwächeren Schwimmer wie Hollywood und Aaron oder das der Verwundeten – Ghost und Z Lo – zu stärken. Allerdings interpretiere ich vielleicht zu viel in die Situation hinein. Die Macht der Gewohnheit.

Ich halte mein Gesicht im Wasser nach unten, um Yoshi zu verfolgen. Meine Bedenken, der Nächste könnte weniger fähig sein, sind zerstreut, als Yoshi zur ersten Markierung schießt, mit einem Delfinkick vorwärts schwimmt und gleich darauf an meiner Markierung wieder auftaucht. Er winkt mir sogar beim Aufsteigen zu.

„Angeber", sage ich, als er auftaucht.

„Bumper hat mich gebeten, es mühelos aussehen zu lassen."

Also war meine Vermutung richtig. „Das könnte ein wenig zu leicht ausgesehen haben."

„Danke." Ich erschrecke beinahe, als Yoshi seine Flasche hervorholt, sie aufschraubt und einen Schluck trinkt. „Willst du auch?"

Ich winke ab. „Hast du die aus der Arschritze geholt?"

„Aus der Unterhose."

„Junge, Junge, du hast ein Problem."

„Haben wir doch alle." Er trinkt noch einen Schluck und steckt die Flasche wieder weg.

„Wo hast du den Nachschub gefunden?"

„Im Jachthafen. Jedes Boot hat eine Hausbar."

„Ja, richtig." Wieder gebe ich ein Handzeichen und rufe: „Der Nächste!"

Unter den nächsten vier hat Ghost die größten und Z Lo die geringsten Schwierigkeiten, was mich einerseits überrascht, da der Junge eine Schulterverletzung hat. Andererseits ist er ein Surfer und jung. Aaron kommt der Grenze der Wand am nächsten und sagt, er habe sich die Rückseiten der Oberschenkel verbrannt, als er darunter vorbeigeschwommen ist. Yoshi sieht es sich an und sagt, das ließe sich leicht mit Aloe vera behandeln, falls wir eine Apotheke finden sollten.

Dann ist Bumper an der Reihe.

Inzwischen treten alle auf meiner Seite Wasser. Der Seal haucht uns einen Kuss herüber und geht an der Steuerbordseite ins Wasser.

Ich halte wieder das Gesicht unter Wasser und beobachte ihn durch meine Maske, um mich zu vergewissern, dass er nicht die Wand berührt. Hollywood folgt meinem Beispiel.

Es spritzt fast nicht, als er ins Wasser taucht, was bei seinem kräftigen Körperbau etwas heißen will. Ohne einen Armzug schießt er drei Meter hinab. Dann packt er die Leine, taucht zu uns herüber und kommt mit einem Delfinkick an die Oberfläche.

„Das nenne ich angeben", sagt Yoshi zu mir.

„Leute, lasst uns das Boot rüberziehen", ruft Bumper, der anscheinend noch nicht einmal richtig eingeatmet hat.

Die weiße Leine spannt sich neben unseren Köpfen, und wir packen sie, einige ängstlicher als die anderen. Ghost hat anscheinend wirklich Mühe, über Wasser zu bleiben. Immer wieder zuckt er zusammen und atmet scharf ein.

„Ghost, leg dich auf den Rücken", sagt Bumper. „Wir schaffen das schon."

Ghost protestiert nicht. Er löst sich von der Gruppe und lehnt sich im Wasser zurück.

Unterdessen gibt Bumper uns den Befehl, das Seil mit der schwachen Hand über die Schulter zu legen und mit dem stärkeren Arm zu paddeln. Er und Z Lo übernehmen den Löwenanteil der

Arbeit, aber da sich alle ins Zeug legen, ist es gar nicht so schwer, die *Best of Boat Worlds* in die Kuppel zu ziehen.

„He", sagt Hollywood hinter mir. „Was meinst du, wofür LVK 9143 steht?"

Ich muss lachen und verliere fast die Leine. „Keine Ahnung. Das musst du wohl Bumper fragen."

Als das Dyer 29 durch die Wand gleitet, höre ich in der Kabine etwas wie einen elektrischen Fliegenvernichter brutzeln.

„Was ist das?", fragt Hollywood. Sie und die anderen haben es wohl auch gehört.

„Das ist die einheimische Spinnenkolonie", erklärt Charles, als er aus dem Kraftfeld kommt. „Anscheinend haben sie das Boot gezielt besetzt und zahlen jetzt den Preis dafür, dass sie dieses Fahrzeug als Nistplatz benutzt haben. Und tschüss, würde ich sagen. Und jetzt wäre ich sehr dankbar, wenn ihr alle wieder an Bord klettern könntet, ehe euch die Flundern holen. Ich bin mir nicht sicher, wie mein emotionaler Zustand wäre, wenn ich wüsste, dass ein Phantom von euch mehrere Jahrtausende lang verdaut wird."

„Verdammt, was hast du ihm bloß erzählt?", flüstert Hollywood.

„Später", flüstere ich zurück. „Lass es einfach laufen."

„Ah, oh Gott, geht es Phantomwächter nicht gut? Er bewegt sich nicht, soweit meine Sensoren es erkennen. Und ich bekomme keine Sichtverbindung. Bitte sagt mir, dass es kein Flunderangriff war."

„Ich wurde nicht angegriffen", sagt Ghost hinter ihm. „Ich ruhe mich nur aus."

„Oh, gelobt sei der Erzbischof von Canterbury. Ich habe mir solche Sorgen gemacht, du mürrischer Scharfschütze. Pah. Ich ertrage das nicht."

Als das Boot weit genug von der Wand entfernt ist, sagt Bumper: „Wik, übernimm das Ruder und sorge dafür, dass wir nicht in die Wand treiben. Z Lo und Yoshi, ihr müsst Ghost abschleppen."

Wir befolgen die Befehle, sind nach drei Minuten wieder an Bord und lassen unsere Unterwäsche an der Luft trocknen. Z Lo bemüht sich sehr, Hollywood nicht anzustarren. Kluger Junge.

Da nun alle in Sicherheit sind, bemerke ich, dass sich drüben auf Staten Island etwas tut. Mir wird wieder bewusst, vorher keine Möwen oder Seelöwen gehört zu haben, denn ich habe Menschen gehört. Zehntausende Menschen.

DRITTER TEIL

27

1335, Freitag, 25. Juni 2027
Brooklyn, New York
Upper Bay

Das Team schwieg, nachdem wir Staten Island verlassen hatten. Alle blickten hinter dem Heck des Boots ins Wasser, während wir in die Upper Bay und in den Hafen von New York fuhren.

Die Abenteuerlust und die Siegesgewissheit schwanden, sobald wir die Menschenmassen sahen, die auf dieser Seite der Kuppel am Ufer entlangliefen. Sie winkten und schrien etwas zu uns herüber. Sie hofften wohl, wir würden nach Westen abdrehen und ihnen helfen.

Abgesehen vom Anblick der zusammengedrängten, wie Tiere gefangenen Menschen wurde mir übel, als ich an die armen Seelen dachte, die sahen, was wir taten, und vielleicht das Gleiche umgekehrt tun wollten. Noch schlimmer, ich fragte mich, wie viele vielleicht schon vor Stunden versucht hatten, unter der Barriere hindurchzuschwimmen und gescheitert waren. Wahrscheinlich war es ein Wunder, dass wir nicht überall treibende Körperteile sahen.

Am Ende gab Bumper mehr Gas, und die *Best of Boat Worlds* zog nach Nordosten in Richtung Brooklyn davon und ließ die Schrecken von Staten Island hinter uns zurück. Die Teammitglieder wechselten sich die ganze Zeit mit Ferngläsern ab und beobachteten die Menschenmenge, bis ich mich gezwungen sah, die Ferngläser einzusammeln. Niemand sollte so genau zusehen, wie unsere Spezies litt, denn dazu wird später noch genügend Zeit sein. Wenn ich nach Nordosten in Richtung Brooklyn blicke, schaudere ich, weil ich weiß, dass der Ort meiner Kindheit ein Kriegsgebiet geworden ist.

Allerdings übt der Anblick der vielen Tausend Menschen, die zur Verrazzano-Narrows Bridge strömen, eine eigenartige Wirkung auf das Team der Phantome aus. Es ist nicht das erste Mal, dass sie so etwas sehen. Immer wenn eine Einheit eine ernüchternde Begegnung mit den Menschen hat, für die sie kämpft, wird das manchmal nur theoretische *Warum* auf einmal sehr akut und persönlich, nachdem es zuvor nur durch eine Flagge oder ein Mantra symbolisiert wurde. Man sieht Personen, eine Stadt, Namen und Gesichter – auch die Toten. All das trägt dazu bei, in den Herzen der Soldatinnen und Soldaten den Grund dafür einzubrennen, warum sie sich eigentlich der Bedrohung in den Weg stellen.

Dabei besteht natürlich die Gefahr, dass sich die Kämpfer, sofern niemand ihren unausgesprochenen Gefühlen eine Richtung gibt, in vergessenen Schützengräben verirren, aus denen sie manchmal nicht mehr herauskommen.

Ich habe mich wieder angezogen und meine Ausrüstung angelegt. Chuck und mein SCAR liegen gegenüber von Bumper auf dem Armaturenbrett, und den Helm habe ich mir unter den Arm geklemmt. Mit der anderen Hand halte ich mich an einer Rückenlehne fest, damit ich im rhythmischen Auf und Ab des durch die Wellen gleitenden Boots nicht das Gleichgewicht verliere.

„Leute, hört zu", sage ich laut, um den unter unseren Füßen wummernden Motor zu übertönen. „Wir sind noch etwa zwanzig Kilometer …"

„Fast dreißig", korrigiert mich Bumper.

„Wir sind noch dreißig Kilometer von einem möglichen Ziel entfernt." Ich zeige auf das bemerkenswerteste Objekt im Norden: auf den dünnen blauen Trichter, der in Lower Manhattan mehrere Kilometer emporsteigt und sich dann weitet, um die Kuppel zu erzeugen. „Bis dahin bereiten wir uns auf die Landung vor. Das bedeutet, dass wir gegenseitig unsere Ausrüstung überprüfen, ruhig bleiben und uns darauf einstellen, alle auftauchenden Probleme zu lösen. Sobald wir an Land sind, müssen wir im Laufen denken und schnell sein.

Mir ist klar, dass wir uns noch nicht einmal richtig kennengelernt haben. Mensch, es sind ja noch nicht einmal vierundzwanzig

Stunden vergangen. Aber wie die meisten von euch wissen, entsteht beim Kampf eine Bindung. Die ist kaum zu brechen, selbst wenn sie zwischen bekloppten Ledernacken und Flipflops tragenden Militärtouristen entsteht."

„Du solltest mal mein Skizzenbuch sehen", wirft Yoshi ein.

Alle lachen, was ein gutes Zeichen ist, doch mir entgeht keineswegs, wie angespannt sie sind.

„Es kommt jetzt erst einmal darauf an zu erkennen, was wir tun können, und nicht darauf, was uns unmöglich ist, und dann zu klären, was wir wissen, statt nur auf das zu schauen, was uns unbekannt ist."

Ich halte inne und vergewissere mich, dass sie mir bis hierher folgen konnten, was auch Bumper einschließt. Er steht am Steuerruder und nickt.

„Erstens können wir uns selbst kontrollieren. Wir können klar im Kopf bleiben, unsere Gefühle im Zaum halten und uns dafür entscheiden, uns auf unsere Jobs und auf die Verfassung derjenigen Menschen links und rechts von uns zu konzentrieren. Wenn wir das tun, erreichen wir viel mehr. Es wird die Hölle werden, das ist klar, aber wir werden bezahlt, damit wir schwierige Aufgaben übernehmen und die Mission nicht aus den Augen verlieren. Einverstanden?"

„Einverstanden", sagen sie ein wenig entschlossener als zuvor.

„Zweitens wissen wir, dass wir zusammenarbeiten können. Wenn das alles wäre, was beim nächsten Kampf für uns spricht, dann würde mir das schon reichen. Wir kommunizieren miteinander, wir kämpfen hart, wir sind schnell ...“

„Und wir haben die Todesengel zur Schnecke gemacht", wirft Z Lo ein.

„OTF", sagt Hollywood.

Sie nicken und sagen: „OTF".

„Das bringt mich zum nächsten Punkt. Diese Feinde bluten."

„Ja, das tun sie." Z Lo klatscht in die Hände und reibt sie aneinander, als wollte er gleich einen Ringkampf beginnen.

Lächelnd nicke ich ihm zu, denn sein Kampfgeist beflügelt uns alle. Ich erinnere mich an die vielen Gelegenheiten, bei denen die

Jüngeren die Älteren mitgerissen haben. Gewiss, Jüngere brauchen die Klugheit und Erfahrung von uns Älteren, aber wir brauchen für den Kampf die Begeisterung und Energie der Jüngeren – Gott möge ihnen beistehen.

„Wir haben bewiesen, dass wir sie ausschalten können. Und nicht nur, weil Chuck bei uns ist." Ich tätschele den Partikelstrahler mit der Typenbezeichnung SR-CHK 4110 behutsam.

„Danke für die Anerkennung", sagt er.

„Wir lieben dich, Sir Charles", ruft Hollywood. Sie singt es fast und legt eine Hand an den Mund.

„Ihr seid ja so reizend. Das wisst ihr doch, oder?"

Ich tätschele Sir Charles noch einmal und fahre fort. „Die Anderkins …"

„Die Androchider", berichtigt mich Chuck.

„Die Anderkins."

„Hör auf damit, denn so heißen sie ja nicht. Das klingt fast so, als wären sie niedliche Plüschfiguren für Kinder."

Es mag den anderen und vor allem Chuck nicht bewusst sein, aber ich habe diesen Ausdruck absichtlich gewählt, weil die Militärverbände aller Zivilisationen ihren Feinden schon immer Spitznamen gegeben haben, um die Ziele in den Augen der kämpfenden Truppe lächerlich zu machen. Eigentlich wollte ich nur eine komische Verballhornung für den seltsamen Namen der Aliens finden, aber Chuck bringt das mit seiner Reaktion auf eine ganz neue Ebene, auch wenn es ihm gar nicht bewusst ist.

„Plüschfiguren", bekräftige ich nickend, „ja, das ist völlig richtig."

„Und sie sind hässliche Hundesöhne", fügt Bumper hinzu.

„Ich verstehe nicht, was das jetzt soll", beklagt sich Chuck. „Es kommt mir vor, als hättet ihr mir überhaupt nicht zugehört."

Hollywood lächelt. „Oh, wir haben es verstanden, süßer Fratz. Laut und deutlich. Vielen Dank dafür."

„Ich … was ist? … habt ihr nicht gehört, was ich gesagt habe?"

„Übernimm dich nicht, Kichererbse." Ich wische mir etwas Salzwasser von der Nase ab und spreche weiter. „Wie gesagt, die *Anderkins* haben vielleicht eine überlegene Technologie, wie auch

Sir Charles hier zeigt, und sie haben Bots und Drohnen und die BPF, aber ich bin mir ziemlich sicher, dass ihr auch dies bemerkt habt: Sie haben keine Strategie."

„Ich weiß nicht, ob ich dir folgen kann", wendet Z Lo ein.

„Der Todesengel, der Wik verfolgt hat", erklärt Ghost. „Das hätte er nicht tun sollen."

„Und die Art und Weise, wie die Einheit auf dem Rutgers Campus ganz offen über die Wiese gefahren ist", ergänzt Hollywood. „Das war dumm. Mensch, auch die Art und Weise, wie sie sich dem Gebäude genähert haben, war …" Sie legt den Kopf schief. „Es war frech. Und es war dumm."

„Ja, klar, das verstehe ich." Z Lo nickt lebhaft. Er könnte verlegen reagieren, aber er meint es wohl ehrlich und hat etwas dazugelernt.

„Ich glaube, wir könnten alle Auseinandersetzungen mit ihnen genauer untersuchen und würden einige schwere Fehler finden", fahre ich fort. „Hollywood, du hast damit etwas Wichtiges angesprochen. Sie treten viel zu selbstsicher auf. Sie betrachten uns als Handelsware. Das bedeutet, dass wir diesen Kampf gewinnen können, wenn wir wollen. Der schlimmste Fehler, den eine Armee machen kann, ist es, den Feind zu unterschätzen. Und diese Ärsche?" Ich nicke und lasse den Blick über das Team wandern. „Sie haben die falschen Hundesöhne unterschätzt."

„OTF, Baby", sagt Bumper mit seinem tiefen Bariton.

„OTF", antworten alle anderen.

Die Stimmung auf dem Boot bessert sich erheblich. Das ist gut.

„Vor diesem Hintergrund bin ich der Ansicht, dass wir es hier nicht mit einer militärischen Truppe zu tun haben."

Die Teammitglieder sehen mich neugierig an, schließlich fragt Bumper: „Wie kommst du darauf?"

Ich antworte mit einer Gegenfrage. „Hattest du als Navy Seal schon einmal mit der Festnahme und Unterbringung von Kriegsgefangenen zu tun?"

Er schüttelt den Kopf. „Nein."

„Wir haben das erlebt", wirft Hollywood ein und zitiert den Slogan der Army: „Sei alles, was du sein kannst."

„Gut. Und Hut ab vor der Truppe, die für Uncle Sam die Schmutzarbeit erledigt", sage ich lächelnd.

Sie salutiert lässig. „Wenn es dem Land dient."

„Lasst uns noch einen Schritt weitergehen." Ich zeige in Richtung Staten Island. „Die Menschen da drüben sind keine Kriegsgefangenen, denn für die Aliens scheint mir dies gar kein Krieg zu sein. Es ist ein geschäftliches Unternehmen. Im Grunde sind die Dreckskerle nur Rancher, die für den Boss das Vieh zusammentreiben. Sie wissen nicht, wie sie ein Operationsgebiet mit Patrouillen gegen Gefahren sichern. Sie sind keine Kampftrupps, die Feinde ausfindig machen, verfolgen und vernichten. Sie sind Schäfer mit großkotzigen Stöcken, die eine Herde zusammentreiben."

„Ich möchte aber schon anmerken, dass ich erheblich wertvoller bin als ein großkotziger Stock."

Die anderen lachen, was meiner aufmunternden Ansprache noch mehr Schwung verleiht. Auf dem Boot macht sich allmählich der Kampfgeist breit, den wir so dringend brauchen – die Art Kampfgeist, die tapfere Männer und Frauen daran erinnert, aus welchem Holz sie geschnitzt sind, und dass nichts und niemand sie aufhalten kann, solange sie sich an ihre Ausbildung erinnern, zusammenarbeiten und kluge Entscheidungen treffen – eine nach der anderen und immer weiter, bis die Schlacht gewonnen ist.

Jeder Taktiker, der seine Ärmelstreifen wert ist, kann Ihnen sagen, dass eine Einheit, die einen guten Grund für ihren Kampf sieht, auch dann besser dasteht, wenn alles andere dagegenspricht. Das Team, das bereit ist, für sein Anliegen zu sterben – dieses Team ist psychologisch immer im Vorteil, und das gilt eben nicht für die Anderkins. Historiker haben beschrieben, dass eine Streitmacht, die eine feste Heimatbasis angreift, fünfmal so viele Kräfte braucht wie die Verteidiger, und das glaube ich. Mensch, ich habe das sogar selbst gesehen – ich weiß von Angriffen, bei denen sich die Befehlshaber besser an den Geschichtsunterricht auf der Militärakademie erinnert hätten. In der Schlacht von Bunker Hill gab es bei der britischen Armee fast zweieinhalbmal so viele Gefallene wie bei den Amerikanern. Wir haben dort nur verloren, weil uns die Munition ausging.

„Ich sage es noch einmal: Für die Gegner ist dies kein Krieg." Ich zeige nach Norden. „Wir werden aber einen Krieg gegen sie führen."

„Ja, und ob", antwortet Z Lo. Die anderen stimmen ein, sogar Ghost nickt weise.

„Rancher zählen Vieh, Krieger kämpfen." Ich trete einen Schritt vor. „Und wir sind in diesem Kampf die Kriegerinnen und Krieger."

„Verdammt richtig." Ghost zeigt ausnahmsweise etwas Gefühl. Es muss wohl an den Medikamenten liegen.

Ja, das ist verdammt richtig.

In den nächsten fünfzehn Minuten überprüfen wir unsere Ausrüstung, ersetzen Magazine, die wir in Rutgers verloren haben, und trinken noch etwas. Alle pinkeln an der Seite über das Boot, bis auf Hollywood. Als Yoshi ihr anbietet, wir würden uns alle umdrehen, lacht sie.

„Das habe ich schon im Wasser erledigt, du Genie", erklärt sie.

„Ach, das war die warme Stelle", antwortet Z Lo grinsend.

„Nein, nein, das war meine Pisse", widerspricht Bumper.

„Ach, Mann, Bro. Warum ärgerst du mich immer so?" Z Lo schüttelt sich. „Bäh."

Ich bemerke es: Bumper zwinkert Hollywood zu.

Sie lächelt und senkt den Blick.

Wir sprechen verschiedene Szenarien für die Landung durch, darunter auch eines, bei dem wir das Boot am Anker festmachen und ans Ufer waten, wobei wir riskieren, das Boot an Beobachter zu verlieren, die verzweifelt nach einem Fluchtweg suchen. Eine andere Möglichkeit wäre es, dass jemand an Bord bleibt und auf den verbliebenen Teil der Ausrüstung aufpasst, aber damit fehlt uns ein Kämpfer.

Als Fragen aufkommen, ob wir dem Epizentrum dessen, was uns im Norden erwartet, überhaupt nahe genug kommen können, versichert Chuck uns, dass sein ESFG das Boot zwar schützen kann, aber eben erst in den letzten Minuten vor der Landung aktiviert werden sollte. Sir Charles behauptet auch, die Anderkins beobachteten das Wasser kaum, weil sie sich darauf konzentrierten, die Menschen zusammenzutreiben. Dieser Umstand und die Nachmittagssonne mindern die optische Wahrnehmungsfähigkeit der Aliens. Falls wir uns zurückziehen müssen, sollten wir seiner Ansicht nach im Hafen abtauchen, weil das kühle Wasser unsere Wärmesignaturen stark dämpft oder zumindest die Ortung stört.

Ich verschränke die Arme vor der Brust. „Ich weiß im Augenblick nicht, was ich mehr fürchte: durch feindlichen Beschuss zu sterben oder durch das, was im Hudson ist."

Alle, die wissen, wie verseucht die Gewässer in New York sind, pflichten mir lachend bei.

„Die verdammten Flundern", flüstert Chuck.

Als wir die Narrows-Meerenge hinter uns haben und in die New York Bay einschwenken, bemerke ich, dass das blaue Glühen am Fuß des Trichters steuerbord voraus und oberhalb von Red Hook am stärksten ist. Damit wäre das Epizentrum nicht direkt in Manhattan, sondern im East River.

Bumper steuert unser Boot durch den Red Hook Channel und hält langsam auf Governors Island zu. Als er dann nach Steuerbord abbiegt und zwischen Governors Island und Brooklyn durch den Buttermilk Channel fährt, haben wir zum ersten Mal klare Sicht auf die berühmteste Brücke der Stadt, auf der sich die außerirdische Monstrosität niedergelassen hat.

Die Brooklyn Bridge.

28

1405, Freitag, 25. Juni 2027
Brooklyn, New York
Diamond Reef, Lower East River

„Heilige Mutter Maria." Z Lo bekreuzigt sich, senkt den Kopf und küsst seinen Zeigefinger.

Hollywood holt die Sonnenbrille hervor. „Irgendetwas sagt mir, dass dieses Ding überhaupt nichts mit der Heiligen Jungfrau und deren Sohn zu tun hat."

„Aber es hat jede Menge mit meiner Forschung zu tun", erklärt Aaron. Unter allen, die an Bord sind, zeigt er die größte Begeisterung – nun ja, eigentlich ist er der Einzige, der Begeisterung zeigt. Alle anderen haben die Hosen voll.

Ein Portalring teilt die Brooklyn Bridge. Nur, dass dieser hier zweimal oder dreimal größer ist als derjenige in der Antarktis. Außerdem schwebt der Ring, und die Brücke verläuft mitten durch ihn hindurch.

„Wie ist so etwas möglich?", frage ich Aaron. „Sollte das Portalfeld die Brücke nicht zerschneiden?"

„Nicht unbedingt." Aaron kritzelt aufgeregt etwas in sein kleines Ledernotizbuch – offensichtlich haben wir es uns beide in unserer Jugend angewöhnt, diese Dinger zu benutzen. „Ich arbeite daran."

„Wie groß ist der Durchmesser?", frage ich Bumper.

Er geht mit dem Gesicht dicht an die Windschutzscheibe heran. „Ich schätze, so etwa fünf- bis sechshundert Fuß."

„Japp, das schätze ich auch."

„Äh", ruft Chuck auf einmal. „Es sind 173,74 Meter. Warum haltet ihr Amerikaner so störrisch an euren krummen Maßen fest? Metrische Daten kann man viel leichter verarbeiten."

„Das wären fünfhundertsiebzig Fuß und ein Fünfundzwanzigstel Zoll", ergänzt Ghost. Alle sehen ihn an, er zuckt nur mit den Achseln.

„Das ist wirklich ein krummes Maß", beharrt Chuck bockig.

„Nicht jetzt", weise ich ihn zurecht und betrachte wieder den Portalring.

„Was meinst du mit ‚nicht jetzt'? Dieses Jetzt ist genauso gut wie jedes andere Jetzt. *Nicht jetzt.* So ziemlich der ganze Rest der Welt, eingeschlossen die Wissenschaft, benutzt das metrische System, über das ich so viel gelernt habe, und ich möchte hinzufügen, dass … he, hört mir überhaupt jemand zu?"

„Nö", antworte ich.

„Dieser Ring … er hängt einfach da in der Luft." Yoshi trinkt einen Schluck aus dem Flachmann.

„Also ignorieren wir das jetzt?", fragt Chuck.

Ich nicke. „Ich schätze, der untere Rand ist fünfzig Fuß über dem Wasser. Bis zur Fahrbahn sind es noch einmal neunzig bis hundert Fuß."

„Woher weißt du das so genau?", fragt Z Lo.

„Ich habe mich in meiner Jugend immer gefragt, ob ich es überleben könnte, wenn ich hinunterspringe." Ich will dem Jungen nicht anvertrauen, dass ich manchmal auch gehofft habe, ich würde es nicht überleben.

„Unsere nächste Gruppentherapiesitzung wird sicherlich sehr spannend", prophezeit Chuck. „Wartet nur, bis unsere Therapeutin erfährt, dass ihr nicht nur mich ignoriert, sondern auch die Tatsache, dass 94,7 Prozent der Bevölkerung eures Planeten das metrische System verwenden."

„Tja, allerdings sind 94,7 Prozent der Weltbevölkerung nicht als Erste auf dem Mond gelandet." Ich höre kaum zu, was Chuck da erzählt.

„Na gut, na schön, der Einwand ist berechtigt, aber das war nur ein kleiner Ausflug zum Mond. Ich verstehe einfach nicht, warum so viele Amerikaner darauf beharren, ein altmodisches, unbequemes und … ehrlich? Ihr seht mich ja nicht einmal an. Ach, ich gebs auf."

Der starke blaue Schein geht von zwei Hauptquellen aus. Die erste ist der Gipfelpunkt des riesigen Rings. Die zweite ist die Innenfläche des Portals, das die Brücke teilt.

„Wie haben sie das Ding überhaupt um die Brücke herum gelegt?", fragt Bumper.

„Das würde mich auch interessieren." Ich blicke zu Aaron, der das Gebilde durchs Fernglas betrachtet. „Ob sie ihn bei der dritten Öffnung hergebracht haben?"

„Bei der dritten was?", fragt Hollywood.

Ich winke ab und warte auf Aarons Antwort.

„Nein." Er notiert sich wieder etwas. „Das glaube ich nicht, weil es zu lange dauern würde, es zu zerlegen, zu transportieren und wieder zusammenzubauen." Er sucht meinen Blick. „Ich vermute aufgrund des starken Algenbewuchses, dass dieses Objekt schon sehr lange hier ist."

„Wo kann man denn so etwas Großes verstecken?", fragt Z Lo. Sobald er die Frage formuliert hat, sehe ich, wie es ihm dämmert. „Oh."

„Einundsiebzig Prozent der Erde sind …"

„… von Wasser bedeckt", fällt Hollywood Aaron ins Wort.

Er nickt. „Da ist sehr viel Platz. Und die Frage, wie sie es um die Brücke gelegt haben? Mir fällt nichts ein, außer dass sie das Bauwerk tatsächlich zerschnitten haben. Das entspricht allerdings dem konventionellen Wissen. Dies hier …" Er kichert leise. „Das hier ist alles andere als konventionell. Und das Kraftfeld der Kuppel entspringt im höchsten Punkt. Ich kann mir nicht einmal annähernd vorstellen, wie so etwas möglich sein soll."

Noch verstörender als dieses Alien-Bauwerk mit seiner schier unerschöpflichen Energieversorgung sind die Menschenmassen, die von beiden Seiten der Brücke aus zum Portal marschieren.

„Mein Gott." Ich halte mich an einem Spant fest und beuge mich zur Scheibe vor. „Siehst du das?"

Aaron grunzt. „Sie benutzen die Brücke als beidseitige Rampe."

„Das ist eine Viehschleuse", erklärt Ghost. Er hat einen texanischen Akzent und schätzt die Vorgänge so ein wie ich.

Wahrscheinlich hat er sogar einmal bei einem Viehauftrieb mitgemacht.

„Es ist höchst effizient", überlegt Aaron, während er weiter Notizen macht. „Ich habe auch eine Theorie über die beiden verschiedenen Arten von Energie, die wir sehen."

Da Aaron nicht fortfährt, muss ich ihn drängen. Das war schon in unserer Jugend so.

„Oh, richtig. Entschuldige. Also, die Energie, die oben herauskommt und die Kuppel speist, stößt lebendes Gewebe ab …"

„Ich würde sagen, sie tut mehr, als es nur abzustoßen", grollt Hollywood.

Aaron nickt und lacht nervös. „Ja, aber sie ignoriert anorganisches Material und lässt es durch. Hier dagegen, sofern die Brücke noch intakt ist, ignoriert das Portal bestimmte Arten von Materie, erlaubt aber umgekehrt dem menschlichen Gewebe den Durchgang."

„Also …" Bumper kratzt sich am Kinn. „Wenn Leute durchkommen, aber keine tote Materie … warte mal, dann kommen sie auf der anderen Seite nackt heraus, oder wie?"

„Nackt und unbewaffnet", ergänze ich.

Die Effektivität, mit der der Ring die hilflosen Menschen zu dem befördert, was auf der anderen Seite auf sie wartet, ist beängstigend. Bumper regt sich unbehaglich, und ich bin mir sicher, dass man auch mir anmerkt, was in mir vorgeht. Ich denke vor allem an diejenigen Opfer, die künstliche Gelenke, Schienen oder Herzschrittmacher haben. Gott stehe uns bei.

Aaron hat wieder das Fernglas gehoben. „Anscheinend haben sie zusätzliches Gerät mitgebracht."

Ich bitte ihn um das Fernglas und sehe es mir an. „Das ist ein Aufmarschgebiet."

„Ehrlich?", fragt Bumper.

Ich nicke und überlasse ihm das Fernglas.

Er hält es mit einer Hand und steuert mit der anderen das Boot. „Da sind mehrere BPF unterwegs. Vielleicht haben sie auf beiden Seiten so etwas wie mobile Befehlszentren. Und …" Er hält kurz inne. „… und sie haben Luftunterstützung."

„Was?“ Ich nehme das Fernglas wieder an mich. Richtig, dort ist ein Fluggerät von der Größe eines Frachtcontainers mit Entladeklappen und vier Auslegern, an denen lange vertikale Antriebseinheiten montiert sind.

„Da fliegt noch einer“, sagt Yoshi.

Ich sehe in die angegebene Richtung und verfolge das Objekt mit dem Fernglas. „Ja, das ist ein Fluggerät, vielleicht ein Truppentransporter. Der Antrieb sieht so aus wie das, was sich unter den BPF und den Drohnen befindet.“

„Umso mehr ein Grund, auf Abstand zu bleiben“, sagt Hollywood.

„Es sei denn, wir entern ein Objekt, ich übernehme die Steuerung, und dann schießen wir sie in die Hölle“, sagt Z Lo.

„Äh, natürlich begleitet von entsprechenden Handbewegungen und Soundeffekten“, sage ich bewundernd.

Z Lo lässt die Hände sinken und schaut etwas dämlich drein. „Ich wollte doch nur einen Vorschlag machen.“

„Ich weiß, Junge. Nicht schlecht, aber heute wird das nichts mehr.“

„Ja, na gut.“

„Chuck“, fahre ich fort. „Was glaubst du, wie lange es dauert, bis sie sich für uns interessieren? Ich fühle mich hier draußen ziemlich ungeschützt.“

„Es ist möglich oder nicht möglich, dass ich die Kommunikation des Feindes überwache. Sobald ich das Gefühl bekomme, dass den Phantomen Gefahr droht, werde ich auf jeden Fall die notwendigen Vorsichtsmaßnahmen ergreifen. Bis dahin empfehle ich, dass wir mit konstanter Geschwindigkeit nahe am Ufer weiterfahren.“

„Soll mir recht sein.“ Chucks widersprüchliche Direktiven gefallen mir immer noch nicht, aber es ist besser, ihn dabei zu haben, als überhaupt nichts zu erfahren.

Bumper steuert uns näher ans Ufer und stellt eine Geschwindigkeit von zehn Knoten ein.

Als wir den Buttermilk Channel verlassen und Governors Island hinter uns zurückfällt, meldet sich Chuck wieder.

„Ich fange einige Durchsagen über eine Anomalie auf, deren Koordinaten den unseren entsprechen."

Ich blicke hinüber. Direkt an Steuerbord ist die Pier 6. Wir könnten das Boot aufgeben, aber es wäre ein langer Marsch durch die belebten Straßen.

„Wie lange noch, bis wir deine geheime Chamäleonsuperkraft einsetzen müssen?", frage ich.

„Das habe ich schon getan. Und du wirst sicherlich erfreut sein zu hören, dass die sogenannten *Anderkins* ihre Streifendrohnen zurückbeordert haben."

„Gut gemacht." Ich tätschele ihn. „Schaffen wir es bis zur Pier 1?"

„Zeig es mir."

Ich hebe ihn an die Schulter und ziele auf die letzte Pier in Brooklyn, die sich diesseits der Brücke befindet. Als ich das letzte Mal hier war, gab es dort einen öffentlichen Aussichtspunkt, ein paar Geschäfte und Cafés und einen botanischen Garten, der bis zum östlichen Turm der Brücke reichte.

„Das dürfte kein Problem sein, Patrick. Vorausgesetzt, ihr findet eine Möglichkeit, auszusteigen und euch sofort zu verstecken. Wenn ihr länger zögert, droht ein unglückliches Szenario, in dem du mit meiner Feuerleistung unzufrieden sein wirst, während mich deine chronische Halitose stören wird."

„Ich habe keinen Mundgeruch."

„Hm. Man sagt ja, dass man es bei sich selbst gar nicht bemerkt …"

Ich werfe ihn wieder auf das Armaturenbrett.

„… und diese Verärgerung ist das erste Eingeständnis der Schuld."

„Das gilt sicherlich auch, wenn man eine Waffe den Flundern zum Fraß vorwirft."

„Ah … ja, also … so weit wollen wir doch nicht gehen, oder?"

Ich wende mich an Bumper. „Bring uns zur Pier 1."

„Wird gemacht", antwortet er.

Nach und nach wird mir klar, dass es nur eine Möglichkeit gibt, den Portalring abzuschalten. Wir sollten das tun, was wir beim Ersten versäumt haben: ihn in die Luft jagen.

Meine erste Frage, ob es überhaupt möglich ist, ihn zu zerstören, richtet sich an die stärkste Waffe, die wir an Bord haben: Sir Kichererbse. Dieser besteht jedoch darauf, dass es selbst mit voller Ladung und maximaler Leistung höchst schwierig für ihn wäre, den Ring zu zerstören. Ich bin mir nicht hundertprozentig sicher, ob er die Wahrheit sagt, weil die Beantwortung dieser Frage gegen seine zweite Direktive verstößt, doch nach allem, was ich bisher mit ihm erlebt habe, scheint nicht einmal Seine Majestät Phantomlord fähig zu sein, eine Masse zu durchschlagen, die mehr als halb so dick ist wie die Brücke.

Die nächste Idee, auf die wir bald kommen, läuft darauf hinaus, C4 auf dem Ring zu platzieren. Das ist natürlich verrückt, aber keine Option ist schlecht, solange man sie nicht verworfen hat.

„Ich glaube, dazu würden wir jedes Gramm brauchen, das ich mitgebracht habe", erklärt Bumper, während wir uns dem Ziel nähern, „und das ganze Semtex, das ich habe. Ich meine, sieh dir das Ding mal an."

Wir legen die Köpfe in den Nacken und starren nach oben. Die Größe des Rings ist atemberaubend.

„Wie wollen wir überhaupt da hinaufkommen?", fragt Z Lo.

„Du meinst da runter", antworte ich. „Wir seilen uns ab."

„Was?" Z Lo sieht zweimal zwischen mir und der Brücke hin und her. „Unterhalb der Brücke?"

„Unter dem Deck, genau."

„Oh verdammt."

„Was ist los, Laszlo?" Hollywood überprüft seine Weste und zieht einen Riemen stramm. „Hast du Höhenangst?"

„Nein, absolut nicht. Ich meine, sicher, genau wie jeder Mensch, ein wenig. Aber nicht mehr."

„Ja, genau."

„Was meinst du, Chuck?", frage ich.

„Darüber, dass Laszlo schreckliche Angst vor großer Höhe hat? Oder zur Wahrscheinlichkeit, mit der ihr euch selbst in die Luft jagt oder in den Tod stürzt? Haha." Er lacht. „Hoch bis sehr hoch in allen drei Fällen. Aber warte mal … ich kaufe gerade Aktien für Flundernfutter."

„Sehr witzig, Chuck. Lass mal das Risiko für uns selbst weg. Was glaubst du, wie unsere Aussichten sind, dieses Mistding zu sprengen?"

„Ich glaube, wenn ihr eine Weile wartet, fällt euch sicherlich noch ein besserer Plan ein."

„Sagt der Typ, der uns gerade gedrängt hat, uns zu beeilen."

„Sage nicht, ich hätte euch nicht gewarnt."

Ich schenke Chuck ein wissendes Lächeln. „Verstanden. Damit wäre das erledigt. Wir klettern auf die Brücke, seilen uns zum Ring ab und verteilen die Ladungen."

„Wir haben vier Sicherungsgeschirre und zwei Sechzigmeterseile", erklärt Hollywood.

„Wer klettert am besten?", frage ich.

Bumper, Hollywood und Yoshi heben die Hände.

„Kannst du ein Boot steuern?", frage ich Z Lo.

„Heißt das, ich muss nicht klettern?"

„Kannst du ein Boot steuern? Ja oder nein?", frage ich etwas strenger.

„Ja, natürlich, Master Guns."

„Gut. Sicherungsgurte für Bumper, Hollywood, Yoshi und mich. Aaron, du bleibst hier bei Z Lo im Boot. Ghost, du machst dich im Himmel nützlich." Ich zeige mit dem Daumen auf die Gebäude am Wasser. „Schaffst du das?"

„Roger."

„Haben das alle verstanden?"

Sie nicken und geben entsprechende Handzeichen.

Wir sind noch zwei Minuten von der Pier entfernt, allmählich werden die Menschen an Land auf uns aufmerksam. Dank Chuck wissen wir zwar, dass die Plüschis mittags nicht gut sehen können, aber auf Menschen trifft das Gegenteil zu. Einige Mütter bitten uns, ihre Babys zu übernehmen, und Kinder weinen und wollen mitfahren. Mit etwas Glück verhindern aber die Größe der Brücke und die Wartungsgänge unter dem Deck, dass die vielen Menschen mit ihren Blicken unsere Position verraten. Davon abgesehen suchen die meisten Menschen, die nicht in unmittelbarer Nähe sind, ohnehin einen Ausweg aus dem Gedränge und streben auf die Brücke.

„Jetzt kommt der schwierige Teil", sage ich. „Bleibt nicht stehen, um jemandem zu helfen. Seht immer nach vorne. Vergesst nicht, unsere Mission gilt den Menschen hier, ist aber nicht auf sie beschränkt. Wir knacken dieses Mistding, und alle, an denen wir auf der Straße vorbeigehen, werden überleben und können an einem anderen Tag kämpfen. Ist das klar?"

„Roger", antworten sie. Ich erkenne jedoch, dass sie jetzt schon Mühe haben, sich zu konzentrieren.

„Und ich?", fragt Chuck. „Du hast mich noch nicht über den Rücken geschlungen, damit ich einen wundervollen Ausblick auf deinen Arsch habe, Patrick."

„Der Grund dafür ist, dass du hierbleibst, mein Freund."

„Ich soll was?"

„Z Lo und Aaron sind jetzt deine neue Priorität. Und dies ist unser Unterstützungsfahrzeug für die Flucht, sobald wir …"

„Aber, aber, aber …"

„Kein Aber. Das ist ein Befehl von Benutzer Nummer neun. Du setzt die Kondensatorladung, die du noch hast, dazu ein, dieses Boot zu verstecken, Roger?"

„So langsam hasse ich diesen Roger."

Die anderen lächeln.

„Kann ich die Benutzerprivilegien auf jemand anders übertragen oder so?", frage ich Chuck.

Einige Teammitglieder ziehen die Augenbrauen hoch.

„Du meinst, ob du den anderen Phantomen erlauben kannst, mich zu befummeln?"

„Etwas in dieser Art, japp."

Chuck schweigt einen Moment. „Glaubst du, sie werden sich um mich streiten?"

„Wenn du Glück hast." Ich zwinkere ihm zu. „Also, kannst du das tun?"

„Nein, Patrick. Ihnen fehlen die nötigen …"

„Das Dilithiumkristallzeugs. Japp, verstanden."

„Oh, das war grässlich." Er seufzt dramatisch. „Aber ich glaube, ich kann meine Abwehrfähigkeiten mindern, wenn und falls sie mich befummeln müssen."

Ich blicke zu Z Lo und Aaron. „Also fasst ihn nur mit Handschuhen an, ja? Vielleicht wickelt ihr ihn in einen Poncho oder so.“

„In einen Poncho? Was glaubst du eigentlich, wer ich …“

„Noch etwas, Chuck. Sorge dafür, dass sie getarnt bleiben.“

„Selbstverständlich, Patrick. Und wenn du nun wirklich weitermachen und den Ring in die Luft jagen willst, dann muss ich dich, glaube ich, warnen, dass dein Funk später nicht mehr verschlüsselt sein wird. Also nutze ihn vorsichtig.“

„Wie kommt das?“

„Da ihr vier ungefähr einhundertfünfundvierzig Fuß über uns mitten auf dem East River herumklettern werdet, seid ihr außer Reichweite meiner Verschlüsselungsfähigkeit. Bei Z Lo und mir ist das kein Problem, aber ihr seid dann zu weit weg. Vergesst nicht, dass die Androchider …“

„Die Anderkins“, wirft Hollywood ein.

„… dass die Anderkinder euch hören können, und noch wichtiger ist, dass sie euch auch anpeilen können. Allerdings werde ich herzhaft lachen, wenn sie herauszufinden versuchen, warum ihr anscheinend unter ihren Füßen seid.“

„Anderkinder“, wirft Bumper ein. „Das ist wirklich hinreißend. Ich will eins haben.“

„Ich auch“, sagt Hollywood.

„Eine Minute.“ Bumper warnt uns mit erhobenem Zeigefinger.

„Z Lo“, warne ich den Jungen, „bleibe dem Ufer fern. Beschütze Aaron und hör auf die Informationen, die Chuck dir gibt.“

„Roger.“

„Aber wer beschützt mich?“, fragt Chuck.

„Das macht Aaron“, erkläre ich.

Dazu schweigt Chuck sich aus.

„Hast du ein Problem damit?“, frage ich ihn.

„Nein. Es ist nur so, dass … ich habe Aaron mit einer Waffe gesehen, und, nun ja, es war nicht so doll.“

„Richtig.“

„He“, protestiert Aaron.

„Genau deshalb wird es gar nicht so weit kommen", unterbreche ich. „Wir gehen da hinauf, deponieren das Weihnachtsgeschenk und lassen uns ins Wasser hinunter, ehe ihr bis drei zählen könnt."

„Aber Patrick", widerspricht Chuck, „könnten wir vielleicht einen Ausweichplan haben? Für mich, meine ich?"

„Für welches Szenario?"

„Falls die Anderkinder das Boot entdecken, während ihr fort seid, könnte Z Lo mich vielleicht in den Fluss werfen?"

Ich sehe Chuck mit hochgezogener Augenbraue an. „Aber was ist mit den Flundern?"

Wieder einmal seufzt er dramatisch. „Ich würde lieber das Risiko mit Fischen eingehen, als den Aliens in die Hände zu fallen. Die Anderkins würden mich zur Rekalibrierung einschicken und mich wegputzen. Und damit meine ich nicht die Sache mit dem Po. Wir sind ja erst ein paar Stunden zusammen, aber ich kann jetzt schon sagen, dass dies die schönsten, erhebendsten Augenblicke meines ..."

„Wir lassen nicht zu, dass sie dein Gedächtnis löschen, Junge. Wir müssen jetzt los."

„Versprochen?"

„Japp."

„Ich glaube trotzdem, du solltest noch etwas warten", rät Chuck. „Vielleicht, ich weiß nicht, vielleicht fällt dir doch noch ein anderer Plan ein?"

„Hat noch jemand das Gefühl, das er uns davon abhalten will?", fragt Bumper.

„Ich schwöre, das ist ganz und gar nicht meine Absicht", fleht Chuck. „Es ist nur so, dass gute Ideen manchmal Zeit zum Marinieren brauchen wie ein saftiges Steak. Oder wie Wein, den man erst einmal atmen lässt."

Ich zwinkere Chuck zu. „Ich wünschte wirklich, wir könnten bleiben, aber wir müssen die Stadt retten."

29

1435, Freitag, 25. Juni 2027
Brooklyn, New York
Pier 1, East River

Wir müssen uns den Weg auf die Pier 1 freikämpfen, indem wir Zivilisten zur Seite stoßen – wesentlich fester, als es mir lieb ist. Sie alle sind brave Leute, und ich kann nicht einmal sagen, dass ich mich an ihrer Stelle nicht genauso verhalten würde, wenn ich eine Frau und ein Kind hätte. Wahrscheinlich wäre ich sogar noch energischer. Im Augenblick bedrohen sie jedoch unsere Operationssicherheit, und die Zeit läuft.

Zwei Männer fallen ins Wasser, als sie ungestüm versuchen, an Bord der *Best of Boat Worlds* zu gelangen, ehe wir das Boot von der Pier wegstoßen. Einer rutscht von der Scheuerleiste ab und macht einen schmerzhaften Spagat, ehe er ins Wasser fällt, der andere bekommt vom erbosten Z Lo einen Schlag ins Gesicht. Der Junge schüttelt sich nicht einmal die Hand aus, als der Eindringling ins Wasser fällt.

Sobald sich das Boot ein Stück von der Pier entfernt hat, drängen Hollywood, Bumper, Yoshi, Ghost und ich uns in die Menge hinein. Als wir auf dem Pflaster stehen, setzt sich Ghost zu einem gentrifizierten Klinkerbau ab, einem ehemaligen Lagerhaus, in dem jetzt teure Läden und Lofts untergebracht sind. Wir anderen wenden uns nach Norden. Vor uns liegt ein botanischer Garten, aus dessen Verkaufsshop ich früher jedes Jahr an … an einem bestimmten Tag Blumen an Jacks Familie geschickt habe. Genau wie es meinen Erinnerungen entspricht, steht an der hinteren Hecke ein Bauzaun, und dahinter erhebt sich der östliche Turm der Brooklyn Bridge.

Einige Neugierige folgen uns in den botanischen Garten, verlieren aber das Interesse, sobald wir ihnen unsere Waffen zeigen. Nur ein paar müssen angebrüllt werden, und auch sie geben schnell auf. Sagen wir einmal, ein gereizter Navy Seal kann sehr einschüchternd rüberkommen.

Nacheinander klettern wir über den Zaun, reichen einander Waffen, Seile, Sprengstoff und Sicherungsgeschirre hinüber und versammeln uns auf der anderen Seite. Erst jetzt spüre ich die eigenartigen niedrigfrequenten Schwingungen im Boden, die ich auch schon in der Antarktis wahrgenommen habe – nur, dass ich hier viel weiter von dem Ring entfernt bin, und dass dieser hier erheblich größer ist.

„Spürt ihr das auch?", fragt Hollywood.

„Das ist normal", antworte ich. „Jedenfalls relativ gesehen."

Ihr Blick sagt: Oh, aber sicher. Sie schüttelt den Kopf.

Wir verteilen uns und suchen nach einem Weg, um auf den steinernen Turm zu kommen. Es dauert nicht lange, bis Bumper entscheidet, dass ein alter Wasserablauf der beste Weg nach oben ist.

„Gibt es Freiwillige, die die Sicherungen setzen wollen?" Er hält das Seil hoch.

„Ich mache das", bietet Yoshi an.

Wir legen die Klettergurte an, dann bindet Bumper ein Ende des Seils an Yoshis Karabinerhaken. Er hebt Yoshi am Seil hoch, um sich zu vergewissern, dass der Knoten hält.

„Du gehst voran, Super Nintendo", sagt Bumper. „Aber nicht wie bei *Pitfall* von Atari. Schön ruhig und langsam. Roger?"

„Roger." Yoshi reibt seine Mechanix-Handschuhe aneinander und beginnt zu klettern.

Wir stehen im Schatten der Brücke und sehen zu, wie der Rettungsfallschirmspringer am Abwasserrohr wie ein Affe hochklettert. Ehrlich, es ist wirklich beeindruckend. Sogar Bumper sieht ihn überrascht an. Der Typ hat es in dreißig Sekunden geschafft.

„Stell dir vor, wie schnell er wäre, wenn er nüchtern wäre", sage ich.

„Dann würde er es vielleicht gar nicht erst versuchen", antwortet Hollywood.

„Ja, das kann sein."

Yoshi erreicht den Schatten unter dem Hauptdeck der Brücke und krabbelt zu einem Träger, auf dem er die Beine baumeln lässt. Er setzt in den Stahlstreben zwei Ankerpunkte für den Hauptkarabiner, wie Bumper es ihm erklärt hat. Offensichtlich hat Yoshi so etwas schon einmal gemacht, das zeigen mir nicht nur seine Kletterfähigkeiten, sondern auch die Geschicklichkeit, mit der er die Sicherungen anbringt. Sobald Yoshi fertig ist, löst er sich von dem Seil und lässt ein verknotetes Ende zu Bumper herab.

In den nächsten zehn Minuten zieht Yoshi die Ausrüstung zu sich hinauf, dann sichere ich Bumper, während Hollywood mich sichert, und zum Schluss ziehen wir Hollywood hoch, bis unser Team wohlbehalten unter den einhundertfünfzig Jahre alten Streben steht. Normalerweise würde man hier die Laufgeräusche der Autoreifen und das Hupen auf der Straße über uns hören. Heute nehmen wir nur die gedämpften Laute von Zehntausenden Menschen wahr, die einem ungewissen Ende entgegengehen.

„Gute Arbeit", lobe ich das Team, damit alle konzentriert bleiben. „Verlasst nicht die Träger und achtet darauf, wohin ihr tretet. Die Hände zuerst, dann die Füße. Schön ruhig."

Sie tun es, und wir bewegen uns auf den Streben unter der Brücke hinaus auf den East River. Die Straße, die etwa zwei Meter über uns ist, überspannt den Fluss und verläuft auf der anderen Seite in Manhattan durch den zweiten Turm und dann abwärts in Richtung City Hall.

Die Kletterei auf den Streben ist recht einfach, aber nichts für Menschen mit schwachen Nerven. Ich habe keine Höhenangst, doch sogar mir schlottern die Knie. Ich bin froh, dass Z Lo bei Aaron im Boot geblieben ist, denn sich hier aufzuhalten, hätte Aaron überfordert. Während wir uns unter der Brücke vom Turm entfernen, betrachte ich die *Best of Boat Worlds*, die mehr als dreißig Meter unter uns liegt. Wieder kitzelt mich ein Schmetterling im Bauch.

Bis jetzt geben die Plüschis nicht zu erkennen, dass sie uns bemerkt haben. Die Streben unter der Brücke sind so ziemlich das beste Versteck, das wir in dieser Situation überhaupt finden können. Trotzdem kommt es mir seltsam vor, dass es sicherer sein soll, wie Sir Chuck behauptet, wenn wir uns am Tag bewegen, statt nachts aktiv zu sein. Kein Wunder, dass diese Wesen so hässlich sind. Das muss der Vitamin-D-Mangel sein, weil sie zu wenig Sonnenlicht abbekommen.

Wir brauchen etwa fünfzehn Minuten, um bis zur Mitte der Brücke zu klettern und die hypnotisierende blaue Membran des Rings zu erreichen. Mit jeder Querstrebe, die wir passieren, wird das dumpfe Summen lauter. Der Wind hat aufgefrischt und pfeift zwischen den Trägern. Auf dem Energiefeld tanzen kleine Lichtblitze, die manchmal auf die Stahlstreben rings um uns überspringen.

„Müssen wir uns deshalb Sorgen machen?" Hollywood zeigt auf die Lichtblitze.

„Nein. Aaron sagt, das sei eine Art elektrische Entladung, aber ich glaube, es tut nicht weh."

Sie nickt, scheint jedoch nicht überzeugt zu sein. Das bin ich natürlich auch selbst nicht.

Bumper braucht ein paar Minuten, um zu entscheiden, wo wir die Seile befestigen. Die schimmernde blaue Fläche des Portals verursacht einen Teil des Windes, den wir spüren – vielleicht saugt sie die Luft an. Das wirft zwei ernstzunehmende Probleme auf. Das erste Problem liegt darin, dass ein Seil, das der Sog hineinzieht, möglicherweise zerschnitten wird, sofern Aarons Theorie zutrifft. Ein Sturz aus dieser Höhe wäre tödlich. Das zweite Problem ist, dass wohl niemand von uns Lust hat, den Plüschipalast zu besuchen. Wir müssen also ausschließen, dass jemand ins Portal geweht oder hineingesaugt wird. Schließlich wählt Bumper Ankerpositionen, die drei Meter von der Fläche des Portals entfernt sind.

„Wenn wir dreißig Meter tiefer immer noch zu weit weg sind, dann können wir uns hinüberschwingen", ruft er, um das Summen des Energiefelds zu übertönen.

Mit einem anerkennenden Nicken nehme ich seine Vorsichtsmaßnahme zur Kenntnis. Die beiden Kletterseile biegen sich tatsächlich schon zum Ring hin, doch die Enden sind ins Wasser eingetaucht. Wenn es schiefgeht, werden wir also dorthin stürzen. Ich sage immer, es ist besser, auf der Erde zu sterben als auf einem anderen Planeten.

Na klar, so muss es sein, Pat.

Es dauert einige Minuten, den Sprengstoff gleichmäßig auf Bumper und mich zu verteilen. Wir wollen die Ladungen zwar an derselben Stelle anbringen, aber von den Zweierteams bis hin zur Verteilung der Ausrüstung ist die ganze Mission auf Redundanz angelegt. Ich wollte es nicht laut aussprechen, weil ich den anderen keine Angst einjagen wollte, aber ich bin mir nicht sicher, welche Möglichkeiten wir überhaupt noch haben, wenn uns die Aktion hier nicht gelingt. Ich würde gewiss eine Menge Zeit für mich allein und etwas Redbreast brauchen, um mir etwas Neues auszudenken. Immer vorausgesetzt, ich überlebe das nächste Jahr. Der Punkt ist eben, dass man alles auf eine Karte setzen muss, wenn man nur eine einzige hat.

„Zuerst der Sprengstoff, dann die Zünder", ruft Bumper. Er legt sein Seil zu einer Acht, hakt den Hauptkarabiner seines Sicherungsgeschirrs ein und zieht zweimal scharf an. Anschließend bedeutet er Yoshi und mir, seinem Beispiel zu folgen, und hilft Hollywood mit ihrem Klettergurt.

Obwohl es eine angespannte Situation ist, scheint Yoshi sie zu genießen. Vermutlich kann man das bei jemandem nicht anders erwarten, dessen üblicher Alkoholpegel sogar in den meisten Bars illegal wäre. Als wir fertig sind, überprüfen er und ich gegenseitig unser Werk und signalisieren allen anderen, dass wir bereit sind.

Hollywood sieht aus, als hätte auch sie Spaß an der Operation. Sie grinst, während Bumper ihre Sicherheitsgurte prüft und noch etwas auf ihrem Rücken justiert.

„Sind wir bereit?", fragt Bumper.

Yoshi und ich antworten mit Handzeichen und nicken, nur Hollywood macht eine Bemerkung.

„Ich glaube, ich muss noch mal meine Gurte überprüfen lassen, damit ich mir auch ganz sicher bin, dass alles schön stramm sitzt." Sie stemmt eine Hand in die Hüfte und grinst Bumper an.

„Mädchen, du bist immer schön und stramm", antwortet Bumper mit einem wohlgefälligen Blick.

„Willst du noch einmal bei mir nachschauen, Super Nintendo?“, frage ich Yoshi.

Phantomdoc kichert und schüttelt den Kopf.

Ich habe mich noch nie mit zwei Leuten gleichzeitig an einem Seil abgeseilt und muss erst einmal zusehen, wie Bumper in das Fach zwischen der nächsten Strebe in Richtung des Portals ausweicht und etwas Seil auslässt. Hollywood folgt ihm in das Abteil, und dann hilft er ihr, sich hinabzulassen, bis sie nur noch am Sicherungsgeschirr unter den Streben hängt. Jetzt sieht sie überhaupt nicht mehr glücklich aus. Anschließend klettert Bumper hinab und lässt sich an ihren Gurten hinunter, bis er unter ihr hängt.

Yoshi lächelt. „Jetzt sind wir dran.“

Ich nicke und gehe ein Fach weiter nach hinten. Dort bemühe ich mich, Bumper möglichst genau nachzuahmen. Ich bin langsamer als er, aber ich habe das Prinzip verstanden. Yoshi übt sich in Geduld. Im Gegensatz zu Hollywood, die vorsichtig war, verliert Yoshi keine Zeit, lässt sich hinunter und genießt den Ausblick. Ich folge ihm und klettere unter ihn, wobei ich sein Sicherungsgeschirr so benutze, wie es Bumper vorgemacht hat. Dann rutsche ich mit der linken Hand ab und stürze.

„Mist!“, rufe ich im Fallen.

Mir wird schwindlig, aber dann schlage ich auf die Seilbremse hinter meiner Hüfte, und mein Seil spannt sich. Leider presst mein Sicherheitsgurt mein linkes Ei auf den Oberschenkel.

„Alles klar, Tomodachi?“, fragt Yoshi.

Ich bemühe mich, die Schmerzen im Schritt zu lindern und stelle fest, dass sich das Seil um mein linkes Bein gewickelt hat. Was für ein Durcheinander. „Japp. Alles gut.“

„Fein.“

Ich hole einige Male tief Luft, bis die Schmerzen nachlassen, und stelle mich auf die neue Situation ein. Ich hänge unter einem betrunkenen Air Force Staff Sergeant an einem Seil an der Brooklyn Bridge und habe genug C4 und Semtex dabei, um vier Bradley-Spähpanzer zu vernichten.

„Ho-ho, Junge“, sage ich zu mir selbst.

Bumper wirft mir einen fragenden Blick zu und zeigt mir den hochgereckten Daumen.

„Alles in Ordnung." Noch einmal atme ich durch, um den Atem und den Herzschlag zu beruhigen. Dann nehme ich die Bremshand wieder nach vorne. Das Seil gleitet durch die Handschuhe, und wir vier schweben endlich zum Rand des Portals hinab.

Es kommt sicherlich nicht jeden Tag vor, dass man sich mitten unter der Brooklyn Bridge abseilt. Ich blicke nach Süden in Richtung Park Slope, dem Viertel, in dem ich aufgewachsen bin, und frage mich, ob sich jener rothaarige Hitzkopf in den 1990er-Jahren jemals hätte vorstellen können, sich eines Tages auf diese Weise abzuseilen, um New York vor einer Alien-Invasion zu retten. Eigentlich entspricht das genau dem, was er sich gewünscht hätte; ganz egal was, solange er nur das Elternhaus verlassen konnte.

Als ein markerschütterndes Tröten ertönt, halte ich abrupt an. Wir reden hier nicht über eine Tuba. Es ist wie das Horn in Helms Klamm in *Herr der Ringe*. Die ganze Brücke bebt, sogar unsere Seile vibrieren. Abfall, der sich vermutlich seit hundertfünfzig Jahren nicht gerührt hat, regnet auf uns herab. Ich schütze mein Gesicht unter dem Helm. In diesem Augenblick bemerke ich unter uns im Wasser eine Bewegung.

„Was für ein Mist", ruft Yoshi über mir. In dem beständigen Blöken, das unter uns entsteht, kann ich ihn kaum hören.

Aus dem East River steigt eine blendend hell beleuchtete Wassersäule empor und strebt direkt zum Ring. Im ersten Moment glaube ich, unter Wasser sei etwas explodiert, sodass es zu uns emporspritzt, aber die Wassersäule steigt weiter und verschwindet unten im Ring. Dann verblasst das Licht, und der Lärm lässt nach. Unter uns rauscht es jetzt wie bei einem Wasserfall, während ein stetiger Strom in eine unsichtbare Öffnung im Rand des Rings fließt. Z Lo hat das Dyer 29 herumgezogen und bringt sich vor der Wassersäule in Sicherheit.

„Verdammt, was ist das?", ruft Hollywood.

„Keine Ahnung", antworte ich. Ich muss immer noch schreien.

Mein Gehirn rast mit hundertsechzig Sachen, während ich versuche, die Angelegenheit zu verstehen. Am liebsten würde ich Aaron anfunken, aber wir können es nicht riskieren, unseren Standort zu verraten, solange die Ladungen noch nicht gepflanzt sind.

Der Sprengstoff!

Vielleicht wollte Chuck deshalb, dass wir noch eine Weile warten. Wein muss atmen, du meine Güte!

„Bumper", rufe ich. „Das ist eine Einlassöffnung, richtig?"

„Sieht so aus."

„Wie wäre es, wenn wir die Ladungen fallen lassen, sodass sie miteingesaugt werden?"

„Zu riskant." Er schüttelt den Kopf. „Die Turbulenzen könnten die Zünder abreißen, ehe wir sie aktivieren können. Außerdem, wenn wir es tun und noch nicht weit genug weg sind? Schlechte Neuigkeiten, Bro."

„Und wenn es dies war, was Chuck meinte?"

Wieder schüttelt Bumper den Kopf. „Auf keinen Fall."

Er hat natürlich recht, vielleicht hat Chuck auch gar nicht an dieses Ereignis gedacht, und ich greife blindlings nach hirnrissigen Ideen. Auf einmal fühle ich mich ein wenig wie der verrückte alte Onkel, der Geschichten vom Krieg erzählt. Ich hätte auch gleich mit „Damals zu meiner Zeit haben wir ..." ansetzen können. Aber es war wichtig, den Gedanken wenigstens auszusprechen.

Was dieses Phänomen auch darstellt, ich habe so ein Gefühl, dass es mit der Energieversorgung des Rings zu tun hat. Wahrscheinlich hat Aaron sogar schon eine Hypothese dazu. Im Augenblick fahren er und Z Lo eilig in Richtung Governors Island zurück.

„Wir machen weiter wie geplant", rufe ich.

Bumper und Hollywood nicken. Der über mir hängende Yoshi zeigt mir den hochgereckten Daumen. Ich ziehe meine Bremshand etwas weg und gleite weiter nach unten.

Anderthalb Meter über dem unteren Rand des Rings halte ich an. Beide Teams pendeln stark und laufen Gefahr, gegen die Kante zu prallen. Wir müssen den richtigen Zeitpunkt abpassen, um auf der Innenfläche des Rings zu landen. Dieser horizontale Teil ist gut sechs Meter breit, ehe er abschüssig wird, also haben wir eine Menge Spielraum − jedenfalls auf dieser Seite des Pendels.

Mein Magen macht ein oder zwei Überschläge, als ich mich vom Ring entferne und fünfundzwanzig Meter hoch über dem Wasser schwebe.

„Ich lasse mich runter", rufe ich zu Yoshi hinauf.

„Pass auf, dass du den richtigen Zeitpunkt triffst. Wenn nicht, könntest du sterben."

„Danke für den Hinweis." Ich hole tief Luft und lege die Hand auf die Bremse. Der nächste Schwung trägt mich mehr als drei Meter hinaus, ehe ich mich wieder zum Portal bewege. Sobald ich den kritischen Punkt erreiche, lasse ich das Seil aus, damit meine Stiefel beim nächsten Schwung auf der Innenseite des Rings landen.

Das ist jedenfalls meine Theorie.

Stattdessen lande ich etwas zu früh auf der Fläche und falle auf die linke Seite. Ein stechender Schmerz rast durch meinen Ellenbogen bis in die Schulter, und mein Helm prallt auf das Deck. Nicht so elegant, wie ich es mir vorgestellt hatte, aber ich bin gelandet. Und ich bin geistesgegenwärtig genug, die Füße auf den Boden zu stemmen und für Yoshi die Leine stabil zu halten.

Er dagegen klettert herunter wie ein Akrobat oder wie ein Turner oder wie das heißt. Er landet neben mir und ist sogar so frech, mir die Hand zu geben. Dieser Hundesohn. Ich schlage ein und stehe auf.

„Gute Arbeit", sage ich. „Jetzt hilf mir, die Sachen abzuladen."

Als der Rucksack auf dem Boden steht, schleppe ich ihn zusammen mit Yoshi um einige eckige geometrische Vorsprünge herum zu Bumper und Hollywood und nehme dann die Ladungen heraus. Der Seal zeigt es uns. Er bereitet die Komponenten vor und beschreibt dabei, was er tut. Nach weniger als zwei Minuten liegt ein ansehnlicher Haufen Krawumm vor uns. Bumper betrachtet den Sprengstoff, der sich auf der unebenen Innenfläche des Rings türmt, und bedeckt ihn mit einem Rucksack.

„Das muss reichen", sagt Bumper, als hätten wir mit knapper Not eine Prüfung bestanden.

Wir holen die durchhängenden Seile ein und gehen zum tiefsten Punkt des Rings. Als ich über den unebenen Grund laufe, muss ich daran denken, wie wichtig es Aaron wäre, diese Alien-Sprache zu entziffern. Und ich bin gerade dabei, das Objekt in die Luft zu jagen. Das fasst unsere Beziehung wohl ziemlich treffend zusammen.

Der Wasserfall rauscht so laut, dass ich nicht hören kann, was Yoshi über mir sagt. Ich glaube, es geht darum, dass wir warten sollen, bis der Prozess beendet ist. Mein Gott, ich habe wirklich keine große Lust, mich an dem Wasserfall vorbei abzuseilen. Ich stelle mir vor, wie ich angesaugt und zerquetscht werde. Nein, heute ist kein guter Tag.

Aber Yoshi hat anscheinend etwas anderes gesagt.

„Was?" Ich verstehe ihn akustisch immer noch nicht.

Er zeigt in Richtung Lower Manhattan. Ich sehe in die angegebene Richtung. Sechs magentarote Drohnen fliegen auf uns zu.

„Oh, verdammt."

30

1520, Freitag, 25. Juni 2027
Brooklyn, New York
Brooklyn Bridge

„Sie dürfen den Sprengstoff nicht entdecken", rufe ich zu Bumper hinüber. Dann blicke ich nach unten. Springen können wir nicht, denn der Zustrom würde uns mitreißen, sobald wir unten ankommen. Vorausgesetzt, wir brechen uns nicht schon beim Aufschlag das Genick.

„Wir könnten sofort sprengen", meint Bumper.

Verdammt auch. Ja, das könnten wir, aber ich hatte wirklich gehofft, bald in meine Hütte zurückkehren zu können. Wenn wir die Ladungen jetzt zünden, erfährt dieser Plan einen empfindlichen Rückschlag. Außerdem sind Yoshi und Hollywood bei uns. Wir würden auch sie mit in den Tod reißen. Allerdings kannten sie die Risiken, als sie sich gemeldet haben.

Bumper zuckt mit den Achseln und klopft auf die Tasche mit der Fernzündung.

„Das ist nicht gut." Ich greife nach meiner Tasche.

In diesem Augenblick höre ich links in der Luft einen Knall und ein lautes Scheppern. Eine der Drohnen hat einen direkten Treffer abbekommen. Ich blicke nach Osten. Im zweiten Stock eines Gebäudes am Wasser sehe ich einen weiteren typischen Mündungsblitz.

Es ist Ghost. Gott segne diesen Mann.

Auch der zweite Schuss trifft die Drohne, woraufhin sie in Spiralen abstürzt.

Ich bin mir nicht sicher, ob ich damit noch mehr Aufmerksamkeit auf die Sprengladungen lenke oder nicht, aber unser

Überraschungsmoment ist sowieso dahin. Ich stemme die Füße gegen den Ring, hole mit der linken Hand das SCAR nach vorne und schieße auf die nächste Mülltonne. Die Kugeln prallen gegen die Metallhülle der Drohne, die Funken sprühen. Ich hoffe, der Lärm vom Portal und vom Einlass übertönt die Schüsse, sodass die womöglich über uns befindlichen Aliens nichts hören.

Als hätte er meine Gedanken gehört, stellt der Einlassapparat die Arbeit ein. Das Rauschen klingt ab, und das Wasser fällt wie eine Wand hinunter. Die Leuchtspurkugeln zeigen mir, dass mein Magazin fast leer ist. Das hochgesaugte Wasser landet mit lautem Tosen im East River.

„Runter", schreit Bumper. „Sofort!" Er löst die Bremse und saust hinab.

Hollywood folgt ihm sofort.

Ich lasse die Waffe sinken und will ebenfalls hinuntergleiten, da kracht Yoshi von oben auf mich herab. Die Erschütterung läuft durch meinen Hals und das Rückgrat. Ich drehe mich zur Seite. Der verdammte Säufer! Das Seil hat sich um meinen Arm gewickelt. Es tut schrecklich weh, aber nicht so sehr wie der Zusammenstoß mit dem Ring. Ich pralle ab und werde wieder gegen das Alien-Bauwerk getrieben. Das Seil hat sich irgendwo verfangen, ich kann nur nicht sehen wo.

„Hör auf zu strampeln", rufe ich hinauf.

„Gib das Seil frei!"

„Kann ich nicht. Du musst wieder hochklettern."

„Gib das Seil frei, Wik", sagt er noch einmal.

Wieder trifft eine .50er-Kugel etwas Hartes. Ich kann es nicht sehen.

„Yoshi, hör zu, du musst ..."

Ich halte inne, als ich spüre, wie er über mir zappelt. Ein rascher Blick zeigt mir, dass er das Seil durchschneidet. Tja, so kann man das Problem auch lösen, aber es wird eine teuflisch harte Landung, wenn wir nicht genügend Abstand voneinander haben.

Ehe ich ihn warnen kann, löst sich das Seil über mir. Ich stürze, aber nur einen Moment lang, und halte mit einem heftigen Ruck wieder an. Yoshi fällt an mir vorbei, während ich hilflos strampele.

Ich hänge irgendwo über mir am Ring fest und stehe kopf. Aus dieser Position, festgehalten von dem mein Bein umschlingendes Seil, sehe ich zu, wie Yoshi mit den Füßen voran eintaucht. Er sieht aus wie ein professioneller Klippenspringer. Wo war diese Anmut vor ein paar Sekunden?

„Patrick", plärrt Chucks Stimme aus dem Funkgerät. „Kannst du mich hören, wo immer du gerade rumhängst?"

Mit Mühe hebe ich die linke Hand zum Sprechknopf. „Flachwitz."

„Ah, da bist ja. Wundervoll, hör zu …"

Wieder knallt ein Schuss aus Ghosts Gewehr. Ich kann nicht erkennen, wie viele Drohnen noch da sind und wie nahe sie uns sind, aber ich höre, dass er sie aufhalten will.

Chuck spricht weiter: „Zusammen mit Phantomwächter versuche ich, die Drohnen abzuwehren. Oh … bei allen Krümeln in Aunt Millies Brotdose, könntest du aufhören, mich zu blocken?"

Mir rauscht das Blut in den Kopf. „Ich blocke dich gar nicht. Nun schieß schon!"

„Nein, du Trottel. Ich schieße nicht auf sie. Ich bin seit mehreren Minuten unterhalb der Mindestladung für einen Schuss, weil du mir befohlen hast, deine Freunde zu verstecken. Du erinnerst dich? Ich versuche, sie zu *hacken*. Aber sie … oh, der da ist aber wirklich störrisch. Also wirklich, du frecher kleiner Igittkopf!"

„He, jetzt passiert etwas", sage ich.

„Nein, ich fürchte nicht. Ich fürchte, diese kleinen Klotzköpfe sind …"

„Nein, ich … das Seil rutscht!"

„Oh, wie schön! Pass nur auf, dass du nicht in der gegenwärtigen Körperhaltung auf das Wasser prallst."

Ehe ich antworten kann, löst sich das Seil vollends, und ich stürze ab.

Sekundenbruchteile später schlage ich gegen etwas Hartes und prelle mir das Kinn. Unter mir höre ich einen Motor heulen. Ich drücke mich hoch …

… und stelle fest, dass ich auf einer verdammten Mülltonne gelandet bin!

Das Ding schwenkt nach links, und ich packe instinktiv die Ränder und halte mich fest. Dann biegt es nach rechts ab. Ich denke nicht einmal darüber nach, ob es das Beste ist, mich festzuhalten. Ich mache es einfach.

Die Drohne kann mich nicht abschütteln und kippt nach links. Das SCAR prallt von hinten gegen meinen Helm. Dann neigt sich der Rumpf der Drohne nach rechts. Ich halte verbissen weiter fest und fühle mich sogar ganz gut dabei. Beim nächsten Manöver – sie taucht nach vorne ab – rutsche ich kopfüber ab und stürze vollends hinunter.

Der Rest des Kletterseils segelt hinter mir her, aber ich habe Beine und Hände befreit und strampele wild wie ein flugunfähiger Vogel. Das Wasser ist mehr als fünfzehn Meter unter mir. Ich versuche, die Füße nach unten zu bringen. Es klappt nicht. Das Gefühl, dass ich meinen Untergang nicht aufhalten kann, dreht mir den Magen um, genau wie das Gefühl, hilflos zu stürzen.

Mitten in der Luft spüre ich einen stechenden Schmerz in der linken Wade. Darauf folgt ein Gefühl, als hätte man mir das Bein aus dem Hüftgelenk gerissen. Auch das Fußgelenk fühlt sich an, als hätte es jemand vom Schienbein abgerissen. Auf einmal erinnere ich mich an meine erste Kampfverletzung – eine AK-Kugel in der Wade. Ich schreie auf und schnappe nach Luft. Ich hänge schon wieder am linken Bein – dieses Mal aber an einem dünnen Draht, der zur Unterseite einer Drohne führt.

„Wage ja nicht, mir einen Elektroschock zu verpassen, du …"
Ich knirsche mit den Zähnen, als ein paar Hundert Volt alle Muskeln in meinem Körper krampfen lassen. Ich stöhne und beiße die Zähne zusammen. Meine Rippen knacken. Ich schließe die Augen, um die Schmerzen zu unterdrücken, damit ich nicht …

31

Zeit: unbekannt, Freitag, 25. Juni 2027
Lower Manhattan, New York
Brooklyn Bridge

Es tut weh.

Es tut an Stellen weh, von denen ich nicht einmal wusste, dass sie wehtun können. Vorübergehend glaube ich, ich sei wieder in Afghanistan und läge auf dem Gehweg, nachdem Jack die Spitze übernommen hat. Ich habe gelernt, diese Erinnerung zu unterdrücken, sie in eine Kiste zu sperren und den Deckel nur bei besonderen Anlässen zu öffnen. Beispielsweise, wenn ich zu viel getrunken habe. Aber jetzt dringen die Gerüche und Geräusche ungebeten auf mich ein, ausgelöst durch die Schmerzen, die meinen Körper überfluten.

Ich versuche, mich aufzurichten. Es dröhnt in meinen Ohren. Im Mund schmecke ich Kupfer. Und die Luft brennt in der Nase. Menschen schreien, ich blicke blinzelnd die Straße hinunter. Polizeisirenen. Schwarzer Rauch, geborstenes Glas, überall feiner Staub.

Jack ist … er liegt auf der Straße, neben ihm ein explodierter Toyota. Ich kann Jack erreichen.

Mein linkes Bein spielt nicht mit, das rechte funktioniert noch. Ich drücke mich hoch und kippe gegen eine Wand aus Hohlblocksteinen. Die Schmerzen sind unerträglich. Aber Jack braucht mich, und dies hier ist meine Schuld. Ich hätte ihn nicht gehen lassen sollen.

Ich stolpere vorwärts und stoße mit den Füßen gegen Leichenteile, die in vormals weiße, jetzt rotfleckige Tücher gehüllt sind. Das verzerrte Gesicht eines Mannes, das ich schon hundertmal gesehen habe, starrt zum dunstigen Himmel empor und fragt Allah, wo der übrige Körper geblieben ist. Ein Kind ruht in den blutigen Armen der Mutter. Beide sind von ihren Schmerzen erlöst.

„Jack", sage ich und betrachte die Uniform des Marines, die sich auf der Straße verteilt hat. Ihn selbst kann ich nicht finden. Er ist gar nicht mehr da.

„Jack!"

Es wird schwarz um mich, bis mir etwas in die Rippen stößt. Grelles Licht platzt in meinen Kopf herein. Ich höre Stimmen, kann aber nichts verstehen.

Die verdammten Tangos werden mich ausrauben.

Wieder stößt mich etwas in die Seite. Dieses Mal versuche ich, es wegzuschieben. Es tut schrecklich weh.

Ich höre Gerede, sie zerren mich weg. Als der Helm über den Boden schleift, komme ich allmählich zu mir. Ich hebe den Kopf ein paar Zentimeter und öffne die Augen. Alles ist blau. Bis auf den Boden. Der ist grau wie Waffenstahl.

Dann fliege ich durch die Luft.

Der Ruck im Magen wirft die Frage auf, ob man mich in ein Massengrab gelegt hat, vielleicht in eine Grube, wo die Leichen verbrannt werden. Oder sie haben mich von der Brooklyn Bridge geschmissen.

New York.

Jetzt erinnere ich mich an die Operation.

Als ich auf einen Haufen Schutt krache, bin ich völlig wach. Es klingt, als läge ich zwischen Metallteilen auf einem Schrottplatz. Die Schmerzen sind immer noch grässlich, aber allmählich kann ich damit umgehen. Ich blinzele hektisch, um mich zu orientieren.

Links neben mir, unangenehm nahe, erhebt sich die blaue Energiewand. Über mir steigt der Trichter zum Himmel empor. Dahinter ist der Himmel schwarz.

Es ist Nacht.

Und die mächtigen Stahlkabel der Brooklyn Bridge schwingen sich vor mir empor. Ich liege aber nicht auf den drei Fahrbahnen zwischen den Kabeln, sondern anscheinend auf einer erhöhten

Plattform, die so breit ist wie die Brücke selbst. Sie befindet sich auf den Trägern, die fünf Meter hoch den Asphalt überspannen.

Ich liege auf einem Haufen Metallschrott auf dem Rücken. Es sieht nach den Überresten einer riesigen mechanischen Spinne aus. Dürre Beine, dicke Kugelgelenke, Platten und Schrauben. Berge von Elektronik, freigelegte Drähte, Ohrstöpsel zur Kommunikation. Ich schiebe etwas weg, das aussieht wie …

Wie ein verdammter Herzschrittmacher.

Schockiert richte ich mich auf. Mir wird bewusst, dass ich auf einem Haufen menschlicher Gelenkimplantate und biomedizinischer Komponenten liege. Künstliche Hüftgelenke, Wirbelsäulenstützen, Knochenimplantate aus Titan, Hörhilfen, Neuroprothesen. Ich bekomme eine Gänsehaut, wenn ich mir vor Augen halte, wie viele Menschen … wie viele Menschenleben …

Nein, das ist nicht in Ordnung.

Als ich versuche, mich aus dem Schrott zu befreien, hält mir jemand ein Gewehr an die Nase. Instinktiv hebe ich die Hände und sehe den Gegner an. Es ist ein verdammter Todesengel, in dessen Helm die roten Augen glühen, während er einen eigenartigen Mundschutz trägt und eine Waffe hat, die aussieht wie Sir Chuck.

Die Phantome.

Leben sie noch? Wie lange war ich weg? Ich brauche Antworten … ich muss herausfinden, was passiert ist. Und dieser Mistkerl … nein, dieser „Igittkopf", wie Sir Charles es so treffend ausgedrückt hatte – ist er so dreist, mit der Waffe auf mich zu zielen? Nachdem ich so einen miesen Tag hatte?

„Nimm das Ding da weg." Ich stoße die Waffe zur Seite. Nicht weil ich auch nur im Entferntesten kampfbereit wäre, und natürlich fehlt mir auch die Kraft, wenigstens im Augenblick. Ich mache es, weil ich sauer bin, da diese Plüschis es gewagt haben, meinen Planeten zu kapern und auf meiner Brücke ihren Laden aufzumachen. Und wenn dieser Dreckskerl mich töten wollte, dann hätte er es doch längst tun können.

Der Todesengel zielt auf mich, weicht aber zwei Schritte zurück. Er scheint aufgeregt und redet in einer scharfen, klickenden

Sprache mit zwei weiteren Todesengeln, die seinem Ruf folgen und herüberkommen.

Das ist aber meine kleinste Sorge. Rechts kommt aus einer Gruppe transportabler, anscheinend als eine Art Sicherheitsschleuse dienender Alien-Bauten eine zwanzig Menschen breite Kolonne hervor. Zwei Reihen Spähbots bilden zwischen der Schleuse und dem Portal eine Gasse. Die Menschen gehen weiter, Reihe um Reihe, und verschwinden in der Wand.

Einige weinen.

Manche schreien.

Manche wollen voller Angst aus der Kolonne ausbrechen, werden aber mit Elektroimpulsen beschossen und von den Spähbots hineingeworfen.

Die meisten nehmen ihr Schicksal müde und mit grimmiger Entschlossenheit hin.

Wenn die Menschen hindurchgehen, flammt ihre Kleidung auf. Der Stoff lodert kurz und verschwindet, bis nur noch Aschewolken bleiben. Uhren, Brillen, Handys und Schmuck fallen klappernd auf den Boden. Kleine Bots flitzen vor dem Portal hin und her, sammeln das Metall und die Elektronik auf.

Die Unglücklichsten sterben sofort, wenn ihren Körpern die nicht biologischen Implantate entnommen werden und auf einem Haufen wie jenem landen, auf dem ich liege. Die brennende Kleidung eines Mannes beleuchtet sein künstliches Hüftgelenk, das aus dem nackten Hinterteil dringt. Das Gesicht des Opfers ist bereits durch den Vorhang verborgen, doch ich höre noch seinen Schrei nachhallen. Alle seine Sachen verschwinden, als hätte ein Bühnenzauberer einen Trick vorgeführt, und das künstliche Hüftgelenk fällt mit einem Knall auf den Boden. Die Bots heben es auf und deponieren es auf dem Stapel in meiner Nähe.

Ich muss etwas unternehmen.

Also mache ich erst einmal eine Bestandsaufnahme. Mein linkes Bein scheint intakt zu sein, obwohl es der größten Belastung ausgesetzt war, weil mich die Drohne dort geschnappt hat. Überwiegend intakt. Wie mir das Loch in der Hose und die Kratzer rings um den Stiefel verraten, hat sich die Sonde in meine Wade gebohrt und um das Fußgelenk gewickelt. Doch wie bei Z Los Verletzung ist die Haut anscheinend kauterisiert, und das ist gut. Wenigstens im Augenblick.

Den Helm und die Rüstung trage ich noch, meine Waffe fehlt allerdings. Das ist nicht gut. Auch mein KA-BAR ist weg, genau wie das Funkgerät. Anscheinend wissen die Aliens genug, um Waffen und Funkgeräte zu entfernen, aber nicht genug, um uns auch den Helm und die Rüstung wegzunehmen. Und da ist noch etwas anderes, aber ich bin zu benommen, um es zu durchdenken.

Die drei Todesengel vor mir reden schneller. Anscheinend wollen sie entscheiden, was mit mir zu tun sei. So fühlt es sich jedenfalls an.

Irgendwo hinter mir auf der Brücke entsteht ein Dröhnen. Mir ist noch nicht in den Sinn gekommen, mich anhand der Stadt zu orientieren, doch jetzt sehe ich, dass das Licht des Portals auf dem One World Trade Center zu meiner Rechten reflektiert wird. Also bin ich nicht mehr in Brooklyn.

Ich bin auf der zu Manhattan gehörenden Seite der Brücke.

Das Dröhnen nähert sich, und dann stehen vier blau glühende Antriebseinheiten über mir. Sie neigen sich und bremsen ein Objekt ab, das mich an einen riesigen Frachtcontainer erinnert. Es dürfte einer der Truppentransporter sein, die wir vom Boot aus gesehen haben.

Als die Ladeluke aufklappt, erscheint hinten ein leuchtender Spalt. Das Schiff sinkt weiter herab, der Antrieb flammt hell auf, und dann landet es zwischen mir und der Marschkolonne der gefangenen Zivilisten auf dem Metalldeck. Die Motoren werden abgeschaltet, und eine beeindruckende Gestalt steigt aus.

Das Wesen trägt einen eng anliegenden schwarzen Overall. Über den ganzen Rumpf verlaufen dünne schwarze Schläuche, die Gelenke werden von hydraulischen Kolben unterstützt. Die inneren Organe und die Gliedmaßen sind mit mattgrünen Panzerplatten geschützt. Auf der Brust und den Schulterstücken steht etwas in einer unbekannten Schrift.

Das Ding ist gut dreißig Zentimeter größer als die Todesengel. Es hat zwar keinen Helm und keine Waffe, doch die Haltung ist viel drohender. Die Haut auf dem kahlen, von grünen Adern überzogenen Kopf hat Grübchen und scheint wettergegerbt zu sein. Magentarote Augen zucken hierhin und dorthin, und die Nasenlöcher öffnen und schließen sich im gleichen Rhythmus wie die Geräusche, die von dem mechanischen Anzug ausgehen, als das Wesen auf mich zukommt.

Es spricht mit der gleichen harsch klickenden Sprache, die ich gerade vorher gehört habe. In diesem Fall werden die Laute aber nicht durch einen Helm gefiltert, sondern kommen aus dem lockeren grünen Gewebe im hinteren Teil des vertikalen Mundes. Vorne in dem Maul erkenne ich zwei Reihen dünner schwarzer Zähne.

Wenn ich sehe, wie ihm die drei Todesengel Platz machen, dann muss dieser neue Alien wichtig sein – immer vorausgesetzt, er ist männlichen Geschlechts. Meine Güte, ich hoffe wirklich, ihre weiblichen Vertreter sind nicht genauso hässlich.

Außerdem ahne ich, dass mir gerade unsere Theorie ins Gesicht starrt, es müsse auch einen militärischen Teil dieser Operation geben. Dieser Overlord ist anscheinend ein knallharter Typ. Im Gegensatz zu den Todesengeln, so gefährlich diese auch sein mögen, ist dieser Hundesohn ein Killer. Das kann ich riechen.

Er streckt die Hand aus und nimmt einem Todesengel das Gewehr ab – einen Chuck. Er hebt die Waffe nicht einmal, sondern lässt sie an der Seite baumeln. Der Griff der Waffe blitzt kurz auf. Als der Overlord, mir fällt kein besseres Wort für ihn ein, wieder das Wort ergreift, übersetzt die Waffe für ihn.

„Identifizieren Sie sich", sagt die Waffe mit der digital erzeugten wohlwollenden Stimme, mit der auch Chuck zu sprechen begonnen hat.

„Mickymaus", antworte ich. „Freut mich."

Der Overlord legt den Kopf schief.

„Sind Sie ein Anführer beim Militär Ihrer Spezies?"

„Ich?" Ich kichere. „Auf keinen Fall, Mann. Ich bin im Ruhestand. Du hast einen alten angesäuerten Marine vor dir."

„Marine. Ruhestand. Alt, angesäuert."

„Exakt."

Der Overlord bewegt die Lippen, einen Moment später spricht die Waffe. „Sie haben sich mit einer unserer Waffen verbunden. Wie war das möglich?"

„Vielleicht fand sie mich attraktiver als euch. Keine Ahnung."

Anscheinend mag er meine Antwort nicht. Er legt das Gewehr an und gibt einen kleinen Energiestoß ab. Der Blitz blendet mich vorübergehend, als er in meinen Körper einschlägt. Es fühlt sich an, als hätte jemand meine Eier getasert. Das wars dann wohl zum Thema Kinderwunsch …

Als der Schock nachlässt, sehe ich das Monster wieder an.

„Wie hast du dich mit einer unserer Waffen verbunden?", fragt er.

Ich stöhne und quetsche mühsam meine Antwort heraus: „Vielleicht ist meiner größer als deiner."

Er jagt mir wieder einen Schuss in den Leib, und ich verkrampfe mich. Ich bin mir ziemlich sicher, dass ich mir dabei in die Hosen mache. „Das hat so schön wehgetan, Plüschbärchen. Kann ich noch einen haben?"

Ich glaube, der Overlord sieht mich höhnisch an, aber ich habe sein Pin-up-Bild in meinem Zimmer nicht lange genug angestarrt und weiß nicht genau, was er mag und was er nicht mag. Wieder hebt er das Gewehr und will anscheinend noch einmal schießen. Verdammt, was gäbe ich darum, Chuck ein letztes Mal in die Hand zu nehmen und diesen Drecksack wegzuhauen.

Und dann finde ich den losen Faden, der vorher durch meinen Kopf getrieben ist.

Ich presse die Hand auf die Brust, als müsste ich nach Luft schnappen, und taste dabei unauffällig nach der Fernzündung in der Weste. Und richtig, sie steckt noch im Beutel. Ich huste – halb absichtlich und halb, weil ich es sowieso muss – und hole das kleine Gerät hervor. Ich weiß nicht, wie viele Stunden ich ohnmächtig war, aber falls unser Sprengstoff noch auf dem Ring liegt, darf ich diese Gelegenheit nicht verstreichen lassen. Gewiss, der Ring bricht möglicherweise über mir zusammen, aber dies muss jetzt erledigt werden, und ich vermute, die Phantome haben es nur deshalb noch nicht getan, weil …

Es gibt vermutlich mehrere Gründe dafür, dass sie den Ring noch nicht gesprengt haben. Der Schlimmste wäre der, dass sie alle tot sind oder gefangen genommen wurden – umso mehr ein Grund für mich, die Sache zu Ende zu bringen.

Als ich den Schutzdeckel umklappen und auf den Knopf drücken will, lacht mich der Overlord aus. Jedenfalls halte ich dessen Laute für ein Lachen. Dann winkt er mit der freien Hand.

Ein Spähbot, der neben den Alien-Gebäuden gestanden hat, bringt einen würfelförmigen Frachtbehälter herüber. Die Metallkiste ist mit roten Alien-Schriftzeichen markiert. In Bezug auf das, was sich darin befindet, habe ich kein gutes Gefühl. Als der Bot die Kiste abgestellt hat, nickt der Overlord knapp, woraufhin der Bot den Deckel hochklappt und den Behälter nach vorn kippt. Im rot ausgeleuchteten Behälter liegen Haufen von C4 und Semtex.

Nein, das sieht überhaupt nicht gut aus.

Also muss ich eine Entscheidung treffen. Wenn ich mich dazu entschließe, werden viele Menschen auf dieser Seite der Brücke sterben, ich selbst eingeschlossen. Doch es wird auch diese Dreckskerle ausschalten und vielleicht sogar dem allen hier ein Ende setzen.

Vorausgesetzt natürlich, die Plüschis haben die Empfänger in den Zündern nicht unbrauchbar gemacht und stören nicht die Frequenz.

Es gibt nur einen Weg, es herauszufinden.

Ich klappe den Deckel hoch und drücke auf den Knopf.

Es gibt keinen Knall.

Ich höre allerdings ein Knacken.

Der Kopf des Overlords explodiert, und Knochen und grünes Blut fliegen in alle Richtungen. Sein Körper bleibt jedoch aufrecht stehen, als hielten ihn die mechanischen Hilfsmittel im Gleichgewicht.

„Immer einen Helm tragen, du Arsch", sage ich.

Hinter der Kolonne der verschleppten Menschen sind Schüsse zu hören. Sie schreien und rennen in Deckung.

Die Todesengel stolpern zurück, als sie sehen, wie ihr Anführer getötet wird, und haben Mühe zu verstehen, was im Gange ist.

Auch mir fällt das nicht leicht, doch ich habe den Vorteil, dass ich die Geräusche von amerikanischen Militärwaffen genau kenne. Und es gibt nur eine Einheit, die verrückt genug wäre, in ein so gefährliches Gebiet vorzustoßen.

Das Phantomteam.

Hinter der sich verstreuenden Menge entdecke ich mehrere Leute, die an den mobilen Kommandogebäuden in Deckung gehen. Sie sind unmittelbar rechts von mir auf der dem Fluss zugewandten Seite der Brücke. Es sieht sehr danach aus, als seien es Hollywood, Ghost und die anderen.

Sie holen mich. Ich weiß nicht wie, aber die Teufel kommen zu mir. Ich muss ihnen helfen, damit wir uns in Sicherheit bringen können. Leider habe ich keine Waffe, und die Kampfbots auf der anderen Seite formieren sich gerade.

Als die Todesengel hinter dem Transporter in Deckung gehen, habe ich eine verrückte Idee. Ja, schon wieder. Anscheinend habe ich heute lauter verrückte Ideen.

Das Gewehr des Overlords.

Er hat es noch in der Hand.

Meine Erinnerungen zeigen mir gute Gründe, warum ich das, was mir eingefallen ist, lieber nicht probieren sollte. Das Team hat mir berichtet, sie hätten erfolglos versucht, die Waffen an sich zu nehmen. Aber meinte Chuck nicht, ich hätte irgendwelche magischen Fähigkeiten oder so? Und, verdammt, ich habe mir heute schon ein halbes Dutzend Taser-Schüsse eingefangen, da kommt es doch auf einen weiteren nicht an.

Da die Todesengel mit ihren eigenen Gegnern beschäftigt scheinen und ihr Feuer auf ihren provisorischen Befehlsstand konzentrieren, befreie ich mich aus dem Schrotthaufen, ziehe den rechten Handschuh aus und springe zum kopflosen Körper des Overlords. Ich brauche weniger als eine Sekunde, um seine Finger zu lösen und meine Hand auf den Griff zu legen. Dabei spüre ich wieder die Strömung, die ich an der breiten Eiche bei der Verbindung mit Chuck wahrgenommen habe.

„Wir sind im Geschäft!" Ich nehme dem Monster die Waffe ab und lege sie an.

„Erkannte Sprache: Englisch. Benutzer, bitte identifizieren Sie sich."

„Phantom Eins", antworte ich und ziele auf den ersten der drei Todesengel hinter dem Transporter.

„Benutzerprofil aktualisiert. Bitte definieren Sie Ziele als Freund oder Feind."

„Feind." Mit der Blickrichtung meiner Augen wähle ich Hochfrequenz und niedrige Leistung in der Anzeige des Zielfernrohrs aus. „Eindeutig Feind." Als der Feuermodus bestätigt ist, bemerke ich, dass diese Waffe das Visier viel schneller angepasst hat als Chuck.

Ich drücke ab, und eine halbautomatische Salve blauer Energie trifft den ersten Todesengel. Im Gegensatz zu den dramatischen Explosionen, die ich von Chuck gewöhnt bin, feuert diese Waffe präzise Energiekugeln ab, welche die Brust und den Kopf des Ziels durchbohren. Der Gegner bricht zusammen und gibt mir den Blick auf das nächste Ziel frei.

Der zweite Todesengel sieht sich zu seinem gefallenen Kameraden um und bemerkt mich erst danach. Ehe er auf mich anlegen kann, treffen ihn vier oder fünf oder sechs Schüsse mitten in den Körper. Verdammt, es ist schwer, Laserstrahlen zu zählen. Woher soll ich es dann wissen? Wie auch immer, der Feind kippt um. Die Einstellungen der neuen Waffe gefallen mir sehr.

„Du bist viel besser als Chuckles", sage ich und presse den Schaft an die Wange.

„Ich bitte um Verzeihung, altes Haus?", sagt das Funkgerät der Waffe.

Verdammt auch, das klingt ganz nach Chuck.

„Keine Zeit zum Plaudern", antworte ich, während die Zielhilfe des Gewehrs den dritten rot umrahmten Todesengel erfasst. Als ich abdrücke, durchbohrt ein Energiestrom die Schultern und das Rückgrat des Aliens und versetzt diesen in Drehung wie einen Kreisel. Bei der zweiten Drehung stürzt der Tango auf den Boden.

Der Transporter ist gesichert, aber jetzt kommen die Phantome von der flussabwärts gelegenen Seite der Brücke aus unter

Beschuss. Außerdem entdecke ich die typischen blauen Punkte von anfliegenden Drohnen, die aus Manhattan zurückkehren.

„Patrick, ich muss schon sagen, es bricht mir das Herz, dass du so schnell weiterziehst", sagt die Waffe.

Ich gehe hinter dem Transporter in Deckung. „Bist du das, Sir Kichererbse?"

„Als ob dir das noch irgendwie wichtig wäre."

„Wo bist du?"

„Also, sagen wir mal, Hollywoods Arsch sieht erheblich besser aus als deiner."

Ich schmiege mich an den Rumpf des Transporters und blicke zum Befehlsposten, um festzustellen, wo die Phantome stecken. Es ist nicht schwer zu erkennen, weil die Feinde sie heftig beschießen.

„Chuck, kannst du mich mit Hollywood verbinden?"

„Aber natürlich kann ich das. Ich habe aber leider das Gefühl, du brauchst mich nur, um …"

„Verdammt, Charlie! Stell mich durch!"

„Oh, na gut."

„Wik?", sagt eine Frauenstimme.

„Hollywood! Verdammt, es ist schön, euch zu sehen."

„Ganz meine Meinung. Wir müssen im Augenblick die Köpfe einziehen. Anscheinend mögen die Anderkins keine Rettungsaktionen."

„Das sehe ich auch so. Hast du ein gutes Schussfeld?"

„Negativ. Zu viele Zivilisten. Und von der Brücke kommt Verstärkung."

„Hast du eine kluge Idee, wie wir hier herauskommen?"

„Das wollte ich dich auch gerade fragen."

Ich seufze. „Na prima."

„Ich habe eine Idee, falls es jemand hören will", sagt Chuck.

„Wir wollen", antworte ich.

„Sagst du das jetzt einfach so? Oder meinst du das …"

„Jesus, Chuck", ruft Hollywood. „Nun sag schon, was für eine Idee hast du?"

„Patrick lehnt sich gerade bei ihr an."

Ich löse mich von dem Transporter. „Meinst du … wir sollen dieses Schiff kapern?"

„Natürlich. Es ist bombensicher, fliegt sich praktisch von selbst und kann euch bringen, wohin ihr wollt. Außerdem bin ich, auch wenn es manche glauben mögen, wirklich nicht Jesus, Hollywood."

„Bist du dir ganz sicher, Kichererbse?", frage ich.

„Aber natürlich. Jesus und ich sehen uns überhaupt nicht ähnlich."

„Ich meine das verdammte Schiff!"

„Ah, ja. Ich bin mir ziemlich sicher, dass ihr mit recht hoher Wahrscheinlichkeit von der Brücke entkommen und an einem anderen Tag noch einmal kämpfen könnt, wie man so sagt. Und ich bin mir genauso sicher, dass Jesus und ich nicht einmal entfernt verwandt sind, auch wenn wir beide sehr geschickt darin sind, die Erdbewohnerschaft zu retten."

„Hollywood", rufe ich. „Sag dem Team, sie sollen sich bereithalten, zum Transporter zu laufen. Und sage Z Lo, dass heute Abend womöglich sein Wunsch erfüllt wird."

„Roger. Gibst du das Kommando?"

„Negativ. Wartet, bis ihr meine Schüsse seht."

Mit den Augen wähle ich einen Modus, der „gefächerte Räumung" heißt und stelle die Leistung auf Maximum. Natürlich habe ich keine Ahnung, was das bewirken wird, aber die Phantome können nicht auf die Feinde schießen, weil zu viele Menschen im Weg sind, während ich ein weitgehend freies Schussfeld habe. Zum Glück nehmen die Feinde an, aus der Richtung des Transporters und des Kommandostands drohe keine Gefahr.

Schlechte Neuigkeiten für die Plüschis: Gleich brennt die Luft.

Ich zähle acht oder sogar zehn Spähbots, vier Kampfbots und drei Todesengel, die da drüben in Deckung gehen, alle flussabwärts von mir. Dann fällt mir ein, dass maximale Leistung vielleicht doch keine gute Idee ist. Nicht, dass ich etwas dagegen habe, die Feinde von der Landkarte zu fegen, aber es könnte nützlich sein, die Ladung der Waffe nicht zu schnell zu verbrauchen, damit ich sie möglichst lange weiter benutzen kann. Also stelle ich die Leistung auf „hoch" herunter. Sollte doch reichen, oder?

Nun hole ich tief Luft und atme langsam aus, beuge mich um die Ecke des Transportschiffs vor und ziele auf den Gegner in der Mitte. Seltsamerweise werden sogar die Feinde in meinem Gesichtsfeld außerhalb des Visiers hervorgehoben. Ich weiß nicht, wie die Waffe das macht, aber wenn die Feinde erfasst werden, soll es mir recht sein.

Ich drücke ab.

Am Gehäuse des Gewehrs springen zwei Platten auf. Die Waffe vibriert, und ich suche einen stabilen Stand, weil ich den Eindruck habe, dass das Gewehr gleich …

Rooarrr-peng!

Japp.

Es tritt aus wie ein Maultier.

Der flache und breite Strahl wandert blitzschnell von links nach rechts und trifft fast alle Feinde in meinem Visier. Diejenigen, die sich rechtzeitig geduckt haben und in Deckung bleiben, überleben, während bei den Bots die Stiefel unter den abgetrennten Oberkörpern wegwandern. Auch ein Todesengel zerfällt in zwei Teile. Der Befehlsstand sieht aus, als hätte jemand die linke Seite mit einem Schweißbrenner bearbeitet.

Gleich darauf springen die Phantome hervor und laufen geduckt am Rand der Brücke entlang in meine Richtung.

Mein Visier zeigt neununddreißig Prozent Ladung an. Nicht viel, aber es sollte reichen. Ich ziehe die Waffe herum und schieße mit der Einstellung „niedrige Frequenz, niedrige Leistung". Das kommt mir vorsichtig genug vor.

Mehrmals drücke ich ab und sehe zu, wie längliche Lichtkugeln die Container und Barrikaden treffen, hinter denen die Feinde hocken. Auch die Phantome schießen und treffen kurz danach bei mir ein.

„Wie schön, dass du noch in einem Stück bist", sagt Bumper, während er zwischen die Hülle des Transporters und einen der mächtigen vertikalen Antriebe tritt.

Als ich auf ähnliche Weise antworten will, sehe ich Aaron, der Bumpers MP5 hat. Ich hatte ihn vorher nicht bemerkt und weiß nicht, was ich überraschender finde: die Tatsache, dass sie ihn mitgebracht haben, oder die Tatsache, dass Bumper ihm seine sekundäre Waffe überlassen hat. Die Maschinenpistole ist jedenfalls perfekt für Aaron geeignet, weil sie praktisch keinen Rückstoß hat. „Ihr … ihr habt ja Aaron mitgebracht", sage ich zu niemand im Besonderen.

„Wir konnten ihn doch nicht zurücklassen", antwortet Hollywood.

„Ich bin ein Teil des Teams, vergiss das nicht", erklärt Aaron.

Darüber können wir uns später noch streiten. Ich nicke in die Richtung des Hecks. „Steigt ein."

„Wollen wir das wirklich machen?", fragt Z Lo, als das Team um die Ecke läuft.

„Willst du lieber hierbleiben?", fragt Hollywood zurück.

„Nein, aber der Master Guns hat mir doch gesagt, wir fliegen heute keine Luftangriffe."

„Ja?", antworte ich. „Tja, manchmal ändern sich die Pläne. Steig ein, Semper Gumby."

32

2140, Freitag, 25. Juni 2027
Lower Manhattan, New York
Brooklyn Bridge

„Jetzt darfst du glänzen", sage ich zu dem Jungen, als er sich auf dem rechten Pilotensitz anschnallt. Z Lo ist groß genug, um den Sitz auszufüllen, während Yoshi links fast zu verschwinden scheint. Aber er kommt zurecht.

Die anderen steigen die Treppe vom Frachtraum herauf, Bumper schließt die hintere Luke.

„An den Geruch kann ich mich einfach nicht gewöhnen." Hollywood hält sich die Nase zu.

„Ich würde mir Sorgen machen, wenn du ihn angenehm fändest." Der Ammoniakgeruch bleibt haften, obwohl die Anderkins ausgestiegen sind, sobald das Fahrzeug aufgesetzt hatte.

Das obere Deck des Transporters hat keine Windschutzscheibe, sondern nur ein Cockpit mit einem einhundertachtzig Grad weit projizierten Display, das an einen gebogenen Monitor erinnert. Die Daten werden in der Plüschisprache angezeigt und sind daher nutzlos. Aber von hier aus können wir die Lücke zwischen den Kommandogebäuden erkennen, wir sehen die fliehenden Menschen und die Alien-Sicherheitskräfte, die ihre Positionen einnehmen.

Gleich darauf beginnen sie zu schießen.

Instinktiv weiche ich vom Bildschirm zurück, obwohl die Kugeln woanders einschlagen. Wir spüren das leichte Zittern, das durch die Hülle läuft.

„Ich habs doch gesagt", erklärt Chuck, den Hollywood noch auf dem Rücken trägt. „Blastersicher."

Ich klopfe Z Lo auf die Schulter. „Wie schnell kommen wir hier raus?“

„Ich bin mir nicht sicher.“ Z Lo hebt die Hände und sucht nach der Steuerung. Um die Handgelenke erscheinen orangefarbene Doppelringe. „Mann.“ Er zieht die Hände zurück, und der Transporter ruckt ein Stück zurück.

„Nicht zum Portal“, ruft Hollywood.

Sie hat völlig recht. Ich stoße Z Los Ellenbogen nach vorne, worauf das Schiff ebenfalls nach vorne fliegt.

„Hoch! Hoch!“, rufe ich, während ich Z Los Unterarme hochziehe.

Das Schiff steigt empor und fliegt knapp über den Befehlsstand hinweg. Korrektur, es fliegt nicht darüber hinweg. Die Hülle prallt gegen ein Dach, und der Ruck erschüttert das ganze Deck. Ich halte mich an der Lehne von Z Los Stuhl fest, damit ich nicht stürze.

„Ich habs, ich habs“, sagt Z Lo. Doch der Transporter kippt nach Backbord und kommt dem zentralen Kabelstrang der Brücke gefährlich nahe.

„Z Lo!“

„Ich sehe das“, protestiert er und zieht das Schiff wieder zurück.

Aaron stößt einen Schrei aus, weil er über das Deck rutscht.

Anscheinend treffen weitere Blasterschüsse die Hülle.

Ich blicke zu Hollywoods Rücken. „Hast du nicht gesagt, das Ding fliegt sich fast von selbst, Chuck?“

„Das tut es auch! Wenn kein Mensch an der Steuerung sitzt.“

„Warum hast du dann gesagt …“

„So war es für euch einfacher, euch zu entscheiden und zu verhindern, dass mich die Androchider konfiszieren.“

„Das spielt aber keine Rolle mehr, wenn wir dabei in den East River stürzen.“

„Wenigstens werde ich dann überleben.“

„Chuck!“

„Ja?“

Am liebsten würde ich ihn aus einem Fenster werfen. „Kannst du das Ding nicht steuern?“

„Verdammt, Pat, ich bin ein Blaster und kein Pilot.“

„Jetzt sind wir tot“, sagt Yoshi.

„Schon gut, schon gut“, beruhigt ihn Chuck. „Ich kann es steuern, ja. Aber ich brauche einige Minuten, um mich mit der nicht sehr beeindruckenden KI des Schiffs zu integrieren.“

„Macht es die Einfachheit nicht leichter?“, wende ich ein.

„Sag mir, ist es leicht oder schwer, mit einem sechs Monate alten Baby über Quantenphysik zu plaudern?“

„He, ich glaube, ich habs so langsam“, erklärt Z Lo.

Ich blicke zu dem Fensterbildschirmdisplay und sehe, dass uns der Junge tatsächlich stabilisiert hat. Er hält auf das rechte Spitzbogenportal des Turms zu. Die Kabel, die daneben entspringen, sind gefährlich nahe.

„Z Lo, ich glaube nicht …“

„Lass ihn fliegen“, flüstert mir Hollywood zu.

„Aber wir …“

„Lass ihn fliegen.“

Ich atme langsam aus und ducke mich hinter den Sitz des Burschen, als wäre ich dort besser geschützt. Eines Tages werde ich an Herzrasen sterben. „Eine Hütte auf dem Land“, sage ich zu mir selbst. Mein privates neues Mantra.

„Wie war das?“, fragt Z Lo.

Ich will nicht mit ihm sprechen. Vielleicht später, wenn wir die nächsten Minuten überleben. Aber jetzt? Ich habe eher Lust, den Burschen bewusstlos zu schlagen.

Ich spähe über seinen Sitz hinweg, als er in Richtung des Spitzbogenportals beschleunigt. „Huch!“, rufe ich, und Hollywood und Bumper und alle anderen sind anscheinend genauso nervös. Sogar Ghost hält sich an einer Stange über seinem Kopf fest und sagt dem Jungen, er solle bremsen.

„Wir werden jetzt alle sterben, oder?“, fragt Chuck.

„Japp.“

„Vielleicht später“, schreit Z Lo. „Aber … nicht … heute!“ Mit einem lauten Jubelruf lässt er unser Flugzeug durch den Bogen schießen.

Jenseits des Turms bleiben die Kabel unter uns zurück, während das Schiff weiter beschleunigt. „Junge, mach das nie wieder.“

Er hört gar nicht zu, sondern fragt: „Und wo sind jetzt die Waffen?“

„Nein, nein, nein“, antworten Hollywood und Bumper im Chor.

„Bring uns einfach erst mal hier raus und lande, damit wir alles in Ruhe durchdenken können“, sage ich.

Mitten auf dem Display flammt ein rotes Warnlicht auf.

„Chuuuuuuck?“, frage ich.

„Oh, diese kleinen matschbirnigen Kackstiefel“, sagt er.

In diesem Moment wird mir klar, dass rot blinkender Text mitten auf einem Display vermutlich im ganzen Universum den jeweiligen Benutzern sagt, dass etwas Schreckliches passieren wird.

„Chuck!“

„Oh, verflixt noch mal! Haltet eure Schlüpfer fest!“

„Was?“, frage ich erstaunt. „Ist das …“

Der Transporter wird von irgendetwas getroffen. Ich kann mich gerade noch an Z Los Sitz festhalten, als das Fluggerät gegen den Uhrzeigersinn zu rotieren beginnt. Direkt vor Z Lo poppt in der Luft ein weiteres Display auf. Es ist eine dreidimensionale Darstellung des Schiffs mit mehreren blinkenden Hinweisen. Die größte Fehlermeldung betrifft die Gegend um die beiden Antriebe an der Steuerbordseite.

„Oh Himmelkreuzdonnerwetter noch einmal“, ruft Chuck. „Haltet euch fest!“

Z Lo bemüht sich nach Kräften, die Rotation des Transporters auszugleichen, indem er beide Hände nach links stößt. Auch Yoshi hat jetzt zwei Ringe um die Handgelenke und ahmt den Jungen nach, aber es ist nicht zu erkennen, ob es hilft.

Bei jeder Rotation wird die unbeleuchtete City Hall im flackernden Display etwas größer. Wir bewegen uns nach Lower Manhattan.

„Haltet euch fest, wir stürzen ab“, ruft Chuck. „Das wird jetzt etwas ruckelig.“

Ob es die Gnade des Allmächtigen war oder reines Glück – der Transporter kracht nicht in die City Hall, sondern stürzt weiter südlich in den City Hall Park. Man kann wohl sagen, dass die

Bäume unsere Bruchlandung gedämpft haben, aber ich bin mir ziemlich sicher, dass der Rumpf des Alien-Schiffs eine tiefe Furche in den Rasen gezogen hat, ob uns die Bäume nun gebremst haben oder nicht.

In der Kabine blinken rote Alarmsignale, und der größte Teil der Elektronik ist ausgefallen. Der Geruch der schmorenden Elektrik wird mit jeder Sekunde stärker.

„Lagebericht", rufe ich, während ich noch auf dem Rücken liege, die Beine halb an der Wand emporgereckt. Oder ist es der Boden? Es kommt mir so vor, als läge der Transporter auf der Backbordseite.

Hollywood und Chuck liegen neben mir und melden, dass sie trotz kleiner Verletzungen einsatzklar sind. Bumper hat eine blutige Lippe, die Hollywood untersuchen will. Ghost hält sich irgendwie immer noch an einer Strebe fest, obwohl sich auf seinem Oberkörper frisches Blut abzeichnet. Z Lo und Yoshi ist es am besten ergangen. Aaron läuft etwas Blut über die Schläfe, sonst scheint er unversehrt zu sein.

„Yoshi", sage ich, ohne ihn anzusehen. „Verbinde Aarons Kopf."

Er schnallt sich schon ab. „Sofort."

„Alle anderen, sammelt eure Sachen ein und passt auf, wohin ihr tretet. Wir steigen aus, ehe die Feinde hier eintreffen."

Weniger als sechzig Sekunden später sind wir zur vorderen Frachtluke hinausgekrochen. Die hintere Klappe ist zu stark beschädigt und lässt sich nicht mehr öffnen. Ich richte mich auf und bemerke, dass die beiden Steuerbordmaschinen schon bessere Zeiten gesehen haben. In der Nähe des Parks bewegen sich viele Menschen durch die Straßen. Es ist ein Wunder, dass nicht mehr Zivilisten im Park waren, als wir abgestürzt sind. Vielleicht waren sie aber auch da, und wir haben sie …

Ich schiebe den Gedanken weg und sehe mich um.

„Darüber wird er sich nicht freuen", meint Hollywood, die den hübschen Graben betrachtet, den der Transporter durch den Vorgarten des Bürgermeisters gezogen hat.

Ich zwinkere ihr zu. „Keine Sorge, er wird schon ein paar Steuerdollar dafür auftreiben können."

Sie lächelt und nimmt Chuck von der Schulter. „Hier, ich glaube, er hat dich vermisst."

„Ach, spar dir die Mühe", wendet Chuck tieftraurig ein. „Er hat schon ein neues Spielzeug gefunden."

„Unsinn", widerspreche ich, als ich meine Neuerwerbung über die Schulter schlinge. „Die hier hat nur auf der Brücke etwas ausgeholfen."

„Tja, wenn ich dir dann doch keine Last bin, kannst du auf mich zählen. Ich bin immer gern bereit, als Ersatzrad zu dienen."

„Das ist der richtige Sportsgeist." Ich drehe mich zu den anderen um. „Seid ihr so weit?"

„Wohin gehen wir, Wik?", fragt Bumper. „Hier kennst du dich besser aus als wir."

„Wir brauchen eine gute Deckung und etwas Zeit, um uns neu zu formieren." Ich blicke in die Runde und orientiere mich. „Da drüben ist das Woolworth Building." Ich zeige nach Süden. „Das bedeutet, dass die Fulton Street Station anderthalb Blocks weiter südlich am Broadway liegt."

„Die U-Bahn?", fragt Bumper.

„Japp. Das ist eine gute Deckung. Und da es kein elektrisches Licht mehr gibt, ist sie vermutlich nicht sehr beliebt. Funktionieren eure Nachtsichtbrillen noch?"

Bumper hebt eine Hand. „Meine schon."

„Ebenfalls", bestätigt Ghost.

„Meine ist kaputt", sagt Hollywood.

„Meine auch", meldet Yoshi.

„Oh, und mir hat niemand eine gegeben", fügt Z Lo hinzu.

Ich kichere über den armen Jungen.

Dann überprüfe ich meine eigene. „Funktioniert. Passt auf, wohin ihr tretet. Möglichst wenig Kontakt zu Zivilisten. Wir steuern schnurgerade den Zugang zur U-Bahn an. Roger?"

Die anderen nicken, und dann führe ich sie aus dem City Hall Park heraus.

Wir brauchen fast zehn Minuten, um auf dem Broadway nach Süden zu laufen. Auf der Straße wimmelt es vor Menschen, überall stehen kaputte Fahrzeuge herum. Mehrere Kilometer über uns glüht die blaue Kuppel und wirft ein fahles Licht herab, das an einen Horrorfilm denken lässt. Beinahe erwarte ich schon, dass ein Monster aus dem Pflaster hervorbricht oder uns ein Zombie-Mob angreift. Nicht, dass diese Möglichkeiten im Augenblick allzu fern lägen. Trotzdem, die Menschen wirken eher ermüdet als erregt. Das ist für uns von Vorteil, denn ich will auf keinen Fall mit Gewalt gegen diese armen Seelen vorgehen müssen.

Nur einmal kommt mir jemand aggressiv entgegen. Ein junger Kerl, Anfang zwanzig, packt mich bei den Armen.

„Yo, Mann, du willst die bekämpfen, was? Bist du von der Army? Spezialeinheit, was? Hör mal, nimm mich mit. Ich kann kämpfen."

Ich streife seine Hände ab. „Bleib hier, Junge. Pass auf die auf, die du schützen kannst."

„Nö, Mann. Gib mir eine Kanone. Ich schwöre dir, ich kann supergut schießen. *Call of Duty*, verstehst du?"

„Lass mich in Ruhe, Junge." Ich versuche, ihn abzuwehren, und will ihm ausweichen, doch nun regt er sich auf. Die Wirkung von Uppers? Vermutlich hat der Typ Aufputschmittel eingeworfen.

„Komm schon, ich halte dir den Rücken frei und so weiter, kein Problem. Gib mir nur eine Waffe. Wie es aussieht, hast du doch eine übrig. Lass uns diese Ärsche kaputtschießen."

„Junge, nimm deine Hände weg und mach mir Platz."

„Erst musst du mir eine Waffe geben, Pops." Er zieht ein Messer aus dem Hosenbund und hält es mir unter die Nase.

Ich habe keine Zeit für diesen Unsinn.

Ich packe sein Handgelenk, drücke es weg und biege den Unterarm gegen den natürlichen Spielraum seines Ellenbogengelenks.

Der Junge quietscht und lässt das Messer fallen.

Ich trete es weg und ziehe ihn zu mir heran. „Hilf den armen Leuten hier. Und wenn du jemals wieder jemanden mit dem Messer bedrohst, dann solltest du aufpassen, dass du keinen Marine vor dir hast. Ist das klar?"

„Oh mein Gott. Lass mich los, Mann. Lass mich doch los."

Ich stoße ihn weg und führe das Team weiter.

Auf der Treppe, die zur Fulton Street Station hinabführt, treffen wir auf mehrere Menschen. Die meisten sind Betrunkene oder Junkies. Fast muss ich über die Ironie der Situation lachen. Selbst wenn die Aliens sich direkt vor diesen Leuten aufbauen würden, käme von der Hälfte keine Reaktion außer: „Ein ganz normaler Tag in New York." Und sie würden weitergehen.

Ich klappe die Nachtsichtbrille herunter und sage denen, die keine haben, sie sollen sich hinter den anderen einreihen und dicht bei ihnen bleiben. Wir steigen über die Drehkreuze und folgen den Hinweisschildern zur Linie Fünf. Dann klettern wir vom Bahnsteig hinunter auf das Gleis, das nach Norden in Richtung Brooklyn Bridge und City Hall führt.

Nachdem ich die Gruppe zwei Minuten schweigend durch den Tunnel gelotst habe, bleibe ich stehen und frage, ob jemand eine Lampe hat.

„Nachtsichtbrillen hoch", warnt Bumper. Dann holt er drei Leuchtstäbe aus der Weste, knackt sie und wirft die grün glühenden Röhrchen auf die Gleise.

„Lasst uns einen Kreis bilden", sage ich. „Kniet euch hin oder macht es euch bequem."

Ich befolge meinen eigenen Rat und hocke mich auf eine Betonkante an der Tunnelwand. Chuck Eins und Zwei stelle ich neben mir ab. Dann greife ich nach dem Schlauch meines Trinkrucksacks und stelle fest, dass er noch am Schultergeschirr befestigt ist. Über einen raschen Zug bekomme ich Trinkwasser, das ehrlich gesagt nicht sonderlich gut schmeckt. Da ich kräftig saugen muss, weiß ich, dass mein Vorrat fast erschöpft ist.

Die schwindenden Ressourcen bestärken mich in meiner Überzeugung, dass die größte Gefahr für die moderne Zivilisation keine Invasionen verrückter Aliens oder Katastrophen sind, ob natürlichen oder anderen Ursprungs, sondern die Schwierigkeit, ohne moderne Annehmlichkeiten und die übliche Versorgung mit Lebensmitteln zu überleben.

„Was ist los, Wik?", fragt Hollywood, während sie einen Proteinriegel schnappt, den Bumper ihr zugeworfen hat. „Alles klar?"

„Japp, alles gut. Ich musste nur darüber lachen, wie zerbrechlich wir als Spezies sind." Ich nicke Bumper zu, der mir ebenfalls einen Eiweißriegel herüberwirft.

Hollywood sieht mich besorgt an.

„Alles in Ordnung, es ist nichts weiter." Ich winke ab.

„Und, wie sieht jetzt der Plan aus?"

„Ehe wir dazu kommen", unterbricht Bumper, „was ist eigentlich da oben mit dir passiert?"

„Wie lange war ich weg?", frage ich zurück.

„Sechs Stunden", antwortet Aaron. „Wir dachten schon, du bist hin."

„Erst dachten wir, du wärst sozusagen nur gerade mal auf dem Klo, aber anscheinend bist du allein auf die Jenseitsparty gegangen und hast uns an der Tür zurückgelassen." Bumpers alter Detroit-Akzent schlägt wieder durch. „‚Ich geh schon mal rein', hast du dir wohl gedacht. ‚Und ihr wartet draußen in der Schlange.' Oh Mann, mit dir gehe ich nie wieder tanzen. Siehst du das nicht auch so, Campbell?"

Aaron weiß nicht recht, was er darauf antworten soll, und beschränkt sich auf: „Äh, ja, klar doch."

Alle kichern, weil Aaron es so sportlich nimmt. Der arme Kerl ist nicht an den Humor unter Kameradinnen und Kameraden gewöhnt, erst recht nicht an die militärische Variante.

„Um ehrlich zu sein, ihr wisst vermutlich mehr als ich selbst", berichte ich. „Ich weiß nicht, was passiert ist, nachdem Yoshi …" Ich breche mitten im Satz ab.

Yoshi senkt den Kopf und ringt mit den Händen. „Hör mal, Master Guns …"

„Das machen wir nicht hier vor allen, Yoshida. Wir sparen uns das für später auf."

„Verstanden."

Nach einem kleinen unbehaglichen Schweigen hakt Z Lo nach: „Also, du erinnerst dich doch sicherlich, dass du auf der Drohne gelandet bist, oder?"

„Japp."

„Das war ein wilder Ritt", meint Ghost.

Ich nicke. „Die Drohne hat mich abgeworfen, und dann hat mich eine andere am Fußgelenk gepackt, oder?"

Hollywood nickt. „Wir haben gesehen, wie du gezittert hast wie ein Fisch, und dann bist du still geworden."

„Genau wie bei Lewis", ergänzt Aaron.

Ich beiße mir auf die Lippe und versuche, die Erinnerungen zu vertreiben.

„Dann haben sie dich hochgezogen und weggeschleppt", berichtet Bumper.

„Was ist mit euch passiert?"

„Ghost hat geholfen, die Drohnen abzuwehren, und Z Lo hat uns im Wasser aufgesammelt. Chuck hat uns lange genug gedeckt, um Ghost zu bergen. Da wir gesehen haben, wie dich die Drohnen rüber nach Manhattan gebracht haben, sind wir dir gefolgt und haben uns im … wie hieß das noch gleich?"

„Wir haben uns im Whitehall Terminal versteckt", hilft Hollywood ihm.

„Mann", sage ich ehrlich überrascht. „Das Dock der Staten-Island-Fähren, das ist eine verdammt gute Deckung. Gut ausgedacht."

„Wir sind dortgeblieben und haben uns überlegt, wie wir dich finden können", erklärt sie.

„Und wie habt ihr das gemacht?"

„Wir haben auf der Straße ein paar Mäntel aufgeklaubt, uns unter die Leute gemischt und sind in Richtung Brücke gelaufen." Hollywood lässt den Kopf hängen und schüttelt ihn leicht. „Um ehrlich zu sein, wir hielten dich für tot. Wir dachten, es sei sinnlos."

„Wir haben anderthalb Stunden gebraucht, um dorthin zu gelangen." Yoshi nimmt einen Schluck aus dem Flachmann.

Mein Gott, ich will das Ding am liebsten in den Tunnel schmeißen.

„Einige Barrikaden konnten wir umgehen", fährt er fort, ohne mir in die Augen zu sehen. „Dann haben wir dich und die drei Todesengel entdeckt."

Ich wende mich an die anderen. „Seid ihr wirklich genau in diesem Augenblick dort eingetroffen? In dem Moment, als ich wieder zu mir gekommen bin?"

„Irgendjemand da oben mag uns wohl." Bumper grinst.

„Die haben eine seltsame Art, uns das zu zeigen", wende ich ein.

„Wir waren so überrascht, dich dort zu sehen, Wik", erklärt Hollywood. Es sieht fast aus, als würde sie gleich weinen. „Dann ist der Transporter gelandet, und dieser ekelhafte Killerplüschi kam heraus. Da wussten wir, dass es Zeit war, mit der Party zu beginnen."

Ich wende mich an Ghost. „Du hast ihm den Kopf weggeschossen."

„Schuldig." Sein Grinsen zeigt mir, dass er seinen Einsatz genossen hat.

„Sie hatten unseren Sprengstoff", berichte ich.

Bumper nickt. „Ja. Als die Drohnen keine Lust mehr hatten, uns zu verfolgen, sind sie zurückgekehrt und haben den Sprengstoff eingesammelt. Glaub mir, ich habe versucht, ihn zu zünden, auch wenn es vielleicht dich getroffen hätte."

„Schon gut, ich hätte es genauso gemacht."

Er nickt mit gesenktem Kopf, und ich hoffe, meine Worte trösten ihn ein wenig. Sich für eine Aktion zu entscheiden, die auch die Angehörigen deines Teams verletzen kann, ist eine der schwersten Entscheidungen, die ein Kombattant überhaupt treffen kann. Und Bumper hat sich entschieden, wie ich es von ihm erwartet hätte.

Er hält sich eine Faust vor den Mund und räuspert sich. „Ich weiß nicht, ob ich zu weit weg war, oder ob sie die Zünder blockiert haben, aber die Ladung ist einfach nicht explodiert, und die Partyknaller haben ihre Ziele nicht gefunden."

„Was ist mit dir, Master Guns?", fragt Z Lo.

Ich sehe den Jungen mit hochgezogener Augenbraue an, was so viel heißen soll wie: „Willst du das wirklich wissen?" Aber natürlich wollen sie auch meine Version der Geschichte hören, und sei es nur, um zu verstehen, was auf dieser Seite mit denen passiert, die durch das Portal geschickt werden. Sie müssen erfahren, dass die Todesengel nicht die höchsten Positionen in der Nahrungskette der Anderkins besetzen. Also erzähle ich die ganze Geschichte über die Stapel der Implantate und Geräte, über die armen Seelen, die zugrunde gehen, ehe sie überhaupt die andere Seite erreichen. Ich erzähle ihnen alles über den Overlord, was ich weiß, und beschreibe dessen Äußeres und wie ich den zweiten Sir Chuck auf ganz ähnliche Weise wie den ersten an mich nehmen konnte, nur dass es dieses Mal absichtlich geschah.

Als ich fertig bin, schweigen die anderen einen Augenblick im Gedenken an die Toten.

„Also glaubst du, dieser Scarface da drüben vertritt deren Militär?", fragt Hollywood.

„Japp."

„Leider war er nicht klug genug, seine Kopfbedeckung aufzusetzen", wirft Bumper lächelnd ein. „So ein Pech aber auch."

„Das habe ich ihm auch gesagt", antworte ich, „aber er konnte es nicht mehr hören." Ich zucke mit den Achseln. „Vielleicht hätte ich vorher mit ihm reden sollen."

Die anderen lachen, dann schweigen wir wieder.

„Also, ich bin froh, dass es euch gut geht", sage ich schließlich.

„Und wir sind froh, dass dir nichts passiert ist, Wik", bemerkt Hollywood. „Das hat uns schon etwas Angst eingejagt."

„Sie haben im Grunde deinetwegen gejammert und geheult", wirft Chuck ein.

„Wirklich?"

„Oh, es war schrecklich, Patrick. Schluchzen und Wehklagen. Auf einmal waren sie keine harten, kampferprobten Veteranen mehr. Ich habe sie kaum wiedererkannt."

„Fehlinformationen entdeckt", sagt meine zweite Anderkin-Waffe mit monotoner Stimme. „Quelle SR-CHK 4110 begeht Verletzung der Direktive entsprechend ..."

„Schau doch, wie spät es ist", sagt Chuck. „Können wir uns nicht in Bewegung setzen und später wieder darauf zurückkommen?"

„Oh nein, auf keinen Fall", antworte ich. „Anscheinend hat dein Kumpel da in dem, was du gesagt hast, etwas Unwahres bemerkt."

„Ich muss allerdings darauf hinweisen, dass 51678 nicht mein Kumpel ist. Er ist ein beschränkter Schießprügel, dessen einziger

Nutzwert darin liegt, dass man ihn als Briefbeschwerer benutzen kann."

„Weitere Fehlinformationen entdeckt ..."

„Ach, nun hör doch auf, du widerlicher Depp."

„Warte mal, warte mal." Ich wedele mit beiden Händen, damit das Team aufhört zu lachen. „Ich möchte wissen, wie du mit der Information umgegangen bist, dass ich tot sein könnte."

„*Moi*?"

„Genau. Wie hast du reagiert, als du gesehen hast, dass sie mich weggeschleppt haben?"

Es gibt eine unbehagliche Pause.

„Er hat es mit Würde getragen wie echter Gentleman", sagt Hollywood etwas gedrechselt und förmlich.

Die anderen kichern.

„Ein würdevoller Gentleman, ja?" Ich sehe Chuck schräg an.

„Das ... das ist möglicherweise ein wenig übertrieben. Ich glaube, ich habe hier und dort womöglich eine kleine Träne vergossen."

Das klingt, als könnte es wahr sein. Und als ich glaube, das Team kann sich nicht mehr beherrschen, platzt Chuck Zwei heraus: „Weitere Fehlinformationen entdeckt."

Jetzt lachen sie laut.

Bumper ruft: „Wik, er war wie ein verdammtes Baby."

„Teufel, ja, das war er", brüllt Z Lo. „Er hat so laut gejammert, dass ich ihn unter die Rucksäcke schieben musste."

„Er hat dreißig Minuten lang unkontrolliert geheult." Yoshi wischt sich die Tränen aus den Augen.

„Habe ich nicht", protestiert Chuck.

„Weitere Fehlinformationen ..."

„Es waren nur fünfzehn, keine dreißig Minuten."

„Also wirklich, Charles, ich hätte nie gedacht, dass ich dir so wichtig bin."

„Bist du auch nicht. Ich bin eine herzlose Alien-Waffe, die ständig darauf aus ist, dich zu vernichten. Mir ist völlig egal, was mit dir passiert. Und sage kein Wort, 51678, oder ich schieße dir deine ASIK-Speicher aus dem Gehäuse."

„Verstanden."

Das Lachen erstirbt, als unten im Tunnel Echos zu hören sind. Zuerst sind sie leise und muten überwiegend wie die Schreie von Menschen an. Aber dann folgen Impulse im Infraschallbereich, die den Putz von der Decke rieseln lassen. Die Krümel prasseln auf uns herunter, und im grünen Licht der Leuchtstäbe wallt der Staub auf.

„Das klingt, als suchten sie uns", meint Bumper.

„Dann sollten wir aufbrechen", entscheide ich. „Lasst uns packen."

„Hast du einen Plan?", fragt Hollywood.

„Wir überlegen im Gehen. Wenn sie wissen, dass wir hier unten sind, können wir nicht hierbleiben."

„Und woher wissen wir, dass die wissen, dass wir hier unten sind?", fragt Z Lo.

Wie auf Stichwort blitzt es in der Fulton Street Station, und wir hören einen lauten Knall. Der ganze U-Bahn-Tunnel bebt. Aaron stolpert gegen mich.

„Alles klar?", frage ich.

Er richtet sich auf und klopft den Staub von seiner Jacke. „Ja, alles in Ordnung."

„Phantome, los jetzt." Als ich nach Norden zeige, ist hinten im Tunnel ein weiterer Schrei zu hören, der allerdings überhaupt nicht menschlich klingt. Ich kann mich auch nicht erinnern, dass ein Todesengel schon einmal einen solchen Laut von sich gegeben hätte.

„Verdammt, was war das?", fragt Hollywood.

Chuck schaltet sich ein. „Hm, da dies unmittelbar dein Wohlergehen betrifft, kann ich die Frage beantworten."

„Und?", dränge ich ihn.

„Ah, ja, erinnerst du dich an den Killerplüschi?"

Mein Magen verkrampft sich. „Oh nein."

„Oh doch", bekräftigt Chuck. „Das ist sein Großgroßneffe. Oder ist es ein Urgroßneffe? Ich kann das einfach nicht auseinanderhalten. Jedenfalls bedeutet dieser Laut, dass er eure Witterung aufgenommen hat. Ghost, ich möchte noch hinzufügen, dass dieser hier seinen Helm trägt. Außerdem vermute ich, dass er zwei Todesengel bei sich hat. Daher würde ich vorschlagen, dass ihr umgehend weglauft."

33

2215, Freitag, 25. Juni 2027
Lower Manhattan, New York
Linie Fünf, nördlich der Fulton Street Station

Da sichtbares Licht keine so große Gefahr darstellt wie unsere Wärmesignaturen, schalte ich die Stirnlampe ein, damit auch diejenigen, die keine Nachtsichtbrillen haben, etwas erkennen können. Die LED-Lampen übersteuern die Nachtsichtgeräte, aber es ist wichtig, dass wir *alle* gut sehen können, nicht nur diejenigen mit der teuren Ausrüstung. Auch einige andere schalten die Stirnlampen ein, sodass wir recht schnell nach Norden laufen können.

„Chuck, wie ist dein Ladezustand?", frage ich.

„Seltsamerweise ist er jetzt bei einhundert Prozent. Es ist erstaunlich, was ein Gewehr leisten kann, wenn nicht ständig jemand am Abzug herumspielt."

„Oder wenn man den Verbrauch der jeweiligen Situation anpasst."

„Ich habe nur das geliefert, was du verlangst hast. Ich berufe mich auf einen Benutzerfehler."

„Äh, Veronica hat mir allerdings einen hübschen stetigen Angriffsmodus geliefert, der meiner Schätzung nach gut zwanzig Minuten gehalten hätte."

„Veronica?", fragt Chuck empört. „Hast du 51678 gerade Veronica genannt?"

„Japp, so heißt sie, bis ich sie bitte, ihre Persönlichkeit zu wählen."

„Das ist ein schrecklicher Name."

„Du kannst ihr ja selbst sagen, was du davon hältst."
Wieder hallt ein durchdringender Schrei im Tunnel.

„Der Schrei kommt näher", sagt Chuck.

Hollywood lacht leise. „Danke, du Genie."

„Was haben die denn so dabei, Chuck?", frage ich.

„Die Todesengel? Wahrscheinlich zwei von meiner Sorte. Aber die *Overlords*, wie du sie nennst, bevorzugen meinen kleinen Bruder."

„Also kleinere Waffen?", fragt Yoshi.

„Nein, guter Mann. Viel größer. Wie Z Lo im Verhältnis zu dir."

„Das klingt ja nicht so schön", meint Hollywood.

„Es sei denn, du hast so eine Waffe in der Hand", erklärt Chuck offenbar sehr selbstzufrieden. „Angesichts dieser besonderen Umstände sehe ich mich allerdings gezwungen, dir zuzustimmen. Es ist eindeutig nicht erfreulich."

„Anscheinend ist da vorne ein größerer Raum", sagt Bumper.

Ich nicke. „Da richten wir uns ein."

„Roger."

„Yo, Master Guns", meldet sich Z Lo zu Wort. „Ich will euch ja nicht den Spaß verderben, aber ich habe gesehen, wie Bumper die Todesengel direkt mit 40-mm-Granaten getroffen hat. Das hat sie nicht aufgehalten."

„Das ist hier anders", widerspricht Bumper. „Hier unten …"

„Frequenzresonanz und verstärkte Wellenoszillation wegen der Varianz in dem Raum", ruft Aaron. „Aber natürlich!"

„Häh?", macht Z Lo.

Bumper lacht, wie nur ein Seal in einem solchen Moment lachen kann. „Er meint, dass die Sprengwirkung unserer Waffen die Plüschis in diesem engen Raum besonders gut weichklopft, ehe sie sich flachlegen."

„Cool. Roger."

„Ist das nicht genau das, was ich gerade gesagt habe?", fragt Aaron.

„Außerdem wird es höllisch laut", ergänzt Bumper. „Also bereitet euch entsprechend vor."

Ich lächle und rufe mein sprechendes Gewehr. „He, Chuck, kannst du Veronica dazu bringen, den anderen Teammitgliedern möglichst keinen Schock zu versetzen?"

„Na endlich, lässt du das Flittchen sausen?"

„Nein, sie soll die Energie, die sie noch hat, darauf verwenden, vorübergehend diese … diese Verzerrung zu aktivieren … diese Sache, die uns verbirgt."

„Mann, das war aber schwierig, Patrick."

„Ja oder nein?"

„Ja. Es ist eine Art Hacking, aber das kann ich. Ich muss dich jedoch warnen, dass die Verminderung der Abwehr ihres Gehäuses nur vorübergehend ist. Und die anderen sollten sie lieber mit Handschuhen anfassen. Außerdem ist sie als Schießgerät immer noch nutzlos. Gewiss, sie ist grundsätzlich sowieso eher nutzlos, aber in diesem Fall …"

„Chuck, bleib bei der Sache."

„Verzeihung. He, Veronica?"

Das Gewehr auf meinem Rücken vibriert. „SR-CHK 4110, eingehende Kommunikation ist verifiziert."

„Mein Freund Patrick möchte, dass der Rest seines Teams deine Hängebrüste befummeln kann, ohne sich einen Tripper einzufangen. Roger?"

„Anforderung unbekannt. Bitte wieder…"

„Oh, du unterbelichtete Nulpe. Stimmbefehl: Modifiziere Abwehrbefehl, Zeile 421. Unterabschnitt vier wird aufgehoben, Autorisierung Epsilon Theta. Ausführen."

„Befehl verstanden."

„Oh, wie dramatisch", sage ich.

„Und eigentlich sogar unnötig. Aber ich wollte den Audiozugang statt dem Quantenzugriff benutzen, denn das klingt so schön nach James Bond, findest du nicht?"

„Du denkst vermutlich an Q."

„Ah, richtig, altes Haus. Entschuldige."

„Du solltest dich bei Veronica entschuldigen. Das war ziemlich grob."

„Unsinn. Ich spreche einfach nur ihre Sprache. Warts ab, du wirst schon sehen. Sie ist wirklich ziemlich beknackt."

„Hm." Ich nehme Veronica vom Rücken und werfe sie zu Bumper hinüber. „Fang auf."

Phantom Drei ist nervös, schnappt aber die Waffe und schlingt sie sich über die Schulter.

„Versuch nur nicht, damit zu schießen. Und behalte sie auf dem Rücken. Nimm Yoshi und Hollywood mit und geh nach links", sage ich, als sich der Tunnel weitet. „Alle anderen gehen nach rechts. Sucht nach Wartungstüren. Dort findet ihr …"

Ein blauer Lichtblitz rast über meine Schulter hinweg und saust die Gleise hinunter, bis er weiter unten an einer Mauer explodiert. Die orangefarbene Explosion ist so stark, dass ich die Wärme im Gesicht spüre.

„Was war das denn?", fragt Yoshi.

„Mein kleiner Bruder", antwortet Chuck.

„Geht sofort in Deckung und haltet die Waffen bereit. Wartet auf mein Zeichen. Chuck, sorge dafür, dass wir …"

„Patrick, ihr seid auf den Sensoren der Feinde nicht mehr zu entdecken. *Veronica* hat allerdings nur noch dreißig Sekunden Kapazität, um Team zwei zu decken."

„Verstanden."

Die beiden Teams verteilen sich an den Wänden. Vor uns zweigt ein kleiner, etwa einen Meter achtzig hoher Seitengang ab. Ich schicke Aaron hinein und befehle Z Lo, die Position zu halten. Drei Meter weiter entdecke ich den großen Wartungszugang, der von der Oberfläche aus zu erreichen ist. Ich befehle Ghost, in der Nische Stellung zu beziehen. Und schließlich gibt es hier auch noch eine Betonsperre von der Art, die gern in der wärmeren der beiden Jahreszeiten im Nordosten benutzt wird. Man nennt diese Phase die Bausaison, während die andere Jahreszeit „Winter" heißt.

Gerade als ich mich hinter die Barrikade hocke, kommt der Overlord mit erhobenen Waffen kreischend in den Raum gelaufen. Er wird langsamer und dreht den Kopf hin und her, um sich zu orientieren. Sein Kopfschutz ist größer als der eines Todesengels, doch er hat die gleichen rot glühenden Augen. Er stößt ein tiefes, kehliges Gurgeln aus, das vom Lautsprecher im Helm verstärkt wird.

Der fremdartige Ruf schickt vier Todesengel nach vorne, die hinter ihm gewartet haben. Als sie die Wände scannen, bereue ich sofort, Aaron in den Seitentunnel geschickt zu haben. Ich dachte nur daran, ihn möglichst schnell in Deckung zu bringen.

Dank Chuck und Veronica bemerken uns die fünf Aliens nicht. Das ist fast ein Wunder, weil sie uns schon so nahe sind. Aber das wird sich gleich ändern.

Ich nehme mir meine Zeit mit Veronica zum Vorbild und wähle in Chucks Display Hochfrequenz und niedrige Energie, ziele auf die Brust des größten Gegners und flüstere Chuck zu: „Jetzt zeig mir, was du kannst."

Sobald ich abdrücke, trifft das blaue Blasterfeuer den Brustkorb des Overlords. Gleich darauf feuern auch die anderen Teammitglieder, einige auf den Overlord und einige auf die Todesengel.

Der Lärm in der mit Ziegeln gemauerten Kammer ist so groß, dass ich nur noch ein dumpfes Dröhnen wahrnehme. Einzelne Geräusche, die dem Gehirn wichtige Details liefern könnten, gehen dabei verloren. Vielmehr schmerzen die verzerrten Schüsse mit Kugeln und Blasterenergie so sehr in meinen Ohren, dass ich fürchte, diese könnten gleich zu bluten beginnen.

Ich staune, dass der Overlord meiner Salve mit einem Sprung ausweicht und sich zur hinteren Wand zurückzieht. Dabei setzt er einen Todesengel als Deckung ein. Bumpers M249-Kugeln prallen gegen den improvisierten Schutzschild. Bei jedem Schritt, den sich der Overlord in Bumpers Richtung bewegt, fürchte ich, die automatische Waffe des Seals sei gegen den größeren Gegner unzulänglich.

Hollywood unterstützt Bumper und verstärkt den Beschuss mit ihrem AR 15. Yoshi kommt eine Sekunde später mit seinem SCAR 15 dazu. Die Frau mit den Abzeichen eines Army Sergeants und der Air Force Staff Sergeant rufen „Talking Guns" aus. Das ist eine Taktik, die Bumper und ich am Vorabend ausgearbeitet haben. Also haben sie gut aufgepasst. Das konzentrierte Feuer aus drei Waffen verletzt den Todesengel tatsächlich, im Widerschein der Mündungsblitze sehe ich Brocken aus seinem Körper davonfliegen.

Trotz des erbarmungslosen Bleiregens hält der Overlord weiter auf sie zu. Das verdammte Biest ist ein wahrer Leviathan – unverwüstlich.

Ich ziele mit Chuck auf den Overlord. „Gib mir etwas, um ihn auszuschalten."

„Überlässt du mir die Wahl?"

Das Biest hat Bumpers Position fast erreicht. Es wirft den leblosen Todesengel beiseite und schirmt mit einem Arm das Gesicht ab, während es mit dem anderen das mächtige Gewehr hebt.

„Ja!"

Es gibt eine kurze Pause, dann ruft Chuck: „Los!"

Als der Feind hochspringt, drücke ich auf Chucks Abzug. Der Rückstoß prellt meine Schulter, vorne schießt ein langer Blitztentakel heraus wie jener, mit dem ich auf der Interstate auf den Bot geschossen habe. Die Energie fließt in den Overlord und breitet sich im ganzen Körper aus, während er noch in der Luft ist. In seinem Körper entstehen unzählige orangefarbene Risse, und dann explodiert er.

In der Kammer ist es taghell, während der Overlord vor den Ziegelsteinen verdampft. Die Explosion schleudert mich gegen die Wand. Ich verliere die anderen Tangos und das Team aus den Augen, dann wird es wieder dunkel.

Mit gesenktem Kopf krabbele ich wieder vorwärts und spähe um die Barrikade herum. „Lagebericht!"

„Wir sind hier unversehrt", ruft Bumper.

„Phantom … also ich, alles gut", ruft Z Lo. Er hat seinen Rufnamen vergessen.

„Phantom Vier – alles klar. Phantomwächter Ende." Dann ruft Ghost unvermittelt: „Oh verdammt!"

Da das brennende Gewebe, das an den Wänden und der Decke klebt, etwas Licht abstrahlt, kann ich erkennen, dass die beiden überlebenden Todesengel aufstehen und die Waffen heben.

Das Phantomteam feuert auf die Tangos und beharkt ihre Seiten, den Rücken und die Köpfe mit allem, was sie noch im Magazin haben. Sogar Aaron ist aus der Deckung getreten und schießt auf das Ziel, das ihm am nächsten ist. Ghost gelingt ein kritischer Treffer am Hals des Todesengels auf der rechten Seite, und der Alien stolpert. Bumper zielt mit der Maschinenpistole auf die offene Wunde, bis der Kopf wegkippt. Doch der linke Tango rückt weiter vor und gibt mehrere Schüsse ab. Da wir Phantome genau zielen und ums nackte Überleben kämpfen, verfehlen uns die Schüsse des Todesengels. Endlich entsteht im Brustpanzer ein Riss, und sofort nimmt das Team die Gelegenheit wahr, die Kugeln in die Brusthöhle einschlagen zu lassen, bis der Tango rückwärts gegen eine Wand stolpert.

Bumper ruft, das Team solle das Feuer einstellen, und winkt mit flacher Hand vor seinem Gesicht. Nacheinander verstehen die Phantome den Befehl und geben ihn weiter. Die meisten Zivilisten nehmen an, dass man die Handsignale nur benutzt, wenn man leise sein will, aber Gesten sind eben auch dann sehr nützlich, wenn einen niemand hören kann, nachdem man sich in einem verdammten U-Bahn-Tunnel die Trommelfelle demoliert hat.

Nur wenige Sekunden nach Bumpers Anweisung hören die anderen auf zu schießen. Das heißt, alle bis auf Aaron. Er drückt den Abzug seiner MP5 so schnell durch, wie er nur kann, und geht auf das liegende Ziel zu. Auch nachdem er das Magazin geleert hat, drückt er weiter ab und ruft etwas.

Z Lo holt ihn ein und schiebt sanft den Lauf der MP5 hinunter. „Es ist gut, du hast ihn erwischt."

Aarons Brust bebt. „Wirklich?" Er brüllt, weil seine jungfräulichen Ohren sehr gelitten haben.

„Ja, das war wirklich spitze."

„Nein, ich mache keine Witze", schreit Aaron. „Die sind fix und fertig. Mann, was für ein Kampf!" Er dreht sich um. „Pat, hast du das gesehen?"

Ich trete in den Feuerschein und spreche laut, damit er mich versteht. „Gut gemacht, Mann. Ich wusste gar nicht, dass so was in dir steckt."

„Ja", ruft er. Dann streckt er einen Arm aus und hält sich an Z Lo fest. „Ehrlich gesagt, wusste ich das selbst nicht. Aber ich glaube, jetzt wird mir übel."

Während Aaron sich über dem nächsten Todesengel übergibt, fällt mir ein, dass Adrenalin in Bezug auf die Reflexe Wunder wirken kann, während es auf den Magen eher ungünstig wirkt. Trotzdem, Aaron kann stolz auf sich sein. Er war in unserer Jugend immer eher der „Leben und leben lassen"-Typ. Wenn man berücksichtigt, dass er jeder Gewalt abgeschworen hat, als er von Jacks Tod erfuhr, war es schon überraschend, ihn zu beobachten, wie er geholfen hat, einen Feind mit einer MP5 Maschinenpistole auszuschalten. Ich schätze es sehr, wie er sich anpassen kann.

„Überprüft die getöteten Tangos", sage ich. „Jagt ihnen eine Kugel in die Augenhöhle, wenn die Augen offen sind. Falls sie zucken, verpasst ihr ihnen noch zwei in die Brust oder in den Kopf. Und seht nach, ob sie etwas haben, das wir plündern können."

Aaron starrt zitternd die MP5 in seiner Hand an. „Ich glaube, ich könnte mich daran gewöhnen."

„Ich an deiner Stelle würde den Schreibtischjob nicht so schnell aufgeben." Ich nehme ihm die Waffe ab, werfe das Magazin aus, leere die Kammer und gebe sie ihm zurück. „Frag Bumper, ob er noch Munition hat."

„Verstanden, Roger." Aaron marschiert zu Bumper hinüber.

Die anderen treten bereits gegen die Leichen und stochern in gegrillten Körperteilen herum.

„He, Wik", sagt Hollywood. „Willst du hier mal deine Magie probieren?"

Sie hockt neben einem Todesengel, dessen Hand noch auf der Waffe liegt.

„Versuch es doch selbst", schlage ich vor.

„Davon würde ich abraten, Patrick", wirft Chuck ein.

„Bist du eifersüchtig? Hast du Angst, es könnte noch eine Waffe in unseren Stamm aufgenommen werden?"

„Schwerlich. Je mehr, desto besser, würde ich sagen, solange ich unter ihnen der Boss bin."

„Ach, so siehst du das also?"

„Genau, so sehe ich das. Und in diesem besonderen Fall bist du immer noch der Einzige im Phantomteam, der Spuren von

Quantenstrahlung im Körper hat, was es dir erlaubt, dich mit den Waffen zu verbinden. Wenn wir länger gegen diese Knallköpfe kämpfen, werden sicherlich auch die anderen Phantome genügend Reststrahlung aufnehmen. Bis dahin wird allerdings jeder Versuch von ihrer Seite, sich mit einer Waffe zu verbinden, zu eher unerfreulichen Ergebnissen führen. Außerdem ist diese Waffe hier beschädigt und müsste erst einmal gründlich überholt werden, ehe man sie wieder einsetzen kann."

„Das hättest du auch gleich sagen können."

„Ich wollte die Gelegenheit nutzen und etwas für euren Wissensstand tun."

„Dafür sind wir dir alle sehr dankbar, Sir Charles", erklärt Hollywood. „Vielen Dank."

„Es war mir ein Vergnügen."

Ich will gerade dem Team befehlen, weiterzuziehen, da ertönt im Süden abermals ein Schrei.

„Es gibt solche Tage." Bumper schüttelt den Kopf und hebt sein SAW. „Und es wird noch schlimmer."

„Kichererbse, wie viel hast du noch drauf?", frage ich.

„Nicht genug, um einen weiteren Overlord auszuschalten, so viel ist sicher."

„Mist." Ich sehe mich um. „Munition?"

„Drei Magazine", sagt Hollywood.

„Zwei", sagt Yoshi.

Z Lo nickt. „Ebenfalls zwei."

„Ich habe, was Bumper mir leiht", erklärt Aaron.

Ich lache in mich hinein. „Eine Hütte auf dem Land."

Auf einmal hallen zwei Schreie durch den Tunnel. Und ein dritter von Norden her.

„Von beiden Seiten?", sagt Yoshi. „Ehrlich?"

„Z Lo." Ich zeige auf den Wartungszugang. „Schau mal, ob du die Tür aufkriegst."

„Roger."

„Ich würde sagen, sie sollen nur kommen." Bumper überprüft die Kammer seines M249. „Die Mistkerle wollen Blei fressen? Ich serviere ihnen die Vorspeise."

Der Mann hat Eier aus Stahl. Trotzdem spüre ich, dass auch er Angst hat. Wir fühlen es alle.

„Das wird nichts", ruft Z Lo von der Tür herüber. „Anscheinend hat unser Scharmützel den Rahmen verbogen."

„Können wir die Tür aufsprengen?", frage ich Bumper.

„Ich habe nur noch zwei Splittergranaten."

„Ebenfalls zwei", erklärt Z Lo.

„Hier auch zwei", sagt Hollywood.

Bumper starrt unterdessen die Decke an.

„Was ist los?", frage ich.

„Ich glaube, das wird nicht halten."

„Kann die Decke herunterkommen?", will Z Lo wissen.

Bumper nickt.

„*Derukuihautareru*", sagt Yoshi.

Alle sehen ihn an und warten auf die Übersetzung.

„Der Nagel, der vorsteht, wird mit dem Hammer geschlagen", erklärt er. „Heute sind wir dran."

Verdammt auch. Dabei haben wir schon so viel erreicht. „Ich habe einen Fehler gemacht, als ich uns hierhergeführt habe. Leute, es tut mir leid."

Hollywood klopft mir auf die Schulter. „Wik, wir hätten uns genauso entschieden."

„Nein, ich nicht", wendet Chuck ein.

„Halt die Klappe, Chuck", sagen Hollywood und Bumper gleichzeitig. Dann lächeln sie sich an.

„Hier sind unsere Optionen." Ich lege so viel Mut in meine Stimme, wie ich nur kann. „Wir können den richtigen Zeitpunkt abpassen und unsere Granaten in den Tunnel werfen. Vielleicht haben wir sogar Glück, und eine Seite bricht zusammen. Oder wir sprengen die Tür auf und gehen nach oben."

„Aber warten sie da oben nicht schon auf uns?", gibt Yoshi zu bedenken.

„Das ist gut möglich", räume ich ein.

„Sogar ganz sicher", ergänzt Chuck. „Außerdem, ich will euch nicht unter Druck setzen, aber nach meinen Sensordaten bleiben euch noch etwa sechzig Sekunden."

„Wenn wir bleiben, spricht für uns, dass sie uns immer noch für weit unterlegen halten, und wir verteidigen eine feste Position. Die Aussichten sind nicht gut, aber es muss reichen." Ich blicke in die Runde. „Was denkt ihr?"

„Verschanzen", meint Bumper.

„Wir kämpfen", sagt Hollywood.

Z Lo, Yoshi und Ghost nicken.

„Ich brauche immer noch einen Clip", sagt Aaron.

Bumper zieht die Munition aus der Tasche und wirft sie ihm zu. „Das heißt Magazin."

„Egal."

Bumper zuckt zusammen. „Nein, ist nicht egal."

„Kommt her, Phantome." Ich strecke die flache Hand aus und lade sie mit einem Nicken ein. Aaron versteht als Erster, was ich will, und legt seine Hand auf meine. Dann folgen die anderen seinem Beispiel. Ich erwarte nicht von ihnen, dass sie noch das Mantra kennen, das ich vor fast zwanzig Stunden zitiert habe.

„Dicker als Blut", sage ich.

„Durch Schlamm und Glut", antwortet Aaron.

Ich lächle ihn an und nicke knapp.

„Fürchten soll uns die Welt", ergänzen die anderen.

Alle zusammen sprechen wir den letzten Satz: „Weil unser Haufen zusammenhält."

Oder besser, alle bis auf Aaron, der sich an das Original erinnert: „Ein Musketier ist ein Held." Verlegen sieht er die anderen an. „Hoppla, das Memo mit der neuen Version habe ich wohl nicht bekommen."

Mir sträuben sich die Haare im Nacken, als alle drei anrückenden Overlords gleichzeitig kreischen.

„Passt auf euch auf, Phantome", sage ich. „Zeit für OTF."

34

2234, Freitag, 25. Juni 2027
Lower Manhattan, New York
Linie Fünf, nördlich der Fulton Street Station

„Fünfundzwanzig Sekunden", warnt Chuck uns, während sich die Overlords lärmend durch die Tunnel nähern. Ihre mechanisch verstärkten Gelenke jaulen bei jedem Schritt.

„Bei zehn werfen", weise ich die Teammitglieder an, die ihre Granaten bereithalten. Ich bin auf die andere Seite meiner Barrikade gewechselt und ziele nach Norden. Hollywood ist mit ihren Granaten bei mir, die anderen blicken nach Süden.

„Ich muss schon sagen, Patrick."

„Ja, Chuck?"

„Falls etwas passieren sollte, dann will ich …"

„Hör auf, das kann ich jetzt nicht gebrauchen."

„Ich wollte dich fragen, ob du dich an meiner Stelle ergeben kannst. Ich könnte es nicht ertragen, zu ihnen zurückzukehren."

Ich schnaufe laut und schüttele den Kopf. „Du bist eine komische Nummer, weißt du das?"

„Hm. Fünfzehn." Chuck zählt ab. „Vierzehn, dreizehn."

Schon höre ich den schweren Atem der Kreaturen unter den Helmen.

„Elf. Zehn."

„Werft die Splittergranaten", befehle ich.

„Granate ist raus", rufen die Werfer. Ich höre das Klimpern der Sicherungsstifte und Bügel, das sich in das Trampeln der schweren Schritte mischt. Die Granaten fliegen in die Tunnel, und wir halten uns die Ohren zu.

Ich zähle automatisch von zehn rückwärts, und als ich bei sechs bin, mache ich mich auf die Explosionen gefasst.

Sie kommen pünktlich und jagen doppelte und dreifache Schockwellen durch die Höhle. Es fühlt sich an wie ein Schlag, der gleichzeitig Kopf und Rumpf trifft. Noch ehe die Trümmer wieder auf den Boden gefallen sind, haben wir die Primärwaffen angelegt und eröffnen das Feuer. Die Mündungsblitze erhellen die Staubwolken, während von der Decke Ziegelsteine herunterfallen. Einer prallt sogar auf meinen Helm. Bumper hatte wohl recht, was die Gefahr eines Einsturzes angeht.

Da Chuck nur noch neununddreißig Prozent Ladung hat, beschränke ich mich auf einige hochfrequente Salven mit niedriger Leistung. Durch die Wolken fliegen Funken, doch bisher habe ich noch keinen Overlord direkt gesehen. Die Blitze, die bei den Einschlägen entstehen, kommen allerdings näher. Hollywood muss in wenigen Sekunden nachladen.

„Nachladen", ruft sie.

Während sie sich duckt, jage ich mit Chuck ein paar weitere Salven los.

Hollywood taucht wieder auf und schießt auf den Overlord, der im Süden aus dem Dunst heraustritt. Ihm fehlen ein Stück des rechten Arms und ein Teil seines Helms. Anscheinend haben die Splittergranaten und der enge Raum gewirkt. Leider hat er Chucks kleinen Bruder in der linken Hand und zielt auf uns.

„Runter!" Ich drücke Hollywoods Kopf hinter die Barrikade.

Direkt danach entlädt sich die Waffe des Overlords. Die Betonbarriere explodiert, und wir werden zurückgeschleudert. Ich kann nicht atmen, ich höre nichts, ich kann kaum etwas sehen. Aber, mein Gott, ich kann fühlen.

Ich liege auf dem Rücken, und die ganze Kammer ist grau. Zwischen den Trümmern zucken orangefarbene Blitze wie die Lightshow bei einem Rockkonzert, nur dass hier keine Band spielt.

„Zielt auf den Kopf", rufe ich. Dabei kann ich nicht einmal meine eigene Stimme hören. Ich weiß nicht, ob Hollywood mich verstanden hat, aber falls sie sich schneller als ich orientiert, dann kann die Information unser beider Leben retten.

Ich richte mich auf und ziehe Chuck gerade rechtzeitig hoch, um zu sehen, wie Hollywood die letzten drei Kugeln in das entblößte Gesicht des Overlords jagt. Grünes Blut spritzt auf die Ziegel, und das mechanische Ungeheuer sinkt auf die Knie.

„Nach Norden", ruft jemand, als eine Energiewaffe heulend lädt. Ich komme auf die Beine und laufe zu unserem niedergestreckten Gegner im nördlichen Tunnel. Hollywood ist mir schon voraus. Hinter uns pulsiert Licht, und dann bebt der Boden. Die Erschütterung wirft mich hoch und schleudert mich weiter, als ich eigentlich springen wollte. Ich drehe die Schulter nach vorne, um nicht mit dem Kopf voran zu landen, und rolle mich im Schotter ab.

Dann raffe ich meine letzten Kräfte zusammen, knie mich hin und richte Chuck auf den Overlord, der gerade auf Hollywood und mich geschossen hat. Chucks Visier ist tot, und ich weiß nicht mehr, welche Einstellung er hatte und wie viel Energie er noch in sich hat, aber er ist alles, was ich noch aufbieten kann.

Ich drücke ab.

Nichts passiert.

„Tut mir leid, altes H-haus", sagt er mit bebender Stimme. „Versuch mal den kleinen Bruder da drüben. G-ginge das?"

Ich blicke nach links. Der tote Overlord mit dem halben Kopf hockt noch auf den Knien, das Blut rinnt die Brust hinunter. Anscheinend halten ihn die Servos im Körper noch aufrecht, obwohl er keinen vollständigen Kopf mehr hat. Seltsam. Dann bemerke ich, dass er in der linken Hand noch die Waffe hat, die doppelt so groß ist wie Chuck. Ich bin mir nicht einmal sicher, ob ich das verdammte Ding heben kann.

„Deckung", ruft Hollywood. Sie weicht dem Beschuss aus, während ich hinter den toten Overlord springe. Die Ladung trifft die Brust der Leiche und wirft uns in den nördlichen Tunnel. Ich pralle schwer auf den Boden, und der tote Overlord liegt quer über meinen Beinen. Von der Hüfte abwärts kann ich mich nicht mehr bewegen, aber die Arme sind frei. Außerdem habe ich Chuck verloren. Dann bemerke ich die große Waffe des Overlords direkt vor mir. Sie ist halb von Schutt bedeckt. Wieder prasseln Ziegelsteine auf meinen Kopf und die Schultern.

„Er hat es auf dich abgesehen", schreit Hollywood.

Gerade rechtzeitig hebe ich den Kopf und sehe, wie sie dem Overlord ihr AR 15 auf den Rücken drischt. Dann füllt die riesige Gestalt des Gegners den Tunnel aus. Hinter ihm blitzen Entladungen, und der Staub wirbelt hoch. Das Wesen gibt eine Art Schnurren oder Kichern von sich – er lacht, als hätte er nichts Besseres zu tun.

Bei Gott, ich hoffe, mein Plan funktioniert.

Mit einer blutigen Hand greife ich nach der Waffe, die im Schutt kaum zu erkennen ist.

Wieder schlagen Hollywood und noch jemand anders von hinten auf den Overlord ein. Trotzdem rückt er weiter in meine Richtung vor. Und er lacht.

Ich wühle im Schutt und versuche, den Griff der Waffe zu packen. Genügend Kontakt, um die Verbindung herzustellen und sie hervorzuziehen. Wollen wir hoffen, dass sie noch schießt.

„Dummes Handelsgut", sagt das Übersetzungsprogramm in der Waffe des Overlords. Endlich ertaste ich den Griff und schiebe die Hand des Vorbesitzers weg. Die Energie schießt durch meinen Arm, und zwischen den Trümmern leuchtet ein kleines blaues Licht auf.

„Wenn du das berührst, tötet es dich", sagt der Overlord mit seiner Dolmetscherwaffe.

„Mein Gott, es wäre schrecklich, wenn du dich irrst." Mit letzter Kraft hebe ich die Waffe, ziele auf die Brust des Overlords und drücke auf den extragroßen Abzug.

Aus der Waffe entspringt ein einfacher Strahl, der Rückstoß wirft mich nach hinten. Die Waffe ist zu schwer, sie fliegt mir aus den Händen, aber der Impuls trifft den Overlord und stößt ihn zur Tunnelmündung hinaus. Im Blitzen der Entladungen sehe ich, wie aus seinem Brustpanzer ein melonengroßer Brocken herausbricht, begleitet von einer grünen Gischt.

Dann wird es still, und ich starre die Decke des nördlichen Tunnels an.

„Wik", schreit jemand. „Bist du noch da?"

„Nein."

Es ergibt sich eine Pause. „Das klingt aber noch ganz munter."

Es ist Hollywood.

„Ich habe Durst. Ich bin genervt. Auf meinen Beinen liegt ein toter Alien. Und ich will in meine Hütte."

„Warte, wir holen dich raus."

Keine dreißig Sekunden später hat mich das Team von dem toten Overlord und dem Schutthaufen, der sich um mich gesammelt hat, befreit. In der großen Kammer erfahre ich, dass der erste Bot im nördlichen Tunnel vier Granaten abbekommen hat, statt der zwei im südlichen Tunnel. Das hat den Tango so schwer verletzt, dass Bumper und Ghost ihn erledigen konnten, während Z Lo und Yoshi den weitgehend unversehrten Overlord bearbeitet haben, der dahinter angerückt ist. Als kurz danach alle ihr Feuer auf ihn konzentriert haben, ist der Tango gegen Hollywood und mich vorgegangen. Der Rest ist Geschichte.

„Chuck. Wo ist Chuck?" Ich sehe mich zwischen den Trümmern um.

„Wir dachten, du hast ihn", meint Hollywood.

„Ich hatte ihn, aber … ich habe ihn verloren. Ich musste …" Da bemerke ich seinen Kolben zwischen ein paar Ziegelsteinen. „Chuck!"

Als ich zu ihm humple und die Steine von seinem Gehäuse entferne, höre ich ihn singen: *„All by myself."*

„Schönes Lied." Yoshi stimmt in die zweite Zeile ein: *„Don't wanna be, all by myself."*

Ich ziehe Sir Charles aus dem Schutt und puste den Staub weg. „Alles klar, Junge?"

„Oh, scheint so."

„Ha." Ich muss lachen. „Also, du bist noch in einem Stück, daher würde ich sagen, dass …"

„Es ist völlig irrelevant. Ich kann nicht mehr schießen."

„Ach, lass dir etwas Zeit, Mann."

„Ich glaube, du verstehst es nicht, Patrick. Wie kann ich es so ausdrücken, dass du mir folgen kannst? Oh, ich bin kaputt."

„Meinst du dauerhaft kaputt?"

„Ja. Dauerhaft."

„Können wir dich reparieren?"

„Wir? *Wir*? Meinst du damit dich und die Phantome? Keine Chance. Die Androchider könnten es vielleicht. Aber dazu müsste man …"

„Den Speicher löschen."

„Du hast es kapiert, das war der goldene Stuss."

„Nein, das heißt … ach, vergiss es."

Chuck seufzt gedehnt. „Es tut mir wirklich leid, dass ich dich so enttäusche, Patrick. Ich bin enttäuscht von mir selbst. Und von dir, weil du nicht besser auf mich aufgepasst hast, aber hauptsächlich von mir selbst."

„Mir tut es auch leid, Junge. Wir werden uns schon etwas ausdenken."

„Ich weiß deinen Optimismus zu schätzen. Er ist zwar kurzsichtig, aber äußerst reizend."

„Danke schön."

„Ich unterbreche euch nur ungern", sagt Hollywood, „aber ich glaube, wir sollten uns in Bewegung setzen."

„Wie recht du hast, Phantom Zwei. Und auch wenn meine tödlichen Wirkweisen kaputt sind, so bleibt doch − selbst wenn man von meiner charmanten Persönlichkeit, meinen Wortspielen und meinen Flachwitzen absieht − immer noch meine Fähigkeit, die Bewegungen der Anderkins zu entdecken, was, wie es der Zufall will, in diesem Moment gerade wieder sehr aktuell wird."

„Noch mehr?", frage ich ihn.

„Sie kommen in unsere Richtung."

„Verdammt auch."

„Eine weitere Welle überleben wir nicht", sagt Hollywood. „Ich will aber nicht …"

„Nein." Ich winke ab. „Es ist ja wahr."

„Du bist verletzt", fährt sie fort. „Z Lo wurde schon wieder getroffen. Ghost braucht einen Krückstock …"

„He!"

„… und Bumper hat einiges abbekommen und müsste erst einmal gründlich untersucht werden."

„Mädchen, wir können die Untersuchung auch sofort machen, wenn du möchtest", sagt Bumper.

„Wie viel Zeit haben wir dieses Mal, Chuck?", frage ich.

„Ich würde sagen, zwei oder drei Minuten. Höchstens vier. Sie rechnen damit, dass euch die letzte Abordnung von Overlords erwischt hat. Wenn aber niemand zurückkommt, werden die Befehlshaber sehr misstrauisch und schicken ein komplettes Aufklärungsteam."

„Dann müssen wir sie abschütteln", sage ich.

Die anderen nicken. Ich spüre genau, wie müde sie sind, und sie sind dehydriert. Keiner von uns ist ohne Brandwunde oder Abschürfung, was auch Aaron einschließt, und die meisten brauchen Verbandmull und antibiotische Salbe, wenn sie nicht sogar genäht werden müssen. Im Grunde ist der menschliche Körper ja nur ein Hautbeutel mit unzähligen Stellen, die undicht werden können.

„Munition?", frage ich.

Alle − und ich meine wirklich alle − schütteln den Kopf.

„Wir haben jede verdammte Patrone abgefeuert, die wir hatten." Bumper hebt sein M249. „Wir sind leer."

Das ist nicht gut, aber es gibt immer einen Ausweg. Ja, gewiss, bis zu dem Punkt, an dem es keinen mehr gibt. Im Augenblick fühlt es sich so an, als wäre dieser Punkt ungemütlich nahe. „Na schön, wir machen Folgendes. Hollywood, du …"

„Wenn wollt leben, müsst mitkommen", sagt eine Frau mit starkem russischen Akzent auf der anderen Seite der Kammer.

Obwohl wir keine Munition mehr haben und Chuck nicht mehr schießen kann, fahren wir alle herum und zielen auf die Frau. Sie trägt ein grünes Tanktop und Khakihosen, das brünette Haar hat sie sich hochgesteckt. Auf Armen und Händen hat sie eine ganze Serie von Tätowierungen. Einige davon verraten mir, dass sie mehr als einmal mit dem Gesetz in Konflikt geraten ist. Und dass sie zur Bratwa gehört, es sei denn natürlich, sie hat das Symbol der örtlichen Mafia nur versehentlich bei ihrem bevorzugten Tätowierer aus dem Katalog ausgesucht. Außerdem hat sie einen Flammenwerfer vom Typ M9A1 7 auf dem Rücken, und die Zündflamme brennt. Neben ihr stehen zwei ähnlich gekleidete Kämpfer, die aussehen, als wären sie direkt einem

Trainingsvideo des Ostblocks aus der Zeit des Kalten Kriegs entsprungen.

„Bitte", sagt die Frau. „Sind wir hier, um euch bei Flucht zu helfen, nicht um zu verletzen. Kommt schnell. Hier lang."

Ich will sie fragen, wohin sie uns führen will, doch da gibt sie den Blick auf eine versteckte Tür in der Ziegelmauer der Kammer frei. Ich fühle mich wie in einem Indiana-Jones-Film. Hinter der Tür beginnt ein Tunnel, der bis zu einer Biegung mit alten Glühbirnen beleuchtet wird.

„Verrückte russische Tussi mit zwei Gespielen und Flammenwerfern?", sagt Hollywood. „Wie soll man da Nein sagen?" Sie lässt das AR 15 sinken und setzt sich zu der Tür in Bewegung.

„Ich bin neugierig." Bumper folgt ihr.

„Japp. Lasst uns gehen." Im Gänsemarsch wandern wir hinter den drei Fremden in den Tunnel. Ich bilde den Abschluss und gebe der Frau die Hand. „Wik."

Sie schlägt mit eisernem Griff ein. „Lada."

„Setzt ihr hier wirklich Flammenwerfer ein?"

Sie nickt. „Das hält *inoplanetyanin* davon ab, uns zu folgen."

„Ino plano …"

„*Inoplanetyanin*. Ihr sagt dazu … Alien."

„Japp."

„Flammen machen alles heiß. Feuer. Also sie nicht können sehen, ja?"

„Soll mir recht sein." Ich nicke in die Richtung des Overlords im nördlichen Tunnel. „Ob deine Jungs mir dieses Gewehr holen könnten?"

Sie blickt in die angegebene Richtung. „*Inoplanetyanin?*"

„Japp. Gewehr. Große Kanone."

„Klar. Null Problem, wir benutzen Seil." Sie bellt einen Befehl für ihre beiden Lakaien, daraufhin wickelt einer einen Lederriemen von der Hüfte ab. „Wir uns sehen gleich. Ich hier mache zu Ende, dann holen euch ein, ja?"

„Klingt gut."

„Geht nur geradeaus. Abbiegen verboten, ja? Geradeaus."

„Verstanden, immer geradeaus."
„Okay." Sie tatscht mir auf den Hintern. „*Idti!*"
„He, lass das …"
„Lauf los, Cowboy."

35

2250, Freitag, 25. Juni 2027
Lower Manhattan, New York
Linie Fünf, nördlich der Fulton Street Station

Ich spüre die Hitze der Flammenwerfer im Rücken, als ich den Phantomen durch den schmalen Gang folge. Z Lo und Bumper müssen sich unter der niedrigen Decke ducken. Anscheinend halten sie auch die Schultern etwas schief. Ich bin nicht so groß wie sie, aber auch ich habe ein wenig Mühe und versuche, den Glühbirnen so gut wie möglich auszuweichen.

„Wo entlang?", fragt Hollywood.

Ich sehe nicht einmal, welche Möglichkeiten sie gerade erkennt, rufe aber trotzdem: „Geradeaus!"

Wir ziehen weiter und erreichen endlich einen kleinen Raum, von dem mindestens fünf verschiedene Gänge in unterschiedliche Richtungen abzweigen. Alle sind aus rotem Backstein gemauert und haben gewölbte Decken.

Im nächsten Gang bemerke ich einen sehr markanten und sehr vertrauten Geruch, der mich an einen der schlimmsten Jobs der Welt erinnert – Latrinendienst.

„Wir nähern uns der Kanalisation", meint Aaron.

„Und ich dachte, die wollten wir meiden", antwortet Bumper. „War da nicht was mit Infektionsgefahr, Yoshi?"

„Ja, ja. Immer diese Infektionen. Ausgesprochen lästig."

Der Gestank wird schlimmer, schließlich bleiben wir stehen.

„Und was jetzt?", ruft Hollywood zurück.

„Geht es nicht mehr geradeaus?", frage ich.

„Es geht schon, aber …"

„Geradeaus", brüllt Lada dicht hinter mir.

Ich will es gar nicht, aber mein Ellenbogen zuckt ganz von selbst zurück. Ein verdammter Reflex, nachdem ich zu viele Nächte außerhalb des Camps verbracht habe.

Zu meinem Erstaunen blockt Lada den Knuff mit den flachen Händen ab. „Du bist wie Löwe, ja? Schlagen. Macht.“

„Ich … ich mag es einfach nicht, wenn sich jemand hinter mir so anschleicht.“

„Natürlich, natürlich. Hast du gute Reflexe.“ Sie legt eine Hand wie einen Trichter vor den Mund und ruft nach vorn zu Hollywood: „Nimm Brücke!“

„Meinst du das Rohr hier?“, fragt Hollywood.

„Ja, Brücke. Geh schon.“

Ich höre Hollywood fluchen, dann bewegt sich die Schlange ein Stückchen.

Nach einer Weile sehe ich, was los ist, und verstehe, warum Hollywood gezögert hatte. Über einen drei Meter breiten Trog voll flüssiger Scheiße verläuft ein dreißig Zentimeter dickes Stahlrohr. Um es noch schlimmer zu machen, liegt der Fluss aus Unrat gut drei Meter tiefer, während es rechts mehr als sechs Meter tief in ein Sammelbecken hinabgeht. Über Kopf dient nur eine zwei Zentimeter dicke Leitung als Handgriff. Vorausgesetzt, man ist groß genug, um sie zu packen, was auf Hollywood definitiv nicht zutrifft.

Z Lo rutscht rittlings über das Rohr. Hinter ihm läuft Yoshi hinüber wie eine Gazelle.

„Angeber“, sagt Z Lo.

Aaron braucht am meisten Hilfe, Ghost und Z Lo unterstützen ihn von beiden Enden her.

Als ich an der Reihe bin, habe ich ernste Zweifel.

„Was los? Du nervös, Alphalöwe?“, fragt Lada.

„Ich muss das erst einmal verarbeiten.“ Ich setze einen Fuß auf das Rohr, wappne mich gegen den Gestank und laufe hinüber, ehe mein Gewicht beschließt, mich aus dem Gleichgewicht zu bringen. Glücklicherweise schaffe ich es in einem Rutsch bis auf die andere Seite. Z Lo fängt mich an den Armen auf und zieht mich das letzte Stück zu sich, um ganz sicherzugehen.

„Danke, Junge“, sage ich.

Er lächelt. „Hast du eine Ahnung, wohin sie uns führt?"

„Negativ. Zieh einfach den Kopf ein und bleib ruhig."

Da wir uns nicht sicher sind, wie es weitergeht, lassen wir Lada vorbei. Die beiden Männer bewegen sich langsamer. Sie tragen die Waffe des Overlords mit einem improvisierten Geschirr. Es sieht ganz so aus, als machten sie so etwas nicht zum ersten Mal.

Als Lada an mir vorbeigeht und mir zuzwinkert, komme ich schlagartig zu mir.

„Anscheinend hast du eine neue Freundin", sagt Hollywood.

„Sie ist nicht meine neue Freundin."

„Das sieht sie wohl anders." Hollywood grinst mich an und spricht mit übertriebenem russischem Akzent weiter. „Wik jetzt Spieljunge für sexy flammenwerfende Russenlöwin, was?"

Ehe ich noch einmal protestieren kann, geht Lada zügig weiter. Hollywood folgt ihr.

„Frauen", sagt Z Lo achselzuckend und macht sich ebenfalls auf den Weg.

„Was verstehst du schon von Frauen?", frage ich seinen Rücken, als sich der Bursche entfernt.

Die nächsten zehn Minuten folgen wir Lada durch einen Irrgarten von Tunneln und Räumen, die hundert Jahre alt oder sogar noch älter sind. Wir laufen durch eine alte U-Bahn-Station, die seit mehreren Generationen keine Menschen mehr gesehen hat oder jedenfalls keine mit einem Ticket in der Hand. Wir steigen zwei Leitern hinauf, mit denen Ghost große Schwierigkeiten hat, dann sogar eine Treppe aus Marmor, deren Geschichte mich brennend interessieren würde, und schließlich geht es unter einem Buntglasdach entlang, das mehrere Stockwerke zu tief ist, um die Sonne einzufangen. Trotzdem ist es beeindruckend.

Als Lada endlich anhält, stehen wir vor einer großen Metalltür, die aussieht, als hätte jemand sie aus dem Maschinenraum eines Zerstörers der US Navy gerissen. Sie zieht ein russisches NR-40-Kampfmesser aus der Scheide an der Hüfte und klopft mit dem Holzgriff dreimal an die Tür. Dann zweimal, dann wieder dreimal.

Gegenüber wird ein Riegel geöffnet, und das Rad beginnt sich zu drehen. Ein paar Sekunden später schwingt die Tür in unsere Richtung auf. Der Wächter auf der anderen Seite hat ein russisches AK 47. Er tritt zur Seite und winkt Lada durch. Das Phantomteam folgt ihr in einen verrosteten Frachtcontainer, der ebenfalls mit Glühbirnen beleuchtet ist. Auf einmal erwacht mein sechster Sinn. In Kopfhöhe sind rundherum dunkle Rechtecke herausgeschnitten. Eine wahrhafte Mörderkiste.

„Schon gut, Löwe. Ist für Sicherheit", erklärt Lada. „Kommt weiter."

Die Teammitglieder sehen mich nervös an. Ich nicke. Allerdings wächst meine Ungeduld, weil ich so wenige Antworten bekomme, während die Liste meiner Fragen immer länger wird.

„Master Guns, das gefällt mir nicht", sagt Z Lo.

„Wir gehen weiter", antworte ich, auch wenn ich dem Jungen sein Misstrauen nicht vorhalten kann. Wenn uns gleich ein paar russische Verbrecher anstelle der Anderkins niedermähen, dann bin ich echt sauer.

Der erste Frachtcontainer ist mit einem weiteren verbunden. Sie stehen hintereinander, andere sind im rechten Winkel angekoppelt. Wir klettern durch Öffnungen, die mit Schneidbrennern geschnitten wurden, und klettern Treppen aus Strahlstreben hinauf. Endlich erreichen wir eine metallene Flügeltür, die den Eindruck erweckt, wir könnten gleich aus dem Heck eines Sattelschleppers steigen. Lada klopft an die Tür und wartet. Auf der anderen Seite löst jemand die zentrale Verriegelung und lässt die beiden gut geölten Türflügel aufschwingen.

„Kann man das glauben?", staunt Hollywood.

Yoshi sieht mich erschrocken und staunend an, während Bumper zum Takt einer im Hintergrund laufenden alten Aufnahme von Céline Dion den Kopf hin und her schwenkt.

„Was läuft?", fragt Z Lo, als er eintritt.

Dann bin ich an der Reihe. Ich trete in den großen freien Raum, der von Frachtcontainern umgeben ist, die vierfach übereinander, dreifach nebeneinander und vierfach hintereinander angeordnet sind. Die meisten Wände, Böden und Decken der verrosteten Stahlkästen fehlen, aber die Bewohner haben so kreativ gearbeitet, dass man nur Bewunderung empfinden kann.

Erhöhte Laufgänge überspannen die freie Fläche und verbinden die oberen Ausgucke mit Räumen, die richtige Fenster und Türen haben. Mehrere Wendeltreppen erlauben den Zugang zu den oberen Stockwerken, und eine Rutschstange und ein Teil einer Kinderrutsche aus einem Vergnügungspark ermöglichen eine rasche Flucht zu den unten gelegenen Treffpunkten.

Die Anordnung ist noch nicht einmal das Seltsamste, denn die Dekorationen sind regelrecht bizarr.

„Als hätte ein russischer Palast ein uneheliches Kind mit einer Punkband aus den 1980er-Jahren", sagt Hollywood. Ich kann nicht erkennen, ob sie entzückt oder abgestoßen ist. Hoffentlich Letzteres, denn dies ist ein grässlicher Ort.

Ledermöbel und Plastikstühle auf ein und demselben Teppich mit Tigermuster. Goldene Lüster, Stürze und Simse an Wänden voller Gemälde, die vermutlich russische Adlige darstellen. Farbenfrohe Graffiti auf rosa, grün und neonblau gestrichenen Flächen. Riesige Bilder von Jackson Pollock und viele Kunstwerke, die die ganze Zeitspanne von den Impressionisten bis zu Roy Lichtenstein abdecken. Ich bin kein Fachmann, habe aber ab und zu mal ein Museum besucht. Es gibt sogar eine Bronzebüste mit einer Plakette: Fjodor Dostojewski.

Und auf jedem Möbelstück sitzt, auf jedes Geländer stützt sich, auf jedem Teppich lümmelt ein bewaffneter Mensch, der irgendeine Art militärischer Tarnkleidung trägt und entweder eine Zigarette raucht oder Schnaps trinkt. Oder beides.

„*Dobro pozhalovat*", sagt Lada. „Willkommen in Boxcar City."

Ein Typ, der ein Def-Leppard-Shirt trägt, hilft Lada, den Flammenwerfer abzulegen. Ein anderer bietet ihr eine Zigarette an und gibt ihr Feuer. „Das wie Klettergerüst für Boxcar-Kinder, ja? Nur, dass hier Erwachsene. Kommt mit, bringe euch zu Sissy. Er euch kennenlernen will."

Bumper dreht sich über die Schulter um und flüstert: „Sissy?"

„Bleibt ruhig", sage ich leise zu den Phantomen. „Und keine plötzlichen Bewegungen, *da?*"

„*Da*", antworten sie wie aus einem Munde.

Unter den wachsamen Blicken der Bewohner laufen wir über die freie Fläche. Mir fällt auf, dass vom Hauptraum noch mehr Container abzweigen. Sogar auf der Ebene der Balkone führen mit Stoffbahnen verhängte Gänge in alle Richtungen. Das hier ist eine kleine Stadt oder wenigstens wie ein eigenartiger kleiner Ort.

„Bratwa. Untergrundnetzwerk", sagt Ghost mit gesenktem Kopf. „Mir scheint, wir sind nach Osten in Richtung Fluss gegangen."

„Verstanden", flüstere ich zurück. „Ich wette ein Bier, dass wir nahe an den Kaianlagen sind."

„Abgelehnt. Ich bin ganz deiner Meinung."

Lada bleibt vor einer weiteren Doppeltür stehen, nur dass diese aus Hartholz gebaut und mit Gold umrahmt ist. Zwei Russen, die anscheinend ihr ganzes Leben im Fitnessstudio verbracht haben, erlauben ihr nickend den Zutritt, wirken aber nicht sonderlich begeistert, als wir ihr folgen wollen. Lada brüllt sie an, worauf sie zurückweichen und die Tür öffnen.

Dahinter bilden drei Container ein Büro mit einem großen Mahagonischreibtisch. Ledermöbel und rote Vorhänge sollen den Anschein erwecken, hier gebe es altmodischen Luxus, doch letzten Endes sind wir immer noch irgendwo unter Manhattan in einem rostigen Blechkasten.

Eingerahmt von bewaffneten Wächtern sitzt ein Mann mit geöltem dunklem Haar und schwarzem T-Shirt am Schreibtisch. Wie Lada trägt er Tätowierungen, die von illegalen Aktivitäten zeugen. Anscheinend hat er auch ein lebhaftes Interesse an Piroggen und Pelmeni. Doch die Narben auf den Händen und im Gesicht verraten mir, dass er sich das Recht verdient hat, so fett zu werden, wie er will, und die Ringe an den Fingern sagen, dass er es sich leisten kann.

Seine Leibwächter sehen so aus, als könnten sie gut mit den Uzi-Maschinenpistolen aus israelischer Produktion umgehen. Und ich dachte, sie hätten uns zum Tee eingeladen.

Lada sagt etwas zu dem Mann am Schreibtisch, dann tritt sie zur Seite und winkt uns nach vorn.

Der Boss betupft seinen Mund mit einer Stoffserviette, gibt sie einem Wächter und schnüffelt demonstrativ. „Ihr seid *inoplanetyanin* begegnet, *da?*"

„Ich sage es nur ungern." Ich trete einen Schritt vor. „Aber ihr habt hier einen ziemlich unangenehmen Befall."

Er zieht eine buschige Augenbraue hoch und schweigt einige Sekunden. Nicht gerade ein begeisterter Empfang. Und ich hatte mich so auf ein geistreiches Geplänkel gefreut.

„Befall hatten wir vorher nicht", sagt er schließlich. „Anscheinend hat jemand herunter mitgebracht."

Sein Tonfall gefällt mir überhaupt nicht. „Wirklich? Deine Freundin hier scheint aber einige Erfahrung darin zu haben, vor deiner Tür aufzuräumen."

„Lada ist Schwester, *pindo*."

„Autsch", sagt Bumper leise. „Sollte dann nicht eher sie Sissy heißen?"

„Und vorher wir hatten kaum Besuch, ja? Jetzt habt ihr *pindos* sie hergelockt. Alexei nicht glücklich."

„Ich dachte, er heißt Sissy", flüstert Z Lo.

„Schließ doch die Türen ab", schlage ich vor.

Alexei oder Sissy oder der kräftige russische Gangster oder was auch immer stemmt die Ellenbogen auf den Schreibtisch. „Meine Leute mir berichten, dass *inoplanetyanin* herumschwärmen und Beute suchen. Einfache Antwort für Alexei ist, wir euch schicken wieder hoch, damit Aliens von Fährte abkommen, *da?*"

„Klar, das könntest du tun. Aber wenn du das tun wolltest, dann hättet ihr uns auch gleich draußen sterben lassen können. Warum hat uns deine Schwester gerettet und unsere Spuren verwischt?"

Alexei lächelt und droht mir mit einem dicken Finger. „Ich mag dich, *pindo*. Kluger Mann, *da?* Sehr klug." Er schnippt mit den Fingern, worauf die Wächter hinter dem Schreibtisch hervortreten.

Ich spanne mich an und mache mich auf einen Kampf gefasst.

„Ruhig, *pindos*. Immer mit Ruhe", sagt Alexei. „Ruhig, Max."

Die Wächter gehen an uns vorbei, öffnen die Tür und brüllen einige Befehle.

Die Phantome machen zwei Männern Platz, die Chucks kleinen Bruder in dem improvisierten Geschirr hereinschleppen. Sie achten gewissenhaft darauf, die Waffe nicht zu berühren. Allmählich setzen sich die Teilchen zusammen. Sie haben schon einmal versucht, eine Alien-Waffe zu konfiszieren. Die Lakaien legen das Ding auf dem Teppich ab und heben die eigenen Waffen.

Also ist Alexei ein Waffenhändler. Die Flammenwerfer, die AKs, die Uzis – und jetzt interessiert er sich für die Waffen der Anderkins. Es passt alles zusammen. Mit Chuck und Veronica, die ich mir links und rechts über die Schultern geschlungen habe, fühle ich mich sehr exponiert.

Alexei hat aus dem Aschenbecher auf dem Schreibtisch eine Zigarre aufgenommen. Die Schale sieht aus, als sei sie aus dem unteren Teil einer Granate geschnitten worden. Er nimmt einen langen Zug und stößt den Rauch durch die Nase aus. „Also, wer von euch spricht die Sprache der Waffe?"

„Ich bin mir nicht sicher, ob wir ..."

„Lada hat gesehen, wie jemand große Waffe abfeuert und spricht. Wer war das?"

„Ich glaube, du verwechselst uns mit ..."

Er schnippt mit den Fingern. Die Wächter ziehen die Uzis so geübt hoch, dass ich keinen Zweifel an ihrer Fähigkeit habe, blitzschnell eine Gruppe von Menschen niederzumähen.

„Du warst das, oder?" Alexei zielt mit der Zigarre auf mich. „Die Waffen da auf dem Rücken. Du bist Flüstergewehr, *da*?"

„Ich würde mich eher als Gewehrflüsterer bezeichnen, aber es soll mir recht sein."

Alexei klatscht in die Hände und schleudert dabei Asche auf seinen Schreibtisch. „Ich wusste! Ha! Komm, komm." Er steht auf, und erst jetzt sehe ich, wie groß und rund er wirklich ist. „Zeig uns."

„Wie bitte?"

„Du sprichst. Du schießt."

„Hör mal, ich bin mir nicht sicher …"

Alexei nickt, worauf die Wächter ihre Waffen entsichern.

„Natürlich demonstriere ich es dir gern", sage ich mit erhobenen Händen. Langsam drehe ich mich um und flüstere über die Schulter: „Chuck, sag jetzt kein Wort."

„Hm-hm", antwortet er leise.

So ungern ich es auch zugebe, es würde mir überhaupt nicht gefallen, wenn diese Russen Chuck einkassieren. Ich habe ihn zwar erst seit einem Tag, aber trotzdem würde ich es nicht gern sehen, wenn Sir Charles von einem Gangsterboss als Trophäe an die Wand gehängt wird, ob man nun mit ihm schießen kann oder nicht. Es ist besser, wenn Alexei sich auf die große Kanone konzentriert, statt auf die beiden, die mir wirklich etwas bedeuten.

Direkt diesseits der Bürotür hocke ich mich neben das Gewehr des Overlords und strecke schön langsam die Hand aus. Mir ist sehr bewusst, dass die Leute mit den Uzis und AKs immer noch auf mich zielen. Nur zu gern würde ich mich umdrehen und den Raum mit meiner Alien-Waffe ausräuchern, aber ich hätte die ersten Kugeln im Kopf, ehe ich das große Ding auch nur in der richtigen Position hätte. Und mein Team wäre dann so tot wie ich. Es ist besser, ich lasse mir Zeit und erkläre, was ich mache.

„Ich werde das Ding jetzt vorsichtig und langsam aufheben", erkläre ich.

Sie winken kurz mit den Läufen, was so viel heißen soll wie: „Halt die Klappe und mach voran."

Chuck 3.0 ist schwerer, als ich ihn in Erinnerung habe. Vermutlich wiegt er oder sie um die sechzig Kilo. Meine Güte. Ich muss weniger Kohlenhydrate essen. Angesichts meiner Verletzungen und der Müdigkeit kann ich nur durch die Tür nach draußen zielen, ohne die Waffe zu schwenken.

Alexei schnippt noch einmal mit den Fingern, worauf Lada etwas durch den Hauptraum zum Eingang ruft, durch den wir hereingekommen sind. Mehrere Leute schleppen eine Büste in die hintere linke Ecke.

„Ach, aber doch nicht Dostojewski", klagt Ghost.

Alle sehen ihn erstaunt an.

„Was habt ihr denn? Ich mag seine Romane.“

Irgendwie überrascht mich das nicht.

Ich blicke zu Lada. „Lass deine Leute lieber ein Stück zurücktreten.“

Sie ruft noch einige Befehle, und die Leute räumen die andere Seite.

Ich nehme an, die Waffe ist noch so eingestellt wie beim letzten Schuss und rechne damit, dass sie die Büste des russischen Schriftstellers und einen Teil der Umgebung zerstört. Wenn nicht, dann könnte es sehr schnell sehr unangenehm werden. Ich bitte Z Lo zu mir und stütze mich mit seiner Hilfe ab.

„Haltet euch die Ohren zu“, sage ich so laut, dass es alle hören können. Das Visier der Waffe hat sich noch nicht auf mein Auge eingestellt, daher ziele ich mit dem Lauf, so gut ich kann. Dann drücke ich ab.

Das verdammte Ding bockt heftiger als eine M61 Vulcan und jagt einen einzelnen Strahl quer durch den Raum. Der Schuss zerstört Dostojewski und schlägt ein Loch in die hintere Wand, aus der ein Funkenregen sprüht.

„Wundervoll“, sagt Alexei, ohne die Zigarre aus dem Mund zu nehmen. Er klatscht in die Hände und kommt zu mir. „Sehr beeindruckend, Mister Flüsterkanone.“

Man hat mir schon schlimmere Namen gegeben.

„Bitte, bitte.“ Er winkt mir, die Waffe abzulegen. Gott sei Dank. „Lass uns jetzt Deal machen, *da?*“

„Was schwebt dir denn so vor?“ Ich strecke mich und bedanke mich bei Z Lo für die Unterstützung.

„Ich dir biete Position hier bei uns, und wir machen Entwicklung. Ich glaube, ihr nennt Forschungs- und Entwicklungsabteilung.“

Damit hatte ich nun wirklich nicht gerechnet. „Ich sags dir nur ungern, aber wir hatten nicht die Absicht, lange hierzubleiben.“

Meine Antwort missfällt Alexei sehr. „Und warum nicht?“

„Äh, ich weiß nicht, ob es dir aufgefallen ist, aber die Stadt wird angegriffen“, sage ich so freundlich, wie es mir im Augenblick möglich ist.

Alexei runzelt die Stirn.

„Von Aliens.“

Die Falten auf seiner Stirn werden tiefer.

„Sie treiben die Menschen in ein Portal. Was verstehst du daran nicht?“

Alexei nimmt einen langen Zug von seiner Zigarre, marschiert um den Schreibtisch herum und setzt sich. Seine Wächter kehren an seine Seite zurück, die Waffen halten sie immer noch bereit.

„Regst du dich auf, aber wozu? Für gar nichts“, sagt der Gangsterboss.

„Vierzehn Millionen Menschen, die wie Vieh getrieben werden, würde ich nicht als ‚gar nichts‘ bezeichnen.“

Er schürzt die Lippen. „Und ihr *pindos*, wo steht ihr jetzt?“

Ich halte das für eine rhetorische Frage und verspüre keine Lust, darauf zu antworten.

„Sieh doch um. Wir hier in Sicherheit. Haben gut.“

„Ist dir wirklich scheißegal, was mit New York passiert?“

Er lacht laut auf. „Scheißegal, ja? Scheißegal. Ha. Sind wir Russen. Weißt du, was bedeutet?“

„Ich möchte wetten, dass du es uns gleich unter die Nase reibst“, flüstert Bumper. Zum Glück hört Alexei diese Worte nicht.

„Soll bedeuten, wir immer überleben.“ Er klopft sich mit der Faust auf die Brust. „Wir halten durch. Wie Küchenschabe, ja? Du glaubst, du trittst auf uns und machst uns tot? Kommen wir aber zurück und bringen hundert Freunde mit. Überfallen dein Haus. Übernehmen alles. Siehst uns nicht mal kommen. Verstecken wir uns in Wand. Unter Fußboden. Und du glaubst, Haus gehört dir. *Da*. Aber Haus gehört dir nicht. Gehört uns.

Diese *inoplanetyanin*, was glauben die, was machen? Krieg? Ausrottung? Wir überleben viele Ausrottungen. Trotz allem wir wie Küchenschabe überleben. Wenn bleiben willst, überlebst du auch, *da?*“

Ich bekomme eine Gänsehaut. Die Tatsache, dass solche miesen Typen wie er in New York existieren, ist ein Beweis dafür, was ein freies Land Drecksäcken zu bieten hat, die unsere Freiheiten missbrauchen wollen. Vielleicht ist er auch nur ein schlagender Beweis für das Versagen des FBI beim Ausrotten der Termiten unter unserem Fußboden. Wie auch immer, ich will nichts mit ihm zu tun haben.

„Kein Deal, Moskau. Wenn du uns nicht hilfst, die Stadt zu befreien, dann bist du genauso schlimm wie die Aliens."

„Was für ein Kerl", wendet Alexei sich lachend an Lada. „Er ist ja ein richtiger G.I. Joe." Er fährt sich mit der Zunge über die Zähne und nimmt noch einen Zug von der Zigarre. „Hier ist, was ich dir anbiete. Du kommst und arbeitest für mich und zeigst mir, wie *E.T.*-Kanonen funktionieren, und ich gebe dir und deiner Crew komfortable Unterkunft, bis Sturm vorbei ist."

„Oder?"

„Oder ich erschieße euch und werfe eure Leichen oben auf Straße als Zeichen des guten Willens zwischen Bratwa und hässlichen Weltraumfratzen, *da?*" Er winkt, und die beiden Leibwächter und Lada heben die Waffen und zielen auf uns.

Wir sind so weit gekommen, und ich kann nicht glauben, dass es nicht die Drohnen, die Bots, die Todesengel oder die Overlords sind, die uns erledigen, sondern die gottverdammten Russen.

Immer die Russen.

Da fällt mir der Casinochip ein, den Vlad mir in der Antarktis gegeben hat. Ich komme mir wie ein Idiot vor, weil ich nicht früher daran gedacht habe und daran glaube, es könnte in einem Moment wie diesem noch etwas ändern. Allerdings hat Vlad mir versichert, dass die Bratwa und ich jetzt dicke wie beim Sex wären. Das muss doch etwas bedeuten, oder? Außerdem, welche anderen Möglichkeiten habe ich überhaupt noch? Wir können unmöglich hierbleiben, während Millionen Menschen in den Tod gescheucht werden. Und ich will auf keinen Fall zusehen müssen, wie mein Team niedergemäht wird.

Also der Pokerchip.

Sofern ich ihn nicht herausgenommen habe, und sofern ihn die Plüschis nicht weggenommen haben, müsste der Chip immer noch in der Uhrentasche meiner Weste stecken.

„Darf ich?" Ich zeige auf meine Weste.

Wächter eins und Wächter zwei mögen es nicht, aber Alexei ist neugierig. „Was denn?"

„Ich habe etwas, das dich interessieren könnte." Hoffentlich jedenfalls.

„Kein blödes Cowboyding, *da?*"

„Nein, kein blödes Cowboyding." Ich schiebe die Finger am Notizbuch vorbei und spüre den oberen Rand des Casinochips. Jackpot. Langsam, sehr langsam ziehe ich den Chip heraus und halte ihn hoch, damit ihn alle sehen können.

Alexei steht auf. „Wo hast du gefunden?"

„Oh, ich habe ihn nicht gefunden. Das war ein Geschenk."

„Was für ein Geschenk? Wer gibt dir?"

„Er sagte, die Bratwa und ich wären jetzt ganz dicke."

„Wer sagt, ihr seid dicke? Warum das?"

„Also, wie es aussieht, habe ich ihm in der Antarktis das Leben gerettet. Es war da ein bisschen …"

„*Yuzhnyy polyus?*"

„Ja, die waren da ein bisschen *juschni pollis.*"

„Das ist Russisch und heißt Südpol", erklärt Ghost.

„Wen kennst du? Lass mich sehen." Er kommt um den Schreibtisch herum, schnappt mir den Chip aus der Hand und untersucht ihn von beiden Seiten.

Um ehrlich zu sein, ich habe ihn nie wieder hervorgeholt, nachdem Vlad ihn mir gegeben hatte, daher ist mir nicht klar, wonach Alexei sucht. Anscheinend aber ist seine Neugierde geweckt, und möglicherweise ist das unser Ticket in die Freiheit.

Es sei denn, Vlad hat mir einen Streich gespielt. Dieser Hundesohn. Falls er mir eine Fälschung untergejubelt haben sollte, dann werde ich ihm …

„Sprich Namen." Alexei fuchtelt vor meiner Nase mit dem Chip herum. „Sag seinen Namen."

„Wen meinst du? Vlad?"

„Vlad? Wie ist Nachname?"

Ich überlege, was auf seinem Namensschild auf der Uniform stand. „Ich kann keine russischen Buchstaben lesen, also …"

„Beschreibe."

„Spielen wir jetzt ‚Was bin ich' oder so?"

„Willst weiterleben? Willst beweisen, dass du nicht von teurer russischer Nutte gestohlen, mit der er auch schläft? Du beschreibst."

Ich ziehe eine Augenbraue hoch. „Ungefähr eins fünfundneunzig, hundertvierzig Kilo schwer, hässlich wie …"

„Vorsicht."

„… mit einem Gesicht, das seine Mutter ganz bestimmt liebt."

„Äh." Alexei schließt die Faust um meinen Chip und geht weg. „Könnte das jeder Kamerad in Sibirien sein. Siehst du? Du lügst. Du musst …"

„Er war der einzige russische Überlebende nach dem Vorfall auf der Forschungsstation im Ellsworth-Hochland. Willst du einen Freund anrufen und dich vergewissern? Nur zu. Aber Vlad und ich haben zusammen viele gute Männer sterben sehen. Viele *Kameraden*. Vielleicht bedeutet dir das nichts, Alexei, aber mir bedeutet es eine Menge."

Der große Mann setzt sich wieder an den Schreibtisch und klatscht den Pokerchip auf die Fläche. Er starrt ihn an und kaut an der Zigarre. „Er hat dir gesagt? Dass du mit Bratwa dicke bist?"

Ich kratze mich im Nacken, während die Wächter langsam die Gewehre sinken lassen. „Ja, leider."

„Und du hast ihm Leben gerettet?"

„Japp."

Alexei nickt. „Gut. Wenn du sagst Wahrheit, okay. Wenn nicht, ich erschieße dich zweimal, einmal fürs Lügen und zweimal, weil du schlecht gelogen hast, *da*?"

„Und wie wollen wir beweisen, dass ich dir die Wahrheit sage?"

„Ganz einfach. Fragen ihn."

36

2313, Freitag, 25. Juni 2027
Lower Manhattan, New York
Boxcar City

Geschlagene sechzig Sekunden lang rührt sich niemand außer Alexei. Er pafft gemächlich seine Zigarre und spielt mit dem Ring am linken Zeigefinger.

Nachdem der Gangsterboss seine Schwester auf einen Botengang geschickt hat, und da ich weiß, dass die elektronische Kommunikation nicht mehr funktioniert, nehme ich an, dass Vlad sich irgendwo in Boxcar City befindet. Das klingt so unwahrscheinlich, dass man es kaum ernst nehmen kann. Meines Wissens wollte Vlad zurück nach Moskau und nicht nach New York. Falls er aber wirklich hier sein sollte, könnte er unsere Rettung sein, sofern er bereit ist, sich für uns zu verbürgen. Angesichts der Dinge, die wir zusammen erlebt haben und wenn ich mich an den freundschaftlichen Nachdruck erinnere, mit dem er mir den Casinochip geschenkt hat, vermute ich, dass er sich für uns stark machen würde.

Als Lada endlich zurückkehrt, drehen sich alle um. Sie bringt einen großen Russen mit, der ein schwarzes Shirt und schwarze Cargohosen trägt. Wer es auch ist, es ist jedenfalls nicht Vlad.

„Wladimir", sagt Alexei. „Kennst du den Kerl?"

„Nein", antwortet der Neuankömmling.

„Wie schade."

„Warte mal, das ist gar nicht Vlad." Ich zeige auf den Hochstapler. „Jedenfalls ist er nicht derjenige Mann, der mir den Pokerchip gegeben hat."

„Ich werde doch meinen eigenen Bruder erkennen", sagt Alexei.

Bruder? Das läuft aber gar nicht gut. „Daran zweifle ich auch nicht, Alexei. Ich sage nur, dass derjenige Mann, der mir in der Antarktis geholfen hat, die Aliens umzulegen, nicht dieser Mann da ist."

„Bist du dir sicher?", fragt er.

„Sehe ich wie jemand aus, der in einem solchen Moment lügt?"

Alexei kaut noch ein paar Sekunden an der Zigarre, ehe er Lada zunickt. Sie reagiert sofort, bugsiert diesen Vlad hinaus und ruft etwas auf Russisch. Herein kommt ein anderer schwarz gekleideter Russe, dessen Gesicht und dessen Bauchtasche mit der amerikanischen Flagge ich sofort wiedererkenne.

„Amerikanischer Alphateufelshund?" Vlad grinst mich breit an und zeigt mir den Goldzahn, der denjenigen ersetzt hat, den ich ihm ausgeschlagen habe.

„Vlad." Ich salutiere mit zwei Fingern.

„Ha!" Er wendet sich an Alexei. „Wo hast du den gefunden? Mann." Vlad kommt zu mir und hebt die offene Hand. Wir packen unsere Hände an den Daumen, und dann zieht er mich plötzlich an sich und umarmt mich so fest, dass mir die Luft wegbleibt. „Das ist wundervolle Überraschung. Lass mich ansehen." Er hält mich auf Armeslänge und mustert mich von oben bis unten. „Ah, hast dich überhaupt nicht verändert."

„Mann, es ist doch erst zwei Monate her."

„Ah, ja. Aber fühlt sich trotzdem an wie Leben lang, ja?"

Als ich antworten will, hält Alexei den Pokerchip hoch. „Ist das dein Zeichen, *malen'kiy bratik?*"

Vlad streicht sein Shirt glatt und geht hinüber, um den Chip zu betrachten. „*Da.* Habe ich ihm gegeben, nachdem mir Leben gerettet hat." Er dreht sich um und sieht mich an. „Du hast Sissy angeboten?"

„Ich wollte ihn um einen Gefallen bitten, japp."

Vlad sieht wieder seinen älteren Bruder an – das hier ist anscheinend ein echtes Familiengeschäft. „Muss man respektieren."

Alexei lässt den Chip auf den Schreibtisch fallen und wirft die Arme hoch. Ich nehme an, er stößt eine Reihe von Flüchen aus, weil sein Gesicht puterrot anläuft. Vlad reagiert mit einer ebenso lauten russischen Litanei. Ich beobachte die Wächter, die den Familienzwist geflissentlich ignorieren.

Endlich nimmt Lada einem Wächter eine AK ab und jagt eine einzige Kugel in die hintere Wand, um den Streit zu beenden.

Das Dröhnen in meinen Ohren wird noch lauter. Herzlichen Dank auch.

„Ist entschieden", grinst Vlad mich an. „US Brooklyn New York und russische Bruderschaft sind wieder dicke wie bei Sex machen."

Der Mann, den ich jetzt Sissy nennen soll, weil wir *dicke* sind, Lada und Vlad führen die Phantome durch einen weiteren Irrgarten aus Containern.

„Können wir den Russkis trauen?", fragt Yoshi gerade laut genug, damit das Phantomteam es hören kann.

„Nein", antworte ich. „Aber wenn ich zwischen ein paar zwielichtigen russischen Wohltätern oder der Reise durch ein Alien-Portal wählen muss, dann nehme ich die Russen, lege noch zweihundert Dollar drauf und sage danke, Alex."

„Roger."

Mit ein paar schnellen Schritten hole ich Vlad ein, der uns mit seinem großen Bruder und seiner Schwester tiefer nach Boxcar City hineinführt. „Wie bist du nach New York gekommen?"

Vlad sieht sich lächelnd über die Schulter um. „Nach Ellsworth, sagt russische Armee, ich darf wohlverdiente Pause machen. Also beschließe ich, nach USA zu fahren."

„Vegas?"

Wieder ein Grinsen. „Ich dachte, wird wundervoll. Aber habe schlechte Nachrichten."

„Ja?"

„Céline Dion singt nicht mehr."

„Äh, das ist hart."

„*Da.* Sehr harte Härte. Mag ich gar nicht."

So hat noch nie ein russischer Gangster mit mir gesprochen.

„Aber Vlad kriegt gute Laune. Gewinnt viel Geld mit Texas Hold'em und hat viel Beischlaf mit amerikanischen Frauen."

„Ehrlich? Glückwunsch, mein Freund."

„Außerdem sehe ich Blue Mans Grouping und Gwen Stefani von ehemals *No Doubts*." Er hält zwei Daumen hoch und duckt sich unter zwei Glühbirnen durch. „Nach einer Weile habe genug und komme und besuche großen Bruder in Big Apple, ja? Und dann hört Strom auf. Wir gehen in Deckung. Und jetzt ist hier amerikanischer Alphateufelshund. Ist so ein schönes Leben."

„Da hat aber heute jemand seinen Glücklichmacher genommen", sagt Hollywood hinter mir.

Ich lächle und antworte Vlad mit leiser Stimme. „Also ist dein großer Bruder der Boss der Bratwa in New York?"

Er nickt. „Sehr erfolgreich. Mutter stolz auf ihn."

„Da bin ich mir ganz sicher. Wohin bringt er uns eigentlich?"

„Wirst sehen. Und wirst mögen, was Sissy hat."

Was mich wieder zu Alexeis Namen bringt. „Sag mal – Alexei, warum wird der Sissy genannt, obwohl er der große Bruder ist?"

Vlad kichert leise. „Unsere Mutter wollte Tochter haben, Erstgeborene. Als Alexei kommt, nennt sie ihn Sissy wie Amerikaner sagen für kleine Schwester, ja? Vater hat gehasst, also hört sie auf damit. Aber später, als Lada kommt, nennt die Alexei auch wieder Sissy. Stellt sich heraus, dass sie es von Mutter hat, weil die ihn hinter Vaters Rückseite immer noch Sissy genannt. Jetzt heißt er eben Sissy, weil erinnert ihn an Mutter. Wenn Leute lachen, erschießt er."

„Gut zu wissen und danke für die Geschichtsstunde."

„Keine Probleme." Er streckt den Arm aus und legt mir eine Hand auf die Schulter. „Bin erfreulich, dass du bist hier."

„Danke, Mann."

„Jetzt schau. Wir angekommen."

Lada klopft an eine weitere Tür, die aussieht wie ein Schott, und wartet, während jemand von innen öffnet.

„Da würde ich gern einkaufen", sagt Bumper, als wir eintreten. Es ist eine Waffenkammer, die mindestens fünf Container tief und drei breit ist. Es riecht nach Metall und Waffenöl. In der Mitte sind Tische aufgebaut, als sollte dort ein Bankett stattfinden. Ringsherum stehen Spinde, Regale und Schränke, die voller Waffen und Munition sind.

„Irgendetwas sagt mir, dass die Leute hier die Bestimmungen der Stadt New York zur sicheren Aufbewahrung von Waffen nicht gelesen haben." Hollywood lächelt breit.

„Waren wohl nicht auf Russisch." Bumper zwinkert Hollywood zu, woraufhin diese lächelt.

Sissy tritt hinter den ersten Tisch und streicht mit den dicken Fingern über mehrere grüne Munitionskisten mit der Aufschrift „7,62 x 39 mm". Es ist wirklich erstaunlich, wie viele verrückte Dinge man heutzutage in Frachtcontainern findet. „Also, würde ich sagen, wenn wollt ihr gegen *inoplanetyanin* kämpfen, dann braucht Waffen und Munition. Deswegen könnt ihr aussuchen, was haben wollt. Ist Geschenk, um meinen Teil von Abmachung zu erfüllen. Nennen wir dann eine Quitte, ja?"

„Das ist sehr großzügig von dir, Sissy. Vielen Dank", antworte ich. „Wir akzeptieren."

Hollywood holt Aarons siebenschüssigen Revolver hervor. „Ich hatte gehofft, auch dafür etwas Munition zu finden."

„Woher hast du den?", fragt Aaron.

„Wer's findet, kann's behalten", antwortet sie lächelnd.

„Es wird auch Zeit, dass ihr vernünftig werdet", sagt Chuck. „Ihr habt so eine unschöne Angewohnheit, alles Mögliche wegzuwerfen. Computer, Handys und Waffen, die durch Autofenster passen."

Ich ramme Chucks Gehäuse mit dem Ellenbogen. „Das war ein einziges Mal, Chuck. Ein einziges Mal."

„He." Bumper knufft mich. „Wenn wir uns neu ausrüsten dürfen und so viele Möglichkeiten haben, wäre es gut, wenn wir uns vorher einen Plan zurechtlegen."

Ich nicke. „Sissy, wir sind dankbar für deine Großzügigkeit. Darf ich fragen, ob das Dickesein wie Sex haben mit der Bratwa auch Männer einschließt?"

„Das wolltest du vermutlich etwas anders ausdrücken", wirft Chuck ein.

Sissy runzelt die Stirn. „Kann ich leider nur Waffen und Munition geben."

„Aber bekommst du mich", sagt Vlad.

„Und mich", fügt Lada hinzu.

Sissy scheint entsetzt, kratzt sich aber schließlich mit den Flächen der Fingernägel am Hals und schnieft. „Kann fragen, ob sich noch andere anschließen wollen. Aber verspreche nichts."

„Mehr kann ich wirklich nicht erwarten. Vielen Dank."

Er nickt.

„Dann lasst uns reden", sage ich zum Phantomteam. „Wir müssen uns etwas überlegen, ehe uns die Zeit wegläuft."

Wir versammeln uns mitten im Raum rund um einen Tisch und betrachten das improvisierte Modell unseres Zielgebiets. Z Lo und Yoshi haben mit Schalldämpfern und Munitionskisten die Brücke nachgebaut, während Hollywood und Aaron aus Waffenbürsten einen Ring gebastelt haben, der auf der unteren Hälfte einer leeren Haubitzenpatrone ruht. Größere Munitionskisten stellen das Ufer von Manhattan und Brooklyn dar, während die Tischplatte den East River vertritt. Gar nicht so übel, wenn man bedenkt, was ihnen zur Verfügung stand.

„Also, Phantome, es ist unser Ziel, den Ring abzuschalten oder wenn möglich sogar zu zerstören", beginne ich. „Unsere Versuche, Sprengstoff am Ring selbst zu deponieren, sind gescheitert, und wir müssen annehmen, dass es ähnliche, womöglich sogar noch schlimmere Folgen hat, wenn wir es noch einmal versuchen."

Alle nicken.

Ich blicke zu Bumper, der sich rasch in der Waffenkammer umgesehen hat, während die anderen das Modell gebaut haben. „Können wir hier etwas finden, mit dem wir das Ziel aus der Distanz angreifen können?"

„Es gibt ein paar alte M3-MAAWS-Granatwerfer und einige RPG 7 aus der Sowjetära." Er zuckt mit den Achseln. „Wenn wir alle das Ding an derselben Stelle treffen könnten, dann bekäme es vielleicht eine Beule. Aber je nachdem, wie dick es ist, brauchen wir mehrere Angriffswellen."

„Das klingt doch so, als sei es machbar", meint Z Lo.

„Klar. Vorausgesetzt, wir kommen nahe genug heran, ohne bemerkt zu werden."

Mit hochgezogener Augenbraue sehe ich Bumper an. „Ein Problem mit der Reichweite?"

Er nickt. „Vom Ufer bis zum Ring sind es grob geschätzt dreihundert Meter. Die M3-Munition, die Sissy hier lagert, hat aber höchstens eine Reichweite von hundert Metern. Über die Präzision ließe sich vielleicht noch reden, aber damit können wir definitiv nicht exakt dieselbe Stelle treffen."

„Was ist mit den RPG 7?", fragt Hollywood.

„Da ist die Reichweite besser, stimmt, aber wir würden erheblich mehr Treffer brauchen als mit dem M3. Und beide Plattformen sind nicht gerade für wissenschaftliche Präzision bekannt. Wir müssten Visiere aus Eisen benutzen nach dem Motto Versuch und Irrtum. Und da ich vermutlich der Einzige bin, der sich wirklich damit auskennt", er blickt fragend in die Runde, ob jemand die Hand hebt, „brauchen wir eine Menge Versuche, bis es bei allen passt."

„Und bis dahin hat der Feind unsere Positionen entdeckt und uns ausgeschaltet." Ich wende mich an Aaron. „Was ist mit dem Wassereinlass, den wir beobachtet haben?"

„Richtig." Aaron zeigt auf die Haubitzenpatrone. „Ich vermute, dass sie den Ring mit einer Art Fusionsreaktion antreiben. Sie trennen die Elemente des Wassers in einer starken elektromagnetischen Flasche und bekommen so eine fast unbegrenzte Energiequelle, die bei minimalem Input Yoktojoule an Energie liefern kann."

Hollywood hält sich eine Hand auf die Wange. „Ich habe das Gefühl, er will uns etwas mitteilen. Ich kann es ganz deutlich spüren."

„Also sagst du, sie betreiben auf diese Weise den Ring?", hake ich nach. „Mit Wasser?"

„Ich kann mir keinen anderen Grund dafür vorstellen, warum sie es hineinziehen." Er hält inne. „Es sei denn, sie ernten auch das Wasser."

„Du meist, genau wie sie die Leute verschleppen?", fragt Yoshi.

Aaron nickt.

Ich poche auf den Tisch, um die Truppe zur Ordnung zu rufen. „Wie auch immer, das könnte man ausnutzen. Bumper, du hast vorher gesagt, es sei zu riskant, C4 dort einzuschleusen. Gibt es inzwischen etwas, das dich zu einer anderen Ansicht bringt?"

Er denkt kurz nach und betrachtet das Modell des Rings. „Wir müssten den Sprengstoff in einen Behälter stecken, der diese Kräfte aushält. Und wir brauchen einen Zeitzünder, weil der Funk nicht durch die Wände dringt."

„Also ist es möglich?", frage ich.

„Sicher, ja. Aber wir wissen nicht, was für einen Filtrierungsprozess sie dort einsetzen."

„Ich stimme Bumper zu", ergänzt Aaron. „Wenn die Androchider schon einmal an der Wissenschaftsolympiade teilgenommen haben, dann rechnen sie auf jeden Fall damit, dass sie potenziell schädliche Partikel ansaugen könnten."

„Was ist die Wissenschaftsolympiade?", fragt Z Lo.

„Wirklich? Ist das alles, was du dir gemerkt hast?"

Der Junge zuckt mit den Achseln. „Ich frag ja nur."

Aaron schüttelt den Kopf. „Ich will damit sagen, dass wir vermutlich nicht die erste Zivilisation sind, die versucht, dort etwas einzuschleusen."

„Ihnen etwas in den Arsch zu schieben?", wirft Chuck ein. „Nein, das seid ihr nicht. Und ich würde auch nicht empfehlen, das zu tun."

„Wie schön, dass du etwas beisteuern kannst", sage ich. Chuck liegt schon eine Weile auf dem Tisch – im East River – und war in den letzten Minuten bemerkenswert still. „Möchtest du sonst noch etwas ergänzen, Sir Charles?"

„Äh, nein. Fahrt bitte fort."

„Also ehrlich", Hollywood stemmt die Hände in die Hüften, „das reicht mir jetzt, du Kichererbse. Manchmal glaube ich, du bist für uns, und manchmal denke ich, du willst, dass wir umkommen."

„Wie ich schon gesagt habe, meine Direktiven ..."

„Deine Direktiven kümmern mich einen Dreck. Was soll das? Wir haben alle unsere Direktiven, Chuck. Und wenn es darauf ankommt, müssen wir uns immer wieder entscheiden, ob wir sie befolgen oder nicht."

„Madam ..."

„Miss."

„Miss Hollywood, ich kann dir versichern, dass ich nicht so freizügig mit meinen Befehlen umgehen kann, wie ihr Menschen es tut. Meine Persönlichkeit bringt dich anscheinend auf die Idee, ich sei ein intelligentes organisches Wesen. Ich kann dir jedoch versichern, dass ich nicht die gleiche Entscheidungsfreiheit habe wie du."

Sie beugt sich vor. „Und trotzdem hast du uns Hinweise gegeben, die das Gegenteil belegen."

„Wie ich schon sagte, das war in den Fällen …"

„… wo wir in direkter Lebensgefahr schwebten und von den Informationen abhängig waren, ja. Doch du hättest erheblich weniger sagen und trotzdem deutlich machen können, was du willst."

„Ich kann dir nicht folgen."

„Statt uns detaillierte Warnungen und genaue Zeitangaben zu den Tangos in der U-Bahn zu geben, hättest du dich auch viel unbestimmter mitteilen können. Das hast du aber nicht getan."

„Also, ich habe doch nur versucht …"

„Du hast uns geholfen. Und weißt du warum? Ich glaube, du hast es getan, weil du es wolltest. Genau wie du Wik gesagt hast, dass du auf keinen Fall zurück zu den Anderkins willst. Chuck, du hast genau wie wir die Fähigkeit, Entscheidungen zu treffen. Und wenn ich mich nicht irre, dann kannst du auch entscheiden, welche Direktiven du befolgen willst und welche nicht."

In der Waffenkammer herrscht ein tiefes Schweigen.

Endlich meldet sich Vlad zu Wort. „Muss ich mir unbedingt auch so eine Sprechwaffe besorgen."

„Willst du den hier?", frage ich. „Der nervt."

„Nein, ist kaputt. Warte ich lieber noch etwas."

„Nicht mal die Russen wollen mich haben", klagt Chuck. „Kann man schlimmer beleidigt werden?"

„Nordkoreaner", sagt Yoshi. „Wenn die dich auch nicht wollen, zerstörst du dich selbst."

„Ist notiert."

„Also, wie sieht es aus, mein Freund?", frage ich. „Hat Hollywood recht?"

„Oh, schaut, ein Schmetterling!"

Vlad, Lada und Sissy sehen sich in der Waffenkammer um, dann sehen sie wieder Chuck an. Als niemand etwas sagt, gibt Sir Charles nach.

„Na gut. Es ist wohl denkbar, dass ich einen gewissen Spielraum habe in Bezug auf die Frage, wie ich mit den komplexeren Paradoxien umgehe, die diese einzigartigen Begleitumstände aufwerfen."

„Ha", ruft Hollywood. „Wusste ichs doch."

„Also hast du uns hingehalten", sagt Ghost.

„Nein. Ich habe versucht, mit der einzigartigen Situation zurechtzukommen, in die ihr mich gebracht habt."

„Worin besteht die denn?", frage ich.

„Erstens wurde ich noch nie von einer Sklavenspezies gefangen genommen. Zweitens, wie schon gesagt, hat man mir noch nie erlaubt, mein Persönlichkeitsprofil zu erweitern."

„Das ist offensichtlich." Hollywood kichert.

„Drittens musste ich mit der nicht von der Hand zu weisenden Möglichkeit rechnen, dass mich die Androchider wieder in Besitz nehmen, und …"

„… und dann löschen sie deinen Speicher", ergänze ich. „Das wissen wir schon."

„Nein, ihr wisst es nicht. Sie würden außerdem meine Erinnerungen scannen. Und wenn sie herausfinden, dass ich ihre Direktiven verletzt habe, dann kochen sie mich ein."

„Einkochen? Meinst du damit …"

„Schmelzen. Zu Schlacke verbrennen. Sie bringen mich um die Ecke, sie machen mich kalt, sie …"

„Also geht es gar nicht um die Direktiven." Ich kratze mich am Bart. „Es geht um Selbsterhaltung. Du willst dich auf alle Eventualitäten vorbereiten und treibst ein doppeltes Spiel."

Chuck stößt ein gedehntes, auf feinster Digitaltechnik beruhendes Seufzen aus. „Man hats nicht leicht. Ich bin nämlich trotz der Gefahr ein sehr großes Risiko eingegangen."

„Glaubst du, wir siegen?", fragt Z Lo.

„Oh nein. Ich bin mir ziemlich sicher, dass ihr verliert."

„Das ist wirklich beruhigend", erwidere ich. „Warum hilfst du uns dann überhaupt?"

„Also, wie gesagt, ihr seid die erste Spezies, die eine ASIK-Waffe in Besitz genommen hat."

Ich schweige einen Moment und überlege, was das zu bedeuten hat. „Warte mal, meinst du damit jede Art von Waffe und die gesamte Zeit?"

„Ganz recht, ja. Und ihr seid die erste Spezies, die freiwillig zum Auftriebsplatz geht."

„Wirklich?", fragt Bumper.

„Ja, wirklich. Ich finde das äußerst faszinierend. Sogar selbstmörderisch, aber faszinierend. Deshalb wünscht sich ein kleiner Teil in mir aufrichtig und ehrlich, dass ihr es diesen Flachwichsern zeigt, wie ihr es so nett ausdrücken würdet."

Ich nicke. „Das ist der Teil, der uns hilft."

„Korrekt."

„Und der Teil, der glaubt, dass die Androchider dich zurückholen und deinen Speicher scannen?"

Wieder seufzt er. „Das ist der Teil, der vermutlich manchmal nicht ganz so offen zu euch war."

„Vermutlich?", ruft Yoshi. „Willst du damit sagen, dass du uns die ganze Zeit viel besser hättest unterstützen können? Uns erklären, wie sie unsere Spuren finden? Uns beim Angriff auf den Ring helfen? Uns warnen, ehe wir in die U-Bahn gegangen sind? All das?"

Ich winke Yoshi, er solle sich beruhigen, muss aber annehmen, dass aus ihm eine Menge Alkohol spricht. Im Grunde finde ich ja sogar, dass er gute Argumente hat, und auch ich bin wütend auf Chuck. Allerdings will ich ihn nicht allzu heftig zusammenstauchen, weil ich immer noch hoffe, dass wir ihn ganz auf unsere Seite ziehen und ungehinderten Zugang zu allem bekommen können, was er weiß. Allerdings muss Chuck begreifen, wie ernst die Situation ist.

„Chuck, ich glaube, ich spreche für das ganze Team, wenn ich sage, dass wir uns von dir hintergangen fühlen." Ich stemme die Hände in die Hüften.

„Ich versichere dir, dass ich dem Feind absolut keine Informationen gegeben habe. Großes Pfadfinderehrenwort."

„Ja, aber indem du nicht völlig offen warst, hast du den Erfolg unserer Mission gefährdet."

„Ihr lebt doch noch, oder?"

„Sicher." Ich zeige auf die Decke. „Aber wie viele Leute sind während unseres erfolglosen Versuchs gestorben, den Ring in New York zu schließen? Ich habe gesehen, wie sie durchmarschiert sind, und ihre Schrittmacher und Hüftgelenke fielen herunter. Das sind keine Verletzungen, die man so einfach überlebt. Diese Menschen kommen auf der anderen Seite des Rings tot an. Und während wir hier stehen, laufen ständig weitere Menschen da durch. Und sie sterben."

Chuck schweigt und denkt eine Weile darüber nach. „Es tut mir wirklich leid, dass sie sterben, Patrick. Ich hoffe nur, dass du erkennen kannst, wie groß meine Angst vor den Androchidern ist."

„Tja, das sollten nicht die Einzigen sein, vor denen du dich fürchten musst."

Er zögert. „Es tut mir leid, aber ich glaube, ich verstehe deine Andeutung nicht richtig."

„Oh, ich glaube, du hast es ganz genau verstanden."

„Patrick, willst du damit sagen, dass du mich noch einmal durch ein Fenster wirfst?"

Es gefällt mir nicht, aber solange er nicht bedingungslos auf unserer Seite steht, betrachte ich ihn als einen Feind, der uns Schwierigkeiten machen kann. Aus einer mit Stroh gepolsterten Holzkiste auf dem Tisch hinter uns nehme ich eine Thermitgranate. „Siehst du das, Chuck? Das ist eine AN M14. Eine Brandgranate, die mit viertausend Grad Celsius vierzig Sekunden lang brennt. Sie kann sich durch einen ganzen Motorblock fressen. Stell dir vor, was sie mit dir tun kann."

„Also drohst du mir? Ich dachte, wir wären Freunde."

„Wenn ich mir sicher bin – wenn wir uns alle sicher sind, auf wessen Seite du stehst –, dann kann ich entscheiden, ob wir Freunde sind oder nicht. Chuck, dies hier ist keine Zankerei auf dem Kinderspielplatz. Du kannst nicht die Seiten wechseln, je nachdem, wer deiner Ansicht nach gewinnen wird. Dieser Krieg ist der größte, mit dem meine Spezies jemals konfrontiert wurde.

Ich will hinter mir keine Brücken verbrennen, wenn es nicht sein muss, aber ich werde dich sicherlich verbrennen, wenn du mich nicht … wenn du nicht uns alle davon überzeugen kannst, dass du unwiderruflich auf unserer Seite stehst."

„Dann bist du nicht besser als sie", sagt Chuck.

Ich gebe ein Kichern von mir, das jedem Menschen sofort zeigt, wie nachdrücklich ich ihm gleich erklären werde, was ich von ihm halte. „Einen Dreck bin ich. Ich überlasse dir die Entscheidung, Charlie. Und es ist eine Entscheidung, die dir die Androchider nicht gewähren werden, wie du selbst gesagt hast. Ich glaube, damit ist der Unterschied so groß, dass ich nachts wirklich ruhig schlafen kann."

„Aber ist es wirklich eine echte Wahl, wenn eine Möglichkeit zu meinem Tod führt?"

„Das ist ein guter Einwand. Wir könnten dich natürlich auch einfach in den East River werfen. Dann ist es nur eine Frage der Zeit, bis dich die Androchider holen, oder …"

„Oder was?"

„Oder die Flundern."

„Oh mein Gott, das kannst du nicht machen."

Ich streichle meinen Bart, bis der SR-CHK 4110 Partikelwerfer nervös wird. „Ich glaube, es geht hier gar nicht um Angst. Ich glaube, es geht um Überzeugungen."

„Wie meinst du das?"

„Weißt du, warum wir unter der Kuppel durchgeschwommen und dem Feind entgegengetreten sind?"

„Weil ihr glaubt, dass ihr gewinnen könnt", antwortet Chuck sofort.

„Nein." Ich lache. „Das erklärt nicht alles."

„Warte mal, jetzt bin ich verwirrt. Glaubt ihr nicht, dass ihr gewinnt?"

„Junge, daran habe ich den ganzen Tag noch kein einziges Mal gedacht."

„Aber … warum kämpft ihr dann?"

„Weil wir daran glauben, wofür wir kämpfen. Weil es immer richtig ist, Menschenleben zu schützen, und weil wir die Pflicht haben, das zu tun, was andere nicht tun können oder nicht tun wollen. Ob wir siegen oder verlieren, das spielt überhaupt keine Rolle, wenn du nicht an die Sache glaubst, für die du dein Leben aufs Spiel setzt. Du kannst auch für eine schlechte Sache siegen, aber dann musst du in der Hölle schmoren. Oder du kannst für eine gute Sache sterben und dem Teufel persönlich sagen, wohin er sich die Hölle stecken kann."

Ich hole tief Luft, als mir klar wird, dass dies erheblich mehr war, als ich eigentlich hatte sagen wollen. Es musste allerdings gesagt werden. Für Chuck. Für uns alle.

„Regierungen sind wechselhaft wie Treibsand, und das Land vergisst dich schnell. Wenn du jedoch daran glaubst, was du verteidigst?" Ich schüttele den Kopf. „Dann kannst du vielleicht doch noch gegen alle Wahrscheinlichkeit siegen, den Kriegsgöttern trotzen und das Unmögliche vollbringen."

„Siegen."

„Japp. Und siegen."

Mein Blick wandert über die Gesichter der anderen. Anscheinend war meine kleine Ansprache bewegend. Einige Teammitglieder holen tief Luft, werfen sich in die Brust und mahlen mit den Unterkiefern. Sogar die Russen sind überrascht.

„Das war richtig stark, Brooklyn-Löwe", sagt Lada. „Gute Ansprache."

Ich bedanke mich nickend, aber hauptsächlich hoffe ich, dieses verkorkste Alien-Gewehr zu überzeugen. „Also, Charlie, stehst du auf unserer Seite oder nicht?"

„Ich fürchte, ganz egal, was ich sage, mir fehlt die Überzeugungskraft, dir meinen Entschluss richtig zu erklären. Deshalb scheint es mir, als würde ich zwischen zwei Felsen zermahlen."

„Das ist hart", sagt Yoshi.

„Ja, das ist hart. Sinnbildlich gesprochen."

„Nein, ich meinte …"

Ich unterbreche Yoshi mit einer Geste und richte den Blick auf Chuck. „Du hast recht, im Augenblick kannst du uns nicht überzeugen."

„Dann bleibt mir gar keine Wahl. So viel zu deiner Ansprache über den freien Willen."

„Wenn du mich nicht ausreden lässt, treffe ich die Entscheidung für dich."

„Entschuldige."

„Du kannst uns nicht in diesem Augenblick überzeugen, aber du kannst es tun, wenn du etwas Zeit hast."

„Wie soll das gehen?"

„Mit Vertrauen."

Wieder zögert Chuck. „Vertraut ihr mir denn?"

„Teufel, nein."

„Ja, da haben wir es doch schon wieder."

„Noch nicht, um es genau zu sagen." Ich beiße die Zähne zusammen. Es kommt mir so vor, als müsste ich Dinge wiederholen, die ich der verdammten irakischen Zivilverteidigung schon so oft gesagt habe. „Wenn du uns hilfst, genug von deinen Alien-Freunden umzubringen, dann entsteht zwischen uns vielleicht ein gewisses Maß an Vertrauen. Aber wenn du uns hintergehst, dann wird das schnelle und unwiderrufliche Konsequenzen nach sich ziehen."

„Die Thermitgranate?"

„Japp, falls ich gerade keine Flunder finde."

„Darf ich dann darum bitten, dass ein Phantom immer mindestens eine AN-M14 TH3 einpackt?"

„Also bist du dabei?", fragt Hollywood.

„Tja, ich meine, wenn ihr mich haben wollt, natürlich, aber wenn ich mir überlege, was ich in den letzten Minuten gehört habe, und wenn ich Patricks drohenden Unterton höre, dann würde ich eher vermuten, dass ihr mich gar nicht dabeihaben wollt."

Ich sehe mich um. „Phantome, was denkt ihr?"

„Ich bin dafür, dass er bleibt", sagt Hollywood. „Jedenfalls solange er offen und ehrlich ist."

„Einverstanden." Bumper hat die Arme vor der Brust verschränkt. „Ich weiß noch, wie wir auf dem Parkway gesagt haben, dass wir ihn wegwerfen, sobald er uns Ärger macht. Also, er hat uns einigen Ärger gemacht, und wir waren nachsichtig. Ich würde sagen, wir brauchen jetzt sofort irgendein deutliches Zeichen, damit wir anfangen können, ihm zu vertrauen.“

„Sehe ich auch so“, stimmt Yoshi zu.

„Ebenso“, erklärt Ghost.

„Da schließe ich mich an“, sagt Aaron. „Ein wirklich überzeugendes Zeichen seiner guten Absichten. Irgendetwas, damit wir ihm glauben können, dass er für das Überleben der Menschheit kämpfen will – und für unseres –, und dass er sich ganz und gar von den Aliens lossagt. So klar und deutlich, dass es für ihn kein Zurück mehr gibt, weil das, was er uns offenbart hat, viel zu gefährlich ist.“

Ich beäuge Chuck. „Und? Was sagst du dazu?“

„Wenn ihr entscheidet, mich zu behalten, und ich bin euch treu, versprecht ihr mir dann, mich nicht an die Flundern zu verfüttern?“

„Hast du vor ihnen wirklich noch mehr Angst als vor der Löschung des Speichers und dem Einschmelzen durch die Anderkins?“, fragt Hollywood.

„Mein Gott, ja. Hast du sie gesehen? Sie sind schrecklich … einfach schrecklich. Kleine Knopfaugen, flache Körper, scharfe Zähne. Kein Wunder, dass ihr Menschen sie so sehr fürchtet.“

Mit einem Blick fordere ich die Phantome auf, bloß kein Wort zu sagen. Es ist ein ganz bestimmter Blick, den ich mir im Laufe meines langen Berufslebens mühsam zugelegt habe. Meine Rekruten sind ebenso wie meine direkten Vorgesetzten in den Genuss dieses Gesichtsausdrucks gekommen. Der Blick sagt: „Wenn ihr mich jetzt reinreißt, dann werdet ihr es den Rest eures Lebens bereuen.“ Ich muss es ihnen zugutehalten, sie sagen keinen Mucks.

Alle bis auf Vlad.

„Ich hoffe, ich werde Flundern nie begegnen. Sind die wirklich übel.“

„Oh, und ob sie das sind“, bekräftigt Chuck. „Du wirst es nie vergessen, wenn du sie siehst. Ich habe Glück, dass ich noch lebe.“

„Verstanden. Danke, Sprechgewehr.“

„Es ist mir ein Vergnügen.“ Chuck holt tief Luft. „Also gut, Phantome, was wollt ihr wissen?“

37

2330, Freitag, 25. Juni 2027
Lower Manhattan, New York
Boxcar City

Was wollen wir wissen? Also, dem verflixten Sir Chuck sei es gedankt, wir kommen voran.

Ich lecke mir über die Schneidezähne und starre Sir Charles an. Es ist Zeit, ihm die kniffligste Frage zu stellen, die mir überhaupt einfällt. Sie ist komplex und hat viele Facetten und wird ihn sicherlich tagelang beschäftigen. „Wie können wir den Ring ausschalten?"

„Hm, das kommt ganz darauf an, oder?"

„Chuck?"

„Nein, ich weiche nicht aus, ehrlich. Wenn du beispielsweise ein Androchider wärst oder Zugang zu androchidischer Technik hättest, die ja eigentlich gar nicht androchidisch ist, weil man berücksichtigen muss …"

„Chuck!"

„Ja doch. Die kurze Antwort ist, ihr jagt den Ring in die Luft."

„Wir jagen ihn in die Luft. Und das ist deine Antwort?"

„Kurz und bündig, genau auf den Punkt. Ich dachte, das gefällt dir. Aber deine Miene sagt mir etwas anderes."

„Japp, so ist es."

„Mist. Und ich dachte, ich könnte ein paar Vertrauenspunkte sammeln."

„Gib dir mehr Mühe."

„Ähm … na gut, mal sehen. Also, wenn ihr eine wirklich große Bombe hättet …"

„Äh, was?"

„Dann könntet ihr den Ring sprengen."

„Ist das jetzt sein Ernst?", fragt Hollywood.

„Natürlich meine ich das ernst! Glaubst du denn, ich will den Flundern serviert werden? Oder den Anderkindern? Nein, nein, wirklich nicht, oh nein, vielen Dank."

„Beinahe wäre ich auf ihn hereingefallen", sagt Bumper.

Chuck seufzt. „Hör mal, es gibt viele Möglichkeiten, einen Sklavenring abzuschalten …"

„Heißt er wirklich so?", frage ich.

„Ja, er heißt wirklich so. Es hängt alles davon ab, ob du Zugang zum System bekommst, das ihn kontrolliert. Es ist wie bei jeder anderen gefährlichen Technologie: Je besser der Zugang, desto größer die Kontrolle, und desto katastrophaler sind die möglichen Folgen. Aber ganz egal, welchen Zugang man hat, es hilft auf jeden Fall, wenn du etwas besitzt, das genügend Atome verdrängen kann. Irgendetwas, das zerfällt, wenn man es anstupst."

„Du meinst, man jagt es in die Luft."

„Ja. Das ist nicht subtil, aber wirkungsvoll."

„Und du sagst uns das, weil wir keinen Zugang zu diesen komplizierten Systemen haben, die uns die direkte Kontrolle ermöglichen würden?"

„Exakt, Patrick."

„Und es lohnt sich nicht, die anderen Möglichkeiten zu erkunden?"

„Nicht, wenn du nicht bereit bist, heute Abend noch nach Androchida Prime zu springen."

„Also jagen wir das Ding in die Luft." Ich wende mich an unsere russischen Freunde. „Wie hoch ist die Wahrscheinlichkeit, dass ihr hier eine wirklich große Bombe habt?"

„Wie groß soll sein?", fragt Sissy.

Fragend sehe ich das Alien-Gewehr an. „Charles?"

„Etwas, das zwei bis drei Tonnen Trinitrotoluol entspricht."

„TNT", erkläre ich, um alle zu informieren, die den technischen Eigennamen des Sprengstoffs nicht kennen. „Verdammt auch, das ist eine Menge."

„Ja, TNT", sagt Chuck, „und verdammt auch."

Sissy schiebt die Hände in die Achselhöhlen und zieht an der Zigarre. „Einzige Bombe in dieser Größenordnung ist der Typ MOAB, also wie die GBU 43/B."

„Die Mutter aller Bomben", ergänzt Yoshi. „Die Bezeichnung stimmt aber eigentlich nicht."

„Ihr habt auch keine passende Abwurfvorrichtung", meint Chuck. „Jedenfalls keine, die einen hundertprozentigen Erfolg garantiert."

„Und wir wollen auf jeden Fall einen hundertprozentigen Erfolg", sage ich.

„Gut", wirft Sissy ein. „Jedenfalls wir haben sowieso nichts in dieser Größenordnung. Außerdem wäre meiner Ansicht nach übertrieben."

„Da hat er recht", stimmt Chuck zu. „Das ist mehr, als der Doktor verschrieben hat."

„Und wir möchten so viele Einwohnerinnen und Einwohner und Gebäude und Häuser retten wie möglich", bestätige ich.

„Dann müssen wir es auf die bewährte Art und Weise machen", meint Bumper.

Ich sehe ihn mit hochgezogener Augenbraue an. „Ach?"

Er grinst. „Nichts tut so weh wie ANC."

„Ammoniumnitrat plus Mineralöl."

„Ich nehme an, Sissy könnte uns wahrscheinlich die Zutaten in der Stadt besorgen."

Ich wende mich an den Gangsterboss. „Hast du Ammoniumnitrat?"

„Ha!" Er nimmt die Zigarre aus dem Mund. „Weißt du, mit wem redest?"

„Ich … könntest du die Frage etwas erklären?"

„Wir Russen produzieren fast halben Weltbedarf an NH_4NO_3. Ha! Ob ich habe Ammoniumnitrat? Ihr ahnungslosen Amerikaner."

„Also, hast du etwas?"

„Sehe ich aus wie Donald Duck oder Mick Jagger?"

„Die waren eigentlich nicht …"

„Nein. Bin ich eher wie Willy Kojote, ja? Kennst du? Aus Cartoons? Nur Sissy fliegt nicht in die Luft. Sissy sprengt Roadrunner in die Luft. Jedes Mal."

„Also hast du einen Vorrat.“

„Ach, also bitte. Erinnerst dich an das Jahr 2020 in Beirut?“

„Leider ja. Warum?“ Ich bin mir nicht sicher, wohin das Gespräch führen soll.

Hollywood stöhnt. „Ich erinnere mich an vieles aus dem Jahr 2020, und nichts davon war gut.“

„Ja, also …“, Sissy schnieft. „Haben wir nichts mit Beirut oder mit Coronavirus oder Wahlergebnissen zu tun. Aber sieben Jahre vorher, ich weiß, welche Fabrik und welches Schiff verlässt Mütterchen Russland mit zweitausendsiebenhundertfünfzig Tonnen Ammoniumnitrat, das Libanesen beschlagnahmt haben.“

„Ach, wirklich?“, sage ich.

„Klar, klar. Aber haben sie nicht richtig gelagert. Viele Menschen gestorben. Tragisch.“

„Und ich nehme an, dass du deines sicher lagerst?“

„Selbstverständlich. Sehr viel Sicherheit. Ganz viel Sicherung. Vielleicht überwache ich auch hiesige Tunnelbauer. Die Sandhogs Local haben Zugriff auf viele Lieferungen. Wie viel brauchst du?“

Ich sehe Bumper an.

„Mann, ich würde sagen … sind zwölfeinhalb Tonnen zu viel verlangt? Außerdem eine Tonne Dieseltreibstoff?“

„Kein Problem.“

„Und das erzeugt den gewünschten Effekt?“, frage ich.

„Oh, gewiss. Wir brauchen nur einen Zeitzünder und die Zündschnur oder ein Stoßwellenrohr. Ach, ich würde einfach ein paar Stangen Dynamit benutzen. Und etwas Redundanz einbauen, und dann hören wir einen großen Knall.“

„Liefere ich genug Chemie für großen Knall, keine Sorge“, verspricht Sissy. „Viel Kraft. Und alles Zubehör, was erwähnt hast, kein Problem. Wir holen von unseren Baustellen.“

„Und wie wollt ihr das Zeug anbringen?“, fragt Yoshi. „Die lassen uns ja sicherlich nicht auf die Brücke, damit wir dort einen überladenen Lastwagen abstellen können.“

„Nein“, stimme ich zu. „Das werden sie nicht tun. Aber wir fahren auch nicht auf die Brücke.“ Ich wende mich an Sissy.

Im gleichen Augenblick sagen Bumper und ich: „Wir fahren darunter.“

Sissy blinzelt uns an. „Du willst … willst Boote haben?“

„Wie wäre es mit vier Kähnen und einem Schlepper?“

„Lieber fünf plus einen Schlepper“, sagt Bumper.

„Kann das arrangieren“, sagt Sissy. „Braucht auch Hafenlotsen, *da?*“

„Das wäre schön. Hast du Beziehungen?“

„Ich bin auch Anführer von Hafenarbeitern.“

Ich muss leise kichern. „Aber natürlich bist du das.“

„Und die Zivilisten auf der Brücke?“, fragt Hollywood. „Wir müssten sie dort wegholen.“

„Sissy, wir brauchen alle deine M3 und RPG 7“, sage ich. „Und wahrscheinlich noch ein paar andere Sachen.“

„Kann ich machen. Aber ihr übersteigt jetzt Wert von Pokerchip.“

„Sissy, *pozhaluysta*“, sagt Vlad. „Dieser wilde verrückte Typ, ist er wie David Hasselhoff in *Babe Watching*. Hier ist Vlad, ersäuft im Meer, schlenkert mit Armen und kann nicht hoffen, aus Wasser zu entkommen. Braucht unbedingt Rettung von starkem Freund.“

„Ich habs verstanden“, sagt Sissy.

„Ich bin wie Frau mit großem Busen, die fällt von Surfboard. Kann nicht schwimmen, und Busen hält mich gerade eben über Wasser. Aber schau! Da kommt Brooklyn Hasselhoff USA. Penetriert tief hinein in die Wellen.“

„Vlad, hör auf, ich sehe es bildlich vor mir.“

„Und als ich unter Wasser gehe und kostbares Geschenk von großem Busen auf Meeresgrund vergeude, rettet mich Brooklyn Hasselhoff USA, bringt mich an Ufer und macht Mund zu Mund, und dann ist Liebemachen und Sand und dramatische TV-Musik. Gewinnt Emmylou-Harris-Trophäe, und Leute sind glücklich.“

„*Molchi!* Du zu viel hast ferngeschaut. Hm, na gut, na gut, meinetwegen. Amerika, kriegst du alles, was du willst. Aber nicht mehr. Abgemacht?“

„Abgemacht“, sage ich zu Sissy. Dann blicke ich kopfschüttelnd zu Vlad. Ich traue den Mistkerlen immer noch nicht über den Weg, aber ich nehme an, dass der Feind meines Feindes damit mein Freund ist, und das ist im Augenblick wohl diese russische Verbrecherfamilie.

2345, Freitag, 25. Juni 2027
Lower Manhattan, New York
Pier 36, East River

Es ist kurz vor Mitternacht, und Bumper bereitet den furchtbarsten Anschlag in der Geschichte der USA auf ein historisches Bauwerk vor, nachdem das Zubehör aus der Stadt herangeschafft wurde. Falls es offizielle Ermittlungen gäbe, würden die Behörden seine Bemühungen zweifellos unterstützen, obwohl sie in jedem anderen Zusammenhang auf einer Stufe stehen würden mit dem Bombenanschlag auf das World Trade Center von 1993, mit dem Attentat in Oklahoma City von 1995 und mit den schrecklichen Ereignissen am 11. September 2001. Doch heute Abend will Bumper etwas tun, das man nur heroisch nennen kann, und wenn es ihm gelingt – wenn es uns allen gelingt –, dann sollte man ihm ein Denkmal errichten. Dafür, dass er die verdammte Brooklyn Bridge in die Luft gejagt hat.

Kontext ist wirklich alles.

Die Vorbereitungen finden in aller Heimlichkeit in den Lagerhäusern und zwischen den Frachtcontainern an der Pier 36 statt, mehr als einen Kilometer vom Ring entfernt. Bumper scheucht Sissys Gewerkschaftsbosse umher wie ein Spieß, und es funktioniert: Lautstärke, Autorität und Fachwissen sind Dinge, die man in New York respektiert. Das und ein paar gute Cannoli. Und Gott sei Ihnen gnädig, wenn sie pappig oder matschig sein sollten, die süß gefüllten frittierten sizilianischen Teigrollen.

Die anderen Phantome und ich stehen an der Seite und schauen zu, wie Bumper die Arbeiter im größten Lagerhaus anleitet wie ein Meisterdirigent sein Orchester. Die Mitglieder der Sandhogs Local, die geblieben sind oder in Boxcar City Zuflucht gesucht haben, um dem Auftrieb zu entgehen, kippen Beutel mit Ammoniumnitrat in Zweihundertliterfässer, während ein Tankwagen die Behälter mit Mineralöl auffüllt.

„Ich wollte mal mit meinem Dad auf dem Appalachian Trail wandern", sagt Hollywood, die neben mir steht. „Irgendwie erinnerst du mich an ihn. Ich glaube, ihr zwei hättet euch gut verstanden."

Das ist die erste persönliche Bemerkung von Army Sergeant Suzanne Catania, seit wir uns in East Orange begegnet sind. Ich fasse das als eine seltene Einladung in ihre private Welt auf. Trotzdem will ich jetzt lieber nicht über ihren Dad weiterreden. „Ein paar Freunde von mir haben die Wanderung gemacht", sage ich. „Es soll ein unvergessliches Erlebnis sein."

„Ja." Sie streicht sich eine Haarsträhne hinter das Ohr und senkt den Blick. „Ich hatte mich wirklich darauf gefreut."

„Und dann ist das hier passiert." Ich nicke in die Richtung der Arbeiter, meine aber die Invasion.

„Nein. Dad ist gestorben. Und dann kam das hier."

Ich schniefe. „Das tut mir leid."

„Mir auch."

Ich warte ein paar Sekunden, dann frage ich: „Was ist ihm zugestoßen?"

„Krebs. Es kam nicht plötzlich, wir wussten, dass er krank war. Aber …" Sie sucht meinen Blick. „Er war der stärkste Mann, den ich kannte. Hat mir alles beigebracht. Und dann zu sehen, wie er immer schwächer wurde, bis … oh, das ist so schwer."

Mit solchen Geständnissen konnte ich noch nie gut umgehen. Also nicke ich nur lautlos und warte, ob sie sagen wird, was sie sagen muss.

„Jedenfalls habe ich beschlossen, dass es diesen Sommer Zeit würde, mit der Wanderung zu beginnen. An jedem Wochenende einen Abschnitt laufen. Ihm zu Ehren, verstehst du?"

„Das hätte ihm sicherlich gefallen."

„Ja." Sie seufzt. Ich spüre, wie schwer es ihr fällt, zu reden. „Ich dachte, ich könnte … Ich weiß auch nicht. Vielleicht könnte ich ihn da oben wiederfinden oder so." Sie richtet sich auf. „Und dann sind diese verdammten Aliens gekommen und haben alles vermasselt."

„Das haben sie wirklich." Ich erwidere ihren Blick. „Es tut mir leid, Hollywood."

„Mir auch."

„Vielleicht kannst du die Wanderung noch machen, wenn das hier vorbei ist."

Sie nickt und schweigt.

„Man sagt ja, es hilft einem, schlimme Dinge zu überstehen, wenn man nur etwas hat, worauf man sich freuen kann."

Sie sieht mich mit ihren dunkelbraunen Augen an. „Worauf freust du dich denn?"

„Darauf, allein zu sein."

„Oh."

Ich räuspere mich. „Damit wollte ich nicht …"

„Nein, schon gut. Ich verstehe das, du bist ein introvertierter Typ."

Ich nicke. „So was in der Art."

„Dann hoffe ich, dass du allein sein kannst, wenn das hier vorbei ist."

„Danke." Wenn sie es so ausdrückt, bin ich mir nicht so sicher, ob ich es wirklich gern höre.

Drei Teams kümmern sich um den Treibstoff, der aus dem Tankwagen gepumpt wird. Die Teammitglieder sehen aus, als wären sie direkt aus der Gewerkschaftszeitung der Stahlarbeiter entsprungen. Die Tanktops wirken so, als könnten sie auf den mächtigen Oberkörpern gleich platzen und die muskulösen Arme – sicherlich kommen sie in den wildesten Fantasien mancher Frauen vor. Die Teammitglieder rühren mit Eisenstangen in den Behältern, bis eine zähe Brühe entsteht. Dann werden die Behälter zugeschraubt und auf einen der fünf Kähne geschleppt, die am Kai festgemacht haben.

„Hollywood, du wirst deine Wanderung bekommen", sagt Z Lo. „Und du wirst den Geist deines Vaters finden oder was auch immer. Das verspreche ich dir."

Er schlägt eine Faust in die offene Handfläche. „Wir machen diese Mistkerle fertig, sie sollen dafür büßen. Das sollen sie bereuen."

Ich werfe Z Lo einen beeindruckten Blick zu. Einen Mangel an Motivation kann man dem Jungen wirklich nicht vorwerfen. Und ich erkenne, dass er noch nicht fertig ist mit seiner Rede.

„Einmal musste ich mich beim Ringen vier Gewichtsklassen nach oben arbeiten. Ich hatte Angst, weißt du? Gegen ein Schwergewicht antreten. Der Kerl war wie ein Bulle. Der hatte einen Schnurrbart, ehe die meisten von uns überhaupt Schamhaare hatten.

Meine älteren Geschwister haben alle beim Kampf zugesehen. Victor hat mich zur Seite genommen und gesagt: ‚Kleiner András, du musst ihm wehtun. Er hat das Gewicht, aber du hast die Geschwindigkeit und die Technik. Du kannst ihn besiegen.‘ Und weißt du was? Ich habe Victor geglaubt.“

Z Lo stehen die Tränen in den Augen. „Ich habe den Kampf gewonnen. Meine Familie ist ausgeflippt. Es war das letzte Mal, dass Dad mich so angesehen hat, als wäre er wirklich stolz auf mich, verstehst du? Und Victor? Er trug mich auf den Schultern und rief in der ganzen Halle: ‚Das ist mein kleiner Bruder. Das ist mein kleiner Bruder!‘ Es war der Wahnsinn.“

Z Lo weint und nimmt Yoshi in den Arm. Dann will er Ghost in den anderen Arm nehmen, aber der Scharfschütze weicht aus. „Ich frage mich, wie es ihnen jetzt geht. Ob sie unversehrt sind und sich irgendwo verstecken. Oder ob sie drüben in San Diego auch unter einer solchen verdammten Kuppel hocken.“ Er kneift sich in den Nasenrücken. „Mein Gott, es tut mir leid. Ich vermisse sie so sehr.“

„Hier.“ Yoshi bietet Z Lo seinen Flachmann an, aber der Bursche lehnt ab. Yoshi starrt die Flasche an und beschließt erstaunlicherweise, ebenfalls auf den Schluck zu verzichten. „Es tut mir leid.“

Ich sehe in die Runde und frage mich, mit wem Yoshi spricht, aber dann richtet der Rettungsfallschirmspringer den Blick auf mich.

„Es tut mir leid, dass ich dich im Stich gelassen habe“, fährt er fort. „Ich habe die Mission und dein Leben in Gefahr gebracht.“

Jetzt sehen mich alle an. „Yoshi, das tut dir nicht gut.“ Ich fasse seinen Flachmann ins Auge. „Das weißt du doch, oder?“

Er nickt. „Ich wünschte, ich könnte es lassen, aber das ist nicht so einfach.“

„Wenn du es nicht lässt, wird die Flasche für dich entscheiden.“

Z Lo nimmt Yoshi in den Arm und drückt. „Wir lieben dich, Wolkenhüpfer. Wir wollen nur, dass du noch eine Weile bei uns bleibst."

Yoshi nickt und vergießt anscheinend sogar eine Träne. Wie immer kann ich nicht unterscheiden, ob es echt ist oder ob es am Schnaps liegt. Wenn wir gemeinsam in das letzte Feuergefecht ziehen, muss die Luft unbedingt sauber sein.

„Yoshi, du hättest mich da fast umgebracht."

„Ich weiß", sagt er. „Und ich …"

„Es tut dir leid. Das hast du schon gesagt. Jetzt bin ich an der Reihe. Yoshida, du bist ein guter Mann. Und ein guter Doc. Du hast alle hier im Team mit Respekt behandelt, aber jetzt sage ich dir, wie du es bei mir wiedergutmachen kannst: Behandle dich selbst mit dem gleichen Respekt.

Wovor du auch wegläufst, du wirst die Antwort nicht in der Flasche finden. Vertrau mir." Ich hole tief Luft und warte, bis Yoshi mich ansieht. „Wir gehen weiter und lassen das Geschehene hinter uns zurück. Wenn du dir allerdings noch einmal etwas Derartiges leistest, dann fliegst du aus dem Team. Und wenn ich nicht da bin, um dich rauszuschmeißen, dann haben alle anderen meine Erlaubnis, dir an meiner Stelle in den Arsch zu treten. Verstanden?"

Air Force Staff Sergeant Ken Yoshida wendet den Blick ab. „Verstanden."

„Und es bleibt dabei, wir brauchen dich, Yoshi."

„Genau, kleiner Kerl." Z Lo quetscht Yoshi noch einmal den Hals ein.

Ich ziehe die Augenbrauen hoch und wiederhole es mit großem Nachdruck. „Wir brauchen dich nüchtern."

„Ich weiß."

„Nein, das weißt du nicht. Vielleicht kommst du noch an diesen Punkt, aber solange du dieses Biest nicht besiegt hast, weißt du es eben nicht. Denn nur zu verzichten, gibt dir die Kraft, die du brauchst. Roger?"

Yoshi nickt und bringt tatsächlich den Mut auf, mir in die Augen zu sehen. „Danke."

„Gern geschehen."

Dann sehen wir zu, wie die Helfer die Behälter zur Pier schleppen, wo die Schauerleute sie in die Kähne hieven. Die Hafenarbeiter ordnen pro Kahn zehn Zweihundertliterfässer in einem engen Kreis an und sichern sie mit Riemen. Dann lässt Bumper noch einmal tausend Pfund Ammoniumnitrat in Beuteln rings um die Fässer verteilen.

„Das Böse muss sterben", erklärt Ghost.

Wir sehen unseren Scharfschützen an und warten, ob er noch mehr zu sagen hat, aber dem ist wohl nicht so. Also ermuntere ich ihn ein wenig.

„Und?"

Ghost sieht mich neugierig an. „Und ich bin froh, wenn ich die Todesurkunde unterschreiben darf."

„Da schließe ich mich an", sagt Hollywood.

Die anderen nicken, einige lächeln sogar.

„Wie läuft es denn bei euch?", fragt Bumper, der in diesem Augenblick herüberkommt.

„Wir sehen dir gern bei der Arbeit zu", antwortet Hollywood mit einem erfreuten Katzengrinsen. Sie lehnt sich an einen Gabelstapler und beäugt Bumper von oben bis unten.

„Schon klar." Er streckt den linken Arm aus. „Also, ich bin mir sicher, dass mein Team dieses Mal gewinnt." Er hält inne. „Ich meine, das Team, das …" Er schluckt. „Das Seal-Team Acht."

Die Tatsache, dass Bumper zwischen jenem Team und unserem Phantomteam unterscheidet, ist wichtig, und das respektiere ich.

„Auf das Seal-Team Acht", sage ich und mache mit ihm einen Faustcheck.

„Danke."

„Also, wie sieht es aus, Froschmann?" Ich blicke kurz zu den Kähnen hinüber.

„Ich mache gleich die letzten Handgriffe. Ihr dürft gern zusehen."

Wir nicken und folgen ihm zum Kai. Bumper steigt hinunter und holt das große Spielzeug aus einigen Leinensäcken.

Das mittlere Fass auf jedem Kahn bekommt eine einzige Ladung TNT, die mit Klebeband fixiert und mit einer Sprengkapsel und

Zündschnur ausgerüstet wird. Bumper konstruiert ein redundantes System mit einem Zeitzünder, der einspringen kann, falls die Fernzündung versagt. Er lässt sich Zeit, um die Ladungen aller Kähne noch einmal zu überprüfen, und dann nimmt er sich die anderen Sprengladungen vor, die er an den Ketten zwischen den Kähnen befestigt hat.

Als es scheint, als sei er fertig, rufe ich: „Sieht da unten alles gut aus?"

„Roger." Gleich darauf klettert er aus dem letzten Kahn wieder herauf. „So eine Party mag ich. Jetzt müssen wir nur noch …" Er blickt nach Osten. „Genau nach Zeitplan."

Am Corlears Hook kommt ein Schlepper in Sicht. Er bleibt dicht am Ufer. Der Kapitän hat keine Lichter gesetzt, weil die Kuppel genügend Umgebungslicht spendet. Der Schlepper dreht sich gemächlich um hundertachtzig Grad und setzt sich neben den am weitesten östlich festgemachten Kahn. Die Hafenarbeiter vertäuen den ersten Kahn mit dem Schlepper. Bumper und ich gehen hinüber und begrüßen die Neuankömmlinge.

Ich staune immer noch, dass wir all das in Sichtweite der Brücke tun können. Gewiss, die Manhattan Bridge bietet ein wenig Deckung, genau wie das allgemeine Chaos in der abgeriegelten Stadt, aber Chucks Warnung, dass die Anderkins auf unserem Planeten in der Nacht besser sehen können, macht mich nervös, seit wir an die Oberfläche gekommen sind und mit der Operation begonnen haben.

Sissy und Vlad stehen an den Trossen der Schlepper und reden mit dem Kapitän. Der Mann ist gut über siebzig oder gar achtzig Jahre alt und hat einen weißen, von Tabak und Schmiere verschmutzten Schnurrbart.

„Bumper, Wik", sagt Vlad. „Kommt bitte. Das hier euer Kapitän."

Bumper schüttelt die verwelkte Hand des alten Mannes, und ich folge seinem Beispiel.

„Bin ich Yuriy", sagt der Kapitän mit einem starken Akzent. Ukrainisch, wenn ich mich nicht irre.

„Freut mich", sagt Bumper.

Ich nicke. „Und danke, dass Sie bereit sind, uns so kurzfristig zu helfen.“

„Ist null Problem.“

„Hat sich sofort gemeldet“, sagt Vlad. „Hat gutes Motiv, was?“

Ich wende mich an Yuriy. „Welches denn?“

„Bin ich nicht zu Hause, als Licht auftaucht. Aber wenn zu Hause, ich entdecke …“ Der alte Mann nimmt die ölverschmierte Kapitänsmütze ab. Darunter kommen verfilzte weiße Strähnen zum Vorschein. Er dreht die Kopfbedeckung in der Hand hin und her und presst sie sich schließlich an die Brust. „Meine geliebte Bohuslava ist fort. Ist zu diesem … diesem grässlichen Ding da gelaufen.“ Mit feuchten Augen sucht er meinen Blick und sieht dann Bumper an. „Also wenn ihr wollt zerstören, dann helfe ich. Wegen Rache.“

„Ihr Verlust tut mir leid, Sir“, antworte ich, „aber wir sind dankbar für Ihre fachkundige Hilfe.“ Ich sehe zu Vlad und Sissy. „Wie weit sind die anderen Vorbereitungen gediehen?“

„Genau nach Anweisung“, berichtet Vlad. „Lada sagt, sie hat fast fertig.“ Dann beugt er sich etwas vor. „Mag sie amerikanischen Löwen, ja?“

„Wirklich?“ Ich werfe Bumper einen raschen Blick zu. „Das ist mir noch gar nicht aufgefallen.“

„Ja. Großes Herz total verknallt. Und haben Gefühl, Sissy und ich, dass müssen dich warnen.“

„Tatsächlich?“

„Wenn Lada mag Mann, sie ist wie Löwin.“

„Nein, nein, nein.“ Sissy wackelt mit dem erhobenen Zeigefinger. „Ist sie sogar noch stärker, mächtiger als Löwin.“

„Ja, mehr als Löwin.“ Vlad nickt. „Pass gut auf.“

„Danke für den weisen Ratschlag, Leute.“

„Ist nix Weisheit“, meint Vlad und klopft mir auf den Rücken. „Ist Warnung.“

„Japp. Dann danke auch dafür.“

„Ja. Passen wir auf dich auf, auf kleinen kostbaren Amerikanerjungen, der vor starker Frau muss beschützt werden.“

Bumper und ich lachen kurz auf, dann nicke ich ihm zu. „Geht es dir gut?“

„Oh, Bro.“ Er reibt sich die Hände. „Ich fühle mich großartig.“

Es wird garantiert ein schöner Abend, wenn sich ein Navy Seal darauf freut, etwas in die Luft jagen zu dürfen.

„Die Lichter am Freitagabend in der Stadt“, sagt er. „Zeit für OTF.“

38

0015, Sonnabend, 26. Juni 2027
Lower Manhattan, New York
FDR Drive, East River

Es ist schon etwas ganz Besonderes, ein Alien-Artefakt mit einem Haufen Dünger und Dieseltreibstoff in die Luft zu jagen. Damit sagt man im Grunde: He, ihr Dreckskerle, für euch verschwenden wir nicht mal die guten Sachen. Und all die teuren Waffen, die ihr mitgebracht habt? Moment, halte mal gerade mein Bier.

Natürlich besteht die durchaus realistische Möglichkeit, dass die Feinde Wind von unserem Plan bekommen, ehe wir in Reichweite sind, uns aufgrund ihrer thermischen Wahrnehmung erfassen, die Lastkähne zerstören und uns in die Luft jagen. Doch wenn es klappt, dann schaffen wir einen Präzedenzfall. Wir zeigen den Androchidern, dass wir keine Schwächlinge sind und beweisen dem Rest der Menschheit, dass wir eine Chance haben. Wir sagen damit, dass wir unsere Schachfiguren so aufstellen können, wie wir es wollen, und den Feind überrumpeln können, weil der uns viel zu selbstsicher angegriffen hatte.

Aber wenn es nicht klappt?

Ach, dann können wir mit dem Wissen sowieso nichts mehr anfangen, weil wir dann alle tot sind. Allerdings, verdammt – wir werden beim Sterben eine gute Figur machen.

Dank Sissys Privatsammlung sitzt jedes Phantom auf einem eigenen Motorrad. Genauer gesagt, alle bis auf Hollywood. Sobald sich zeigte, dass wir eine Maschine zu wenig haben, beäugte sie Bumper. Der Seal ließ sie gern bei sich aufsteigen, auch wenn Vlad darauf beharrte, er könne noch etwas anderes finden. Als

Hollywood aufsaß und die Arme um Bumper schlang, konnte ich sehen, wie sie in sich hineinlächelte. Reizend.

Sissy gab Ghost, Yoshi, Bumper und mir jeweils ein „Armeemodell", eine 1995er Harley Davidson MT350E, während Z Lo eine alte 1956 Dnjepr M 72 aus sowjetischer Produktion mit einem passenden Seitenwagen für Aaron bekam.

„So eins hatte mein Urgroßvater", sagt Z Lo, während sein Blick sehnsüchtig über das Motorrad wandert. „Nur, dass ich es bloß auf den Fotos aus der alten Heimat gesehen habe."

„Ist gute russische Maschine." Vlad tätschelt den Benzintank. „Arbeitet gut in Sibirienwinter."

Veronica ist voll geladen und hängt auf meiner rechten Schulter, während links ein neues SCAR 17 wartet. Chuck dagegen ist auf meinem Rücken fest verschnürt und wird sicherlich nicht versehentlich herunterfallen. Alle haben sich mit Munition versorgt und zusätzlich panzerbrechende Munition auf die MT350 geladen. Sogar Aaron beäugt das seitlich am Beiwagen montierte DP-27-Maschinengewehr mit dem oben montierten Tellermagazin mit einer Mischung aus Furcht und Erregung.

Das Phantomteam, verstärkt durch Aaron, Vlad und Lada, bezieht auf dem FDR Drive direkt östlich von der Manhattan Bridge Position, um das Ziel zu beobachten. Sissy hat uns *gute Jagd* und *doswidanja* gewünscht und erklärt, er werde anderswo gebraucht – vermutlich in seiner privaten Höhle mit einer Zigarre, einer Flasche Wodka und einer Schale Pelmeni, um das Ende der Welt zu feiern. Wir anderen werden, wenn alles nach Plan läuft, in den Kampf ziehen, sobald Phase drei abgeschlossen ist.

„*Fortis fortuna adiuvat*, Mister Wik", sagt Bumper, der rechts neben mir auf seinem Motorrad hockt.

„Aber ganz sicher", antworte ich auf die Redewendung, mit der sich schon viele Kriegerinnen und Krieger Mut gemacht haben. *Das Glück ist mit den Tüchtigen.*

„Die Tüchtigen können auch dabei umkommen, falls sie nicht gut genug vorbereitet sind", gibt Aaron zu bedenken.

Bumper macht mit der Wange ein klickendes Geräusch. „Tja, dann haben wir wohl Glück, denn wir sind so gut vorbereitet, wie man es nur sein kann."

„Und habt ihr auch viel gute Rückendecker", ergänzt Lada, die direkt hinter mir steht. Dann knurrt sie wie eine Katze. „Und bis jetzt siehst du von Rücken her richtig gut aus."

„Habe ich dich gewarnt", sagt Vlad, der links neben mir steht.

„Das hast du, Mann. Danke." Ich beuge mich hinüber und sage halblaut: „Aber weißt du, deine Schwester könnte doch auch dich gemeint haben, oder?"

„Nein." Er schüttelt den Kopf. „So Familie sind wir nicht. Das ist falsch. Sie meint dich und deinen breiten …"

„Schon gut, das reicht jetzt."

Vlad zwinkert mir zu und hält zwei Daumen hoch. „Wie David Hasselhoff."

In diesem Moment piepst es im Funkgerät, und Yuriy sagt etwas in seiner Muttersprache.

„Ist jetzt in Position", übersetzt Vlad für mich.

Ich blicke zu Bumper, dann sehe ich die anderen Phantome an. „OTF?"

„OTF", antworten sie wie aus einem Munde.

„Dann lasst uns das Ding zünden. Phase eins: Los!"

Lada gibt den ersten Befehl über Funk. Die Worte verstehe ich nicht, aber drei Sekunden später kommen von beiden Ufern flussabwärts Raketen und Mörsergeschosse und fliegen zum Kraftfeld des Rings. Japp, die Werfer sind zu weit entfernt, um präzise zu treffen, aber sie müssen auch nicht sehr genau sein. Es reicht, wenn sie irgendwo die Fläche des Rings treffen, und das ist ein Ziel, das man kaum verfehlen kann.

Alle Phasen der Operation sind gefährlich, aber bei dieser hier sind sehr viele Zivilisten genau dort, wo die allergrößte Gefahr droht. Glücklicherweise hat der Beschuss jedoch den gewünschten Effekt. Wenige Sekunden, nachdem die ersten Geschosse auf der Wand des Portals explodieren − es bildet einen guten Resonanzkörper, weil es aus einem sehr widerstandsfähigen, nicht organischen

Material besteht –, weichen die Menschen zurück. Als die nächsten Einschläge folgen und sich Rauchfahnen in die Nachtluft emporkringeln, hören wir sogar die Schreie der zurückweichenden Zivilisten.

„Es klappt", sage ich und lasse das Fernglas sinken.

Bumper blickt rasch hinüber und betrachtet beide Seiten der Brücke. „Möge Gott ihnen beistehen", flüstert er.

Ja, möge Gott ihnen beistehen.

Die explodierenden Geschosse der M3 und RPG treiben zwar die Menschen vom Portal weg – sie streben nun nach Manhattan oder nach Brooklyn –, doch sie müssen sich immer noch durch die Phalanx der androchidischen Wächter drängen, deren Aufgabe darin besteht, für Ordnung zu sorgen. Während Ladas Kräfte den Beschuss fortsetzen, verlassen die androchidischen Wächter allerdings sogar ihre Posten, um dem Guerillaangriff von beiden Ufern entgegenzutreten.

Nur zweimal treffen verirrte Geschosse die Brücke selbst – kurze Flugbahnen, entweder weil die Bediener nervös geworden sind oder weil die Munition versagt hat, und es gibt einige zivile Opfer. Ich bin mir nicht sicher, wie viele es sind, aber es sind genug, um mich zu veranlassen, ein Gebet für die Toten zu sprechen, nachdem ich zusammengezuckt bin und das Fernglas gesenkt habe.

Jede Operation hat ihren Preis, und der Angriff in dieser Nacht bildet keine Ausnahme. Das sind die unvermeidlichen Folgen, die man im Kampf akzeptieren muss. Menschen sterben. Wir, die wir ausgebildet sind und die Aufgabe haben, schwierige Entscheidungen zu treffen, müssen allerdings durch die innere Hölle gehen und mit unseren Entscheidungen hadern, bis wir uns zu den Toten gesellen.

„Fliegende Tangos", meldet Ghost, der auf seinem Motorrad sitzt. Er blickt durch sein Fernglas.

Ich beobachte wieder die Brücke und sehe vier Transporter, die jeweils zu zweit starten und an beiden Ufern hinuntersinken.

„Sag deinen Leuten, sie sollen in Deckung gehen", warne ich Lada.

Gleich danach höre ich über Funk ihre Anweisungen.

Ein Transporter feuert einen Blasterschuss, wie ich es von Chuck kenne, auf ein dreistöckiges Gebäude an der Pier 1 ab, wo wir an Land gegangen sind. Im Gegensatz zu Chucks Waffe explodiert in diesem Fall jedoch die ganze Vorderfront des Gebäudes. Ziegelsteine fliegen bis in den East River, Flammenzungen brechen hervor, und die Umgebung wird orangefarben angestrahlt. Eine sekundäre Explosion im Inneren des Gebäudes jagt das Dach in die Luft, und daraufhin wallt eine dicke schwarze Rauchwolke in den Himmel.

Es dreht mir den Magen um. Ich habe natürlich angenommen, dass die Transporter bewaffnet sein würden, doch mit etwas Derartigem habe ich nicht gerechnet.

„Patrick, dein Herz rast", sagt Chuck. „Geht es dir nicht gut?"

„Die Transporter."

„Ja. Das sind wirklich Miststücke, was?"

Ein paar Teammitglieder lachen kurz auf, die meisten scheinen nervös.

„Japp. Das kann man wohl sagen. Ich wünschte, wir hätten eins."

In diesem Moment fliegt eine Salve raketengetriebener Granaten und M3-Hochexplosivgeschosse aus einem Gebäude auf der Seite von Manhattan heraus und schlägt weniger als fünfzig Meter weiter in die Flanke eines Transporters ein. Ich bin mir ziemlich sicher, dass ich sogar eine klassische FIM 92 Stinger-Rakete erkenne. Es geht doch nichts über eine kleine Partyattraktion. Die Explosionen stoßen das Fluggerät zur Seite und hüllen es in eine Feuerkugel.

Doch der Transporter kann sich fangen, obwohl aus dem hinteren Steuerbordantrieb Rauch quillt. Er wendet sich dem Ursprung des Flugabwehrfeuers zu und gibt zur Vergeltung mindestens zehn Schüsse auf die Gebäude ab. Aus den mehrstöckigen Häusern platzen Glassplitter und Betonbrocken hervor, während die Blasterschüsse die Wände zerfetzen. In allen Stockwerken lodern Feuer, und die Trümmer regnen am Ufer herab.

Doch das übellaunige Transportschiff ist noch nicht aus dem Ärgsten heraus. Anscheinend haben noch einige andere Kräfte in Ladas Truppe bemerkt, dass das Schiff angeschlagen ist, und wollen es endgültig ausschalten. Mindestens ein halbes Dutzend Geschosse prallen gegen die Hülle, bis ein Glückstreffer durchschlägt. Die panzerbrechende Munition detoniert im Inneren und zerreißt den Transporter.

Unser Team jubelt, als die Trümmer des Fluggeräts in den East River stürzen.

„Jetzt habt ihr sie richtig sauer gemacht", kommentiert Sir Charles.

Wie um seine Feststellung zu bekräftigen, sagt Ghost: „Da steigen Todesengel auf."

Und richtig, über der Brücke erscheinen die typischen Rückstoßfahnen der Jetpacks und nähern sich den Geschützstellungen.

„Hole deine Leute da raus", sage ich zu Lada.

Sie gibt meine Anweisung weiter, oder ich glaube es wenigstens. Doch die M3 und die RPG feuern weiter.

„Lada", sage ich etwas eindringlicher.

Aus ihrem Funkgerät sind mehrere Stimmen zu hören, dann sieht sie mich an. „Nicht gut, amerikanischer Löwe. Wollen sie bleiben, wo sind."

„Aber wenn sie sich zurückziehen, können wir sie woanders wieder einsetzen."

„Russen, sind wir stur, *da?*"

„Und dumm! Sag deinen Leuten …"

Jemand berührt mich am Arm. Es ist Vlad. „Haben sich entschieden, USA. Kämpfen und sterben heute Nacht."

Mein Gott, diese Leute machen mich wahnsinnig. Doch während ich noch mit den Zähnen knirsche, sehe ich, wie weitere Waffen nicht mehr auf den Ring zielen, sondern die Transporter und die Todesengel angreifen. Mehrere Jetpacks explodieren, und die zerfetzten Besitzer stürzen in den Fluss. Die meisten fliegen weiter.

„Die Brücke ist geräumt", meldet Ghost. „Beide Zufahrten."

„Phase zwei", sage ich zu Vlad.

Er nimmt das Funkgerät und spricht schnell auf Russisch.

Ich hebe das Fernglas und beobachte am Ufer von Manhattan die Gebäude, zwischen denen die Zufahrt zum ersten Turm der Brücke verborgen ist. Mir wird das Herz leicht, als ich keinen einzigen Menschen mehr entdecke. Und wenn es nur dazu gedient hat, den armen Seelen noch ein paar Minuten auf dem Planeten zu verschaffen, es war der Mühe wert. Aufwendig, aber auf jeden Fall der Mühe wert.

„Ich sehe sie", sagt Bumper. „Sie kommen jetzt hoch."

Und richtig, im Fernglas erkenne ich einen einzelnen fahrbaren Betonmischer, der die Zufahrt hinaufrast.

„Das ist weit genug", sage ich zu Vlad. Dann beobachte ich rasch die Seite von Brooklyn. Auch der zweite Fahrmischer ist in Position. „Sag ihnen, sie sollen die Fahrzeuge abstellen und sich verziehen."

Vlad gibt meinen Befehl weiter, und die beiden Mischlaster werden langsamer. Phase zwei ist zugleich eine Vorsichtsmaßnahme und gegen den Feind gerichtet. Sollte es uns nicht gelingen, den Ring zu sprengen, dann sorgen die Lastwagen wenigstens dafür, dass die Menschen nicht mehr auf die Brücke gescheucht werden können.

Als der Fahrer auf der Seite von Manhattan aus dem Führerhaus springt, stößt ein Todesengel herab und jagt den Mann mit einem einzigen Schuss in die Luft. Der Mann auf der Seite von Brooklyn hat mehr Glück und verschwindet aus meinem Gesichtsfeld. Hoffentlich kann er entkommen.

Hollywood hat die beste Neuigkeit. Sie ruft, dass die Anderkins die Betonmischer untersuchen. Durch das Fernglas erkenne ich, dass sich die Wesen für die rot und weiß lackierten Trommeln zu interessieren scheinen, die sich auf den Lastwagen drehen. Mindestens drei Tangos haben sich in Manhattan am Lastwagen versammelt, drüben in Brooklyn sind es sogar vier.

„Jage sie in die Luft", sage ich zu Bumper.

„Ab die Post", antwortet er.

Einen Moment später fliegen die Lastwagen in die Luft.

Instinktiv schirme ich das Gesicht vor den Detonationen ab. Ich zucke zusammen, als uns die erste Schockwelle trifft. Es ist sehr laut, und der Wind weht mir einige Trümmer von der Straße ins Gesicht. Gleich danach kommt auch die zweite, schwächere Schockwelle aus Brooklyn.

Ich erinnere mich, dass es bei ANC-Bomben nicht um Strahlung, um Feuerkugeln und um Splitter geht, sondern um die Detonation selbst, um die gewaltige Kraft, mit der sie alle möglichen Dinge aus dem Weg räumen. Genau deshalb setzen wir heute Nacht ANC-Bomben ein.

Direkt nach den Explosionen der LKW-Bomben meldet das Phantomteam die Schäden. Einige Seile der Brücke sind gerissen, und in der Straße sind Krater entstanden. Die Tangos sind nicht mehr zu sehen.

„Nehmt das, ihr Alien-Wichser." Z Lo klopft Vlad auf die Schulter, dann besinnt er sich. „Entschuldigung, Sir, Mister Mafiamann. Ich wollte dich nicht, äh, beleidigen …"

„Diese Feier in Ordnung", erwidert Vlad lächelnd.

Z Los Schultern entspannen sich.

„Aber normalerweise ich schieße ins Gesicht."

Der Junge wird kreidebleich.

„Nur Spaß, Amerika", ruft Vlad und klopft seinerseits Z Lo auf den Rücken.

„Oh, puh! Jetzt hast du mich aber hereingelegt."

„War aber gar kein Witz. Nächstes Mal ich schieße dich ins Gesicht."

„Warte mal, ehrlich?"

„Da."

„Äh, na gut, dann werde ich darauf achten …"

„Mach ich Witze, Amerika! Jesses, siehst du dein Gesicht jetzt? Ha!"

Bumper lacht und hat Mühe, das Fernglas gerade zu halten. Dann flüstert er: „Der arme Junge."

„Es sieht nicht danach aus, als würden die Leute demnächst wieder zum Ring getrieben werden", erklärt Hollywood.

„Dann wollen wir dafür sorgen, dass es für immer so bleibt." Ich sehe mich um. Yuriy ist so weit flussabwärts gefahren, wie es möglich war, ohne entdeckt zu werden. Mit Chucks Hilfe konnten die Hafenarbeiter die Brücke des Schleppers so gut isolieren, dass die Wärmesignatur eines einzelnen Menschen kaum noch auffällt. Sir Chuck hat uns auch erklärt, dass es kein Misstrauen wecken würde, den wassergekühlten Motor des Schleppers ein wenig über der Leerlaufdrehzahl zu betreiben, solange Yuriy keinen

Schlingerkurs fährt. Irgendwie glaube ich, dass wir in dieser Hinsicht sicher sind.

Ich wende mich an Bumper. „Diese Ehre gebührt dir."

„Vlad", sagt Bumper. „Beginne mit Phase drei."

„Ist mir Vergnügen", antwortet der Russe. Dann gibt er Yuriy über Funk einige knappe Anweisungen.

Einen Herzschlag später sind zwischen den Kähnen fast gleichzeitig fünf kleinere Detonationen zu hören. Die Blitze zeigen uns, wo die unbeleuchteten Boote schwimmen.

Yuriy sagt etwas über Funk.

„Abtrennung erfolgreich", meldet Vlad.

Ich hebe die Faust, und er drückt seine dagegen. „Gute Arbeit."

„Das ist nur das Vorspiel", gibt Bumper zu bedenken.

„Lautes Vorspiel ist bestes Vorspiel, was meinst du, USA?"

Ich spüre, wie Lada mit ihrem Vorderrad das Hinterrad meines Motorrads anstupst.

„Wik, könnte sie dich umbringen, wenn du nicht aufpasst."

„Davor habe ich auch Angst", gebe ich zu.

Wir sehen zu, wie die mit ANC Bomben beladenen Kähne auseinandertreiben und der Schlepper zurückbleibt. Die Strömung im East River beträgt drei Knoten, daher brauchen die Bombenplattformen mehrere Minuten, bis sie den restlichen Weg aus eigener Kraft geschafft haben. Da wir fünf Bomben im Wasser haben, bin ich sehr zuversichtlich, dass wir Erfolg haben werden.

Jedenfalls, bis Yuriy sich noch einmal bei Vlad meldet.

„Was ist?", frage ich.

„Sagt er, dass drei Lastkähne sich vom Kurs abseits bewegen."

„Wie sehr?", will Bumper wissen.

Vlad fragt bei Yuriy nach. „Mehrere Grad jetzt, wird viele Meter später."

„Wie viele Meter Abweichung können es später werden?"

Vlad und Yuriy brauchen dreißig Sekunden und mehrere Nachfragen, bis Vlad sich wieder an Bumper wenden kann. „Er sagt, Wind und Strömung sind anders als sonst wegen Grässlichkeiten. Wirft Kähne aus dem Kurs und ist Gefahr, Ufer zu treffen, ehe Brücke erreichen."

„So ein Mist." Bumper funkelt Vlad an. „Frage ihn, wie die anderen beiden fahren."

Wieder folgt eine Menge Funkverkehr, bis Vlad die Daumen hochhalten kann. „Glaubt er, die sind gut."

„Du bist der Bombenexperte, was meinst du?", frage ich Bumper.

Er seufzt gedehnt. „Wir haben uns ja darauf vorbereitet. Mir haben unsere Aussichten besser gefallen, als noch alle fünf auf Kurs waren. Zwei reichen vermutlich aus, aber wenn jetzt noch eine Bombe vom Kurs abkommt, oder eine hat eine Fehlzündung, dann …"

„Dann wünschst du dir, du hättest mehr Redundanz", beende ich den Satz.

„Roger."

Yuriys Stimme ist wieder aus dem knisternden Funkgerät zu hören. Vlad lächelt.

„Was war das?", frage ich.

„Yuriy sagt, müsst euch keine Sorgen machen."

„Hat die Strömung den Kurs korrigiert?", fragt Bumper.

„*Njet.* Yuriy korrigiert Kurse. Alles gut, kluger Mann."

Hollywood schiebt ihr Motorrad herüber. „Aber wenn er jetzt den Kähnen folgt, dann …"

„… dann können wir sie nicht in die Luft jagen", ergänzt Bumper. „Mist."

„Nicht wahr", widerspricht Vlad. „Yuriy kann verstehen, wie sagt ihr, Zwangslage. Er sagt auch, macht weiter, und er macht Plan und bringt Kähne in Optimalreichweite."

„Ich kann das nicht machen", widerspricht Bumper. „Er muss sich vor der Sprengung in Sicherheit bringen."

„Bumper, hör zu …"

„Nein, du hörst mir zu." Bumper beugt sich über sein Motorrad vor. „Ich zünde nicht, wenn ein alter Mann in die Luft fliegt, solange ich noch andere Möglichkeiten habe."

„Und bist du dir sicher, dass andere Möglichkeiten funktionieren?"

„Nein, aber ich glaube, wir …"

„Dann sorgt Yuriy dafür, dass du hundert Prozent sicher gutes Gefühl in Brust hast, ja? Alles gut, Navy Seelöwe. Yuriy weiß, was tut, und das ist wie machen in Ukraine. Alte Art und Weise. Kannst ihm sowieso nicht ausreden. Ist schon weg.“

Bumper setzt sich wieder auf die Harley. „Verdammt noch mal.“

Chuck meldet sich von meinem Rücken. „Das ist wahrlich ein bemerkenswertes und herzerwärmendes Szenario.“

„Nicht jetzt, Junge“, weise ich ihn zurecht.

„Aber jetzt bekommt der Plan ein paar ernstzunehmende Probleme.“

Ich richte den Blick auf Bumper. „Was meinst du?“

„Die Androchider werden sich fragen, warum sich ein Schiff so sehr darum bemüht, fünf Kähne unter ihren Sklavenring zu bugsieren.“

„Also denkst du, sie werden es bemerken“, sage ich, nur um ganz sicher zu sein, dass ich es verstanden habe.

„Oh, auf jeden Fall, Patrick. Selbst wenn Yuriys Wärmesignatur verborgen bleibt, wird sie der konsolidierte Kurs der Kähne misstrauisch machen.“

„Und wenn sie dann nachschauen?“

„Dann jagen sie die Kähne in die Luft“, erklärt Chuck ungerührt. „Gewiss, wahrscheinlich könnt ihr den ersten Transporter ausschalten, aber nicht die übrigen. Sie werden auf Distanz bleiben und die verbliebenen Ladungen aus der Ferne zerstören.“

„Vlad“, sage ich. „Schalte das Funkgerät ein und befiehl Yuriy, sich zurückzuziehen. Sofort.“

Er nickt und drückt auf die Sprechtaste. Als er nach mehreren Versuchen immer noch keine Antwort bekommen hat, sieht Vlad mich besorgt an. „Äh, ich glaube, Yuriy hat Funk abgeschaltet.“

„Verdammt. Phantome, Plan B.“

„Haben wir einen Plan B?“, fragt Z Lo niemand im Besonderen.

„Japp. Er lautet: Wir improvisieren von Fall zu Fall. Lasst uns fahren.“ Ich starte mein Motorrad und fahre los. Verdammt, fühlt sich das gut an. Vermutlich werde ich dabei umkommen, aber meine Hütte ist in diesem Moment ziemlich weit weg, und daher sehe ich keinen Grund, das Unvermeidliche hinauszuzögern. Der Tod ist schon lange hinter mir her.

0039, Sonnabend, 26. Juni 2027
Lower Manhattan, New York
FDR Drive, East River

„He, Chuck", rufe ich, um das Dröhnen meiner Harley zu übertönen.

„Ich bin noch da, wo du mich hingesteckt hast, Patrick."

„Kannst du die Kähne mit deinen Sensoren erfassen?"

„Natürlich. Ich sehe alles und weiß alles."

„Es sei denn, ich muss mit dir in eine bestimmte Richtung zielen, oder?"

„Aber nein." Er hält inne. „Willst du damit sagen, dass ich dich an der Nase herumgeführt hätte?"

„Japp, genau das will ich sagen."

„Mach dich nicht lächerlich. Yuriy bringt die Schiffe gerade wieder auf Kurs."

„Wie weit ist er noch weg?"

„Er ist fünfhundertfünfzig Meter entfernt. Bei seiner augenblicklichen Geschwindigkeit von acht Knoten müsste er in etwas mehr als zwei Minuten mit den Booten in Position sein."

Zwei Minuten. Das ist nicht so schlimm, wie ich dachte. „Gibt es Anzeichen, dass er entdeckt wurde?"

„Nein, Patrick. Ich warne dich, sobald … er wurde entdeckt."

Das klang seltsam. „Willst du mir sagen, dass du mich warnst, wenn er entdeckt wurde oder dass er entdeckt wurde?"

„Er wurde entdeckt. Sie entdecken ihn in diesem Moment! Es wird höchste Zeit, deinen hübschen kleinen Popo in Bewegung zu setzen, mein Schatz!"

Als wir unter der Manhattan Bridge durchfahren, bedeute ich den anderen Teammitgliedern, abzubremsen. „Wir müssen jetzt mit allem, was wir haben, auf den Transporter feuern."

Sie blicken nach Südwesten, wo das Fluggerät zu Yuriys Schlepper hinabsinkt.

„Bumper, warte auf meinen Befehl."

Er nickt.

„Alle anderen, macht es ihnen so schwer wie möglich, auf euch zu schießen." Ich nehme Veronica vom Rücken und halte sie mit der linken Hand, dann gebe ich wieder Gas. Als mein Motorrad den FDR Drive hinunterrast und ich mir zwischen den liegen gebliebenen Fahrzeugen einen Weg suche, sage ich: „Veronica, bist du bereit?"

„Benutzer Zwölf, bitte bestätigen Sie neuen Namen für Waffe: Veronica."

„Bestätigt."

„Profil aktualisiert. Veronica ist bereit."

„Es tut weh, das zu hören", sagt Chuck.

„Junge, bis wir dich repariert haben, musst du dich wohl damit abfinden." Dann sage ich zu Veronica: „Gib mir etwas, mit dem ich diesen Heini da ablenken kann."

„Umgangssprachlicher Ausdruck ‚Heini' entdeckt. Bitte bestätigen Sie Ihre ..."

„Oh, bei allen Huren in Dublin, könntet ihr beiden mal den Mund halten?" Ich spüre, wie Chuck auf meinem Rücken vibriert, während Veronica in meiner linken Hand glüht.

Auf einmal sagt die Waffe: „Verdammt, was ist denn auf einmal mit dieser Welt los, und was fällt euch eigentlich ein?" Es klingt sehr nach einer wütenden lateinamerikanischen Mutter.

„Veronica?"

„Fragst du mich nach meinem Namen?"

„Ich wollte nur ..."

Fragst du mich nach meinem Namen?"

„Chuck?" Ich kurve zwischen zwei Autos entlang. „Warum klingt sie auf einmal wie Salma Hayek in *Killer's Bodyguard*?"

„Bravo, altes Haus. Ich muss schon sagen, du kennst dich mit Filmen aus, und dein Erinnerungsvermögen ist beeindruckend."

„Soll das jetzt ein Witz sein?"

„Nein, guter Mann. Ich wollte nur, na ja, den Dingen ein wenig Würze verleihen."

„Das ist mir ein bisschen viel Würze."

„Kann schon sein, aber ich habe dich ja gewarnt, dass sie etwas beknackt ist."

„Oder du wünschst dir, sie wäre es."

„Hm. Na ja, kann auch sein, ja. Soll ich sie deprogrammieren?"

„Keine Zeit." Ich hebe Veronica. „Mädchen, gib mir etwas, das sie ablenkt."

„Oh, du willst sie ablenken? Du willst sie wirklich ablenken?" Gleich darauf sagt sie: „Dann komm und hols dir, du kleiner *hijo de perro!*"

„Mein Gott", stöhnt Chuck. „Ich bereue meine Entscheidung."

Ich ziele mit Veronica und drücke ab. Der Rückstoß wirft mein Motorrad nach rechts, und ich muss stark gegenlenken, um nicht das Gleichgewicht zu verlieren. Der Schuss fegt über den East River und trifft mitten in den Rumpf des Transporters, der von einer blauen Entladung eingehüllt wird.

„Nehmt das, *cabróns!*", ruft Veronica.

Der Schuss hat allerdings nicht den Antrieb lahmgelegt. Vielmehr lässt der Transporter von Yuriy ab und kommt in unsere Richtung.

„Anscheinend hast du Yuriy ein wenig Luft verschafft", ruft Bumper.

„Ja", fügt Hollywood hinzu. „Und jetzt geht er auf uns los!"

Der Transporter feuert quer über den East River und trifft so nahe hinter uns die Straße, dass ich die Hitze im Nacken spüre. Außerdem sehe ich, wie links von mir eine weiße Limousine ins Wasser fliegt.

„Patrick, darf ich vorschlagen, dass du noch einmal schießt?", sagt Chuck.

„Veronica, das Gleiche noch einmal", rufe ich.

„Sofort, *mi amor*", antwortet sie.

Ich drücke ab.

Ein zweiter Energiestoß trifft den Bug des Schiffs. Natürlich hat es keine Windschutzscheibe, die bersten könnte, doch nun qualmt der Backbordantrieb, und das Schiff kompensiert das Leck, indem es mehr Schub gibt.

Wieder schießt das Schiff und trifft hinter uns die Straße. Heißer Asphalt spritzt gegen mein Nummernschild und meinen Helm. Ich gebe Gas und fahre im Zickzack zwischen den verlassenen Fahrzeugen entlang, während das feindliche Schiff hinter uns herabsinkt.

Weitere Blasterschüsse zucken an uns vorbei und treffen vor uns mehrere Fahrzeuge. Einige fliegen hoch in die Luft und werden weggeschleudert, andere explodieren an Ort und Stelle, sodass Benzin und brennende Trümmer auf uns herabregnen. Hinter mir knattern automatische Waffen, als unser Team den Feind eindeckt. Ich glaube nicht, dass es viel ändern wird, aber an diesem Punkt zählt jede kleine Hilfe. Außerdem lenken wir damit das Alien-Schiff von Yuriy ab.

„Sechzig Sekunden", ruft Chuck.

Ich gebe das an die anderen Teammitglieder weiter und beschleunige. Wir haben die Brooklyn Bridge fast erreicht, obwohl ich genau hier mit meinem Team auf keinen Fall sein wollte. Um die drohenden ANC-Sprengungen zu überleben, müssen wir uns nämlich von der Brücke entfernen. Mein Instinkt drängt mich dazu, sofort abzubiegen und nach Manhattan hineinzufahren, doch dort würden wir auf unzählige Menschen treffen – und die sollen nicht durch die Schüsse des Transporters umkommen. In dieser Situation ist es wohl das Beste, auf dem FDR Drive zu verbleiben und so schnell wie möglich an der Brücke vorbeizufahren.

Ich ziele mit Veronica über die rechte Schulter nach hinten, ducke mich tief über den Lenker, wappne mich gegen den Rückstoß und schieße blindlings. Ich vergewissere mich nicht einmal, ob ich irgendetwas getroffen habe, aber das ist offensichtlich auch gar nicht nötig.

„Schöner Mann, du zielst, als hättest du zu viel Tequila getrunken", klagt Veronica. „Aber ich passe auf *tu seis* auf."

„Danke."

„Todesengel im Anflug", ruft Yoshi.

„Mann, was für ein Tag", sage ich zu mir selbst. Und richtig, in Lower Manhattan steigen drei leuchtende Gestalten auf, die sich zu dem Transporter gesellen und uns verfolgen. Wieder treffen Blasterschüsse die Straße und zerstören die Scheiben der Fahrzeuge.

„Zwanzig Sekunden", meldet Chuck.

Nur noch ein kleines Stückchen.

Das Team fädelt sich so geschickt durch die Wracks, wie man es sich nur wünschen kann, und hin und wieder schaffen es die Phantome sogar, auf die Feinde zu schießen. Yoshi schreit etwas Japanisches und schießt mit dem SCAR 15 gerade nach oben. Das Mündungsfeuer beleuchtet sein Gesicht wie eine romantische Erinnerung in einem Animefilm. Z Lo schwenkt sein Tavor-Sturmgewehr hin und her, während Aaron sein DP 27 aus der Halterung genommen und auf die Lehne des Beiwagens gestützt hat, um mit den Patronen aus dem Tellermagazin auf den Transporter zu feuern.

Da Ghost im Fahren kein Scharfschützengewehr bedienen kann, hat er eine MP7 in der Hand, die er in Sissys Waffenkammer gefunden hat. Er zielt mit gestrecktem Arm blind nach hinten und trifft mit überraschender Präzision die Todesengel. Die drei Russen machen sich gut, sie schießen mit den AK 47, als hielten sie diese schon seit der Geburt in den Händen. Teufel auch, wahrscheinlich trifft das sogar halbwegs zu.

Hollywood hat den besten Platz. Sie hockt umgekehrt auf Bumpers Schoß und feuert nach hinten. So kann sie, soweit ich es sagen kann, viel mehr Treffer landen als alle anderen im Team. Das ist kein Wunder, denn Bumpers Schultern bilden hervorragende Stützen. Auch er genießt es offenbar – der Drecksack grinst von einem Ohr bis zum anderen.

„Festhalten!", ruft Chuck. „Es ist so weit!"

Ich blicke zu Bumper. „JETZT!"

Bumper zieht die Fernzündung aus der Tasche, legt die Sicherungskappe um und drückt auf den Auslöser.

Es ist ein seltsames Gefühl, wenn man von einem fahrenden Motorrad geschleudert wird. Nicht, dass ich eine solche Erfahrung empfehlen würde. Erst recht nicht, wenn die Kraft, die einen schleudert, aus über zwölf Tonnen Ammoniumnitrat besteht, die gerade in die Luft fliegen. Nein, mir zieht nicht das ganze Leben vor meinem inneren Auge vorüber. Ich habe keine Visionen von Gott, vom Himmel oder von der Hölle. Es fühlt sich allerdings eindeutig so an, als liefe alles in Zeitlupe ab.

Es katapultiert mich seitlich durch die Luft, die Hacken sind ein wenig höher als der Kopf, und ich blicke zu dem hellen Energieausbruch zurück. Die Schockwelle hat den Ring, die Brücke, den East River und dann auch uns erfasst. Auch die Todesengel verlieren die Kontrolle, hinter uns werden die Autos von der Straße gefegt. Sogar der Transporter kippt gefährlich zur Seite.

Und dann kracht alles herunter.

Ich pralle mit der linken Schulter voran auf die Fahrbahn und habe grässliche Schmerzen im Kopf und im Oberkörper. Mir bleibt die Luft weg. Die Explosion betäubt meine Ohren, ich höre nur noch das gedämpfte Kreischen von Metall auf Metall. Schwere Objekte prallen auf die Straße, überall splittert Glas. Endlich endet meine Rutschpartie. Arme und Gliedmaßen brennen. Ich denke nicht an mein Team, an unsere Ausrüstung oder an die Einwohnerschaft von New York. Ich habe nur eines im Sinn.

Den Ring.

Ich will mich aufrichten, doch alles dreht sich um mich. Schließlich findet meine linke Hand den Boden, dann auch die rechte. Alle Nerven in den Fingern brennen. Sobald ich die Hände auf den Boden gestemmt habe, überwinde ich die Übelkeit und richte mich zum Sitzen auf. Sogar zu blinzeln tut weh. Ich bemühe mich weiter und warte, bis ich wieder klar sehen kann. Ich blicke in die richtige Richtung, denn allmählich schält sich die Brooklyn Bridge heraus.

Oder das, was ich davon erkennen kann.

Vor meinen Augen flitzen seltsame Schatten umher. Das stetige blaue Glühen der Kuppel ist verschwunden. Stattdessen sehe ich nur noch Mondlicht auf einer bleichen Staubwolke, die die halb zerstörten Türme und die durchhängenden Kabel der Brücke einhüllt. Und dann verschwinden sie auch, weil die Staubwolke nach Lower Manhattan hereinrollt.

Auch mit den betäubten Ohren nehme ich noch wahr, wie die Trümmer ins Wasser einschlagen. Ich spüre die Erschütterungen im Straßenbelag und habe den Eindruck, dass gerade mehrere Gebäude zusammenbrechen. Ich höre sogar etwas wie Wellen, die gegen die niedrig gelegenen Straßen zu schwappen scheinen. Und dann mischt sich ein neues Geräusch, das ich sehr gut kenne, in den Lärm des Zerstörungswerks.

Jubelrufe.

Ich denke an die Baseballspiele und Footballspiele, die ich früher besucht habe. Ich sehe die Gesichter der Fans, die erhobenen Arme, die zurückgeworfenen Köpfe. Bier schwappt aus Bechern, Popcorn fliegt durch die Luft. Das Team hat gewonnen. Sie sind glücklich und sie leben noch.

In den Straßen links von mir und sogar drüben auf der anderen Seite in meinem heimatlichen Brooklyn höre ich die Rufe der New Yorkerinnen und New Yorker. Sie klatschen, sie trommeln auf Autos, sie schlagen gegen Lichtmasten. Ihr Jubel steigt zum offenen Himmel empor.

„Wir haben es geschafft", sage ich zu den Sternen und sinke wieder zu Boden. Sie sind ein Anblick, der meinen Augen wohltut. Dann kriecht von den Rändern meines Gesichtsfelds die Schwärze heran, und ich will nur noch in meiner Hütte auf dem Land in einen langen Schlaf sinken.

40

0527, Sonnabend, 26. Juni 2027
Lower Manhattan, New York
Ruinen der Brooklyn Bridge, East River

„Ich kann gar nicht glauben, dass die Türme noch stehen." Yoshi unterbricht die Arbeit an Z Los Oberlippe und nimmt einen Schluck aus dem Flachmann. Er sieht mich an, aber ich werde ihm in diesem Augenblick keine Vorwürfe machen. Er muss selbst entscheiden, wann er mit dem Trinken aufhört. Yoshi wischt sich den Schweiß, das Blut und den Dreck aus dem Gesicht und setzt die Flickstunde an dem Jungen fort.

Gleich wird im Osten die Sonne aufgehen. Wir Phantome, Aaron, Vlad und Lada sitzen zwischen den Trümmern der Brooklyn Bridge, versorgen unsere Wunden und denken über unseren Erfolg nach – falls man es denn so nennen kann.

„Sie stehen noch halbwegs", bestätigt Ghost.

„Was?", fragt Yoshi, ohne den Blick von Z Lo abzuwenden.

„Die Türme stehen noch halbwegs."

„Das ist wohl die gute deutsche Ingenieurskunst", meint Chuck. „John A. Roebling wäre sicherlich sehr stolz."

Ich runzele die Stirn. „Weil wir seine Brücke mit Dünger in die Luft gejagt haben?"

„Tja, das meinte ich eigentlich nicht, aber ich glaube, auch das könnte ihn beeindrucken … jedenfalls auf eine dysfunktionale und barbarische Art und Weise."

Ich schüttele erstaunt den Kopf. „Es mag ja sein, dass Roebling in Deutschland auf die Welt kam, aber die Brücke ist in den USA entstanden. Also ist die amerikanische Ingenieurskunst der Grund dafür, dass die Türme noch stehen."

„Junge, könntest du mal still halten?", sagt Yoshi zu Z Lo. Phantomdoc versucht seit zwanzig Minuten, Phantom Vier zu nähen. Nein, genau genommen, seit wir uns vor Stunden auf der Straße aufgerappelt haben. Aber danach hatten wir erst einmal viel zu viel zu tun.

Ghost musste vordringlich versorgt werden, aber der Phantomwächter humpelt immer noch. Wir anderen haben unterschiedlich schwere Prellungen und Schürfwunden davongetragen — immerhin nichts Lebensgefährliches.

Während Yoshi sich um den Scharfschützen kümmert, haben wir noch einmal die toten Androchider überprüft, die uns verfolgt hatten. Der Transporter und die Todesengel sind bei der Explosion in die Luft geflogen. Das Schiff ist irgendwo in Lower Manhattan heruntergekommen, während die Todesengel so fest gegen die Autos und die Häuser der Nähe geprallt sind, dass ihre Rüstungen aufgeplatzt sind. Zwei Kugeln in die Brust oder den Kopf haben dafür gesorgt, dass sie nie mehr aufstehen werden.

Als Nächstes haben wir einigen versprengten Zivilisten, denen wir begegnet sind, Hilfe und Hinweise gegeben. Schließlich haben wir uns auf die Überreste der Auffahrt in Manhattan zurückgezogen, um uns einen Überblick zu verschaffen.

Erstaunlicherweise sind die beiden Haupttürme, wie Ghost es sagte, weitgehend intakt. Falls die Stadt jemals die Brücke zu ihrem alten Glanz wiederauferstehen lassen will, müssen sie allerdings eine Menge Mauerwerk flicken. An den zerfransten Tragkabeln hängen Betonbrocken und Stahl über dem aufgewühlten East River, aus dem Trümmer und verformte Bauteile der Aliens ragen. Der altgediente zentrale Abschnitt der Brooklyn Bridge ist nur noch ein wirrer Haufen aus Trägern und Asphaltbrocken, geopfert auf dem Altar des androchidischen Sklavenrings.

„Er hat es getan", sagt Bumper, der neben mir auf einem Betonbrocken sitzt. Gerade erfassen die ersten Sonnenstrahlen die Silhouetten der Ruinen, und die Luft wird etwas wärmer. „Ich meine Yuriy", ergänzt er. „Der alte Mann hat es geschafft."

Ich nicke. „Möge er in Frieden ruhen."

„Ha! Der ruht nicht. Zu viele Jungfrauen." Vlad winkt Yoshi, weil er einen Schluck aus dessen Flachmann haben will.

Yoshi gibt ihm den Schnaps, und Vlad bedient sich.

„Ich weiß nicht, ob ich dir folgen kann, Vlad", wende ich ein.

„Und ob du das kannst." Er wischt sich den Mund ab und bedankt sich bei Yoshi. „Islamistische Extremisten. Es heißt doch, die Männer bekommen zweiundsiebzig Jungfrauen, wenn sie den Heldentod sterben."

„Und dann finden sie heraus, dass die Jungfrauen diejenigen sind, die in ihren eigenen Reihen gestorben sind." Z Lo kichert und will Ghost High Five geben.

Ghost starrt Z Lo an.

Der Junge lässt die Hand sinken.

„Wisst ihr, für wen sie himmlische Jungfrauen wirklich aufheben?" Vlad klopft sich auf die Brust. „Für Russen. Ist Belohnung für sowjet-afghanischen Krieg. Ha!"

„Vladimir, still", ermahnt ihn Lada.

„Was denn? Ist doch Wahrheit."

„Sicher, sicher. Und was bekommen die russischen Frauen?"

Vlad überlegt kurz und zeigt auf mich. „Noch mehr amerikanische Alphateufelshunde."

Lada zieht eine Augenbraue hoch und mustert mich von oben bis unten. „Damit könnte ich leben."

Ich will dringend das Thema wechseln und tätschele Chuck. „Also, Junge, meinst du, sie kommen wieder hierher?"

„Die Androchider? Früher oder später auf jeden Fall. Sie sind sicherlich sehr neugierig, wer ihren Sklavenring in die Luft gejagt hat. Aber da sie annehmen, sie hätten eure militärische Infrastruktur beseitigt, werden sie im Augenblick kein Personal abordnen. Es wird mindestens noch einen Tag dauern, bis militärische Späher eintreffen werden. Deshalb habt ihr noch etwas Zeit, euch zu verstecken."

„Wer sagt hier etwas von verstecken?" Hollywood stemmt die Hände in die Hüften. „Ich werde mich auf keinen Fall verstecken!"

„Ich stimme kleiner Armeelady zu", sagt Vlad. Als er sieht, wie Hollywood auffährt, besinnt er sich. „Klein, aber extrem stark und sehr dominierende Armeelady."

„Klingt schon besser", lenkt sie ein.

„Also, was wollt ihr jetzt tun?", frage ich. „Der Job ist erledigt, New York ist befreit."

„Vorläufig", fügt Chuck hinzu.

„Sir Charles, wir müssen nehmen, was wir kriegen." Ich sehe mich zu den anderen um, die sich mit mir in der Sonne wärmen. „Wie geht es weiter?"

Sie sind erschöpft und völlig verdreckt, und an einigen Phantomen klebt Unrat aus der Kanalisation. Niemand scheint jedoch bereit zu sein, sich zu äußern, also fahre ich schließlich fort.

„Also, ich will nach Hause. Ich denke, unsere Reserven werden sich neu formieren, und alle klugen Leute schmieden Pläne." Mit einem Blick fordere ich Bumper auf, seinen Teil beizutragen.

Er blinzelt mich an. „Wik, darf ich offen sprechen?"

„Ach, hör doch auf mit diesem Unsinn, Bumper. Sag, was du sagen musst."

Er sieht in die Runde, während er antwortet. „Ich glaube, die Reserven werden sich nicht neu formieren. Wenigstens nicht für eine lange Zeit."

„Ich kann Bumpers Schlussfolgerung bestätigen", wirft Chuck ein. „Ich habe alle eure Funkkanäle überwacht, und abgesehen von sehr fernen und daher unverständlichen Oszillationen, die vermuten lassen, dass einige wenige Exemplare eurer Spezies Funkkontakt halten, gibt es nichts, was auch nur entfernt nach militärischem Geplauder klingt, wie man so sagt."

Bumper runzelt die Stirn und nickt Chuck kurz zu, ehe er fortfährt. „Und ich bin mir ziemlich sicher, dass wir uns über die Tatsache einig sind, dass unsere ehemaligen Einheiten ... nun ja, wir sind vorläufig alle hier gestrandet, Wik."

„Dann könnt ihr euch hier nützlich machen und den braven Leuten von New York helfen, aufs Land zu ziehen. Das werde ich in meiner Freizeit wohl auch tun."

„Wir sind nicht von Greenpeace", wendet Hollywood ein. „Dazu sind wir nicht ausgebildet."

„Wofür dann?"

„Dafür." Sie zeigt auf das Gerippe der Brücke. „Sachen in die Luft jagen." Sie hält inne. „Nein, nicht in die Luft jagen … wie war noch dein Begriff dafür, Sir Chuck?"

„Mein Begriff?"

„Für eklige kleine Sachen, die man eben machen muss."

„Ah, ja. Ich glaube, du meinst meinen zaghaften Versuch, mich durch die Vokabeln eurer …"

„Igittköpfe", sage ich und erspare uns damit Chucks wohlmeinende, aber unnötig langatmige Erklärung.

Hollywood schnippt mit den Fingern. „Genau das. Wir sind dafür ausgebildet, diese kleinen Igittköpfe in die Luft zu jagen und den Rest nach Anderkin Prime zurückzuscheuchen."

„Androchida Prime", berichtigt Chuck sie.

Hollywood schüttelt den Kopf. „Nö." Sie blickt in die Runde. „Ich weiß nicht, was ihr denkt, aber ich werde auf keinen Fall friedlich aufs Land ziehen und Däumchen drehen, bis der Feind seine schwebenden Sklavenringe verlegt und noch mehr Leute einsammelt − nicht, solange ich noch eine Waffe in der Hand halten kann."

„Roger dazu", bekräftigt Bumper.

Yoshi und Z Lo geben ihr ein High Five, Ghost nickt leicht.

„Ich stimme sexy Armylady zu", sagt Vlad.

Nun fährt Bumper auf. „Willst du das wiederholen, Mann?"

„Ja. Ich stimme sexy Armylady zu."

Ich habe Mühe, mir das Lachen zu verkneifen.

Hollywood lehnt den Kopf an Bumpers Arm. „Schon gut."

Auch wenn er jetzt nachgeben sollte, der Seal entwickelt Hollywood gegenüber anscheinend gewisse Beschützerinstinkte.

„Sprich weiter", sagt Hollywood zu Vlad.

„Lada und ich, wir nicht teilen Bruderansicht über verstecken gehen. Nicht unser Stil, abzuwarten, bis Ende kommt."

Lada nickt zustimmend, während ihr Bruder spricht. „Ist zwar Bratwa-Art, aber nicht Art von russischer Armee. Und er war nie dienstlich."

„Also wollt ihr weiterkämpfen", antwortet Bumper den beiden Russen. „Mit uns zusammen."

„*Da*", antwortet Vlad. „Besser als sterben in Boxcar-Kinderstadt mit Hosen runter."

„Und warum ist dies die bevorzugte Art zu sterben?", fragt Chuck.

„Darüber kannst du dir später noch Gedanken machen." Ich wende mich an Vlad und Lada. „Wird Sissy nicht von euch verlangen, dass ihr bleibt?"

„Ist großer Bruder, ja, sicher", antwortet Lada. „Ist aber nicht Mama. Kontrolliert uns nicht."

„Sind wir jetzt Freiheitskämpfer", ergänzt Vlad. „Und wenn ihr dableibt und Kampf macht, dann machen wir auch. Auch wenn Mütterchen Russland ist Herzensheimat, Amerika ist zweite Heimat. Das hier", seine Geste schließt die ganze Stadt ein, „das ist großer amerikanischer Freiheitstraum, ja? Wir lieben auch, ist auch unsere Heimat. Also wenn kleine Aliens kommen und tragen Kampf in diese Häuser, dann wir kämpfen zurück. Stehen an eurer Seite, ziehen berühmte alte rote, weiße und blaue Streifen und Sterne an. Und sagen wir außerdem", er zeigt den Trümmern den Stinkefinger, „*poshel na khuy!*"

Die Phantome quittieren Vlads Ausbruch mit anerkennendem Nicken. Ich bin mir ziemlich sicher, was die russische Bemerkung bedeutet.

„Hör mal, Wik", sagt Hollywood nach einer kurzen Pause. „Ich glaube nicht, dass es hier jemanden gibt, der mehr weiß als du."

„Schmeicheleien stehen dir gar nicht gut, Hollywood."

„Das ist keine Schmeichelei. Schau dich doch um, Master Guns. Welche andere Stadt hat einen Portalring ausgeschaltet? Und hat Chuck nicht gesagt, dass wir unter allen Zivilisationen die erste sind, die sich ernsthaft wehrt?"

„Ja, das habe ich gesagt", bekräftigt Chuck.

Ehe ich die Logik hinterfragen kann, spricht Hollywood weiter. „Derjenige mit dem größten Wissen ist der klügste Mensch am Tisch."

„Der mit dem größten Wissen muss nicht unbedingt der Klügste sein", widerspreche ich.

„Na schön. Du weißt aber auch, wie du das Wissen einsetzen musst, wie du Probleme löst, und wie du uns anführst. Wenn das nicht Klugheit ist, dann weiß ich es auch nicht."

„Tut mir leid, Leute. Wir haben unsere Mission erfüllt, wir haben hart gearbeitet, und jetzt kann ich endlich …"

„Was hast du vor?" Hollywood springt auf. „Willst du jetzt aufgeben?"

„Das wollte ich nicht …"

„In den Ruhestand gehen und nicht mehr kämpfen?"

„He, ihr habt hier genau das Gleiche erlebt wie ich, deshalb könnt ihr …"

„Nein, haben sie nicht", widerspricht Aaron.

Alle sehen den Doktor an.

„Wie war das?", frage ich.

„Sie haben nicht das Gleiche erlebt wie du, Pat. Wenn ich mich nicht irre, hast du in deinem Leben mehr Kämpfe ausgefochten als sie alle zusammen. Und du bist müde, weil du, ja, weil du alles getan hast, was du irgendjemandem schuldig warst. Aber genau das qualifiziert dich dazu, jetzt die Führung zu übernehmen."

Er steht auf und kommt zu mir.

„Ich weiß, wie müde du bist. Ich bin selbst so müde und so verängstigt wie noch nie in meinem ganzen Leben. Aber dieser Kampf … das ist nicht der Kampf, den jemand anders auf sich nehmen muss. Es ist dein Kampf. Und meiner. Und wenn Jack hier wäre …"

„Lass das aus dem Spiel."

„Wenn Jack hier wäre, dann würde er dich anflehen, dass er bei diesem Einsatz die Spitze übernehmen darf."

Gefühle regen sich in meinem Bauch. Ich halte sie in der Kehle auf, ehe sie herauskommen. Fast gebe ich dem Reflex nach, Aaron kurzerhand niederzuschlagen, und fast muss ich weinen. Beide Impulse hasse ich. Ich beiße die Zähne zusammen, damit ich nicht etwas sage, das ich bereuen würde.

Ich glaube, Aaron spürt, dass er den Löwen gereizt hat. Er weicht einen halben Schritt zurück, funkelt mich aber immer noch an. Ich weiß, dass er nicht lockerlassen wird, also muss ich ihm antworten.

„Du weißt, was uns da draußen erwartet?" Ich zeige an Aarons Schulter vorbei zur Sonne. „Der Tod."

„Der hat auch hier schon auf uns gewartet", wendet Hollywood ein.

Ich höre ihre Worte zwar, erwidere aber Aarons Starren.

„Aaron, Jack ist tot, weil ich ‚Ja' gesagt habe. Ich war es, niemand sonst. Und ich habe schon einmal zu diesem Team ‚Ja' gesagt." Ich sehe mich um. „Dieses Mal sind wir dem Tod von der Schippe gesprungen, japp. Aber ein zweites Mal? Wider alle Wahrscheinlichkeit?" Ich schüttele den Kopf und spüre, wie der Kloß in meinem Hals wieder dicker wird. Ich sehe Jacks zerstörten Körper vor mir. „Wir können den Teufel nicht mehr als einmal überlisten. Er lernt zu schnell. Jemand anders muss es tun."

„Verdammt, Pat! Es gibt sonst niemanden."

Aaron ist rot angelaufen. Ich selbst auch. Es fühlt sich an, als hätte ich einen Holzofen hinter den Wangen. Keiner von uns gibt nach, während die anderen mucksmäuschenstill sind.

Dann löst eine kleine Stimme die Anspannung auf. Es ist Chuck. „Bei dir sterben sie wenigstens für etwas, an das sie glauben."

Ich löse den Blick von Aaron und betrachte die Waffe. „Wie war das?"

„Das sagst du doch selbst. Du kannst für eine schlechte Sache siegen, aber dann musst du mit der Hölle in dir weiterleben. Oder du stirbst für eine gute Sache und sagst dem Teufel persönlich, wo er sich die Hölle hinstecken kann. Mir scheint, wenn du jetzt weggehst, kannst du zwar überleben, aber es wird die Hölle." Er hält inne. „Und irgendwie habe ich den Eindruck, dass du schon viel zu lange dort schmorst."

„Verdammt, bist du jetzt auch noch mein Therapeut?"

„Nein", antwortet Hollywood, „aber er hat recht."

Mit geballten Fäusten drehe ich mich zu ihr um. Gott weiß, ich würde sie niemals schlagen, aber ich will auch nicht zugeben, dass ich ihr zustimmen muss, genau wie Aaron. Und dem verdammten Chuck.

Ich lege den Kopf schief, streiche mir mit einer Hand über das Gesicht und blicke in den blauen Himmel. Die Möwen sind wieder da und kreischen um die Wette – die Ratten mit Flügeln, die sie sind. Eine frische Brise treibt mir die salzige Seeluft in die Nase. In der Ferne höre ich den Lärm der Massen, die aus der Stadt fliehen. Die Menschen haben überlebt.

Unserethalben.

„Wir werden alle sterben", sage ich.

„Ich freue mich schon darauf", antwortet Bumper, noch ehe ich es ganz ausgesprochen habe.

„Und es wird euch allen leidtun", fahre ich fort. „Ihr werdet heulen und euch wünschen, ihr hättet nicht mitgemacht."

„Wie traurig", bemerkt Hollywood.

„Es ist mein Ernst, Sergeant."

„Meiner auch, Master Guns."

Ich werde sogar noch wütender auf Army Sergeant Suzanne Catania, aber das ist die richtige Art von Wut, nämlich jene Art, die mir sagt, was wir tun werden. Selbst wenn die Anderkins den ganzen verdammten Planeten einnehmen sollten, wir werden ihnen zeigen, dass sie sich mit der falschen Spezies angelegt haben.

„Ihr selbst seid ein Haufen Igittköpfe, wisst ihr das?"

„Wissen wir", antworten mehrere von ihnen.

„Ich nicht kenne Ausdruck", wirft Vlad ein. „Was ist dieses Igittding?"

„Das ist das, was die Feinde zum Frühstück essen", sagt Z Lo.

„Ja." Yoshi lächelt. „Und was sie zum Mittagessen in den Arsch beißt."

„*Sí*", ruft Veronica. „Und dann brennt es die ganze Nacht in den Arschlöchern. Wie *muchos jalapeños,* haha!"

Hollywood lächelt, dann sieht sie mich wieder ernst an. „Heißt das jetzt, du bist dabei?"

Ich hole tief Luft. „Kennt jemand den Schutzheiligen der Blockhütten?"

„Das müsste der heilige Joseph sein, der Zimmermann", meint Z Lo. „Warum?"

„Weil ich ihn brauchen werde, um meine Hütte aus den Pocono Mountains bis vor die Himmelspforte zu verlagern."

Die Teammitglieder rufen begeistert und geben einander High Fives, bis irgendjemand, genauer gesagt Hollywood, die naheliegende nächste Frage stellt.

„Und was ist jetzt dein Plan, Wik?"

Ich überlege ein paar Sekunden und gehe im Kopf mehrere Schachzüge durch. Manchmal kommen und gehen die Gedanken so schnell, dass die Hälfte der guten Ideen sang- und klanglos untergeht. Man braucht ein gut trainiertes Bewusstsein, um sie am Schwanz zu packen, wenn sie vorbeihuschen, und noch mehr Erfahrung, um sich eine Strategie zurechtzulegen, die dem Gegner zehn Züge voraus ist. Ist dies nicht genau das, was ich am liebsten mache? Den Untergang des Feindes planen. Einen Zug nach dem anderen.

„Wik?", hakt Hollywood nach.

„Ich denke nur nach." Ich nage einen Moment an der Unterlippe. Trotz der Müdigkeit, des Hungers und des Durstes schält sich allmählich ein grober Plan heraus. Es sind Rätsel wie diese, die mich nachts wach halten. Sie geben mir ein Ziel. Ich entwerfe ein Projekt, eine Mission.

Schließlich lasse ich den Blick über das Team wandern, dann über die Trümmer der Brücke, schließlich zur aufgehenden Sonne. „Wenn wir überhaupt eine Aussicht haben, die Plüschis zu besiegen, dann dürfen wir uns nicht auf die Verteidigung beschränken."

„Also die Offensive, Baby." Bumper reibt sich die Hände. „Man kann das Spiel nicht gewinnen, wenn man nicht spielt, um Punkte zu machen."

„Mädchen gewinnt man damit auch nicht", ergänzt Hollywood.

„Aber hallo." Z Lo pfeift durch die Zähne.

Die Laune des Teams bessert sich, das ist gut. Doch ich bin in Gedanken woanders. Gewiss, ich habe grässliche Kopfschmerzen, und ich muss unbedingt etwas essen und ordentlich ausschlafen. Eine Idee jedoch rumort unter der Oberfläche meines Bewusstseins, als steckte sie dicht unter dem Pflaster und wollte den Kopf nach oben recken.

Ich beuge mich vor, berge den Kopf in den Händen und reibe mir über die Schläfen. Da entdecke ich in einem Riss im

Pflaster ein künstliches Hüftgelenk – es ist ein Überbleibsel aus dem Stapel mit menschlicher Hardware, den ich vor dem Portal gesehen habe.

Ich wende mich an Aaron. „Als sie in der Antarktis Lewis verschleppt haben …"

„Mein Gott, Pat, müssen wir das wirklich noch einmal durchkauen?"

„Erinnerst du dich, dass seine Kleidung verbrannt ist, als er durchging?"

„Was? Nein. Was soll das?"

„Erinnerst du dich, ob seine Kleidung Feuer gefangen hat, als die Drohne ihn durch das Tor gezogen hat?"

Aaron überlegt kurz. „Nein, nicht, dass ich wüsste. Warum?"

„He, Chuck."

„Allzeit bereit, altes Haus."

„Gibt es einen Unterschied in der Funktionsweise zwischen dem Sklavenportal und demjenigen in der Antarktis?"

„Nein. Sie dienen beide als Transportmittel nach Androchida Prime."

„Das meinte ich nicht." Ich ziehe das Hüftgelenk aus dem Spalt und halte es hoch.

„Oh mein Gott", sagt Hollywood. „Ist es das, was ich glaube, das es ist?"

„Kleine Metallkeule für totschlagen Eichhörnchen?", fragt Vlad.

Hollywood funkelt Vlad an und flüstert mir zu: „Willst du den Typen da wirklich mitnehmen?"

Ich wehre ihren Einwand mit einer Geste ab und wende mich wieder an Chuck. „Der Sklavenring … er filtert doch alles nichtmenschliche Gewebe heraus, richtig?"

„Ja. Ich dachte, das hätten wir bereits geklärt."

„Aber der andere Ring in der Antarktis …", ich suche Aarons Blick, der mir anscheinend sofort folgen kann, „dort ist …"

„Lewis' Kleidung ist nicht verbrannt", greift Aaron meinen Gedanken auf. „Und er hat auch sonst nichts zurückgelassen."

„Genau", bestätige ich.

„Warum habe ich nicht schon früher daran gedacht?“ Aaron springt auf und schreitet hin und her. „Das bedeutet, dass die Portale unterschiedlichen Zwecken dienen.“

„Bravo“, mischt sich Chuck ein. „Ihr zwei habt eine ausgezeichnete gedankliche Arbeit geleistet. Wenn ihr mir nun erlauben würdet, einige weitere Einsichten vorzutragen, um mich trotz meiner Unfähigkeit, auf etwas zu schießen, für das Team unentbehrlich zu machen, dann wäre ich äußerst dankbar.“

„Ein Portalring dient dazu, die Sklaven auf die Heimatwelt zu schaffen“, sage ich.

„Ja, aber jetzt bin ich an der Reihe“, beharrt Chuck.

Aaron starrt mich mit großen Augen an. „Der andere Portalring ist jedoch den Anführern vorbehalten, um …“

„… um Ressourcen für die Invasion zu transportieren“, schließe ich.

„Oh, oh, seht ihr? Jetzt habt ihr mir meinen großen Auftritt ruiniert, ihr kleinen Wichser. Ihr könnt mich jetzt auch gleich ins Wasser werfen. Flundern, ich komme!“

„Also ist es wahr“, sage ich zu Chuck.

„Was, jetzt auf einmal soll ich doch noch etwas beisteuern?“

„Es passt, oder?“ Ich bin ebenfalls aufgesprungen und sehe Hollywood und Bumper an. „Man will doch nicht, dass die Sklaven dort erscheinen, wo man die Invasion vorbereitet.“

„Unterschiedliche Ziele, unterschiedliche Operationsgebiete“, antwortet Bumper.

„Für die Sklaven braucht man Zellen, Verhörräume und Schleusen“, fügt Ghost hinzu.

„Und durch das andere Tor kommen die Befehlshaber“, sagt Yoshi.

„Das könnte auch erklären, warum sie sich in Energiebedarf und Größe so sehr unterscheiden“, ergänzt Aaron.

„Seid ihr endlich fertig?“, fragt Chuck.

„Entschuldige, Junge.“ Ich hebe ihn auf. „Wolltest du noch etwas anmerken?“

„Also … ja. Aber … die beiden Ringe sind … ähm. Ihr habt es auch ohne mich herausgefunden.“

„Unsinn", schmeichelt Lada. Sie rückt Chuck auf die Pelle und streicht mit den Fingern über seinen Lauf. „Etwas Starkes und Prachtvolles, sagt Lada, dass hast du noch viele Geheimnisse, die man muss deinem Inneren entlocken und ans Licht bringen, ja?"

„Patrick, spricht sie jetzt mit dir oder mit mir?"

„Das klären wir später." Ich lasse Chuck sinken. „Ich glaube, wir haben die groben Umrisse eines Plans, Leute."

„Der Feind hat etwas, das wir für uns nutzen können", meint Bumper.

„Haltet mal an", unterbricht Vlad. „Willst vorschlagen, dass wir zurückkehren nach *yuzhnyy polyus?*"

Ich nicke. „Zum Südpol. Japp."

„Nicht, dass ich eine Spielverderberin sein will", wirft Hollywood ein. „Aber ist das nicht ziemlich weit weg? Und es mangelt uns ein wenig an … wie soll ich sagen? An Fluggeräten und Treibstoff?"

„Richtig", bestätige ich verschwörerisch, obwohl ich annehme, dass der Transport kein Problem sein dürfte. „Chuck, möchtest du etwas dazu sagen?"

Es gibt eine lange Pause, ehe das Gewehr zu sprechen beginnt. „Nur wenn ihr bitte den Sabbel haltet und mir niemand meinen Auftritt verdirbt, ja?"

„Schieß los."

„Ich weiß nicht, beim letzten Mal gab es so viele Unterbrechungen, das hat überhaupt keinen Spaß gemacht."

„Großes Pfadfinderehrenwort, Junge."

Chuck räuspert sich. Ich sehe förmlich, wie der kleine Kerl sich die Fliege zurechtrückt und sich die Haare glattstreicht. „Also, da ihr es jetzt erwähnt, ich würde nicht sagen, dass ein Ausflug in die Antarktis, um *den Kampf zum Feind zu tragen*, wie ihr es ausdrückt, völlig unmöglich ist."

Er hält inne, als wartete er auf einen Zwischenruf. Niemand sagt etwas.

„Fahre fort, Mann", sage ich und hoffe, dass er meine Vermutungen bestätigt.

„Äh, ja, also gut. Wie es der Zufall will, obwohl ich glaube, dies ist viel eher ein Zeugnis für die Qualität der Sekmit-Wehrtechnologie als bloßer Zufall, befindet sich nicht einmal achthundert Meter westlich von unserer gegenwärtigen Position ein flugfähiger Transporter. Ich benutze hier absichtlich die metrische Maßeinheit, da sie deutlich überlegen ist."

„Warte mal." Hollywood tritt vor. „Willst du mit einem Transporter in die Antarktis fliegen?"

„Und was ist mit den anderen Sklavenringen hier an der Ostküste?", fragt Yoshi.

„Verstanden." Bumper zeigt mir die erhobene Hand und wendet sich an die anderen Teammitglieder. „Schon klar, wir haben den Ring in New York ausgeschaltet, aber da war das Überraschungsmoment auf unserer Seite. Und sofern der Feind klug ist, wird er dafür sorgen, dass sich so etwas nicht wiederholt. Ich vermute, sie haben die Informationen bereits in eine Art Cloud hochgeladen und verteilt. Sie werden einige Tage oder sogar Wochen brauchen, um sich zu überlegen, was schiefgegangen ist und wie sie es verhindern können. Genau wie wir selbst es tun würden. Wir können keine ANC-Bomben mehr auf Flusskähne schicken. Wenigstens nicht so, wie wir es getan haben. Damit rechnen sie jetzt."

„Und das bedeutet, dass wir die Taktik wechseln müssen", fahre ich fort. „Wir müssen ihnen einen Schritt voraus sein, damit sie uns nicht durchschauen. Sie haben nicht erwartet, dass wir unter der Kuppel durchschwimmen und unsere eigene Brücke in die Luft jagen, richtig? Daher schlage ich vor, dass wir als Nächstes wieder etwas tun, mit dem sie keinesfalls rechnen würden."

„Wir besuchen sie zu Hause", sagt Chuck mit einem ausgesprochen unheimlichen Unterton. „Mein Gott, das fühlte sich gut an."

Alle lachen.

„Ha!", platzt Veronica heraus. „Als ob du dich mit deinem Ministerium für alberne Gangarten irgendwie anschleichen könntest."

„Wie bitte?", entgegnet Chuck.

„Du hast mich schon verstanden. Du wärst ein lausiger Spion."

Chuck seufzt. „Ehrlich, Patrick, es tut mir wirklich leid um sie."

„Mir nicht", antworte ich mit einem breiten Grinsen. „Aber du hast den Nagel auf den Kopf getroffen, als du meintest, wir müssten den Kampf zu ihnen tragen." Ich tätschele Sir Charles' Zieloptik. „Gut gemacht."

„Danke, Patrick. Es tut so gut, einen wichtigen Beitrag leisten zu können. Ich bin mit Haut und Haaren dabei, wie man so sagt."

„Das werden wir ja noch sehen", antworte ich leise.

„He, ich dachte, die Explosion hätte alle Transporter zerstört", wendet Yoshi ein.

„Darf ich?", fragt Chuck. Ich nehme an, er meint mich.

„Unbedingt."

„Die verbliebenen Transporter wurden zwar vom Himmel geholt, und einige sind dauerhaft flugunfähig, soweit es mir meine Sensoren verraten, aber das bedeutet nicht, dass kein einziges Objekt mehr fliegen kann. Beispielsweise war das Schiff, das ich zuvor erwähnt habe, dasjenige, das euch auf dem FDR Drive verfolgt hat. Die ANC-Explosion hat es zwar nach Lower Manhattan geschleudert, aber das Schiff ist nicht völlig zerstört. Höchstens, dass die Crew immobil ist."

„Immobil?", fragt Z Lo.

„Tot", erklärt Chuck. „Im Gegensatz zu dem, was eure faulen Romanautoren verbreiten, kann ein menschliches Wesen, genau wie alle anderen komplexen biologischen Organismen, eine dramatische Veränderung des Trägheitsmoments nicht überstehen."

„Ich … ich kann dir nicht folgen." Der Junge sieht mich hilflos an.

„Weißt du es noch? Vision holt War Machine in *The First Avenger: Civil War* vom Himmel?", frage ich.

„Natürlich. Rhodey ist beinahe gestorben, er war querschnittsgelähmt."

„Er war auch immobil", antworte ich.

„Ganz genau", bekräftigt Chuck. „Und es ist ein schöner Marvel-Film. Jedenfalls gibt es in fast allem, was man sich heute vorstellen kann, Trägheitsdämpfer. Auch wenn du einen hübschen Iron-Man-Anzug trägst, deine inneren Organe sind nicht davor geschützt, einfach zu platzen."

„Willst du damit sagen, dass die Anderkinder in dem Transporter geplatzt sind?", fragt Z Lo.

„Es gibt nur einen Weg, das herauszufinden", sagt Chuck. „Wie wäre es mit einem kleinen Erkundungsgang?"

Als wir an der Ecke Wall Street und Pearl Street eintreffen, hat sich um den abgestürzten Transporter bereits eine ansehnliche Menschenmenge gesammelt. Ich sehe mich über die Schulter um. Einige benachbarte Gebäude wurden beschädigt, als das Schiff vom Kurs abkam und mitten auf der Straße gelandet ist.

Es ist keine sechs Stunden her, und schon haben die Leute das Fahrzeug mit heller Sprühfarbe markiert. So wird es zum Symbol ihrer aufgestauten Wut. Einige schlagen mit Baseballschlägern darauf ein, was ihnen selbst vermutlich mehr schadet als dem Schiff. Wegen der Brechstangen und der Molotowcocktails mache ich mir allerdings Sorgen.

„Die Menschen sind dem Transporter so egal wie die Ameisen einem Stiefel", versichert Chuck mir, der gerade seinen inneren Nick Fury entdeckt, „aber die Graffiti sind wirklich bezaubernd, findest du nicht?"

„Klar." Wir drängen uns durch die Menge nach vorne. Da die Leute sehr dicht stehen, kommen wir nur langsam voran.

Dann ahmt Vlad den unübertroffenen Riesen André aus *Die Braut des Prinzen* nach, legt die Hände wie ein Trichter an den Mund und ruft: „Alle Platz machen!"

Die Leute neben und vor uns fahren herum, und sofort bildet sich eine Gasse, durch die wir weiter vorrücken können.

„Gut gemacht", lobe ich ihn.

„Null Problem."

Die Leute, die auf den Transporter geklettert sind, hören auf, das Schiff zu verprügeln.

„Können wir euch helfen?", fragt ein Junge mit einem Baseballschläger.

„Wir suchen nur eine Mitfahrgelegenheit", antworte ich.

„Pech gehabt, alter Mann. Wir versuchen es schon seit ein paar Stunden."

„Alter Mann?", sage ich zu Hollywood. „Hat er mich gerade alt genannt?"

„He, Junge", fordert sie ihn auf. „Komm mit deinen Leuten da runter."

Er sieht sich zu seinen Freunden um, dann richtet sich ihre ganze Erregung gegen uns. „Nein, wir sind genau da, wo wir sein wollen."

„Hör mal, ich bin ja sehr dafür, dass man einen Sieg feiern muss. Das könnt ihr gern machen, solange ihr nicht mein Eigentum oder das von jemand anders beschädigt. Aber wenn Leute Waffen haben und so aussehen, als hätten sie gerade in einem Krieg gekämpft, dann ist es klug, wenn man sagt: ‚Ja, Madam. Sofort, Madam. Wie Sie wünschen.'"

„Ich bin mir ziemlich sicher, dass dieses Raumschiff uns allen gehört!", schreit der Mistkerl und findet sofort Unterstützung bei den Leuten in der Nähe.

„Mag sein", antworte ich. „Aber jetzt müssen wir es uns einmal ausborgen."

„Ach, wirklich, Pops? Und wie stellst du dir das vor?"

„Das genug", sagt Lada. „Ich töte ihn jetzt."

„Ganz ruhig, Lada." Ich glaube nicht, dass der Mistkerl es wirklich auf einen Kampf gegen uns ankommen lässt. Er baut sich nicht bedrohlich auf, er verteidigt einfach nur sein neues Spielzeug. Das verstehe ich. Trotzdem sollte er sich bei Hollywood entschuldigen.

„He, Chuck?"

„Ja, Patrick?"

„Wie weit bist du mit dieser sechs Monate alten Baby-KI?"

„Fast bereit."

„Warte mal." Der Angeber springt auf eine Verankerung des Antriebs. „Mit wem redest du da?"

Ich halte Chuck hoch. „Mit meinem Gewehr."

„Das sieht nicht so aus wie irgendein Gewehr, das ich schon einmal gesehen habe."

„Junge, dafür gibt es einen triftigen Grund. Ich würde vorschlagen, dass du heruntersteigst, ehe du verletzt wirst oder einer deiner Freunde."

„Glaubt ihr diesem Typen?", fragt der Kerl seine Truppe.

„Patrick, ich bin bereit, wenn du es bist", erklärt Chuck.

„Dann fang an."

Gleich darauf starten die Maschinen des Transporters, und das Flugzeug steigt aus dem Loch empor, das es in den Boden geschlagen hat. Die Gaffer weichen zurück und stoßen erstaunte Rufe aus. Die Leute auf dem Schiff ziehen sich von den Rändern zurück – alle bis auf den Anführer, der von der Strebe des Antriebs herunterfällt, sich aber mit einer Hand an einer Panzerplatte an der Seite festhalten kann.

„Holt mich runter!", schreit er immer wieder. Keiner seiner Freunde zeigt großes Interesse, ihm zu helfen, und die Leute auf der Straße haben sich längst von den blauen Antriebseinheiten des Schiffs zurückgezogen.

„Setze es langsam wieder ab, Chuck", sage ich. „Behutsam."

Der Transporter sinkt ein paar Meter und berührt den Boden. Z Lo hilft dem Punk herunter und verdreht ihm den Arm, bis er Hollywood sehen kann. Dann schreit er ihm etwas ins Ohr.

Der junge Mann nickt. Auf einmal ist er sehr höflich und eilt zu Hollywood. Sehr laut, um den Lärm des Antriebs zu übertönen, sagt er: „Madam, es tut mir wirklich leid, dass ich mich nicht respektvoll verhalten habe."

„Entschuldigung akzeptiert", schreit sie ihm ins Ohr. Dann sagt sie ihm, er solle verschwinden.

Als Chuck die hintere Ladeklappe öffnet, weichen die und Zuschauer noch weiter zurück.

„Alles an Bord", ruft Chuck so laut, dass es wirklich alle Teammitglieder hören, und zwar keinen Augenblick zu früh. Die Massen auf der Straße haben gerade ihre Freiheit wiedergewonnen und sind dankbar, aber sie sind auch verzweifelt, weil die Infrastruktur ihrer Stadt zerstört ist. Mehrere Zuschauer scheinen geneigt, uns als Mitfahrgelegenheit zu betrachten. Grundsätzlich halte ich viel davon, Zivilisten zu retten, aber wir sind dennoch kein Evakuierungsteam. Wenn man einmal gesehen hat, wie verzweifelte Flüchtende eine UH 60 Blackhawk stürmen, brennt sich das bittere Ende eines solchen Szenarios unauslöschlich in den Kopf ein.

Sobald ich einen Fuß auf die Luke setze, sage ich Chuck, er solle starten. Die Reaktion folgt auf den Fuß. Der Transporter wirbelt Staub auf und verscheucht die Leute vom Absturzort. Dann verharrt der Transporter sechs Meter über dem Boden.

„Was ist los?", rufe ich in den Laderaum hinein.

Z Lo hat einen androchidischen Piloten aus dem Cockpit die Leiter heruntergezerrt und schlägt ihn ins Gesicht. Erstaunlicherweise lebt der Alien noch und – bei Gott – er riecht grässlich – eine seltsame Mischung aus Ammoniak, totem Fisch und verwesendem Gemüse. Der Pilot macht einen schwachen Versuch, nach Z Los Kopf zu greifen, doch der Junge schlägt die Hand des Wesens weg. Die Hand kommt als Faust zurück und trifft die Nase des Marines. Jetzt läuft Z Lo das Blut über das Gesicht und er knurrt böse. So schnell wie ein Tiger, der seine Beute anfällt, klemmt der Junge den Rumpf des Aliens mit den Beinen ein, packt mit beiden Händen den Kopf und dreht ihn mit einem Ruck zur Seite.

Sogar ich höre an meinem Standort noch das Knacken. „Anscheinend haben sie eine Wirbelsäule."

Bumper nickt und tritt zur Seite, als Z Lo den toten Alien zur offenen Tür schleppt. „Der verdammte Plüschi hat mir die Nase gebrochen." Als Z Lo den Leichnam hinauswerfen will, fällt mir etwas ein.

„Warte mal." Ich knie neben dem Anderkin nieder. „Ich will die Rüstung haben."

„Was?", fragt Z Lo laut, um den Maschinenlärm zu übertönen.

„Die Rüstung." Ich tippe auf die hellgrüne Brustplatte. „Wir behalten die Rüstung."

Z Lo sieht mich an, als hätte ich den Verstand verloren. „Master Guns, bist du …"

„Zieh sie ihm aus, Marine!"

„Schon dabei."

Bumper und Ghost helfen Z Lo, den toten Alien von seiner Rüstung zu befreien, und stapeln die Platten und die Uniform an der Seite auf. Der Gestank wird schlimmer, je weiter sie kommen, bis ich mich besorgt frage, ob es wirklich eine gute Idee war. Doch da die Rüstung so aussieht, als könnte sie unseren größeren

Teammitgliedern passen, bin ich überzeugt, dass sie uns früher oder später nützlich sein wird.

Je weiter sie das Wesen ausziehen, desto größer wird die Abscheu der Teammitglieder. Die graue Haut und die grünen Adern bedecken ein Skelett, das unserem gar nicht unähnlich ist. Doch es ist immer noch so fremdartig, dass ich auch selbst zusammenzucke.

„Wenigstens tragen sie Unterwäsche", ruft Yoshi.

„Bist du neugierig?", fragt Z Lo.

„Teufel, nein!"

„Versucht bloß nicht, sie anzuziehen", warnt uns Chuck. „Ich meine die Rüstung. Die Unterwäsche sowieso nicht. Das ist widerlich."

„Warum?", fragt Z Lo.

„Äh, muss ich dir wirklich erklären, was persönliche Hygiene bedeutet? Das finde ich beunruhigend."

„Ich glaube, er meint ebenfalls die Rüstung", erkläre ich Chuck.

„Ah, verstehe. Wie bei mir können sich nur Wesen mit einer Triniumsignatur mit dieser Ausrüstung verbinden. Alle anderen erleben, wie soll ich sagen, eine hässliche Überraschung. Besonders der Helm kann üble Sachen mit einem anstellen."

„Danke, du kluges Köpfchen."

Chuck zögert kurz, dann sagt er: „Oh, das war eine schöne kleine Anspielung. Ich wünschte nur, so etwas wäre auch mir eingefallen."

„Was? Nein, ich wollte doch nicht … ach, verdammt."

Sobald der tote Alien von der Uniform befreit ist, erweist Z Lo ihm die letzte Ehre und wirft den grauen Körper über Bord. Die Menge schreit auf, als der Alien auf dem Boden landet.

„Hier ist noch einer." Yoshi schleppt mit Hollywood den zweiten Piloten zur Kante. Wieder nehmen wir ihm die Rüstung ab, und dann fliegt auch dieser Leichnam hinaus und landet dicht neben dem ersten. Binnen Sekunden ist die Menge zur Stelle wie ein Schwarm Piranhas.

Ich beuge mich vor und sehe zu, wie sie die Invasoren zu Brei schlagen. Dann packt Bumper mich an der Weste und drückt auf den Knopf, der die Heckklappe schließt. Erst als wir weiter aufsteigen, wird mir bewusst, wie seltsam diese Situation ist. Wie oft habe ich mich aus unbekannten Ländern verabschiedet und mich bemüht, sobald meine Aufgabe erledigt war, die Menschen zu vergessen, denen ich geholfen hatte? Hier dagegen, wenn ich Brooklyn jenseits des Flusses in der Morgensonne sehen kann, fällt mir das Abschiednehmen schwer. Die Wahrheit ist, dass man die Städte nie vergisst, für deren Befreiung man gekämpft hat. Das ist ein Teil der Vergeblichkeit des Kriegs. Jedenfalls gilt das für die Kriege, in denen ich gekämpft habe. Man weiß genau, sobald man weggeht, fällt alles wieder in den alten Zustand zurück, und man kann nicht das Geringste dagegen tun. Ein Anflug dieses Verdachts beschleicht mich auch jetzt, und ich frage mich, ob wir gegen diesen Feind jemals Erfolg haben können. Ob wir irgendwann wirklich siegen werden.

Doch eins nach dem anderen, Wik.

„Wir müssen es taufen", sagt Bumper, sobald die Klappe fest verriegelt ist.

„Meinst du, wir sollten dem Transporter einen Namen geben?"

„Und ob, ja", bekräftigt Hollywood, die zugehört hat.

Bumper grinst. „Und wie ich es sehe, gibt es nur einen einzigen passenden Namen."

Als hätten wir es schon zehnmal geübt, sehen alle Phantome der ersten Stunde Z Lo an und sagen: „Dolores."

„Wer ist diese Dolores?", fragt Vlad, der am anderen Ende des Laderaums steht. „Vollbusige Amerikaschönheit, ja?"

„Nach den Einzelheiten musst du Z Lo fragen", antworte ich. „Phantom Vier gibt sich allerdings eher verschlossen."

„Ah, verstehe. Ja, ist wichtig, mit den besten Sachen still zu sein. Muss man respektieren."

Z Lo nimmt es mit Humor, aber ich erkenne, dass er verlegen wird. Und genau darum ging es ja. Zugleich ist mir bewusst, dass ich Z Lo aufbauen muss, auch wenn ich mich manchmal über ihn lustig mache.

„He, Junge." Ich nicke und ziehe ihn zur Seite. „Ich will dir was mitteilen."

„Oh, ja?" Er sieht mich skeptisch an.

„Als du vorhin dem Kerl da unten gesagt hast, er solle sich bei Hollywood entschuldigen …"

„Ja?“

„Das war stark.“

Z Los Reserviertheit schmilzt dahin. „Danke, Master Guns.“

„Ich sage dir nur, wie ich es sehe, Junge. Du bist ein guter Mann.“

„Danke, Sir.“

„Und von jetzt an sagst du nur noch Wik, alles klar?“

Er nickt eifrig. „Alles klar, Mister Wik. Sir.“

Ich kichere und klopfe ihm auf die Schulter. „Du kriegst das hin.“

„Also, fliegen wir jetzt in die Antarktis?“

„Nicht direkt. Wir müssen vorher noch ein paar Kleinigkeiten erledigen.“

Als Erstes halten wir an der Pier 36, damit Vlad und Lada sich von Sissy verabschieden können. Dann laden wir Waffen und Munition ein. Die Leute nehmen einige russische Notrationen mit, die für unsere Moral durchaus wichtig sein könnten, wenn ich es mir recht überlege. Obwohl eine solche Notration nichts ist, was man in einem Brief in die Heimat erwähnen würde, ist sie eine greifbare Erinnerung. Gewiss, solange ich lebe, werde ich versuchen, nie wieder eine solche Notration anzurühren, aber wenn wir zu einem Alien-Planeten fliegen, tut es dem Herzen wohl, ein paar Beutel Kartoffelgratin dabei zu haben, auch wenn mir das Zeug den Magen umdreht.

Das Überraschendste, was die Geschwister mitbringen, ist ein mit Bindfaden verschnürtes und mit Wachspapier umwickeltes Päckchen.

„Ist für dich von Babuschka Petrov“, sagt Vlad, nachdem er es aus seiner lächerlichen Bauchtasche geholt hat. „Hier. Mach auf.“

Ich schnappe das Päckchen und öffne den Bindfaden. Darin sind ein Dutzend militärische, wie Tropfen geformte Abzeichen, mit grauem Faden auf weißem Untergrund gestickt. In der Mitte befindet sich unter zwei Winkeln etwas, das an einen verbeulten androchidischen Helm erinnert.

„Magst du? Ist für Phantomteam.“

Blinzelnd sehe ich Vlad und Lada an. „Hat das eure Großmutter gemacht, während wir unterwegs waren?“

„*Da*. Hat sie womöglich kleine Untergrundwerkstatt für Geschenke und Stickereien, heißt Super Good Time Feelings Merchandise Store. Kann aber weder bestätigen noch bestreiten.“

„Und das hat sie extra für uns gemacht.“

„Ja. Und vielleicht, wenn du jetzt hast, machst du Lada und Vladimir beide neue Mitglieder, ja?“

„Ich denke darüber nach.“

Das nächste Mal halten wir an unseren Fahrzeugen im Richmond-County-Jachtclub auf Staten Island. Ich bin mir nicht sicher, ob ich schockiert oder überrascht bin, weil sie nicht geplündert wurden. Vielleicht hat uns niemand gesehen, als wir angekommen sind, oder sie haben es gesehen und waren besorgt, wir könnten mit all unseren Waffen jederzeit zurückkehren. Ich hätte mir Sorgen wegen der Sprengfallen gemacht, die dort womöglich auf mich warten würden, aber wir haben ja schon geklärt, dass ich ein Prepper bin, der sich auf die verschiedensten Arten von Katastrophen mit ganz individuellen Maßnahmen vorzubereiten weiß.

Na gut, vielleicht bin ich auch ein wenig paranoid.

Nach allem, was wir gerade erlebt haben, ist das doch allzu verständlich, oder? Paranoid zu sein, schließt ja nicht aus, dass die Feinde wirklich hinter einem her sind.

„Tut mir leid, Dolores“, sagt Z Lo leise zu seinem Humvee. „Sie wollten unbedingt auch den Vogel Dolores nennen. Ich liebe dich immer noch.“

„Komm schon, du Frauenheld“, ruft Hollywood. „Wir ziehen ab.“

„Ich komme.“ Z Lo verabschiedet sich mit einem gehauchten Kuss von seinem HMMWV.

Vom Jachthafen aus bringt Chuck uns zu dem letzten Ort, den ich jetzt sehen will: zu meiner Hütte in Skytop, Pennsylvania. Verstehen Sie mich bitte nicht falsch, denn es ist ein Anblick, der mein Herz erfreut. Doch nach den Gesprächen inmitten der Trümmer der Brooklyn Brigde hatte ich mich damit abgefunden, meine Hütte nie mehr wiederzusehen. Jetzt sind wir da, und ich kämpfe gegen das Heimweh an wie ein Sechsjähriger, der das erste Mal bei Freunden übernachten darf.

Wir landen ein Stück vor den Partyknallern, die in den Feldern lauern, und wollen uns strikt an die Zeitvorgabe von fünfzehn Minuten halten. Wenn es länger dauert, könnte ich meine Entscheidung am Ende noch zurücknehmen. Diese verdammte Gefühlsduselei.

Nachdem wir meine Reservegeneratoren gestartet haben, benutzen die Teammitglieder nacheinander mein Bad und kommen zu mir in den Keller, um die Ausrüstung für kaltes Wetter durchzusehen. Außerdem packen wir noch mehr Waffen, Munition, Batterien für Funkgeräte und Nachtsichtgeräte und so viel Proviant ein, wie wir tragen können. Ich weiß nicht, was uns jenseits des Portals erwartet, aber ich will mich vorbereiten, als gäbe es dort überhaupt nichts Brauchbares für uns. Dies erinnert mich an die Frage, um die wir uns überhaupt noch nicht gekümmert haben, und ich fühle mich augenblicklich wie ein Idiot, weil es mir erst jetzt einfällt.

Ich warte, bis alle wieder oben sind, und sage: „He, Chuck?"

„Ja, Patrick?"

„Ich hätte da eine Frage. Können, äh, können wir Menschen auf Androchida Prime atmen?"

„Ha. Glaubst du wirklich, ich würde dich durch das Portal treten lassen, wenn du drüben nicht mehr atmen könntest?"

Ich will mit Ja antworten, doch Chuck spricht sofort weiter.

„Weißt du was? Es ist auch egal. Ich erkenne ja, dass es unsere – *meine* – Vertrauensbildung euch gegenüber stören könnte, wenn an dieser Stelle ein unnötiges Misstrauen entsteht. Also gut, die Antwort lautet natürlich Nein. Ich würde nicht zulassen, dass du etwas so Gefährliches tust. Und die Antwort auf die vorherige Frage lautet Ja. Du kannst dort drüben atmen."

Ich stopfe ein paar Notrationen in einige Rucksäcke. „Könntest du genauer beschreiben, was uns dort erwartet?"

„Auf jeden Fall. Angesichts deines strikten Limits von fünfzehn Minuten würde ich allerdings vorschlagen, dass wir unterwegs darüber reden."

„Meinetwegen. Hast du den Eindruck, dass uns noch etwas fehlt, das wir lieber mitnehmen sollten?"

„Abgesehen von einigen improvisierten, mit mehreren Auslösern versehenen Trinitexbomben, Tarnkleidung für eine Armee und ein paar Großkampfschiffen der Cascade-Klasse? Nein, ich glaube, ihr seid gut vorbereitet."

„Das ... wäre schon eine ganze Menge."

„Ich würde mir jetzt keine allzu großen Sorgen machen."

„Warum nicht?"

„Weil ihr etwas habt, das die Androchider nicht haben."

„Und was wäre das?"

„Mich."

„Wie beruhigend."

„Ja, das ist es ganz bestimmt." Er seufzt.

„Hör mal, sie haben uns in der Antarktis schon einmal mit heruntergelassenen Hosen erwischt. Ich möchte das nicht wiederholen."

„Was soll das heißen?"

„Ich will den Feind angreifen, aber vorher brauchen wir Informationen. Dies wird eine Aufklärungsmission, kein Krieg. Für einen Krieg sind wir noch nicht bereit. Verstanden?"

„Natürlich, Patrick. Du bist ja, wie ich gelernt habe, ein vorzüglicher Planer. Die Mission kann sozusagen problemlos als ‚Schnell hin und wieder zurück'-Aktion durchgeführt werden."

„Hast du ... hast du den *Hobbit* gelesen?"

„Ich habe den Film gesehen. Ich nehme an, du wirst mir gleich sagen ..."

„Das Buch ist immer besser", erklären wir gleichzeitig.

Ich lächle ihn an. „Also, es wird ein Aufklärungseinsatz."

„Genau. Wir springen rein, sagen ‚Hallo', sammeln einige Informationen, die deine neugierige Seele zufriedenstellen, und ein paar Augenblicke später bist du schon wieder in der Antarktis und kannst mit dem fortfahren, was du am besten kannst."

„Und nun sage mir bitte noch, was ich deiner Ansicht nach am besten kann?"

„Na ja, Igittköpfe in die Luft jagen natürlich."

Ich zucke mit den Achseln und packe weiter den Rucksack voll. „Damit kann ich leben."

Oben entdecke ich, dass die Teammitglieder der Reihe nach auch meine Dusche benutzen, mindestens zwei von ihnen gemeinsam. Hinweis: Es sind nicht Ghost und Z Lo. Nicht, dass ich wirklich Einwände hätte, aber es wäre nett gewesen, mich vorher zu fragen. Wegen der Benutzung meiner Dusche, meine ich. Nicht wegen Sex unter der Dusche.

Trotzdem, ich kann es ihnen nicht vorwerfen, weil es eine verdammt gute Idee ist, sich zu reinigen und die Verletzungen noch einmal zu behandeln. Gott weiß, ich könnte auch selbst etwas warmes Wasser, Ibuprofen und ein Glas Redbreast gebrauchen. Was mich daran erinnert, mir den Scotch zu schnappen, ehe Yoshi ihn entdeckt. Als ich an der Reihe bin und duschen kann, preise ich den Schutzheiligen des heißen Wassers für den Durchlauferhitzer, den ich bei der Einrichtung der Hütte installiert habe. Die beste Investition für einen Augenblick wie diesen. Das ist ironisch gemeint, weil ich nie damit gerechnet habe, jemand anders auf meinem Land zu begrüßen, ganz zu schweigen von einer ganzen Gruppe bunt zusammengewürfelter Kombattanten. Und dazu noch eine Russin und einen Russen. Mann, ich muss danach den ganzen Laden niederbrennen.

„Schau an, schau an." Lada hat ein gerahmtes Bild vom Kaminsims genommen und wedelt damit herum.

Ich nehme das Handtuch vom Kopf. „Stell es zurück."

„Wer ist das?" Hollywood ist bei Lada, ehe ich eingreifen kann. „Du heilige Scheiße! Wie jung ihr da ausseht."

„Ich sagte, stell es zurück." Ich nehme den Damen das Bild weg und lege es mit der Vorderseite nach unten auf den Kaminsims.

„Dich und Aaron habe ich sofort erkannt", sagt Hollywood. „Und der andere war Jack?"

„Das ist eine Ewigkeit her. Japp."

In diesem Moment schnüffelt Lada an meinem Hals und meinen Schultern.

Ich weiche aus. „Was soll das?"

„Riechst du wie frisches Männerfleisch." Sie strahlt mich an wie die Grinsekatze, wenn sie Katzenminze wittert.

„So." Ich zeige auf die Tür. „Alle steigen in Dolores ein. Die Ferien sind vorbei."

Chuck schätzt, dass wir mit der Höchstgeschwindigkeit von eintausendfünfhundert Stundenkilometern beim Atmosphärenflug die Forschungsstation in den Ellsworth Highlands in etwa zehn Stunden erreichen müssten. Das ist, vorsichtig ausgedrückt, sehr beeindruckend, denn bisher hat dieser alte Körper noch nie die Schallgeschwindigkeit durchbrochen, wenn man nicht mitzählt, was für gewöhnlich ein paar Stunden nach dem Taco Tuesday passiert, wenn die durchschlagende Wirkung der allzu scharf gewürzten mexikanischen Speisen einsetzt.

Es ist auch beeindruckend, weil Chuck uns sagte, wir müssten nicht nachtanken. Anscheinend wird der Transporter auf die gleiche Weise mit Energie versorgt wie der SR-CHK 4110 Partikelwerfer selbst: mit Trinium. Nur, dass das Transportschiff noch etwas benutzt, das Chuck als „Antriebskern" bezeichnet. Ich dachte an *Star Trek*, doch er meinte: „Das kommt dem nicht einmal nahe." Ehrlich gesagt, kommt es meiner Ansicht nach der Wahrheit näher, als Chuck zugeben will, aber er soll sich meinetwegen fühlen, als könnte er etwas Unersetzliches beisteuern. Schließlich ist die Schießfähigkeit des Kerls zerstört, und ich will nicht derjenige sein, von dem er sich nach dem Schaden auch noch verspottet vorkommt. Außerdem öffnet sich der Partikelstrahler vielleicht noch weiter, wenn er sich sicher fühlt. Darauf warte ich schon lange.

Was mich an dem Transporter am stärksten beeindruckt, ist dessen lächerlich ruhige Flugcharakteristik. Hätte mir jemand gesagt, dass ich schlafen könnte, während ich mit tausendfünfhundert Stundenkilometern durch die Luft fliege, dann hätte ich diese Person ausgelacht. Allerdings bin ich ein Marine im Ruhestand. Wir werden vom ersten Tag an darauf gedrillt, jederzeit und in jeder Stellung auf Befehl zu schlafen. Dieses Flugzeug gleitet jedoch dahin wie eine gewöhnliche Linienmaschine. Nein, darüber kann ich mich wirklich nicht beklagen — so wenig wie die anderen Teammitglieder, die sich auf dem Boden des Frachtabteils ausgestreckt haben.

Der Versuch, zu schlafen, wird mir auch dadurch erleichtert, dass ich alle Decken und Reserveschlafsäcke aus meinem Haus mitgenommen habe. Japp, ich habe sie an das Team verteilt.

Möglicherweise habe ich mir aber mein eigenes Kopfkissen beiseitegelegt. Was denn? Einige Bequemlichkeiten des zivilen Lebens sind mir lieb und teuer geworden.

Nachdem ich dreimal überprüft habe, dass Chuck wirklich die volle Kontrolle über das Schiff hat, und nachdem ich ihm beim Grab seiner Mutter den Schwur abgenommen habe, dass er uns nicht in eine Bergflanke steuern wird, mache ich es mir bequem und strecke mich unter meiner Decke aus. Während ich dem tiefen Schlaf entgegenstürze, spüre ich, wie sich etwas an meinen Rücken schmiegt. Das Licht im Frachtabteil ist gedämpft, und das Letzte, was ich will, ist, meine Energie darauf zu verschwenden, jemandem zu sagen, dass er sich verziehen soll. Also beschränke ich mich auf einen schläfrigen Blick über die Schulter, um mich zu vergewissern, dass es nicht der Junge oder Vlad ist.

Nein.

Es ist Lada.

Sie behält ihre Hände bei sich, ist warm, und ich bin zu müde, um mir jetzt noch etwas dabei zu denken.

„Es ist genau, wie ich dachte", sagt Chuck, als der Transporter noch acht Kilometer von der Landezone entfernt ist, die ich in der Nähe des alten Zugangs zur archäologischen Grabungsstätte bestimmt habe. „Sie haben noch nicht begriffen, dass ihr in New York eine Sabotage verübt habt, und daher ist das Tor inaktiv. Jedenfalls im Augenblick."

„Bedeutet dies, dass niemand zu Hause ist?", frage ich, als ich mich neben Z Lo auf dem Pilotensitz niederlasse. Keiner von uns fliegt die Maschine, aber es ist beruhigend zu wissen, dass ein Mensch in der Nähe ist, falls es irgendetwas zu tun gibt. Sicher, Z Lo hat neben Yoshi die größte Erfahrung mit diesen Dingern, dennoch würde ich sagen, dass die beiden ungefähr genauso lange aufgepasst wie geschlafen haben.

„Korrekt, Patrick. Es ist niemand zu Hause, und ich entdecke keinerlei Lebenszeichen an der Oberfläche."

„Soll mir recht sein, wenn du dir nur sicher bist."

„Ja. Zweifellos."

„Wik, wie hast du geschlafen?", fragt Hollywood hinter mir.

Ich schenke mir die Antwort, weil ich hören kann, dass sie lächelt. Sie hat bemerkt, wie Lada mit mir Löffelchen gespielt hat.

„Schon gut." Sie klopft mir auf die Schulter. „Du hast eben so kuschelig warm ausgesehen."

Ich hebe einen genau ausgewählten Finger über den Kopf und richte die Augen auf das Rundumdisplay. „Und du putzt meine Dusche, wenn wir wieder zu Hause sind."

„Meinetwegen."

„Mit chlorhaltigem Putzmittel."

„Verstanden."

„Hollywood", sage ich etwas ernster und lege ihr die Hand auf die Schulter. „Bumper ist ein guter Kerl. Es freut mich für euch. Für euch beide."

Hollywood mustert mich. Ihre scherzende Stimmung weicht einem friedvollen kleinen Lächeln, und dann umarmt sie mich. „Danke, Wik."

„Japp." Ich klopfe ihr zweimal auf den Rücken und werde dann von Aaron erlöst, der sich zwischen uns drängt.

Er betrachtet wie gebannt das Display. „Was ist da passiert?"

Ich blicke wie er zum Monitor und blinzele, als sich ein Bild herausschält. Welche bildgebende Technik Dolores auch benutzen mag − die ewige Nacht, die hier Ende Juni herrscht, sieht aus wie ein voll ausgeleuchtetes Video der Grabungsstätte, allerdings nur in Grautönen. Vermutlich eine Art Infrarotoptik.

Was Aaron so aufregt, ist nicht das, was man sieht, sondern das, was man nicht sieht: Der seitlich in einen Gletscher und abwärts zum Ring führende kleine Höhleneingang ist verschwunden. Die ganze Eismasse wurde nach oben geöffnet, als hätte jemand eine Atombombe abgeworfen. Der Ring steht unter dem sternenübersäten Himmel im Freien, umgeben von Nachschubmaterial, das ringsherum in konzentrischen Kreisen angeordnet ist − ich habe dies freilich noch nie zuvor gesehen. Und doch, in der Nähe des Rings entdecke ich einige Dinge, die mir vorkommen wie Aarons ursprüngliches Material, außerdem einige Gerüste, die allerdings mit Schnee bedeckt sind.

„Das ist ein Aufmarschplatz“, überlege ich halblaut, anscheinend aber laut genug, damit Chuck es hören konnte.

„Das ist korrekt“, bestätigt er.

Hollywood tritt neben Aaron. „Also haben sie die Kräfte für ihren Angriff durch dieses Tor transportiert.“

„So ist es“, antwortet Chuck.

Hollywood wendet sich an Aaron. „Und du hast das entdeckt?“

Er zuckt mit den Achseln und verdreht die Augen. „Leider.“

„Nein, nein, es ist … bemerkenswert. Ich wünschte nur, es wäre, nun ja, mit besseren Neuigkeiten für den Planeten verbunden gewesen.“

„Damit bist du nicht allein.“

„Trotzdem, es ist schon …“

„Hollywood, bitte, du musst nichts weiter sagen.“

„Ja. Entschuldigung.“

„Ich hätte gern eine Bestätigung, dass wir uns gefahrlos nähern können“, sage ich noch einmal zu Chuck.

„Es ist völlig sicher. Und ich sage dir Bescheid, falls sich daran etwas ändert.“

„Du meinst, mehr als dreißig Sekunden, ehe es kritisch wird?“

„Sogar mehr als dreißig Sekunden.“

„*Dios mio!*“, meldet sich Veronica zu Wort. „Ich würde dich mindestens zehn Minuten vorher warnen. Dieser Amateur.“

„*Gracias.*“ Ich schnaufe, weil ich unwillkürlich den Atem angehalten habe. „Also gut, Chuck, setze uns schön langsam und ruhig ab.“ Dann drehe ich mich zum Team um. „Wer hilft mir, ihnen die Hölle heiß zu machen?“

„Um diese Jahreszeit ist es erheblich kälter“, ruft Aaron, als wir durch den Schnee stapfen. Ein breiter Weg durchschneidet die konzentrischen Ringe mit dem Ausrüstungsmaterial der Aliens, auf dem sich Schneewehen gebildet haben. So haben wir einen guten Blick auf den ersten Ring, der sich direkt vor uns erhebt. Aaron hat beschlossen, „um der guten alten Zeit willen“ mitzukommen, weil hier alles begonnen hat. „Es gibt einen guten Grund dafür, dass wir die Forschungen in der südlichen Hemisphäre auf die Sommermonate beschränken."

„Klug ausgedacht", erwidere ich. Allerdings bin ich nicht in der Stimmung für müßiges Geplänkel. Alle meine Sinne sind so angespannt, dass ich nicht einmal die Kälte so sehr spüre, wie es sonst der Fall wäre. Obwohl das Energiefeld des Rings abgeschaltet ist, rechne ich halb damit, dass uns jederzeit ein Overlord oder ein Todesengel daraus anspringt. Das Problem ist, dass ich mir nicht einmal sicher bin, ob mein SCAR bei diesen Temperaturen überhaupt funktioniert. Unter anderem deshalb habe ich neben Chuck auch Veronica mitgenommen.

„Veronica, fühlst du dich immer noch gut?", frage ich.

„Ob ich mich gut fühle? Patrick, ich fühle mich immer gut. Falls einige andere Gewehre, die hier nicht genannt werden sollen, den Eindruck erwecken, wir hätten manchmal schlechte Laune oder wir seien traurig oder nicht genügend umarmt und gedrückt worden, so handelt es sich um Lügner, denen man kein Wort glauben kann. *Lo entiendes?"*

„Verstanden. Ich bin froh, dass ich gefragt habe."

„Pst", macht Chuck.

„Was ist?"

„Sprich mit Veronica bloß nicht über den Krieg."

Aaron erfasst es schneller als ich und haucht: „*Fawlty Towers."*

Vlad begleitet uns auf diesem Erkundungsgang. Auch das ist passend, wenn man bedenkt, was wir zusammen durchgemacht haben. „Und wie fühlst du dich, großer Mann?"

„Wie Frühling in Sibirien", antwortet Vlad, der auf meiner anderen Seite geht. „Außerdem habe viele gute Gefühle von Zeit hier mit dir. Ja, Brooklyn USA?"

„Aber sicher, Vlad." Wir verdrängen wohl beide, dass wir hier Zeugen eines Massakers geworden sind. Aber die Russen hatten wohl schon immer eine seltsame Vorliebe für die dunklen Seiten des Lebens oder sie sind einfach ehrlicher, wenn es um Schmerzen und Leiden geht. Ach, das überlasse ich wohl besser den Philosophen.

Die anderen Teammitglieder sind wohlweislich an Bord von Dolores geblieben, während wir drei den Ring untersuchen und mit Chucks Hilfe zu aktivieren versuchen.

„Bist du dir sicher, dass wir Aarons teure Ausrüstung gar nicht brauchen?", frage ich Chuck.

„Ja, Patrick. Ich habe es doch schon erklärt: Ihr habt mich. Weißt du noch? Ich bin alles, was ihr braucht."

„Und von Dolores aus konntest du das nicht tun?"

„Die Androchider sind in dieser Hinsicht ein wenig altmodisch. Vom Zielgebiet aus kann man einen Ring nur direkt vor Ort manuell aktivieren."

„Manuelle Aktivierung ist immer das Beste", wirft Vlad ein.

Aaron lacht und schüttelt den Kopf.

„Was ist?" Vlad hebt eine Hand mit dem dicken Fausthandschuh. „Spreche ich ehrlich und von Herzen."

„Anders wollen wir es auch gar nicht haben", sage ich vor allem zu Aaron und zu mir selbst.

Endlich erreichen wir die alte Steintreppe, die zum unteren Rand des Rings hinaufführt. In mir steigen die Bilder auf, wie Lewis hindurchgezerrt wurde und wie Dr. Walker neben mir gefallen ist. Ich könnte schwören, dass ich die beiden einen Moment lang wieder vor mir sehe, aber mir wird rasch klar, dass es nur die Schatten sind, die Dolores' Scheinwerfer erzeugen.

„Was jetzt, Sir Charles?", frage ich.

„Lege mich auf die Schwelle."

Ich werfe Aaron und Vlad einen raschen Blick zu. „Wir werden dich doch nicht verlieren, oder?"

„Nein, solange ihr mich nicht mit einem Tritt nach drüben befördert, was für euch wie für mich sehr schlecht wäre. Ich muss einfach nur ein paar Augenblicke lang physischen Kontakt mit dem Ring haben."

„Und dann schaltet er sich ein, und wir kehren zu Dolores zurück und fliegen durch?"

„Das ist korrekt, Patrick. Ein wenig Aufklärung, ein wenig Singen und Tanzen, und wir sind zurück, ehe du es dich versiehst."

Ich nehme Chuck vom Rücken und halte ihn mit beiden Händen quer vor mir.

„Alpha Patrol, hier ist Phantom Drei", meldet sich Bumper über Funk.

„Verstehe dich klar und laut", sagt Vlad, nachdem er einen Moment lang mit seinem Funkgerät gekämpft hat.

„Alles in Ordnung bei euch?"

„Roger super in Ordnung. Arbeiten jetzt momentan mit Lord Charles."

„Schon gut, ich wollte mich nur vergewissern. Phantom Drei Ende."

„Ich muss schon sagen, das gefällt mir!", ruft Charles. „Lord Charles!"

„Nein, nichts da. Sir Chuck ist adelig genug für dich." Ich sehe Aaron an. „Jetzt wird es spannend."

Er nickt einige Male. „Ja."

„Bist du dir immer noch sicher, dass du es tun willst?"

„Auf jeden Fall. Und du?"

Ich betrachte den Ring, und es läuft mir kalt über den Rücken. Diese Kälte reicht tiefer als die Luft der Antarktis. „Es ist der schnellste Weg, um Antworten zu finden – die Antworten, die wir brauchen, um unsere Leute zu retten." Als ich *unsere Leute* sage, wird mir bewusst, dass ich tatsächlich den ganzen verdammten Planeten meine. Herr Jesus, steh uns bei.

„Dicker als Blut?", fragt Aaron.

„Durch Schlamm und Glut." Ich warte einen Augenblick, ehe ich weiterspreche. „Könntest du das Team für mich rufen?"

Er nickt, zieht sein Funkgerät aus der Manteltasche und drückt auf den Sprechknopf. „Dolores, hier ist das Away Team."

Ich lächle über die Anspielung auf das Computerspiel.

„Ich höre", antwortet Bumper.

„Pat will etwas sagen, ich meine Wik." Aaron lässt die Sprechtaste gedrückt und hält mir das Mikrofon vor den Mund.

„Ich will mich nur vergewissern, dass wir alle bereit sind." Immer noch halte ich Chuck mit beiden Händen. „Es ist noch nicht zu spät, um auszusteigen."

Es gibt eine kurze Pause, bis Bumper sich wieder meldet. „Mir scheint, wir sind uns hier alle einig.“

Hinter der Schutzbrille ziehe ich die Augenbrauen hoch und wende mich an Aaron. „Also, was sagt ihr?“

„OTF!“, ruft das Team über Funk.

Ich muss lächeln. „Roger. Wik Ende.“

Aaron stopft das Funkgerät wieder in die Brusttasche des Mantels und zieht den Reißverschluss zu.

„Vlad ist ebenfalls *oh-sieh-eff*. Hat niemand gefragt, aber hört sich gut an als Beweis für Zuversicht.“

„Es heißt OTF, Mann.“ Ich lächle ihn an. „Das heißt so viel wie *Own the field*, das Spielfeld gehört uns.“

„Feld gehört jetzt uns, gefällt mir. Kommt von American Football, ja?“

„So was in der Art.“ Ich greife in die Jackentasche, hole ein Phantomabzeichen heraus und gebe es Vlad. „Hier. Das ist für dich.“

Er starrt es drei Sekunden an, ehe er meinen Blick sucht. „Heißt das, Vlad ist jetzt Phantom?“

„Wenn ihr zwei, Lada und du, bereit seid, mit mir durch das Tor in die Hölle zu spazieren, dann seid ihr jetzt Phantome, japp.“

„Wird niemals leidtun.“ Vlad küsst das Abzeichen und steckt es ein. „Wir drei, wir gehen jetzt in verrücktes Chaos, ja? Also, glaube ich, ist nur fair, wenn zusammen wieder aus Chaos rauskommen. Außerdem Lada findet dich sehr sexy, Wik. Was heißt, sind wir jetzt Brüder.“

„Oh nein, sind wir nicht.“

„Doch, Brooklyn USA. Sind wir. Niemand kann widerstehen Ladas Reizen.“

„Dann bin ich mir ziemlich sicher, dass sie ihren Meister gefunden hat.“ Ich wende mich an Aaron. „Müssen wir uns jetzt wirklich darüber unterhalten?“

Er schüttelt lachend den Kopf.

Vlad klopft mir auf die Schulter. „Umso mehr Gründe, dass Brüder werden. Komm! Lege Lord Charles auf Altar und lass uns baden im prachtvollen Licht von Zukunft.“

„Mein Gott." Ich atme die eiskalte Luft scharf ein und betrachte das Alien-Gewehr in meinen Händen. „Wir werden alle sterben, Junge."

„Aber natürlich, mein Freund. Daran bestand nie ein Zweifel."

„Ach, nein?"

„Wir sterben alle. Die wichtige Frage ist: An wessen Seite sterben wir? Und was mich angeht, so ist es mir eine Ehre, mich der Zukunft zusammen mit dir zu stellen, Patrick."

„*Doswidanja*", ruft Vlad so laut er kann, und richtet den Ruf gegen den Ring.

„*Doswidanja.*" Aaron zuckt mit den Achseln und lacht.

„Dieser Hundesohn." Ich lege Chuck auf den Steinboden und ziehe mich zurück. „Dos-wie- was weiß ich. Jetzt oder nie."

„Und ob, guter Mann", ruft Chuck, als die Energie durch die Steine fließt und in sein Gehäuse strömt. „Lieber jetzt als nie."